ケイト・クイン

加藤洋子 訳

THE HUNTRESS
BY KATE QUINN
TRANSLATION BY YOKO KATO

Published by K.K. HarperCollins Japan, 2021

亡き父に本書を捧げます――
あなたにもう一度会えたら！

亡国のハントレス

おもな登場人物

ジョーダン・マクブライド――写真家志望の女性
ダニエル（ダン）・マクブライド――ジョーダンの父親。アンティーク店経営者
アンネリーゼ・ウェーバー――ダンの再婚相手
ルース――アンネリーゼの娘
ギャレット・バーン――ジョーダンの恋人
イアン・グレアム――英国人ナチハンター。元従軍記者
アントン（トニー）・ロドモフスキー――イアンの相棒。元アメリカ軍兵士
ニーナ・ボリソヴナ・マルコワ――ディー・イェーガリンの手を逃れた生き証人
セバスチャン（セブ）――イアンの弟。英国軍兵士
フリッツ・バウアー――ドイツ・ブラウンシュヴァイクの検事
コルブ――アンティーク店の店員
イェリーナ・ヴァシロヴナ・ヴェトシーナ――飛行連隊122の操縦士
マリーナ・ミハーイロヴナ・ラスコーワ――ソ連邦英雄の女性飛行家
マンフレート・フォン・アルテンバッハ――ナチ親衛隊将校
ディー・イェーガリン――ナチ親衛隊将校の愛人で殺人者。英名ザ・ハントレス

プロローグ

一九四五年秋　アルタウスゼー、オーストリア

　彼女は狩られることに慣れていなかった。

　目の前には紺鼠色の湖面を光らせて、湖が広がっていた。視線は湖の先へ、両手はだらんと膝の上にあった。ベンチのかたわらには、畳んだ新聞。見出しに躍るのは〝逮捕〟〝死〟〝来るべき裁判〟の文字だ。裁判はニュルンベルクで開かれるらしい。ニュルンベルクに行ったことはないが、そこで裁かれるはずの男たちのことは知っていた。名前だけ知っている男たちもいるが、ほかは親しくシャンパングラスを交わした仲だ。罪を宣告される者たち。平和に対する罪。人道に対する罪。戦争犯罪。

　どんな法のもとに？　不公正だと拳を振りあげて叫びたかった。何の権利があって？　だが、戦争は終わり、勝者には何が犯罪で、何がそうでないかを決める権利がある。何が人道的で、何がそうではないかを決める権利が。

　わたしがやったことこそが人道的だ、と彼女は思った。あれこそが慈悲だ。だが、そんな理屈を勝者が受け入れるはずもない。ニュルンベルクで下される判決は絶対であり、過

去には合法とされた行為のうち、どれが男の首に縄を巻きつけるに相当するのかを決定づける。

あるいは、女の首に。

彼女は喉に手をやった。

〝逃げるのよ〟自分に言い聞かせた。〝万が一見つかって、やってきたことがばれたら、縛り首は免れないだろう〟

愛したものをすべて奪い去ったこの世界で、いったいどこへ行けばいいのだろう? 狼たちを狩るこの世界で。彼女はかつてハンターだった。いまは獲物だ。

〝だから隠れるの。罪を見逃してもらえる日まで、陰に潜みなさい〟

彼女は立ちあがり、あてもなく湖畔を歩いた。ポーランドのルサルカ湖が脳裏に浮かんだ。安息の場だったあの場所が、彼女の手を離れ朽ち果てるがままだ。無理にも足を前に出し、歩きつづけた。行く先もわからないまま。だが、恐怖に竦んでこの場にうずくまったりはしない。彼らの誤った正義の秤に載せられるのを、ただ待つのはご免だ。一歩踏み出すごとに、決意は固まっていった。

逃げろ。

隠れろ。

さもなければ死。

イアン・グレアム
一九四六年四月

『女狩人（ザ・ハントレス）』


六発。

ルサルカ湖のほとりで、彼女は六度引き金を引いた。おのれの所業を隠そうともせず。隠す必要がどこにある？　ヒトラーの帝国建設の夢が潰（つい）え、彼女が姿をくらますのはまだ先のことだった。あの晩、ポーランドの月の下、彼女にはしたい放題が許されていた——そして、冷血にも六人を殺した。

六度の銃声、六発の弾丸、六つの肉体が暗い湖に落ちていった。

湖底に隠れ、寒さに震え、恐怖に目を見開いていたのは、おそらく東に向かう列車から逃れた者たち、あるいはあの地方で繰り返された粛清（しゆくせい）を生き延びた者たち。あの黒髪の女は彼らを見つけ出し、慰め、安全だと言い聞かせた。湖畔の家に彼らを連れていき、にこやかに食事を与えた。

それから、彼らを戸外へと導き出し——殺した。

おそらくは湖面に映（うつ）る月を愛（め）で、硝煙の匂いを嗅ぎながら、彼女はしばらくその場にとどまっていたのだろう。

戦争の最中、あの夜の六人の虐殺は、彼女が犯した罪のひとつにすぎない。罪はほかにもある。ポーランド人労働者たちを深い森に放って狩った、パーティーの余興として。戦争末期には、捕虜収容所から逃げた若いイギリス人捕虜を殺害した。ほかにもあるはずだ。はたして彼女は、心の疼きを一度でも覚えたのだろうか？

彼女は〝ディー・イェーガリン〟と呼ばれた——ザ・ハントレス、女狩人。ドイツ占領下のポーランドで、若くしてナチス親衛隊将校の愛人となり、湖畔で盛大なパーティーを開いた。射撃の名手だった。彼女は湖にその名を冠するルサルカなのだろう——破壊的で邪悪な水の精。

ニュルンベルクの国際軍事裁判所で大勢のジャーナリストに囲まれ、戦争犯罪が裁かれるのを傍聴しながら、わたしは彼女のことを考える。正義の輪はまわる。被告席のやつれた顔の男たちは、その下敷きになる。だが、この法廷でわれわれがまぶしい光を当てているあいだに、まんまと姿をくらます小者たちはどうなるのか？　ザ・ハントレスは？　彼女は戦争末期に姿を消した。彼女は追跡するに値しない——数百万人の殺害が暴かれるときに、わずか十数人の血で手を汚した女。彼女のような人間は大勢いた——釣る価値もない小魚。

彼らはどこへ行くのだろう？

彼女はどこへ行ったのか？

はたして彼女を狩る者はいるのだろうか？

第一部

1　ジョーダン

一九四六年四月　セルキー湖、ボストンから西へ三時間

「どういう人なの、父さん？」

ジョーダン・マクブライドは絶妙なタイミングで質問を繰り出した。父が釣竿をテイクバックした瞬間を狙って。不意を衝かれた父が放った釣り糸は、湖に落ちず、頭上に迫り出すカエデの枝に絡まった。父のコミカルな狼狽の表情をジョーダンのカメラが捉える。

彼女が笑うと、父は悪態を吐き、いまのは聞かなかったことにしろと言い繕った。

「了解です」父の悪態はいまにはじまったことではなかった。うららかな春の週末、やもめの父が、持つことの叶わなかった息子の代わりに一人娘を釣りに誘うのだから、悪態を耳にするのも仕方がない。父は桟橋の先まで行くと背伸びして、枝に絡まった釣り糸を引っ張った。軽やかに動く木々と湖面をバックに、黒い輪郭だけの父を写真におさめようと、ジョーダンはライカを構えた。あとで暗室にこもって画像と戯れる。ぼやけて写る木の葉が、狙いどおりに動きを表現できているか確認するのだ。

「ねえ、父さん」彼女は畳みかけた。「謎の女のこと、話して聞かせてよ」

父は色褪せたレッドソックスの野球帽を直した。「謎の女って？」

「店の人から聞いたわよ。父さんがディナーに連れ出している人のこと。あたしには仕事で遅くなるって言い訳して」ジョーダンは期待して息を詰めた。父が最後にデートしたのがいつだったか思い出せないほどだ。ごくたまに父とジョーダンが教会に行くと、女性たちはミサのあとで手袋に包まれた指をヒラヒラさせ秋波を送ってよこしたが、父はまったく関心を示さず、ジョーダンをがっかりさせたものだ。

「話すほどのことじゃない、実のところ……」父が口ごもっても、ジョーダンはけっして騙されない。彼女は父によく似ていた。自分で撮った写真を見れば一目瞭然だった。まっすぐな鼻、水平な眉、父の野球帽の下の短く刈った髪は、ジョーダンの帽子からはみ出す無造作なポニーテールと同じ濃いブロンドだ。もうじき十八歳の彼女は、背の高さでも父と同じだった。中背の父と、女の子にしては背の高いジョーダン――似ているのは外見だけではないから、ジョーダンは父のことがよくわかっていた。彼女が七歳のときに母が亡くなり、それからずっと二人きりだった。父であるダン・マクブライドが大事なことを告げようとしていることぐらい、とっくにお見通しだ。

「さあ」彼女は大真面目に切り出した。「白状したら」

「彼女は未亡人なんだ」父が重い口を開いた。顔を赤らめたということは脈がありそうで、ジョーダンは嬉しかった。「ミセス・ウェーバーっていうんだがね、三カ月前に初めて店にやってきたんだ」ニューベリー・ストリートにある〈マクブライズ・アンティークス〉

の店頭に週日、父は三つ揃えで決め、物知り顔で立っている。「ボストンに来たばかりで、生活のために宝石を売らざるをえなかった。金の鎖とかロケットとか、ありきたりのものが数点。それに、グレーパールのネックレス、こいつはよかった。物腰はいたって落ち着いていたが、いざパールを手放す段になったら泣きだしてね」

「ということはあれよね。父さんは太っ腹なところを見せてパールを返し、ほかの品に値をつけて彼女に渡し、店から送り出した。ただしパールの値段を上乗せして」

父は釣り糸を巻き戻した。「送り出す前に、ディナーに誘った」

「あらまあ、エロール・フリンも真っ青！　それで――」

「彼女はオーストリア人だが、学校で勉強したとかでほぼ完璧な英語を話す。ご主人は四三年に亡くなった、戦いで――」

「どっち側で戦って？」

「いまとなっては、どうでもいいことじゃないか、ジョーダン。戦争は終わったんだ」父は新しいルアーを付けた。「ボストンに来るための書類は揃っていたが、時代が時代だから大変だった。女の子を抱えて――」

「子供がいるの？」

「ルースという名でね。四歳になるがろくに言葉を話せない。かわいい子だよ」父がジョーダンの帽子を引っ張る。「おまえもきっと好きになる」

「ということは、真面目なお付き合いってことね」ジョーダンには意外だった。真面目な気持ちでなければ、父は子供に会ったりしないだろう。でも、どの程度の……？

「ミセス・ウェーバーはすばらしい女性だ」父が釣り糸を投げた。「来週、彼女を夕食に呼ぼうかと思っている。ルースも一緒に。四人で食事だ」

父は警戒している。娘が怒りだすと思っているのだ。実を言えば、おもしろくない気持ちもあった。二人三脚でやってきたこの十年で、父とのあいだに仲間意識が生まれていた。まわりを見まわしても、父親とそういう絆を結んでいる女の子はいない……けれども、父を誰にも渡したくないという咄嗟の思いとはうらはらに、ほっとしている自分もいた。父にはそばにいてくれる女性が必要だ。何年も前から、ジョーダンにはわかっていた。おしゃべりの相手が、父を叱ってでもホウレンソウを食べさせてくれる人、支えてくれる人が、父には必要だ。

〝父さんにそういう人がいれば、あなたの大学進学にあそこまで意固地に反対しないかも〞頭の中でささやく声を、ジョーダンは振り払った。父が幸せになれるかどうかというときに、自分の都合を持ち出すべきではない。父が幸せなら自分も嬉しい。もう何年も父の写真を撮ってきた。カメラに向かって父がどれほどの笑顔を見せようと、現像液から幽霊みたいに現れる顔のしわが訴えていた。淋しい、淋しい、淋しい。

「彼女に会える日が待ち遠しいわ」ジョーダンは言った。心からの言葉だった。

「ルースを連れて次の水曜日、六時にと言ってある」父が何食わぬ顔で言う。「ギャレットを呼んだらどうかな。家族みたいなものだろ、いずれは――」

「勝手に決めないでよね、父さん」

「いい青年じゃないか。それに、ご両親もおまえをたいそう気に入ってくれている」

「彼の頭の中は、いまや大学一色。高校時代のガールフレンドのことなんて、考えてる暇ないわよ。彼と一緒にボストン大学に行かせてくれたら話は別だけど」思い切って話してみた。「あそこの写真学科は――」

「その手には乗らない」父の視線は湖に向けられていた。「きょうの魚は食いつきが悪いな」それは父も同じだった。

ジョーダンと父が浜へと戻りかけると、桟橋で日向ぼっこをしていたジョーダンの愛犬、黒いラブラドールのタローが鼻面をあげた。桟橋の水でたわんだ床板に落ちる父娘の影を、ジョーダンはカメラにおさめ、四人が並んだ影ってどんなだろうと想像した。まだ見ぬミセス・ウェーバーのことを思って祈る。〝どうかあなたを好きになれますように〟

ほっそりとした手が差し出された。青い瞳には笑みが浮かんでいる。「やっとお目にかかれたわね」

父が居間に招き入れた女性の手を、ジョーダンは握った。アンネリーゼ・ウェーバーは小柄でほっそりして、艶（つや）やかな黒髪をうなじでお団子に結い、ただひとつ残ったグレーパールのネックレスをしていた。黒い花柄のドレス、繕ってあるがしみひとつない手袋、やつれてはいても物静かで優雅だ。顔は若々しい――父によれば二十八歳――けれど、瞳はもっと老いている。無理もなかった。幼い子を連れ、異国でやり直そうとしている戦争未亡人なのだから。

「お会いできてとっても嬉しいです」ジョーダンは心を込めて言った。「こちらがルースね！」アンネリーゼ・ウェーバーのかたわらにいる子は愛らしかった。ブロンドのおさげ髪、青いコート、深刻な表情。ジョーダンが手を差し出すと、ルースは尻込みした。

「人見知りなもので」アンネリーゼが申し訳なさそうに言った。その声は低く澄み、ドイツ訛(なま)りはほとんど聞き取れなかった。〝V〟の音がほんの少しやわらかい程度で。「ルースを取り巻く世界はとても不安定でしたから」

「あたしもあなたの年頃には、知らない人が好きじゃなかったわ」ジョーダンはルースに向かって言った。人見知りはしたことないけれど、警戒を解こうとしないルースの小さな顔を見ていたら、なんとか安心させてあげたいと思った。それに、ルースの写真を撮りたかった――丸い頬やブロンドのおさげ髪は格好の被写体だ。父が二人のコートを受け取るあいだに、ジョーダンはミートローフの焼け具合を見にキッチンに走った。よそゆきのグリーンのタフタのドレスを汚さないようウェストに巻いていたタオルをはずしながら居間に戻ると、父が飲み物を注ぎ終えたところだった。ルースはミルクのグラスを手にソファーに座り、アンネリーゼ・ウェーバーはシェリーを飲みながら部屋を眺めていた。「すてきなお住まいですね。そんなにお若くて家事いっさい引き受けて、ジョーダン。でも、よくやっていること」

〝嘘でも嬉しいわ〟ジョーダンは思った。家の中はいつも散らかっていた。褐色砂岩の細い三階建ての家は、サウス・ボストンの中流階級が住む界隈にある。階段は急で、ソファーは座り心地がよくても擦り切れ、絨毯はつねに斜めになったままだ。アンネリーゼ・ウェーバー本人は、斜めなものを見過ごすタイプではなさそうだ。背筋はまっすぐに伸び、髪はひと筋の乱れもない。それでも、好ましげな表情で部屋を見まわしていた。「あなたが撮ったの？」彼女が指したのは霧に包まれたボストン・コモンの写真だった。幻想的で夢の中の景色のような効果を出すため、わずかに傾斜をつけてある。「お父さまから聞いたわ。あなたはその……なんて言ったかしら？　写真家？」

「はい」ジョーダンはにっこりした。「あとで撮らせていただけますか？」

「この子をそそのかさないで」父がほほえみを浮かべ、アンネリーゼの腰のくびれに恭しく手をやってソファーへと導いた。「それでなくても、レンズを覗いてる時間が多すぎるんだから」

「鏡や映画の画面を覗くよりずっといいわ」アンネリーゼの思いがけぬ返答だった。「この国の女の子たちは、口紅やクスクス笑い以外のものにもっと頭を使うべきだわ。あのまま大人になったら、ますます頭が空っぽになります。どこかで習っているの——写真のクラスを取っているとか？」

「行けるところはどこでも」ジョーダンは十四歳のときから、小遣いで賄える範囲の写真クラスを残らず受講してきた。いちばん後ろの席におずおずと座る中学生の存在を、大目に見てくれる教授がいると聞けば大学にだって潜り込んだ。「クラスも取ったし、独学でも頑張ったし、練習に励んで――」

「何かをものにしようと思ったら、必死で取り組まないとね」アンネリーゼが認めてくれた。ジョーダンの胸にあたたかな光がともる。〝必死で〟〝ものにする〟ジョーダンの写真を、父がそんな風に捉えてくれたことはなかった。「またカメラをいじくりまわして」父はかぶりを振りながら言う。「そろそろ卒業したらどうだ」〝あたしはぜったいに卒業なんてしない〟ジョーダンは十五歳のときにそう宣言した。〝あたしは次の時代のマーガレット・バーク＝ホワイトになる〟

〝マーガレットなんたらって何者だ？〟父は笑いながら言った。子供を甘やかす鷹揚な笑いだった――が、笑ったことはたしかだ。

アンネリーゼは笑わなかった。ジョーダンの写真を見て、認めるようにうなずいた。そのとき初めて、ある言葉が脳裏に浮かび、考えてもいいと思った。義理の母親……？

ジョーダンが来客用の食器を並べたダイニング・ルームのテーブルを囲むと、アンネリーゼは父にアンティークの店のことを尋ね、父は彼女の皿に料理のいちばんいいところを取り分けた。「彩色ガラスをピカピカにするのにうってつけの方法を知ってますわ」彼女がそう言ったのは、父が遺品整理で手に入れたティファニーのランプのセットを話題にしたときだった。ジョーダンが学校で開かれるダンスパーティーのことを持ち出すと、彼女はルースのフォークの持ち方をさりげなく直しながら耳を傾けた。「付き合っている人はいるんでしょ、あなたみたいにかわいければ当然よね」

「ギャレット・バーン」父が先手を打った。「よくできた若者でね、終戦間近に戦闘機乗りに志願しました。だが、戦闘に参加することはなかった。訓練中に脚を折って負傷除隊ですよ。よろしければ日曜のミサをご一緒しませんか。彼に会えますよ」

「ぜひとも。ボストンでなんとかお友達を作りたくても、なかなかうまくいかなくて。毎週いらしてるんですか？」

「もちろんです」

ジョーダンはナプキンで咳をこらえた。彼女も父も、ミサには年に二度行けばいいほうだった。イースターとクリスマスの二度。だが、テーブルの上座に座る父は、いまや敬虔さを盛大に放出していた。ほほえむアンネリーゼも敬虔さのかたまりで、いいところを見せようと懸命な求愛中のカップルを、ジョーダンはおもしろがって見ていた。同じことが学校の廊下で毎日繰り広げられている。大人たちも似たようなものなのだ。フォトエッセイにしたらおもしろいかも。いろんな年代の求愛中のカップルの写真を並べ、歳に関係ないことを強調してみせる。ぴったりのタイトルとキャプションを付けて雑誌か新聞に送ったら、もしかしたら採用されて……。

みんなの皿が空になったところでコーヒーを出す。アンネリーゼのおもたせのボストン・クリームパイを、ジョーダンが切り分けた。「どうしてこれをパイと呼ぶのかしらね」アンネリーゼが青い瞳を輝かせて言った。「どう見たってケーキでしょ。オーストリアではパイとは呼ばないわ。ケーキはケーキ、オーストリアではね」

「英語がとてもお上手ですね」ジョーダンは思い切って言ってみた。ルースのほうはひと言も発していないので、上手かどうかわからない。

「学校で習ったのよ。夫が仕事で英語が必要だったので、練習台にさせられたし」

アンネリーゼが夫を亡くしたいきさつを尋ねようとするジョーダンに、父が警告の視線をよこした。父からは事前に釘(くぎ)を刺されていた。「いいか、ミセス・ウェーバーに、戦争やご主人のことを根掘り葉掘り訊(き)くんじゃないぞ。辛い時代だったと、本人も言ってるんだからな」

「でも、彼女のことはなんでも知っておきたいんじゃないの?」父に人生の伴侶を持ってほしいと願ってはいるけれど、誰でもいいというわけではない。「どうして尋ねちゃいけないの?」

「おまえが知りたいというだけの理由で、人の古傷や触れられたくない過去を抉(えぐ)り出していいってもんじゃないんだ」父は言った。「ようやくのことで生き延びたんだ、いまさら戦争のことなんか誰も話したくはないんだよ、ジョーダン・マクブライド。余計な詮索をして人の気持ちを傷つけるな。突拍子もない話をするのもだめだ」

ジョーダンはそう言われて顔を赤らめた。突拍子もない話――それは彼女の悪い癖だった。十年も前のこと。おぼろげな記憶しかない母が入院すると、七歳だったジョーダンはおばの家に厄介になった。人はいいが愚かなおばは、彼女にこう言った。〝おまえのお母さんは出かけたのよ〟行き先までは教えてくれなかった。だからジョーダンは毎日ちがう話を作った。〝母さんはミルクを買いに行った〟〝母さんは髪を切りに行った〟それでも母は帰ってこないので、話はどんどん奇抜になった。〝シンデレラみたいに舞踏会に出かけた〟〝映画スターになるためにカリフォルニアに行った〟やがて、父が帰宅して涙ながらにこう言った。「おまえの母さんは天使になるために出かけていったんだ」ジョーダンには父の話だってほんとうとは思えなかったので、それからもお話を作りつづけた。「ジョーダンの突拍子もないお話ときたら」学校の先生は笑い飛ばした。「どうして作り話をするんでしょうかね？」

　できることならこう言いたかった。〝どうしてって、誰も真実を教えてくれなかったから。「お母さんは病気だから会いに行けないんだ、うつるといけないからね」と誰も言ってくれなかったから、あたしは隙間を埋めたくて、もっとましな話をでっちあげたのよ〟

　九歳のとき、初めて買ってもらったコダックにあれほどのめり込んだのは、きっとそのせいだ。写真の中に隙間はない。お話を作って埋める必要はない。カメラがあれば、話をでっちあげる必要はない。真実を語れるから。

　タローがのそのそとダイニング・ルームに入ってきたので、ジョーダンは物思いから覚めた。そのとき初めて、ルースの表情が生き生きと輝いた。「犬（フント）！」

「英語でね、ルース」母親の言葉を尻目に、ルースは床に座っておずおずと両手を差し出した。

「フント」彼女はささやき、タローの耳を撫(な)でた。ジョーダンの心がとろとろにとろけた。「写真を撮らせて」そっと抜け出し、廊下のテーブルに置いているライカを取りに行く。戻ってすぐにシャッターを切った。ルースはタローを膝に抱いていた。アンネリーゼが静かに語った。「ルースはおとなしすぎるし、尻込みしたり妙な動きをすることもある――でもそれは、オーストリアを出る前、アルタウスゼーでいろいろあったからなのよ。湖のほとりで、気も動転するような経験をしたの。難民の女性に荷物を奪われそうになって……それ以来、ルースは警戒心が強くなり、知らない人とは打ち解けられなくなったの」

それ以上は聞いてはいけないようだ。父に目配せされるより前に、ジョーダンは質問を呑み込んだ。けっきょくのところ、父は正しい。戦争を話題にしたくないのは、アンネリーゼ・ウェーバーだけではない――誰だって話したくない。戦争が終わった当座はお祭り騒ぎだったが、いまは誰もが忘れたがっている。去年のいまごろは、戦況のニュースばかりで、戦地で戦っている家族がいる家の窓には星の旗が掲げられていたなんて嘘みたいだ。庭や公園は戦時農園に転用され、男子学生の関心は入隊できる歳になる前に戦争が終わるかどうかだった。

アンネリーゼが娘にほほえみかけた。「ワンちゃんはあなたが好きみたいね、ルース」

「彼女の名前はタローよ」ジョーダンは言い、シャッターを押した。少女はそばかすのある小さな鼻を、犬の湿った鼻に押しつけている。

「タロー」アンネリーゼは嚙(か)みしめるように発音した。「名前の由来は?」

「ゲルダ・タローにちなんで――戦時中、前線を取材した初めての女性戦場カメラマン」

「それで死んだんだろう。交戦地帯で写真を撮った女の話はそれぐらいにしておけ」父が言った。

「二人一緒の写真を撮らせてください――」

「どうかそれはやめて」アンネリーゼは写真嫌いなのか顔を背けた。「写真を撮られるのは嫌なの」

「スナップ写真だから、構えなくても」ジョーダンは説得を試みた。記念撮影よりも身近なスナップ写真が好きだった。三脚や照明器具が並ぶと、写真嫌いは余計に意識してしまう。正体を隠そうとするから、できた写真は本物とは言えない。邪魔にならないようにその場にいて、被写体が彼女の存在を忘れ、正体を隠すことも忘れて素に戻るのを待つ。カメラに嘘はつけない。

アンネリーゼはテーブルを片付けに立った。父が重い食器を持つのを手伝う。そのあいだ、ジョーダンは静かに動きまわってシャッターを切った。ルースは母に言われてタローから離れ、バター皿を運んだ。父はさっそく山小屋の自慢をはじめた。「景色のいい場所にあってね。わたしの父が建てたんですよ。ジョーダンは湖の写真を撮るのが好きでね。わたしはもっぱら釣りをしたり、たまに狩りの真似事をしたり」

アンネリーゼがシンクから振り返った。「狩りをなさるの？」

父が困った顔をした。「女の人のなかには、騒々しいとか惨（むご）たらしいとか言って嫌がる人も――」

「そんなことありませんわ……」

ジョーダンはカメラを置き、食器洗いを手伝おうとシンクに近づいた。お皿を拭きましょうか、というアンネリーゼの申し出を断ったのは、ダニエル・マクブライドの手際のよさを彼女に印象づけるためだった。スポードの磁器を拭かせたら父の右に出る者はおらず、女性なら誰もが魅了されること間違いなしだ。

片付けが終わるとじきにアンネリーゼが暇(いとま)を告げた。彼女の頬に控えめなキスをする父の腕が、ちゃっかりウェストにまわされるのを見て、ジョーダンはほほえまずにいられなかった。アンネリーゼはジョーダンの手をぎゅっと握り、ルースも今度は手を引っ込めなかった。タローの愛情たっぷりの舌でベトベトだったが。二人が褐色砂岩の急な階段をおり、ひんやりした春の夜気の中へと踏み出すと、父は玄関のドアを閉めた。ジョーダンは問われる前に父の頬にキスした。「彼女が気に入ったわ、父さん。ほんとうよ」

だが、その晩はなかなか寝つけなかった。

細長い褐色砂岩の家には狭い地下室があり、通りに面したドアから出入りする。そのため一度家を出てから急な階段をおり、玄関ポーチの下の地面より低い位置に設置された小さなドアを潜(くぐ)らなければならない。だが、一人きりになれるし、光が射さないのが好都合だった。十四歳で現像ができるようになると、父の許しを得て地下室のガラクタを始末し、暗室として使うようになった。

ジョーダンは戸口で立ち止まり、鼻に馴染んだ薬品や器具の匂いを吸い込んだ。狭いベッドと勉強机のあるこぢんまりしたベッドルームよりも、ここのほうが自分の居場所という気がした。ここにいるときは、だらしないポニーテールに教科書が入った鞄をさげたジョーダン・マクブライドではなく、プロの写真家、J・ブライドだ。暗室の壁から彼女を見おろす偶像たちのようなプロになったら、J・ブライドを筆名にするつもりだった。偶像の一人、マーガレット・バーク＝ホワイトは、クライスラー・ビルディングの六十一階の側壁に飾られた巨大な鷲の頭の上で、高さをものともせず、カメラを手にひざまずいている。ゲルダ・タローは瓦礫の中、スペイン兵の背後にうずくまり、最高のアングルを狙っている。

いつもなら、ここでヒロインたちに挨拶するのだが、何かが引っかかっていて集中できなかった。それが何なのかわからないまま、慣れた素早さでトレイや薬品を並べはじめた。夕食の席で撮った写真のネガフィルムを印画紙に焼きつける。次に安全光の赤い光の下で、印画紙を一枚ずつ現像液に潜らせると、液の中から画像が浮かびあがってくる。幽霊みたいに。犬と遊ぶルース。カメラから顔を背けるアンネリーゼ・ウェーバー。皿を洗うアンネリーゼの背中……次に停止液に浸し、さらに定着液に浸し、そのたびにトレイの中の液を攪拌する。次に小さなシンクに場所を移して水洗いし、暗室に張り渡した物干し綱に留めて乾かす。物干し綱に沿って歩きながら確認してゆく。

「いったい何を探しているの?」ジョーダンは声に出して言った。ここにこもっているうちに、独り言を言う癖がついた。同業者と暗室を共有し、おしゃべりしながら作業できたらどんなにいいだろう。理想を言えば、鬱屈したハンガリー人の従軍記者。もう一度、物干し綱に沿って歩く。「何があなたの目を捉えたの、J・ブライド?」印画紙に焼きつける前から、撮った写真が気になって仕方ないのはいまにはじまったことではなかった。彼女に見えなかった何かをカメラは捉えていて、レンズを通してではなく、彼女自身の目でそれを確認しろとせっついてくる感じ。

たいていの場合、思い込みにすぎないのだが。

「これだわ」また独り言。シンクに立つアンネリーゼ・ウェーバーが、レンズのほうに振り向きかけた写真。目を細めて見たが画像が小さすぎる。だから、引き伸ばしの作業に取りかかった。真夜中。かまわず作業をつづけ、引き伸ばした印画紙を物干し綱に留めた。後ずさり、両手を腰に当てて印画紙を凝視する。「客観的に見ても」声に出して言った。「これまでで最高のショットのひとつ」ライカのシャッターが、キッチンのアーチ形の窓を背景にアンネリーゼの姿を捉えていた。これだけは、カメラから顔を背けるのではなく、カメラのほうに向きかけていて、黒髪と青白い顔のコントラストが見事だ。でも……「言わせてもらえば」独り言はつづいた。「クソ薄気味悪いわ、まったく」悪態はめったにつかない――父が汚い言葉遣いを許さないから――けれど、〝クソ〟がぴったりくる機会があるとすれば、いまだ。

あのオーストリア女の顔の表情。夕食の席で、ジョーダンは向かいの席からずっと見ていたが、彼女は静かな威厳を保ち、愛想よく人の話に耳を傾けていた。ほほえみを浮かべることはなかった。だが、写真に現れたのは別の女だ。それ以外の表情を浮かべてはいるが、感じのいいものではない。目は細められ、布巾を握る両手が咄嗟に握り締められている。ギュッと激しく。物静かでひ弱で、女らしく見えたアンネリーゼが、ここではちがう。この写真の彼女は快活で落ち着きがなくて、それに——

「冷酷」考える間もなく言葉が口をついて出ていた。かぶりを振る。現像してみたら実物以下の写真になっていたなんてよくあることだ。あいにくのタイミングや光の加減で、薄目を開けた瞬間なら誰だってずる賢く見えるし、口が半開きの状態なら馬鹿みたいに見える。オーストリア出身の女優、ヘディ・ラマールだって撮り方がまずかったら、白雪姫から意地悪な女王に転落だ。カメラは嘘をつかないが、間違ったイメージを与えることもある。

ジョーダンは印画紙を留める洗濯ばさみに手を伸ばし、剃刀（かみそり）の刃のような視線を受け止めた。「ちょうどこの瞬間、あなたはなんて言ったっけ？」父が山小屋の話をしていたときだ……。

〝狩りをなさるの？〟

〝女の人のなかには、騒々しいとか惨たらしいとか言って嫌がる人も——〟

〝そんなことありませんわ……〟

ジョーダンはまたかぶりを振り、写真を捨てようとした。父は嫌がるだろう。ジョーダンがわざとイメージを捻じ曲げて、実際にはないものを見せようとしたと思うだろう。〝ジョーダンの突拍子もないお話〟

〝でも、あたしは捻じ曲げていない。彼女はこう見えたんだから〟

手を止め、写真を引き出しに滑り込ませた。間違ったイメージだとしても、これまで最高のショットのひとつであることに変わりはない。とても捨てる気にはなれなかった。

2 イアン

一九五〇年四月　ケルン、ドイツ

いつだって彼らは逃げようとする。

相棒のトニーがイアン・グレアムに並びかけた。十歳以上の歳の差はあっても、イアンのほうが頭半分背が高いから、長い歩幅で先を行き、路地に折れた。逃げる中年男はグレーの背広姿で、濡れたタオルを手に水遊びの帰りのドイツ人家族をなんとかかわした。イアンはスピードをあげる。帽子が飛んだがかまわず走った。止まれと大声をあげたりもしない。彼らが止まるわけがない。自らの所業から逃れるため、地の果てへと一目散だ。

当惑したドイツ人家族が立ち止まって目を見開く。母親は水遊びの玩具を抱えていた——シャベル、濡れた砂でいっぱいの赤いバケツ。イアンは方向転換し、母親の手からバケツを奪い取って「失礼——」と叫び、スピードを落として狙いを定めた。逃げる男の足元めがけてバケツを投げる。男はつまずいてよろけながらも体勢を立て直した。トニーがイアンの横を走り抜け、男に飛びかかって引き倒した。取っ組み合う男二人のかたわらで、イアンは急停止し、ふいごみたいに胸を上下させた。バケツを拾って、びっくり顔のドイツ人の母親に返しに行く。小さくほほえんでお辞儀し、「仰せのままに、マダム」。獲物はと視線を戻すと、前屈みのトニーの横で、男はメソメソしながら道に縮こまっていた。

「拳を振るわなくてもよかったのに」イアンは相棒に注意した。

「こいつに襲いかかったのは罪の重さですよ、ぼくの拳じゃなく」トニー・ロドモフスキーは立ちあがった。歳は二十六、浅黒い肌に黒い目、ヨーロッパ人らしい激しさを内に秘めながら、だらしない格好と威張った歩き方はヤンキーそのものだった。終戦後にイアンが出会ったころの彼は、ポーランドとハンガリーの血を引くクイーンズ育ちの若い軍曹で、着ている軍服ときたら、これほど雑なアイロンのかけ方は見たことがないというほどの代物で、まさに目の毒だった。

「バケツでよくあんなカーブをつけられましたね」トニーが陽気につづけた。「まさかヤンキースで投げてたなんてこと、ないですよね」

「二九年のクリケットの対抗戦でイートン相手に投げた」イアンは使い古しのフェドーラ

帽を拾って無造作にかぶった。ノルマンディー上陸作戦の初戦、オマハ・ビーチの戦いを取材してからこっち、濃い茶色の髪にめっきり白髪が目立つようになった。「あとはきみに任せるよ」

トニーは地べたに丸くなる男に顔を向けた。「それで、どうする？　話を戻そうか。ぼくがエストニアのとある森の話をして、そこでのあんたの所業を並べたら、とたんにあんたは五十ヤードダッシュをやろうって決めたんだったよね」

男が泣きだした。イアンは青く輝く湖面を眺めながら、いつものように結末のあっけなさを噛みしめていた。地べたで泣き崩れている男は、移動殺戮（さつりく）部隊であった行動部隊（アインザッツグルッペン）Dに属した親衛隊少佐で、一九四一年にエストニアで百五十人の銃殺を命じた。〝そんなものじゃない〟とイアンは思った。彼ら東の銃殺隊は、狭い塹壕（ざんごう）の中で数十万の命を奪っている。だが、ウィーンの彼のオフィスにある書類に記されているのは百五十人だった。命からがら逃げ出した二人の生存者から得た証言だ。二人とも手は震え、顔は蒼白だった。この男を裁判にかけるのに、百五十は充分な数だ。おそらく、怪物の首に縄が巻きつけられることになる。

栄（は）えある瞬間になるべきなのに、けっしてそうはならない。いざ目の前にすると、怪物たちはごく普通の人間に見えて哀れを誘った。

「おれはやってない」男は涙ながらに言った。「おれがやったとあんたが言ってることを」

イアンは男をまじまじと見た。

「ほかの連中と同じことをやっただけだ。命令されたことをやった。合法だった――」

　イアンはかたわらにひざまずき、指で男の顎を持ちあげた。泣き腫らした目と目が合うまで待った。「命令なんてどうでもいい」彼は静かに言った。「当時それが合法だったかどうかなんてどうでもいい。あんたの言い訳には興味がないんだよ。あんたは卑屈な人でなしで、むやみに引き金を引くお追従者だ。あんたが裁きを受けるのを見届けてやるよ」

　男はたじろいだ。イアンは立ちあがって背を向け、なんとか怒りを抑えた。灼熱の怒りが爆発して男を叩きのめしてしまわぬうちに。喉を掻き切ってやりたいと思うのは、〝命令〟という言葉が口にされたときだった。〝揃いも揃って同じことを言いやがる〟この言葉を聞くと、両手をその喉に埋めたくなる。驚きに目を見開き、言い訳を喉に引っかけたまま死んでいくのを、見届けてやりたくなる。

　〝ああ、判断力よ、おまえは野獣のもとへ逃げ去り、人間はおのれの理性を失ってしまった……〟（シェイクスピア『ジュリアス・シーザー』の一節）イアンは自制しつつゆっくり息を吐き出した。〝おれはちがう〟自制心が野獣と人間を分ける。こいつらは野獣だ。

「逮捕されるまで、こいつを押さえつけておけ」彼はそっけなくトニーに言い、ホテルに戻って電話をかけた。

「バウアー」しゃがれ声が言う。

　イアンは受話器を右の耳に押し当てた。三七年、内戦下のスペインで不首尾に終わった空爆により、左耳は少し聞き取りにくくなっていた。ドイツ語に切り替える。これだけ長いこと海外で過ごしているのに英語訛りがぬけないせいか、われながらあたたかみのないドイツ語だと思う。「捕まえた」

「よし。クソ野郎(フーレンゾーン)を裁判にかけるようボンの検察に圧力をかける」

「思いっきり圧力をかけてくれよ、フリッツ。ボンで最も厳しい判事の前に、クソ野郎を立たせてやりたいんだ」

　フリッツ・バウアーはうなった。ブラウンシュヴァイクでデスクに向かい、絶え間なく煙草をくゆらす友の姿が目に見えるようだ。グレーの髪は頭頂部が薄くなっている。戦時中、彼はユダヤ人を識別する黄色い星を腕に巻かれ東に送られることをかろうじて免れ、ドイツからデンマーク、そしてスウェーデンへと逃げた。イアンが彼と出会ったのは、最初のニュルンベルク裁判のあとだった。数年前、公式の戦争犯罪捜査チームが資金不足で解散させられると、イアンはトニーとともに独自の活動をはじめ、バウアーに協力を求めた。「おれたちが罪人を見つけ出す」スコッチのタンブラーと半分残った煙草の包みを挟んで、イアンは彼に持ちかけた。「あんたが起訴に持ち込んでくれ」

「友達だからといって特別扱いはしない」バウアーが陰気な笑みを浮かべて言った。そのとおりだった。きょう捕らえた男は、刑務所送りになるかもしれないし、軽い罰を受けるだけかもしれない。そもそも裁判にかけられないかもしれない。戦争終結から五年、世界は動いている。戦争犯罪人を罰することに誰が関心を持つというのか？「そっとしておきなさい」裁判官に助言されたのはついこのあいだのことだ。「ナチスは叩き潰された。

心配なのはロシア人ですよ、ドイツ人ではない」

「心配なのは次の戦争でしょう」イアンは冷静に言った。「前の戦争が残した汚物は誰かが始末しなきゃならない」

「リストの次は誰だ？」バウアーが電話越しに尋ねた。

ディー・イェーガリン。ザ・ハントレス。だが、彼女の行方は何年も前からぷつりと途絶えたままだ。「ソビボル強制収容所の看守を追跡しているところだ。ウィーンに戻ったら彼のファイルを更新する」

「あんたのセンターは評判になってるじゃないか。今年に入って三人も捕まえたなんて――」

「どれも雑魚ばかりだ」アイヒマン、メンゲレ、シュタングル――大物たちには手が届かないが、そのことを苦慮してはいなかった。外国政府に圧力をかける力はないし、強制送還を求める大規模な闘いもできない。だが、ヨーロッパのどこかに身を隠している小者たちを探し出すことならできる。そして、戦時中、強大なデス・マシーンの歯車だった者たち、事務官や収容所の守衛や政党職員たちは大勢いる。彼らをすべてニュルンベルクで裁くのは無理だろう。それだけの人員も金もないし、それほど大規模な捜索に関心を持つ者もいない。裁判にかけられるのはほんのひと握りで――場合によっては、裁かれるべき者が判事席におさまっていることもあり、なんとも皮肉な話でイアンの心は暗くなるばかりだ――残りはそ知らぬ顔で日常生活を営んでいる。彼らは戦争が終わると家族のもとに戻り、軍服を簞笥にしまい、用心深い人間なら名前を変えるか別の町に引っ越し……だが、ドイツ国内にとどまっていることに変わりはなく、何事もなかったように生活しているのだ。

たまに訊かれることがある。華々しい従軍記者の職をなげうち、戦争犯罪人を追いかけるような退屈で根気のいる仕事に鞍替えしたのはどうしてか、と。スペインにおけるフランコの台頭、ドイツ軍によるマジノ線突破、その結果あちこちで起きた紛争まで、戦闘が勃発した地域ならどこへでも赴いて記事にする生活――照りつける砂漠の太陽を少しも遮断してくれない防水シートの下にうずくまって、締め切りぎりぎりにコラムをひねり出したり、爆撃で崩れたホテルでポーカーをしながら輸送手段の到着を待ったり、吐瀉物が浮かぶ海水に脛まで浸かって、若い兵士たちを満載した上陸用舟艇が浜に近づいてくるのを眺めたり……恐怖から退屈、退屈から恐怖、署名記事のためにそのふたつを行ったり来たりしてきた。

そういったものすべてを引き換えにして得たのは、リストが積みあげられたウィーンの狭いオフィス、そして身構える証人や嘆き悲しむ難民たちと面談を繰り返す日々だった。署名入り記事はもう書かない。「なぜ？」一緒に仕事をするようになってすぐに、トニーがわびしいオフィスのぐるりの壁を指さして尋ねた。「どうしてあっちからこっちに？」

イアンは苦笑した。「どっちも同じ仕事だからな、ほんとうのところは。悲惨なことが起きたと世界に告げる仕事。だが、戦時中におれがひねり出したコラムは、何かの役に立ったか？　何の役にも立たなかった」

「あなたのコラムを愉しみにしてるやつらは軍隊にたくさんいましたよ。テントの中でふんぞり返る将校たちじゃなく、地べたに這（は）いつくばって戦う歩兵たちのために書かれたコラムってあれだけだったもの。アーニー・パイルのを別にして」

イアンは肩をすくめた。「イギリス空軍のアブロ・ランカスター爆撃機に同乗してベルリン空爆を取材中に撃墜されていたとしても、あるいはエジプトから戻る途中で魚雷攻撃を受けていたとしても、おれの穴を埋めるヘボな書き手はいくらでもいたさ。戦争の記事は誰もが読みたがる。だが、いまはどこにも戦争はないし、無罪放免になった戦争犯罪人のことなんて、誰も聞きたがらない」イアンもぐるりの壁を指さして言った。「おれたちは新聞の見出しを書いちゃいない。見出しを作り出してるんだ。一人逮捕するたびにな。そのたびに、新聞のインクがちびちびと一滴使われる。おれが戦争についてのコラムを書いていたときとちがって、おれたちの仕事を引き継ごうと大勢が列を作っているわけじゃない。だったら、おれたちはここで何をやってるんだ？　おれが署名記事で語ってきたことよりもはるかに大事な何かを成し遂げているんだ。おれたちが語るべきことに誰も耳を傾けようとしないからこそ、なんとか耳を傾けさせるようにしなきゃならない」

「だったら、ぼくたちが捕まえた連中のことを、どうして記事にしないのかな？」トニーが言い返す。「あんたの署名がバーンと載ったら、きっと多くの人が耳を傾ける」

「書くことはさんざんやったからな。自分で動かず書くだけは」ニュルンベルク裁判以来、イアンは一文字も書いていなかった。十九歳のときからジャーナリストだった。自分の食い扶持ぐらい自分で稼ぐ、クラブでスコッチをちびちびやりながら国の行く末を嘆いてくだを巻くようなことはしない、と威勢よく啖呵をきって実家を飛び出した十九歳のときから。十五年以上をタイプライターに向かって過ごし、剃刀の刃みたいな切れ味の文章が書けるようになるまで研鑽を重ねたが、この先、記事に自分の名前を記すことはないと思っていた。

彼ははっとわれに返った。受話器を耳に押し当てたまま、すっかり物思いに浸っていた。

「いまなんて言った、フリッツ？」

「今年に入って三人も捕まえたなんて、お祝いしなきゃなって言ったんだ」フリッツ・バウアーが言った。「一杯飲んで、ゆっくり眠れ」

「ロンドン大空襲からこっち、ゆっくり眠ったことなんてないよ」イアンは冗談めかして言い、電話を切った。

その晩の夢はとくにひどかった。黒い木々に絡まる捻じれたパラシュート。ホテルの部屋の代わり映えしない闇の中で悲鳴をくぐもらせ、彼は目を覚ました。「パラシュートはやめてくれ」声に出して言ったが、心臓が激しく脈打っているから自分にも聞こえない。「パラシュートだけは勘弁してくれ」素っ裸で窓辺に立ち、鎧戸を開けて夜気を入れ、石油缶の味がする煙草に火をつけた。煙を吸い込み、窓敷居にもたれて暗い街を見おろす。ふたつの大戦を追いかけて地球を半周し、三十八になったいま、夜明け前の窓辺で、ルサルカ湖の岸辺に立つ女のことを考えていた。胸にわだかまるのは怒りに満ちた限りない渇望だった。

「少し休んだらどうですか」トニーが言った。

イアンは聞こえないふりをし、バウアーに送る急ぎの報告書をタイプした。このタイプライターは、パットンの部隊について砂漠を走りまわって以来の愛用品だ。連合軍の爆撃で破壊されたウィーン国立歌劇場の痛々しい姿は戦争の生き証人だが、空爆で市内の建物のあらかたが瓦礫となり、湖の周囲に建物がわずかばかり残るケルンよりはましだ。

トニーが紙を丸めてイアンに投げつけた。「ねえ、聞いてます?」

「いや」イアンは紙礫を投げ返した。「ゴミはゴミ箱に捨てろ。きみのあとから拾って歩く秘書はいないんだから」マリアヒルファー通りのウィーン難民情報管理センターには、なんでも揃っているわけではない。イアンが戦後すぐに参加した戦争犯罪人捜査チームには、建前上は事務員と運転手、尋問官、語学の専門家、病理学者、カメラマン、タイピスト、法律の専門家が揃っていた——潤沢な資金が保証された、二十人からなる有資格者のチームだった(そのすべてが与えられたわけではないが、そうなるよう努力は払われた)。いまいるのはトニーだけで、彼が運転手と尋問官と語学の専門家を兼任し、イアンはタイピストと事務員と腕の悪いカメラマンを兼任している。ずっと前に亡くなった父親が遺した遺族年金では、賃貸料と生活費を賄うのがやっとだ。〝二人の人間とふたつのデスクで、おれたちは山を動かそうとしている〟イアンは皮肉な思いを嚙みしめた。

「また考え込んで。誰かを捕まえるたびに考え込むんだから。〝青の時代〟に入り込んだピカソ」トニーはドイツ語、フランス語、英語、それにイアンには読めないキリル文字の新聞の束を選り分けていた。「ひと晩休みをとっちゃどうですか。オッタークリングに住む赤毛の彼女がいるんだけど、ルームメイトがすごい美人でね。その子を誘って、パリ解放後にヘミングウェイやスタインベックと飲み明かした話をしてやったら――」

「きみが言うほど華やかなもんじゃなかった」

「だから？　話を盛ればいい！　あなたには魅力があるんだし、ボス。長身で濃い茶色の髪で悲劇的な男を、女はほっとかない。百八十センチのすらっとした肉体、英雄的な戦争物語や不幸な過去を――」

「やめてくれ――」

「イギリス人特有の堅苦しさの奥に秘め、〝おれが何に取り憑かれているか、話したってわかるわけない〟の遠くを見る目。もろ女たちの大好物だから、ほんと――」

「仕事は終わったのか？」イアンはタイプライターから紙を引き抜き、椅子を後ろに傾けて二本脚にした。「郵便に目を通して、それからボルマンの補佐官のファイルを出してくれ」

「わかりましたよ。死ぬまで禁欲を貫けばいい」

「なぜおれはきみに耐えなきゃならないんだ？」イアンは言った。「役立たずで出来損ないのヤンキー……」

「そっちこそ、惨めったらしいイギリス野郎のくせに」トニーが言い返し、ファイル・キャビネットを引っ掻きまわした。イアンは笑みを隠した。どうしてトニーに耐えているのか、自分でもよくわかっていた。タイプライターとノートを道連れに三つの前線を渡り歩くあいだ、トニーのような兵士にどれだけ出会っただろう。しわくちゃの軍服を着て銃口に向かって突撃する、胸が痛くなるほど若い兵士たち。軍隊輸送船にぎゅうぎゅう詰めになり、船酔いで真っ青な顔をしたアメリカ兵、無事帰還するのは四人に一人の空軍戦闘機で飛び立つイギリス兵……生きて戻れるチャンスがどれぐらいなのか、イアンには本人たちよりよくわかっていたから、とても直視できなかった。戦後まもなく、トニーに出会った。アメリカ軍将校に通訳としてついていたのだが、反抗的で投げやりな態度ときたら、将校が彼を軍法会議にかけたいと思っていたとしても不思議はない。ロドモフスキー軍曹がアメリカ軍ではなくイアンのもとで働くいま、将校の気持ちがよく理解できる。だが、トニーはイアンが友達になれた最初の若い兵士だった。軽率で悪ふざけがすぎるし、まことにもって癪の種だが、イアンは初めて彼と握手したときに思った。〝こいつは殺しても死なない〟

イアンのいまの気持ちはこうだ。〝今度気に障るようなことを言ったら、おれが殺してやる〟必ず。

バウアー宛ての報告書を仕上げると、立ちあがって伸びをした。「耳栓をしろよ」そう言ってヴァイオリン・ケースに手を伸ばした。

「コンサート・ヴァイオリニストとしての未来はないって、自覚はしてるんだ」トニーは留守のあいだに溜まった郵便物の山を選り分けた。

「おれがいまだに下手なのは、感情を込められないからだよ」イアンはヴァイオリンを顎にあてがい、ブラームスの楽章を奏でた。演奏は考える手助けになる。手を忙しく動かしていると、新たな追跡対象とともに浮かんでくる疑問を脳みそが整理しはじめる。〝おまえは何者で、何をして、追跡を免れるためにどこへ逃げる？〟最後の一音を長く伸ばしていると、トニーが口笛を吹いた。

「ボス」彼が顔だけこっちに向けて言った。「すごいこと見つけたんだけどな」

イアンは弓をさげた。「新たな手がかりか？」

「ええ」トニーの瞳が得意げに輝く。「ディー・イェーガリン」

イアンの胃の中で落とし戸が口を開け、底なしの怒りの穴へと吸い込まれてゆく。ヴァイオリンを慎重にケースに戻した。「あのファイルは渡していなかったはずだ」

「引き出しの奥に隠してあるファイルでしょ。あなたがこっそり見ていたやつ、ぼくに気づかれていないと思って」トニーが言う。「ところがどっこい、読んでたんですよ」

「だったら、足跡は途絶えたって知ってるだろう。四四年の十一月にポーランドのポズナニにいたことはわかっているが、そこまでだ」興奮が警戒心と闘いはじめた。「それで、何を見つけたんだ？」

トニーがにんまりした。「四四年十一月よりあとで彼女を見かけたという証人。正確に言えば、終戦後に」

「なんだって？」イアンは取り出した女のファイル、強迫観念となっている女のファイルを危うく落としかけた。「誰なんだ？　ポズナニ地方からやってきた人間か？　それともフランクの手下？」ディー・イェーガリンの香りを嗅ぎつけたのは、最初のニュルンベルク裁判でナチ占領下のポーランド総督、ハンス・フランクに不利な証言を聴いていたときだった。イアンはのちに（処刑室に入るのを許された数人のジャーナリストの一人として）フランクが戦争犯罪人として縄の先にぶらさがるのを見届けた。フランクが東に送ったユダヤ人に関する情報の中で、ある事務官が彼のポズナニ訪問を証言していた。親衛隊の高位の将校がルサルカ湖畔でフランクのためのパーティーを催し、会場となった黄土色の屋敷では……

その屋敷に住む女を追跡すべき相当の根拠を、イアンはその時点ですでにつかんでいた。証言台に立った事務官はそのパーティーに招待されており、親衛隊将校の若い愛人が女主人を務めていた。

「誰を見つけたんだ？」イアンはトニーに迫った。不意に湧きあがる希望に口の中が乾いた。「彼女のことを憶えている誰かか？　名前、写真――」何が頭にくるって、このファイルはここで途切れていた。ニュルンベルク裁判で証言した事務官がその女に会ったのは一度きりだし、彼はパーティーのあいだずっと酔っ払っていた。彼女の名前も憶えておらず、黒い髪で青い目の若い女だったと言うのがせいぜいだった。彼女のあだ名と髪や目の色だけしかわからないのでは、追跡は難しい。「何を見つけたんだ?」

「もう、人の話を遮るの、やめてくれないかな、話そうとしてるんだから」トニーはファイルを指で叩いた。「ディー・イエーガリンの愛人は、四五年にアルタウスゼーに逃げた。ポズナニから愛人を連れて逃げたという証拠はない――でも、どうやら彼はそうしたらしいんですよ。ぼくが見つけたのはアルタウスゼーに住む女で、彼女の姉が働いていたのが、われらがハントレスの愛人が、四五年五月にアイヒマン一家やほかの仲間たちと隠れ住んでいた家のすぐ近くだった。その姉さんってのにはまだ会ってないけど、彼女がディー・イエーガリンらしい女を憶えているのはたしかです」

「それだけか?」イアンの希望が萎んでゆく。アルプスの麓、青緑色の湖のほとりにある温泉街は、戦後にナチの高位将校たちの逃げ場所になった。四五年五月には、ナチハンターのアメリカ人でごった返し、逃亡者たちの中には手錠をかけられた者もいれば、逃げおおせた者もいた。ディー・イエーガリンの愛人の親衛隊将校は、捕まるぐらいならと銃弾を浴びて死んだ――以来、彼女の行方は知れない。「アルタウスゼーならおれがさんざん調べまわった。彼女の愛人が死んだと聞いて、すぐに飛んでいった――彼女もそこにいたんじゃないか、手がかりがつかめるんじゃないかと思って」

「あなたのことだから、スペインの異端審問から抜け出した地獄の犬みたいな形相で調べまわったんでしょ。会う人会う人、恐怖に竦みあがらせたんだろうな、きっと。さりげなさはあなたの得意技じゃないから。イートンで鳴らした剛腕で押しきったんでしょ」

「ハローだ」

「同じこと」トニーは煙草を探した。「ぼくはもっとソフトに探りを入れる。前の十二月にベルゲン・ベルゼン強制収容所の看守を探して、オーストリアじゅうを走りまわったときみたいに。けっきょく、彼はアルゼンチンに逃げたってわかったけど。この週末にアルタウスゼーに行って、聞いてみたんですよ。そういうの、得意だから」

たしかにそうだ。トニーは人とおしゃべりするのが上手だ。それも相手の母国語で。彼がこの仕事に向いているのはそこで、疑り深く、用心深い相手から、いとも簡単に情報を引き出すことができる。「休みの日返上で、どうしてそこまでやるんだ?」イアンは尋ねた。「迷宮入り事件なのに――」

「あなたがこだわってる一件だから。彼女はあなたの白鯨だ。このろくでなし野郎どもを」トニーは戦争犯罪の書類がぎっしり詰まったファイル・キャビネットを指さした。「あなたは全員をひっ捕まえたいわけだけど、ほんとうに捕まえたいのは彼女でしょ」

たしかに。デスクの端で拳を握っていた。「白鯨か」彼はぽつりと言い、顔をしかめた。

「まさかメルヴィルを読んじゃいないよな?」

「読むわけないでしょ。『白鯨』なんて誰も読まない。熱心すぎる教師が課題書にしたけどね。真珠湾攻撃の翌日に新兵募集事務所に行きましたよ。おかげで『白鯨』を読まずにすんだ」トニーは包みを振って煙草を出した。黒い目は瞬(まばた)きしない。「ぼくが知りたいのは、なんでディー・イェーガリンなのか？」

「彼女のファイルを読んだんだろ」イアンははぐらかした。

「たしかに胸糞悪い女だ、異論はありませんよ。六人の難民に食事を与えたあとで殺したっていう――」

「子供だった」イアンは静かに言った。「ポーランド人の子供六人、四歳から九歳までの」

トニーは煙草に火をつけようとして手を止めた。むかついているのがわかる。「あなたが書いた記事には難民とだけ」

「編集主任の判断で入れなかったんだ。あまりにも惨たらしいから。だが、子供だったんだよ、トニー」イアンは心を鬼にしてこの記事を書いた。それほどひどい事件だった。

「フランクの裁判で事務官はこう証言した。彼女に会ったパーティーで、東に送られるのを免れた子供六人を、彼女が殺したという話を誰かがしていた、と。オードブルに添えるちょっとした逸話として。その場にいた者たちは、彼女を讃えてシャンパングラスを掲げ、彼女を〝女狩人〟と呼んだそうだ」

「なんてこった」トニーは低い声で言った。

イアンはうなずいた。彼女の犠牲となったのは、見知らぬ子供たち六人以外にも二人いた。落ち窪んだ目に悲しみを湛え、病院のベッドに横たわる壊れ物のような若い女。〝二十一歳って言ったらそれで通って、来週、出発するんだ！〟と元気いっぱい言っていた、まだ十七歳の少年。若い女と少年、一人は去っていき、一人は死んだ。〝おまえがやったんだ〟夜な夜な彼の夢を占拠する名無しの女狩人に向かって、イアンは声に出さずに言った。〝おまえがやったんだ、ナチのメス犬〟

　トニーは二人のことを知らない。若い女と若い兵士のことを。年月を経たいまでも、語るのは難しかった。イアンが言葉を探っている横で、トニーはすでに住所をメモしている。話し合いは終わり、あとは行動あるのみ。いまは言わないでおこう。デスクの端を握り締める指の力が抜けた。

「これがアルタウスゼーに住む娘の住所。彼女の姉さんがディー・イェーガリンに会ってるかもしれない」トニーが言った。「直接会って話を聞く価値はあると思いますよ」

　イアンはうなずいた。どんな手がかりであろうと追う価値はある。「名前を知ったのはいつだ？」

「一週間前」

「なんだって、一週間前？」

「ケルンの一件にかかりっきりだったでしょ。それに、ひとつ確認したいことがあって。よりよい情報をあなたに知らせたかった」トニーは煙草の灰を散らしながら、郵便の山から手紙を抜き出した。「ぼくらがケルンに行ってたあいだに届いた」

　イアンは手紙に目を通した。黒いインクで書かれたへたくそな字に見覚えはない。「この女は何者で、どうしてウィーンにやってくる……」手紙の最後の署名を見て、世界が動きを止めた。

「ディー・イェーガリンに実際に会って、いまも生きている証人」トニーが言った。「ポーランド人女性――彼女の証言とか細かいことはファイルで知った」

「彼女はイギリスに移住した。どうしてきみは――」

「電話番号が書いてあったんでね。伝言を残したんです。いまごろ彼女はウィーンに向かっている」

「断じてきみはニーナと連絡をとるべきじゃなかった」イアンは静かに言った。

「なんで駄目なんです？　だって、このアルタウスゼーの手がかりを除けば、彼女はただ一人の生き証人でしょ。ところで、彼女をどこで見つけたんです？」

「四五年にドイツ軍が撤退したあとのポズナニで。彼女は入院中に病床で証言した。憶えているかぎり事細かに」病院のベッドに横たわるひ弱な女の姿を、イアンはありありと思い出す。ポーランド赤十字が貸与したスモックから、マッチ棒のような手足を覗かせていた。「彼女にヨーロッパを半周させるような真似はすべきじゃなかった」

「彼女が言い出したんですよ。ぼくは電話で話せればそれでよかった。ぼくらの獲物に関して、もうちょっと細かいことが聞ければよかった。でも、彼女がこっちに来たいって言うなら、利用しない手はないでしょ」

「それに彼女は――」

「なんです？」

イアンは口ごもった。驚きと不安は消え、意外にもいたずら心が頭をもたげた。相棒が慌てふためく姿はめったに見られるものではない。〝よくも驚かせてくれたよな。次はきみが驚く番だ〟イアンなら、萎れた花、つまりヨーロッパを半周してくるニーナ・マルコワを引っこ抜くような真似はしないが、すでにこっちに向かっているのだし、彼女に利用価値があることは、様々な理由から認めることに吝かではないので……その理由のひとつが、トニーに対して形勢を逆転することであり、そうできたらさぞ愉快だろうと認められないほど自尊心は高くない。相棒が陰でこそこそ調べまわっていたのだからなおのこと。しかもこの一件を。

「彼女は何なんです？」トニーが尋ねる。

「なんでもない」イアンは答えた。トニーの足元から地面を引っこ抜いてやることもだが、ニーナに会うのも楽しみだった。この一件とは関係なく、いろいろと話し合うべきこともある。「彼女がやってきたら、やさしく接してやってくれ」彼は言い添えた。こればかりは本心だった。「彼女は戦争でひどい経験をしたんだ」

「やさしくしますよ、せいいっぱい」

四日が過ぎ、そのあいだ、山ほどの難民の証言を分類することに没頭していたので、訪問客のことは頭の隅に押しやられていた。廊下から、この世のものとも思えぬ金切り声が聞こえてくるまでは。

トニーはイディッシュから翻訳中の証言から顔をあげた。「うちの大家のご機嫌を損ねるようなことを、また誰かがやったのかな？」トニーが言い、イアンはドアへと向かった。

廊下を塞ぐのはフンメル夫人（フラウ）の花柄のハウスドレスに包まれた巨体で、彼女が指さしているのは床の泥まみれの足跡だった。大家の向こうに、はるかに小柄な女の姿がちらりと見えたと思ったら、フラウ・フンメルが泥足の新参者の腕をつかんだ。小柄な女がブーツから折り畳み式剃刀を抜いて、手首のひねりで開き、どう見ても脅しの道具に使ったものだから、大家の怒鳴り声は悲鳴に変わった。新参者の顔は輝くブロンドの髪に隠れて見えない。イアンから見えたのは、折り畳み式剃刀を握る容赦ない拳だけだった。

「まあまあ、落ち着いて！」トニーが廊下に飛び出した。

「このドイツ女（クラウト・スカ）が警察に通報するって言うから――」新参者が歯を剥き出した。

「大きな誤解ですよ」トニーが明るく言い、フラウ・フンメルを退かせ、妙な女に手ぶりでイアンを示した。「文句があるならぼくの相棒に直接言ってもらえませんか。お嬢さん（フロイライン）の名前は――」

「こっちに」イアンは剃刀に油断ない視線を向けながら、オフィスのドアを指さした。「これほどドラマチックに登場する訪問客はめったにいない。「難民情報管理センターにご用ですか、フロイライン？」

女は剃刀を畳んでブーツに戻した。「着いたのは、一時間より少ない前」彼女がおかしな英語で言う。イアンはオフィスのドアを閉めた。彼女の訛りにはウィーンよりずっと東の国のものが混ざっている。彼女が背筋を伸ばし、髪を掻きあげて明るい青い瞳を覗かせると、イアンの鼓動が激しくなった。

「あたしのこと聞いてないの、トムだったか、ディックだったか、アイヴァンから」彼女が言った。

〝なんてこった、彼女はすっかり変わった〟イアンは凍りついた。

五年前、赤十字病院のベッドに飢え死にしかけた体を横たえていたときは、大きな青い目を見開き、頑固に口を閉ざしていた。いまの彼女はいかにも有能そうで、擦り切れたズボンとブーツに引き締まった体を包み、みっともないアザラシの皮の帽子を振りまわしていた。くすんだ茶色だと思っていた髪は、根元は黒っぽいが明るいブロンドで、陽気な瞳にいたずらっぽい光を宿していた。

イアンは痺(しび)れて感覚のない唇から言葉を押し出した。「やあ、ニーナ」

トニーがドアをバタンと開けて入ってきた。「親切な夫人(クネーディガ)の怒りはなんとかおさまった」ニーナを惚れ惚れと眺める。「こちらのお客さんはどなた？」

ニーナがいらだちを示す。「手紙送った。受け取ってない？」〝英語が上達したな〟とイアンは思った。五年前は意思疎通を図れなかった。彼女は英語がほとんどしゃべれず、イアンはポーランド語がからっきし駄目だった。あれからいままで、もっぱら電報でやり取りしてきた。心臓はいまもドキドキしている。これが、ニーナ……？

「だったらきみが――」トニーは当惑している。イアンがやさしく接してくれと言っていた女性像とはちがう、と思っているのだ。「ぼくが想像していたのとまったく違いますね、ミス・マルコワ」

「ミス・マルコワじゃない」イアンは髪を手で梳きながら、四年前に言っておくべきだったと思った。相棒に対して形勢を逆転してやれなんて思わなければよかった。この部屋にいる人間の中で、いちばん困った立場に立たされているのは自分なのだから。〝なんてこった〟「ファイルに書いてあるのは旧姓なんだ。トニー・ロドモフスキー、紹介しよう、ニーナ・グレアムだ」病院のベッドに横たわっていた女、ディー・イェーガリンに会いながら生き延びた女、五年ぶりに彼と同じ部屋にいる女、ブーツに剃刀を忍ばせ、唇に冷ややかな笑みを浮かべている女。「おれの妻だ」

3　ニーナ

戦争前　バイカル湖、シベリア

彼女は湖水と狂気から生まれた。

世界の東端の地溝湖、バイカル湖のほとりで生まれた者はみなそうだ。針葉樹林帯（タイガ）を横切り大空を映して第二の空となる、広大な湖のほとりでこの世に生を受けた赤ん坊は、母の乳の味を知る前に湖水の金臭（かなくさ）い味を知る。だが、ニーナ・ボリソヴナ・マルコワの血には、狂気の筋がついていた。冬の湖の氷の線紋のように。マルコフ一族はみなおかしかった。周知の事実だ——揃いも揃って威張り腐り、血走った目をして、クズリ（別名クロアナグマ）のように凶暴だった。

「おかしなのばかり作っちまった」ニーナの父は、家の裏手の狩り小屋で蒸留しているウォッカで酔いつぶれるたびそう言った。「息子たちはみんな犯罪者、娘たちはみんな尻軽——」そこで容赦なく拳固を振りまわすものだから、子供たちは鋭い爪の小動物みたいにシャーシャー言いながら逃げまわった。ニーナが余計に拳固を食らうのは、長身で黒い目の姉たちや、もっと長身で黒い目の兄たちの中で、一人だけ小柄で青い目だったからだろう。彼女を見るとき、父はいつだって陰険に目を細めた。「おまえの母親はルサルカだった」父はうなり、絡まり合った黒いひげになかば覆われたシャツの中で丸くなった。

「ルサルカってなあに？」ニーナは十歳になってようやく尋ねた。

「緑色の髪を長く引いて岸に現れ、男をたらしこんで殺す湖の魔女だ」父はそう言って拳を突き出し、ニーナは流れるような動きでそれをかわした。マルコフの子供が最初に身につけるのがそれだった。身をかわすこと。次に覚えるのが盗みだ。誰も分け与えてくれないから、自分の分の水っぽいボルシチと硬いパンは盗むしかなかった。それから戦い方を身につける——村のほかの少年たちが魚の捕り方やアザラシの狩り方を習うころ、少女たちが料理や漁網の繕い方を習うころ、マルコフの息子たちは喧嘩（けんか）と酒を習い、娘たちは喧嘩を習い男を知る。最後の仕上げが、家を出ることだ。

「あんたを連れて逃げてくれる男をつかまえるんだよ」上から二番目の姉、オルガがニーナに言った。オルガは鞄に服を詰めていた。十五歳で体は丸みを帯び、その目は西のイルクーツクを見ていた。シベリアの水平線の彼方、汽車で数時間のところにある、いちばん近い都会だ。これまで彼女が目にしてきたのは、村とも呼べないあばら家の寄せ集めだった。魚の鱗のせいで銀白色に光り、刺激臭を放つ漁船、果てしなく広がる湖。「男をつかまえな」オルガがまた言った。「ここから出るにはそれっきゃない」

「別のやり方を見つける」ニーナが言うと、オルガは別れの挨拶代わりに意地悪く引っ掻き、姿を消した。兄も姉も戻ってこなかった。みんな自分のことでせいいっぱいだし、ニーナは別に淋しいとも思わなかった。最後に残っていた兄も出ていき、父と二人だけになると、さすがに堪えた。「ルサルカのクソガキ」——小屋の中で父に追いまわされるたび、ニーナはシャーシャー言い、乱れ放題の髪につかみかかる大きな手を引っ掻いた——「おまえを湖に戻さにゃならない」

父のことはそれほど怖くなかった。父親なんてこんなもんなんじゃない？　湖みたいに彼女の世界にのしかかってくる。ある意味、父は湖だった。〝親父〟。村人たちは湖をそう呼ぶ。〝親父〟は青く広がり、戸口で波打つ。もう一人の親父は小屋の中で彼女を追いまわす。

父はつねに荒れているわけではなかった。機嫌がいいときの父は、ファーザー・フロストや妖婆バーバ・ヤーガの歌を歌いながら、いつもベルトに差している折り畳み式剃刀の刃を研(と)いでいた。そういうときは、戸口に掛けてある旧式のライフルで仕留めたアザラシの皮のなめし方を教えてくれた。狩りに連れていってくれて、雪の上をまったく音をたてずに移動する方法も教えてくれ、彼女をルサルカと呼んだりせず、耳を引っ張って、チビの女狩人と呼んだ。「ほかに教えられることがあるとすれば」父はささやいた。「音をたてずに世の中を渡っていく方法だ、ニーナ・ボリソヴナ。おまえの足音が聞こえなければ、捕まることもない。それが証拠に、おれはまだやつらに捕まっちゃいない」

「やつらって、父さん？」

「スターリンの手下ども」父は吐き捨てるように言った。「人を壁際に立たせ、事実を言った咎(とが)で撃ち殺すやつらだ――同志スターリンは大衆を裏切る、嘘つきで人殺しの豚野郎だ。こういうことを言うと、やつらに殺される。ただし、見つからなければ大丈夫だ。だから足音をたてちゃいけない。静かにしていれば追われることもない。代わりにこっちがやつらを狩ってやるんだ」

父は何時間でもしゃべりつづけ、ニーナはうとうとしはじめる。〝同志スターリンはグルジア生まれの卑劣漢だ、同志スターリンは人殺しの腰抜けだ〟「彼にああいうことを言わしちゃだめだよ」服の物々交換に行くと、老女たちがニーナの耳元でささやいた。「世界の果てっていったって、誰が聞いてるかわかりゃしないんだからね。あんたの親父はいまに撃ち殺されるよ、隣近所を巻き添えにして」

「父さんはロシア皇帝(ツァーリ)のことも、人殺しの腰抜けって言ってる」ニーナは言った。「ユダヤ人も原住民も、うちの前の浜にアザラシの死骸を捨てていく狩人のことも、そう言ってるよ。父さんから見たら、なんでも、誰でもクソッタレなんだ」

「同志スターリンをそう呼ぶのはわけがちがうんだよ！」

ニーナは肩をすくめた。彼女に怖いものなんてなかった。マルコフ一家のそれも呪いだった。誰も血を恐れない。闇を恐れないし、森にバーバ・ヤーガが潜んでいるという伝説だって恐れなかった。「バーバ・ヤーガのほうが、あたしを恐れてるんだよ」壊れた人形を必死に奪い合ったときに、ニーナは村の子供に言った。「あたしのことも恐れたほうがいい」彼女は人形を手に入れた。子供の母親が祟りを恐れて十字を切り、人形を差し出したからだ。宗教は大衆のアヘンだとわかるまで、みんながそんな風に十字を切った。

「怖いもの知らずだな」父はその話を聞いて言った。「おれのガキどもが、みんなおれより早く死ぬのはそのせいだ。怖いもの知らずは泣きを見るぞ。ひとつぐらい怖いものがあったほうがいい、ニーナ・ボリソヴナ。そいつに恐怖のありったけを詰め込んどけば、用心深さが身につく」

ニーナは不思議に思って父を見つめた。こんなに大きくて狼みたいに野性的な父に怖いものがあるなんて、想像がつかなかった。「何が怖いの、父さん？」

父はニーナの耳元に唇を当てた。「同志スターリン。どうしておれが海みたいに馬鹿でかい湖のほとりに住んでると思ってるんだ？　これ以上先に行くと落っこっちまうような東の果てだぞ」

「なら、それ以上行くと落っこちちゃう西の果ては？」太陽は西に落ちて死ぬ。世界のほとんどがここより西にあるが、ニーナは何も知らなかった。村の学校の一人きりの先生は、教えている生徒たちと同じぐらいものを知らなかった。「西にずっと行ったら何があるの？」

「アメリカだろ？」父は肩をすくめた。「不信心な悪魔どもだ。スターリンより質(たち)が悪い。アメリカ人には近づくなよ」

「あたしはぜったいに捕まらないよ」爪先をトントンとやる。「足音たてないもん」

父はウォッカのグラスを掲げ、グイっとやり、めったに見せない尖った笑みを浮かべた。機嫌がいい。機嫌のいい日のあとは決まって不機嫌な日がつづくけど、気にならなかった。なぜって、ニーナは素早くて静かで、怖いもの知らずで、いつだって逃げることができたからだ。

〜

十六歳になり、父に湖に沈められそうになるまでは。

澄んだ冷たい黄昏(たそがれ)どきに、ニーナは浜に立っていた。湖は凍りついて暗い緑色の鏡みたいで、澄んでいるから底の底まで見通せそうだった。昼のあいだに氷の表面があたためられると割れ目が口を開き、バリバリと音をたてる。まるで湖のルサルカたちが湖底で戦っているようだ。浜に近いところでは、ターコイズブルーの氷が隆起して折り重なり、ニーナの背丈より高い壁を作り、冬の風に吹かれて浜に押し寄せる。数年前、そんな青い氷の波が風に煽(あお)られて浜を這いのぼり、タンホイ駅を呑み込んでしまったことがあった。ニーナはぼろのコートのポケットに両手を突っ込み、来年もここで湖が凍りつくのを眺めているのだろうか、と思った。十六になった。姉たちはみんな、この歳になる前に腹ボテになって家を出ていった。〝マルコフのとこの娘たちときたら、どれもこれも身持ちが悪い〟村人たちはそう噂した。

「身持ちが悪いのはかまわない」ニーナは声に出して言った。「ただ腹ボテにはなりたくない」でも、あの父の娘にほかに何ができるのだろう、大きくなって、男と番うようになって、家を出る以外に。ニーナはじっとしていられず浜を蹴った。父がよろよろと小屋から出てきた。寒さをものともせず上半身裸だ。両腕では不格好な刺青のドラゴンとヘビがのたくっており、体から湯気があがっていた。ここ数日、ウォッカをがぶ飲みしてブツブツとろくでもないことを言う酩酊状態がつづいていたが、どうやらいまは正気に戻っているらしい。父がニーナを見つめる。いまごろになって彼女の存在に気づいたように。目に奇妙な光を宿している。「〝親父〟がおまえを返してくれだと」うちとけた口調だった。

父が狼のように追ってきて、ニーナは木立のほうへ走りだし、三歩目を踏み出したところで捕まった。大きな手で髪をつかまれ引きずり倒された。地べたに叩きつけられ、世界が傾いだ。気がついたときには仰向けになり、ブーツで地面を引っ掻きながら、鏡面のような湖へと引きずられていた。

いまの時期の氷は男の背丈よりも厚いが、氷が薄いところには割れ目ができている。教えている教科よりは湖のことに詳しい学校の先生が、より深い地溝から温水が湧き出して水路を作っているので、氷の表面にところどころ穴があくのだ、と言っていた――いま、父は氷の上を進んで温水が作る穴まで彼女を引きずり、膝を突いて薄い氷を割ると、彼女の頭を冷たい水に突っ込んだ。

恐怖がニーナを打った。張ったばかりの霜柱のような、異質で鋭い感触だった。髪をつかまれて氷の上を引きずられるほうが、まだ怖くなかった。あっという間の出来事だった。だが、暗い水に呑み込まれていくうち、恐怖が雪崩を打った。水の冷たさが彼女をがんじがらめにする。青緑の底なしの湖底が見え、悲鳴をあげようと口を開いたが、湖の鉄の拳がさらなる冷気を打ち込んでくるので、口がかじかんで動かない。

氷の上では、彼女の体が髪をつかむ父の手から逃れようともがいていた。石のように固い父の手が、彼女の頭を深く、深く沈めたが、彼女は脚を動かし、父の脇腹をブーツで蹴った。父は悪態をついて彼女を引きあげた。咳き込みながら息を吸い込むと、熱いナイフが肺に食い込む気がした。父がわめいている。ニーナの濡れた髪から手を離し、彼女を仰向けにすると今度は首をつかんだ。「湖に戻るんだ」父がささやく。「うちに帰れ」ふたたび頭が水に沈んだ。今度は泡ぶくの向こうが見えた。父の向こうに夕方の空が見えた。〝あそこに行くんだ〟恐怖の波に呑まれながらわけのわからないことを考えた。〝あそこまで行きさえしたら〟手をやみくもに伸ばした……が、彼女の指が触れたのは空ではなかった。

柄を握る指の感覚がなかった。冷気が彼女を食らい込み、押さえつける。それでも、彼女を溺れさせようとする湖の泡ぶくの向こうで、自分の動く姿が見えた。手が剃刀を開き、父の手をざっくりと切り裂くのが見えた。そこで父はいなくなり、ニーナは水から浮かびあがった。割れた氷のギザギザの縁で喉が切れたが、彼女の手の中には剃刀があり、いまや自由の身だった。

氷の穴を隔てて、二人は喘ぎながら横たわっていた。父は、ニーナがざっくり切った手を押さえ、凍った湖に深紅の丸まったリボンのように血を飛び散らしていた。ニーナは横向きになって丸まり、冷気と恐怖で体の芯から震えながら、氷で切れた喉から同じような血のリボンを垂らしていた。剃刀は父に向かって構えたままだった。

「今度あたしに触れたら」歯をガチガチ鳴らしながら言った。「あんたを殺す」

「おまえはルサルカだ」父がつぶやく。彼女の怒りに戸惑っているようだ。「湖はおまえを傷つけやしない」

激しい震えが彼女を襲った。〝あたしはルサルカじゃない〟そう叫びたかった。〝もう一度頭を水に浸けられるぐらいなら、死んだほうがいい〟だが、口から出たのはこれだけだった。「あんたを殺すからね。本気だよ」なんとか小屋に戻ってドアのかんぬきをかけ、氷の張った服を脱いで火を熾（おこ）し、銀鼠色（ぎんねずいろ）のアザラシの毛皮の山の下に裸で潜り込んで震えつづけた。これが真冬だったら、あまりの冷たさにショック死していただろう。あとになって思った。春に向かって寒さがやわらいでいたので、死なずにすんだ。父が狩り小屋で酔いを覚ますあいだ、ニーナは剃刀を握り締めたまま毛皮の下で震えていた。水が顔にかぶさり、口も鼻も金臭い味でいっぱいになったことを思い出すたび、ヒクヒクと泣き声を漏らした。

〝あたしは恐怖を見つけた〟これから先ずっと、ニーナ・マルコワにとって、溺れ死ぬこと以外、怖いものは何もない。〝ここから逃げるのよ〟毛皮の下から這い出して父のウォッカを見つけ出し、脂っこくピリッとする酒をゴクゴク飲んだ。〝逃げろ〟言葉が頭の中で鳴り響いた。〝どこへ？　湖の対岸には何があるの？　溺れ死ぬことの反対は何？　ひたすら西へと向かったら、そこに何が待っている？〟無意味な質問。酔っているみたいだ。ひまた毛皮の下に潜り込み、死んだように眠った。目が覚めると、湖の冷たい指が彼女を殺そうとした痕（あと）には固まった血がへばりつき、頭には冷徹な考えが居座っていた。

〝逃げ出せ〟

4　ジョーダン

一九四六年四月　ボストン

「おおおおおっとぉ、抜けたぁ！　ライナー性の当たりがジャンピングキャッチするジョニー・ペスキーの横を――」

「ギャレット」ジョーダンはボーイフレンドに声をかけた。ボストン・レッドソックスの本拠地、フェンウェイ・パークのスタンドがどよめく。「ライナー性の当たりがジョニー・ペスキーの横を抜けたことぐらいわかってる。あたしはここにいて、ライナー性の当たりがジョニー・ペスキーの横を抜けていくのを見てるんだから。いちいち実況中継してくれなくていいから」

うららかな春の日だ。外野の芝の香り、観衆のざわめき、スコアカードを擦る鉛筆の音。ギャレットがにやりとした。「白状しろよ、ぼくが訓練でいなかったあいだ、野球観戦デートができなくて残念だったんだろ。ぼくの実況中継付きでも」ジョーダンはライカを掲げずにいられなかった。彼のえくぼ、彼の広い肩、短い茶色の髪に目深にかぶったレッドソックスの野球帽、ギャレットのアメリカ人そのものといった屈託のなさ。コカ・コーラの広告に打ってつけ、あるいは募兵ポスターに。彼は最終学年の終わりに、ジョーダンに卒業記念リングをくれて入隊したものの、操縦士の訓練中に脚を折ったうえ、日本との戦争が唐突に終わりを迎えたため、陸軍航空軍勤務は短期で終わった。ギャレットが悔しがっていることはジョーダンにもわかっていた――入隊したときには、太平洋上で空中戦を繰り広げるのを夢見ていたのだから。それなのに、海上に飛び立つ前に負傷除隊を余儀なくされた。

「もちろん、野球観戦デートができなくて残念だったわよ」ジョーダンはからかうように言った。「戦争で、三番を打つテッド・ウィリアムズを見られなかったことのほうが残念だったけど――」

　ギャレットがピーナッツの殻を彼女のポニーテールめがけて弾き飛ばした。「陸軍航空軍の軍服姿のぼくのほうが、テッド・ウィリアムズより断然かっこよかったぞ」

「そりゃそうでしょう、テッド・ウィリアムズは海兵隊員だったんだもの」

「海兵隊ってのは、プロムに女の子を誘えない弱気なやつらの根性を叩き直すために創られたんだよ」

「海兵隊員の前でそんなこと言っちゃだめよ」

「冗談がからきしわからないやつらだからな」

　ヤンキースの打者が打席についたので、ジョーダンはライカを構えた。スウィングしたバットがボールにジャストミートした瞬間を捉えられたかどうかは、現像してみないとわからない。完璧なタイミング。偉大なカメラマンが必要とするものだ。

「今度の日曜、ランチに来ないか？」ギャレットがピーナッツの袋の底を漁りながら言った。「うちの親たちが、きみに会いたがってる」

「秋になったら、息子がボストン大学の女子学生クラブのお嬢さんと付き合うのを期待してらっしゃるんじゃないの？」

「よせやい、両親がきみのことえらく気に入ってるって知ってるくせに」

　たしかにそうだった。それにギャレットも。それがジョーダンには驚きだった。二人が付き合いはじめたのは彼女が高校二年のときで、彼が心変わりしても、胸が張り裂けたりするものか、とジョーダンは最初から決めていた。高校三年生は大学に進学するか戦争に行くか、いずれにしてもいなくなる。それでいいと思っていた。卒業したら高校時代の恋人と結婚するなんて、ジョーダンに言わせれば愚の骨頂だ（父さんの場合はそれでうまくいったぞ、といくら父が言おうと）。いいえ、ギャレット・バーンはいずれほかの女の子に目移りするだろう。そのとき、心はちょっぴり痛むだろうが、キリリと頭をそらし、ライカを首からさげ、ヨーロッパの紛争地帯を飛びまわってフランス男と恋をするまでだ。

ところが、ギャレットは心変わりせず、負傷除隊で杖をつきながら戻ってきて、午後の野球観戦に彼女を連れ出し、日曜の両親とのランチに彼女を誘った。彼の両親はジョーダンを見ると顔を輝かす。父がギャレットを見るときと同じだ。膝ががくんと折れそうなほどの親の期待の重さが、すべてを既成事実にしてしまう。ヨーロッパを飛びまわって〈ライフ〉誌に売り込むために写真を撮るなんて、月旅行と同じぐらいありえない話だ。

「いいだろ」ギャレットがウエストに腕を絡ませ、耳に鼻を擦りつけた。こうされると、彼女の膝はやっぱりがくんと折れる。「日曜のランチ。そのあとドライブに出かけて、どこかに車を停めて……」

「無理よ」ジョーダンは言った。残念だ。「父とミセス・ウェーバーと一緒に礼拝に出るの」

「真剣な付き合いなんだ」ギャレットがまたにやりとした。「それで、お父さんの彼女（フロイライン）ってどんな人？」

「とってもいい人よ」次に夕食をともにしたのは、アンネリーゼ・ウェーバーの塵ひとつないこぢんまりしたアパートだった。彼女はあたたかく迎えてくれて、カリッと揚がった子牛のカツレツと、ラムに浸してピンクの糖衣をかけたオーストリアのケーキでもてなしてくれた。アンネリーゼの手料理に父は相好を崩しっぱなしで、ジョーダンは、ささやき声で「ワンちゃんはどうしてる」と尋ねるルースにメロメロになった。すべてがすばらしかった。文句のつけどころがないぐらい。

どういうわけか、ジョーダンは写真のことが頭から離れなかった。ライトとレンズのいたずらなのか、ミセス・ウェーバーの剃刀並みにやさしさもあたたかみも感じさせない写真。

「彼女はとってもいい人」ジョーダンはもう一度言った。けっきょくレッドソックスは敗れ、ジョーダンとギャレットは観衆に揉まれ、ピーナッツの殻や捨てられたスコアカードを踏みしめながら野球場をあとにした。「あたしたちの年よ」ジョーダンは宣言した。「今年は優勝するわ、あたしにはわかるの。一緒に店に来てくれない？　帰りに寄るって父さんに約束したの」

観客に囲まれ、手をつないで歩くとやがてコモンウェルス・アヴェニューに出た。まだ少し足を引きずるギャレットに合わせ、ジョーダンはゆっくり歩いた。きょうがそうだ。長い長い冬の終わりに急に春めく日。通りの遊歩道には、ボストンっ子たちが重いコートを脱ぎ捨てて繰り出し、冬のあいだに白くなった顔を空に向け、あたたかさに酔いしれて足をもつれさせている。ボストンのこういうところがジョーダンは大好きだ――妙な連帯意識を持つ市民たちを見ていると、ここは大都会ではなく小さな町のような気がする。みんながみんなと知り合いで、心の傷も秘密も知っていて……そう思ったら、つい顔をしかめた。

「彼女のことをもっと知りたい」思わず口に出して言っていた。

「誰のことを?」ギャレットは秋から受講するクラスのことを話していた。

「ミセス・ウェーバー」ジョーダンはライカのストラップをいじくりながら言った。

「何を知りたいの?」ギャレットが分別臭い質問をした。ホテル・ヴァンドームを通り過ぎようとしたとき、ジョーダンが出てきたシボレーのクーペに轢かれそうになった。ギャレットが慌てて彼女を引き戻した。「気をつけないと――」

「そうなのよ」ジョーダンは言う。「彼女は気をつけてるの。自分のことはあまり話さない。彼女の顔に浮かんだ奇妙な表情を、あたしは写真に捉えて……」

ギャレットが笑った。「おかしな表情のせいだけで、人を嫌いになったりしないだろ、きみは」

「あら、女の子は年じゅう嫌いになるわよ。学校の廊下で男子がこっちを見てるのに気づいたときとかね。向こうは気づかれてないと思ってる。男子が女子を見るのは別に普通だけど」ジョーダンは要点を明らかにした。「ようするにね、こっちがブルっと震えあがるような見つめ方ってこと。本人は、こっちが気づいたとは思っていないし、ほんの一瞬の表情だとしても、〝あの子と二人きりにはなりたくない〟と思わせるにはそれで充分なのよ」

「女の子ってそんなこと考えてるの？」ギャレットはきょとんとしている。

「そういうことを考えない女の子はいないと思うな」ジョーダンは言った。「あたしが言いたいのはね、その人にそぐわない表情が浮かんでいるのを見てしまうと、距離を置こうと思うってこと。わざわざ近づきたいとは思わない」

「だけど、ロッカールームのドアの陰から覗き見する男子の話じゃないんだろ。きみのお父さんが家に食事に呼んだ女性の話だろ。彼女とは近づきにならざるをえないじゃないか」

「わかってる」

「きみのお父さんは彼女のことを真剣に考えてるんだろ」ギャレットがジョーダンのポニーテールを引っ張った。「おそらくそこが問題なんだろうな」

「あたし、嫉妬してないわよ」ジョーダンは赤くなった。それから、言い直した。「わかった。してるかも。ほんのちょっぴりね。でも、父に幸せになってほしい、ほんとうよ。ミセス・ウェーバーと父はお似合いだしね。それはわかるの。ただ、父を託す前に、彼女のことをもっとよく知りたいのよ」

「だったら、本人に訊けばいい」

〈マクブライズ・アンティークス〉はニューベリー・ストリートとクラレンドン・ストリ

ートの角にある――ボストンの最高級の商店街ではないが、品格のある店が並んでいる。ジョーダンが物心ついてからずっと、父は毎朝五キロ弱の道のりを歩いて店に通ってきた。父が祖父から受け継いだ店は、擦り切れた石段をあがると古めかしいブロンズのノッカーのドアがあり、鎧戸を開けると金文字で店名が記された大きなウィンドウが現れる。ジョーダンは店が視界に入ってくると、ウィンドウの飾りつけに顔をしかめた。きのう飾ってあったタッセルシェードのランプとヴィクトリア朝の帽子掛けが、きょうはアンティークレースのウェディングドレスを着たマネキンと、ビロードのトレイの上で燦然と輝くカボションカットの指輪に代わっていた。ジョーダンは先に立って石段をのぼり、ドアを押し開けてベルのやさしい音を聞いた。長いカウンターの前で、父がアンネリーゼ・ウェーバーの手をわがもの顔で握っているのを見ても、ジョーダンはそれほど驚かなかった。「すばらしい知らせがあるんだよ、お嬢さん！」

胸に湧きあがった複雑な感情を、どう表現すればいいのだろう――オーストリアから来た未亡人の左手を飾るアンティークのガーネットと真珠のクラスターリングを見おろす父の幸せそうな顔を見て、心から嬉しくて胸がいっぱいなのに……いずれ義母となる人にハグしようと近づいたとき、胃がギュッと捻じれたのはどうしてだろう。

〝本人に訊けばいい〟ギャレットは言った。二日後にその機会が訪れた。学校から帰ると、ウェディングドレスを見に行くので付き合ってもらえないか、とミセス・ウェーバーに誘われたのだ。ボイルストン・ストリートを颯爽と歩きながら、いつ切り出そうかときっかけを待っているうちに、ミセス・ウェーバーに先を越された。

「ねえ、ジョーダン、何も無理して呼ばなくてもいいのよ——わたしのこと、ムーティと呼ばなくても。こっちの言葉では、お母さんかママだったわね」ジョーダンの表情を見て、彼女はほほえんだ。「あなたの年頃だと、気恥ずかしいわよね」

「ええ、ちょっと」

「だったら、そういう呼び方はしなくていいのよ。あなたのお母さんの代わりになるつもりはないの。お父さまが話してくださったわ。すばらしい女性だったみたいね」

「よく憶えてないんです」〝憶えているのは、母が病気になっていなくなったことだけ。どうしていなくなったのか、誰も教えてくれなかったから、あたしは自分ででっちあげた〟もっといろいろ憶えていたらよかったのに、とジョーダンは思う。かたわらを歩くアンネリーゼに目をやった。滑るように歩く彼女は、青いスプリングコート、手袋に包まれた手にはハンドバッグ、ヒールなのに靴音をほとんどさせない。ジョーダンは自分がドシドシ歩く大女のような気がした。カメラをさげていないので無防備だし。

「〈プリシラ・オブ・ボストン〉に行ってみようかと思っているの」と、アンネリーゼ。「服は手作りしてるんだけど、ウェディングドレスは特別でしょ。お父さまがあなたと計画を立てているとは思えない。男の人って結婚式については、漠然とした考えしか持っていないから。三週間後の平日に地味なお式を挙げるつもりなのよ。教会でわたしたち四人とお父さまのお友達数人だけで」

「あなたのお友達は？」

「いません。ボストンに来て日が浅いから、友達はいないの」

「ほんとうに？」新しい国でなんとしても友達を作りたいと言っている人が――それに、英語がこれだけ堪能なのに――なんだか変だ。「お隣さんとか、美容院で顔見知りになった人とか、公園でよく一緒になるお母さんとかは？」

「それが、知らない人と話すのが苦手だから」ためらいがちな笑み。「花嫁の付き添いをあなたにやってもらえないかしら」

「いいですよ」そうは言ったが、考えずにいられない。〝ボストンに来て何カ月も経つのに、知り合いの一人もいないの？〟

「ハネムーンは週末にコンコードでって、お父さまと話してるのよ」アンネリーゼがつづけた。「あなたがルースを見てくれるなら」

「いいですよ」このときばかりは、本物の笑顔を浮かべた。「ルースはかわいいもの。大好き」

「あの子はそういう子なの」アンネリーゼが言う。

ジョーダンはここぞとばかりに尋ねた。「彼女の金髪は父親譲りなんですか？」

一瞬の間。「ええ、そうよ」

「その人の名前はなんでしたっけ――クルト？」

「ええ。結婚式にはどんな色のドレスを着るつもり？」アンネリーゼはブティックのドアを開けて入ると、アイボリーのウェディングドレスや付き添い用の花柄のドレスのあいだを歩きまわった。近づいてくる店員を手を振って退ける。「このブルーは？　あなたの肌の色に映えるわ」

彼女は手袋をはずし、布に触れて確かめた。ガーネットの婚約指輪以外は何もはめていない手を見て、ジョーダンはふと思った。アンネリーゼが結婚指輪をしているのを見たことあった？　いいえ、なかった。「前の指輪をつけたってかまわないんですよ」別の角度から攻めてみる。

アンネリーゼがギョッとする。「何ですって？」

「ご主人からもらった指輪をつけてても、父は気にしませんよ。ご主人はあなたの人生の一部だったんだから――その人のことを忘れてほしいなんて、父もあたしも思ってないもの」

「クルトは結婚指輪をくれなかったの」

「オーストリアにはそういう習慣がないんですか？」

「いいえ、あるわよ、彼は――」アンネリーゼはちょっとの間、慌てたようだ。「貧しかったから、それだけ」

〝それとも、結婚してたというのは嘘なんじゃないの〟ジョーダンはついそんなことを思った。〝あなたの嘘はそれだけじゃないのかも……〟

父の叱る声がした。〝突拍子もない話〟

「あなたの言うとおり、このドレスがいいかも」ジョーダンは淡い青のドレスを見ながら言った。ロング丈でシンプルだ。「ルースも青いドレスが似合いそう。黒い瞳に映えて。髪がブロンドだと瞳はあなたみたいに青いのが普通ですよね。彼女は瞳の色も父親譲りなんですね」

「ええ」アンネリーゼは淡いピンクのスーツを指で確かめていた。いつもの落ち着いた表情に戻っている。

「わあ、それとってもすてき」次はどっちへ話をもっていこうか、とジョーダンは思案した。関心があるのはルースのことや、アンネリーゼの最初の夫のことだけではない。何もかも――でも、結婚指輪の話題でアンネリーゼは取り乱した。「ルースは父親のことを知ってるんですか、それとも――」

「いいえ、あの子は憶えていません。とてもハンサムな人だったけど。あなたの彼もそうよね。ギャレットを結婚式に呼んだらどうかしら？」

「平日の式だと、彼は仕事だから――秋にボストン大学に通いはじめるまで、お父さんが勤める会社でアルバイトをしてるんです。彼の両親はいずれその会社に就職することを望んでいるけど、彼の頭の中は飛行機の操縦でいっぱい。ギャレットは実戦に参加してないんです。訓練中に脚を骨折して、傷が癒える前に終戦を迎えたもんだから早々と除隊になって。ご主人は戦争に行ったんですか？」

「ええ」アンネリーゼはクリーム色の麦わら帽子を手に取り、青いリボンをいじくった。次はアンネリーゼの家族のことを訊こう、とジョーダンは身構えたが、アンネリーゼにはぐらかされた。「あなたはギャレットと一緒にボストン大学に進学するつもりなの？」

「それが――」話がそれて、ジョーダンは目をぱちくりさせた。「そうしたいんだけど、父がいい顔をしないんです。店があるんだから、大学は必要ないと思ってる人なの」とくに女には。「大学に行かなかったことを後悔していないって、いつも言ってます」

「お父さまはそうでしょうね。でも、あなたには自分の道があるでしょ。若い人はみんなそうよ。わたしたちでお父さまの気持ちを変えさせましょうよ、あなたとわたしで。どんなに立派な男性でも、助言が必要になることはあるわ」アンネリーゼが、ぐるになりましょ、というような笑みを浮かべ、ジョーダンの頭に帽子を載せた。「似合うわよ。ドレスを試着してみたら？　わたしはこのピンクのスーツにしようかしら……」

ジョーダンは試着室に入った。意外にもウキウキと。義母という存在は父親の孤独を癒すものだと思っていた――次に、彼女がこっちの生活に入り込んできたあとは、彼女や彼女のこれまでの人生について何もわからないことが気になりだした。でも、義母がもしかしたら味方になってくれるなんて、思いもしなかった。〝わたしたちでお父さまの気持ちを変えさせましょうよ、あなたとわたしで〟ぴったりしたウェストと渦を巻くスカートの青いドレスのファスナーをあげながら、ジョーダンはにやにやしていた。アンネリーゼが着替えている隣の試着室からは、壁越しに衣擦れの音が聞こえた。〝それとも、質問攻めにするあたしの気を逸らす作戦？〟

「きれいだわ」ジョーダンが試着室を出ると、アンネリーゼが褒めてくれた。「その青がアメリカ人特有のピンクがかったクリーム色の肌をひきたててるわ」

「あなたもすてきです」ジョーダンはお世辞抜きで言った。ベビーローズのスーツが小柄な体によく合ってエレガントだ。三面鏡の前でアンネリーゼがくるっとまわった。まち針を持った店員が動きまわり、ジョーダンは近づいてアンネリーゼのスーツの袖をまっすぐに伸ばした。「本気で力を貸してくれるんですか、大学のことで父を説得するのに？　大学に行こうなんて馬鹿げてるって、まわりはみんな言うんです。すてきな恋人がいて、手伝うべき店があるのにって。いまでも週末には店番をやってるし」

「馬鹿げてるわ」アンネリーゼは上着のお腹のあたりのしわを伸ばしながら言う。「あなたみたいな賢い女の子は――ここにもダーツを入れてくださる？――もっと望んでいいのよ。遠慮することはないの」

「あなたはどうだったんですか、あたしの歳のころ」ジョーダンはフッと浮かんだ質問を口にせずにいられなかった。「大学に行ったって言ってたでしょ。どこの大学？」

アンネリーゼの思案げな青い目が鏡越しにこっちを見ていた。「わたしをすっかり信頼してるわけではないのね、ジョーダン」かすかに訛りのある英語で、彼女は言った。「弁解しなくていいのよ。気にすることないわ。あなたはお父さまを愛している。お父さまのために、できるだけのことはしたいと思っている。それはわたしも同じよ」

「あたし、何も――」頬が赤く火照る。〝どうして探りを入れるような真似をするの？〟自分を叱りつけた。〝ブライダルショップにいるんだから、普通の女の子みたいにキャーキャー言って見てまわることがどうしてできないの？〟「あなたを信頼してないわけじゃない――あなたをよく知らないから、それで……」

アンネリーゼはジョーダンの悪あがきを制して黙らせた。「わたしを知るのは容易なことではないわよ」アンネリーゼが言う。「戦争で辛い目に遭ったわ。だから自分から進んで話したいとは思わない。それに、わたしたちドイツ人はアメリカ人のように簡単に心を開けないのよ。何の屈託もないときでさえね」

「あなたはオーストリア人だと思ってました」ジョーダンは自分を抑える間もなく言っていた。

「そうよ」アンネリーゼは鏡を見てスカートの裾まわりを確かめた。「でも、若いころにハイデルベルクに移ったの――大学に行くために、これがあなたの質問の答え。そこで英語を学び、夫と出会った」ほほえみ。「さあ、これでわたしのことが多少はわかったでしょ。それじゃお代を払って、ルースのドレスを探しましょう。近くに子供服のブティックがあるから」

買い物袋を手に店を出たときも、ジョーダンの頬は赤いままだった。〝あたしは虫けらだ〟自分を蹴飛ばしたかったけれど、アンネリーゼは気分を害したふうもなく、ハンドバッグを揺らしながら仰向いて風の香りを嗅いでいる。「前の夫なら、狩りにもってこいの陽気だって言うでしょうね」彼女が懐かしそうに言った。「わたしは狩りが得意じゃないけれど、こういう日は森歩きを楽しんだわ。春のそよ風がいろんな香りを運んできてくれる……」

胃がまた捻じれたのはどうしてだろう、とジョーダンは思った。アンネリーゼはすこぶる愛想よくおしゃべりしているだけなのに。〝なぜなら、あなたは嫉妬しているから〟そう思ったら気持ちが萎えた。〝父さんを取られたくないから、それで彼女に突っかかるのよ。意地の悪い卑劣な感情よ、ジョーダン・マクブライド。いますぐ改めないと〟

5　イアン

一九五〇年四月　ウィーン

「奥さんがいたんですか?」トニーはイアンを部屋の隅に引きずってゆき、小声で尋ねた。「いつから?」

イアンは女に目をやる。彼のデスクの吸取り紙の上にブーツを載せて座り、缶を抱えてビスケットをバリバリ食っている。「込み入った事情でね」それだけ言った。

「そんなことないでしょ。ある時点で、あなたとあの女性は並んで立ち、長たらしい結婚の誓いを立て、〝誓います〟って言ってるんだから。簡単明瞭。彼女がこっちに来るって伝えた四日前に、なんで話してくれなかったんです？　うっかりしてた？」

「勝手にジョークのネタにしといて、見当違いもはなはだしい」トニーがうなった。「彼女を儚い花みたいに言ったのも、ジョークのうちなのかな？」

〝いや、そうじゃないが、いまとなると自分でもジョークに思えてくる〟結婚式でたどたどしい英語で誓いを立てたときの、立っているのもやっとだった弱々しいニーナを思い出す。式は全部で十分とかからなかった。イアンは誓いの言葉を早口で言い、ニーナの薬指に自分の印鑑付き指輪をはめて病院のベッドに連れ帰った。指輪は輪っかみたいに指からぶらさがっていた。病院から仕事場に取って返し、手続きに必要な書類を作り、ポズナニ占領に関するコラムを書きあげた。あれから五年、指先についたビスケットのかけらを舐めるニーナの指には、いまもあの指輪がはまっていた。それほどゆるゆるではなくなっている。「ニーナに出会ったのはドイツ軍が撤退したあとのポズナニでだ」相棒が答えを待っていることに気づき、イアンは言った。「ポーランド赤十字が、両方の肺とも肺炎にやられて死にかけた彼女を保護した。ディー・イェーガリンと一戦交えてから、森で野宿していたんだ。風に当たっただけで死にそうなぐらい衰弱していた」

肉体だけのことではなかった。何かに取り憑かれたような目の表情から、いまにもばらばらになりそうだと感じた。五年のあいだに変わったのだと理屈ではわかるが、オフィスにいる女性と記憶にある儚げな女が同一人物だとはどうしても思えなかった。

トニーは信じられないという顔のままだ。「ナチの女狩人のただ一人の生還者にひと目惚れだった？」

「そんなことは――」イアンは髪を手で梳いた。さて、どこからはじめよう。「ニーナと会ったのは四回きりだ。彼女を見つけた日、プロポーズした日、結婚した日、イギリス行きの汽車に乗せた日。彼女には自分の名前以外に何もなかったし、交戦地帯からできるだけ遠くに離れようと必死だった」言葉による意思の疎通は図れなかったが、彼女の必死さは通訳を介さなくても伝わってきた。どういうわけかそれがイアンの琴線に触れた。「あの地域は混乱の極みだったし、彼女は身分証の類を持っていなかった。彼女を地獄の辺土から連れ出すには、あれこれと面倒な手続きが必要だった。だから、彼女と結婚した」

トニーが彼を見つめた。「騎士道精神ってやつ」

「彼女には借りがあった。それに、彼女がイギリスの市民権を取得できたら離婚するつもりだった」

「どうしてしなかったんです？　ぼくたちが一緒に仕事するようになって何年にもなるのに、奥さんのことを聞くのはこれが初めてってどういうことかな？」

「込み入った事情があるって言っただろ」

「いつまでヒソヒソやってるの」ニーナが割って入る。「もうおしまい？」

「ああ」イアンは彼女と向かい合って座り、様子を窺った。妻の様子を。ミセス・イアン・グレアムの。〝なんてこった〟「マンチェスターで働いてるんじゃなかったのか」最後に電報のやり取りをしたのは四カ月前だった。

「誰の下で働いているの？」トニーが紅茶のカップをニーナに渡し、尋ねた。まだ衝撃から立ち直れないようだ。イアンも同じだから、そんなトニーをおもしろがることができない。

「イギリス人のパイロットのとこで働いてる。英国空軍を辞めて小さな飛行場をはじめて、その手伝い」ニーナは紅茶を掻きまわした。「ジャムある？」彼女は無礼なわけではない、ぶっきらぼうなだけだ。いま、何歳だ、三十二になるのか？

彼女がちらっとイアンを見た。青い瞳――それは変わっていない。どんなことも見逃さない目。

「どうしてこっちに？」イアンは静かに尋ねた。

「伝言」彼女はトニーのほうに頭を倒した。「あなたの女狩人を探す手助けをしてくれって、彼が。手助けするよ」

「すべてを投げ捨てていちばん早い汽車に飛び乗り、ヨーロッパを半周してきたのか。おれたちがディー・イェーガリンの手がかりをつかんだらしいと聞いたから？」

彼の妻は馬鹿を見る目で彼を見た。「そう」

トニーがジャムの瓶を取ってくると、デスクにもたれかかった。「きみ自身のことをもっと話してくれないかな、ミセス・グレアム。あなたの献身的な夫は協力的と言えないんでね」

「ニーナって呼んで。ミセス・グレアムはパスポート用」

「ニーナ。かわいい名前だ。ポーランド人？」

彼は言語を切り替え何か尋ねた。ニーナが答え、英語に戻した。「いまは英語を使ってるから。あんた、誰だっけ？　名前を書き留めるの忘れた」

「アントン・ロドモフスキー」トニーは彼女のティーカップを持っていないほうの手を握ってお辞儀した。魅力全開だ。「こないだまではアメリカ陸軍のロドモフスキー軍曹だったけど、ぼくもアメリカ軍もその試みは失敗だったと思ってる。いまはただのトニー。通訳兼事務屋、骨折り仕事専門」

彼女が目を細める。「通訳？」

「クイーンズでいろんな国のおばあちゃん（バーシュカ）に囲まれて育ったから、いろんな国の言葉が身についた」自然と。「ポーランド語、ドイツ語、フランス語、チェコ語も少し、ロシア語、ルーマニア語……」

ニーナはイアンに視線を向けた。「通訳は」まるでトニーがそこにいないような話しぶりだ。「役に立つ。それで、いつ出発するの？」

「なんだって？」彼女がスプーンに山盛りのストロベリー・ジャムをティーカップに落とすのを、イアンは魅せられたように眺めていた。何の罪もない紅茶にこんなことをする人間を、彼は生まれて初めて見た。なんてこった、野蛮の極みだ。

「あいつを見つける手助けをする」ニーナがこともなげに言った。「いつ出発するの、それに、どこへ行くの?」

「ディー・イエーガリンが終戦後にどこに移ったか知ってるかもしれない人が、アルタウスゼーにいるんだ」トニーが言った。

ニーナはジャムがてんこ盛りの紅茶を三口で飲み干し、立ちあがって伸びをした。さながら無精で小さな野良猫だ。イアンも立ちあがる。自分が巨人になった気がする。彼女の頭が肩に届くか届かないかだ。「あした出発ね」彼女が言う。「あたしはどこで寝ればいい?」

「おたくの旦那は上の階に住んでますよ」と、トニー。「荷物を持ってあがりましょうか?」イアンが彼をじろりと睨む。「あれ、情熱的再会はなし?」トニーがしれっと言った。

「とてもおもしろい」イアンはにこりともせずに言い返した。ニーナにプロポーズした五年前は意思の疎通も満足にできなかった――そもそも期待していなかったし、借りを返しただけで、見返りは求めていなかった。戦争でズタズタになったうえ病気で弱り切った女に肉体関係を迫るなんて、考えるだけで自分がディケンズの小説の放蕩者に思えた。結婚初夜をニーナは病院のベッドで過ごし、彼は夜を徹して書類の作成に勤しんだ。退院したらすぐにイギリスに旅立てるよう、ニーナ・グレアム名義の書類を用意する必要があった。

「きみが同じ屋根の下で眠ることを、ここの大家がもろ手を挙げて歓迎してくれるとは思えないからなあ」トニーが言った。「ぼくは二ブロック先に部屋を借りてるんだけど、大家(ハウスフラウ)がいい人でね。一緒に来ればいい。空いてる部屋を使わせてもらえないか訊いてみてあげるよ」

ニーナはうなずき、悠然とドアへ向かった。ビスケットのかけらをばら撒きながら、手足をまとまりなく動かしているのに、足音ひとつたてない――それは五年前と同じだ。イアンの花嫁は、弱って震えていても、まるで冬に狩りをするキツネみたいに、音もたてず病院内を動きまわっていた。

トニーが目の奥に好奇の光を宿し、彼女のためにドアを開けてやった。「ねえ、教えてくれないかな」ドアを閉めながらさっそく話しかけた。

イアンはオフィスをぐるっと眺めまわした。つかの間の滞在だったのに、オフィスの中はぐちゃぐちゃだ。泥まみれの足跡、ファイルの上にはティーカップの輪の跡、吸取り紙を汚すベタベタのスプーン。イアンはかぶりを振った。苛立(いらだ)ちながらおもしろがっている自分がいる。〝おまえが離婚を先延ばしにしたツケがこれだ、グレアム〟結婚を誓って一年以内に、結婚そのものを終わりにするはずだった――英語とポーランド語に身振り手振りも交え、彼女がイギリスの市民権を取得し次第離婚することに二人は合意した。ところが、市民権がなかなか取れず、イアンは戦争犯罪捜査チームの一員としてあちこち飛びまわり、ニーナは配給制がつづく戦後のイギリスになんとか馴染もうと必死で、そうこうするうち時間ばかり経ってしまった。イアンは半年ごとに、必要なものはないかと電報を打った――妻のことは何も知らなかったが、ポーランドから連れ出した弱々しい女が、新しい国で生活に困らないようにする責任はあると感じていたのだ。もっとも、彼女はいつも援助を断ってきたし、彼は結婚していることも忘れて過ごしていた。それに、ニーナの後釜に据わりたがるような女もいなかった。

イアンが汚れものを片付けファイルを読んでいると、トニーが戻ってきた。「興味深い奥さんですね」挨拶抜きでトニーが言った。「まさか、彼女がポーランド人じゃないって知らなかったとは言わないでしょ」

イアンは目をぱちくりさせた。「なんだって？」

「彼女はポーランド語が母国語じゃないですよ。文法はめちゃくちゃだし、発音はもっとひどい。彼女がすぐに英語に切り替えたことに気づかなかった？」

イアンは片肘を椅子の背もたれに載せてもたれかかり、すべてを最初から検討し直した。まったくきょうはびっくりしてばかりだ。「ポーランド人じゃなきゃ、何人なんだ？」

トニーが考え込んだ。「ぼくが成長過程で、いったい何人のおばあちゃんやおばさんたちに木のスプーンで叩かれたと思います？　そういったショールを纏(まと)った老婦人たちは、娘に小言を言いながら、ハンガリー料理のグラーシュの作り方で言い争うんですよ」

「つまり何が言いたいんだ？」

「つまり数百人はいたってこと。うちの一族の女たちときたら揃いも揃って長生きで、そこに名付け親やら義理の親やらが加わって――ロドモフスキーだけじゃないんです、ロルスカやポパやナジや、その他もろもろの一族までいるから――ライン川東岸のあっちこっちから船でやってきた連中でね。その中にとんでもなく性悪なおばさんがいてね、祖母の血のつながらないいとこなんだけど、彼女が言うには、シベリアのノヴォシビルスクじゃ、冬になると紅茶にジャムを入れるんだって……」トニーはかぶりを振った。「あなたの奥さんがほかにどんな嘘をついてるか知らないけど、彼女がポーランド人なら、ぼくはレッドソックスのファンですよ。ロシア人はしゃべるのを聞けば一発でわかる」

イアンは眉を吊りあげた。「ロシア人？」

「はい（ダー）、同志（トヴァリシュ）」

沈黙が訪れた。イアンは二本の指でゆっくりとペンをまわした。「たぶん関係ないことだ」彼は相棒にというより自分自身に言い聞かせた。「ポズナニで会ったとき、彼女は難民だった。難民が幸せな過去から逃れてくることはめったにないからな。彼女の生まれがポーランドでなくてソ連だったからといって、より幸せだったとは思えない」

「彼女の過去がわかってるんですか？」

「いや、あんまりよく知らない」言葉の壁に阻まれ、基本的な情報以外は聞き出せなかった。それに、ニーナは尋問の対象ではなく、路頭に迷う女だった。「彼女は必死だったし、おれは彼女に借りがあった。それだけのことだ」

「どんな借りが？」トニーが尋ねる。「彼女に会うのは初めてだったんでしょ。いったいどんな借りができるって言うんですか？」

イアンは大きく深呼吸した。「ポーランド赤十字を訪ねたのは、ある人物を探すためだった。彼の名前はセバスチャン」イアンが最後に会ったときは、ブカブカの軍服を着た十七歳だった。〝二十一歳って言ったらそれで通って、来週、出発するんだ！〟いまだに思い出すと胸が痛んで息が詰まる。「セブはダンケルクで戦争捕虜になり、ポズナニ近くの捕虜収容所に入れられていた。彼を探し出せなかったが、ニーナに出会った――彼女はセブの認識票と上着を持っていた。彼を知っていたんだ。彼がどんなふうに死んだのか話してくれた」

「彼女がほんとうのことを言ってるって、どうしてわかるんです？」トニーが静かに言った。「ソ連人であることを隠していたのに。ほかのことも嘘だったのかもしれない。ほかのことすべてが」

イアンはまたペンをまわした。「妻と話をしたほうがよさそうだ」ぼそりと言った。

トニーがうなずく。「アルタウスゼーのあとで？」

「まずはアルタウスゼーだ」証人、追跡、ディー・イェーガリン。まずはそれだ。

「ぼくの質問に答えてませんよ」トニーが言った。「一瞬のためらいもなく彼女と結婚して、イギリスに連れてくるだけのどんな借りがあったんですか？」

「彼女をイギリスに連れていくとセブが約束したんだ。彼のために約束を守っただけのことだ」イアンは相棒を見つめた。「彼はおれの弟だ。ただ一人の肉親だった。それに、ニーナはディー・イェーガリンがルサルカ湖で弟を殺すのを見ていた」

だが、疑惑が彼を蝕（むしば）んだ。彼女がひとつ嘘をついていたなら、これも嘘じゃないと言えるのか？　その晩、イアンは暗いベッドルームで眠れぬ夜を過ごした。どうしても頭から離れなかった女は女狩人ではなかった。吸いかけの煙草を手に窓から身を乗り出し、月明かりに照らされたウィーンの街並みを眺めながら思った。〝おれが結婚した相手は何者なんだ？〟

6　ニーナ

一九三七年五月　バイカル湖、シベリア

ニーナはウサギの首を手早くひねり折り、指に末期の鼓動を感じた。湖に春が訪れ、湖面がうなりながら軋（きし）んで砕け、七色の破片になる。あたたかくなると氷柱が融けてポタポタと垂れ落ち、湖畔には波が打ち寄せるが、湖の真ん中あたりにはまだ氷が浮いている。ここでは季節を支配するのは〝親父〟であり、なかなか冬を手放そうとしない。

ニーナはウサギ獲りの罠を木陰に仕掛け直した。十九歳になった。不格好なウサギの毛の帽子の下で、青い目を油断なく光らせ、折り畳み式剃刀を手元から離したことはなかった。最近では父はつねに酒浸りで、罠を仕掛けたり獲物の跡をつけたりすることもないから、ニーナがやるしかなかった。手の中のウサギはシチューにし、生皮は手袋の裏地にするか、物々交換に出す。狩りをすれば男に頼らなくても生きていけるが、いまも湖を眺めるとつい恨みがましい気持ちになった。まつげを凍らせて氷の上で息を切らし、茫漠とした空を見あげて〝逃げ出せ〟と自分に言い聞かせたあの日から三年が過ぎた。顔を覆い尽くす冷たい水で窒息しかけ、溺れ死ぬと覚悟したときの恐ろしい記憶とともに毎朝目が覚める。だが、小柄な体にクズリの気性を備え、忍び寄って殺し、音もたてず動きまわる以外に何の取り柄もない彼女みたいな娘に、行くところがあるだろうか。

行くあてがなくても見つけなければならない。さもないとここで死ぬことになる。ここにとどまれば、いずれは湖に命を奪われる。

ウサギの死骸を耳をつかんでブラブラさせながら、思いをめぐらせた。毎朝の日課のようなもので、そうやって一日が無為に過ぎてゆくのだ。家に戻り、いびきをかく父を避けながら家事をする。だが、この日、ニーナは空から低いうなりを聞いた。

ゴールナヤ？――山で育った風が南西部のあたたかな空気を連れて渦を巻いて吹きおろし、湖面を逆立てて男の背丈の三倍もの波となって浜に打ち寄せる。そんな風が吹くにはまだ早い。それに、これはいたるところから聞こえてくるような、機械がたてる音だ。ニーナは奇妙なブーンという音の正体を見極めようと額に手をかざし、地平線の彼方から現れた滑らかな黒い物体が木立をかすめて滑り降りてくるのを、口をポカンと開けて見惚れた。〝飛行機？〟イルクーツクに行ったことのある村の行商人たちは、見たことがあると言っていたけれど、ニーナが目にするのは初めてだった。神話から生まれた火の鳥かもしれない。

だとしたら空に筋をつけて飛んでゆくはずだけど、こっちはエンジン音がたまに止まって一様ではない。飛行機が湖に墜落するのではないかと、一瞬怖くなった。だが、機体を傾けて保ちながら、だんだんさがってくる。ニーナは走りだした。このときばかりは、音をたてても気にせずに、下生えを蹴散らし泥を跳ね飛ばした。ウサギをどこかに落としたことに気づいても走りつづけた。

飛行機は針葉樹林帯(タイガ)の細長い空き地に着陸していた。操縦士は道具箱を手に操縦席のかたわらに立ち、悪態をついていた。ニーナは魅せられたように見つめた。飛行服に飛行帽をかぶった男は、神のように聳(そび)え立っていた。畏(おそ)れ多くて近づけないから、茂みにうずくまって男がエンジンをいじくるのを眺めた。飛行機から目が離せなかった。その長い機体、誇らしげな翼。

ようやくのことで勇気を奮い立たせ、近づいていった。ただし、茂みから出てからもゆっくりと歩いた。操縦士が振り返り、ニーナを上から覗き込む。

彼は跳びあがり、泥に張った氷にブーツを滑らせた。「何なんだよ、びっくりさせるな」彼のロシア語は言葉が切り詰められて、発音がおかしい。「誰なんだ?」

「ニーナ・ボリソヴナ」口の中がカラカラだった。手を挙げて挨拶すると、彼の視線がウサギの血が乾いてこびりついた指の爪で躍った。「ここに住んでるの」

「こんな泥の薄板みたいな場所によく住んでるな」操縦士はしばらく彼女を見つめていた。

「本物の小さな未開人ってとこか？」彼は道具箱のほうに向き直った。

ニーナは肩をすくめた。

「このあたりは、リストヴァンカでさえないんだろ？」

「ない」リストヴァンカですら、彼女の村よりも大きい。

操縦士はまた悪態をついた。「イルクーツクから大きくそれた、こりゃ何時間もかかる……」

「ここらに飛行機は着陸しない」ニーナはどうにか言った。「どこから来たの？」

「モスクワ」彼はうなり声をあげ、工具を投げた。「モスクワからイルクーツクを結ぶ郵便路線を飛んでるんだ。この国でいちばん長い路線」彼が手を休めて言った。「霧で視界がきかずイルクーツクを通り過ぎたら、エンジントラブルだ。たいしたことはない。たとえ片翼でもこの子を飛ばして帰れる」

「なんていう――つまりその――」顔を赤らめてしどろもどろになっている自分が、ニーナは嫌でたまらなかった。地元の少年たちなら手もなくやっつけられるのに、いまは恋煩（わずら）いの女の子みたいに言葉に詰まっている。ただし、彼女が恋しているのはこの男ではなく、飛行機のほうだった。「この飛行機はなんて種類？」

「Pe－5だ」

「きれいね」ニーナはつぶやいた。

「頼もしいやつだ」操縦士はそっけなく言った。「ソ連製の頼もしい戦闘機。おい、触るなよ、小娘！」ニーナが翼に触れようとすると、男が吠えた。

「小娘じゃない」ニーナは顔を赤らめた。「十九だもの」

彼はクスクス笑いながら作業をつづけた。何をしているのか理解できたらいいのに。ウサギやアザラシや鹿の腹を裂くことはできる。臓器も骨も熟知しているけれど、Pe－5の内部の構造はまったくわからない。ワイヤーや歯車が入り組んでいて、オイルの匂いがする。野の花の匂いを嗅ぐように匂いを吸い込む。「どこで飛ぶことを習ったの？」

「航空学校」

「航空学校ってどこにあるの？」

「モスクワからイルクーツクのあいだのいろんなところに。ホトトギスちゃん。どいつもこいつも飛びたがる。若い娘でさえ」彼はウィンクした。「マリーナ・ラスコーワって聞いたことないか？」

「ない」

「直線無着陸飛行の記録を打ち立てた女性飛行家だ。モスクワから……どこだったか。同志スターリン自ら祝福の言葉を送った」またウィンク。「彼女が美人だからだな、きっと、ラスコーワが」

ニーナはうなずいた。ドキドキしていた心臓がきっぱりとしたリズムに落ち着いた。

「一緒に連れてって」彼が道具箱の蓋を閉めて上体を起こしたのを見計らって言った。馬鹿笑いされても動じなかった。「どうかな。あたし、そっちのほうはうまいんだから」嘘だ。男と関係を持ったことはない——たいていの男は彼女を警戒して遠巻きにするし、ニーナのほうも、妊娠したくないから警戒心を露わにしていた——でも、あの飛行機に乗れるなら、いまここで、この空き地でやってもいい。

「そっちのほうはうまい？」操縦士は血で汚れた彼女の指先に目をやった。「で、やったあとは男の骨で歯をせせるのか？」彼はかぶりを振りながら道具箱をしまった。「幸運を祈るよ、クークーシュカ。こんな世界の果てで生きてゆくには、運が必要だろうから」

「こんなとこ、ずっといるつもりない」ニーナが言ったのに、彼は操縦席に飛び乗るのに忙しくて聞いていなかった。エンジンがかかる前に、ニーナは走り寄ると翼に手を乗せた。あたたかく感じた。手のひらの下で脈打って生きているみたいだ。こんにちは、と言っているみたい。

「こんにちは」ニーナも言い返した。操縦士に怒鳴られる前にさがった。空き地のはずれまで走る。耳をつんざくエンジン音が鳴り響くと、あたりの木々から小鳥が慌てて飛び立った。彼女がワクワクしながら見ていると、飛行機は木立の途切れた空き地のはずれへとゆっくり向きを変え、体勢を整えてスピードをあげはじめた。彼女は息を止めた。飛行機がふわりと浮かびあがり、空の青さへと昇っていった——西を目指して。機体が見えなくなっても、その場を動けなかった。泣いていたのはついに答えを見つけたからだ。

〝湖の対岸には何があるの？〟

空。

〝溺れ死ぬことの反対は何？〟

飛ぶこと。空を自由に舞うことができれば、頭の上で水が口を閉じることはない。落ちるかもしれない、死ぬかもしれない、でも、溺れ死ぬことはけっしてない。

〝ひたすら西へと向かったら、そこに何が待っている？〟

航空学校。ひたすら西へ向かうことはないのだろう。西へ数時間行くだけで、自分が必要だと思ってもいなかったすべてがそこにある。

家までずっと走りつづけた。足がとっても軽くて、まるですでに翼を得た気がした。自分の持ち物をすべて――服が何着かと身分証明書、折り畳み式剃刀――を鞄に詰めた。父が貯金箱にしている瓶から、ためらうことなく有り金全部を抜いた。「このお金はあたしが稼いだもんだもの」汚れたベッドでいびきをかく父に向かって言った。「それに、あんたは湖であたしを溺れさせようとした」

父に背を向けて鞄を持ちあげた。振り返ると、狼みたいな目の片方がわずかに開き、黙って彼女を見つめていた。

「どこに行くんだ？」父が呂律のまわらぬ口で言った。

「わが家」言葉が口をついていた。

「湖か？」

ため息。「あたしはルサルカじゃないよ、父さん」

「だったらどこに行く？」

「空」〝空を持てるなんて知らなかった〟ニーナは思った。〝でも、いまは知ってる〟

父のいびきがまたはじまった。ニーナは思わず父の額に唇を当てそうになり、思い直してキッチンのテーブルからウォッカの半分空になった瓶を取ってベッド脇に置いた。それから鞄を肩にかけ、リストヴャンカ駅まで歩き、次の汽車を待つあいだプラットフォームに横になった。悪臭のする寒い車内で長時間、翌日の夕方にイルクーツクに降り立った。掘っ立て小屋が並ぶ村ならいざ知らず、都会のあまりの汚さと大きさに普通なら辟易(へきえき)していただろう——瞬きひとつするあいだに目に入る人の数は、村で一週間のあいだに目にするそれに匹敵する。だが、彼女の意識は剃刀のように研ぎ澄まされ、ただひとつのことに向かっていた。イルクーツクの住人の半分から笑われたり、無視されたりしながらも、ひと晩かけてようやく探し当てた。アンガラ川に近い醜(みにく)い建物だった。

翌朝、イルクーツク航空学校の校長があくびまじりに出勤し、自分より早く来た者がいるのを発見した。コートにくるまり、ウサギ皮の帽子とスカーフのあいだから青い瞳を覗かせ、ニーナ・マルコワは階段のいちばん上で丸くなっていた。「おはよう。ここってあたしに飛び方を教えてくれるとこ?」

7　ジョーダン

一九四六年五月　ボストン

「あなたには豪勢なハネムーンが似合っている」ダン・マクブライドが異を唱えた。

「コンコードで週末を過ごすだけで充分だわ」アンネリーゼは折れない。「女の子たちを長いこと二人だけにするのはかわいそうだし」

ジョーダンとルースはいまでは〝女の子たち〟とひと括りだ――この言葉を耳にするたび、父の笑みが大きくなるのをジョーダンは見逃さなかった。父が幸せならそれでいい。実のところ、ジョーダンも幸せだった。このところ結婚の準備に没頭してきた。アンネリーゼの荷物を入れるために父のクロゼットを片付け、結婚式用の背広にアイロンをかけた。アンネリーゼは式の前夜から泊まりに来て、ルースと一緒に客間で眠り、翌日、父とは別々のタクシーで教会に向かった。「花嫁のウェディングドレス姿を見てはいけないのよ、父さん。だから、一台目のタクシーに乗っていってね。アンネリーゼとルースとあたしは二台目で行くから」

「仰せのとおりに、お嬢さん」父が彼女の頬をつねった。「おまえの手腕には恐れ入ったよ。週末のあいだ、新しい妹を安心して任せられる十七歳がどれだけいるか」父は古い結婚指輪を別の手にし直した。「母さんが亡くなってから、おまえとちゃんと向き合っているか心配だった。親としてすべきことをやっていないんじゃないかってね」

「父さん――」

「たしかにそうなんだ。母親の死を重く捉えすぎて、突飛な想像ばかりする幼い女の子だったからな――ちゃんと育てられないんじゃないかと心配だった」父が満足げに彼女を抱き寄せた。「わたしの育て方がよかったのか、それともおまえが勝手に育ったのかわからないが、いまのおまえを見ればわかる。すっかり大人になって、肩の上に載っているのは優秀な頭だ」

〝あたしはそうは思えない〟夕食のテーブル越しにアンネリーゼの底知れぬ青い目と目が合うたび、憶測が頭をもたげる。〝馬鹿げてるわよ、J・ブライド。あなたはアンネリーゼを好きなんでしょ（たしかに好きだ）。彼女はいい人でしょ（たしかにそうだ）。彼女の過去を詮索するような失礼な真似をしても、父さんに言いつけなかったじゃないの（言いつけなかった）。だったら、どうしてそんな……？〟

〝どうしてって、いまだに嫉妬しているから、いまだに彼女のあら探しをしているから〟自分を叱り飛ばし、嫌な感情を押し潰そうと必死になった。

「心ここにあらずだね」結婚式の数日前、ギャレットが言った。「感じてるふりをする気もないんだ」

デートでもしてきたらどうだ、と父に言われたのだ。掃除はそのぐらいにして

「じつはそうなの」ジョーダンは正直に言った。ギャレットは上体を起こし、ジョーダンは乱れた髪を手櫛で直した。彼のシボレーの後部座席での十分間のキスで、青いヘアバンドでまとめた髪はクシャクシャだった。「ごめんね」

「きみにはまいるよ」彼が言う。大きな目がそう訴えていた。それでも、彼は後部座席から降りて鍵を探した。女の子がノーと言っても無理強いするようなタイプではない。不本意ながらも引きさがる。〝たぶん今年のうちにはあたしたち……〟ジョーダンの思いは尻切れトンボになった。

「何が気になってるの?」ギャレットが尋ねた。二人は運転席と助手席におさまり、車は家に向かっていた。「結婚式のこと?」

「終わったら楽になると思うの」ジョーダンは言った。きっとそうなる。アンネリーゼ・ウェーバーがアンネリーゼ・マクブライドに、彼女の義母になる。家族になる。そういうことだ。

結婚式の朝は上天気に恵まれた。ジョーダンは早くから起きて、父にトーストぐらいはお腹に入れてとせっついた。ジョーダンが背広のボタンホールに白いバラの蕾(つぼみ)を差してあげると、かわいそうなぐらい緊張している父は、娘とそっくりの濃いブロンドのまっすぐな眉の下の目に笑みを浮かべた。「次に教会の通路を歩くのは、おまえの付き添いとしてだと思っていたよ」

「それは当分先の話、父さん」彼女は背中をそらした。「これでいいわ」

「おまえは頼りになる。アンネリーゼをこんなふうに受け入れてくれるんだから。たいしたもんだ」

「ちゃんとタクシーをつかまえてね」ジョーダンは詰まった喉から言葉を押し出した。

「ハリス神父がほろ酔い加減で現れたら、コーヒーを飲ませること。結婚式を延期にはできないんだから。この背広に父さんをもう一度詰め込むなんて無理だもん」

スナップを数枚撮り、父がタクシーに乗るのを見届けると、客間に急いだ。

ノックに応えたのはルースだった。ジョーダンは思わず笑顔になった。「ルーシー、あなた、本物のプリンセスみたい！　くるっとまわってみせて」ルースが大真面目にくるっとまわると、青いビロードドレスのレース襟の上でブロンドの髪がふわっと舞った。〝この週末は、何がなんでもあなたを笑わせてみせるからね〟ジョーダンは誓った。

「ねえ、そうでしょう」アンネリーゼは鏡の前に立ち、顔と首筋に白粉をはたいていた。ピンクのスーツと広いつばのクリーム色の帽子という姿は落ち着き払っており、花嫁らしい興奮は微塵も感じられない。「いつでも出かけられるわ」

「なんて美しい」ジョーダンは言った。「父は言葉を失うわ、きっと」

「あなたもすてきよ」アンネリーゼは振り返り、青いドレスを着たジョーダンを眺め、柄にもなく思いつきを口にした。「あなたに何か作ってあげたいわ、ジョーダン。普段着は、ルースのもわたしのも、すべて手作りしてるのよ――サマードレスを作らせてくれないかしら。ヒラヒラしたものでなく、あなたはそういうタイプじゃないものね。七分丈のスカートで、もちろん花柄はなし……」アンネリーゼが笑いながら口をつぐみ、急に沈み込んだ。「あら、やだわ（ドゥー・マイン・グータ）、ドレスを作ってあげるっていっても、あなたを子供扱いしてるわけじゃないのよ！　その反対——リボンやらひだ飾りやらが好きな子供じゃない人のために、ドレスを作ったら楽しいだろうなと思ったの」

ジョーダンは本物の笑い声をあげる自分に驚いた。「そうなると、サンルームを裁縫室に模様替えしたほうがよさそう。でも、その前に」——青いクラッチバッグから取り出そうとしたのは、数日前から用意しておいてなかなか渡せなかったもの——「きょう、あなたにこれを身につけてもらおうと思って」十六歳の誕生日に父から贈られた金のブレスレットだ。

「光栄だわ」アンネリーゼが静かに言った。

胃の中で最後まで残っていたしこりが融けて消えた。「何かひとつ借りたもの、はこれでいい——」

「何かひとつ古いもの——」アンネリーゼが首元を飾るグレーパールのネックレスに触れた。

「何かひとつ新しいもの——」ジョーダンはじきに義母となる人の手首にブレスレットをつけた。「あなたのピンクのスーツ」

「そして、何かひとつ青いもの」アンネリーゼが最後を締め、クリーミーローズのブーケの茎に巻いた淡いブルーサテンのリボンを掲げて見せた。ジョーダンがほほえみを返す。「タクシーを待たせてあるわ」

アンネリーゼは帽子を直すと滑るように階段をおり、同じように優雅な仕草で教会に入っていった。彼女を待つ父の目に涙が浮かぶのを、ジョーダンは見逃さなかった。〝これでよかったのよ〟ハリス神父の声が響きわたり、式は滞りなく終わった。

披露宴は聖堂内の聖具室で開かれ、シャンパンが抜かれケーキが出された。じきに新婚夫婦はタクシーでサウス駅へと向かう。ハネムーンのはじまりだ。ジョーダンは二人に投げる米を用意していた。アンネリーゼは近所の人たちとおしゃべりし、ジョーダンの父はルースを肩車してやった。「ママのブーケを持ってみたいだろ?」

「けしかけないで。落とすに決まってる」アンネリーゼが言う。

「そんなことないよな、注意するもんな?」彼はアンネリーゼの手からブーケを引き抜き、ルースに持たせた。ルースが父の腕の中でバラの花に顔を埋めるかわいらしい瞬間を、ジョーダンは写真におさめた。新しい生活がはじまることに、ルースはルースなりに興奮しているのだろう。

グラスが何度も空になり、笑い声がたえなかった。父は同業者から声をかけられ、ルースを下におろした。まわりを見まわし唇を嚙むルースに、ジョーダンは手を差し伸べた。

「どうしたのかな、ルーシー?　ああ――」ルースが膝をギュッと閉じる仕草をしたのでピンときた。「トイレに連れていってあげるね」ジョーダンが彼女の手から花嫁のブーケを取りあげようとすると、ルースは抵抗した。「ママが手から離しちゃだめって――」「トイレに持って入るわけにいかないでしょ！」ルースが個室に入ったので、ジョーダンはブーケを鏡の前に起き、花のクローズアップ写真を撮った。ブーケを縛る淡いブルーのリボンがほどけそうだ。結び直そうとして、束ねた茎のあいだに硬い小さな塊を見つけた。幸運を祈るウェディングチャーム？　ジョーダンは指で探って取り出した。小さな金属の破片がトイレのライトに輝き、ジョーダンは凍りついた。

勲章。アメリカ軍のではないが、ジョーダンにはわかった。戦争中、ナチの悪人に扮したハリウッド俳優たちが付けていた。鉄十字勲章。その中央でナチスの黒い鉤十字が光を放つ。

熱いものに触れた気がして勲章を落とした。それはブーケの花のあいだに落ち、青いリボンの輪が毒薬の一滴に見えた。〝何かひとつ古いもの、何かひとつ新しいもの〟得体の知れぬ恐怖が背筋を這いのぼる。〝何かひとつナチのもの、何かひとつ青いもの〟

水を流す音がした。ルースが出てくる。アンネリーゼがいつやってくるかわからない。無我夢中でライカを構えていた。カシャ――花嫁の花々に埋もれる鉤十字。鉤十字を持って身廊を歩くとは、いったいどんな女なの？　彼女はどうしてこんな危険を冒したの？慌ててバラの花をひとまとめにし、鉄十字勲章をもとあったところに戻してリボンを結んだ。両手が震えていた。

ルースが個室から出てくると、シンクまで小走りして手を洗った。〝あなたのお母さんは何者なの？〟ジョーダンは少女を見つめて思った。ブーケをルースに返し、鏡の中の自分を見つめた。頬が上気し赤い斑点が浮いている。笑うのよ、と自分に言い聞かせる、笑いなさい——そうして、トイレをあとにした。

「こんなところにいたの！」アンネリーゼが声をあげ、急いでブーケを受け取った。「ルースがブーケを持ったままいなくなるんですもの。かわいい子、言ったはずよ——」

ジョーダンは父の袖をつかんでかたわらに引っ張っていった。「父さん——」

「タクシーが来たよ」父は言い、アンネリーゼの旅行鞄に手を伸ばした。「何かあったら、コンコードのホテルの電話番号はわかっているね。わずか二晩のあいだに、うちの娘たちが面倒に見舞われるわけがないよな！」

〝あたしたち、大変な面倒に見舞われるかもしれないわよ〟「父さん」ジョーダンは父の袖を握り締めた。

披露宴に集まった人たちがぞろぞろと出てきた。父がジョーダンを脇にどかせた。「どうした？」

ジョーダンの舌が干あがる。あたしはいったい何をしようとしているの？　アンネリーゼのブーケを教会の階段で引きちぎる？　それで何が証明される？

アンネリーゼの笑い声が背後から聞こえた。「ジョーダン、受けて！」

ジョーダンが階段のいちばん上で振り返ると、ブーケが手の中に飛んできた。

「花嫁の付き添いに」アンネリーゼが目をキラキラさせ、まわりの人たちが拍手した。「汽車の時間よ、ダン、乗り遅れたら――」父がスカートを風に舞いあがらせる人たちに囲まれて、荷物をタクシーのトランクに詰め込み、アンネリーゼはハンドバッグを腕に滑らせた。ジョーダンはまたしても凍りついた。ブーケの茎のあいだから硬い小さな塊が消えていたからだ。ブーケを投げる前に、アンネリーゼが鉄十字勲章をこっそり引き抜いた。

〝よほど大事なものにちがいない、きょうという日に持ち歩く危険を冒し、土壇場で引き抜くなんて〟

〝それとも、最初からそんなものはなかった〟別の考えが頭の中で聞こえた。その恐怖の瞬間、ジョーダンは自分の頭がおかしくなったのだと思った。〝ジョーダンの突拍子もないお話〟嫉妬に駆られて突拍子もない話をでっちあげた。しかも証拠の品まで作り出した。だが、ライカのストラップに触れて勇気づけられた。鉄十字勲章はこの中にある。撮った写真の中に。うちに帰ったら真っ先に暗室におりてゆき、フィルムを調べる。現像液の中から、骸骨みたいな黒い腕の鉤十字が現れるのを想像したら、体が震えた。それが証拠だ。

〝何の？〟父がアンネリーゼのためにタクシーのドアを開けるのを見ながら、ジョーダンは思った。〝それだけでは、何の証明にもならない〟

この女が何かを隠しているのでないかぎり。

ルースが袋を開けて米をばら撒いた。最後にひとしきりハグが交わされ、父と新妻はようやくタクシーに乗り込んだ。参加者たちの拍手喝采に送られてタクシーは走り去り、ジョーダンは困惑と恐怖の波に揉まれていた。

〝父さん、ああ、父さん、あたしたちの家族にあなたは何を持ち込んだの？〟

8　イアン

一九五〇年四月　アルタウスゼー

ニーナはウィーンに残ることに不服だった。「いやだ。一緒に行く」

「アルタウスゼーで若い女の子をおだてて話を聞くのに」トニーが持ち前の人を蕩(とろ)かす笑みを浮かべて言った。「女連れで訪ねていったらどう思われる？」

ニーナは肩をすくめた。追跡の概要が頭に入ると、彼女は俄然やる気満々になった。イアンが理詰めで説得にかかった。「オフィスには留守番がいる」

「あんたたちが女狩人を追っかけるあいだ、あたしは電話の番をするわけ？」ニーナが険悪な態度で言う。「アホくさ」

「そうだ」と、イアン。「いいか、ニーナ、おれの人生をかけた大事な追跡にきみを巻き込む前に、きっちり話し合っておく必要がある。だが、いまはそうしている暇がないから、きみには嫌でもオフィスに残ってもらう」

彼女の青い目が細められた。彼はじっと見つめ返す。苛立ちが募る。汽車の時間まで一時間を切った。

「わかった」ニーナは言った。睨むのはやめない。「今回は残る。次は連れていってもらう」

「おれたちが留守のあいだに、この建物を全焼させるなよ」イアンは怒った顔のニーナを無視し、くたびれたフェドーラ帽をつかんだ。タクシーをつかまえ、マリアヒルファー通りを飛ばす。戦争の爪痕が残るとはいえ、いまも美しいウィーンの街並みが窓外を過ぎてゆく。〝美しい街だが故郷ではない〟セバスチャンが死んで、彼に故郷はなくなった。故郷はたんなる所番地ではない。

「さてさて」運転手に聞かれないよう、トニーが英語で言った。「日が替わり、追跡する相手も替わる」

「今度のは特別だ」イアンは弟のことを考えながら言った。膝小僧をかさぶただらけにした、やる気満々の、十一歳違いの弟――それだけ歳が離れていると近しい間柄でないのが普通だが、彼らはちがった。セブが生まれてまもなく母が亡くなったので、家の中はまるで霊廟（れいびょう）のようだった。父親は家族に興味を失い、クラブでぐずぐずと昼食をとり、グレアム家にはまだ金があるように振る舞った。「夏休みでうちに帰って何が嬉しいって兄さんがいてくれること」ある夏に、十三歳のセブが学校から戻るなり言った。「休暇でわざわざこっちに戻ってきたのは、おまえに会いたいからさ」イアンは二十四歳、とっくに実家を出ていた。「親父がグダグダ言う前に釣りに行くとするか。わざわざスペインに行かなくたって、南欧人ならこのあたりにだっているじゃないかってうるさい、うるさい」

イアンはそれからほどなくして、手帳とタイプライターをバッグに詰め、フランコの反乱を取材しようとバルセロナに向かったが、日焼けし六キロほど痩せて戻ってくると、弟と過ごした。池で石切りのやり方を教えてやると、弟はお返しに小鳥の啼き真似を披露した。ドイツで不満分子が騒いでいるというような話もして……

セバスチャンは戦争の終結を見届けることなく、ポーランドで死んだ。

「今度のは特別だ」イアンはもう一度言った。ディー・イエーガリンを捕まえたい思いは飢餓にも似て、世界を呑み込むほどの激しさだった。

トニーがタクシーの中で標的のファイルに目を通す。「あなたなんて運がいいほうだ」

「運がいい？」イアンは彼を見た。「おれの弟が生きていればきみの年頃だ。おれは弟を亡くしたんだぞ、トニー。ナチの女が弟を奪った」

「あなたが恨む相手は一人でしょ。たった一人」トニーがイアンの目を見て言った。その目には紛れもない怒りの炎が浮かんでいるはずだ。「ぼくたちの多くは、恨む相手を特定できない」

「ぼくたち？」

「ぼくの母の生まれはクラクフで、母の両親は移住したけど、それができなかったユダヤ人のいとこやおじさんやおばさんがあっちには大勢いた。ぼくは一度も会ったことがないけど、ポーランドに行くことがあったら居所を探して会いに行く、と母に約束した。復員したときに探しに行ったけど……」トニーは長々と息を吐き出した。「亡くなっていた。一人残らず」

イアンの怒りは下火になった。「そうか」トニーの生い立ちはむろん知っていた。一緒に仕事をするようになったときに話してくれた。〝ぼくはクイーンズでカトリック教徒として生まれ育ったけど、母方の親族はポーランドのユダヤ人です。それが何か問題になりますか、グレアム？〟「ならない」イアンは答え、話はそこで打ち切りとなった。トニーの親族は収容所で恐怖のうちに亡くなったのだろうか、と考えはしたが、一度も尋ねたことはなかった。情報は尋ねて得られるものではない。耳を傾け、相手が話そうと思うまで待つ。「お気の毒に」イアンに言えるのはそれだけだった。

「奈落が彼らを呑み込んだ――マシーンが。それを見つけて告発した者はいない。ぼくにできるのは一人一人を追跡すること、マシーンの一員だった数千の人間たちを。やつら全員を捕まえることなんてできやしない」トニーが弱々しくほほえんだ。「でも、あなたは、あなたは運がいい。弟さんを殺したのが誰かわかっている。恨むべきはただ一人。さらに、彼女の居所につながる手がかりをつかんでいる」

「そうだな」イアンは言った。「たしかに運がいい」

タクシーが駅に着くまで、二人は黙り込んだままだった。階段には忙しそうな人たちが群れをなしていた。ホンブルグ帽をかぶったオーストリアのビジネスマン、チロルの農婦風のギャザースカートや革の半ズボンを着た子供の手を引く母親。〝それに、殺人鬼を追うおれたち〟とイアンは思った。余計な期待は抱かないようにしてきたが、不意に確信を持った。きっと彼女を見つける。セバスチャンは亡くなったが、法廷の、感情に動かされない空間で彼の物語が語られることになる――彼の物語、そしてディー・イェーガリンがセブの前に現れるまでに殺した子供たちの物語が。

〝世界がおまえの名前を知ることになる〟イアンは彼女に語りかけた。運命が投げてよこした最初のパン屑へと向かう彼の足取りは軽かった。〝約束したからな〟

アルタウスゼー湖の南の岸で正午に、ヘルガ・ツィーグラーと姉に会うことになっていた。「ここはよい警官と悪い警官でいきましょう」背後に雪をかぶった山々を頂く小道を歩いていると、トニーが言った。「ヘルガとは懇ろになったし、彼女に好かれているけど、姉さんのほうは警戒するでしょう。ぼくたちは話が聞ける目撃者を探してるんだってことで。戦争犯罪人を見つけて手錠をかけるんじゃなく。オーストリア人ってのは、元ナチじゃないかって疑われてると思うと、とたんに口が重くなる――」

「二人ともそうじゃなかったんだろう、むろんのこと」イアンがこともなげに言った。

「もしそっちの線だったら、一発でわかりますよ」

「前にもやったことがあるじゃないか」それも何度となく。「いつものようにやればいいんだ、トニー。きみが魅力を振りまいて、おれが威圧する」

「たしかに」トニーはイアンを眺めまわした。膝のあたりで揺れるグレーのオーバーコートから、いまでは定番になった冷ややかなしかめ面までを。「どこから見たって、正義の側に立つ高潔なイギリス人そのものですもんね。信用証明書を見せろなんて、誰も口が裂けても言えない」

イアンはより厳しさを醸す角度に帽子を直した。「おれたちが警察に協力しているという印象を相手が持ったとしても、敢えて訂正しようとは思わない」これまでにもこの手のカードを切ったことは何度もあった。難民情報管理センターは法的に不明確な立場にあった。いかなる国とも、政府当局とも連携しない独立組織だ。イアンには警察や法曹界や役所にコネがあるが、センターの尋問に協力するよう証人に求める法的拘束力は持たない。〝それに、潤沢な資金もないから、多額の報奨金を提示して証人の口を軽くすることもできない〟イアンは苦い笑いを噛みしめた。

輝く湖面を見渡せる南岸の指定されたベンチが見えてくると、トニーが指さした。「ほら、いたいた」

二人の女が小道をやってくる。近くまで来るとよく似ているのがわかった。どちらもブロンドで血色がよく、若いほうはピンクのギャザースカートに白いブラウス、トニーに気づいて目を輝かせた。もう一人のほうはグリーンのスプリングコートを羽織り、長身で落ち着いている。ショートパンツからむっちりした脚を覗かせる二歳ぐらいの男の子の手を引いていた。イアンは会釈し、トニーはややもすると誤解を招きかねない言いまわしでセンターの説明をし、双方を引き合わせた。イアンは偉そうなしかめ面を崩さず、財布を開いて何の意味もないがそれらしく見える英語の身分証をちらっと見せた。「こんにちは（グリュース・ゴット）、レディース」

「こちらが姉です」ヘルガが言う。その手はすでにトニーの腕に絡まっていた。「クラーラ・グルーバー」

年上の女はイアンと目を合わせた。「何をお知りになりたいんですか、ヘア・グレアム？」

イアンは大きく息をつき、トニーが小さくうなずくのを目の端で捉えた。「一九四五年の五月。あなたはフィッシェルンドルフ三番地の家でメイドとして働いてましたね？」

「はい」

「八番地に住んでいた家族に気づいた？」

「気づかないほうが難しいですよ」クラーラ・グルーバーが辛辣（しんらつ）に言った。「アメリカ人が出たり入ったりしてたから」

イアンは彼女が言うのを避けたことを口にした。「逮捕するため？」

彼女はうなずき、息子の髪を撫でた。

「逮捕されたあとは？」

「女たちはみんなどこかへ去っていったけど、フラウ・リーベルと息子たちは残りましたよ」

「つまり、フラウ・アイヒマンのこと」イアンは静かに言った。アドルフ・アイヒマンの妻だ――アイヒマンをはじめナチスの幹部たちはことごとく、ヒトラーの自殺後の混乱に乗じて逃走した。その中には、ディー・イェーガリンの愛人、親衛隊のマンフレート・フォン・アルテンバッハもおり、逮捕に抵抗して死んだ。彼の仲間の何人かはおとなしく縛についた。アイヒマンのように逮捕を逃れた者もおり……だが、彼らがどんな最期を迎えようと、あとには数多くの妻や愛人が残された。

「フラウ・リーベルですよ」クラーラが訂正する。「彼女は旧姓に戻ったんです、戦争が終わったあと。だから噂にならなかった」

「フラウ・リーベルはいまもそこに？」トニーがさりげなく尋ねた。

「ええ」ヘルガが肩をすくめた。「いまはあたしがクラーラの仕事を引き継いでるの、三番地のね。だから、息子たちが午後になると走りまわったり、遊んだりしてるのが見えるの」

「彼らの父親は？」イアンは尋ねずにいられなかった。センターの資金と人材を投じて追跡するには、アドルフ・アイヒマンはあまりにも大物すぎるが、ここで何かつかむことができれば、いつかきっと……。

姉妹のどちらもかぶりを振った。「フラウ・リーベルを煩わせるつもりはないんでしょ？　ずっと前に起きたことだから」

いつもの怒りの炎がイアンの胸を焦がした。人々が口にする言い訳、忘れようとする事実、どれもこれも〝ずっと前に起きたことだから〟。「フラウ・リーベルを煩わせるつもりはないですよ」彼は軽い口調で言い、ほほえんだ。「関心があるのは他の人です。四五年時点で、八番地には何人かの女たちが滞在していた。そのうちの一人、青い目に黒っぽい髪、小柄で二十代の女。襟足に傷跡がある。赤くなった、わりあい新しい傷跡」

鼓動が速くなった。なんと細い糸だろう。こういう特徴を持つ女がこの世界に何人いると思う？　その傷跡が人目に触れたという確証もないじゃないか。

「憶えてますよ」クラーラが言った。「話をしたのは一度だけだったけど、傷跡に気づいたわ。ピンクの線がうなじを走って、下のほうは襟に隠れてたけど」

「彼女の名前は？」口の中が乾く。かたわらでトニーが体を固くするのがわかった。

「フラウ・ベッカー、自分でそう言ってました」小さな笑み。「本名じゃないことは、みんな承知してた」

口調がつい鋭くなった。「尋ねなかったのか？」

「誰も尋ねませんよ」彼女は息子を引き寄せ、襟を直した。「戦争中は誰もね」

名無しか。イアンは苦い失望を呑み込み、トニーが質問するに任せた。

「彼女のことでほかに何か気づいたことはないかな、失礼ですけど奥さん（フラウ）」彼は控えめに財布に手を伸ばした。「この女性の居場所をどうしても知りたいんです。大いに感謝しますよ」

クラーラ・グルーバーはためらいながらも、トニーが取り出した紙幣に目をやった。センターには多額の報奨金を出す余裕はないが、それで相手のご機嫌がとれるなら、イアンは一週間分の夕食代を喜んで差し出す。彼女はうなずき、素知らぬ顔で紙幣をしまった。

「フラウ・ベッカーは数カ月ほどリーベルの家にいましたよ――その、いろんなことがおさまってからもね」彼女の曖昧な仕草を、イアンは〝逮捕、アメリカ人、戦争終結〟の意味と受け取った。彼らが何事もなかったように振る舞いたがる不愉快な事柄。「彼女は人付き合いを避けてました。彼女が庭にいるのを何度か見かけてね。こんにちはって声をかけると、彼女はにこっとして」間が空く。「フラウ・リーベルは彼女を好きじゃなかったみたい」

「どうして？」

肩をすくめる。女特有のすくめ方だ。「ひとつの家に女二人、戦時中の物不足の中で分け合わなきゃならないんだもの。みんなにじろじろ見られて、相手の男がどういう人たちだったか知られてて。フラウ・リーベルが彼女に出ていけって言ったんだと思いますよ――彼女がアルタウスゼーを去ったのは四五年の秋だったか。九月だったわ、たしか」

イアンの口の中に苦味が戻った。「彼女がどこへ行ったか知りませんか？」

「いいえ」

知っているとは思っていなかった。

「でも、フラウ・ベッカーはあたしに頼み事をしましたよ、出ていった日に」クラーラ・

グルーバーはむずかる息子を腰に抱きあげた。「あたしがマーケットから戻ると、八番地の家の庭越しに彼女が呼びかけたんです。あたしが毎朝同じ時間に出かけるって知ってたにちがいない。あたしを待ち構えてたから」

「どんな頼み事を？」

「数日したら、手紙を届けてくれって。どうして自分でポストに入れないのって尋ねたら、オーストリアを出なきゃならない、それもいますぐって言いました」そこで間が空く。「彼女とフラウ・リーベルは仲が悪いんだなって、そのときピンときましたよ。仲が良かったら、近くの家のメイドに手紙を頼むことないもの」

「誰宛ての手紙？」イアンの心臓がまたドキドキしはじめた。トニーもまた体を固くした。

「ザルツブルクにいる母親。フラウ・ベッカーが言うには、お金を渡すから直接届けてほしいって。ポストに入れるんじゃなく。ポストは信用できないって」肩をすくめる。「あたしはお金が必要だった。フラウ・ベッカーの手紙を預かり、彼女がいなくなって一週間ほどして、ザルツブルクの住所を訪ねていって、ドアの下に手紙を差し込みました。それっきり忘れてましたけどね」

「彼女の母親に会ってはいないんですね？　封筒に宛名は書いてあった、それとも――」

「宛名はなかったですね。ドアの下に差し込んでおいてって言われて、ノックもするなって」そこで彼女はためらった。「彼女はとっても用心深かったと思いますよ。でも、みんなそうだったから、ヘア・グレアム」

ヘルガが横で言い訳をする。「四五年当時、ここがどんなだったか知らないから。みんな、ビザや書類や食べ物を手に入れようと必死だった。他人のことなんてかまってられなかった」

〝それは、きみたちが何も知ろうとしなかったからだ〟イアンは思った。みんながそういう考えだから、ディー・イェーガリンは易々と姿をくらますことができたんだ。

望み薄ではあるが、尋ねた。「住所を憶えてはいないだろうね」五年前に一度だけ訪れた知らない町の住所なんて、誰が憶えている?

「リンデン広場、十二番地」クラーラ・グルーバーは言った。

イアンは目を瞠(みは)った。トニーも隣でそうしている。「どうして……?」

彼女が初めて本物の笑みを浮かべた。「その家の前の広場に戻ったときに、自転車に乗った若い男にぶつけられたもんだから。彼は謝って、自己紹介して——名前はウォルフガング・グルーバー。四カ月後、彼はあたしを同じ場所に連れていってプロポーズしたの。だから住所を憶えているってわけ」

〝なんてこった〟とイアンは思った。なんたる幸運。

「お二人さん」トニーがあたたかな笑みを浮かべ、二人の手にさらに数枚の紙幣を押し付けた。「自分ではわかってないかもしれないけど、ものすごく役に立つ情報をくれたんだよ」ヘルガは頬を染めたが、姉は不安そうな顔をした。

「あなたたち、フラウ・ベッカーに迷惑をかけないわよね?」〝いまになって頼むわけだ〟

とイアンは思った。〝おれたちの現金をポケットに入れたあとで〟「彼女は何も悪いことをしていないんだし。あんなにいい人が——」

「まったく別の人に関する聞き込みだからね」トニーがいつもの相手をなだめる返事をした。こういう場合に付き物の、〝虫も殺せないような人なんだから〟という異議申し立てをかわす返事だ。だが、イアンはクラーラ・グルーバーをしばらく見つめてから尋ねた。

「彼女がいい人だと、どうして言い切れるのかな?」

「だって、それは。話し方がちゃんとしていたもの。レディだった。彼女の旦那さんがあんなことに関わっていたとしても、それは女の責任じゃないでしょ」

「何に関わっていた?」イアンは言った。「ナチ党に?」

　姉妹はどちらももじもじした。誰もその言葉を口にしていなかった。トニーがこっちを睨んでいるのがわかった。

「うちの家族には党のメンバーは一人もいない」ヘルガが慌てて言う。「そういう人たちのこと、あたしたちは知らなかったんだから」

「もちろん知るわけないよね」トニーが人を蕩かすような誠実な笑みを浮かべた。

「むろん知るわけない」イアンも言い、クラーラ・グルーバーの幼い息子に手を伸ばした。男の子は喉を鳴らし、その手をつかんだ。幼子のあたたかな指が彼の親指に巻きつく。

「かわいいなあ、あなたの息子は。フラウ・ベッカーはこの子と歳の変わらない子を殺した。後頭部に銃弾を撃ち込んだ。その子もきっとかわいい子だったにちがいない」

二人の女は目を見開いた。顔から血の気が引いた。ヘルガが口に手をやった。クララは子供を引き戻した。その目がキラリと光る。イアンが何度も目にしてきた目つきだ——陰気で頑なな怒り。〝どうしてそんなことあたしに教えたの？〟彼女の目が言っている。〝そんなこと知りたくなかった〟

彼は笑みを浮かべ、帽子のつばを摘まんだ。「あらためてありがとう、お二人さん」

「ときどき、正真正銘のゲス野郎になるよね」トニーがこともなげに言った。

イアンは肩をすくめた。「これで二人とも少しは物が見えるようになったろう」

今夜泊まる予定のホテルに戻る。イアンはすぐにでもザルツブルクに向かいたかったが、トニーは残ってフラウ・リーベルに話を聞いてみたいと言い出した。アドルフ・アイヒマンの取り残された妻が、見ず知らずの男にベラベラしゃべるはずがない、とイアンは思った。メイド姉妹よりもっと警戒するにちがいない。だが、トニーの言い分ももっともだった。調べもしないでそのままにするわけにはいかない。「夕食をおごるぞ」まだ不満顔のトニーに、イアンは言った。

「けっこうです。ヘルガ・ツィーグラーを誘い出して、楽しい時間を過ごさせてやるつもりなんで。さっき別れたとき、むすっとした顔してたから、ありったけの魅力を振りまかないとね」

「どうして彼女を誘い出すんだ？」

「さんざんおだてておいて、用済みになったらからって、はい、さようなら、じゃいくらなんでもひどいでしょ」

「それは何もなしで放り出したらの話だろ。彼女は報酬を受け取ってるんだぜ」

「それでも、聞くことは聞いたから、おまえはもう用無しだなんて、誰だって嫌な気分になりますよ。それに、彼女に非があったわけじゃないでしょ。お姉さんのほうだって」トニーが言い淀んだ。「二人には何の非もないことはわかってるんでしょ。戦時中の混乱の中ですよ。占領地帯で生き延びるためには、どっちが正しいとか正しくないとか言ってられない。あなたが考えるようなわけにはいかないんです」

「彼女たちはレジスタンスに手を差し伸べたのか？　難民に隠れ場所を提供したのか？　連合軍に情報を渡したか？　まわりで起きていることと闘うために、何かしたのか？」イアンもまたためらった。「答えがノーなら、疚しさを感じてしかるべきだ。おれだったら疚しさに耐えきれない」

「彼女たちが手を差し伸べたかどうかなんて、ぼくたちにわかるわけがない。憶測でものを言うべきじゃないと思うな」

「二人とももじもじしていたじゃないか。あれを見るだけで見当がつく」

トニーが大げさに敬礼した。「あなたの世界観のまあ美しいこと。グレーゾーンなんて存在しないんだからな」

「きみはたくさんの家族を失った。広い目で見れば、それは大勢の人間――ツィーグラー姉妹みたいな人間――が、自分から進んで頭を砂に埋めたせいだ」イアンは言い返した。

「そこからグレーのかけらを見つけ出すなんて無理だ」

「まるで絞首刑を科したがる判事だ。ぼくらは未曾有の戦争の灰の中に立ってるんですよ――そこに含まれるグレーのかけらを、本気になって探そうとしなかったら、新たな戦争の渦に巻き込まれてしまう」

「おれのことを絞首刑を科したがる判事だと言いたいなら言うがいい。ニュルンベルク裁判のあとで絞首刑に立ち会い、その晩はぐっすり眠れたからな」

「それ以来、ぐっすり眠れなくなったんでしょ？」トニーが話を逸らした。

「ああ、だが、そのことと、物事の善悪を白か黒かで決めつけることとは関係ない」イアンは言った。トニーの追撃をはぐらかす形で二人は別れた。振り返ると、トニーがかぶりを振りながらポケットに手を突っ込んで歩いてゆくのが見えた。意見の相違はあるが、これまでのところ一緒に仕事をするうえで障害にはならなかった。はたしてこの先もそうだろうか。

イアンはホテルに戻らなかった。当てもなくさまよっているうちに、フィッシェルンドルフ八番地の前に来ていた。五年前なら、玄関に立つディー・イェーガリンを見つけられたのだろうか？　手に封筒を持ち、メイドが家の前を通るのを待つ彼女を？

〝名前は知らなくても、ザルツブルクに住む母親の住所はわかってるんだ。オーストリアを発つ前に手紙を送ったのなら、行く先を告げていたはずだ〟イアンはずっと前に姿をくらました人物に語りかけた。この数年間で少なくとも一人の戦争犯罪人をこの方法で捕まえた――家族との絆を断ち切るのは、誰にとっても難しいものだ。

家の前庭で少年が砂遊びをしていた。アドルフ・アイヒマンの息子の一人、十歳ぐらいだろう。セバスチャンがハロー校に入学したのは、この子よりも数歳上、痩せて神経質だったトランクを持つ弟を駅まで送ったことを憶えている。たんだ、親に似て優秀だから、と父は世間に自慢したが、汽車の時間といった細かなことには関心がなかった。「学校は地獄だけど、なんとかなるもんだ」イアンは正直に言った。「生意気なことを言うやつがいたら殴ってやれ、おれが教えてやったように。相手のほうが体がでかかったら、おれに知らせろ。すぐに飛んでって、そいつらをクリケット競技場の裏に引きずっていって、こてんぱんにしてやる」

「ぼくにかかってくる相手をすべてやっつけるなんて無理だよね」セバスチャンがやるせない顔で言った。

「無理なもんか。手紙を書くって約束しろな?」たしかにセバスチャンは手紙をくれた。バードウォッチングにはじまりプーシキンに移った興味の対象について、長々と綴った手紙が、外国人義勇兵から成る国際旅団を追いかけるイアンを追ってスペインまで届いた。マラガ近郊への空襲で左耳が一週間も聞こえなくなったときには、もっと用心しなきゃとたしなめる手紙が届いたほどだ。その後、手紙はパリまで追ってきた。当時イアンは、来るべきミュンヘン会談に関する記事を書いていた。一年後、父が自動車事故で亡くなり、二人は二週間一緒に過ごした。十六歳だったセバスチャンはそのとき初めて酔っ払い、イアンがベッドまで運んでやり……それから半年も経たず、セバスチャンはロンドンのイアンを訪ねてきた。スコットランド沖のオークニー諸島近くで、ドイツのUボートがイギリスの駆逐艦を沈めた事件を追っていた頃だ。セバスチャンは学校を中退して入隊した、と彼に告げた。

「馬鹿者」イアンは怒鳴った。

「兄さんは戦えないかもしれないけど、ぼくは戦えないわけじゃない」セバスチャンは食ってかかった。マラガのあと、イアンの左耳の聴力はほぼ元に戻っていたが、入隊基準には達していなかった。イアンの表情を見て、セバスチャンはつぶいた。「ごめん。そんなつもりじゃなかった」唯一の兄弟喧嘩はははじまったと思ったら終わっていた。

「入隊するなんて馬鹿者に変わりはない」イアンは言い返した。「バードウォッチングをあれだけやった結果が、小鳥の脳みそか」

数カ月後の五月の朝、彼は敵に捕まったとき、空に小鳥を探したのだろうか。銃砲装備で劣る歩兵大隊が、フランス北部のデュロンスとアラスを結ぶ道で降伏を余儀なくされたとき、彼は翼があったらと思ったのだろうか。彼の戦争ははじまったと同時に終わり、捕虜として残りの時間を、小鳥のように籠に閉じ込められて過ごすのだと観念したのだろうか。

〝だが、おまえはそれでも戦った〟セバスチャン・ヴィンセント・グレアムは捕虜収容所から脱走し、ナチス占領下のポーランドから逃げようとし、そのために死ぬことになった――ディー・イェーガリンの手にかかって。〝それでも、おまえは一矢報いた〟

彼女のうなじに傷を与えたのは、誰あろうセバスチャンだった。

ニーナはそう言った。片言の英語も身振り手振りも理解に苦しむものではあったが。彼女とセバスチャンが出会った経緯も、二人がルサルカ湖畔の黄土色の壁の屋敷に足を踏み入れることになった経緯も、イアンはよく知らない――ニーナは明確に説明できなかった――が、乱闘があり、銃声が響き、刃があったことはたしかだ。セバスチャンが果敢に戦ったから、ニーナは逃げ延びることができた。

〝彼女の語ったことが事実なら〟イアンはそんなことを思いながらアイヒマンの家に背を向けた。

「そのことを話し合うときが来たな、ニーナ」黄昏のなか、彼は声に出して言った。

9　ニーナ

一九四一年六月　イルクーツク、シベリア

戦争の波がソ連に押し寄せたとき、ニーナは練習機ポリカールポフU‐2の性能を試すため、機体を雲の匂いのする風に乗せイルクーツクの上空高く飛んでいた。性能はそれほど優れているわけではない――複座(デュアルコックピット)の複葉機で、操縦席は開放式、機体は木製骨組に帆布張り、巡航速度が低いため、もっと新しく速い飛行機は速度を合わせようとすると失速してしまう。だが、古くても操縦しやすく、不安定な状態でも難なく旋回できる。機械的な調整が必要かどうかを調べるきりもみ飛行に抜擢されたことが、ニーナには嬉しかった。

航空学校に入学してほどなく、ニーナが最初に乗ったのがこのU－2だった。指導官が操縦桿(かん)を握るのを許してくれて、なだらかな横傾斜旋回をさせてくれたときは、それこそ天にも昇る気持ちだった。慣れない手が操作していることに機体は気づいたようで、グラグラ揺れた……最初の無様な旋回から四年の歳月が流れ、いまでは驚異の飛行時間を誇り、U－2を雲の中で宙返りさせ、横転させるのもお手の物だった。空はニーナの湖だ。最初の飛行で、緑の髪のルサルカが湖に飛び込むように空に飛び込んだとき、そのことを実感した。実際には飛び込むのではなく飛びあがったのだが、まさに〝ここが故郷だ〟と思った。最初の飛行で彼女は泣き、飛行眼鏡が涙で曇った。

空を飛ぶのはけっして容易ではなかった。「ほかにも必要なものがあるんだ、お嬢さん」ニーナが提出した申込書と出生証明書を見て、校長は嘲笑(ちょうしょう)した。「診断書、教育修了書、コムソモール(共産党の青年組織)の推薦状、それらが揃ったら資格審査委員会に提出し審査をしてもらうんだ。イルクーツクに知り合いはいるのかね?」

「いいえ」必要な書類や承認を得るのに手を貸してくれる知り合いが、ニーナには一人もいなかった。運のいいことに、地元のコムソモールの幹部が彼女を気に入ってくれた。「まさにプロレタリア精神そのものだ」その幹部はニーナの苦難に彩られた生い立ちを知るやいなや言い放った。「帝政ロシアの時代なら、血の汗を流して畑を耕していただろう少女が、空を飛ぼうとしているんだ！　国の栄光は労働者の能力向上にかかっており――」さらにおびただしい数のスローガンを聞かされたあと、コムソモールの面接と政治的能力検査を受けることが許された。政治史についてはよく知らなかったが、退廃的な西欧の航空術と対決するために、航空機の操縦術を学ぶことで母国を発展させたいと思うか、と尋ねられると大きくうなずいた。それに、彼女の農民としての血統は非の打ちどころがなかった。〝父さんが初めて役に立ってくれた〟とニーナは思った。父が自分の金は一コペイカも持たないシベリアの農民ではなく、富農（クラーク）や知識人だったら、コムソモールは彼女を鼻であしらっていただろう。だが、やる気のある無教育な農民は会員資格を与えるのにもってこいで、それからはすんなりと道が開けた。コムソモールの女性会員はいずれ熱心な共産党員になるだろうから、引く手あまただった。ニーナは空を飛べさえすれば、政策も党利党略もどうでもよかった。

そんなわけでいま、彼女は雲の中で踊っている。

らせん飛行を終え、眼下の航空学校に帰還する。ご老体の操縦装置には何の問題もなかった。機体と自分の境目がなく一体化している感覚を憶えながら下降をはじめた。まるで腕が伸びた先が翼で、足の先は車輪となり、木製骨組を覆う帆布と一緒に髪が太陽にあたためられる。

湖面に雪が降るような軽やかな着陸で――一度も跳ねることのない完璧な三点着地――尾翼が歯止めとなって機体が停止するのを体感し、ニーナは笑みを浮かべた。U-2が好きな理由がこれだ。ブレーキを持たない。〝あたしも同じ〟腕の力で上体を持ちあげて操縦席の縁に尻を乗せ、毛が禿げかけたウサギ皮の飛行帽の留め金をはずした。ニーナ・ボリソヴナ・マルコワは二十三歳になったが、いまも小柄で、体操選手みたいに筋肉質で頑丈だ。爪に挟まっているのは血ではなくエンジンオイル、吸い込むのは湖水ではなく排気ガスだった。いまだに少しおかしいのはマルコフ家の伝統だから仕方がないが、少なくともこの世界に居場所を獲得した。それは寝る場所ではなく飛ぶ場所。自分が何を愛し、何を恐れているのかわかっており、何を恐れていようとどうでもよかった。近くには溺れ死ぬ湖がないのだから。ニーナは機体の縁に座ったまま太陽を見あげ、それから翼に体をずらしてすんなり地面に降り立った。

あたりを見まわし、何かおかしいと気づく。

滑走路には生徒や整備士や操縦士が忙しく行き交っているはずなのに。イルクーツクでも飛行は人気の的で、航空学校はつねに賑わっていた。だが、あたりに人っ子一人おらず、都会の喧騒――通りの雑踏、仕事の行き帰りの人たちが履く大量生産のブーツがたてる足音――が掻き消されたように静かだった。困惑しながらもいつもの安全確認を行い――スイッチ類の点検、操縦装置の点検、固定装置の点検は呼吸するのと同じぐらい無意識の行為になっていた――いちばん近い格納庫へ向かった。太陽は真上にあった――いつもどおりの六月の日曜の真昼だ。

格納庫に集まった者たちは一様に黙り込んでいた。操縦士や生徒たち、同僚の指導官たちがひと塊になり、壁の高い位置に据えつけられたラウドスピーカーに顔を向けている。飛行眼鏡やオイル缶を手からぶらさげ、咳払いひとつせずにラジオから流れる抑揚のない声に耳を傾けていた。

〝――ドイツ政府がU．S．S．R．に対し開戦を決議した旨の――〟

ニーナは息を呑んだ。人だかりの中にウラジーミル・イリイチの漆黒の髪が見えたので、人混みをを掻き分けて近づいた。ニーナを除けば航空学校一の操縦士で、ときどきベッドをともにする仲だった。「攻撃されたの？」ニーナは小声で尋ねた。

「ドイツ野郎め、爆弾を落としやがった。キエフにセバストポリ、カウナス――」

まわりからシッと言う声がした。ニーナは平板な声が流れるラウドスピーカーを指さした。ウラジーミルが声に出さずに言う。〝同志モロトフ〟

公衆伝達はつづいた。〝――ソ連に対する攻撃がすでに行われた以上、ソ連政府としては略奪攻撃を撃退すべく、ドイツ軍をわが国の領域内から追い払い……〟

〝ソ独不可侵条約も形無しね〟とニーナは思った。驚くことではない。戦争は何カ月も前から、ダイナマイトの匂いのように空中を漂っていたのだから。いま、戦争が現実のものとなった。ヒトラーとファシストが常軌を逸しているのは周知のことだったが、同志スターリンを殺そうとするほどおかしかったの？

〝――ソ連政府は、わが国の優れた陸軍と海軍ならびにソ連空軍の勇敢なるハヤブサが責務を全うするであろうことに、揺るぎない信頼を置いており――〟

ソ連空軍。ニーナはさっそく計算した。彼女の飛行時間は航空学校のどの操縦士よりも多い。航空学校を卒業すると、さらに操縦士養成学校で二年間の上級訓練をなんとか無事に終了し、飛行術の指導官として母校に招かれ今日にいたっていた。新型の戦闘機が導入されるという噂もあった。その操縦席に座るためには……

〝――思いあがった連中の攻撃にわが国民が対処するのはこれが初めてではない。ナポレオン軍のロシア侵攻の際には――〟ひとしきり歓声があがって同志モロトフの声を掻き消した。ヒトラーの鉤十字が地の果てにいる〝親父〟の上に掲げられるのを想像し、ニーナはざまを見ろと思う反面、屈辱にかぶりを振った。この大地はよそ者の手に負えない。ナポレオンがいい例だ。寒すぎるし、広すぎるし、生まれたときからここで鍛えられた人間以外には情け容赦ない。洗いだわしみたいなひげをつけた、チンケなファシストごときが、モスクワに攻め込めると思っているのか？　バイカル湖の水をバケツで汲んで空にするほうがまだ楽だ。

同志モロトフも同じ考えらしく、ラウドスピーカーから大声が聞こえた。〝ヒトラーもそれにつづこうというのか、わが国に対し新たな十字軍を派遣するとは思いあがりもはなはだしく――〝また歓声が起きて声が聞こえなくなった。〝敵は敗退するであろう。勝利はわれらがものである〟

人垣が崩れた。仲間に知らせようと滑走路を走る者、抱き合う者。通りには涙と恐怖が溢れているだろう、とニーナは思ったが、ここは航空学校だ――戦争がここまで押し寄せたら、全員が空へ飛び立つだろう。彼らにはそれ以上の場所はないのだから。猛々しい笑みを浮かべて振り返ったウラジーミル・イリイチに、ニーナは歯がぶつかるほどの激しいキスをした。「おれはあすにも志願する」息が吸えるようになると、彼が言った。

「あたしも」彼女の血はガソリンのように燃え滾っていた。ウラジーミルと一緒に彼の部屋に行き、ウォッカで酔って古いシーツの上で絡まり合ったあとも、ニーナは眠れなかった。ウラジーミルの腕を腹に乗せたまま、闇に目を凝らし、隣の部屋の男女が言い争うのを壁越しに聞きながら、〝親父〟の湖面を浮氷が並んで漂うさまを思い浮かべた。青い水平線に向かって列になって進んでゆくさまを。生まれ育った村からイルクーツクに向かう汽車が、湖畔から離れる最初の浮氷だった。〝あたしなら飛べる〟という思いを抱いて。第二の浮氷に足を乗せようとしているいま、抱く思いは〝あたしならドイツと戦える〟だった。

「戦争は遊びじゃないのよ」翌朝、ニーナが服を着替えに部屋に戻ると、ターニャが言った。二人は同じ部屋を割り振られたルームメイトだった。八人が住む共同住宅の十一平米の部屋を二人で使っている。ニーナは穴倉だと思っていたが、ターニャに言わせると、部屋があるだけまし。「踊りに行くみたいに、笑ったり鼻歌を歌ったりしないほうがいい」

ニーナは肩をすくめた。ターニャは熱心な党員で、秩序や美徳や国家を頑ななまでに信じている。彼女とニーナが共有しているのは部屋だけだった。「戦争はおぞましいけど、あたしみたいな人間を必要としてるのよ」

「あんたみたいな人間ですって」ターニャはハンドバッグを手にした。溶鉱炉技師としての勤務時間がはじまるのだ。「あんたって個人主義者ね」

「それ、どういう意味？」

「屋外労働に志願しないじゃない」ターニャは志願しつづけていた——集団農場からの調達割当の回収やら、工場労働者の習熟度をあげるための体操指導まで。「コムソモールの集まりにも出てこないし——座って航行術の計算をしてるとこ、あたし見たんだからね！労働階級の生活に参加する努力をしないで——」

「努力するだけ無駄」

「ほらね？　国は個人主義者には用がないの。志願したって採用されないから」ターニャは確信を持って満足そうに言った。

「採用されるに決まってる」ニーナはほくそ笑んだ。これがルームメイトを不安にさせると承知のうえだ。「国が必要とするのは、ちょっとばかりおかしな人間。戦争ではおかしな人間が活躍するんだから」父がそう言っていた。革命で父が殺した帝政派の連中について、小声で語るときにはいつも。父を思い出すのはほんとうに久しぶりだ——家を出てから一度も会っていなかった。置き去りにしたせいで父は死んだかもしれないと思ったこともある。シチューにする獲物を誰も獲ってこないから、強いウォッカで酔いつぶれて死ぬこともありうる。罪悪感を覚えないでもないが、家に戻るつもりはこれっぽっちもなかった。溺れ死にさせようとした父のもとになんて、誰が戻るものか。それでも、父が無事かどうか、たまに気になることがあった。〝生きていてほしい。ヒトラーの軍隊が空からのあたしの攻撃をかわしたら――はるばる親父までやってきたら――そいつらの行く手を塞げるのはうちの親父だけだから〟ライフルとナイフで武装した父が、ニーナとそっくりの牙を剝き出すような笑みを浮かべて木立から忍び出て、ドイツ兵の喉を音もたてずに掻き切るのが目に見えるようだ。

「あんたは個人主義者のうえにふしだらよ」ターニャが捨て台詞(ぜりふ)を残して出ていった。「知ってんだから、ゆうべもウラジーミル・イリイチと一緒だったんでしょ――」

「次はあんたも加わったらどう？」ニーナがその背中に言葉をぶつけたとたん、ドアが閉まった。彼女も数分後には部屋を出て、ウラジーミルや航空学校の操縦士二人に合流した。みんなで通りを闊歩(かっぽ)しながら、古い労働歌を大声で歌った。湖畔で人と交わることなく育ったため、ニーナにはこの歌以外にも知らないことがたくさんあった。この町で知り合った人たちと、いつまでも隔たりを感じるのはそのためだった。それでも、ターニャのようなコムソモールの女たちよりも、航空学校の連中といるほうがまだましだ。少なくとも、彼らとは飛行への熱い思いを共有できる。だが、ウラジーミルやその友達は、子供のころから都会がどんなものか知っていたし、党の歴史に詳しく、同志スターリンの有名な演説を空で言うことができる。国が定めた教科をちゃんと習っているからだ。農民として育ったことはボーナスかもしれないが、不利な面もある。ニーナは幾度となく思い知らされた。〝これからはそんなことない〟徴兵事務所の前にできた長い列に並んだとき、彼女がいままで感じていた隔たりはなくなっていた。三人の同僚と導入される予定の爆撃機について熱心に話した。ヒトラーのメッサーシュミットやフォッカーを撃墜できる爆撃機だ。あたしもその一員になる。そう思うと、ニーナの顔に笑みが浮かんだ。

だが、四人で事務所から出てきたときには、笑顔は消えていた。ウラジーミルが彼女の腕に触れて言った。「きみにもできることは――」

「操縦士としてじゃなくね！」彼らの申込書を受け取った事務官は不愛想に言った。女は飛行隊には入れない、と。「あたしはここにいる誰よりも飛行時間が長いのよ！」ニーナは手ぶりでウラジーミルとほかの二人を指して抗議した。

「国に仕えたいというきみの熱意を無駄にはしない。必要とされる人材はいろいろある。看護婦や通信員、対空機関砲砲手――」

「どうして操縦士になれないの？」言い返す言葉に詰まると、ニーナはスターリンを拠りどころとした。誰も〝親玉〟には逆らえない。「同志スターリン本人が女性操縦士の活躍を褒めているじゃない。あたしは飛行指導官として――」

「だったら、自分の仕事をやりたまえ」事務官はいかめしい顔で言った。「きみには訓練という仕事がいくらでもある」それから、列の次の志願者に顔を向けた。

ウラジーミルが今度はニーナの腰に腕をまわそうとした。「むくれるなよ。さあ、お祝いしに行こうぜ！」ニーナは彼を睨みつけ、部屋の鏡に貼ってある。三年前の新聞の切り抜きに思いを馳せた。双発のツポレフANT－37の前に並んで立つ、マリーナ・ラスコーワ、ポリーナ・オシペンコ、ヴァレンティナ・グリゾドゥボワ、悪鬼みたいに笑っているのは、最長飛行記録を樹立した直後だからだ。二十六時間二十九分をかけて六千五百キロメートルを飛んだ。ニーナのヒロイン、みんなのヒロインだ——同志スターリンは三人にソ連邦英雄の称号を授与し、言った。「きょう、抑圧された女たちの苦難の数世紀に、彼女たちは復讐（ふくしゅう）を果たしたのである」

〝看護婦になったところで、苦難の数世紀に復讐を果たせない〟ニーナは思った。だが、航空学校で飛んでいる女たちの誰一人操縦士として採用されない。男たちはどんなぼんくらでも採用されるのに。

「何を期待してたんだ、ニノチカ？」ウラジーミルは肩をすくめた。「航空学校で飛んでいる四人に一人は女じゃないか」

「だけど、あたしは採用された男たちよりずっと優秀だもの」ニーナはぶっきらぼうに言った。「あんたよりもね」

彼女は単純な事実として述べただけで、侮辱するつもりはなかったが、彼はむっとした。

「そんな言い方をつづけてみろ、出発する前に結婚を申し込んでやらないぞ」

ニーナは目をぱちくりさせた。「いつからあたしと結婚するつもりだったの？」

「男なら誰だって、戦争に行くときには、女に別れを惜しんでもらいたいんだ。いまから届けを出しに行こうか、なに、手間はかからない」彼が軽い調子でウェストに腕をまわした。「おれを愛してないのか？」

「あんたは寝る相手としては最高よ、それに優秀な操縦士だけど、あたしより劣る」ニーナは言った。「あたしが恋するとしたら、自分よりうまく空を飛べる人」

「くそったれ」彼は怒って去っていった。最後の数夜をほかの女のベッドで過ごすつもりだ。

夏のあいだに航空学校の人員が減っていった。秋の気配がするころ、ヒトラーの鉤十字を掲げる野蛮な軍隊が、西部戦線で赤子を殺し、ソ連女性を苦しめていると新聞が報道した。イルクーツクのような東のはずれでも愛国心は高まりを見せ、新聞の論調はソ連の勝利と、裏切り者のドイツの侵略への怒り一色となり、ニーナの苛立ちは募るばかりだった。彼女を受け入れてくれる飛行隊はなかった。彼女に飛行機を与えてくれる指揮官はいない。ニーナの能力を生かす場はどこにもない――ろくに人の言うことを聞かず、わずか数時間の飛行時間を終えるとさっさと徴兵事務所に向かう十七歳の少年たちの訓練に、時間を費やすだけだった。ラジオから流れる耳触りのよい話や、同志スターリンの母国の女性たちが真価を発揮したという演説が何の足しになるというのか。看護婦になれ、さもなければ男たちを訓練しろ。

九月になっても、ヒトラーの軍勢は無情にも東への侵攻をつづけていた。ニーナはアンガラ川のほとりを歩き、市を貫く流れの速い青い筋に架かる橋の欄干にもたれかかった。頭の中では新型爆撃機で空高く舞い、耳から血が出るほどのスピードで雲をつんざき……とたんに肩甲骨のあいだがムズムズし、尾行されているとわかった。立ち止まり、ブーツを直すふりで折り畳み式剃刀を取り出し、袖の中に隠してから何食わぬ顔で振り返った。何があっても覚悟はできていた。だが、その何かは剃刀の刃のように鋭い笑みだった。

「用心が足りない、チビの女狩人」父が言った。「航空学校からずっと尾けていたんだぞ」


二人とも欄干に背中をもたせて睨み合った。ニーナはいつでも身をかわせるよう距離をとっていたが、父の目には、彼女を殺そうとしたときの凶暴な光は浮かんでいなかった。それでも剃刀を指のあいだに挟んでいた。父がそれを見てまた笑みを浮かべた。

「おれのだ」

「いまはあたしの。イルクーツクで何してるの？」

父は足元の包みを指さした。「今年は獲物が多かった。上等な毛皮は都会のほうが高値で売れる」

「どうやってあたしを見つけ出したの？」

「クズリの臭跡は辿れるんだ。湖の魔女の娘の臭跡を、おれが辿れないと思ったのか？」

「いまは空の魔女」ニーナは言い返した。

「聞いた。女を飛ばせるとはな」

「最長飛行距離を樹立したのは三人の女」ニーナは父を観察した。足元はふらついていないようだ。「てっきり死んだと思ってた。自分で造ったウォッカで酔っ払って」父が肩をすくめる。「おまえが家にいるあいだは、おまえにシチューの材料を獲ってこさせたほうが楽だったからな——娘は父親の面倒を見るって相場が決まってる。だからといって、おれが自分でできないってことじゃない」

「家を出たこと、悪いと思ってない」

冬の笑み。「出ていくときおれのコペイカを残らず盗んでいっただろう。それは悪いと思わないのか?」

「思わない」

「盗人（ぬすっと）め」父はにこりともせずに言ったが、おもしろがっているようだ。ニーナはにやりとした。ここで父に会うなんて妙な感じだった。まるで街灯の下をぶらつく狼のようで、まったく場違いだ。

「死んでなくてよかった」ニーナは言った。自分でも意外だが本心だった。自分を溺れ死にさせようとした男だもの、憎んで当然だ。だが、狩りのやり方を教え、物語を聞かせてくれた男だから、なんだかんだ言っても好きだったし、殺しても死なない男に、用心しつつも尊敬の念を抱いていた。そんな諸々の感情は適度な距離を保ちながらも並んで歩いているのだから、どっちが上とか順番をつける必要はない。ただ、父を思うとき真っ先にくるのは、けっして背中を見せてはいけないという強い衝動だった。

　父はいま、戦争がどうしたとか、入隊してファシストを殺してやるには歳を食いすぎていて無念だとか言っていた。「ファシストは帝政派の連中より簡単に死ぬんじゃないか」父はおもしろがっていた。「モスクワ人のくそったれの肝を鍬でほじくり出してやった話はしたっけな？」

「何度もね」

「あの話がおまえは好きだったな」父がもじゃもじゃの眉の下からニーナを見つめる。「この戦争でドイツ野郎を殺してくれる子が、一人でもいたらなあ。おまえの兄さんたちは刑務所に入ってるかグレてるかで、姉さんたちはみんなあばずれだ。おまえは戦争に行くのか？」

「女は飛行隊に入れてもらえない」

「やわすぎると思われてるのか？」父が哄笑した。「革命のとき、女たちが瞬きひとつしないで男の首を挽き切るのを見たぞ」

「革命を経験した連中は、女は男と同じ働きをしたって得意そうに話すよね」ニーナは言った。「いまは入隊を願っても、看護婦になれって言われるだけ」

「そりゃおまえが悪い。願うだって」父が上体を寄せてくると、吐く息から野生の臭いがした。「チャンスはあるはずだ、ニーナ・ボリソヴナ。チャンスと見たら願うな。奪い取れ」

「そういうの、集産主義的原則に対する計算された反社会的尊大さって言うんだよ」ターニャが唱えるたわ言を真似してみた。「労働者の生活原理に反する」

「労働者の生活なんてくそくらえだ」

ニーナは思わずにやりとした。「都会の通りでそんなこと言ってると面倒なことになるからね、わかってるの。耳に銃弾を撃ち込まれるのがおちだよ」

「いいや、おれはマルコフ一族の人間だからな。面倒はいつだっておれたちに降りかかるが、おれたちは面倒を食い物にする」父は包みをゴソゴソやり、やわらかくてかさばる物を投げてよこした。ニーナは驚いてそれをつかんだ。湖のアザラシの毛皮、それも美しいやつ――鋼鉄を思わせる灰色で、張ったばかりの氷の光沢をもち、雪のようにやわらかい。

「戦闘機乗りになるつもりなら、そいつで帽子を作れ」父は言い、彼女の古いウサギ皮の帽子を眉で指した。「そんな惨めったらしいのはやめて」

ニーナはほほえんだ。「ありがとう、父さん」

彼は包みを肩にかけた。「湖に戻ってくるなよ」さよならの挨拶代わりに言う。「次にウォッカで酔っ払ったら、おまえを必ず溺れ死なせる、かわいいルサルカ」

「あるいは、あたしがあんたの喉を掻き切る、手じゃなくね」

「どっちかだな」父は彼女の指のあいだの剃刀の刃を顎でしゃくった。「そいつでおれの代わりにドイツ野郎を殺してくれ」

父の姿が見えなくなるまで見送った。背の高いだらしのない姿が音もなく人込みに溶け込む。〝親父〟を取り囲むタイガに消えるように。〝もう一度会うことがあるだろうか？〟おそらくないだろう。そう思うとほっとすると同時に残念でもあり、嬉しくもあった。どっちが上とか順番をつける必要はない。

その夜、ベッドに脚を組んで座り、帽子を作るためにアザラシの毛皮を丁寧に切っていると、ターニャがラジオをつけた。「モスクワで女たちの反ファシスト集会があるんだって」ニーナはアザラシの毛皮を切るのに夢中で聞いていない。顎の下で結ぶ耳当てのついたちゃんとした飛行帽は、操縦席が開放式の爆撃機に欠かせないものだ。

〝……ソ連の女性の多くが運転手やトラクター運転士として活躍し、空軍の操縦士たちはいつでも戦闘機に乗って戦場に飛び立つ用意ができています〟

ニーナは手を止めた。「誰がしゃべってるの？」

「マリーナ・ラスコーワ」ターニャが言う。ニーナは鏡に貼った新聞の切り抜きの写真に目をやった。右端に立つ黒髪で輝く目の女は、ツポレフANT-37の前で自信満々だ。ラスコーワについての記述はむさぼるように読んできたが、肉声を聞くのは初めてだった。ラジオから流れる彼女の声はあたたかくて親しみやすく、水晶のように澄んでいた。あの声にならどこまでもついていく。

〝姉妹のみなさん！〟マリーナ・ラスコーワが叫ぶ。〝ついに反撃のときです！　自由の戦士の列に加わりましょう！〟

でも、どうやって。ニーナは思った。

答えは向こうからやってきた。その晩ではなく数週間後、ソ連軍がモスクワからわずか八十キロのモジャイスク街道まで撤退を余儀なくされたときに。その日、ほかにも新たなニュースが航空学校に飛び込んできた。同志スターリンが、ソ連邦英雄マリーナ・ラスコーワの指揮下で、戦闘飛行のための訓練を行う三連隊の編成を命じたのだ。

女だけの三連隊だ。

「地元のコムソモールが、志願者の審査と面接を行うよう命じられたそうよ」同僚の操縦士が言うのをニーナは耳にした。「あたしはすでに書類を提出した。優秀な新兵だけがモスクワに送られ――」

〝どうやったら選んでもらえる?〟ニーナは考えた。タイガからやってきた野蛮人で、ろくに学校も行ってなくて、個人主義者のレッテルを貼られている女が選ばれるためには、何をすればいい? いたるところで女たちが入隊したいと押しかけるだろう――大学出で、非の打ちどころのない履歴、党にコネのある女たちが。

父は言った。〝チャンスはあるはずだ、ニーナ・ボリソヴナ。チャンスと見たら願うな。奪い取れ〟

書類を提出するなんてまだるっこしいことはやらない。ニーナは部屋に戻り、いちばん肝心な物――パスポート、コムソモールの会員証、操縦士訓練とグライダー訓練の修了証書――と着替え数枚をバッグに入れ、作り立てのアザラシの毛皮の帽子に髪を押し込み、十月の鉄色の空の下を駅まで走った。なけなしのルーブルを切符売り場のカウンターに叩きつけて言った。「モスクワまで、片道」

10　ジョーダン

一九四六年五月　ボストン

父とアンネリーゼが新婚旅行に旅立つと、ジョーダンはルースをパブリック・ガーデンに連れていった。アイスクリームとスワンボートぐらい少女をほほえませ……ついでにおしゃべりさせるものはほかにない。

「チョコレート、それともイチゴ?」ルースは唇を嚙んで考え込んだ。「両方」ジョーダンが決めた。「これぐらい奮発しないとね」ルースが恥ずかしそうに笑った。タローのリードを命綱みたいに握り締めたままだが、ジョーダンに少しずつ心を開きはじめていた。

〝そこにつけ込むのよ〟と、ジョーダンは思って嫌な気分になった。〝おまえが知りたいというだけの理由で、人の古傷や触れられたくない過去を抉り出していってもんじゃないんだ〟父がつい最近、そんなことを言った。でも、鉤十字を持って身廊を歩くような女と、父は新婚旅行に旅立ち、ジョーダンの知りたい思いは強まるばかりだった。

ジョーダンとルースはアイスクリームを舐めながら、ぶらぶらとアヒルのいる池へ向かった。タローが二人に挟まれて尻尾を揺らしている。橋の上からパン屑を撒く観光客の姿が水面に映っていたが、ジョーダンにしては珍しく、その瞬間をフィルムに捉える気になれなかった。「あそこでサッと動くもの、わかる、ルース？　トンボよ。アルタウスゼーの湖でトンボを見たことある？」ルースはきょとんとした。「あなたたちがいた場所でしょ？　こっちに来る前に」

うなずく。

「ほかに憶えてるものある、コオロギちゃん？　あなたのことをもっと知りたいの、あなたは妹になったんだもの」ルースの手をギュッと握った。「ボストンに来る前のこと、何か憶えている？」

「湖」ルースが小さな声で言った。ドイツ語訛りはほとんど消えていた。ブロンドのおさげに青いジャンパー姿は、どう見てもアメリカの少女だ。「毎日、窓から湖を見てた」

「毎日？」アルタウスゼーにはそう長くいなかった、とアンネリーゼは言っていた。「何日ぐらい？」

ルースは肩をすくめた。

「お父さんのこと、憶えている？　どうして亡くなったの？」

「東に行ったって、ママは言ったわ」

「東のどこ？」

また肩をすくめる。

「ほかに何か憶えている？」ジョーダンはせいいっぱいやさしく尋ねた。

「ヴァイオリン」ルースの声がさらに小さくなった。「ママが弾いてた」

ジョーダンは目をぱちくりさせた。「でも、いまは弾かないわね」

「弾いてた」ルースは眉をひそめ、タローのやわらかな背中に手を伸ばした。「弾いてた！」

「あなたを信じるわ、ルーシー――」

「弾いてた」ルースはきつい声で言った。「あたしのために弾いてくれた」

アンネリーゼは楽器を弾けるなんて一度も言わなかった。音楽を聴きたいからラジオをつけてと頼んだこともなかった。ヴァイオリンを持っていない――新婚旅行から帰ったら解くことになっている引っ越し荷物の中に、楽器のケースはなかった。〝売らざるをえなかったのかもしれない〟

ジョーダンはルースに目をやった。「ママから聞いたんだけど、アルタウスゼーの湖で嫌なことがあったんですってね。難民の女の人が、その、あなたたちにあまり親切じゃなかったって」

「血が出た」ルースがささやく。「あたしの鼻から血が出た」

ジョーダンは口ごもった。心臓がドキドキいう。「もっとほかに憶えていることない？」

ルースが融けかけのアイスクリームを落とした。彼女が動揺しているのを見て、ルースは追及するのをやめた。腕を広げるとルースが飛び込んできた。「いいのよ、コオロギちゃん。思い出したくなかったら思い出さなくていいの」

「彼女もそう言った」ルースがジョーダンのお腹に顔を埋めて言った。

「誰が？」

沈黙。それから、「ママ」。

でも、確信が持てないような頼りない声で、小さな肩は震えていた。もっと聞きたい気持ちを抑え——何を聞くっていうの？——妹を抱きしめた。「スワンボートに乗りに行きましょ。きっと気に入るわよ」

「でも、アイスクリームを落としちゃった」

「あたしのを食べればいいわ」

足で漕ぐスワンボートに乗り込むころには、ルースも落ち着きを取り戻していた。ジョーダンは自分が怪物になった気がしていた。〝何か収穫があった？〟自分を叱りつける。〝できたばかりの妹を動揺させて、聞き出せたのはアンネリーゼがヴァイオリンを弾いていたらしいことと、アルタウスゼーで難民の女がルースに鼻血を出させたことだけじゃない。何の証拠にもならないわよ、J・ブライド〟

戦争の残骸から逃げ出した人らしく、アンネリーゼの荷物はほんの少しだった。ジョーダンは疚しさを覚えながらクロゼットや引き出しを探したけれど、何も見つからなかった。新生マクブライド夫人が犯罪に手を染めていた証拠があるとしても、鉤十字とともに新婚旅行先まで持っていったのだろう。

〝成り行きを見守るしかない〟いくら父に打ち明けたくても、二枚の写真以外に証拠が必要なことはわかっていた。そうでないと、父はかぶりを振り、〝ジョーダンの突拍子もない話〟で片付けるだろう。

月曜に、新生マクブライド夫妻が山ほどのお土産（みやげ）とともに戻ってきた。元気いっぱいの父を見て、ジョーダンはほっと胸を撫でおろした。それにしても、何を恐れていたのだろう？　楚々（そそ）としたアンネリーゼが父に危害を加えること？　それこそ突拍子もない考えだ。

「恋しかったよ、娘たち！」父はルースを抱きあげた。ジョーダンに向けられたアンネリーゼのほほえみは人にうつりやすく、ジョーダンもほほえみ返さずにいられなかった。

「荷物をほどくの手伝って、ジョーダン。コンコードでスカーフを見つけたの、あなたに似合う色のね」彼女はとてもあたたかくて率直なので、鉤十字も何もかもあたしの想像だったのだろうか、とジョーダンは思いそうになった。

「ひとつ聞いてもいいですか」二階で荷物を解きながら、ジョーダンはさりげなく尋ねた。ベッドの上にはショールやレースのハンカチが山になっている。「ヴァイオリンを演奏したことありますか？」

「いいえ、なぜ？」

「別に理由はないの。まあ、そのスカーフ、きれい、アンネリーゼ――」義母が青いスパンコールで縁どられたスカーフを首に巻いてくれた。

「アンナ」スカーフがジョーダンの肩を覆うようにずらしながら、アンネリーゼが訂正した。「ちゃんとしたアメリカの主婦になったんだから、アメリカらしい名前にしたいの」

〝そう、過去を消し去ってね〟ジョーダンは思った。アンネリーゼが彼女を鏡の前に引っ張ってゆく。〝あたしたちに知られたくない何かがあるらしいから〟

「コプリー・プラザ・ホテルのスイートルームを予約するの」ジニー・ライリーが言った。「姉が新婚旅行で泊まって、すごくすてきだったって。だから、結婚式の夜はそこに泊まってね、ジョーンがあたしを抱えて敷居をまたぎ――」

「あなたが彼を抱えたほうがいいんじゃない」ジョーダンはアンネリーゼが皿を洗うキッチンに気を配りながら言った。「ジョーンはサヤインゲンだもん」

「お黙り、あたしの夢なの」雑誌が散らばる居間の床にじかに座って、女の子たちはクスクス笑った。「彼がシャンパンの栓を抜くあいだに、あたしはネグリジェに着替えるの。バイアスカットの象牙色のサテンで――」

またクスクス笑いが起き、ジニーが声をひそめてつづけた。「電気を消したら、彼があたしのネグリジェを引き裂いて……」女の子たちはそこでドッと笑い、ジョーダンもつられて笑った。

ライカを取りあげ、友達のスナップ写真を撮る。タイトルは『一九四六年六月：女の欲求不満に関する研究』。ジョーダンの十八歳の誕生日のすぐあとに卒業式があり、学校生活に別れを告げた。暇をもて余す友人たちが訪ねてきて夢の結婚式――それに新婚初夜――を口々に語る。みんなちゃんとした家のお嬢さんたちだからまだ未経験で、これからに望みをかけていた。高校を卒業したいま、夢を語る以外に何があるだろう？　ジニーはデパートに就職が決まり、スーザンは秋からボストン大学に進む。もっとも、婚約するまでの腰かけ、と公言していた。ジョーダンは一刻も早く卒業したかったのに、いざ卒業してみるとすっかり気が抜けてしまった。先週も大学進学のことを口にしてみたが、父に考えを変えるつもりのないことがわかった。「あとでわたしから話してみるわ」アンネリーゼが、わたしに任せて、の笑みを浮かべて耳打ちしてくれたので、ジョーダンは疚しさを感じた。

「あなたの番よ、ジョー」ジニーが笑いながら言った。「あなたの初体験はどんな感じ？」

ジョーダンはあれこれ考えるのをしばしやめた。「わかった、あたしのはね」馬鹿みたいだが、いま馬鹿をやらないでいつやるの？「あたしたちはソ連と戦争してて、あたしはモスクワの爆撃をカメラにおさめてる。そこでロイターに勤める魅力的なフランス人と出会い、爆撃が終わったあと、彼はあたしを乗り捨てられた戦車に引きずり込んで――」

「戦車の中で初体験？」

「銃弾が飛び交う中でね。なんてロマンチック。それから、爆撃を写したあたしの写真が〈タイム〉誌の表紙を飾るの――」

「あたしにギャレットみたいな恋人がいたら、フランス人のことなんて夢見たりしない」

スーザンが言った。「彼はあなたにカレッジリングをくれるつもりかしらね？」

「秋に大学がはじまらないとカレッジリングは手に入らないのよ」ジョーダンはうまくかわした。でも、ギャレットはおそらくくれるだろう。受け取った彼女は、鎖につけて首にさげる。それが第二段階で、そうするのがお約束だ。段階を踏むことの弊害がそれだった。先に進めば、まわりはそれを既成事実とみなす。ただ、はたして先に進みたいのかジョーダンにはわからなかった。まだ十八歳だ。ギャレット・バーンが運命の人かどうかなんて、わかるわけがない。それに、運命の人という考え方自体、彼女には信じられなかった。

アンネリーゼがトレイを持って滑るようにやってきた。「さあ、お嬢さんたち、ケーキはいかが？」

「いただきます、ミセス・マクブライド！」友人たちが声を揃え、彼女が部屋を出るところ言った。「あなたの新しいお母さんって最高よね」

「とってもエレガントで――髪はひと筋の乱れもなくて。うちの母なんてもうボロボロ」

「そうね、彼女、いい人よ」ジョーダンは言った。〝ナチではないと確信が持てれば、ほんとうに最高なんだけど〟

「鉤十字を持っていたってだけじゃ」友人たちが帰ったあと、暗室におりてゆき、ジョーダンは自分に言い返した。「彼女がナチだということにはならない」公平に、偏見を持たず、冷静でなければ。J・ブライドなら感情論の中から真実を見つけようとするはず。

「アンネリーゼの夫がナチだったのよ。あれは彼の勲章。夫は戦争に行った、と彼女は言ってたし、でも、ヒトラーに従ったかどうかは言葉を濁した。アメリカに移住するんだったら、そういうことは胸にしまっておくんじゃないの」

理屈に合っている。ありうる話だ。

「夫がナチだったとしても、彼女がナチだとはかぎらない。夫の思い出に古い勲章を持っているのかもしれない。彼女をファシストとは決めつけられない」

これもありうる話。

「それに」ジョーダンは暗室の中を歩きまわりながらつづけた。「彼女は自分の過去を秘密にすらしていないのかもしれない。あなたに話さなかったからといって、父さんに話していないことにならない。父さんはとっくに知っているのかも。夫と妻のあいだの小さな秘密」

〝だったら、父さんに訊いてみなさい〟でも、心の奥底で何かがそれを押しとどめる。アンネリーゼは父を幸せにした。この数週間、成り行きを見守るあいだにはっきりわかったことだ。朝、ひげを剃りながら楽しそうに口笛を吹き、仕事から戻ると足取りも軽く階段をのぼってくる。父のベッドルームのドアの向こうで何が起きているかなんて、あまり想像したくないことだけれど、そっち方面のこともうまくいってるのはたしかだ。先週のこと、ジョーダンが午後にベッドルームのドアをノックして入ると、アンネリーゼは寝具を整えていて、父はカフスボタンを留めていた——二人がこっそりほほえみ交わすのを、ジョーダンは見逃さなかった。高校を卒業したばかりの十八歳に何がわかるだろう。ボーイフレンドの車のなかでブラウスを脱ぐのがせいいっぱいなのだから。でも、家事を完璧にこなし、ハンカチにまで糊をつけるエレガントなアンネリーゼに、完璧でなくて、糊もきいてない面があって、長いこと一人寝がつづいた父を満足させていることはたしかだ。誰だっていろんな面を持っている。アンネリーゼにいろんな面があることをなんで不安に思わなきゃならないの？

ジョーダンは顔をしかめる。またいつもの突拍子もないお話を作りあげたのではないかという不安と闘いながら――新婚旅行で泊まるスイートルームやバイアスカットの象牙色のサテンではなく、戦闘区域で出会う男や飛び交う銃弾を夢見るのと同じだ。

「あら」ジョーダンが暗室を出てサンルームに入ると、アンネリーゼがミシンから顔をあげた。いまは彼女の裁縫室になっている。「どう思う？」彼女が広げて見せた縫いかけのライラック色のコットンドレスはルースのだ。

「ひだをもっと寄せたら。ルースはひだがいっぱいなのが好きだから」アンネリーゼはジョーダンの卒業式用のドレスをこの部屋で縫ってくれた。ウエストを細く絞ったグリーンのシルクで、広く開いた襟ぐり、五分袖。卒業生の中でいちばん目立つドレスだった。父は涙をぬぐい、アンネリーゼは腕いっぱいにクリーミーローズを持たせてくれた。ジョーダンはまたしても疚しさを感じ、ため息をついて裁縫台に腰をおろした。

「落ち着かないの？」アンネリーゼがほほえんだ。「女の子にとって辛い時期だものね。学校は出たけど次の段階に進めない」

ようだ。

「ふさぎ込んでないでさっさと婚約したら、とは言わないんですね」父はそう思っている

「言わないわ。だって、あなたの年頃の女の子にとっていちばん嫌なのが——ええ、なんて言うの？　指図される？」アンネリーゼはその言葉を正確に発音した。アメリカのスラングを物にしようとする意欲は衰えることを知らない。「あなたの歳のころ、年がら年じゅう母にお説教されて、わたしはますます頑なに、不機嫌になったもの」

「とてもよくしてくれるのね」ジョーダンは言わずにいられなかった。〝そういう作戦なの、それとも、見た目どおりほんとうにいい人なの？〟

アンネリーゼが糸を歯で切り、いたずらっぽく目を光らせた。「意地悪な継母にはなりたくないもの」

〝ずっと観察しているのに〟ジョーダンは暗澹たる気分だった。〝あなたは何も見せてくれない。あなたを好きになる理由を見つけられればそれでいいのに〟

数カ月後の午後、それが叶う。セルキー湖で。

11　イアン

一九五〇年四月　ウィーン

「クソ女」トニーが憤慨して駅のベンチの脚を蹴った。「忌々しいナチのクソ女。ぜったいに何か知ってる」

「おれもそう思う」イアンは新聞に目を通しながら言った。「彼女が多くを知っていることに賭ける」

午前中にフィッシェルンドルフ八番地を訪ねたものの、収穫はゼロだった。もっともらしい嘘もトニーの魅力も金も、ヴェラ・アイヒマン、旧姓リーベルから有益な情報は引き出せなかった。黒髪でうなじに傷跡のある女は知らないの一点張りだ。戦争が終わってから、そういう女がうちに滞在したことはない。近所の人がそう言ったとしても、その人たちの考えることにまで責任は持てない。生活苦に喘ぐ未亡人を苦しめようと、そんな話をでっちあげたにちがいない。ええ、あたしは未亡人だと思ってます。夫とは五年も会っていませんから。あたしのことはほっといてください。彼女はそう言うと、二人の顔に向かってドアを力任せに閉めた。

イアンはすんなりいくと思っていなかったので平静でいられ、相棒が憤慨する横で新聞を読んでいた。トニーは歩きまわるのをやめてベンチにドスンと腰を落とした。「彼女をあの家の地下室に引きずりおろし、ぶちのめしてでもほんとうのことを言わせてやれたら」

「きみにはそんなことできない。自分でもわかってるんだろ」

「そうかな？」トニーが片方の眉を吊りあげた。「あの手の女に対しては、騎士道精神を発揮したりしませんから。ツィーグラー姉妹みたいな弱い人間が、戦争を生き抜くために妥協せざるをえなかったのは理解できるけど、それとは別だから――アドルフ・アイヒマンの妻は上層部とつながっていた。夫がユダヤ人を百万単位で東に送っていたことを、彼女が知らなかったはずがない。必要な情報を得るためなら、彼女を何度だって壁にぶつけてやりますよ。それで夢見が悪いなんてことにはならない」

「それで駄目だったら？　次は骨を砕くのか？　子供を嚇す？　行き着く先は何なんだ？」イアンは春の風に髪をなびかせながら、新聞を畳んだ。「おれたちはそういうやり方をしない、それが理由だ」

一緒に仕事をはじめたばかりのころ、二人は同じ議論をした。占領下のフランスでナチが行った残虐行為の責任者の地方長官を追っていたときだった。不首尾に終わった面会のあと、トニーがつぶやいた。「あいつを路地に引きずり込んでいいなら、白状させてみせますよ」

イアンはいたって冷静に相棒の襟をつかむと、手首をひねって首を絞め、そのまま持ちあげて相手を爪先立ちにさせ、目を見つめて言った。「いいか、よく聞けよ」彼は静かに言い、トニーがうなずくのを待った。「よし。おれたちは証人をぶちのめしたりしない。いまも。この先も。納得がいかないのなら、いますぐ辞めろ。わかったか?」彼は襟を離し、トニーは油断のない目で、肩をすくめた。「あなたがそう言うなら、ボス」

いま、トニーは黒い瞳に好奇心を浮かべてイアンを見つめた。「いくらなんでもペンチで爪を引っこ抜いたりしませんよ。程度ってものがあるから。肩を揺さぶって、頬を二、三発叩くぐらい——」

「それであっさり吐くような人間なら、暴力を振るわなくたって口を割らせられる」

「それがいつもうまくいくとはかぎらない。あなたもわかってる。証人を無理やりにでも白状させたい誘惑に駆られたことがないなんて言わないでくださいよ」

「もちろんそうしたいと思ったことはあった」イアンはにべもなく言った。「きみには信じられないようなひどいことを、したい誘惑に駆られたことがある。だが、戦争犯罪人を何がなんでも捕まえればいいってもんじゃない。どうやって捕まえるか——それが問題なんだ」

「そうですか?」

イアンは前屈みになって肘を膝に突き、線路を見おろした。「戦後まもなく、アメリカのチームと一緒に仕事をしたことがあった。探していたのはドイツの民間人で、撃墜された操縦士を殺した疑いがかかっていた。アメリカチームは地元市長を勾留し、無理やり証人のリストを出させた。次に証人たちを壁際に並ばせ、白状しないと撃つぞと脅した。そうすればたいてい吐くから、犯人を無事に捕まえることができた。証人を一人も撃ち殺さずに。だが、おれはそういうやり方が大嫌いだ」イアンは相棒に顔を向けた。「戦争犯罪人はあまりにも多くて、とてもじゃないが全員を見つけ出せない。証人を拷問しないかぎり見つけ出せない戦争犯罪人なら、おれは探すのをやめる。さっさと手を引くよ」

「ディー・イェーガリンからも、さっさと手を引けるんですか？」トニーが尋ねた。「あなたの弟を殺し、あなたの奥さんを殺しかけた女を見つけ出すのに、証人をぶちのめせば情報を得られるとわかっていたら、それでもさっさと手を引けますか？」

イアンは考えた。正直なところ、彼にはわからなかった。

本能的な自己防衛の怒りの炎を、彼は息を吐いて吹き消した。蒸気をあげて汽車が近づいてくるのを見て立ちあがった。「来たぞ」ウィーンに戻る長旅のあいだ、二人は黙り込んだままだった。

「出ていってもらいますからね」怒りに顔を真っ赤にしたフラウ・フンメルが戸口で二人を迎えた。「あなたも、あの野蛮な売春婦(フーラ)も——」

大家はわめきつづけたが、イアンはかまわずセンターのドアを開けた。「勘弁してくれ……」

ほんの一日で、オフィスは整頓されたオアシスから被災地へと姿を変えていた。いたるところにファイルが散らばり、書類がデスクの上で雪崩を起こし、平らな表面という表面に空のカップが載っていた。そのうえ煮詰めた紅茶の匂いが漂い、ジャムの瓶にはハエがたかっている。無政府状態を起こした張本人は、イアンの椅子に座って裸足を揺らし、ジャムで汚れた手でページをめくりながらファイルを読み耽っていた。

冒瀆されたオフィスを、イアンはしばらく眺めていた。トニーも混沌たる室内を眺めまわした。目が泳いでいる。「ニーナ」イアンはようやく声を出し、彼女が顔をあげるのを待った。「どうしておれたちは出ていかなきゃならないんだ？　それに、どうしてきみはおれのシャツを着てるんだ？」

「あたしのシャツは干してあるから」ニーナはイアンのシャツの袖をまくりあげ、手に持ったファイルで扇いだ。「このケース、シュライヒャーのクソ野郎――あたしの読解力はたいしたことないけど、妻は嘘をついてる。どうして鼻を切り落とすって脅してやらなかったの？」

「フラウ・フンメルはほんとうにおれたちを追い出すつもりか？」

「彼女が脅すもんだから」ニーナは読んでいたファイルを放り、別のを取りあげた。「鼻を切り落とすって言ったの」

「すばらしい」イアンはいまここで妻を絞め殺したい衝動を抑えた。「ニーナ、きみには郵便の仕分けと電話番をやってもらうだけで――」

「退屈だもん」ニーナは紅茶のカップを手に取り、スプーンを探してあたりを見まわし、見つからないのでイアンの万年筆を代わりにして掻き混ぜた。「あんたの古い資料に目を通して、働きぶりを知ろうと思った。ディー・イェーガリンを追うときの役に立ちそうだから」

「役に立つ？」イアンは腕を組んだ。「きみはおれのオフィスを混沌に陥れたんだぞ、野蛮人めが」

「あたしのオフィスでもある。標的を撃ち落とすまでは、あたしのものはあんたのもの、あんたのものはあたしのもの」彼女は紅茶をガブリと飲み、立ちあがって伸びをした。イアンのシャツはぶかぶかで、裾が膝に届くほどだ。「アルタウスゼーで何かわかった？あたしたち、次はどこに行くの」

「ザルツブルク」イアンが睨みつける。「おれのシャツを返してくれ」

「わかった」彼女は肩をすくめ、ボタンをはずしはじめた。

「勘弁してくれ」彼はまたわめき、狭い洗面所のドアを開けた。漂白剤の匂いがする。彼女がシンクで髪を染めたのだ。紐が張り渡してあり、ブラウスとシルクの青いパンティが干してあった。「きみのブラウスは乾いている」イアンは下着を無視して言った。

「あんたっていちいちショックを受けるのね、ルーチク。とっても愉快」ニーナがおもしろがって彼の腕を叩き、洗面所のドアを閉めた。トニーはゲラゲラ笑っている。

「彼女はオフィスを共営化したわけだ」トニーが言った。「まさしくロシア人」

イアンは鼻を鳴らした。妻の首を絞めたい衝動が、笑いたい衝動と戦っていた。「おれのソ連人花嫁が散らかしたものを片付けるから、手伝ってくれ」

「読み終わったファイルは別にしてあるから、そこまでひどくはないでしょ」

「秩序がなくなれば狂気がはびこる」イアンは身をもってわかっていた。秩序が戻れば平和と法も戻る。無秩序は戦争と血を生む。どちらも嫌というほど見てきた。

そんな思いを抑え込んでいると、トニーがあぐらをかき、尋ねた。「ぼくたちはいつザルツブルクに行くのかな？　あなたのソ連人花嫁は連れていく？」

「わからない。ところで、ルーチクってどういう意味だ？」

トニーがにやりとした。「かわいい太陽光線」

「彼女がソ連人だってこと、気にならないのか？」アメリカ人がソ連人に神経を尖らせていることを、イアンは知っていた。戦後たった五年で、朋友だったスターリンはみんなの敵になったが、とりわけアメリカ人は共産主義の脅威を異常なほど恐れているようだ。

「彼女は『資本論』を振りまわすわけじゃないし。あなたの紅茶を冒瀆して、素性をごまかしただけだもの。素性をごまかすのは、いろんな事情があってのことだしね」トニーはキャビネットの引き出しを閉めた。「ぼくたちは来る日も来る日も嘘を聞かされている。戦争犯罪人からだけじゃなく。難民だって善人だって嘘をつくでしょ。ユダヤ人かキリスト教徒か訊かれて嘘をつくし、軍歴や犯罪歴についても、健康状態や歳についても、どうやって書類を手に入れたかだって。理由がどうあれ、みんな嘘をついてますよ」

「そうだな」イアンは立ちあがった。「ニーナと話し合うとしよう。きみはフラウ・フンメルをなんとかなだめてくれないか。立ち退かずにすむように」

「この仕事の醍醐味（だいごみ）がこれだもんな」トニーはブツブツ言いながら出ていった。「スリルを求めてナチハンターになったのに、書類整理や大家のご機嫌取りばっかり……」

ニーナが洗面所から出てきて、イアンのシャツを彼のデスクに放ったものだから、書類がまた床に雪崩落ちた。イアンは見て見ぬふりをして、妻をじっと見つめた。

「きみはポーランド人じゃない。まずはその嘘を訂正するところからはじめよう。きみはロシア人だ」

ニーナは警戒の表情を浮かべ、それから肩をすくめた。「そうよ」

イアンは唖然とした。てっきり否定されると思って身構えたのに、肩透かしを食らった。

「否定しないのか？」

「なぜ？」

「きみはポーランド人だと言った。赤十字病院で――」

「いいえ」彼女の瞳はふたつの青い湖だ。不透明で底知れない。「あんたが勝手に決め込んだ。だからそのままにしといた」

記憶を辿る。一九四五年、血の臭いを上まわって消毒剤の臭いがする寒々しい病院。ニーナは肺炎で痩せ衰え意識が朦朧（もうろう）としていたが、イアンはがむしゃらに弟の消息を聞き出そうとした。言葉の壁、周囲の混乱。そう、彼女はポーランド人だとは言わなかった。ポズナニ近郊で発見された女の名前はニーナ、ポーランド人によくある名前……みんながそう思い込んだ。「どうしてみんなにポーランド人だと思い込ませたんだ?」

「楽だから」ニーナは彼の椅子に座り、悪評高いブーツをデスクに載せた。「故郷に戻るつもりはなかった。ソ連人だと言えば、ソ連に送り返される」

「きみの故郷は正確に言うとどこなんだ?」

「シベリアを東にさらに進んだ世界の果ての、空みたいに広い湖のほとり。タイガに水の魔女、鉄道の駅をそっくり呑み込む氷。まわりのすべてが死につながって、誰もが逃げ出したくなる場所」目の煌めきからおもしろがっているのがわかる。「戻りたいと思う?」

「家族がそこにいるならな」弟がその地の果てにいるなら、裸足ででもシベリアを横断するだろう。

「あたしの家族はそこにいない」彼女の目に悲しみが宿ったとしても、ほんの一瞬のことでイアンには捉えられなかった。「湖からできるだけ西へ行くことに人生を費やしてきた。ポーランド? 途中の駅ってだけ」

「危険だ。赤十字が発見したとき、きみは死にかけてたんだぞ」

「あたしは簡単には死なない」

イアンは椅子を引き、デスク越しにニーナを見つめた。彼女がじっと見つめ返してきた。

「ポーランドの次はどこに行くつもりだったんだ?」

「ずっと西、世界の縁から落ちないぎりぎりの場所まで。あたしのイギリス行きに、あんたは手を貸してくれた。まわりを見まわして悪くないと思った。街は汚いし食料は配給だけど、冬の氷に丸呑みされることはない」

「そもそもソビエトの若い娘がなんでポーランドにいたんだ？」

「前線に配属されたから。驚いた？　ソ連じゃね、女を戦争に使うの。工場の仕事や事務仕事じゃなく」

イアンはそのことを知っていた。従軍記者仲間、母親のような外見と裏腹に鋼(はがね)の神経を持つアメリカ人女性が、辛辣な記事を書いていた。ソ連の女は戦車の操縦士や砲手に登用されたのに、文明開化したアメリカ合衆国では、女に戦時農園に種を蒔(ま)けだのベーコンの脂を無駄にするなだのと命じた。シベリアの荒野からやってきた女が前線に配属されたからって、別に驚くことではない、とイアンは思った。〝連合軍が勝つわけだ〟

「つまり」イアンは言った。「きみは亡命した」

「そんな正式なもんじゃないよ、ルーチク」ニーナはにやりとした。「あたしが大使館に行って庇護を求めると思う？　混乱の中でチャンスを見つけ、つかむ」

「愛国心があるとは言えないな」つい言いたくなった。「戦争の最中に同胞を置いて逃げるのは」

彼女が真顔になった。「あたしの同胞は、あたしを壁際に立たせて撃ち殺そうとしたんだよ」

「なぜ？」

「スターリンの世界、スターリンの規則。なぜ、なんて誰も思わない」

「おれは思う」

「あんたに関係ない」

「関係ある」イアンは両手を頭の後ろで組んだが、視線は動かさなかった。「きみはおれの妻だ。おれの苗字を与えたから、きみは市民権を取れた。きみの過去も何もかも含めて、きみがおれの国に行くことに手を貸したのだから、おれにも関係がある」

彼女は口を閉じたままだった。

「弟は知ってたのか?」イアンは話題を変えた。「二人とも生き延びたら、きみを安全にイギリスに連れ帰ると約束したとき、きみがソ連人だということを弟は知ってたのか?」

「ええ」一瞬のためらいもなかった。

「弟はどうしてそんな約束をしたんだ? 恋愛が絡んでいた? 戦時中の恋?」イアンは息を詰めて待った。生き延びることに必死な女たちが、死んだ兵士の遺品を持って戦闘地域を逃れ、悲しみに暮れる遺族に向かって戦時下の悲恋をでっちあげるという話を何度か耳にしたことがある。弟の人となりを考えれば、ありえないことだが。ニーナが嘘に飛びつくのを待つ……彼女がそうしないことをじつは願っているのに。いままでのところ、彼女はイアンの誤解を訂正しなかっただけだ。いま、気がつくと、妻が嘘つきでないことを心から願っていた。

「恋人だったって、セブとあたしが?」ニーナは噴き出してかぶりを振った。「まさか。

彼は男が好きだったのよ」

イアンは息を吐いた。「ああ、そうだ」父が亡くなった晩、立っていられないほど酔っ払った弟が、打ち明けてくれた。それほどの衝撃は受けなかった。イギリスのパブリックスクールに通えば、その傾向のある男二人がどういうことになるか、いやというほど知ることになる。〝驚かないんだね〞呂律がまわらぬ口で弟は言った。酔っ払っていただけでなく、そのころには泣いていた。

〝驚かない〞とイアンは答えた。悲しんではいた、おそらく――弟の人生がどれほど複雑で危険に満ちたものになるか、よくわかっていたから――だが、驚きはしなかった。〝おまえが女の子に目を留めるのを見たことなかったからな、セブ〞

〝女の子のことはまるでわからない〞男所帯で育って男子校に進学すれば、女の子は謎に包まれた存在だ。〝大人になったら変わるのかな？〞

〝変わるかもしれないな。そのままだったら、うつむいて用心しながら生きることだ。もっともそういう男はおまえが思っているより大勢いるよ〞

〝そうなの？〞

イアンはウィスキーをまたグラス二個に注ぎ、ほろ酔い気分で、これまで目にしたセックスの様々な形態に関する身も蓋もない講義を行った。スペインの病院の備品室で繰り広げられた、ベルトを引きちぎらんばかりの激しい絡み合い、灯火管制下のハイドパークの茂みの中の秘め事――学校で身につけた乙に澄ました気取りは、戦争に行ったとたん消え去った。弟は五分もせずに酔いつぶれた。打ち明けてほっとしたのもあったのだろう。

〝弟はおれに最初に打ち明けてくれた〟そう思うと胸が詰まった。そしてニーナが最後になった。彼女の言うことがほんとうなら。「弟はほんとうにきみに話したのか?」

うなずく。

「きみたち二人がどうやって出会ったのか、何があったのか教えてくれ」われながら声が掠(かす)れていた。咳払いする。「五年前に話したときには、細かなところまではわからなかった。手ぶりが半分を占めるような会話じゃ、細かなニュアンスまでは聞き取れない」

「あたしはソ連の前線を離れて、ポーランドにいた」彼女がどうしてそうしたのか見当もつかないが、鎧を着けたような笑みから、触れてほしくないのだろうとイアンは思った。

「あたしはポーランドの森に向かった。西を目指してたから。町や人を避けて。ポズナニ近郊でセバスチャンと出会ったの。捕虜収容所から脱走してきたばかりだった」そこでかぶりを振った。「都会っ子なもんで木の根っこにつまずいてばかりだから、肩を貸してやった」

「きみにそんな親切心があったとはな」ニーナが見ず知らずのイギリス人に憐れみをかけるなんて想像がつかない。

「一人より二人のほうがいいもの。あたしは生き残りの術(すべ)を知ってる。彼はドイツ語やポーランド語がわかった――ロシア語もね、だからおしゃべりできた」

「弟はどうしてロシア語を話せたんだ?」

「収容所にソ連人兵士がいたんだって。捕虜は退屈してるから。おしゃべりするのよ」ニーナの笑みから刺々しさがなくなり、紛れもない情愛が感じ取れた。「あたしに英語を教えるのに、彼が引き合いに出したのが小鳥のことだった。あたしが知ってたのは小鳥の殺し方だけ。あたしが育った湖畔にはパフィン（ニシツノメドリ。体はペンギンに似た色合で色鮮やかなクチバシをもつ）はいるかって、彼は尋ねた」彼女は親指と親指を絡ませ、ほかの指を次々に動かした。「パフィンだって！実際にいるの？」

イアンはうなずいた。コマドリの飛び方を説明しようとして、九歳のセバスチャンがまったく同じ仕草をしたことを思い出し、喉が詰まった。子供はみんな小鳥の飛び方を真似て手をパタパタさせるものだが、弟のはちょっと違った。〝きみは、弟が女の子より男の子を好きだったことや、彼の仕草まで知っている。つまり、きみは弟のことを知っていたにちがいない。それればかりか、弟はきみを信頼していたにちがいない〟

「パフィンだって」ニーナがため息をついた。情愛と悲しみがこもるため息だった。「冗談を言ってるんだと思ったわ。まいっちゃうわよ、ひょうきん者なんだから」

「どうしてもっと前に話してくれなかったんだ？」イアンは尋ねた。「五年も経ってるんだぞ、ニーナ」

「そんな機会があった？　結婚して、あんたはあたしをイギリス行きの汽車に乗せて、六カ月後にそっちに行って離婚手続きをするって言っただけ。そのときに話そうってあたしは思った。でも、あんたはヨーロッパで、あたしはイギリス、電報のやり取りだけ。この五年間で、こういう話をいつ切り出せばよかったっていうの？」

「もっともだ」イアンは言った。「離婚手続きを進めるべきなんだよな。いまようやく話し合いのテーブルに着いたんだから」

彼女は当然のようにうなずいた。「ようやくね。指輪を返してほしい？」

「取っておけ」伯爵に似合いそうな凝った模様が彫ってある金の印鑑付き指輪で、父の形見だ。父はこの指輪で貴族の家系をほのめかしたがったが、先祖は貴族などではなく落ちぶれた大地主階級で、経済力のある中産階級と交わってなんとか体面を保ち、やはり落ちぶれた大地主階級の娘と結婚して血統を維持したいわゆるジェントルマンだった。日焼けした労働者の手のようなニーナの手に指輪はよく似合った。シベリアの荒野出身の共産主義者のブロンド娘の指に自分の指輪がはまっているのを見たら、父は脳卒中を起こしていただろう。まるでブラックユーモアだ、とイアンは苦い笑いを噛み殺した。

「あとひとつ言わせてくれ。ひとつだけ」イアンはおもしろがるのをやめ、パズルを見るように仮の妻を見つめた。見つめ返してくる青い目からは何も伝わってこなかった。「きみとセブとディー・イェーガリンのあいだで何があったんだ？　きみたちはどうやって彼女と出会った？　何が――」

「ニェット」ニーナがきつい声を出した。

「なんだって？」

「ノー。あんたには関係ない。あたしと、それにセブの問題」

「標的を撃ち落とすまで、おれの問題はきみの問題、きみの問題はおれの問題だ」彼女が言ったことをそのまま返した。「ルサルカ湖で何があったのか、おれには知る権利がある」

「いいえ。あたしは生き延びた。すべてを話す必要はない。セブが彼女と闘い、彼女に切りつけ、あたしを救い、彼女は彼を殺す。一瞬の出来事だった。彼は死んで英雄になった。それだけで充分でしょ」

「充分じゃない」イアンの声がだんだん小さくなった。「弟の最期を知る権利があるというだけのことじゃないんだ。おれたちが弟を殺した女を追いつめるのに、きみは手を貸してくれる。彼女についてきみが知っていることはとても重要だ」

「それはもう話したでしょ――彼女の姿かたち、どんなふうに動くか、どんな英語を話すか、すべて話した。彼女のことならなんでも話す。あとのことは話さない。あたしの問題だから」ニーナが繰り返した。

「きみが重要な何かを秘密にしたことによって、この追跡が失敗に終わったら――」

「終わらない。あんたが知りたいのは、あたしが見て彼女かどうかわかるかってことでしょ？　彼女を見つけたら、あたしを連れていって確かめさせればいい。ほんとうに彼女かどうか、あたしが確かめる」イアンはしぶしぶうなずいた。「あたしにはできる。あたしは彼女に会ってるから。どこであろうと彼女を見分けられる。死ぬまで彼女のことは憶えている」

イアンは怒りが燃えあがるのを感じながら、ニーナを見つめた。見つめ返す彼女の視線は冷たく揺るぎなかった。

〝セブがきみを救った？〟イアンは思った。〝弟の命はきみの命の二倍の価値がある。どうしてきみが生きてて弟が死んだんだ？〟恐ろしい考えを断固として振り払った。セバスチャンが死んだのはニーナのせいではない。ディー・イェーガリンのせいだ。彼女だけのせいだ。

「アルタウスゼーで何か見つかったの」ニーナが視線による決闘を先に切りあげた。「どんなこと？」

彼女といるとつい警戒したくなる。それは彼女も同じだろう。つい意地悪をしたくなるのを抑えて、イアンは言った。「ディー・イェーガリンの母親がザルツブルクに住んでいて、住所もわかった」

「だったらザルツブルクに行くのね。今度はあたしも行く」ニーナが言った。「女狩人を殺してやる」

「そんなことはしない」イアンは駅でトニーと交わした会話を思い出した——越えてはならない一線があるということだ。〝このケースを追ってゆけば、その一線にかぎりなく近づくんじゃないのか？〟頭の中でささやく声がした。〝おまえはすでに高い断崖の縁に立っている〟

「殺せないなら、捕まえる」ニーナは肩をすくめた。「あたしも一緒にザルツブルクに行く」

「わかった。やり方に関して決まり事があるから、きみにも従ってもらう」

「なぜ？」

「おれたちは長年この仕事をやってきて、どうすればうまくいくかわかっている。おれのものはきみのものって主張するなら、きみのものはおれのものであり、おれの紅茶を飲むなら、おれの決まりも呑んでもらう」

ニーナの目がキラリと光った。一瞬にして幼く、いたずらっぽい顔になり、伝染性のある笑みを浮かべた。「『わたしの決まり、わたしの紅茶』マリーナがそんなようなことを言ったことがあった」

「誰が？」

12　ニーナ

一九四一年十月　モスクワ

ソ連邦英雄で最も名高い飛行家、マリーナ・ミハーイロヴナ・ラスコーワは、黒い髪にバラ色の頬、輝く白い笑顔の持ち主だった。青い瞳が湖のようで、ニーナは吸い込まれそうになった。

「それで――」ラスコーワがニーナを上から下まで眺めまわす。見るからに楽しそうに。「あなたが、ここ数日、同志モリアキン大佐の生活を脅かしつづけたお嬢さんってわけね?」

ニーナはうなずいた。にわかに口がきけなくなった。二人がいるのはモスクワの航空本部に間借りしているオフィスで、普通のデスクにフォルダーが山積みされ、壁にはどこにでもある同志スターリンの肖像画が掛かっている醜い箱型の部屋だった。ラスコーワは背後の誰かに指示しながら――「十分ほどかかるけどいいわね、セリョーシャ?」――悠然と現れた。その声はラジオで聞いたのと同じ、あたたかくて明瞭だった。ニーナはその声に導かれてオフィスに入った。後先も考えずモスクワに来たのも、その声に導かれたからだった。いま、アザラシの毛皮の帽子を両手でこねくりまわしながら、なんとか口をきこうと必死になっていた。シベリアからモスクワまでの長く単調な汽車の旅のあいだ、ずっと練習してきたのに。

「イルクーツクから来たんですって?」ニーナが口を開かないことがはっきりすると、ラスコーワがてきぱきと言った。

「はい。あ、いいえ」ニーナは真っ赤になった。「バイカル。それからイルクーツク」

眉がつり上がる。「そんな遠くからわたしに会いに?」

四千キロ以上。ニーナは汽車の窓からタイガに沈む大きな夕日を何度も眺め、それからは聳え立つ黒っぽい木々が延々とつづき、細長い鶏(にわとり)の肢(あし)で動くバーバ・ヤーガの魔女の家がどこかにあってもおかしくないと思いながら眺めた。田舎の駅では、花柄のショールを纏う女たちが線路から山羊の群れを追い立て、町の駅では真鍮(しんちゅう)ボタンの上着を着た駅員がせかせかと動きまわっていた。農地と牧草地、工場と共同住宅、馬が牽(ひ)く荷車と自動車、すべてがニーナのまん丸にした目の前に現れては消えていった。

「モスクワは初めて?」

「はい」初めて見る都会はなにしろ恐ろしく――箱みたいな建物が延々と連なり、帝政ロシアの時代の宮殿や大聖堂の尖塔やドームが遠くに見え、コムソモール広場には三つある駅に停まる汽車から乗客が次々に吐き出されてゆく――ニーナは汽車に飛び乗っていますぐ引き返したい衝動に駆られた。〝あんたはここには合わない〟軍服姿の兵士やスカーフを巻いた女たち、無骨なブーツを履いた男たちが押し合いへし合いするのを見て、いわれない恐怖を感じた。都会の規模の大きさのせいだけではない、敵がすぐ近くまで迫ってきていることへの恐怖もあった。家々は迷彩色の布で覆われ、屋根の上には長い肢の鶴みたいな高射砲が据えつけられ、通りには鉄橋の桁(けた)を溶接して作られたバリケードが並んでいる。イルクーツクでは見かけなかったものだ。〝あんたはここには合わない、東へ戻れ――〟

でも、東に戻る気はなかった。二度と戻らない。〝あんたはここには合わないよ、ニーナ・ボリソヴナ〟自分に言い聞かせ群衆を掻き分けた。〝あんたの居場所はあそこ、空のはず。あそこに辿り着く道が唯一ここを抜けることなら、ここを抜けるしかない〟だから先を見据え、モスクワを頭から追い出し、酸っぱい息をさせて寒さに縮こまる群衆を押しのけて進み、航空本部を見つけ出した。「モスクワには興味がありません」ニーナはラスコーワに向かってなんとか言った。「ここに馴染むほど長くいるつもりはありませんから」

「あら、そう」

「あなたの新しい連隊に入るか、うちに帰るかどっちかだから」もっとも、ポケットには一ルーブルしか残っていないから、不合格にされたら、イルクーツクに戻る旅費をどうやって工面すればいいのか見当もつかなかった。

ラスコーワは笑った。あたたかく心地よい笑い声だった。「どうして地元のコムソモールか航空学校を通して応募しなかったの？」

「撥ねられるかもしれないからです。どうせ大学出の女、教育のある女を採用するだろうから」声に力が入ってきたが、両手はアザラシの毛皮の帽子を握りしめたままだった。

「だから、直談判に来ました」

ラスコーワはデスクの縁にもたれ、手袋を脱いだ。軍用飛行場から直接来たのかブーツと飛行服のままだった。その手はほっそりと白かったが、いかにも操縦士らしく指関節は油で汚れていた。「モリアキン大佐によれば、彼が面会に同意するまでの四日間、オフィスの外の椅子で寝泊まりしてたんですってね」

「面会の予約を取るのにいちばんの早道だったから」ラスコーワが噴き出したので、ニーナはびっくりした。「頭がおかしいって言われました。でも、おかげであなたに会えました、同志ラスコーワ」

「組織を通さずにじかにわたしに会いに来た女は、あなたが初めてじゃないわ」ラスコーワは腕を組んだ。「飛行時間はどれぐらい？」

ニーナは飛行時間を実際より多く騙り、修了証書を差し出し、受けた訓練の詳細を告げた。ラスコーワは親身に耳を傾けてくれたが、彼女が放った次の言葉がニーナを打ちのめした。

「いい数字だわね。でも、同じぐらいかそれ以上の飛行時間の女がどれぐらい応募していると思う？」

ニーナの望みがきりもみ垂直降下をはじめたが、それでも引きさがらなかった。「あたしは生まれついての操縦士です。空のために創られました」

「わたしが採用した女たちはみんなそうよ。わたしが不採用にした女の大多数がそうだった」

ラスコーワはやんわりと断ろうとしている。ニーナは感じ取った。不安を払いのけて一歩前に出た。「飛行時間だけの問題じゃありません」的確な言葉を見つけようとあせる。「あなたの連隊の女たちは訓練生になるわけでも、郵便路線を飛ぶわけでもない。ファシストを爆撃し、夜間飛行を行い、メッサーシュミットと空中戦を行う。あなたの女たちに必要なのは――」なんて言ったらいい、ふさわしい言葉は？「彼女たちに必要なのは、履き古したブーツ以上の頑丈さです」ニーナは言い終えた。

「それで、あなたは履き古したブーツ以上に頑丈なの?」

「はい。あなたもそうです、同志ラスコーワ」ニーナは顎を突き出した。「三年前、最長飛行記録を打ち立てようと大陸横断飛行を試みました。ところが、悪天候のため目的地の飛行場を見失い、あなたはパラシュートで脱出した。機長や副操縦士と離れ、タイガの中で十日間を過ごしました。応急用品も食料もないまま」

「わたしはやり抜いたわ」ラスコーワはさらりと言った。感情剝き出しの女たちに英雄扱いされることには慣れっこなのだろう――だが、不意に思い出が甦ったのか鼻にしわを寄せた。「あの寒さはいまも憶えているわ。〝霜の老人〟に頰ずりしながら眠っているみたいだった」

「あたしはあのタイガで育ちました」ニーナは次の手に打って出た。「あなたはあそこで十日間生き延びた。あたしは十九年間生き延びたんです。寒さ、氷、死にたくなるような荒涼とした景色――あたしはどれも怖くない。夜間飛行も、爆弾が破裂するのも、ファシストがあたしを撃ち落とそうとしたって、あたしは怖くない。怖いものなんてないんです。完璧な履歴に飛行時間千時間を掲げる大学出の女よりも、あたしは頑丈です」

「そうなの?」ラスコーワがニーナをしげしげと見た。「自分が何を望んでいるのか、もう一度考えてみなさい、ニーナ・ボリソヴナ。前線に行くのは、とても過酷なことです。操縦できる男が大勢いるのに、女に戦闘機を与えるのはもったいないと考える人間は多い。わたしの女たちは優れている、と同志スターリンに直接言いました。だから、優れてなければ困る」

「あたしは優れてます」胸の中で心臓が激しく打つ。速度をあげるとプロペラが高速回転するように。「それを証明してみせます」

長い沈黙がつづいた。ニーナは宙ぶらりんでもがき苦しんだ。〝チャンスはあるはずだ〟と父は言った。〝チャンスと見たら願うな。奪い取れ〟ただし、マリーナ・ラスコーワはニーナにとって最後のチャンスだ――この部屋の外に、奪い取れるチャンスはひとつもない。すべてがここで終わるか、すべてがここからはじまるか――マリーナ・ラスコーワの青い瞳の中で溺れながら、惨めさに喉が締めつけられるのを感じた。

母国でいちばん有名な飛行家が、同僚のデスクをごそごそやって、ペンと正式書類と思しきものを見つけ出し、なにやら書きはじめた。「ジュコーフスキー空軍士官学校の入学許可証です。入学したらそこの決まりに従うこと」目がキラリと光ったのは警告の意味だろう。「でも、決まりには紅茶が付いてくるわよ」

ニーナは自分の翼が舞いあがるのを感じた。「その士官学校にはほかに何があるんですか？」

「飛行連隊122」ラスコーワは見る者の膝が崩れそうな笑みを浮かべ、ニーナが伸ばした手に入学許可証を押しつけた。「あなたの女戦友たち（シスターズ・イン・アームズ）」

士官学校の宮殿みたいな赤煉瓦（れんが）の壁と堂々たる門に、ニーナは息を呑んで立ち止まったものの、すぐに気を取り直し威張って門を潜った。目に入るのは、駆けずりまわる訓練生の操縦士たちだった。飛行帽と飛行服姿の女たち、踊りに行くのでもあるまいし、カールさせた髪とハイヒールの娘たち、張り詰めた表情で指示を飛ばす、片手に煙草の女性将校たち。ニーナが通りがかりの将校に入学許可証と身分証明書を差し出すと、将校はそれらを受け取ってうなるように言った。「数日後に訓練に向かうから。軍服は支給される――」

「どこで寝ればいいんですか？」ニーナの質問に答えることなく、将校は去っていった。あたしはやり遂げた。達成感に包まれながら、ニーナはしばらく行くあてもなく彷徨った。あたしはここにいる。骨まで鳴りそうなあくびを連発しながら、誰もいない廊下を進んでゆく。幾晩も椅子に座ったまま仮眠しただけだから、いまはなにしろ眠りたかった。火の気のないストーブのかたわらにコートを敷き、ニーナは闇に引きずり込まれるように眠りに落ちた。若い女の笑いを含んだ声に起こされたときには、ほんの数分しか経っていないと思った。「途方に暮れた顔して、寝坊助さん」

ニーナはまぶたを無理に開けた。マリーナ・ラスコーワのささやき声に勇気づけられながら、厚い雲の中で空中戦を繰り広げている夢を見ていた。目覚めて最初に浮かんだ言葉がこれだった。「あたしのシスター？」

「なんですって？」明らかにおもしろがっている声だ。

ニーナは目を擦った。廊下の容赦ない明かりの下に、覗き込む人の輪郭がぼんやり見えた。「あたしの女戦友たちがここにいるって、彼女に言われた」

「同志ラスコーワはわたしにもそう言ったわ」手がニーナの肘をつかんだ。「ようこそ、セストラ」

ニーナもよく使う〝シスター〟の意味の言葉だが、モスクワ訛りなのかちがう言葉に聞こえた。新種のシスターだ。〝そのほうがいい。実の姉さんたちを好きだと思ったことないから〟腕を引っ張られるまま立ちあがると、相手の姿がはっきり見えた。歳はニーナより一、二歳下のようだが、背は頭ひとつ高く、きめ細かな肌に笑顔、漆黒の髪を腰まで届くおさげにしている。「イェリーナ・ヴァシロヴナ・ヴェトシーナ。ウクライナ出身だけど、十二歳のときにモスクワに出てきたの。十六歳でグライダー学校に入って、それから航空学校。連隊への募集がはじまったときは、モスクワ航空専門学校で学んでいたのよ」彼女がすらすらと唱えた飛行時間は目を瞠るものだった。

正統派の候補生だ、とニーナは思った。教育があって洗練されていて、非の打ちどころのない履歴、おそらくコムソモールの優等生メンバー。応募書類には即スタンプが捺されいちばん上に置かれる。ニーナは用心しながらもうなずき返した。「ニーナ・ボリソヴナ・マルコワ、バイカル出身。イルクーツク航空学校の飛行指導官」

イェリーナの頰にえくぼが浮かんだ。「ラスコーワには飛行時間を何時間って言ったの？」

「実際より三百時間多く」

「わたしは二百時間の底あげ。気が咎めたけど、ここで会った女の人たちはみんな記録を偽っていたわ。嘘つき連隊よね、ラスコーワが率いるのは。ただし、わたしたちみんな、鷲みたいに飛べる」えくぼが深くなって笑顔が全開になった。「ラスコーワに会ったとき、気絶しなかった？　わたしは気を失いかけたわ。わたしが十七歳のときからの英雄ですもの」

ニーナは思わずほほえみ返した。「あたしもよ」

「訓練はどのクラスに割り振られたの、操縦士、航法士、整備士、それとも兵器係？」

「航法士」ニーナは操縦士を希望したが、操縦士はすでに足りているから、とラスコーワに言われた。がっかりしたが、文句を言うつもりはなかった。ここに来られただけで充分だ。

「わたしは操縦士。新しいＰｅ－２の操縦桿を握るのが楽しみで」イェリーナはニーナの古いコートに目をやった。「制服はまだ受け取ってないの？」

「ええ――」

「わたしが案内してあげる。酷い代物よ。男性に支給されるのと同じ物なの。大柄な女性ならそれでいいけど、あなたみたいに小柄な人だと制服の中で体が泳ぐわ。ブーツもぶかぶか。わたしのルームメイトは平底船みたいな足だけど、それでもぶかぶか」

ニーナは制服が入った大きな包みを受け取った。包みを開けたとたん悪態が口をついた。

「下着まで男物？」巨大な青いブリーフを広げる。

「下着まで男物」イェリーナが笑った。「それを何時間か着つづけてみるといい――」

「それとも、氷点下の滑走路を歩いてみるとかね」ほかの女がふくれっ面で言った。「擦れてもう痛いのなんの」ほかにも訓練操縦士が何人か集まってきていた。みんな興味津々だ。「さあ、着てみて！」の合唱に押され、ニーナは誰もいない物置で着替え、しゃなりしゃなりと出ていった。彼女が着替えているあいだに、見物人は増えており、ガバガバのブーツを覆い隠す巨大なズボン姿のニーナをひと目見て笑い崩れた。

ニーナはカッとなった。女の笑い声は不親切か無理解の表れと相場が決まっていたからだ。ターニャみたいな女たちは、彼女のぼさぼさの髪や地方訛りを馬鹿にした。でも、この笑い声は楽しそうで、思わずまわりを見まわしていた。女たちの多くがやはりぶかぶかの軍服姿で、見るからに滑稽だった。

「袖は折り返して、ズボンの裾は丈を詰めて縫えばいいけど、ブーツははずれだったわね」イェリーナがかぶりを振った。「爪先に布を詰めたらどうかしら」ニーナがスカーフをブーツの右足に詰めると、イェリーナが自分のスカーフをほどいてくれた。

「悪いよ、そんな」

「なに言ってるの！　わたしのものはあなたのもの、あなたのものはわたしのものよ、ニノチカ」

またカッとなった――下心のある男にしか愛称で呼ばれたことはなかった。イェリーナはニーナのブーツにスカーフを詰めると、まわりの仲間を紹介してくれたのだが、みな名前で呼び合っているようだった。「こちらはリディア・リトヴァク、リリアって呼んでる……セラフィーマはあなたと同じシベリア出身——」

「〝親父〟ほど奥地じゃないけどね！」そんな親しみのこもった応答に、ニーナはほほえみを返した。イェリーナが次々と名前を挙げるので、ニーナはとても憶えきれなかったが、ラスコーワが採用した女たちは、外見こそ様々だが表情がよく似ていた。十八歳にもならない娘もいれば三十近い女もいる。都会の訛りがある人、地方訛りの人……だが、その表情からは、爪がエンジンオイルで汚れるのに慣れっこなのがわかる。瞳を輝かせて迎え入れてくれる、友好的な女たちを見ながら、ニーナはそんなことを考えた。

今度はみんなが質問をぶつけてくる番で、どうして飛ぶようになったの、と問われ、ニーナは答えた。「初めて飛行機を見て、恋に落ちたから」みんながいっせいにうなずいた。

「あたしがヘルソンの航空学校に入ったときは、父親がものすごく怒ってね」一人の娘が言った。「家族の女たちはみんな鉄工所で働いてたから——」

「いつか飛んでみせるって言ったら」別の誰かが言う。「母ったら『どこを飛ぶの、台所のコンロから床まで？』だって」

ニーナの胸が膨らんだ。セストラ。当たり前の言葉がイェリーナの口から発せられると、何か別のユニークなものに聞こえる。こんなにウキウキしたのは、ウラジーミルや同僚操縦士と歌いながら徴兵事務所に向かったとき以来だった——あたたかな仲間意識。ここにいる女たちは彼女を置き去りにしないはずだ。

ニーナが仲間の操縦士たちに連れられて食堂に行ったときも、おしゃべりはつづいていた。それは三日後に汽車でモスクワを離れたときも変わらなかった。どことも知れぬ空軍基地で訓練を受けるソ連空軍女性操縦士一期生たちは、やがて必殺の攻撃で恐れられるようになる。

13　ジョーダン

一九四六年十月　セルキー湖

十月末は紅葉と鴨猟の季節だ。ジョーダンの父が山小屋で一日過ごそうと言うと、アンネリーゼはパッと顔を輝かせた。いま、義母はセルキー湖の湖面に映る赤や黄色の木々を眺め、「まあ、なんて美しい！」と感嘆の声をあげた。

「家族でここに来るのは初めてだね」ダン・マクブライドが山小屋の大きな四角い鍵を取り出した。「気に入ると思っていたよ」

「わたしを当てにしないでね。獲物を仕留められるはずないもの」と、アンネリーゼ。

「的を撃つより自分を撃つほうだから」

「それはどうかな――」

「わたしが嘘をついてるとでも？」彼女は憂い顔になった。「クルトが一所懸命になって教えてくれたけど、わたしには向いてないのね。わたし抜きのほうが、鴨をたくさん獲れるわよ」

「鴨?」タローのあとから車を降りたルースが眉をひそめた。「死んでる鴨?」

「あなたは見なくていいからね、ルーシー」ジョーダンが請け合う。「二人は銃を持って湖の向こう岸に出かけて、あなたはあたしとここに残る。あたしたちがとるのは写真だけ」

ルースはほっとした顔になる。幼い女の子にしては静かすぎる、とジョーダンは思う。夏のあいだ、何度もサンデーを食べに食堂に連れてゆき、映画に連れ出したおかげで、夕食のときおしゃべりしたり笑ったりするようになった。

「まあ、すてきだわ!」祖父が湖畔に建てた狩猟用の山小屋の鍵を父が開けると、アンネリーゼは声をあげた。中に入り、薪の山や細長い寝台に毛布、灯油ランプに目を留めた。

「隠れ住むのに必要な物は揃っているのね」

「隠れるって、誰が?」彼女のあとから小屋に入り、ジョーダンは尋ねた。

アンネリーゼが肩をすくめる。「危険が去っても、難民の性(さが)なのね、そういうことが頭から離れない。ドアに鍵がかかる場所、身を守ってくれる物を欲しがるの」壁に架かった狩猟用ライフルを顎でしゃくった。「シーズンが終わったら手入れをしなきゃならないんでしょ。マンフレートがよく言ってたわ」

「つまり、クルトが?」と、ジョーダン。

沈黙。「そうよ。マンフレートはわたしの父。父がときおりわたしを狩りに連れていってくれたの。クルトに出会う前」

〝自分の父親を名前で呼ぶの？〟ジョーダンは思った。〝それとも言い間違った？〟

父やアンネリーゼについていきたかったが、ルースをほっぽらかしにはできない。二人はライフルを腕に抱えて出かけていった。ジョーダンは妹を連れて桟橋に出て、端に座って足をブラブラさせながら、タローが鴨に吠えかかるのを眺めた。「ねえ、知ってた？あなたはわたしのほんとうの妹になるのよ。父さんがあなたを養子にするんだって。同じ苗字になるの」ジョーダンは養子縁組のための書類作りを手伝った。ルースの出生証明書、彼女がアメリカに入国するのに必要だったビザや書類。「あなたはルース・マクブライドになるの」ルースの満面の笑みに息が止まりそうになった。〝あなたのことがどうしてこんなに好きなのかしら。あなたのお母さんのことは、犯罪者じゃないかと疑っているのに〟

数時間後に、父とアンネリーゼが寒さに頬を赤くして戻ってきた。「もう完敗よ」波止場から戻ったジョーダンとルースに、アンネリーゼが笑いながら言った。「だから言ったでしょ。射撃の腕はからきしだって」この人は森の中でどうしてこんなに自然に見えるのだろう、とジョーダンは思った。彼女に踏まれると枯れ葉は音をたてない。「楽しくしてたの、ネズミちゃん（モイスヒェン）？」アンネリーゼがルースに手を伸ばした。

手のひらに乾ききっていない鴨の血がついていた。ルースがはた目にもわかるほど身を竦めた。

「ママ」ルースはそう言ったもののアンネリーゼに背を向け、ジョーダンのほうにやってきた。

「ルース――」母の声に反応せず、ルースは震えながらジョーダンにしがみついた。ブロンドの髪をジョーダンはやさしく撫でてやった。

「血を見て怯(おび)えたんだな」父が獲物の入った袋を腕にかけた。「こいつをしまってこよう。鴨の死骸なんて見たくないよな、かわいそうに」父は車に向かい、ジョーダンはルースの震える肩越しにアンネリーゼを見やった。この瞬間を記録するのにライカは持っていなかったが、義母の表情を記憶にとどめようと頭の中でシャッターを切った。泣いている娘を母親らしく気遣う表情ではなかった。その目に浮かぶのは、冷ややかに厳しく考察する表情だった。漁師が雑魚を湖に戻すかどうか判断するときのような。

それからいつものあたたかな笑顔に戻り、屈み込んでルースをやさしく、だがきっぱりと自分のほうに引き寄せた。「かわいそうなモイスヒエン(ムーティ)。ママはどこにもいかないわよ(ストヒア)――」彼女がドイツ語でささやきつづけると、ルースは徐々に落ち着き、母に抱きついた。

「何か嫌な思い出でもあるんですか?」ジョーダンは小声で尋ねた。「アルタウスゼーであなたの荷物を奪おうとした難民の女のこととか?」

ジョーダンはあてずっぽうを言ってみただけだが、アンネリーゼはうなずいた。「ひどく取り乱したのよ」彼女は明らかにこの話題を打ち切ろうとしていた。「ルースを車に乗せてやってね。そろそろ戻らないと」

　ジョーダンはしぶしぶルースを後部座席に座らせた。「さあ、本を読んでてね、コオロギちゃん。すぐに戻るから」父は山小屋でライフルをしまい、アンネリーゼはブーツの泥を落としていた。その表情は穏やかだった。ジョーダンは脳裏に別の表情を思い浮かべた。冷ややかに厳しく考察する表情。

　ジョーダンには想像もつかない表情だった。

「アルタウスゼーで何があったんですか？」義母のかたわらに行き、低い声でぶしつけな質問をし、アンネリーゼが嫌がる仕草をしても引きさがらなかった。「不愉快なことを訊いてごめんなさい。でも、きょうみたいに、知らないうちにルースを動揺させたくないので」

　ジョーダンがこんなふうに自分を押し通したのは初めてだったが、成り行きを見守っていても埒（らち）が明かない。眉を吊りあげ、答えを期待していることを明らかにした。

「女がルースとわたしに襲いかかってきたの」アンネリーゼがようやく答えた。「その日の午後、汽車の時間まで間があったので湖畔に座って暇をつぶしていたの。難民の女が話しかけてきて、それから、わたしたちの書類と汽車の切符を奪い取った。ルースが突き飛ばされて鼻血を出してね。女があの子の頭を思い切り殴ったのよ」

「ルースが言うには、ナイフがあったって」ルースはそんなことはひと言も言っていないが、アンネリーゼがうなずくかどうか鎌をかけてみたのだ。〝もしうなずいたら、彼女が嘘をついているのがわかる〟

だが、アンネリーゼは肩をすくめた。「憶えていないわ。あっという間の出来事だったもの。女はルースの鼻血を見て逃げた。女も必死だったのよ。みんなそうだった」

「あなたは大事だと思ってないみたい」ジョーダンは探りを入れた。

「だいぶ前のことだもの。ルースには忘れなさいと言ったの。そのうち忘れるわ。それがあの子のためだから」アンネリーゼは額に手を当てて湖を眺めた。「ほんとうに美しいところね。どうしてセルキー湖って呼ばれているの？」

〝うまく話題を逸らしたつもりなんでしょうけど〟ジョーダンは思った。〝今回はあなたの意表を突くことができた。ルースのおかげでね〟あとでじっくり考えようと思い、質問に答えた。「ここに定住したスコットランド人が名付けたんですって。セルキーはスコットランドの水の精とか。人魚みたいな、それとも——」

「ルサルカ？」

ジョーダンは首を傾げた。義母がたじろいでいる。〝あなたがたじろぐなんて、初めてよね。アンネリーゼを慌てさせたのが、よりによってこれ？〟「ルサルカって？」

「湖の精。血を求めて湖から現れる夜の魔女」アンネリーゼは手を振ってこの話題を退けようとしたが、その仕草自体が自信なさげだった。「古くからある恐ろしいおとぎ話よ。どうして思い出したりしたのかしら。ルースには言わないでね、眠れなくなると困るから」

「……言いません」

「わたしのモイスヒェンによくしてくれて、いいお姉さんね、ジョーダン」アンネリーゼがジョーダンの頬に触れた。今度は自然な仕草だった。「帰りましょう」

アンネリーゼはほほえみ、ジョーダンより先に車に向かった。その後ろ姿を見つめながら、ジョーダンの中で不安が募った。どういうことなんだろう――アルプスの湖のほとりで起きた騒動、ヴァイオリンと水の精、それに鉄十字勲章。父を急かして先に車に乗り込み、走り去りたい衝動に駆られた。アンネリーゼと一緒の車に乗りたくなかった。

〝あなたは何者なの？〟そう思うのはこれで何度目だろう。ルースが母親の血に染まった手を見て身を竦めた様子が脳裏に浮かぶと、説得力のある答えが自然と出てきた。

〝危険人物〟

ギャレットは心配そうだ。「こんなことして大丈夫かなあ……」

「彼女の気を逸らしてくれればいいの」ジョーダンは彼の肩越しにキッチンのほうを窺った。アンネリーゼが絶好調の蜂みたいにハミングしている。一週間後に迫った感謝祭のための料理をしている――〝アメリカ人として初めての感謝祭よ！〟彼女は楽しそうに言った。家の中にはセージと砂糖の香りが漂い、カーテン越しに例年より早い雪景色が見えて、お祭り気分がいやでも盛りあがる。だが、ジョーダンはそれどころではなく、胃がでんぐり返りそうだった。

ギャレットが茶色い髪を手で梳いた。「義理のお母さんの部屋をきみがどうしても漁りまわるって言うなら——」

「そうよ」セルキー湖に出かけてからの一週間、矛盾する仮説が彼女の中でせめぎ合い、いてもたってもいられなくなったのだ。アンネリーゼがハネムーンでいなかったあいだに彼女の荷物を調べたことがあり、何も見つけられなかった。今度こそ目当てのものを見つけ出してみせる。どれほどの犠牲を払おうとも。彼女が隠し持っていた鉄十字勲章は、たんなる思い出の品とはどうしても思えない。きっとほかにも何か隠している。

以前は、見つかったときの言い訳の雑巾を片手に、父の部屋に入っても何の支障もなかったが、アンネリーゼがそれに待ったをかけた。部屋に入ることをあからさまに禁じられたわけではないが、アンネリーゼは巧みに越えてはならない一線を引いた。「招かれてもいないのに、あなたの部屋に入ろうなんて夢にも思わないわ」彼女はきっぱり言った。「女にはプライバシーが必要でしょ。新婚の夫婦にだってプライバシーは必要なのよ！」夫婦の秘め事をさりげなく持ち出され、ジョーダンはきまりが悪くて何も言えなくなった。うまい手だ。

ベッドルームに何かある。家のほかの場所に何もないのはたしかだった。感謝祭前の大掃除を言い訳に、ジョーダンは数週間かけてほかの部屋をすべて調べまわった。鏡の裏を手で探り、写真立ての中や机の引き出しまで調べた。何も出てこなかった。

ギャレットがまだブツブツ言っている。「彼女が外出するのを待てばいいじゃないか

――」

「二、三日前にやったわよ。彼女が買い物に出かけたときに。でも、彼女が手袋を忘れたって戻ってきて、計画はおじゃん」これもうまい手だった、とジョーダンは思った。彼女がアンネリーゼを見張っているのと同様に、アンネリーゼのほうもジョーダンを見張っているにちがいない。「彼女の気を逸らしてよ。彼女が忍び足で背後から近づいてくると思ったら、おちおち探せやしない」

「本気で怖がってるわけじゃないだろ？」ギャレットが疑わしそうに言った。あたしの直感を信じてくれてないんだ、と思ったら悲しかった。でも、彼を責められない。疑いをすべて口に出したら、非常識と思われるに決まっている。〝ジョーダンの突拍子もないお話〟だと。

「何か見つかったらどうするつもり？」ギャレットの疑問が聞こえなかったふりをして、ジョーダンはベッドルームに向かった。

〝見つかった物はすべて元どおりにしておくのよ〟自分に言い聞かせ、最初の引き出しに畳んで入っているナイロンのスリップを、ピンセットで摘まむようにして持ちあげた。アンネリーゼの簞笥の引き出しにも、きちんと並べられた靴の中にも怪しいものは何も入っていなかった――キッチンからギャレットの声が聞こえる。操縦士訓練のことや、飛ぶことに比べて大学の授業が退屈だということを話している。アンネリーゼはボウルの中身をスプーンで掻き混ぜながら相槌を打っているが、ジョーダンの血が急げと急かした。

ハンガーに掛かっているアンネリーゼのドレスやスカート、ブラウス、帽子の箱。何か仕込んでないか裾を手で摘まみ、帽子をひとつずつ持ちあげ、箱に戻すと薄紙を元どおりにかぶせ、衣裳簞笥の奥を手で探った。アンネリーゼの旅行鞄。内側のポケットには何も入っていない。鞄を戻すとき衣裳簞笥の奥の壁に当たって小さな音がしたので、慌てて廊下に出て、義母の足音がしないか耳を澄ました。心臓の激しい鼓動がそれを邪魔する。〝ほんとうに怖がってる〟セルキー湖畔で見たアンネリーゼの表情を思い出す。冷ややかに考察する表情を。

廊下の奥からアンネリーゼの声が聞こえた。「それはリンツァートルテよ、ギャレット。あなたがそんなに好きながら、ジョーダンに作り方を教えといてあげるわ。ルース、彼に切ってあげて、たっぷりとね」彼女の声は穏やかで、母親らしい。

〝ええ、怖いわよ〟ジョーダンは思った。

衣裳簞笥からは何も出てこなかった。時間が経つのを意識しながら、ベッドサイド・テーブルの縁もランプの底も手で探った。ギャレットのケーキを食べながらのおしゃべりも、そう長くはもたないだろう。ランプの底からも、ベッドサイド・テーブルの引き出しからも、アンネリーゼの聖書のあいだからも何も出てこなかった。

でも、聖書のカバーは……

不意に指が震え出し、聖書を落としそうになった。慌ててドアに顔を向ける。キッチンの話し声は途切れない。できるだけそっとやわらかな革のカバーをめくり、指を差し込むと何かのまっすぐな縁に触れた。装飾を施された革とその下の硬い表紙のあいだに何か挟んである。革は簡単に剝がれた。何度も剝がしたことがあるのだろう。

古い小さな写真。ジョーダンは写真を鼻に持ってゆく。いまより数歳若いアンネリーゼの写真だ。水着を着たほっそりした体、乱れた髪、屈託のない表情。打ち寄せる水に足首まで浸かり、背後にはさざ波の立つ池か湖が写っていて、かたわらには男がいる。彼女よりずっと年上で広い肩、やはり水着姿で笑っている。片手をあげているのは、遠くの誰かに手を振っているのだろうか。写真の裏にはアンネリーゼの筆跡で、一九四二年メアツとだけ書いてある。

〝休暇の写真だ〟ジョーダンはがっかりした。疑惑に苛まれ、これだけ苦労して、見つけ出したのは、アンネリーゼと最初の夫と思しき人物が湖畔で休暇を過ごしたときの写真だけ。〝よくやった、J・ブライド。これでピュリッツァー賞間違いなし〟

失望の苦味を舌に感じながら、写真を元に戻そうとして手を止めた。もう一度じっくり眺める。日付。一九四二年メアツ。

メアツ。三月（マーチ）。

日付以外にも何かあった。男のあげた腕の下側にマークが……頭の端っこで記憶が広がり、さらにじっくり眺めた。たしかに何かのマークだ。タトゥー？　確かめようがない。

明るいベッドの上に写真を置き、慎重にライカのシャッターを切った。写真を写真に撮る。細部まで明らかにはならないだろうが、写真を持って出るわけにはいかない。アンネリーゼがこの写真をベッドサイド・テーブルの引き出しに隠しているということは、頻繁に手を触れているということだ。革の上から写真をなぞっているにちがいない。だから、写真を元に戻して革のカバーをかけ、聖書を元あった場所に戻し、ほかの場所を手早く探した。鉄十字勲章はどこにもなかった。なくなったのか、どこかに隠したのか。でも、これ以上はいられない。ベッドルームをそっと抜け出してドアを静かに閉め、バスルームに駆け込むとドアに鍵をかけて、バスタブに背中でもたれかかった。

「ジョーダン?」アンネリーゼの声が廊下の奥から聞こえた。

「ちょっと待って!」慌てて蛇口をひねり、冷たい水を顔にかける。鏡に映る顔は真っ赤だった。恥ずかしいからではない、気分が高揚しているからだ。

声が近づいてくる。「ギャレットに夕食を食べていくようお誘いしたところ」

「いいですね」ジョーダンは返事をして、顔を拭いた。義母の足跡が遠のいてゆくのを聞きながら、鏡の中の自分に笑いかけた。日付と男の腕のマーク、それに勲章。全部で三つ、そのすべてがカメラにおさまっている——そして、カメラは嘘をつかない。

14　イアン

一九五〇年四月　ザルツブルク

「グレッチェン・フォークト。上品な未亡人で、生まれてからずっとザルツブルクに住んでいました」トニーが郵便や市の記録を内密に調べ、リンデン広場の住人たちに聞き込みを行った成果を発表した。「市の記録では一人娘がいることになっている。ローレライ・フォークト、ぼくたちが追っている女と同じ年頃」

「写真は手に入ったのか？」イアンが尋ねる。三人は、噴水に囲まれたウェディングケーキみたいにかわいらしい、ミラベル宮殿の平面幾何学式庭園を突き切ってゆくところだった。

「公文書には載ってなかったですね」

「ローレライ・フォークト」イアンは名前を舌で味わい、はたして自分たちが追っている女なのだろうかと思った。ディー・イェーガリン。手紙をここまで届けたツィーグラー姉妹に、彼女が嘘をついたということもありうる。グレッチェン・フォークトがほんとうに母親かどうかも疑わしいが……「たとえ彼女の本名だったとしても、たいした手がかりにはならない——逃げるときに名前は変えただろう。それでも、〝女狩人〟以外の名前がわかるだけでもいい」謎の悪女からヒトラーを崇めた普通の女に格下げできる。

「名前には力があるもの」ニーナが言う。「同志スターリンが赤い皇帝と呼ばれるのを嫌った理由がそれよ」立ち止まって花壇から赤いベゴニアを摘み、襟に挿した。〝おれの妻は赤い疫病神だな〟イアンはにやりとした。

「グレッチェン・フォークトはぼくに任せてくださいよ」公園を抜けたところでトニーが言った。フォークト家はタフィーキャンディみたいな色のザルツァ川の向こう岸のモーツァルト広場の近くだ。「あなたとぼくと二人で訪ねていったら、ディー・イェーガリンの母親は固く口を閉ざすに決まってますからね。まずは飴で誘ってみて——うまくいかなかったら、あなたが鞭を振るえばいい」

「わかった。最初はきみが試してみろ。伝統のやり方で攻めるのか?」

「使える金はいくらありますか?」

イアンはコートの内ポケットから包みを取り出した。トニーが札を数えて眉を吊りあげた。イアンの年金一カ月分で、センターの賃貸料も含まれる。イアンはうなずいた。「使っていい」背筋がゾクゾクする。ロンドン大空襲の最中に、仲間の従軍記者たちとやったポーカー・ゲームを思い出した。次の手に有り金すべてを賭けたのは、空襲が間近に迫り、屋根が落ちてくる可能性が大だったからだ。あと少しの命だ、すべてくれてやる。

〝向こう見ずなことをするなよ〟自分に言い聞かせた。「二人とも失敗したら、フラウ・

フォークトには飴も鞭も通用しないってことだ」

「あたしが痛めつけてやる」ニーナが楽しげに言い、剃刀をちらつかせた。「彼女もしゃべるよ、きっと。飴の次が鞭、その次が剃刀。単純なこと」

「冗談でもそんなこと言うな。この仕事ではそういうやり方は通用しない」イアンは言った。「ぜったいにやらない」だが、トニーがロシア語でからかうと、ニーナは卑猥な仕草で応じた。イアンは目的地に向かって歩幅を伸ばした。苛立ちながらもおもしろがっていた。「さあ、行くぞ」

リンデン広場はしかめ面のオーストリアの聖人の銅像を取り囲む小さな広場で、ライムの木立は春の芽吹きで緑に染まっていた。古くからある上品な屋敷に住むのは、裕福で高学歴の人々、よそ行きのきれいな帽子をかぶって教会に行き、ザルツカンマーグートに避暑に出かけ、ジャズとは無縁で過ごす人々だ。十二番地には優雅な白い家がたっていた。塀に囲まれた広い庭、窓辺の植木箱にはゼラニウムがピンクの花をつけている。トニーは磨きあげられた階段に立ち、ノックに応答があるのを待った。ニーナとイアンは広場の真ん中の十二番地からは死角になっている銅像の陰から、こっそり様子を窺った。「おれの腕につかまれ。観光客に見えるように」怪しまれずにぶらつけるように、彼は古いベデカー旅行案内書を手に持っていた。〝オーストリアにブダペストとプラハとカールスバート、マリエンバートまでを網羅する旅行案内書〟

「聖人って……」ニーナが銅像の銘板に目を細めた。

「リウトベルカ」十二番地の家のドアが開くのを、イアンは目の端で捉えた。

「ツヴァイヨ・メット、どういった名前？」

「八七〇年頃に生きたとても信心深い独住修女だ。ところで、ツヴァイヨ・メットってどういう意味だ？」

「ファック・ユア・マザー」

「なんてこった、口を慎めよ――」

「よく見えないんだけど、アントチカは何をやってるの？」

「ノックに応えて人が出てきた。白いエプロンの主婦だ。彼は挨拶をしている……ところで、〝アントチカ〟ってどういう意味だ？」

「アントンの変形。ロシアではアントンの愛称はアントチカ、トニーじゃない。どうしてアントンの愛称がトニーになるのかわからない」

「おれにはアントンがどうしてアントチカになるのかわからないよ」イアンは相棒から目を離さずに言った。「彼は招き入れられた……」

「それで、どうするの？」ニーナがささやいた。

イアンは十二番地の何の変哲もないドアを眺めた。「待つ」

「どれぐらい？」

「何時間かかろうと」

「何時間もここに突っ立ってるの？　あんたとあたしと、リウトベルカとで？」

「戦争犯罪人の追跡は、ほとんどが待つことと書類作りなんだよ。スリリングな映画になんてならない」イアンは彼女を銅像から引き離した。「しばらくぶらぶらして、木立を眺めて……」

「ぶらぶらって？　ぶらぶらって意味がわかんない」

「歩きまわる、時間をつぶす。観光客らしく。彼が長居をするようなら、おれたちは――」

ニーナはイアンの腕に添えていた手を離し、広場を横切って十二番地の屋敷の横手へとまわった。庭をぐるっと囲む石塀が、このあたりでは屋敷に隣接しており、一階の窓は閉まっているので、ニーナは当たり前のようにそこに立って眺めた。イアンはすぐに彼女に追いついて腕を取り、窓辺のゼラニウムを鑑賞するように植木箱を指さした。「人に見つかる前にここを離れるんだ」彼は押し殺した声で言った。

「こっち側には窓はないよ」――彼女は隣家を顎でしゃくる――「それに、広場にはリウトベルカ以外に誰もいないから見られる心配はない。彼女は告げ口したりしないだろうし、陰気な石の女は」

「ここから離れるんだ――」高い塀の向こうからドアが開く音がして、イアンは口をつぐんだ。

「――外でお話ししませんこと？」中年の女の声がした。オーストリア人特有の気怠い話し方だ。フラウ・フォークトにちがいない。「よいお天気ですもの」

トニーが言う。「いいですね、やさしいお誘い、喜んで受けます」

イアンはためらった。塀越しに耳を傾けたいところだが、人に見られるとまずい。ニーナを引っ張って広場に戻ろうとしたとき、横手の窓が開いていることに気づいた。妻の薄汚いブーツが、ナマズみたいにスルスルと音もたてずに家の中に消えていった。

ブーツをつかもうと手を伸ばしたが、レースのカーテンをつかんだだけだった。〝ここから離れろ〟イアンは声に出さずに言いながら、塀の向こうから聞こえるトニーのおべんちゃらに耳を傾けた。窓の奥の暗い廊下にニーナが立っている――イアンから見えるのは白い歯と、入ってこいと曲げた指だけだった。それから、彼女は絨毯敷きの廊下の角を曲がって消えた。まるでルイス・キャロルが創ったチェシャ猫みたいなニーナのニヤニヤ笑いが、肉体を持たずに宙に浮いている気がした。

〝おれは妻を殺してしまう〟イアンは思った。〝離婚の手続きに入る前に、彼女を殺してしまうにちがいない〟ベデカー旅行案内書を脇に抱えた。〝オーストリアにブダペストとプラハとカールスバート、マリエンバートまでを網羅する旅行案内書〟のお薦めの〝活動〟には、〝家宅侵入〟は含まれているだろうか。人に見られていないかもう一度確かめてから、窓をよじのぼった。

ニーナは居間にいてフラウ・フォークトの郵便を探っていた。「不法侵入だぞ」イアンはささやき声に力を込めて言った。

「アントチカが彼女は生きていることを聞き出した。いまは庭でおしゃべりしてる。そのあいだに見つけ出すのよ」

〝こういうのはおれたちのやり方じゃない〟イアンは言いたかった。〝おれのやり方じゃない〟ニーナを引きずってでも不法侵入した窓から出るべきだが、最前に感じたのと同じ無鉄砲なスリルが全身を駆けめぐっていた。どうとでもなれだ。〝向こう見ずなことをするなよ〟と自分を戒めたはずなのに、二人はすでに家の中にいる……「五分だけだぞ」ニーナに警告し、そんなことをした自分を呪った。「荒らすな。おれが庭を見張っている。まったく、きみは人に悪影響を与える――」

「彼女の写真はない。大人になってからの写真はね」ニーナは暖炉の上を指さした。いちばんよい位置を占めるのは結婚写真――一時代前の流行に身を包んだフラウ・フォークトと夫だ。女の子のもっと小さな写真が数枚、どれも丸い頬にカールした黒髪だ。イアンは弟を殺した女の子供時代の写真をじっくり眺めた。これが彼女だったとすると、と考えかけたとき、裏手のドアの動きを目の端で捉えた。「……コーヒーのお代わりはいかが？」フラウ・フォークトの声が蝶番の軋みと重なった。イアンはニーナを引っ張ってドアの陰に隠れた。足音と陶器のカチャカチャいう音が遠ざかるまで、二人とも微動だにしなかった。「それにリンツァートルテもね。若い殿方は甘いものに目がないものでしょ！」

トニーが未亡人の気持ちをやわらげたのは明らかだ。イアンは長々と息を吐き出し、自分が汗びっしょりなことに気づいた。それにニヤニヤしていることにも。ニーナもにやりとし、足音もたてずに居間を出て階段へと向かった。イアンもあとにつづき、階段を一段飛ばしであがった。

贅沢(ぜいたく)な暮らしぶりを取り繕うため、階下は手入れが行き届いていたが、二階は違った。塗装は剝げ、埃(ほこり)がたまり、壁には絵が飾ってあった跡がくっきりと残っている。フラウ・フォークトが厳しいやりくりをしているなら、トニーが差し出す鼻薬は効き目がありそうだ。廊下の写真を眺めるニーナの横をすり抜け、イアンは裏庭に臨む窓へと向かった。籐(とう)のテーブルの端っこにトレイ、うなずくトニーの黒い頭、フラウ・フォークトの一部欠けた姿が目に入った。糊のきいたエプロン姿のリンゴのほっぺの人形みたいな女。イアンは息を詰め、窓をほんの少し開けた。

「……娘の代理だというお話ですけど、ヘア・クラウス。娘とはどういうお知り合いなのかしら？」

〝クラウス？〟ニーナが声に出さずに言い、イアンも声に出さずに言い返した。〝彼の気に入りの偽名〟〝クラウス〟という硬い響きが、トニーを東ヨーロッパ出身の胡散(うさん)臭い若者から、アーリア人の立派な青年に変身させる――ユダヤ人の相棒にとっては、皮肉が効きすぎた役割だ。

「実を言うと、お嬢さんのことはよく知らないんですよ、奥さん(フラウ)」トニーはへりくだって白状した。「お会いしたのはほんの数回ですので。お嬢さんがいまどちらにお住まいかご存じですか？」

「いいえ」フラウ・フォークトはきっぱりと言った。「ザルツブルクには戻らないのがいちばんだと思ったようです。噂になりますからね。アメリカ人がやってきて逮捕だの告発だのしたもんだから、いろいろ言われたんですの」沈黙。イアンは息を止めた。

フラウ・フォークトがつづけた。「戦後に手紙をもらいました、手渡しで。わたしがそばにいないほうがお母さんのためだ、と書いてよこしましてね」

イアンは叫びたかった、踊りたかった、勝利の拳を突きあげたかった。ディー・イェーガリンはツィーグラー姉妹の姉のほうに金を払って手紙を母親に届けさせた。〝名前がわかった、名前がわかったぞ――〟

トニーが言う。「お嬢さんはどこへ行くつもりだったのか、手紙に書いておられましたか?」

「人に尋ねられたとき、わたしに嘘を言わせたくないって、娘は書いてました。ただ一人の子供を恋しいと思わない母親はいませんよ。でも、それが娘の思いやりだったんです。あれこれ言われずにすんだのだから、感謝していますよ。わたしは静かな暮らしを送る未亡人にすぎませんからね。戦争とは何の関係もありません。娘がそういうことにしてくれたんです」

失望。イアンは窓枠に肘を突き、外から見えないように気をつけながら耳を澄ました。

トニーが話題を変えた。

「前に一度、お嬢さんと本の話をしましてね、ポズナニで彼女が開いたパーティーで。ぼくみたいな若い兵士は家を遠く離れて淋しい思いをしてるだろうって、お嬢さんが気を遣ってくださいました。とても見事な英語を話しておられて――」

「ええ、あの子は昔から頭がよくて！」フラウ・フォークトの緊張がやわらいだ。「ハイデルベルクで文学を学びましてね、あの子の父親が教育に熱心だったもので……」

「どうしてもっと強く押さないの？」ニーナがささやいた。「賄賂はどうしたのよ」

「彼女は守りに入ってる。だから、トニーは彼女の気持ちをやわらげ、とりとめのない話をさせてるんだ」

「これが飴ってわけ？　時間がかかりすぎる」ニーナは廊下を進み、最初のベッドルームに姿を消した。引き出しを開ける音がした。庭ではトニーがフラウ・フォークトのケーキを食べながら、大学の話をしていた。

「……勉強をつづけるのが夢でしたが、戦争で……ヒトラーユーゲント(HJ)から軍隊に入るのは自然な流れで、それからポーランドへ」トニーは見事に暗黙の了解を引き出した。いつもはくしゃくしゃの髪は油をつけて後ろに撫でつけてあり、心配そうな表情を浮かべるさまは、ヒトラーユーゲントで鍛えられた礼儀正しい若者そのものだった。彼がドイツ国(ライヒ)の元兵士のふりをするのはこれが初めてではない。必要なのはドイツ名や連隊の詳細な情報だけではない。本人が口にしないことにこそ意味がある。肝心なのは〝ぼくのせいじゃないですから、おわかりですよね？〟をそれとなく匂わすことだ。「おわかりですよね、むろん」トニーが学生の一途さで言った。「ぼくも戦争とは何の関係もありません、実際のところは。自分の義務を果たしただけです。若すぎました」

「大変な時代でしたからね」フラウ・フォークトが同じように含みのある口調で言った。

「みんなもう忘れてますよ。ケーキのお代わりをいかが？」

「あなたもお相伴してくださるなら、食前酒を。コーヒーにブランデーをほんの一滴
――」トニーは、こういう場合の潤滑剤としていつも持ち歩いている携帯用酒瓶を取り出した。

「あら、そんな、いけないわ……」

「いけないことなんてないですよ、フラウ・フォークト！」トニーは軽くいなし、ディー・イエーガリンの母親のカップにブランデーをたっぷり注いだ。彼女がケーキを切るあいだ、トニーは陶器を褒めながら、ヨーロッパじゅうの母親が思わず頬をつねりたくなるような学生の一途さで切り込んでいった。肩越しにニーナが鼻を鳴らすのを感じた。

「モスクワの魚屋も真っ青の嘘つき」彼女がささやいた。「さあ、彼女の部屋を調べるの手伝って」

「おれはこの家に押し入ったが、他人のベッドルームを漁るつもりはないからな」

「あたしが漁るあいだ、そこに立ってるだけでいい」ニーナはおもしろがっている。「偽善者なんだから、ルーチクは」

イアンは眉をひそめた。「切れ端であろうと高い道徳観には何がなんでもしがみつく」

「その切れ端は地に落ちてるんじゃないの」

「その言葉、心にとどめておく」

フラウ・フォークトはすっかりおしゃべりになっていた。彼女の話に耳を傾けてくれる人が、長いことといなかったにちがいない。人の口を軽くするのに、孤独はブランデーと同じぐらい効果がある。「娘は英文学を学んだのだけど、わたしが好きなシラーやハイネを、あの子にも好きになってほしかったのよ。あの子の名前は、もちろんハイネの詩からとったのよ！　水の精のローレライ。岩の上の乙女」

「あなたのローレライは、岩の上で助けを待つだけの乙女ではなかったですよね。射撃の腕前ときたら――あるパーティーでの狩りを憶えていますよ――」

「ええ、父親仕込みの腕前でした。父親はほら、バイエルンの男爵だったから――上に兄がいたので、ヴァッサーブルクの先祖代々の土地を相続できなかったけれど、若いころはそこで狩りをしていたんですのよ。それで、ローレライに射撃を教えたんです」

「彼女は女狩人そのものでしたよ。ぼくはただうっとり見つめるだけでした！」

フラウ・フォークトがため息をついた。「ハイデルベルクから連れてくるなら、あなたみたいなすてきな若者にしてほしかったわ。あの子が選んだ人がわたしの眼鏡にかなったためしがなくて」またしても含みのある沈黙を、彼女は鼻を鳴らして破った。「あの子が連れてきた親衛隊大将はそりゃあ威勢がよかったけれど、父親ほども歳が離れていたし、それに、その……」

妻帯者だった。フラウ・フォークトと同様、彼が独身だったらとイアンも心から願った。ディー・イエーガリンがフォン・アルテンバッハ親衛隊大将の愛人ではなく妻だったら、もっと楽に足取りがつかめたはずだ。残された書類の多さはSSの結婚式で舞い散る紙吹雪並みだったろう。名前も写真もいろんな場所に保管されていただろう。

トニーは抜け目なく口をつぐんだ。お嬢さんは妻帯者の愛人になったんですよね、なんてことは口が裂けても言わない。どちらのコーヒーカップにもブランデーを少し注いで、ささやいた。「フォン・アルテンバッハ親衛隊大将は信望が厚い方でした。ポーランドでの働きは称賛に値しますし、その寛大さは比類ないものでした。実のところ、ぼくがきょう伺ったのはそのことでして、フラウ・フォークト」トニーはネクタイを直し、若いビジネスマンとしてついに本題に入った。「亡くなる前に、親衛隊大将は将来のためにかなりのものを用意していました。友人や愛する者たちのために、金銭的な蓄えをしておられたのです。そして、彼にとって、あなたのお嬢さん以上に大事な人はいなかったのです」

イアンの指がレースのカーテンの縁を握り締めた。さあ、来たぞ……

「親衛隊大将は、あなたのお嬢さんのためにお金を取っておいたのです、奥さん。ぼくがお嬢さんを探しているのは、そういうわけなんです」

庭に沈黙が訪れた。イアンはよく見ようと首を伸ばしたが、フラウ・フォークトのきれいに整えた頭と、不意に強張った肩が見えるだけだった。「お金」彼女の声に刺々しさが戻った。「五年も経ってから？」

「法律上の手続きがどれほど時間のかかるものか、おわかりでしょう」トニーがため息をつく。「ローレライ・フォークトが存命かどうか、誰もたしかなことがわからなかったものですから。親衛隊大将があのような……不運な最期を遂げられたのですからなおのこと。アルタウスゼーで。いかに多くの人が消息を絶ったか。それは日和見主義者たちも同じこと。お嬢さんが見つかったとしても身元確認ができないので、金目当ての身元詐称者の可能性も捨てきれませんし。そんなわけで、彼女を知っている人物を探し出すのにこれだけの時間がかかってしまいました」トニーは控えめにお辞儀した。「もちろんぼくは仕事でやっているわけですが、それでも、お嬢さんが当然受け取るべきものを請求するお手伝いができれば、ぼくだってこんなに幸せなことはありません。うちから遠く離れた孤独な若い兵士に、彼女はとても親切にしてくださいました——親衛隊大将が望まれたように、彼女が豊かな生活を送るお手伝いができれば、ぼくも嬉しいんですよ」

遺産を餌に使うのは、これが初めてではない。戦後の苦労の中で、予期せぬ金が降ってくることを誰もが夢見ていた。とりわけ死んだナチ党員の遺産の話は説得力がある。ドイツ国の実力者や高官が財宝をどこかにしまい込んだという噂は、巷に溢れていた。〝金の門の邸宅の奥で贅沢三昧の暮らしをしていた戦争犯罪人が一人でもいたら、そのほうが驚きだ〟とイアンは皮肉な思いを噛みしめた。スイス銀行の秘密口座や坑道に隠された値がつけられないほど貴重な絵画、予備に取っておかれた金塊など様々な噂が飛び交っている。いったい誰のために取っておいたのか。

〝お嬢さんがもらってどこが悪いんです？〟トニーの秘密を打ち明けるような口調がそう言っていた。〝あなたがもらってどこが悪いんです？〟

〝まったく、たいした役者だよ、おまえは〟イアンは一瞬だが相棒を誇らしく思った。

「ぼくの言葉が信じられないのも無理ないですよ」トニーが名刺をテーブルに置いてずらした。「ぼくを雇った会社に問い合わせてみてください」

「電話一本かければ……」彼女の声から警戒と安堵がふたつながら聞き取れた。感じのいい若者のことも、その話のすべても信じたい……だが、彼女は馬鹿ではなかった。

　トニーはほほえみ、椅子にもたれた。「喜んでお待ちします」

　フラウ・フォークトは立ちあがり、あたふたと家の中に消えた。彼女が二階にあがってきたら、いちばん近いドアに隠れようとイアンは身構えたが、電話は階下にあった。受話器をはずす音に彼女のくぐもった声がつづいた。庭ではトニーが女主人のコーヒーにブランデーを注ぎ、自分のカップの中身は花壇に捨てて、ポットのコーヒーを注ぎ直した。フラウ・フォークトの声は抑揚がなく、不安そうだった。受話器の向こうで、フリッツ・バウアーがやさしいおじさんみたいなしゃがれ声で応じている姿を想像し、イアンは笑いをこらえた――話の裏付けが必要になった場合の手筈を整えておくのも、今回が初めてではなかった。

　受話器を置く音がして、彼女が庭に出てきた。「ありがとう、ヘア・クラウス。なにもあなたがその……」

「女性の信頼を勝ち取るのは難しい」トニーがまた少年っぽい笑い声をあげた。「ヘア・バウアーと話して安心されましたか？　それに、あなたへの報酬のこともありますから」

コーヒーカップに伸ばした彼女の手が止まった。「わたしへの?」

「もちろんです。信託基金はお嬢さん以外の誰も引き出せませんが、彼女の消息を突き止めるためにわれわれに協力してくださるあなたの時間は貴重ですから」イアンの有り金すべてが入った封筒がテーブルの上を滑る。「どんなに小さなことでも——それが役に立つかどうかは誰にもわかりませんが。お嬢さんの行き先について、何か思い出されませんか?」

沈黙。イアンは呼吸するのも忘れてフラウ・フォークトの肩を見つめた。ニーナがかたわらに立ち、やはり息を詰めている。フラウ・フォークトはブランデー入りのコーヒーをゆっくりとすする。指先は封筒の横で止まったままだった。意図したわけではないが、イアンはニーナの指に指を絡め力いっぱい握り締めていた。

「ローレライがどこにいるのかわかりません」フラウ・フォークトがゆっくりと言った。「でも、また手紙をよこすようになったんですよ」

ニーナが握り返した。

「手紙はどこから送られてますか?」トニーは真剣そのものだった。

「それに、手紙はどこにあるの?」ニーナがつぶやく。「見つからなかった——」

「手紙はすべてアメリカから送られてました、この一年ほどは」フラウ・フォークトの声からは不快感が聞き取れた。「ローレライはドイツやオーストリアからできるだけ離れたがっていました。消印はどれもちがっていて、わたしには都市の名前がわからない」トニーが彼女の手をやさしく叩き、彼女はブランデー入りのコーヒーを飲み干した。「ローレライの最後の手紙が届いたのは一カ月ほど前で、場所の名前はエイムズ――わたしを呼び寄せられるって書いてよこしたんですよ。エイムズにではなく、ボストンのアンティークショップに。なんて言ったかしら、マコール・アンティーク。それともマクベイン・アンティークだったか。マクなんとかって店。彼女やわたしみたいな人間は、あっちでなら身分証明とか新しい名前とかが取れて、それでやり直せるって。だけれど、いまさらやり直せって言われたってね。わたしは生まれたときからずっとザルツブルクに住んでるんですよ。いまさらアメリカになんて行けますか？　ユダヤ人や黒人が大勢いて――」

アメリカ。鳩尾（みぞおち）に一発、それも強いやつを食らった気分だ。ようやく近づいた、見つけたと思ったら、行く手にはまだ大海が横たわっていて……垂らした手を拳に握った。ニーナはいつの間にか手を離し、指を脚に打ちつけていた。

「ボストンですか！」トニーが驚きの声をあげ、コーヒーとブランデーをまた注いだ。

「ボストンからどこへ移られたんでしょうね？」

「あの子が言うには、お母さんは知らないほうがいいって」

「ローレライが使っている名前、おわかりですか？」

「それも知らないほうがいいって」

ディー・イエーガリンを憎んではいても、その用心深さには感心する。戦争犯罪人がみな彼女ほど用心深かったら、センターは数週間で潰れていただろう。

「詳細はわからなくても、お嬢さんが元気だとわかるだけでもほっとしますよね」トニーが金の封筒を押し出した。「さぞほっとされるでしょう」

「それがね、それほどでもないんです」フラウ・フォークトはわずかに呂律がまわらなくなっていた。昼間からブランデーを飲むなんてめったにないにちがいない。「安全だ、元気だってこと以外、何も知らせてくれなくて、それから、手紙を読んだら燃やすようにって。母親ですもの——もっといろいろ知りたいですよ。たった一人の子ですよ、一人娘に会いたい——」

彼女を憐れむ気持ちが湧いたが、すぐに押し殺した。〝おれだって弟に会いたい、だが、弟の安否を知ってほっとすることが、もうおれにはできないんだ〟娘が何をしたのか、フラウ・フォークトが知ったらどうするだろう。

「手紙はすべて燃やしたんですか?」トニーがやさしく尋ねた。

「ローレライがそう言うものだから。手紙も、あの子の昔のものも、大人になってからの写真もいっさいがっさい燃やせせって」

「それで、燃やしたんですか?」

一瞬の間。「娘はとってもやさしいんですよ、ヘア・クラウス。でも、気の強いところもあってね。わたしはとっても……逆らえない」またしても間があいた。「ええ、すべて燃やしました」

「嘘つきめ」

ニーナがこっちを見あげた。つい口に出して言っていたのだ。

「彼女は嘘をついている」屈んでニーナの髪を掻きあげ、耳元でささやいた。「一人娘の写真をすべて燃やすような親がどこにいる」

「あたしの親ならやりかねない」ニーナがささやき返した。「十六のあたしを殺しかけたんだから……」

イアンは彼女の言うことを聞かず、気づいたら廊下を進んでいた。写真一枚でも貴重だ——こういう方法で手に入れた写真は裁判で証拠として使えないが、個人的な身元確認には使えるから、ニーナの記憶だけに頼らなくてすむ……「どこかに写真があるはずだ」

「ない。くまなく探した」ニーナもそばに並んで廊下を進み、ふと上を見あげた。イアンも見あげた。

廊下の天井にハッチがあった。屋根裏への出入口だ。

「さあ、ルーチク」ニーナがささやく。「あたしを抱きあげて——」言われるまでもなく彼女の腰に腕をまわし、天井のほうに掲げた。掛け金をいじくる音、ハッチを押しあげる音がして、ニーナが彼の腕の中でヘビみたいに身をくねらせ、天井によじのぼった。〝高い道徳観だのなんだのと言ってられないな〟いまはそんなものどうでもよかった。この家を手ぶらで出るわけにはいかない。

急いで窓の外を見る。フラウ・フォークトは封筒をしまったあとだった。「お話しすることはほかに何も——」

「あと二分」イアンはハッチに向かって低い声で言った。トニーが椅子を立ち、彼女をさかんに元気づけた。「聞いてるのか、ニーナ？」

ガサゴソいう音とともに、彼女の声が降ってきた。「わかった(ダー)、同志(トヴァリシュ)」

フラウ・フォークトはブランデーと思い出に打ち負かされ、泣きだした。トニーがハンカチを差し出し……

ニーナのブーツがハッチからぬっと現れた。「つかまえてよ」

身をよじって天井から降りてきたニーナの小柄だが頑丈な体を、イアンは抱きとめ、彼女がハッチを閉めるあいだ支えていた。手が滑って危うく彼女を落としそうになる。「不器用なんだから」彼女が鼻を鳴らし、猫のように軽やかに着地した。

「きみは羽根みたいに軽くないんでね、同志」ニーナの上着の下に何かがちらっと見えたが、確かめている時間はなかった。イアンが窓を閉め、二人で階段をおりたものの、踊り場で危うく見つかりそうになった。フラウ・フォークトがトニーを玄関まで見送るところだった。

「年寄りのとりとめのないおしゃべりを聞いてくださって、ヘア・クラウス」イアンとニーナは廊下の奥から窓へと向かった。イアンの心臓がこれほど激しく打ったのは、四五年に爆撃機からパラシュート降下したとき以来だ。虚空を見つめ、飛び出す間合いを測り……

玄関のドアが閉まった。トニーは家の外に出た。フラウ・フォークトが戻ってくる。ニーナが開いた窓をすり抜け、イアンもあとにつづき、靴が草を捉えるのを感じた。シャツの背中が窓枠に引っかかった。

「ツヴァイヨ・メット、急いで」ニーナが非難の声をあげた。

「悪態をつくのはやめろ」イアンは言い、シャツを引っ張った。ニーナが窓を閉め、二人で家の表へとまわり、トニーと鉢合わせした。

「こんなところで何してるんですか？　まあいい、行きましょう――」三人は観光客のそぞろ歩きには程遠い素早さでその場をあとにした。

「ニーナ」橋まで戻り、欄干にぐったりともたれかかったところでイアンが言った。「何を見つけたんだ」

ニーナの目がいたずらっ子みたいに光った。「あの女は手紙も写真もすっかり燃やしたらしいけど、アルバムだけは残しておいた」

「そいつを持ち出した――」

「最近の写真じゃないけどね。彼女が始末したから。あたしが目にしたうちではいちばん新しいやつ」ニーナはアルバムから剝がしたと思しき写真を上着の中から取り出した。フラウ・フォークトがよそ行きを着た友人か親戚に囲まれ教会の階段に立っている写真だった。「いちばん右端」

イアンの息が止まった。右端の若い女は花柄のドレス姿で、手袋をした両手を組んで立っている。少女と言ってもいい年代で、顔にも体つきにも子供らしい丸みが残っていて、はにかんだ笑みを浮かべている。真面目そうで若くて、大人の美しさのとば口にいる。だが、すでに用心深く、カメラを冷ややかにまっすぐ見つめていた。「ディー・イェーガリンなのか？」

ニーナは猫が喉を鳴らすような小さな音をたてた。心を掻き乱すような官能的な音だ、とイアンは思った。いまにも獲物に飛びかかろうとする猫、引き裂いて食いちぎるのを愉しみにして。「ローレライ・フォークト」ニーナが言った。

「いまの彼女より十五歳は若い」トニーが顔をしかめた。

「あたしが会ったときには、これよりも痩せていた」ニーナが言い、写真を叩いた。「髪の色ももっと濃かった」

「現実に彼女に出会ったとき、この写真がどれぐらい本人を特定する役に立つかな？　大人になって見違えるぐらい変わったかもしれない」

「あたしは彼女を知っている」と、ニーナ。「どんなに年を食ったって、あの顔は死ぬまで忘れない。目を見ればわかる」

イアンはローレライ・フォークトの目をじっくり見た。顔から邪悪さを読み取ろうとしても無駄だ。邪悪さはごく普通の顔の奥に隠れているものだから。それでも……

「ハンターの目」ニーナがそう結論づけ、獲物の真面目そうなかわいらしい顔を叩いた。

「落ち着き払って冷ややか」

15　ニーナ

一九四一年十月　モスクワ

寒さがニーナを平手打ちした。軽く零度は下まわり、闇夜に大気は凍りついて冬の湖水のようだが、飛行連隊122の女たちは興奮に目を輝かせ、滑走路を歩いていた。ドイツ軍がいつ市内に押し寄せるかわからないから、モスクワ市内は混乱状態だろう——が、ニーナと姉妹たちはようやくここまで来たところだった。

「あたしたちはどこで訓練をやらされるのかしら?」イェリーナが大きすぎるブーツでつまずきながら言った。

「さあね」ニーナは先を行く女たちを見ようと跳びあがった。前方には鉄道車両が扉を開けて待っていた。先頭集団は乗り込むところだ。

「モスクワよりもあたたかいところだといいけど」イェリーナの黒いまつげが氷で光っている。寒さに目が潤み、涙がまつげの先で凍りついたのだ。「十月にこの寒さってどういうこと?」

「こんなの寒いうちに入らない」ニーナは嘘をつき、震えまいと踏ん張った。シベリア人はモスクワっ子の前で寒いなんてけっして言わない。

「嘘つき」イェリーナの目が笑っている。「唇が真っ青よ」

「それでも、〝親父〟の冬に比べたらどうってことない。あっちの寒さは湖の上で渦を巻くんだから、止めようったって止められないよ、氷の性悪女(アイシー・ビッチ)は」イェリーナが鼻にしわを寄せたことにニーナは気づいた。「どうしたの?」

「何をお上品ぶって、と思うだろうけど」

「だから、どうしたの?」

「人が悪態をつくの、聞いていられないのよ」イェリーナは赤くなった。「父が誰にも悪態をつかせなかったの——目に涙が浮かぶほどきつく鼻を叩くのよ。それも悪態をついた本人だけでなく、聞こえるところにいたわたしたち全員。だから、悪い言葉を耳にすると、わたしは縮こまって鼻を叩かれるのを待ったわ」

ニーナは笑った。次の車両に乗り込もうと押し合いながら。「ファック・ユア・マザー、イェリーナ・ヴァシロヴナ!」鼻にまたしわが寄った。

「笑えばいいわ」イェリーナがため息をつく。「わたしはどうせモスクワのいい子ちゃんだもの」

ニーナは車両の開いた扉の脇の取っ手をつかんで跳び乗った。「モスクワのいい子ちゃんは、あんたほどの飛行時間をものにできないよ。さあ、跳んで!」

イェリーナはニーナが差し出した手につかまった。客車とちがって貨物車の中は寒く、吐く息が白い雲になった。ニーナが父にもらったアザラシの毛皮を耳まで引き下ろすうちに、さらに女たちが乗り込んできた。「悪態はつかない」思わずイェリーナに言っていた。「あんたが嫌みたいだから」いつだって一人で飛んでいたから、仲間の操縦士にどう思われるかなんて気にかけもしなかった。だが、彼女は操縦士クラスの女たちの一人と組む航法士だから、操縦士の安全を守り航路をはずれないよう指示しなければならない。操縦士は航法士を信頼し、航法士は操縦士を信頼する。これが鉄則だ。人を信頼することは、イェリーナのようなやさしくて寛大な人間には簡単だろうが、ニーナにとってそれは使ったことのない筋肉を動かすようなものだった。

「好きなだけ悪態をつきなさいよ、ニノチカ！」イェリーナが笑った。「わたしも自分を鍛える。ファシストを殺すつもりなら、悪態のひとつやふたつで鼻にしわを寄せていられないわ」

ニーナはにやりとした。筋肉が前より楽に動く。「あんたがそう言うなら、ここはクソ寒い」

「ここは――」イェリーナの顔が強張った。

「言って、言って！」ニーナの反対隣でこのやり取りを聞いていたリリア・リトヴァクが笑い声をあげた。

「ここはまったく稀に見る寒さだわ」イェリーナがすまして言い、顔を真っ赤にした。みんなで笑い転げていると、車両がガタガタと動きだした。麦畑を揺らすさざ波のように、噂が伝わってきた。「エンゲリスですって、あたしたちが向かっているのはエンゲリス――」

「――ヴォルガ川沿いにある訓練飛行場――」

「――エンゲリス！」


エンゲリスまで九日かかった。のろのろと過ぎる寒い九日。車両の動きに足を踏ん張り、揺れながら、パンとニシンの糧食を砂糖抜きの苦い紅茶で流し込み、急を要する食料を積んだ列車を先に通すため、車両が待避線で停止すると足を踏み鳴らして暖をとった。ひっきりなしのおしゃべりを聞いて、ニーナは驚くばかりだった。〝この人たちはあたしよりずっといろんなことを知ってる〟敵の戦車を落とす罠を掘り、砂嚢を引きずって手に豆を作ったレニングラード出身の長身のブルネットは、大学の学位を持っていて四か国語を話せる。ニーナより二歳下のピンクの頬の娘は、児童教育を学んだ――「目的をもった体系的な遊びは、子供たちの協調性を発達させるのにとても重要なの」。マリーナ・ラスコーワ自身も午前中は貨物車に乗り込んで一緒に旅をしたのだが、〝ロジーナ〟に乗って最長飛行距離を達成したときの話を請われると、昔の話よ、と言い、オペラ歌手になるのが夢だった子供時代の話をし、『エヴゲーニイ・オネーギン』のコーラスのさわりを歌った。車内のみんなが一緒に歌ったが、ニーナはきょろきょろするだけだった。チャイコフスキーのオペラを口ずさむこともできず、ロシア語以外は話せず、体系的な遊びをみんなでやったことも、協調性が磨かれることもなかった。

十九歳で初めてイルクーツクに出たときにも同様の疎外感を覚えたが、飛行術を学ぶことだけに一所懸命で、コムソモールの集まりにも、文化的生活に付随する教養にもいっさい関心を持たなかった。だが、いま、ニーナのまわりにいる女たちにとって、教養は大人として身につけておくべきものではなく、母のお乳とともに吸収した事実だ。彼女たちが語るのは、マルクス主義に関する講義や、共産党主催の〝ヤング・パイオニア・ツアー〟や、飢饉の年に一度履いただけでボロボロにならない靴を探す苦労だった。告発された者が乗せられる黒いヴァンのことは、声をひそめて語られた。モスクワで隣人が連れ去られた、とイェリーナは語った。「その人はアパートのほかより広い部屋を割り当てられていたものだから、ほかの住人たちが妬んで、彼を略奪者だと通報したの」彼女は感情を交えずに言った。「彼が連れ去られたとき、彼の両親も一緒になって告発したので、連れ去られずにすんだのよ」どこに連れ去られたのか問いかける者はいなかった。訊いてはいけないとわかっているのだ。靴不足や講義やチャイコフスキーや党の歌を知っているように。田舎育ちと都会育ちの違い以上のものだ、とニーナは思った。ここには両方がいるから。そうではなく、文明化した世界で育ったか、未開の地で育ったかの違いだ。

「あまりおしゃべりしないのね、ニノチカ」軍服を直しながらイェリーナが言った。針と糸をみんなでまわして使い、おしゃべりしながら裾を詰める。「どんなふうに育ったの？　バイカル湖のほとりで」

「あんたとはちがう」ニーナはつい正直に言った。

「どんなふうに?」

「〝親父〟のほとりの、村とも呼べない小さな集落での暮らしは……」ニーナは肩をすくめた。「地の果てだからね。荒野に人を追い払おうったって、そこがもう荒野なんだもの。靴のために誰も列を作らない。冬になると、罠を持って森に入って獲物を仕留め、その皮で靴を作り、夏になれば樺の樹皮でサンダルを編む。自分より広いアパートの部屋に住んでいるからって、誰も隣人を告発したりしない。そもそもアパートなんてないからね。隣人もいないし」同志スターリンはグルジア生まれの食わせ者だと、父親が大声で吹聴したところで誰も聞いていなかったなんて話を、口にしないだけの分別はニーナにもあった。

「村の誰かが一生に一度ぐらいは、マルクス主義の講義を聞くかもしれない」ニーナは話をつづけた。「数百キロ離れた隣町に行く機会があればね。それで、その人は百歳になるまでずっとそのことを自慢しつづける。村のおばあさんのなかには、皇帝がまだ生きてるって信じてた人がけっこういたもの」興味津々の目で見られ、ニーナは赤くなった。

「あなたは野蛮人じゃないわ」イェリーナがニーナの気持ちを察して言った。「ウサギは野蛮じゃない――」みんながドッと笑った。前日の午後、待避線で停止していたときのことだ。パンとニシンの配給が遅れてみんなが空きっ腹を抱えていると、リリア・リトヴァクがこっそり車両を降りて駅のほうに行き、緑色の球を抱えて戻ってきた。食料貯蔵所から輸送されるのを待っていた生のキャベツだった。ニーナもほかのみんなも、キャベツに飛びつき、ウサギみたいにもぐもぐ食べた。「出身地がモスクワだろうとレニングラードだろうと、キエフやバイカルだろうと」イェリーナが言った。「わたしたちみんな、いまはウサギよ」

　まさにそうだった。

　エンゲリスも寒く湿気がひどかった。町には灯火管制が敷かれていて、氷雨(ひさめ)が降っていた。ニーナは荷物を肩にかけ、みんなと一緒にとぼとぼ歩いた。イェリーナが帽子の中を掻いている。「虱(しらみ)にたかられたわ、経験あるもの――」

「文句を言わないの、セストラ」前のほうから声がした。マリーナ・ラスコーワが当直の将校を探しに行くあいだ、暗闇の中でうろうろするばかりだった。宿舎に向かうころには、ニーナは歩きながら眠る始末で、馬房でうとうとする馬みたいに揺れていた。宿舎に改造された体育館には、病院みたいにベッドが並んでいた。ニーナはブーツも脱がずに手近なベッドに倒れ込んだ。「何を怒鳴ってるの?」

「ラスコーワよ」誰かが言って笑った。「指揮官がダブルベッド付きの個室を彼女にあてがおうとしたもんだから、みんなと同じ宿舎で寝泊まりするって言い張ってるのよ」

「ラスコーワのためなら死ねる」ニーナはあくびをした。まぶたが落ちてくる。「彼女のためなら脚を斬り落とされたっていい。腎臓を抉り取られたって」

「あたしたちみんなそうよ、マリシュカ……」誰かがブーツを脱がせてくれたところで、ニーナの意識はなくなった。

冷たい灰色の朝が訪れ、飛行連隊122の女たちは青ざめた太陽とともに目覚め、ベッドからよろめき出るとベッドを整えた。「新しい戦闘機にいつ触れるのかな？」軍服姿の女たちが列を作って基地を歩くのを、男たちがじっと見ていた。ニーナは無作法にも見つめ返したが、育ちのいい娘たちは頬を染めて急ぎ足になった。

「わたし、見つめられるのに慣れていないの」イェリーナがささやく。「こんなふうに見つめられたことないもの」

ニーナは威張って歩きながら、近くの格納庫でうすら笑いを浮かべる整備士を睨みつけた。「そのうち慣れるよ」

その日の最初の任務は基地内の床屋を集団で訪れることだった。「諸君のおさげもカールも切り落とす、いいな！ ラスコーワの命令だ、椅子の前に列を作れ」将校が命じると、女たちは長いおさげをいじくり、ブツブツと不服そうに群がるだけで、誰も進んで椅子に座ろうとしなかった。リリアが早速床屋と言い争う。ニーナはブーツから折り畳み式剃刀を取り出して開いた。挑むようにまわりを見まわし、みんなが見ているのを確認すると、髪を片手で束ねて持った。十日間も風呂に入っていなかったから、髪は汚れて絡まり合っていたが、手のひと振りでザックリと斬り落とした。髪の束を床屋の床に落とす。「さあ、ウサギたち」

イェリーナは顎を突き出し、長い三つ編みを肩から垂らし、ニーナに剃刀をよこせと手を出した。ニーナがその手のひらに剃刀を押しつけると、ほかの女たちはしぶしぶ椅子の前に列を作った。ニーナの中でわだかまりが消えた瞬間だった。列車の中で彼女の口を重くした違いなど、どうでもよくなったのだ。数百の異なる地域から来た数百人の女たちがエンゲリスで列車を降りた。田舎育ちも都会育ちも、学位を持つ者も、無学な者も……そしていま、彼女たちは飛行連隊122の新兵にすぎない。一様に髪を刈られ、みんなの世界がひとつになった。

「あたしたちの準備が整う前に、戦争が終わってしまうかもしれない」戦闘はエンゲリスの外で彼女たち抜きで繰り広げられていた――慎重に掘られた戦車用の罠を楽々とすり抜けて、ドイツ野郎が進軍しているのかと思うと、ニーナはいてもたってもいられなかった。祖国の空のあちこちに防空気球が浮かび、列車は疎開する泣き顔の子供たちですし詰めだ。できることなら侵攻するドイツ軍の前線に突っ込みたかった。その冬、レニングラードではゆっくりと飢餓が進み、配給券やパンをめぐって人々は殺し合い……だが、エンゲリスでの訓練はいっこうに終わらなかった。

「あなたたちは運がいい」マリーナ・ラスコーワが叱りつける。「飛行時間たった六十五時間で連隊に送り込まれる若い子たちもいるのよ。機関砲の餌食になるだけ」

「そういう若い子たちがさっさと戦場に送り込まれるのに、彼らより優秀なあたしたちが」ニーナは異を唱えずにいられなかった。「どうしていまもエンゲリスでおとなしくしてなきゃいけないんですか？」

「わたしたちは失敗が許されないからよ」答えたのはいつも冷静なイェヴドキア・バーシャンスカヤだった。彼女は三十に手が届く歳で、指揮官への昇級も間近だが、彼女が望んでいるのは指揮を執ることではなく、飛ぶことだった。〝戦闘機に乗りたいのはみんなも同じ〟とニーナは思った。〝だから、誰かががっかりすることになる〟「わたしたちは前線に赴く女性操縦士なの。男の操縦士がごまんといるのに、女子供に戦闘機を与えるなんて愚の骨頂だと言う人は大勢いる。戦闘機を守るために、わたしたちは完璧でなければならない」

完璧とはつまり、一日に十の課目をこなしたうえに、二時間の教練を受けるということで、教室と飛行場を行ったり来たりの繰り返しだった。夜は夜で、クラクションの音でベッドから引きずり出され、凍りついた練兵場に整列させられる。ニーナは一度、時間を節約しようと寝巻にコートを着て出たことがあったが、ラスコーワ――何時だろうときちんとしてやる気満々――にブーツの上ではためく寝巻の裾が見つかり、寒風吹きすさぶ飛行場を剝き出しの脚で何周も走らされた。歯をカタカタ鳴らし、腿に青い斑点を作ってベッドに倒れ込み、ほんの数分眠ったと思ったらクラクションが鳴り、飛行連隊１２２に呼び出しがかかり、まっ平らで草一本生えないエンゲリスの飛行場で、ヴォルガ川から吹きつける無情な風を捉え、古いＵ‐２で爆撃訓練をやらされた。

「今朝、男の人たちがわたしたちのこと笑っていたのよ、気がついたでしょ？」イェリーナが宿舎に戻って言った。四方八方に伸びた短い髪の毛先で汗が凍りついている。「軍服を着たわたしたちを冗談の種にして、行進するわたしたちを笑いものにしてるのよ――」

「あたしたちがポンコツ機じゃなくて新型機に乗ることになるから、嫉妬してるんだよ」

ニーナはイェリーナから借りた糸で手袋の穴をかがっていた。二人はベッドが隣同士で、靴下から縫い針までなんでも一緒に使っていた。〝わたしのものはあなたのもの、あなたのものはわたしのもの〟モスクワでの初日にイェリーナが言ったように、みなが頼り合って生活していた――ニーナのもう一方の隣のリリアは、コートの袖の擦り切れた縁をニーナの安全剃刀で切った。「ねえ、聞いた？　ラスコーワはＰｅ－２を希望してるんだって」

ニーナは言った。

「Ｐｅ－２って離陸がすごく難しいんでしょ」リリアが言う。

「Ｓｕ－２よりはましよ。いまは練習機になってるけどね。あれは物笑いの種だったわ」

イェリーナは手袋を脱ぎ、かじかんだ手を曲げたり伸ばしたりした。「煙を出すし漏れるし、氷の上の牛よりも遅いし――」

「ＴＢ－３とＲ－５練習機に航法士も乗せてもらえるみたい、来年になったら」ニーナは言った。「宣誓は終わってるんだもの。リリア、よくもあたしの剃刀に傷をつけたね、あんたなんかモスクワに蹴り返してやる……」

「やってみれば、ちんちくりんのシベリア娘」

「ちんちくりんは自分でしょ！」

軍隊の忠誠宣誓は十一月に行われ、マリーナ・ラスコーワが親しみやすい声で、一人一人に語りかけるように簡単な演説を行った。「わが国の憲法には、あらゆる分野の活動において、女は等しい権利を有すると書いてあります。本日、あなたたちは忠誠宣誓を行いました。この命が尽きるまでともに愛する祖国を守り抜くことを、あらためて誓いましょう」彼女たちはみな声が嗄れるほどの歓声をあげ、ラスコーワは差し出されたすべての手を握り、そばにいた女たちの寒さに赤らんだ頬にキスした。せいいっぱい頑張る女たちに、ラスコーワはさらに発破をかけた。十二月のある日の午後、ニーナが報告しに行くと、ラスコーワは書類が山積みのテーブルにうつぶせて居眠りしていた。「起きてるわよ」こっそり抜け出そうとしたニーナに、彼女が目を瞑ったまま声をかけた。「報告しなさい」

ニーナは急いで報告し、言い添えた。「おやすみなさい、同志少佐」

「休むのは戦争が終わってからよ」

年が改まると、航法士の飛行訓練がはじまった。夜間飛行を行い、開放式操縦席を取り巻く夜の鼓動に慣れ、凍るような銀の月の下、間に合わせの滑走路のわずかなライトだけを頼りに着陸の仕方を学んだ。ラスコーワが飛行連隊122を三つの連隊に分ける予定だということは、誰もが知っていた。昼間の爆撃飛行連隊、夜間爆撃飛行連隊、それに戦闘飛行連隊だ。戦闘機に乗れるのは最も優秀な者たちで、ニーナはそこに含まれないだろうと自覚していた。

上位に食い込めないとは——これまでずっとつねに一番だった。航空学校でも女の中では一番だったが、ここに集まってきたのは、それぞれの航空学校で一番だった女たちばかりだ。曲技飛行団にいた者も三人いる。飛行機を猛禽さながらに動かすことができる。リリアは気圧をものともせず、機体の速度を極限まであげてもめまいを起こさない。イェリーナは地面がどんなにでこぼこだろうと、羽根のようにふわりと着陸できる。自分にはとても無理だとニーナにはわかっていた。最初のうちはそれがおもしろくなかった――とても敵わないと思うと、嫉妬で口の中が苦くなった。だが、身を粉にして訓練に励むうち、妬ましいと思わなくなった。ヴォルガ河畔の陰気な飛行場を飛び立ったら、一丸となって憎いナチスと戦わなければならない。そのときには、自分よりも優秀な飛行士たちと翼を並べて戦うだけだ。

「あんたは空高く飛ぶ鷲で」ニーナはイェリーナに言った。「あたしはちっぽけな鷹」

イェリーナはニーナの腕に腕を絡め、ぎゅっと力を入れた。そうされるとニーナはうっとりとあたたかな気分になる。女友達と呼べる存在に初めて出会ったせいだろう。「あなたはちっぽけな鷹なんかじゃないわ」

「あたしには飛行機がどうすれば動くかわかっている――操縦桿を決められた方向に弾くと、飛行機は決められたように動く。あんたにはなぜそうなるかがわかっている。推力に比率、空気力学――そういったものすべてを理解しているから、あんたはよりうまく飛べる」凍てつく一月の朝、二人は凍った飛行場を横切って大食堂に向かうところだった。つなぎ姿の整備士たちが冷やかして口笛を吹いたが、ニーナは無視した。「科学ってものが、さっぱり理解できない」ニーナは自分の額を叩いた。「シベリアの石頭」

整備士の一人が股間をつかんでイェリーナに何か叫んだ。やじられたり卑猥な冗談を言われたりすると、彼女は頰を染めるのがつねだったが、いまはほかに気を取られていた。

「自分を馬鹿みたいに言わないで、そうじゃないんだから」

「そうじゃないかもしれないけど、空中で自分がやっていることが、ちゃんと理解できていないのはたしかよ。ただやってるだけ」ニーナは指をくねらせた。「まるで魔法」

イェリーナは笑うが、たしかに魔法としか言いようがなかった。プロペラがなぜ動くのか、飛行張り線がどういう働きをするのか、ニーナはまるでわかっていないが、車輪が地面から浮いた瞬間から、全身が機体の中に消えてゆく。腕は翼となり、胴体は操縦席いっぱいに広がり、足は車輪となる。その感覚は夜間飛行でより強くなった。彼女の目は消え去り、意識するまでもなくすっかり機体の一部になっているのだ。真夜中の空を飛ぶことはニーナにとって、ルサルカが湖を泳ぐのと同じぐらい自然なことだった。イェリーナの優雅さもリリアの反射神経もニーナにはなかったが、暗闇を恐れることなく、故郷のように空を自由に動きまわれる。それで一番にはなれなくても、優秀な操縦士にはなれる。ニーナにはそれで充分だった。

エンゲリスの二月は、寒風に噂と悲嘆を乗せてやってきた。航法士の一人は、レニングラードで両親が餓死したという知らせを受けた。兵器係のクラスの一人がドイツ軍先遣隊と戦う兄から受け取った手紙には、ドイツ軍が戦車にソ連軍兵士の頭を飾っていると書いてあった。だが、そんな恐ろしい噂でさえ、任務を割り当てられた女たちの士気を削ぐことはなかった。名前が読みあげられるのを、ニーナは固唾をのんで聞いていた。

　飛行連隊１２２は解散となり、第５８６飛行連隊と第５８７飛行連隊、第５８８飛行連隊に分かれる。生まれたてのニーナ・ボリソヴナ・マルコワ少尉は、第５８８飛行連隊の所属となった。

　夜間爆撃飛行連隊だ。

16　ジョーダン

一九四六年感謝祭　ボストン

「ジョーダン」アンネリーゼがダイニング・ルームに入ってくるなり爆弾を落とした。「わたしの私物を調べまわったでしょ？」

　ジョーダンの銀器を持つ手が凍りついた。ダイニング・テーブルに目をやる。アンネリーゼが感謝祭の飾りつけをしたテーブルには、年に何度も使わない金縁の食器が並んでいた。義母が無邪気に問いかけるように見つめ返してきた。

「何のことだね？」食器棚の前で膝を突き、七面鳥用の皿を取り出そうとしている父がうわの空で言った。

「わたしの私物を調べまわったかどうか、ジョーダンに尋ねているんです」アンネリーゼは当惑の表情を崩さない。「そうしただろうと思われるので」

「掃除をしただけ」動揺で声が引き攣るのを聞き取られませんように、と願った。〝どうしてわかったの？〟「それだけよ」

「だったら、どうしてわたしの聖書を開いたりしたの？」

〝写真だ〟ピンときた。元の位置に戻したつもりだったけど――

父が怪訝な面持ちで立ちあがった。「どういうことなんだ？」

こんなことはあってはならない。感謝祭なのだから――家じゅうにセージと七面鳥と焼き立てのパンの香りが漂い、タローが嬉しさに尻尾をバタバタさせている。ルースは初めての感謝祭に頬を染め、ナプキン・リングを並べていた。一時間もしたら、テーブルを囲んで食事をはじめる。義母はいったい何者かという問題を持ち出すのにふさわしいときではない。祝日が終わって、アンネリーゼとルースが外出した隙を狙うつもりだった。父と二人きりのときに、突拍子もないお話を作る子供ではなく、大人同士として冷静に話すつもりだった。まず父を説得し、それから二人でアンネリーゼを問い詰める。

だが、アンネリーゼのほうがジョーダンを問い詰め、すべての手札が宙に舞った。

「なんでもないのよ、父さん」ジョーダンはなんとかこの場を切り抜けようと笑みを浮かべた。「七面鳥の焼き具合を見てくるね」

ところが、アンネリーゼは一歩も引かず、大げさに傷ついた表情を浮かべた。「聖書はわたし個人のものなのに、どうしてあなたは――」

父が腕を組んだ。「どういうことなんだ？」

父も譲歩しないつもりだ。

だったら。

パウダーブルーのドレス姿の義母はか弱く美しい。喉に巻きつく真珠が凍った灰のようだ。ジョーダンはその青い瞳を瞬きせずにまっすぐ見つめた。アンネリーゼも瞬きひとつしないが、驚きの表情を浮かべている――ジョーダンがうろたえると思っていたのだろう。

「この件を持ち出すのに、いまが適切だとあなたが思うのなら」ジョーダンは言った。

「だったら仕方ないわ、話し合いましょう」銀器を置くと両手が汗ばんでいることに気づいた。「ルース、タローを連れていって自分の部屋で遊んでてくれる？　偉いわね」ルースに聞こえるところで話を持ち出したくなかった。ベッドルームのドアが閉まる音を聞いてから、義母に向き合った。

「アンネリーゼ・ウェーバーが本名かどうかわからない」ジョーダンは前置き抜きで言った。「ほんとうにオーストリア生まれなのか、この国に合法的にやってきたのか、何かから逃げてきたのかもわからない。わかっているのは、あなたが嘘つきだってこと。あなたはナチなんでしょ。それに、ルースの母親じゃない」

不意に張り詰めた空気の中、告発が宙に浮いたままになる。ジョーダンは一気に話したので、肺の中の酸素を使い果たした気がした。美しく着飾ったアンネリーゼに顔を向けた。

たじろぐか怯むか——それとも笑いだすか、泣き崩れるか。

だが、アンネリーゼは顔の筋肉ひとつ動かさなかった。青い目がほんの少しでも見開かれることはなかった。「よしてよ」彼女がようやく言った。「そんな話、どこから持ってきたの？」

父はいまにも怒りを爆発させそうだった。「ジョーダン——」

「あたしが作りあげた突拍子もない話じゃない」ジョーダンは穏やかで分別のある口調に努めた。金切り声をあげたり、言い訳がましくなってはならない。「証拠があるのよ、父さん。これを見てちょうだい、それだけでいい」頃合いをみて父に見せるつもりで、写真をバッグの裏地の中に隠し持っていた——それを出して、最初の写真を父の前のテーブルに置いた。披露宴のあと、トイレで撮った写真だ。「アンネリーゼのブーケに入ってた。結婚のお守りとして、鉄十字勲章をブーケに忍び込ませていたのよ。鉄十字勲章、一八年の戦争のときの物ではない。これは鉤十字。第三帝国の勲章」視線をアンネリーゼに向けた。「あなたの部屋を探したけど見つからなかった。どこに始末したの？」

アンネリーゼは黙ったままだ。父の視線が写真の上を彷徨った。ジョーダンは畳みかけた。言葉が川のように流れ出てくる。〝言いたいことがあるなら、言ってみなさいよ〟

「それだけじゃない。これを見て」アンネリーゼの聖書に隠してあった休暇の写真だ。水着を着た男女が湖畔にたたずみ、誰かに手を振っている。「あなたのご主人なんでしょ、アンナ？」

「ええ」彼女が答える。相変わらず穏やかに。

「クルト？　それともマンフレート？　あなたがどっちの名前も口にするのを聞いたことがある。クルト・ウェーバーはルースの出生証明書に父として記載されている。それで、マンフレートって誰なの？」

　そこで青い瞳が揺れた。やった、とジョーダンは思った。痛いところを突いた。そうよ。

「鉄十字勲章は彼のものでしょ？　彼はナチだったんだから。嘘っぱち（ホースシット）のたわ言を並べたって――」

「ジョーダン！」父が悪態を咎めたが、その視線は写真に向けられたままだ。ジョーダンはさらに押した。

「――ナチ党の党員だったからって、最悪の人間だと決めつけられない。ただし、彼はただのナチ党員ではなかった。彼は親衛隊将校だったのよね？」ジョーダンは写真の男のあげた腕を指で指した。「腕の内側にタトゥーを入れてる。見えるでしょ、ほら、ここ。親衛隊将校は左腕の内側に血液型のタトゥーを入れることが多かった」ジョーダンは父に向き直った。「ミスター・ゾンネンシュタインが言ってたじゃない、憶えてるでしょ？　彼は戦後すぐにハンブルクで発見された絵画の出所を特定する手助けをしていた。フランスの画商になりすまして、それらの絵画を売ろうとしたのが親衛隊将校で、タトゥーで身元がばれたって話、聞いたでしょ」次にアンネリーゼに顔を向けた。「あなたの夫は親衛隊の勲章を授けられた将校だったのよね。それに、あなたたち二人ともルースの親ではない。

この写真に記された日付は一九四二年メアツ。つまり三月。出生証明書によれば、ルースが生まれたのは一九四二年四月よね、アンナ、だったら、写真のあなたは妊娠八カ月のはずよね？」

今度の沈黙は張り詰めたものではなかった。重いシーツのように部屋を覆い尽くした。父は御影石と化したかのように微動だにせず、視線をテーブルの上の二枚の写真に走らせていた。アンネリーゼは両手を組んでジョーダンを見つめていた。その視線の恐ろしさに、ジョーダンの心臓が飛び出しそうになった。父が彼女を食事に呼んだ晩、初めて撮った写真に写し出されたあの表情だ。か弱く美しく見えていた女が、いまはなんとも危険な感じだった。

「これだけじゃない」ジョーダンは手で写真を指した。「アルタウスゼーでルースを襲った難民の話をしたけど、ルースが怯えて後ずさったのは、あなたからだった。母親がヴァイオリンを弾いていたことを、ルースは憶えているけど、あなたは弾いたことがないと言った。あなたは何者なの？」キッチンからタイマーのくぐもった音がした。焼き具合をチェックしなければ。だが、誰も動かなかった。「あなたは何者なの？」ジョーダンは繰り返した。

「そんなこともわからないの？」アンネリーゼが言った。「何にでも自信を持っているあなたが」冷たい青い目に涙が浮かび、アンネリーゼは不意に嗚咽で体を震わせた。

〝泣いてごまかそうたってそうはいかないわよ〟ジョーダンは口を固く結んだ。だが、父は困惑の体(てい)で一歩前に出た。アンネリーゼは頼りなげな動きでそれに応え、父のシャツに顔を埋めた。「ルースには何も言わないで」と、つぶやく。「すべてはあの子を守るためだったの」

「嘘はやめなさいよね」ジョーダンはカッとなったが、アンネリーゼの涙は勢いを増した。父がその肩に腕をまわした。衝撃に表情を失いながらも。

「なあ」父がつぶやいた。「冷静になろうじゃないか――」

「冷静に？」ジョーダンは叫んだ。「父さん、あたしたちはナチを家族に迎えたのよ。彼女は人殺しかもしれない。どれほど危険かわかったもんじゃ――」

「叫ぶのはやめろ。考えがまとまらない――」

「ジョーダンに腹を立てるのはやめて」アンネリーゼが顔をあげた。赤く染まった頬は涙に濡れていた。「彼女に腹を立てるのはどうかやめてちょうだい」

「あたしに腹を立てる？」ジョーダンは意に反して声をさらに荒らげた。「あなたの正体を暴いたのはあたしなのよ。嘘をついてうちに入り込んできたのはあなたじゃない――」

「そうです」アンネリーゼがぽつりと言った。「そのことは否定しません」

　ジョーダンはありもしない階段を踏みはずしたような気がした。息を吸おうとしても空気が入ってこない。予想していたのは涙、怒り、はぐらかしだった。彼女が、告発のすべてを平然と受け入れるとは思っていなかった。「だったら、どう釈明するつもり？」相手を苛(いじ)めているようにしか聞こえず、自分でもうんざりした。

「クルトは夫の名前ではないわ」アンネリーゼが静かに言った。「結婚したことはありません。写真の男性はわたしの父で、名前はマンフレート。父は親衛隊将校でした。ええ。父が何をしていたのか、彼らが何をしたのか、まったく知らなかった。わたしに仕事の話をしたことがなかったし、わたしは尋ねる立場にはなかった。あなたみたいな現代娘じゃないもの、ジョーダン。大学に行って英語の詩を読んではいたけれど、母が亡くなり、家のことをやらなければならなくなって、実家にいるかぎりは父に絶対服従でした。政治に関心もなかった。キッチンがわたしの世界でした。親衛隊の残虐行為を知ったのは戦争が終わってからで、その頃には父は亡くなっていました。わたしが抱いた恐怖、想像がつきます？　つねにやさしくてよい父親だった人が、残虐行為に加担していたとわかったときの恐怖――」

彼女の目にまた涙が浮かんだ。もう一度夫の胸に顔を埋めたいのか、彼女は横を向いたが、必死に努力して話をつづけ、頰の涙を手でぬぐった。

「戦後、ドイツにもオーストリアにも関わりたくなかった。やり直したかったんです。こっちに来ることを志願したときには、家族のことは誰にも言いませんでした。言うわけないでしょ。ばれたら受け入れてもらえないもの」声が震えた。「ボストンで過ごした最初の週に、男の子に石を投げられたわ。ドイツ訛りがあるというだけで。父の素性がばれたら、何をされるかわかったものじゃない」

「まったくの無実なら、どうして打ち明けてくれなかったの？」

「すべてを過去に葬り去りたかった。醜いものはすべて。憎しみも。酷い言葉や石を投げつけてくる人たちも……醜いものをこの美しい家に持ち込みたくなかった」彼女は弱々しい動作で周囲の壁や、感謝祭のご馳走が並ぶテーブルを示した。その手が父の手にやさしく重ねられた。「結婚式に父の勲章を持っていったわ。ただひとつの父の思い出の品だから……父に身廊を一緒に歩いてほしかったの。それが悪いことですか？」潤んだ青い目がジョーダンの上に戻ってきた。「わたしの部屋を探したときに勲章を見つけられなかったのはなぜか、あなたは知りたいんでしょ？　新婚旅行の最中に池に投げ捨てたから。わたしの人生のその部分と縁を切ったの」

お腹の中で何か冷たく忌まわしいものが膨らんでゆき、胃が捻じれた。間違った一歩を踏み出し、間違った部屋に足を踏み入れてしまったという感覚が抜けない。〝間違った告発を行った〟頭の中でそんな声がしたが、大きく息を吸って気を取り直した。「それで、ルースは？」理性的に話そうと必死になった。アンネリーゼのやわらかな声は理性的そのものだったからだ。「ルースのことを説明して」

アンネリーゼはまたひと筋の涙を流し、両手を顔に持っていった。父は妻と娘のあいだで視線を行ったり来たりさせるばかりで、頼りない。父が手を伸ばしてアンネリーゼの髪に触れるのを見て、ジョーダンの胸が締めつけられた。「かわいそうに――」女が泣くのを、父は見ていられないのだ。アンネリーゼは父の手を握り、言葉を絞り出した――父に、父だけに向かって。ジョーダンのほうは見向きもしない。

「神さまがルースをくださったの。アルタウスゼーで、神がわたしたちを引き合わせてくださった。戦争が終わって、わたしは湖畔を歩いていた——ようやくこっちに来る書類と切符が手に入ったところだったの。自分の幸運を神に感謝していたら、ベンチで泣いている女の子が目に留まったの。垢にまみれて痩せていて、コートに書類が留めてあった。たったの三歳。両親の居所も何も話してくれなかった。何があったのか誰にもわからない。何時間も彼女と一緒に待ったわ。どうすればいいのかわからなかった。そのときよ、おかしな女が襲いかかってきたのは。船の切符やお金を手に入れようと、みんな必死だった。ルースのために闘ったわ。自分の子を守るように。そのときだった。この子はわたしに送られてきたんだって思ったの。置き去りにはできない」震える息を長々と吐いた。「押し倒されてできた顔の傷口の血を洗ってやって、彼女を連れてアルタウスゼーを離れた。ボストンに着いたころには、彼女はわたしを母親だと思っていたみたい。自分が母親じゃないことを忘れて過ごすことのほうが多いわ。彼女はあんなに幼くて、すべてが恐ろしい夢のようなものなの……」

またしても息苦しい沈黙が訪れた。ジョーダンの口が開いた。頭が働かなかった。「信じられない」ようやく言葉を口にした。「何もかもがあまりに——芝居じみている」

「戦争は芝居じみたものよ、ジョーダン。あなたに理解してもらおうとは思わない。あなたは戦争を生きていなかったんだもの」アンネリーゼの声は疲れて生気がなかった。「ジョーダンのお腹の中で冷たい穴が大きくなり、胃がまた捻じれた。「生き延びた人たちは、運命のいたずらでただ生きているだけ。ルースの両親は運がなかった。娘は取り残された。わたしの父も運がなかった。わたしは取り残された。生存者の話はみな驚くべきものよ。死が日常だった。生存は劇のトリックみたいなもの」

父は何も言わない。顔は血の気がなくたるんでいるが、手はアンネリーゼの手の下に置いたままだった。

「ルースのことでなぜ嘘をついたの？」ジョーダンは甲冑のように身を覆う確信にしがみついた。「なぜなの？」

「あなたたちが彼女を愛してくれないかもしれないと思った……」夫を見あげる。「彼女はおそらくユダヤ人なのよ。ユダヤ人を家族にして苗字を与えてくれる男の人が、どれぐらいいると思うの？　わたしは怖かった」

父が顔をしかめる。「わたしはそんなことでためらったりしない――」

「あなたを騙しました。ごめんなさい」アンネリーゼが手を伸ばし、父の頬に触れた。「きっと許してくださらないわね。でも、かわいそうなルースに辛く当たらないでね」

「父さん、いいかげんにして」ジョーダンは自棄になっていた。「彼女のこと、どうやったら信じられるの？　何もかも嘘だったのよ、もっとしゃっきりして――」ジョーダン自身も混乱していた。〝これ以上、何か考えられる？〟「あなたの名前はアンネリーゼ・ウェーバーではないわよね？」義母のまわりをまわる。「それはルースの母親の名前だもの、出生証明書に書いてある。だからあなたの名前のはずがない。そのことでも、あなたは嘘をついたじゃない――」

「ルースのために自分の名前を捨てたの。誰もわたしからあの子を引き離せないように。あの子を奪い去られるんじゃないかと、とても怖かった……」アンネリーゼは涙をぬぐった。「古い名前を名乗りたくなかったし。父の名前は汚れている気がしたの。ウェーバーはアメリカ人も発音しやすいでしょ。名前のことで嘘をついたことはない」

「ついたじゃない――」

「いや」否定したのはアンネリーゼではなく、父だった。「出会ったその日に、彼女は本名ではないと言った。アメリカ人にも言いやすい名前が欲しかった、人生をやり直せるような名前が、と」

ジョーダンの心臓が激しく鼓動を刻んだ。「父さん――」

「彼女に腹を立てないで」アンネリーゼが割って入り、父の頬にまた触れた。「父親を守ろうとしただけなんだから」

〝いまだって守ろうとしているわよ〟ジョーダンは告発をはじめたときに本能的に憶えた恐怖にしがみついていた。アンネリーゼと目が合ったが、そこには片鱗すらなかった。まったく危険には見えなかった。まるで壊れた人形だ。

「ごめんなさい」彼女の目が泳いでいる。「ごめんなさい。もっと前に言うべきだったわ」

ジョーダンは口を開いたが、何も言えなかった。

「どうか言ってちょうだい」アンネリーゼが夫からジョーダンへと視線を移した。「もしわたしに――」声が震える。「ああ、どうしましょう、ほんとうにごめんなさい」

　彼女は殴りかかられるとでも思ったのか肩を丸め、部屋を飛び出した。ベッドルームのドアが閉まる前から泣き声が聞こえた。

　ジョーダンはぼんやりと父を見つめた。感謝祭の夕食のために着た上等のシャツ姿で、両手を脇に垂らし突っ立っていた。テーブルの上の輝く銀器とカボチャが、難破船を飾る万国旗みたいだ。ジョーダンは凍えた肺に息を吸い込み、キッチンから煙の匂いがすることに気づいた。感謝祭の夕食が焦げている。

　父がこっちを見つめている。一歩前に出た。視界がかすむ。何を言えばいいのだろう。何を考えればいいのだろう。考えつくのは、最悪の結果になったということだけだった。

「父さん……」

〝父さん、彼女を信じられるのかどうか、あたしにはいまもわからない。父さん、あたしは父さんを守りたかっただけ〟

　でも、最初のひと言が言えなかった。込みあげる涙と焦げた七面鳥の匂いと、台無しになった感謝祭のせいで、喉が塞がって声が出ない。力なく二枚の写真を指さした。「写真は嘘をつかない」なんとか言葉を押し出した。「この目で見たものを信じただけ」

　だが、頭の中で鐘のように鳴り響く思いがあった。

〝見方が間違っていたのよ〟

17　イアン

一九五〇年四月　ザルツブルク

意気揚々、幸せな気分で眠りにつき、ディー・イェーガリンに手錠をかける夢を見られるはずだったが、悪夢は容赦なかった。いつもの夢で飛び起きると、あまりにも予測がつきすぎる恐怖を笑い飛ばそうとしたが、体の震えはなかなかおさまらなかった。「どうしてパラシュートなんだ?」暗いホテルの部屋で、自分のでもいいから声を聞きたくて問いかけた。「どうしてパラシュートなんだよ?」

実りのない質問。悪夢は人の記憶の網を潜り抜ける針だ。こっちの糸をすり抜けて別の糸を捉え、思い出したくもない記憶から暗い夢を縫いあげる。パラシュートは仕事を通じて経験した最悪のことではなかったが、よりによってどうして夢に見るんだ? どうしてスペインじゃないんだ? テルエルで、ノートを手に砲弾の穴だらけの階段をあがり、共和国派の攻撃を受けた民政長官府の建物に入ると、おのれに向けて引き金を引く単発の銃声が何発も響いた。どうしてドイツ軍が撤退したナポリの校舎じゃないんだ? 花が山積みされた棺から子供たちの汚れた裸足がはみ出していた。まったく、どうしてオマハ・ビーチの夢じゃないんだ？「あまりにも当たり前すぎる悪夢だからさ」イアンはつぶやき、開いた窓から身を乗り出し、震えながらゼラニウムの香りのする空気を吸い込んだ。濡れた砂にしがみつき、浅い波のまにまに浮かぶ血を眺めながら、ドイツ軍の砲声で耳は聞こえないのに、降り注ぐ砲弾が全身を震わす衝撃は感じていた……白髪を見つけたのはオマハ・ビーチから一週間も経たないころだった。あれが夢の在庫の中では最悪のものにちがいない。

いや。それよりもエメラルドグリーンの木の下でパラシュートがのどかに揺れて、果てしなく落ちていく夢。

やめろ。イアンは恐怖に情け容赦のない蹴りを入れた。〝パラシュートも落下もなし。クソ忌々しい悪夢もなしだ。そういう夢を見る権利がおまえにはないんだからな。おまえはただのジャーナリストだ。物書きであって兵士じゃない。兵士は武器を手にする。おまえはペンを手にする。兵士は戦う。おまえは戦わない。兵士は血を流して死ぬ。おまえは書いて生きる。おまえには悪夢を見る資格はない〟

ベッドに戻り、目を瞑り、枕を叩いた。仰向けになって天井を睨んだ。「何なんだよ」つぶやいて起きあがり、汗にまみれた肌にシャツを着て、ホテルのフロントへとおりていく。眠そうなナイト・クラークとすったもんだの挙句、こんな時間に起きている唯一の男にようやく電話がつながった。「バウアー、アメリカの逃亡犯罪人引渡法について詳しいか？」

「いちおう言っておく、グーテン・モルゲン」フリッツ・バウアーのだみ声が聞こえた。「海外にまで追跡の手を伸ばすつもりじゃないよな」

イアンはナイト・クラークに背を向けた。「おそらく」ひじょうにややこしい事態だということがわかったのは今夕、余り物を寄せ集めた夕食の席でのことだった。いまや写真と名前と行き先をつかんだディー・イエーガリンをどうやって追いつめるか、ニーナとトニーは最善の策をめぐって口論していた。「おれたちはどういうことになる？」彼が知っているのは一般論にすぎない。バウアーなら詳細を知っているだろう。

「地獄だ」バウアーがひと言で片付けた。皮張りの椅子にもたれかかり、眼鏡を光らせる友人の姿が目に浮かんだ。「膨大な書類、金、時間」

難民情報管理センターが海外の事件を追わなかった理由がそれだ。ヨーロッパでも狭い範囲の管轄権しか持たない彼らのような組織に、大西洋をまたいでの追跡はどだい無理な話だ。あばら家みたいなひと部屋だけのオフィスでは、海を渡る追跡は行き詰るのが目に見えているし、金と時間の無駄遣いだ。ヨーロッパに追うべき戦争犯罪人がまだまだいるのに、海外にまで手を伸ばして何になる？ 声は無情にも止まない。イアンは目を擦り、冷ややかに理屈を述べる声を追い出そうとしたが、声は無情にも止まない。〝たった一人の獲物を追ってそんなに長い距離を走るのは、自分勝手な執着にすぎない。たとえ彼女がおまえの弟を殺し、おまえの妻を殺しかけたとしても〟

バウアーがだみ声でつづけた。「アメリカの逃亡犯罪人引渡法の詳細となると――少し掘り起こしてみないとな。向こうに一人、二人友人がいるから、オフィスが開く時間になったら電話してみる」

「ありがとう」イアンは電話を切ったものの、冷ややかな声はしゃべりつづけた。

〝アメリカでローレライ・フォークトを捕まえるよりはるかに楽に捕まえられる犯罪人がドイツにはたくさんいる。そういう連中を野放しにしておいて、彼女を捕まえるという大博打に打って出れば――おそらくおまえはセンターも含めすべてを失うことになり――おまえが誇りにしている正義の公正な探求は、どこにでもあるただの復讐になり下がるんだぞ〟

イアン・グレアムが信じていないことがあるとすれば、それは復讐だ。

それで、どうする？　夜は答えを持たない。ただ夢を見せるだけだ。

「ボストンに行く前にこっちで調べることあるよね」ニーナが言った。列車の同じ個室にいて、窓に背を向け、薄汚れたブーツをイアンの膝に乗せている。何度どけても、すぐに戻す――他人のものもだが、他人の空間を侵してはいけないという観念が欠落しているようだ。「ハイデルベルク時代の学友」ニーナはつづけ、いよいよボロボロになったファイルの中身をあらためる。「それから、彼女の愛人、親衛隊のクソ野郎（ムダク）、彼はどうなの？　彼は死んだけど、奥さんは？　夫の愛人のことなら、喜んでしゃべると思うけど――」

「フォン・アルテンバッハの妻も亡くなっている」トニーが答えた。「彼女はドイツの上流階級の出で、マクダ・ゲッベルスがマクダ・リッチェルだったころからの友達だった。アルテンバッハがローレライのために妻と離婚しなかったのはそのせいさ。やつは妻をベルリンに残し、ローレライを連れてポズナニに逃げ、妻は敗戦のときに自殺した。熱狂的な信者の一人だったから、総統のいない世界なんて耐えられなかったんじゃないの」

「ドイツにいるローレライの友人たち」イアンは寝不足でぼんやりする頭で、二人の元気に太刀打ちしようと必死だった。「母親だけでなく、友人たちにも手紙を出しているかもしれない。いや、彼女はそんな人間じゃないよな」二人の笑顔に笑い返したものの、無理をしているのが自分でもわかった。待ち受ける困難が嵐雲のように覆いかぶさってくる。

だが、列車を降りたウィーンの空に嵐の気配はなかった。「ツヴァイヨ・メット」ニーナはつぶやき、駅の階段の上で立ち止まった。「あそこに行きたい――」流れる大きな雲を指さした。「あの高さまで！」

「あの高さまでは無理だけど、六十五メートル上までなら連れていける」トニーは両手をポケットに突っ込んだ。「プラーター公園の大観覧車に乗ったことある？」

「何なの、プラーターのなんたらって？」

イアンもにっこりした。「かの有名なウィーンの遊園地だよ。ソ連のちっちゃな押込み強盗さん」

「おかげできのうは大収穫だったでしょ」トニーが言う。「お祝いしなきゃ。三人の持ち金を掻き集めれば、大観覧車ぐらいは乗れる」

イアンは立ちはだかる逃亡犯罪人引渡法問題をひとまず脇に置いて、ニーナに目をやった。「新婚旅行をやってなかったな、おれたち。離婚する前に、ウィーン観光としゃれこむか？」

レオポルトシュタットの遊園地までタクシーで行った。大観覧車が聳え、食べ物の屋台や射的場がずらっと並び、うんざり顔の母親たちに追いまわされて子供たちが歓声をあげていた。大観覧車の列に並ぶニーナに、てっぺんまで行ったら気を失うよ、とトニーが請け合った。ニーナは笑い転げてイアンの肩にぶつかった。「気を失ったりするもんか」ニーナは言い、イアンはその肘をつかんで支えた。「六十五メートルぽっちで」

「なんだったらきみの気を失わせられるのかな？」イアンは尋ねた。戦時中、ソ連軍の前線で彼女はどんな任務に就いていたのだろう。だが、列の先頭になったニーナは、彼の質問など聞いていなかった。イアンは一歩横に出た。「二人で乗ってこい。おれは高いところが苦手なんだ」

「一緒に乗ろうよ、ルーチク」ニーナが言い、彼女とトニーとでイアンを挟んで腕を取り、ゴンドラへと引っ張っていった。足元でゴンドラが揺れると視界も揺れた。イアンは降りようとしたが、係員がすでに扉を閉めたあとだった。あとから乗る人はいなかったので、ゴンドラには三人きりだった――イアンが飛び降りる前に、ゴンドラは空へと向かっていった。

不意に口の中がカラカラに乾き、世界が水の中に潜ったみたいな音がした。〝臆病者になるなよ、グレアム〟高いところに行ったからといって、つねに体が強張って石になるわけではなかった。だが、パラシュートの夢を見るようになってから、変わってしまった。

〝臆病者になるなよ〟

大観覧車はいまや観光名所だ。真ん中にベンチがあり、全方向に窓があるゴンドラからは、ウィーンの街の急傾斜の屋根や教会のドームを一望できる。まるでミニチュアのようだ。トニーが景色を指さすたび、ニーナは窓から窓へと移っていった。イアンが込みあげる胆汁を飲み下すなか、ゴンドラはどんどん昇っていった。大聖堂の階段をのぼってゆくとか、屋上の手摺り沿いに歩いているなら大丈夫なのに――彼と空隙のあいだに頑丈な手摺りや床があればなんともないのだ。だが、こんなちゃちな箱の中で空中に浮かんで揺れているとなると……

〝飛行機よりはましだ〟と自分に言い聞かせる。両手を固く握り締めているので関節が白くなっていた。〝爆撃機からドイツ上空へと飛び降りる特権を行使するため列に並んだことを思い出してみろ〟いや、こんなことに耐えるより、生皮を剝がれるほうがましだ。

「……窓を開けない？」ニーナが言っている。「退屈だもん。古びた凧みたいにただ昇ってゆくだけなんて」

「窓を開けてどうするつもり？　屋根にのぼるとか？」トニーが笑った。彼女が覗き窓の上の枠にぶらさがっても、トニーは心配する気配もなかった。ニーナは窓枠に上体を引きあげて身を乗り出した。景色をもっとよく見たいのだろう、とイアンは頭では理解したが、神経がついてこなかった。妻が撃ち落とされた鳥みたいにゴンドラから落ちてゆき、ガラスが粉々になるさまを想像し、揺れる床をものともせず飛びついた。彼女の腰に腕をまわし、力任せに引っ張ったものだから、彼女はゴンドラの中を舞った。ベンチにドサッと倒れかかったものの、瞬時に立ちあがる。青い目が燃えている。イアンは彼女に背を向け、窓枠が壊れるかという勢いで窓を閉じた。バリッと音がしてガラスにひびが入り、イアンは思わず顔をしかめた。ひびの入ったガラス越しに斜めになったウィーンの景色が目に入った。いまやゴンドラは頂点に達していた。地上六十五メートル、あのときの五倍の高さ――

イアンは二人に背を向け、隅っこにうずくまって吐いた。

上体を起こすと、ニーナとトニーがじっとこちらを見ている。ポケットからハンカチを出して口元をぬぐい、両手が震えていることに気づいて恥ずかしさに赤くなった。だが、声は震えていなかった。「パラシュート降下、四五年の」ゴンドラが降下をはじめた。「あれ以来、高いところが少々苦手になったんだ。だから、次におれが地上に残ると言ったら、何がなんでも無理強いはしないでくれ」

トニーが咳払いした。「ごめん、ぼくは――」

「わかってる」イアンは彼の言葉を遮った。早く終わってくれ。こっちを見るのはやめてくれ。臆病者にはなりたくなかった。

「あたしはもう一度誘う」ニーナが言う。

「なんだって？」

「あたしならそうするってこと。この乗り物に百回だって乗る。一日じゅう。ひと晩じゅう。怖くなくなるまで」

「ご免蒙る」イアンは言った。もう一度これを繰り返すと思っただけで吐きそうになった。

「怖いもののリストを作ったらいい」彼女の目には同情のかけらのようなものが浮かんでいた。彼の思いを読み取ったかのように。「克服できたものから消してゆくの。残りひとつになるまでね。怖いものがひとつしかないっていい気分なものよ、ルーチク。あんたが克服したくない恐怖って、ディー・イェーガリンを見つけ出せない恐怖なんでしょ。だったら、高いところが怖いってのは克服したほうがいい」

彼女はベンチを叩き、続けた。

「さあ、付き合ってあげる。克服するまでどれぐらい時間がかかっても。きょう、恐怖をひとつ殺そう」

「克服できたときに、ドアの前に立ち塞がらないほうが身のためだ。さもないと窓からきみを突き落とす」

恐怖の時間がどれぐらいつづいたのかわからなかったが、ずっと無言だったことはたしかだ。

難民情報管理センターに帰り着いたのは夕方近くだった。イアンの手の震えはおさまり、取り乱した屈辱も消えかけていた。「さて」饐えた臭いのオフィスに戻ると、彼は言った。「おれは電話を一本かける。ニーナ、きみは郵便の仕分けをしてくれないか。トニー、カタログとファイル、なんでも新しいものを出してくれ。ローレライ・フォークト以外にも、調査に取りかかるべきファイルはいくらでもあるはずだからな」紙をめくる音やヤカンでお湯が沸く音で騒々しくなったオフィスで、イアンは受話器を取りあげた。「何かわかったか、バウアー？」〝よい知らせでありますように〟

「当たり前と言えば当たり前だけど、合衆国には国外での犯罪に対する司法権はない。だからおまえが女狩人を見つけて――本人であることや何をしでかしたかを証明できれば――彼女は裁判のため外国に引き渡されることになる」受話器の向こうから紙をめくる音がした。「可能な国としては出生地のオーストリア、あるいは彼女がもっぱら犯罪を行ったポーランド」

ポーランド国民が、ルサルカ湖畔で自国民を狩った女に正義の鉄槌を下そうと執念を燃やすだろうことは、容易に想像できる。「ほかには？」

「ヨーロッパで彼女に裁判を受けさせることを考える前に、合衆国の民事法廷で彼女は裁かれることになり、そこで彼女の犯罪の明白な証拠を提出する必要がある」

「それは揃ってる。証人も」ニーナはセバスチャン殺人の証人だし、ニュルンベルク裁判で、ディー・イェーガリンがポーランドの子供たちを処刑したと証言した事務官もいる。

「それでも難しい仕事になるぞ」バウアーは法律の専門用語を並べ立てて、イアンを慌てふためかせた。あれもこれも用意しなければ——カメラマンに運転手に病理学者——だが、もっとも必要なのは法律の専門家だった。イアンが途方に暮れていることに気づいたらしく、受話器の向こうで友人がため息をついた。「合衆国はこれまでに、戦争犯罪人としてナチを一人も外国に引き渡していない」バウアーがぶっきらぼうに話を終わらせた。「ただの一人も。自国にナチがいることに気づいていないのか？　問題はだ、そもそも彼らはそんなこと気にするかってことだ」

イアンはまた胃が重くなるのを感じながら電話を切った。トニーが静かに尋ねる。「悪い知らせですか？」

「アメリカの逃亡犯罪人引渡法の現実について考えているところだ」イアンは答えた。ディー・イェーガリン。彼女の本名がわかったからといって、彼女がただの人間になったわけではない。相変わらず女狩人であり、遠くにいて手出しができない。イアンは言葉を絞り出した。「現実に目を向けるべきときだ。ボストンには行けない」

うろたえる二組の目が彼をじっと見つめた。ロシア人の青い目とポーランド系アメリカ人の黒い目。

「終わった」イアンは二組の目を交互に見た。「彼女は逃げおおせたんだ」

「いいえ、彼女はボストンに行ったんです」トニーが言う。「そこからの足取りはつかめていないけど」

「どうでもいいことだ。たとえ彼女が月に行ってたとしてもな」イアンはオフィスの四方の壁を示し、きつい言葉を投げた。「デスクふたつにファイリングキャビネットが四つ、ひと部屋きりのオフィスにおれたち三人。彼女をアメリカで見つけ出せたとしても、裁判のために外国に引き渡すことはできないだろう。海外で調査するための人手も金もコネも足りないし、情報の供給源だってない。不可能なんだ。可能であることを期待したが、バウアーに説得された。終わったんだ」

「バウアーはぼくを説得してはいない」と、トニー。「失敗するまで終わっちゃいないし、ぼくたちはまだ失敗していない」

「失敗するさ、このままつづければ」

「そりゃたしかに望み薄かもしれない。でも、成功するかもしれないでしょ、もし――」

「話し合いで解決する問題じゃないんだ」イアンはわびしげな声で言った。「このセンターをはじめたのはおれだぞ、トニー。調査の対象をどこでどうやって捕まえるか、決めるのはおれだ」

「だけど、ぼくがいなかったら、逮捕数の半分も達成できなかったじゃありませんか。あれっぽっちの給料を払っているからって、ボス面しないでください」トニーは腕を組み、イアンは自分も怒っていることに気づいた。「ぼくたちになら、ローレライ・フォークトを捕まえられる」

「相も変らぬヤンキーの楽観主義はいいかげん捨てたらどうだ！」イアンの怒りも燃え盛り、失望を払いのけた。怒りは人を傷つけるが、得心のゆく痛みだ。「汗とインクで継ぎはぎしたようなみすぼらしいオフィスには、財源がないんだ――」

「だから、さっさと諦めるんですか？」トニーが彼を睨む。「彼女があなたの弟を殺したのはいつだった？」

「この戦争では多くの者が兄弟姉妹を失った」イアンが言う。「ほかの人たちの損失よりもおれの損失のほうが、特別に考慮されるべきものでもない。それに、復讐のために自分の人生のすべてを捧げるつもりもないしな」

「あなたはすでに人生のすべてを捧げてきたんじゃないんですか、イアン。復讐のためだけにやってきたわけじゃない。そういうことをするのは、ハロー校で学んだことのない一般人でしょ」トニーが棘のある笑みを浮かべた。「あなたはこのオフィスのために人生のすべてを捧げ、殺風景な部屋に住んで、年に三人捕まえている」

イアンは短く息をついた。デスクに広げた手を突き、身を乗り出す。「このセンターはあばら家同然かもしれないが、意味はある。毎年数人を捕まえてきたことには意味がある。罪人は自らの行いを法のもとで裁かれるべきだと世の中に知らしめる、ほんの一助にしかならなくても。おれにとって、それは価値あることだ」彼はまた四方の壁を指した。「もし海外に出かけていって、ディー・イェーガリンの実りなき追跡にすべてを費やしたら、センターはおそらく崩壊するだろう。だから、おれはここにとどまり、成功の見込みのあるケースを追う。きみがいようといまいと、おれはそうする」

ニーナはそれまで無言で椅子に後ろ向きにまたがり、つまらなそうに折り畳み式剃刀を開いたり閉じたりしながら、二人の激しい応酬を眺めていた。いま、彼女は立ちあがった。

「あたしたち、ボストンに行くんだよね」

「おれの話を聞いてたんだろ?」イアンは視線をニーナに向けた。「たとえ彼女を見つけ出しても、裁判にかけることはできない――」

ニーナは肩をすくめた。「だったら、彼女を殺せばいい」

「だめだ」イアンはデスクをまわり、大股の一歩で妻との距離を詰めた。「おれたちは死の部隊じゃない。そんなやり方はしない。死者に償いはさせられない。苦しみを味わわせられない。そこからは何も学べないんだ。社会正義が廃れればすべてが無意味だ。おれたちは調査対象を殺さない」

「わかった」ニーナが言った。「あたしたちは彼女を殺さない。あたしが彼女を殺す。あたしには何の問題もないから」

「きみはいったい何を考えてるんだ?」イアンの声は叫びに近かった。「きみが冷酷にローレライ・フォークトを殺したら、彼女と何のちがいもなくなるじゃないか」

「彼女とちがって、あたしは愉しみのためにやらない」ニーナがカッとなる。「あたしがやるのは、彼女があたしを殺そうとしたから。彼女があんたの弟を殺すのを見たから」ニーナは一歩前に出て顔をのけぞらせ、彼をまっすぐに睨んだ。「イギリス人とちがって、ロシア人は忘れないのよ」

イアンは妻を見おろした。彼女が発する怒りが炎となって彼を焼く。目を細めて睨み返す彼女のブロンドの髪はまるで野獣のたてがみだ。「きみのような人間の力を借りてまで、冷酷な女殺人者に法の裁きを受けさせようとは思わない」彼はようやく言った。「おれのオフィスから出ていってくれ」

ニーナは片方の肩をすくめ、ドアへと向かった。

「ちょっと！」トニーが抗議の声をあげて前に出ようとしたが、イアンは背を向けた。

「いつも言ってるが、復讐の正義を唱えるような人間とは一緒に仕事をしないんだ、トニー。彼女は冗談を言ったんだなんて言わないでくれよ」

「冗談なんて言ってない」ニーナがドア脇のフックから古いジャケットを取った。

「わかってるよ」と、トニー。「きみはディーー・イエーガリンの喉を掻き切り、ほほえんで立ち去るんだよね」そこでかぶりを振った。「あなたはここにいる奥さんよりラテン語をよく知ってたりするけど、だから彼女より自分のほうが上等だなんて思わないほうがいい。あなたの中にも野獣は棲んでる。ただ、その野獣が鎖を解かれることはないってふりをしてるだけ」

「鎖を解かれることはけっしてない」イアンは冷静に言った。「なぜなら、正義は復讐を求める心よりも強いと信じているから」

「そんなの逃げ口上にすぎない」相棒が言い返した。「ローレライ・フォークトを追ってボストンに行かないほんとうの理由、わかってるんでしょ？　ぼくにはわかってる。あなたのその正義の白い帽子が脱げる危険を冒すぐらいなら、殺人鬼を野放しにしておくほうがいいから」

ニーナがドアの前で顔だけこちらに向けた。「そのとおり」

〝そうかもしれない〟イアンは思った。〝だからおれはリスクを冒さないんだ。人間を野獣と分けるのは自制だから〟

「イギリスに戻ったら電報で知らせてくれ」イアンはニーナに言った。「離婚手続きに関して、どこに連絡すればいいかわかるように。彼女と一緒に出ていくならどうぞ、トニー。おれの知るかぎりじゃ、きみは正しいことを追いかけるよりも、女の尻と楽な議論を追いかけるほうだから」

「ここに来た初日に思いましたよ。あなたがぼくを首にするのにどれぐらいかかるだろうって」トニーは帽子に手を伸ばした。「さよなら、ボス」

18　ニーナ

一九四二年五月　エンゲリス

彼女は美しかった。オリーヴグリーンに赤い星、まっさらで誇り高い。ニーナは日射しにあたためられた木に手を添えた。

〝あなたは誰なの？〟U－2に尋ねられた気がした。

「友達」ニーナはそっと答えた。空軍基地のいたるところで、588飛行連隊の操縦士と航法士が新しい機体を点検していた。じきに離陸し、ドネツ盆地一帯の南部前線を守る第四航空軍に合流する。いよいよ戦闘に参加するのだ。

イェリーナがポケットに両手を突っ込み、背後に立った。ニーナは犬の鼻面を撫でるようにプロペラの羽根を撫でながら振り返った。「戦闘機じゃなくてがっかりしてるんでしょ」ニーナの中で、U－2をかばう気持ちがすでに芽生えていた。操縦士の期待がはずれたことを気づかれないように、機体に耳があったら塞いでやりたい。「でも、あたしたちにはこの子で充分」

「わかってるわ」プロペラを軽く叩くイェリーナの笑顔には憂いが影を落としていた。ニーナはそもそも戦闘機をあてがわれるとは思っていなかったが、イェリーナは夜間爆撃飛行連隊に配属が決まって失望の涙を流した。ニーナは心ひそかに安堵した。小柄な体に激しい闘志を秘めたリリアをはじめ、意外にも友情を育むことになった多くの女たちが、戦闘飛行連隊に配属になった。でも、イェリーナまで失わずにすんだ。ほっとする思いの激しさには、ニーナ自身も驚いたほどだ。

「そんなに嫌なこと？」柄にもなく喉が詰まった。「あたしと一緒にU－2で飛ぶことが」

「Yak－1を操縦したかった……」イェリーナの笑顔が消えた。「生まれはウクライナだってあなたには話したわよね。家族でモスクワに引っ越す前は」

「ええ」

「生まれ故郷の村はドイツ軍に侵略された」イェリーナが静かに言った。ニーナの手がプロペラから離れた。「伯母から母に連絡があったそうよ。村人はみな逃げ出し、荷物を持った人たちで道は溢れた。子供たちは泣き叫び、犬は吠える。ドイツ軍の爆撃機が道沿いを地上掃射した。祖父母は亡くなった。いとこたちも亡くなった」彼女は言葉を切り、目をしばたたいた。「Ｙａｋではなくｕ－２にしか乗れなくたってかまわない。たとえ箒にまたがったってドイツ軍と戦ってやる」

「それに、あんたには５８８飛行連隊一の航法士がついてるからね」ニーナは言った。

イェリーナが潤んだ目でほほえんだ。「いちばん謙虚でもある航法士がね」

このコンビならうまくいく。ニーナにはわかっていた。マリーナ・ラスコーワ自身が決めた操縦士と航法士の組み合わせが発表されると、ニーナは心を躍らせた。イェリーナのほうが優秀だが、ニーナのほうが勇敢だ。イェリーナは反射神経に優れ、ニーナには鋭い目がある。最高のバランスだ。

「さあ、同志ヴェトシーナ少尉」ニーナは言った。「ここからは、あんたの命を守るのがあたしの仕事。あんたが機体を飛ばせ、あたしがあんたを飛ばせる。つまり、あたしの言うとおりにするってこと」冗談めかして言ったが、何がなんでも守ってやるという強い気持ちがあった。航法士はみんな、あたしほど操縦士の安全を気にかけるのだろうか？

「心配しないで、同志少尉。わたしはちゃんと舵が取れるから。彼女と同じ」イェリーナは二人のU‐2を見あげ、ニーナの首に腕をまわした。その引き締まった肩のぬくもりに、ニーナは顔を寄せた。「彼女にどんな名前をつける？」

「そうだな……」ニーナは友の艶やかなショートヘアの石鹸（せっけん）の匂いを吸い込みながら、あたしたちの飛行機をじっくり眺めた。なんて美しい言葉だろう。〝あたしたちの飛行機〟

「その気になったら彼女のほうから教えてくれるよ、そう思わない？」

ラスコーワを先頭に、彼女たちはうららかな五月の朝に飛び立った。ラスコーワが指揮を執るのは昼間の爆撃飛行連隊だが、三つの連隊とも最初の飛行は先導すると決めていた。彼女が鷲のように飛び立つと、百十二機の鷲がそれにつづき、ソ連の赤い星が五月の太陽に輝いた。動きの速い雲のすぐ下を水平飛行する。ニーナの前に座るイェリーナは、編隊の中に素早く位置を決めようと頭を動かしていた。最後の一機が列に加わると、ラスコーワ少佐は翼端を揺らし、全機がそれに応え、翼の動きがさざ波のように広がってまるで笑っているみたいだった。飛行眼鏡の奥で、ニーナの目から涙が溢れた――泣いたのは十九歳で初飛行をして以来だった。イェリーナが操縦桿から手を離し、肩越しに振ってみせ、ニーナもそれに応えた。操縦士の顔は見えなくても、満面の笑みを浮かべていることはわかる。

・

モロゾフスクの基地に着陸したときには、誰も笑っていなかった。「くそったれ」ニーナは吐き捨てるように言った。第四航空軍の戦闘機が588飛行連隊を護衛するため飛び立っていたのだが、戦闘機乗りの男たちは護衛飛行では満足しなかった。メッサーシュミットに立ち向かうかのような攻撃編隊を組んできたのだ。

「歓迎してくれてるのよ」イェリーナは言ったものの、本人は最初の急襲を見て体を強張らせていた。「ふざけてるだけ――」イェリーナは航路を保ったが、もっと若い操縦士の中には、うろたえて編隊からはずれた者もいた。

「ラスコーワのことだから、あいつらのキンタマをもぎ取ってイヤリングにしてくれるわ」全員が無事に地上に降り立つと、ニーナは吠えた。

「悪気はなかったのよ」と、イェリーナ。「新人苛め。前線に新しくやってきた者たちはなんらかの苛めに遭うものなの」

「あたしたちだから余計にね」誰かが言い返した。「同志スターリンのお気に入りプロジェクト――」

「――あたしたちが女だから――」

「それでも、彼らの挑発に乗らないこと」イェリーナの言葉に従い、列を組んで飛行場をあとにした。「頭を高く掲げて、いいわね」

ニーナは目を細め顎を突き出し、ニヤニヤする飛行服姿の男たちの挑発を受けながら歩いた。背後から馬鹿が声をあげた。「なあ、お嬢ちゃんたち、翼についてる鉤十字と星の区別がつくのかな?」ニーナは卑猥な仕草をしてみせて、行進のリズムを崩した。

「いいかげんにしなさい」ラスコーワ少佐が怒鳴った。いつもながらすべてをお見通しだ。

「あなたたちはトルード・ゴルニアカに駐留するので、宿舎を見つけなさい。くつろいでいる暇はないわよ。前線はどう動くかわからないから、きょうにも、あるいはいますぐにも出動がかかる――」

「ドイツ軍はすぐ近くまで来てる」ドゥシア・ノーザルが声をあげた――イェリーナを除けば５８８飛行連隊でピカイチの操縦士が張り詰めた顔で言った。戦争初期にドイツ軍の爆撃で生まれたばかりの子供を失っている。「ザウアークラウトの臭いがしてきそう。一週間以内に命令を受けなかったら……」

だが翌日、視察のためにやってきた２１８連隊の指揮官は、彼女たちをろくに見もしなかった。「彼はあたしたちをなんて呼んだ？」ニーナはいきまいた。

「〝百十二人のかわいいお姫さまを受け入れたはいいが、彼女たちをいったいどうすればいいんですか？〟」ドゥシアが真似して言った。「ヴェルシニン将軍に電話でそう訴えたって、あたしは聞いてる」

「ラスコーワに面と向かって言えるもんなら言ってみろ！」

だが、ラスコーワはすでにエンゲリスに戻り、５８８飛行連隊はイェヴドキア・バーシャンスカヤ少佐の指揮下にあった。「二週間の追加訓練」抗議の声をものともせず、バーシャンスカヤは言った。青い瞳のラスコーワのような魅力はないものの、無口で不愛想だがきびきびして、落ちこぼれも泣き言も許さぬ鶏の群れを束ねる雌鶏（めんどり）のようだった。彼女もまた戦闘機志望だったことをニーナは知っていたが、いまは５８８飛行連隊の指揮官となり、失望をいっさい顔に出さなかった。「全員が男性操縦士によって個別に飛行試験を受けることになる」

「あたしたちがエンゲリスでやってきたことを、彼らはどう思ってるんですか？」ニーナは言った。「爪を磨いていたとでも？　操縦桿のどこを握るかわかっていると男たちの一人が認めないかぎり、あたしたちは信用してもらえないってわけ？」

「ニノチカ」イェリーナがため息まじりに言った。「黙りなさい」

ニーナは怒りを燻らせながら、翌朝、十二歳にしか見えないそばかすだらけの操縦士とともに愛機U－2に乗り込み、空で機体を荒っぽく振りまわしたものだから、試験官は吐きそうになった。「合格」真っ青な顔で試験官は言った。イェリーナの試験官はレニングラード出身の長身でハンサムな男で、気怠い笑みをひと目見るなり、ニーナは嫌悪感を覚えた。「モスクワにはなんて美人の操縦士がいるんだろう」彼は言い、イェリーナは頬を染めた。「耳たぶに触られたこともないんだろ、お嬢ちゃん？　気を強く持って、さもないとドイツ兵相手に一分と持たないよ」――下品な言葉を吐き散らすのは、イェリーナが顔を赤らめるのを楽しんでいたからだろう。彼が操縦席にイェリーナを乗せるのを見て、ニーナは滑走路の横から罵声を浴びせた。

「何なんだ、このチビは？」彼は信じられないという顔で跳ね飛びながらニーナを見おろした。ニーナの頭は彼の肩にも届かない。「そんなに小さかったら、操縦席から外が見えないだろ？」

そこで悲鳴をあげる。よく研がれたシベリアの折り畳み式剃刀の刃が腿の内側に押し当てられたからだ。ニーナはにっこりして、指に挟んだ刃が誰からも見えないよう体の向きを変えた。イェリーナがU－2から手を振っている。どうして遅れているのか不思議に思っているのだ。

「あたしの操縦士は」ニーナはにこやかに言った。「あんたの馬鹿話が気に入らないってさ、ぼんくらのレニングラード野郎。彼女の前では口を慎むことね、さもないとキンタマを斬り落として鼻の穴に突っ込んでやるから」

「女に空を飛ばせるとろくなことにならない。こんなのに飛行機を与えたら、この世は終わりだ」

「あんたが言う〝こんなの〟はね、あんたのクソ人生が終わるまで頑張ったって到底かないっこないぐらいうまく飛べるんだよ」ニーナはとどめにもう一度にっこりした。「だからつべこべ言わずにさっさと彼女に宙返りをやってもらいなよ。さもないとあんたのケツの穴にプロペラを突っ込んで、思いっきりまわしてやるからね。あんたの口と同じぐらいパタパタよく動くまで」

「わたしは優秀な操縦士で第四航空軍の誇りとなるだろうって、彼は言ってたわ」イェリーナがあとで報告した。

「そうなの？」ニーナはご満悦だった。

５８８飛行連隊が命令を受ける前に、ドイツ軍はスターリングラードに接近し、蛇行するドン川沿いを進軍していた。「最初の戦闘任務に就くのは三機だけ」バーシャンスカヤが代名詞ともいえる手で斬る仕草で抗議のうめきを封じた。「あたしと飛行中隊指揮官二人。試験飛行みたいなものと思ってくれていい」

「彼女を恨まないこと」イェリーナが言った。「指揮官ともなると、今後は書類仕事ばかりになるんだから。最初の任務ぐらいいい飛ばせてあげましょうよ」

「そんなふうにいい子ぶるの、いいかげんやめたら」ニーナが言う。「たとえ母親を踏み越えたって、操縦席に乗り込んでやるって正直に白状しなよ」

「母親を踏み越えたって操縦席に乗り込んでやりますとも」イェリーナが即座に言い返した。「ただし、姉妹は踏んづけない」

　そよ風の吹くうららかな夏の宵だった。どこまでも広がる平坦な野原のところどころに間に合わせの掩蔽壕が造られ、でこぼこの道路にはトラックや作業服姿の地上支援員が動きまわっている基地の中にいると、前線がほんの数キロ先だとはとても思えなかった。地平線に煙があがっているのは、数キロ先の石炭鉱床が燃えているからだと誰かがささやく。夕暮れの薄闇の中、連隊の全員が滑走路に集まり、バーシャンスカヤと二人の中隊指揮官が飛行機に向かうのを見送った。「前線の補助飛行場まで飛ぶらしい」ささやきが広がる。「そこで爆弾を着装し、爆撃目標へ直線飛行し、こっちに戻る」

　三機は暗くなった空へ飛び立った。ニーナはポケットに両手を突っ込んで見送った。体が疼く。あしたこそ、と思った。まわりの女たちの張り詰めて切望な表情を見て、全員が同じ思いだとわかった。

「さて」イェリーナが言う。「彼女たちが帰還するまでベッドに入るつもりはないから。歌でも歌いましょう！」

キエフ出身者が古い民謡をしんみりと歌いだすと、やさしいアルトにハーモニーをつける者がいて、みんなが耳を傾けた。次は軽快な党の行進曲だ。みんなが声を合わせるうち空には無数の星が輝きだした。空が漆黒のビロードと化すころ、〝親父〟の湖畔で歌い継がれた子守唄を、気がつけばニーナも歌っていた。記憶の底に眠っていた子守唄は古い方言で、ロシア語とは似ても似つかぬものだった。みながうっとりと聴き入った。「どういう歌なの？」と、イェリーナ。彼女は格納庫の壁にもたれかかり、膝にかけた長い布をいじくっていた。

「湖のことを歌った歌」ニーナは言った。「バイカルの歌はどれもこれも湖のことを歌ってるんだ。ボートや揺りかごを揺らす波、ルサルカの手がボートも揺りかごも揺らす。あるいは月についての歌……たいした意味はない、ほんとのところは」

「すべてに意味がなくなっている」イェリーナが言った。「戦争の真っただ中にいて、ほんの数キロ先では人々が死にかけている。でも、わたしたちは――これ以上ないぐらい幸せよね」

「うん」ニーナはうなずき、イェリーナの髪を輝かせる月を見あげた。

ドゥシアの番がきて、このときばかりは憂い顔に笑みが浮かび、腕を組んで踊りだす者も二人ばかりおり、笑い声が夜空を染めた。ニーナは手招きされたがイェリーナの隣に座り込み、その膝に広げられた布を顎でしゃくった。「何を縫ってるの？」

「スカーフに刺繍(ししゅう)しているの。白い地に青い星、どう思う？」イェリーナが布地を星明かりにかざしてみせた。

「青い糸をどこで手に入れたの？」

「例の見るも恐ろしい男用のブリーフから抜いたのよ！」イェリーナがにやりとし、ニーナは笑った。二人ともあすの飛行を思い浮かべながら、気持ちは空高く飛んでいた。膨らむ期待に唇がかじかむ。まるで冬に〝親父〟の凍った水に触れたように。

五百の任務をやり遂げソ連邦英雄になったらどんなふうに祝うか、二人で計画を立てていると──「胸に金の星がつくのよ、ラスコーワと同じ！」「勲章をもらったら、クリスタルのグラスに入れてウォッカを注ぎ込み、乾杯しなきゃいけないよね！」──木を挽くような、蜂の羽音のようなブーンという音が遠くから聞こえた。U－2の星型エンジンの音だ。588飛行連隊の女たちがいっせいに滑走路へと走った。

一機目が着陸し、二機目もそれに倣(なら)った。尾部がさがり草を捉えて停止した。当番の地上整備員が飛び出してきて飛行後点検を行い、翼を固定した。操縦席からバーシャンスカヤの引き締まった体が現れ、翼から地上へと飛び降りた。第一飛行中隊指揮官がそれにつづき、航空眼鏡をはずした。連隊の女たちが二人を取り囲んで笑い声やおめでとうの声をあげたが、ニーナの足取りは重かった。帰還した操縦士たちは無表情だ。ニーナは数多(あまた)の星を見あげた。

三機目の帰還を告げるエンジン音は聞こえない。

「もう一人の中隊指揮官は――」誰かが言いかけたのをバーシャンスカヤが制した。無言のままかぶりを振った。

女たちは顔を見合わせた。試験飛行の段階だったというのに、連隊はすでに二人を失ったのだ。ニーナは胃が捻じれるのを感じた。

バーシャンスカヤが居並ぶ女たちを順繰りに見てゆき、第二中隊の副指揮官の真っ青な顔に目を止めた。「中隊の指揮はこれからあなたがとるのよ、マリア・スミルノワ」黙ってうなずく。「みんな、眠っておくように。あすは全員が飛び立つ」

女たちは宿舎に戻った。青ざめた顔の者、呆然とする者、泣く者、様々だった。イェリーナは彼女たちとは逆方向へ向かった。U-2が待機する平坦な野原のほうへ。ニーナは彼女のあとを追った。ショックはいまだにおさまらない。二人が死んだ。よく知っている女二人が。

「あなたは眠ったほうがいい」イェリーナが言う。

「操縦士を残していけない」守らなければという思いが込みあげた。ただしその思いにはやさしさの縁取りがあった。「航法士のいちばんの仕事」

イェリーナに追いついて手を取ると、長い指が絡みついてきた。ニーナの喉が塞がった。

二人が乗るU-2のそばまで行き、黙って機体を見あげた。星空を背景にした黒い塊。前線にこれだけ近いから正式の基地はなかった。この日のような晴れた夏の夜には、平らに均された草の上で敵を欺く迷彩カバーがかけられ、ひっそりと並んでいた。〝冬になったらどこへ飛んでいくのだろう?〟ドイツ軍がこのままの勢いで進軍をつづけたら、モスクワは陥落するのだろうか? おそらくレニングラードも飢えと包囲戦によって陥落し、スターリングラードも……

「あすの攻撃目標はなんだと思う?」暗闇の中で聞くイェリーナの声はやさしかった。

「ドイツ軍の補給所か武器貯蔵庫」ニーナは言った。

イェリーナは下翼の下の爆弾投下器に手を走らせた。「U-2にはそれほど多くの爆弾を装着できない」

「混乱させ、悩ませるには充分。蚊みたいに――わかるでしょ」

「大きな戦争のなかのたった一匹の蚊にすぎない」

「蚊の大群のなかの一匹の蚊」ニーナが言った。「それに蚊の大群は人をおかしくさせる。馬だって頭がおかしくなって湖に飛び込み、溺れ死ぬ」

ニーナが自分の言葉に身震いしたことに、イェリーナは気づいた。「どうかした?」

「溺れ死ぬ。あたしにとってたったひとつの恐ろしいこと」気を落ち着けようとゆっくり息を吸うと、一瞬だが湖の金臭い味がして、彼女の頭を氷の下に押し込もうとする父の手の感触が甦った。「あんたの怖いものって何、イェリナシュカ?」

うなったら？」

「捕まって拷問されること。墜落……」イェリーナが震えた。「あした、あたしたちがそ

ニーナは何も言わなかった。星の儚い光の中でも、イェリーナの青白い顔はよく見えた。昼間の光の中でのようにくっきりと。長いまつげに縁取られた間隔の開いた目、震えを抑えようときつく結ばれた口、訓練初日に刈り込まれた黒髪は長い首筋で短くカールしている。ニーナは手を伸ばし、二人の目の高さが同じになるよう、青い星を刺繡しかけの飛行用スカーフをつかんで引っ張った。「あたしたちはそんなことにならない」ニーナは言い、イェリーナに口づけた。やわらかな唇、やわらかな頰、やわらかな髪に指を絡めた。イェリーナは一瞬体を強張らせ、驚いた白鳥の雛みたいに小さな声を発したものの、どちらも二人のあいだのぬくもりにほぐれて消えた。それから、ためらいがちに唇が離れた。ほっそりした手が頰に触れると、ニーナの血は水銀となった。

体を離したとき、イェリーナの目は大きく見開かれていた。ニーナは空を駆けたかった。飛ぶのにU－2は必要ない。助走して飛びあがり、星のあいだを飛びまわる。片手で機体を軽く叩きながら、もう一方の手でイェリーナの手首をつかんだ。「この鳥には名前が必要だよ。さあ、なんてつける？」

二人して整備士の詰め所に押し入り、まだ残って作業をしていた整備士から赤いペンキと刷毛をせしめるとU－2に戻り、迷彩カバーを必要なだけずらして作業をはじめた。イェリーナがペンキを塗り、夜目がきくニーナが文字の位置を指示する。「最後の文字が上

にそれてる――もっと下、下だってば！　上と下の区別もつかない操縦士を選んだって、ラスコーワはわかってるのかしら

「こんな単純な指示も出せない航法士を選んだって、ラスコーワはわかってるのかな」

ね？」イェリーナが刷毛でニーナを叩いた。

作業を終えたのは、夜明けまでほんの一時間のころだった。整備士はみな引きあげたあとだった。宿舎で眠らなかったのはニーナとイェリーナの二人だけだったろう。二人で仕あがりを眺めた。ニーナは下翼に座って足をぶらぶらさせ、イェリーナはその横で首を傾げて立っていた。胴体には赤い文字で〝われらが同志の恨みを晴らす〟それに、連隊が最初に失った二人の名前。反対側には、二人の愛機の新しい名前が記されていた。

〝ルサルカ〟

「寡黙で不死身」イェリーナが言った。「気に入ったわ」

「あたしも」ニーナはもう一度イェリーナに口づけた。今度は相手を驚かせないようゆっくりと――どうか体を引かないで――イェリーナは驚かなかった。両手でニーナの顔を包み、飢えたように、それでいて恥じらうように口づけを返した。ニーナの胃が一気にさがる。まるでらせん降下に入ったときみたいに。体がふわっと浮いて一気に落ちてゆく。

「わたし、こんなこと初めて――」イェリーナが不安げに、それでも唇を離さずに言った。指はニーナの髪に絡めたままだった。「どうしてわたしなの？」

「あたしがお目にかかったなかで最高の飛行機乗りだから」ニーナは言った。「あんたみ

たいに美しく空を飛ぶ人は見たことがない」

「女はこんなこと——しちゃいけないんじゃないの——」

「しちゃいけなかろうが、あたしは気にしない」ニーナは乱暴に言うと翼から滑り降りて、相棒の操縦士を地面に押し倒した。ルサルカの翼の下の影は湖のように暗く、押し潰された草は甘くやわらかだった。作業服の上からまさぐり合うのは——愛を交わすのに作業服ぐらいそぐわない服もない。ニーナにはまだ多少の理性は残っていた。すべてが不案内で、心を酔わせる。イェリーナの肌はとんでもなく滑らかだし、湾曲する背中は真珠の首飾りみたいに果てしもなく、象牙のように白いウェストに辿り着くまで一キロはありそうだった。二人ともわけがわからないダンスを踊るのだから、ぎこちなくて当然なのに、そうではなかった。空を飛ぶのに完璧な二人、ひとつになって動ける二人——だから地上でもひとつになって動けるのだ。迷彩カバーをかぶったU－2の影が二人を守ってくれて、遠くの対空砲火や高射砲の音が、二人の歓びの声を掻き消してくれた。あたしの操縦士、イェリーナの尻を撫でながらニーナは思った。あたしのもの。

「夜が明けるわ」やがてイェリーナがささやいた。「戻らないと」

「戻りたくない」ニーナはイェリーナの腕にもたれてあくびをした。

「戻らなくちゃ、ウサギさん」ニーナのこめかみに口づける。「今夜、わたしたちは飛ぶのよ」

ニーナは目を開け、明るくなった東の空を見た。星が欲しい。暗闇が欲しい。闇が欲しい。三人を包んでくれる夜が欲しかった。自分とイェリーナとルサルカを包んでくれて、運命づけられた任務に送り出してくれる夜を取り戻したかった。起きあがったニーナは、自分がほほえんでいることに気づいた。「待ち遠しい」

19　ジョーダン

一九四六年感謝祭　ボストン

ジョーダンは暗室の安全光を浴びて座り、ライカのシャッターをいじくっていた。焦げた七面鳥の匂いが暗室まで漂ってくる。〝泣いたりしない〟と、自分に言い聞かせた。でも、ときどき息が引き攣り、暗室の居心地のよさも慰めにはならない。上の階ではすすり泣くアンネリーゼを父がなだめ、ルースは初めての感謝祭が不発に終わったことを不思議に思っているのだろう。そのうち父がここまでおりてきて、言うに決まっている――

ジョーダンは身を竦めた。ダイニング・ルームを飛び出していったときのアンネリーゼのくしゃくしゃの顔、ガクッと落ちた肩……

〝あたしは正しかった。なのになぜ自分が間違っていたと思うの？〟思いは写真へと向かう。鉄十字勲章、アンネリーゼの亡き父親と腕のタトゥー、理屈に合わない日付、そこで記憶を手繰る。ダイニング・ルームを飛び出していったときのアンネリーゼを冷静に観察し、嘘のしるしを探す。あれが芝居だという証拠を。だが、怯む自分がいた。〝いいかげんにしたら?〟

堂々めぐり。写真、いわゆる証拠、それに台無しになった感謝祭。唯一たしかなのは、これまでに積みあげてきた確証がいまは揺らいでいることだ。何ひとつ確信が持てない。

ついに来た——暗室のドアが開く音。明かりのスイッチが入り、安全光の赤い輝きが天井の裸電球の目障りな白い光に呑み込まれ、父が階段をおりてきた。ジョーダンはライカを置き、父に顔を向けた。視線を受け止める。自分の顔が歪んでいるのはわかっていたが、どうしようもなかった。父は怒っていないようだ。怒られるものと身構えていたのに。父は疲れているようだ。淋しそうで、がっかりしている。その顔を見てジョーダンの気持ちが萎えた。父をがっかりさせるぐらいなら、死んでしまいたかったからだ。

「アンナはようやく眠ったよ」父が切り出す。「ルースには余り物で夕食を食べさせた。おまえはどうだ、何か食べるか?」

「いいえ」胃がでんぐり返っているので、物を口にできるとはとうてい思えなかった。

「何を言ったらいいのやら」父はとてもくたびれている。精魂尽き果てたという感じだ。「わたしにはわからんのだよ——事態をどう収拾すればいいのか。アンナのことをおまえにもっと話しておくべきだった。名前を変えたこととか。わたしが悪かった」

「父さんは悪くない。嘘をついてたのは彼女だもの、父さん」言葉をひねり出す。「父さんにも、あたしにも。彼女が言ったように、嘘をついた理由はほんとうだったとしても、嘘をついたことに変わりはない」

「そうだな。そのことで彼女に腹を立てなかったとは言えない。とても悪いことだ。でも、彼女は申し訳なかったと思ってるんだよ、ジョーダン。二階に引きあげてからさんざん泣いて、ずっと謝りつづけた」父の声が掠れた。「人には嘘をつく理由がある、隠し事をする理由がね。戦争が終わってこのかた、店には毎週のように難民がやってきて、たったひとつ残ったアンティークのブローチやら銀の装飾品やらを売ろうとする――男はおそらく名前を変えているだろうし、女は自分に少しも似ていない子供たちを抱えている。体の傷や訛りを隠そうと言い訳する。戦時中に自分がしたことや、友達がしたことを恥じている人に毎週のように会っているんだよ。戦争が多くの人たちをそんなふうにしたんだ。たしかに、彼女が嘘をついたのはよくなかった。だが、彼女がどうしてそうしたのか、わからないわけではない。だからといって、彼女を愛せないわけではない」

こんなに正直に、こんなに感情的に話をするなんて、父親らしくなかった。父さんは傷ついているんだ、とジョーダンは思った。「それで、彼女を信じるの？」

父は頼りなさげに両手を開いた。「ありえそうな話じゃないか。彼女には名前を言うのが憚（はばか）られる父親がいて、自分のではない子がいる。それだから、彼女をニュルンベルク裁判にかけられるような一種のナチの陰謀家だと言うのか？」

「そんなこと言ってない！」

「彼女は危険だと言っただろ」父の口調は穏やかだった。「彼女は人殺しかもしれないと言った。とんでもないことを隠そうとして嘘をついた、とおまえは言った。それに対してアンナは、恥に思っているから隠そうとして嘘をついた、と言った。彼女と暮らすようになって何カ月も経った。わたしもおまえも彼女のことを知っている。おまえにはあんなによくしてくれたじゃないか。わたしにとって彼女はすべてなんだ、わたしが持ちうる……」父は言葉を切り、大きく息をついた。「彼女のことはわかっているだろ、ジョーダン。だから尋ねる。どっちの説明がもっともか。彼女は危険なのか？　それとも、ただ恥じているだけか？」

ジョーダンの目から涙が溢れた。頬を伝う涙をぬぐいもせず、嗚咽をこらえようともしなかった。父が腕を肩にまわして抱き寄せた。精魂尽き果てた様子に変わりはなかった。

「答えを知りたがったおまえを責めるつもりはない。尋ねることは間違っていない。ただ、おまえには――決めつけるのではなく、アンナを理解してほしい。問い詰めるだけでなく、彼女の言い分に耳を傾けてほしいんだ」

「あたしはそんなつもりじゃなかった」ジョーダンはなんとか言った。「あたしはただ――自分の目で見たものを確認しようとしただけ」〝たしかにあんたは何かを見た、でも、だから何なの？〟父の言うとおりだ。最悪の説明にただ飛びついた。

〝ジョーダンと彼女の突拍子もないお話〟どこからそんなこと考えついたの？　いま、父は失望と折り合いをつけようと必死になっている。

「おまえを大学に行かせるべきだったのかもしれない」父が言った。「アンナの言っていたとおりだ。おまえの成長の糧になると言っていた。ちゃんと現実を見られるようになると。だが、おまえがいずれは店を継いでくれることを、わたしは願っていたんだ。おまえとギャレットでね。おまえの爺さんから受け継いだときは、がらくたを扱うちっぽけな骨董屋だったが、おまえのためにもっと特別な店にしたかった。おまえが将来を託せるような……」

父の声は尻切れトンボになったが、剝き出しの痛みをジョーダンは聞き取っていた。父の声が聞こえた気がした。〝おまえのためにここまでにした店のどこが不服なんだ？〟鳩尾を蹴られたような気がした。

「事態をどう収拾したものか」父がまた言った。いまにも泣きそうだ。ジョーダンの前では一度たりとも涙を見せたことのなかった父、つねにどっしり構えてきた父が。

「事態を収拾するのはあたしの役目だわ」そう言って父の肩に顔を埋めた。「あたしから──あたしからアンナに謝る。彼女が目を覚ましたら。彼女とうまくやってゆくから、約束する」

「彼女だって、おまえとうまくやってゆくよう努力しないとな。彼女はおまえにもっと心を開くべきなんだ。そういうことも、わたしは彼女と話し合ってみるつもりだ」父がジョーダンの頭のてっぺんにキスした。「おまえは大事な娘だ。いつも父親のことを気遣ってくれた。よくわかっているよ」父は階段のほうへと向きを変えた。涙を見られたくなかったのだろう。娘に涙を見られるなんて、耐えられないのだ。「ルースを寝かしつけないとな」

階段をのぼる後ろ姿から、ジョーダンは父の髪に白いものが交じっていることに初めて気づいた。

ジョーダンのノックに応えたのはギャレットだった。ジョーダンは無意識に構図を決めたが、カメラは持っていなかった。いずれにせよ、ジョーダンの顔を見るなり彼は笑顔を引っ込めた。「何かあった?」

「いろいろね」ジョーダンはかじかんだ両手を擦り合わせた。暗室から飛び出してタクシーに飛び乗ったので、コートも手袋もしていなかった。「ちょっとのあいだ、家から離れたかったの」

ギャレットは彼女を案内して、パイの皿が散らかっているダイニング・ルームを通り越した。パンプキンパイとシナモンとコーヒーの匂いがする。新聞に隠れてうとうとしていたギャレットの父が、寝ぼけ眼(まなこ)でいらっしゃいと言い、ギャレットの母親はエプロンで手を拭きながらキッチンから出てきた。

「まあ、ジョーダン、泣いてたみたいな顔をしてどうしたの。親子喧嘩? 祭日につきものよね。クリスマスのたびに思うもの。いとこのキャシーがあたしのクランベリー・ソースのことで、偉そうな意見をあとひと言でも言ったら目ん玉を抉り出してやるって。ココアを作ってあげましょうね……」

　ジョーダンとギャレットは、ホイップクリームが浮いたマグを手に彼の部屋に落ち着いた。毎度のことだが、ミセス・バーンが目を輝かせながら「ややこしいことになっちゃだめよ、お二人さん！」と言い、ドアを完全には閉めずに出ていった。ギャレットが作りかけのプラモデルの飛行機を片付けた。

「トラベルエアー４０００」彼がちょっと照れて言った。「プラモデルなんて子供の玩具だけど、ぼくが操縦を習った航空機だから、入隊したとき……どうした、ジョー？」

「あたしのせいで義母はヒステリーを起こし、父の結婚は駄目になったわ、たぶん」ジョーダンは言った。「感謝祭の諍いなんてかわいらしいもんじゃなかった。クランベリー・ソースのことで目ん玉を抉り出されるほうがまし」

　ギャレットに抱き寄せられ、ジョーダンはココアとプラモデルの接着剤の匂いを吸い込みほっとした。彼女が思いを吐き出すのを、ギャレットは黙って聞いていた。動揺している相手に助言したりせず、抱きしめて耳を傾けてくれる人だ。「これからどうするつもり？」語り終えたジョーダンに、彼が言った。

「アンナに平謝りして、許してくれることを願う」ジョーダンは彼のグリーンのセーターで涙をぬぐった。「あたしの途方もない説を、あなたは信じないんでしょ？」

「作り話ばかりする女の子たちが学校にいたけど、きみはそうじゃない。きみは常軌を逸してなんかいない。手がかりをつかんだんだろ。ただ、それをつなぎ合わせるときに間違っていたんだ。だからって手がかりがなかったことにはならない」

「いいえ、あたしは間違ってない――アンネリーゼは何かを隠していた。でも、父が彼女を家族に迎えたがったとき、あたしは嫉妬したの。そんなこと認めたくなかったけどね。それで、彼女は危険人物だという説に固執したの。ほかの説があるかもしれないとは思いたくなかった。当たり障りのない説明なんて受け付けなかった。その結果、みんなを傷つけてしまった」屈辱感に苛まれる。〝お母さんは映画スターになるために家を出た、と自分に言い聞かせた少女から少しも成長していない。作り話のほうが事実よりもましだったから〟

「いい面を見てみようよ」と、ギャレット。「きみの義理のお母さんは恐ろしいナチじゃなかった。プンシュトルテを作ってくれるすてきな女性だった」

「あたしは馬鹿だった」暗室にこもってドラマチックな仮説を組み立てていたときには、自分はなんて賢くて観察力が鋭いんだろうと思っていた。まさに未来のピュリッツァー賞受賞者、J・ブライドだと――笑うしかない。

「そのうちおさまるよ」ギャレットは言ったが、心許なげだった。

「考え直さなきゃならないことがたくさんある」〝だったら、いますぐはじめるのね〟と自分に言い聞かせた。〝ちゃんと向き合いなさい。あなたは次代のマーガレット・バーク＝ホワイトにもゲルダ・タローにもなれないのよ。自分はカメラみたいに見ることができると思い込んでいる馬鹿な女の子で、あんたにできるのは愛する人をことごとく傷つけることだけ。でも、すばらしい家族がいる。あんたが彼らとの関係やすてきな未来を台無しにさえしなければ。だから家に帰って、みんなに感謝なさい〞

「帰らなきゃ」ジョーダンは冷めたココアを置いた。

「車で送ってやる」

でも、途中で車を停めることになった。ジョーダンがまた泣きだしたので、ギャレットはシボレーのクーペを川沿いの道で止めた。アンネリーゼの最初の写真を思い出したせいだった。すべてのはじまりとなった写真、あのとき感じたことは誤りだったのだろうか――咄嗟に感じた、これだと思った、わかったと思った。人生で最高の一枚を撮ったと思ったのだ。そこに何かが隠されている、それは事実であり重大なことだと思った。でも、すべてが誤りだった。けっきょく何も見えていなかったのだ。

「おいで」ギャレットが言い、暗い車内で慰めのキスをした。あたたかな唇はココアの味がした。ジョーダンは彼の首に手を絡ませて目をぎゅっと閉じた。数分もしたらうちに帰って父と向き合い、アンネリーゼにどう謝罪するか考えなければならないけれど、いまはまだ考えたくなかった。ギャレットが彼女の服の襟元を広げた。ジョーダンはつかの間ためらったが、ブラウスのボタンをすべてはずし、彼の手をブラジャーのホックへと誘った。彼が驚くのがわかった――いつもはここで止めていたから――でも、ジョーダンは彼を引き寄せてキスをねだり、彼は小さくうなり、ジョーダンの両手を自分のセーターの中へと導いた。これが夏の夜だったら、とジョーダンは思った。このまま行くところまで行ってしまうだろう。ゆっくりと流れるチャールズ川の水音を聞きながら、いまここで。でも、いまは十一月で凍てつく寒さだし、祭日で車の量も多い。やがて二人は荒い息をしながら体を離した。

「あの」ギャレットがごそごそとベルトを締めながら言った。「そのつもりはなかった。無理にきみを——」

「あなたはしてないわよ」女の子が言うことではないとわかっていたが、ジョーダンは言った。男の子が無理にしようとして、女の子がそれを咎めるのが普通だ。「無理にしようとしたのはあたしのほう」そういうことも、女の子は言うべきではない。まして自分からしようとするなんて。でも、疚しさは感じていなかった。ギャレットのシボレーの助手席に座ってブラジャーを直しながら、あたたかな夜だったならバックシートに移動して先をつづけられたのにと思った。キスをつづけて、うちに帰るのを先延ばしにできたのに。チャールズ川の水面に映る月の光を眺めながら、憂鬱になるまいとした。「もう帰らないと」

「そうだね」ギャレットは言ったものの、彼女に顔を寄せて長いキスをした。彼がジョーダンの手を取って導いたのはセーターの下ではなく、もう一方の手だった。カレッジリングがひんやりとした。「これをきみにつけてほしいんだ」彼がささやく。「きみのこと、真剣に考えているんだからね」

「わかった」ジョーダンはためらわずに言った。断る理由がある？　次のステップだ。これからの数年間、彼のカレッジリングをする。さらに次のステップへ移行するという約束手形だ。彼が大学の最終学年にいるあいだに、本物の指輪と交換して、次に待っているのがジューンブライドだ。彼の両親は大喜びだろう。父も喜ぶ。〝おまえがいずれは店を継いでくれることを、わたしは願っていたんだ。おまえとギャレットでね。おまえが将来を託せるような〟

「わかった」彼女はもう一度言い、これでいいと思った。

20　イアン

一九五〇年五月　ウィーン

五月一日、イアンは狭いアパートの部屋からセンターのオフィスへと階段をおり、妻が彼の椅子に腰かけているのを目にした。

シャツのボタンを嵌めながら、立ち止まった。「ドアに鍵をかけておいたんだが」

ニーナがドアをこじ開ける仕草をし、読んでいたペーパーバックをさげた。派手な表紙でタイトルは『リージェンシー・バック』だ。イアンは開いたままのドアを見た。ハンドルが垂れさがっている。〝彼女はロマンス小説を読み、鍵を壊す。すべての男が妻に望むものだ〟とイアンは思った。「ここで何やってるんだ?」袖口を折り返しながら尋ね、鍵を直しはじめた。彼女とトニーが怒って出ていってから数週間が経っており、そのあいだ音沙汰はなかった。

「トニーは後悔してる」ニーナが言う。「謝りたいそうよ、自分が口にしたことを」

「だったら、どうしてきみがここにいるんだ、彼じゃなく」

「彼が言うには、あなたはテントにこもったアキレウスで、彼は出てくるまで待ってるって。彼に馬鹿野郎って言って、あたしが代わりに来たってわけ。アガメムノーンはブリセイスを送り込んだんだからちょうどいいって、彼は言ってる。あたしはどっちの人のことも知らないけどね」

「彼はどうかしている。おれはアキレウスじゃないし、彼はアガメムノーンじゃないし、きみはどこかに贈られる褒美の品じゃない」イアンはドアの取っ手をガチャガチャやって元に戻した。「ホメーロスがブリセイスに剃刀を渡していたら、アキレウスはとっくに死んでいただろう」

「そのホメーロスって誰?」

「『リージェンシー・バック』には書いてない。どうしてそんなつまらない小説を読んでるんだ?」イアンの気がそっちに逸れた。剃刀とロマンスはどう考えてもしっくりこない。

「マンチェスターに住むようになったすぐのころ、図書館に行ったの――イギリスのことを学んだり、読み書きの勉強をするために本が必要だった。図書館の司書が言ったの。『ジョージェット・ヘイヤーはイギリスそのものです』あたしが見たイギリスとはまるでちがうけど、それはたぶん戦争のせい？」ニーナは『リージェンシー・バック』を上着にしまった。「それはそうと、あたしが来たのはトニーが後悔しているから」

「おれたち二人とも、後悔するようなことを言ったからな」イアンは胸のつかえがおりたことを意外だとは思わなかった。彼とトニーは長いこと一緒に仕事をしてきた。相棒であり友達だった。〝いまもそうなんだろう〟「そう言えば、きみは謝罪の言葉を口にしてないな」つい言いたくなった。

ニーナは目をぎゅっと瞑っただけだった。〝あたしが彼女を殺す〟ローレライ・フォークトのことで、ニーナはこともなげにそう言った。本気でそう言ったのだろうし、言ったことを後悔していないようだ。そのせいで彼女をオフィスから叩き出したことを、イアンも謝る気はいっさいなかった。

彼の思いを読んだように、ニーナの目がキラリと光り、あのときにたがいが抱いた敵意が一瞬閃光を発した。まさに一触即発だった。

だが、ニーナは話題を変えた。「トニーと二人で一週間ばかりハイデルベルクに行ってたの。ディー・イエーガリンの大学時代の友人を探してね。在籍記録を調べてみたけど収穫なし」

イアンはディー・イエーガリンを頭から追い出そうと必死になった。それも日に二十時間働くことで。いまやオフィスに一人きりだ。トニーがやっていた仕事もこなさなければならない。「それでわかっただろう、おれの言ったことが。彼女を追いかけるのは骨折り損だって」

「それでもボストンに行くよ。トニーとあたしとで。一緒に行こうよ」

「おれの言ったことは本心だったんだぞ」イアンはデスクにもたれて彼女を見おろした。

「仇討ち部隊とは仕事をしない。彼女を殺すつもりのきみと一緒には仕事をしない」

「まったくもう(ボージェ・モイ)、芝居がかった言い方」ニーナが睨んだ。「あたしは彼女を捕まえたい、罰したい、死なせたい。そのうちのどれであろうとかまわない。トニーが言うには、あんた、人探しが得意なんだってね。トニーとあたしだけでやったら、たぶん失敗する——あたしはアメリカを知らないし、あたしが狩るのはアザラシと鹿、ナチスじゃない。あんたが一緒に来てくれるなら、いま約束しておく。彼女を見つけたとして、あたしは彼女を殺そうとしない」

「きみが信用できるかどうか、どうやったらわかるんだ?」イアンは静かに尋ねた。

「くたばりやがれ(バショル・ナホイ)、クソ野郎(ゴヴノ)」ニーナはイアンのシャツの襟をつかんでグイっと引き寄せた。同じ高さになった青い目は毒を吐くナイフだ。「あたしはタイガから来た野蛮人なだけじゃない」彼女が嫌悪感丸出しで言った。「あたしはソ連空軍のN・B・マルコワ少尉でもあるんだ。約束をしたら守るんだよ。ブリャーチ」おまけにもうひと言悪態をつくと、イアンを強く戻してよろけさせた。「ファック・ユー」

〝彼女はロマンス小説を読み、彼女は鍵を壊し、そのうえ彼女はソ連空軍の少尉だと抜かした。男にとって理想の妻じゃないか!〟不思議なことに笑いたくなった。彼女が嘘をついていると思ったからではない。そうではなくて……「まったくきみときたら。いつになったらおれの世界をひっくり返すのをやめてくれるんだ？」

彼女は両手を腰に当てて睨んだ。「あんたはあたしたちと一緒に行く、あたしはあんたの言うとおりにすると約束する。飴と鞭、剃刀の出番はなし」なんて退屈、と彼女の目が言っていた。

成功の見込みがどれほど低いか、わざわざ言う必要もない。ローレライ・フォークトの引き渡しを受けられる見込みがあろうとなかろうと、ニーナは意に介さないだろうし、トニーも同じだ。「この一件がきみにとってどれほどの意味を持っているかわかっている」代わりにそう言った。「おれにとってもだ。ローレライ・フォークトはおれの白鯨だと、トニーは言ったが、あながち間違ってはいない。だが、小説『白鯨』の中では、白鯨を狩る者はことごとく命を落としている」

「あたしはちょっとやそっとじゃ死なない。あんたもでしょ――あんたが戦時中にどういう場所に行っていたか、トニーから聞いた。ボストンに行こう」

「ほかの仕事がある。そっちも負けず劣らず重要で――」

「イアン」彼の妻が言った。名前を呼ばれてドキッとした。「あんたは〝女狩人〟を捕まえたい。セブや子供たちのために、彼女を捕まえたいんでしょ。あたしはセブや子供たちや自分のために、彼女を捕まえたい。ただの復讐じゃない、正義でもあるんだよ。両方。それなら、間違ってないんでしょ」

彼女が手を差し出した。無謀さに強く惹かれる自分に気がつき、イアンはひやりとした。じきに爆弾が落とされるのだから、すべてを投げ出してしまえ。成功の見込みがなんだ。一か八かの賭けをやって何が悪い？　こんな気分になったのはきみのせいだぞ、とイアンは妻を見ながら思った。持ち前の無鉄砲さが銃ではなくタイプライターを手に、彼を戦場に向かわせ、正しい報道、正しいコラムのために命をも危険に晒（さら）した。いまは、正しい狩りのためだ。

〝おまえが加わろうがどうしようが、この狩りは行われるんだ〟理性の声が言った。容疑者を叩きのめすことを許さない理性、自警団的な正義に加担することを許さない理性。〝彼女はなんとしてでもディー・イェーガリンを追いつめるだろう。おまえが見張っていなければ、この追跡がどんな結果に終わるかわかったもんじゃないだろ？〟彼がその場にいなければ、ニーナは公正なやり方をするという約束を守らないにちがいない。

飢えにも似た胸の中のざわめきが何なのかわからないし、自分がどうしたいのかもわからない。正しい道を行くのか、それとも道を誤ってもよいと思っているのか。〝おれをイシュメイル（『白鯨』の語り手、追放者の意）と呼ぶなら呼べ〟

「ボストン」ニーナは手を差し出したままだった。「行くの？　行かないの？」

第二部

21　ニーナ

一九四二年九月　北コーカサスの前線

夜の帳がおり、追跡がはじまる。

ニーナの前をイェリーナが走る。腕を振り、脚を動かし、みんなの先頭に立とうとエネルギーの最後の一滴まで注ぎ込む。ルサルカ号の下翼に足をかけ、操縦席の縁を両手で持って上体を持ちあげ、銀色の月に向かって拳を突きあげた。「遅いわよ、ウサギたち！滑走路に一番乗りはルサルカ号に決まり！」

ブーツに包まれた爪先も指先も猫みたいに丸めて、愛機につかまる彼女の姿は神々しくさえあった。ニーナの心臓がキュッと縮まり、イェリーナのあとからそれぞれのU－2に乗り込むほかの操縦士たちが、いっせいに抗議のうめき声を発した。「いまに見てなさいよ、イェリーナ・ヴァシロヴナ」ドゥシア・ノーザルが息を切らして言った。「無駄に脚が長いだけじゃないの――」

「わたしもあなたが大好きよ、ドゥシェンカ」イェリーナが甘い声を出して投げキスをし、ルサルカ号の操縦席におさまった。ほかの航法士たちと走りながら、ニーナはにやりとした。毎晩、愛機に最初に駆け寄った操縦士が最初に離陸する権利を獲得する。それに、イェリーナの脚の長さは連隊一だった。誰かが故意に彼女を転ばせないかぎり(ドゥシアならブーツの足を突き出すぐらいやるだろうが)イェリーナが負けるわけはなく、この七晩のうち五晩でルサルカ号が最初に離陸していた。

ニーナが後席に乗り込んだときには、イェリーナはすでにベルトを締めて点検を行っていた。「エンジン始動!」の声が下から聞こえた。

「エンジン始動!」

「プロペラ回転!」

プロペラがまわり、わずかに引っかかる。騒々しい小型の星型エンジンが煙を撒き散らして、ニーナがまだ羅針盤と地図を点検しているうちに、ルサルカ号は動き出していた。山岳地帯に来てほんの数週間だが、彼女たちが飛び立った南部前線の夏の夜とは別世界だ。コーカサス地方の急峻な峰のあいだを吹き抜ける風に煽られ、U-2は一瞬にして絶壁に突っ込みそうになる。風にやられなくても、粘りつくような重たい霧にやられる。前の週、そんな危険な霧にまかれて二機が墜落し、生存者は一人だけだった。

間に合わせの滑走路を縁取るライトが明滅する。前線が近いので、対空砲火や曳光弾(えいこう)の音が間近に聞こえたが、ひとたび離陸すれば前方には真夜中の青い地平線が広がり、頭上には果てしのない星空があるだけだった。その夜は雲ひとつなく、銀色の月が輝き——飛ぶのにもってこいの夜だ。〝眠ってなんかいられない〟ニーナはクズリみたいにニタリと笑った。イェリーナに操られてルサルカ号がスピードをあげる。今夜の標的は、前線に到着したばかりのドイツ兵でいっぱいの掩蔽壕だ。「新顔連中をあたたかく迎えてやろうじゃないの、みんな」バーシャンスカヤ少佐が午後のブリーフィングで言った。まわりを見まわすと、姉妹たちはみな凶暴な笑みを浮かべていた。〝今夜は誰も眠らない〟なぎ倒された草を車輪で巻きあげて、ルサルカ号が空へ駆けあがる。ニーナの心も一緒に――何度繰り返そうと、離陸のたびに甘いものが喉を塞いだ。顔に当たる氷のように冷たい風をしばし楽しんでから、ニーナは仕事に戻った。イェリーナが指示を待っている。「やや東……南西の峠を目指して……」ニーナが周囲の山々を見渡しながら指示を出すたびに、ルサルカ号はピクリとする。航法士のなかには照明弾を頼りにする者もいた。照明弾を投下し、落ちていく赤い光を目安に進路を決めるのだ。だが、ニーナに照明弾は不要だった。地図と羅針盤、月と星があれば充分。

先頭で行う爆撃はいつも一瞬で終わった。標的まで三十分ほどの飛行だが、それが数秒に感じられ、機体は銀のベールとなって雲間から降下する。「一分」イェリーナが叫んで機体を水平にし、ニーナは不動の姿勢をとった。この高度だと歯がガチガチ鳴るほど寒い。剝き出しの操縦席に秋の風が容赦なく吹きつけるが、離陸を待つあいだ、ニーナは決まって燃え盛る炎に当たっているようなぬくもりを感じた。

ルサルカ号は上昇気流を捉え、機体が安定した。イェリーナがエンジンを切ると、世界はしんと静まり返った。

ニーナが最も好きな瞬間だ。それからU－2の機首がさがり、空中滑走をはじめた。湖の鏡みたいな闇のなかを潜ってゆくルサルカそのものだ、とニーナは思った。指を組んで水の流れをつかむように、ニーナの手袋に包まれた指が空気の流れを捉え……静かで目に見えず、レーダーにもかからないから、敵が気づいたときにはあとの祭りだ。地上のドイツ兵たちは暢気なものだ。空の闇から何が滑り落ちてくるか、まったく知らないのだから。

〝あんたたちはいま、こっちの領土にいるんだからね、愚かな坊やたち。偉い総統がいて父祖の地があるのかもしれないけど、あたしたちには母なる大地があり、ここはあたしたちが守る〟

「六百メートル」イェリーナが叫んだ。ニーナは身構える。イェリーナがエンジンをかけると低いうなりが風を震わせた。ライトや掩蔽壕の黒い塊、ドイツ軍のトラックが見えるほど低くまで来た。機体が上昇をはじめる刹那（せつな）、ニーナは解除ボタンを押した。爆弾が漆黒の闇の中を落ちてゆく。地上で爆発が起きた直後にサーチライトが闇を切り裂いたが、イェリーナはすでに機体の向きを変えていた。手探りする白い指のように機体を探す光を、イェリーナはジグザグ飛行で巧みによけながら上空へと逃げた。三分と間を置かず、次のU－2がやってきて爆弾を落とした。ドゥシア・ノーザルの憎しみに歪む顔がほっとゆるむ。次から次へと爆撃はつづき、すべてのU－2機が一回目の任務を終えると、ニーナとイェリーナは二回目の爆撃のため帰路についた。

「さっさと帰ろう」イェリーナが機内の通話装置を通して告げた。

「よくやった、ウサギちゃん」

ルサルカ号が踏みつぶされた草に着陸する間もなく、地上支援員が点検のためにわっと群がってきた。作業服姿の女たちが燃料缶を手にやってきて、兵器係は総重量三十二キロの爆弾の下に潜り、整備士は懐中電灯片手にプロペラやエンジンの上に這いのぼる。イェリーナは操縦席で体をねじり、ニーナに手を差し伸べた。「対空砲火を受けずにすんだ。でも、次は敵も油断しないでしょう」

ニーナは肩をすくめた。「前にも穴を開けられたことはあるよ」南部前線で散々な目に遭ったことがある。ルサルカ号は攻撃され、帆布で覆われた翼は鼠にやられたチーズみたいに穴だらけになったが、次の夜には機体も飛ぶ気満々だった。「あたしたちがやられないかぎり、U－2は弾丸ぐらいじゃ落ちない。たとえあたしたちがやられたって、この鳥は自分でちゃんと着陸する」人前では憚られるキスの代わりにイェリーナの指先をギュッと握ってから、地上に飛び降りた。二人の兵器係が爆弾に屈み込んでいた。一人が懐中電灯を掲げ、もう一人は手袋を咥え、寒さでかじかむ指でヒューズを取りつけていた。ニーナは二人のそばをまわり込んで、報告のために屋内に入った。バーシャンスカヤ少佐は最初の報告を必ず自分が受けることにしていた。「よろしい、同志マルコワ少尉。戻ってよし」ニーナは敬礼し、エンジンオイルの味がする紅茶をひと口飲んでから、イェリーナへとカップを運んだ。

「グッとやって」ニーナは翼に跳び乗る。その下では兵器係が爆弾を投下器に嵌め込もうと膝に載せていた。イェリーナは紅茶をひと口で飲み干し、小柄な整備士が突き出した爆弾投下許可書類に署名した。数分後、二人は再度の出撃のための準備に入っていた。背後では、女王蜂を囲む働き蜂さながら、整備士と兵器係がドゥシアのU－2に群がっていた。ドゥシアは操縦席にだらっともたれかかり、航法士は報告をしに、そして操縦士に紅茶を運ぶために建物へと走り……

「今夜は記録を立てよう」ニーナが言い、整備士がプロペラをまわした。「十回？」

「十回」イェリーナが応え、エンジン音が高くなった。ニーナは彼女の声から高揚感を聞き取った。六回、七回、八回とこなすうち、疲労で呂律がまわらなくなるだろうが、最初の数回はみんなが目を爛々とさせていた。ルサルカ号はダイヤモンドが縫い込まれたような空へと飛び立ち、前線に向かった。

〝今夜、誰か死ぬだろうか〟ニーナは思った。588連隊はすでに損失を蒙っていた。前の週には空中戦で三人死んだ……曳光弾が操縦席に当たったらとか、撃墜されたらとか考えたってなんにもならない。やるべき仕事があるのだから。任務に就いた六月の最初の週には、ひと晩で出撃四回がやっとだった。夜が長くなったいまなら、十回はいけるだろう。バーバ・ヤーガが不用心な子供たちをむさぼり食うように、闇が昼に食らいついて眠れぬ夜が果てしなくつづく真冬になれば、それこそ何回でも達成できる。

「どれぐらい経った？」六回目の着陸のときイェリーナが言い、ニーナが取ってきた冷たいビスケットにかぶりついた。

「南部の前線で任務に就いたときから数えてってこと?」

ニーナは考え込んだ。夜と夜が混ざり合い、昼間はもっとぼんやりしたものだったから、はたして何日が経過したのだろう。「三カ月ぐらいかな」

イェリーナが大あくびをした。「もっと長かった気がする」

最初の数週間は、足に岩を括りつけられて〝親父〟のいちばん深いところに放り込まれたような気がした。ファシストの前線がすぐそこだったから、夜になって最初に飛び立つたび、戻るまでに滑走路がドイツ軍の手に落ちていたらどうしようと不安になったものだ。進軍するドイツ軍の戦車の長い列に爆弾を落として戻るとき、実りの季節を迎える穀物畑の上を飛び、金色に波打つ小麦が大鎌ではなく炎に刈られるのを目にした。ドイツ軍兵士の腹におさまるぐらいならと、畑に火が放たれたのだ。黒い煙が渦巻いて立ち昇り、連隊のU－2機は翼を真っ黒にして着陸し、煙で目を真っ赤にした操縦士の耳に入るのは、ドイツ軍が別の町を、別の川を、別の都市を占拠し、いたるところにナチの旗が翻っているという知らせだった。モスクワからもたらされた指令第227を、バーシャンスカヤ少佐が読みあげた。「退却を終わらせるときが来た。一歩たりとも引いてはならない」

〝一歩たりとも引いてはならない?〟鉛の毛布のような重い疲労感に圧し潰されながら、ニーナは思った。〝あんたがまずやって見せなさいよ、同志スターリン。燃える穀物畑を進軍するのがどんな気持ちのものか、経験してみたらどう〟それとも、高射砲を取り囲むサーチライトをかい潜り、標本にされた蝶のようにピンで刺され無防備な状態に曝される

夜間爆撃を終えた直後は眠れないものだ。その夜の最後の出撃で、操縦桿を握りながら疲れ果ててウトウトしたとしても——食堂からベッドに戻ったとたん、重たいまぶたが紐をほどかれたブラインドさながらに落ちてきても、女たちはカササギみたいに騒々しくおしゃべりをはじめる。滑走路をトボトボ歩いているときは、あくびしながら黙り込んでいるのに。

「——失速して、翼が灌木をチョキチョキ刈り込んでたんだから、ほんとうに。それからなんとか機体を引きあげて——」

「——上昇気流に煽られてもう少しでスターリングラードってとこで、イルーシュカ号がなんとか水平になって——」

ニーナは飛行服を剝ぎ取るとベッドにドサリと体を横たえた。「ブーツ、ウサギちゃん」

イェリーナに向かって足を突き出す。「体が曲がらない」

「かしこまりました」イェリーナが膝を曲げてお辞儀すると、ニーナの右足のブーツをつかんだ。「皇妃さま、ほかにご用は?」

両足ともブーツが取り去られると、ニーナは爪先をうごめかした。「ウォッカをバケツいっぱい」

「ただちに、ツァリーツァ」イェリーナは隣のベッドに沈み込み、足を突き出した。「数カ月はアニソフスカヤにいることになるらしいわよ。もしかすると年明けまで」

「よかった。あちこち動きまわることにも、掩蔽壕で寝ることにもうんざり」ニーナは星を刺繍した飛行用スカーフをベッドの端に畳んで置いた。初めての出撃の夜、イェリーナが刺繍していたスカーフだ。相棒は針と糸を取り出し、別のスカーフに刺繍している。その向こうのベッドでは、スターリングラード出身のブルネットが靴下を繕っていた。ブーツの泥を擦り落としている者もいる。校舎のはずれにひとつだけあるシンクの前で、四人の操縦士が列を作って順番を待っていた。静かにハミングする者、シクシクと声に出さずに泣いている者もいる。

「まだだわ」イェリーナが考え込む。ウールの靴下に包まれたほっそりと長い足が、電流を流されたようにピクピク動いている。膝も震え出した。「どうしてこうなるのか原因を知りたいわ」

ニーナは肩をすくめた。爆撃飛行をしたあとは、みんながいろいろな反応を示す。イェリーナは何時間も震えている。ドゥシアは横向きになって丸まり、黙り込んで壁を見つめるばかりだ。延々とおしゃべりをつづけ、話の途中でパタンと眠ってしまう者。泣く者、歩きまわる者、わずかな物音でも跳びあがる者――夜毎に様々な反応を示すのだ。

「あなたは岩でできてるのね、ニノチカ」イェリーナがピクつく足を曲げながら言った。

「何の反応も示さないじゃない」

「示すよ」ニーナはそう言って額を叩いた。「いつだって左目の奥が痛くなる」

「でも、ふさぎ込んだり、泣いたり、怒りっぽくなったりしない」

「それは怖いものがないから」

ブーツを磨いていた女が興味深そうにこちらを見た。「何もないの？」

ニーナは澄ました顔でかぶりを振った。「溺れ死ぬこと以外はね。まわりに湖はないでしょ」

「あなたっておかしいわよ」と、イェリーナ。「シベリアのかわいい変人さん」

「かもね」ニーナは枕にもたれた。「マルコフ一族はみんな変なのよ。血のせい。そのおかげであたしのいまがあるんだから、変人なのは気にしない」

震えも、歩きまわるのも、頭痛もすべて出撃後の反応で、全員が午前中を費やして軽減をはかった。いつものことね、とニーナは思いながら、かすかな痛みが引くまで額を揉んだ。そのうち震えは止まり、おしゃべりもやみ、寝息だけが聞こえるようになる。激しい疲労がとれて寝返りを打ちはじめるまでに三時間ほどかかるだろうか――それより前にたまたま目が覚めると、みんな死んだように眠っている。ちょっとばかりおかしくて、怖いもの知らずのニーナでさえ、眠らなければ動けない。

みんなが死んだように眠る静寂の中で、ニーナはベッドを出ると手探りでドアへと向かい、ブーツを履く。村はずれの貯蔵小屋へとぶらぶら歩き、中に入って待つ。壁板の隙間から太陽が光の指を差し込むさまは、たくさんの小さなサーチライトがたくさんの小さな機体を探しているようだ。ニーナは光の中で埃の粒が踊るのをうっとりと眺め、まどろむ。踊る埃の粒はＹａｋ－１戦闘機のようで……

小屋のドアが軋んで開いて閉じた。板がガタガタいいながら落ちてドアを塞ぎ、イェリーナの腕が背後からニーナの腰に絡みつく。とたんにニーナは目覚めた。

「こんにちは、ウサギさん」イェリーナの肩に頭をもたせる。「今夜の飛行はよかった」

「サーチライトにつかまるの、ほんとうに嫌だわ」イェリーナが体を震わせ、頰をニーナの髪に押しつけた。「どっちが空で、どっちが地面だかわからなくなる一瞬……」

「信頼のおける航法士の指示に従えばいいの」ニーナはイェリーナの油が染みた関節に口づけた。「あたしはいつだって空を見つけられる」

「あなたを航法士にしておくの、もったいないわ、ニノチカ。あなたみたいに肝が据わった人は、自分で操縦すべきよ」

「そうなったら、誰があんたを災難から救い出すの、モスクワのかわい子ちゃん？」

「わたしはそんなかわい子ちゃんじゃないわよ！」

「だったら言ってごらん。〝クソッタレのサーチライトなんてクソくらえ〟って」イェリーナが頰を赤らめるのがニーナにはわかった。「言ってごらん、イェリーナ・ヴァシロヴナ」

「わたしはサーチライトがとても嫌いでございます」イェリーナが澄まし顔で言ったので、二人して体を震わせて忍び笑いした。ニーナはイェリーナの肩に頭をもたせ、イェリーナはニーナの腰に腕を絡ませたまま、しばらくじっとしていた。体がふわりと浮く。エンジンが切られて、しんとした混じりけのない空気の中を、自由に滑空するときの感じだ。

「まだ震えてる」ニーナは言い、イェリーナの引き攣る手をさすった。

「おさまるのにあと一時間はかかる。いつもそうなの」

「あたしがもっと早くおさめてあげる」ニーナは振り返ってイェリーナの顔をさげさせ、その体を影になった奥の壁に押しつけた。手まわしよくコートが敷いてある。疲れすぎていて、物憂いキスを交わすだけのときもあるが、その日はどちらの手もやる気満々だった。イェリーナが震える指でボタンをはずすのをニーナの指が手伝い、彷徨う光線がイェリーナの象牙色の肌を染めた――ニーナの手が触れたところから、その肌が貝殻の内壁のようなピンクに変わる。ニーナの唇が肘の内側から耳たぶの裏側、腰骨を覆う肌、膝の内側から腿へ、体のやわらかで感じやすい部分をすべて辿ってゆくと、イェリーナは背中をのけぞらせた。声を立てまいと自分の手を噛んで、イェリーナは静かに全身を震わせた。こうして指の震えがおさまってゆく。「ほらね」ニーナはやさしく言った。イェリーナが起きあがり、ニーナにむしゃぶりついてくる。

「こっちに来て――」

イェリーナのキスは飛ぶのと同じ激しさだが、最初は恥ずかしがっていた。ルサルカ号の翼の下で愛し合った最初の夜、彼女は暗闇で輝きだしそうなほど真っ赤になった。「女の子同士でこういうことやるって知らなかった……」声が尻つぼみになった。「あなた、知ってた?」

ニーナは肩をすくめた。「聞いたことはある」女性がいない環境で、男同士が仕方なくそうなることは知っていた――ニーナが生まれ育った村でもそういう人はいたから。〝親父〟のほとりでは、かわいい女の子はめったにそんなことをしない。小さな村ならなおのことだ。男は男同士で間に合わせる。いまは別の見方ができるようになり、女同士がそうなるのも自然の成り行きに思える。

だが、男も女も人前で話すことではない。とくに男は見つかったら刑務所行きだ。女の場合はどうなるのかよくわからないが、ろくなことにはならないだろう。病院行き？　おそらく。588連隊を追い出されるのは間違いない。

「……したことあるの？」初めてそう尋ねたとき、ニーナの肩にもたれるイェリーナの頬は焼き印のように赤くなった。「わたしよりも前に。あなたは……」

「もちろん」ニーナは言った。「航空学校で何人かの男と」

「わたしはしたいと思ったことなかった。いまならどうしてだかわかる」ため息。「男性はわたしを求めたけど、わたしは男性を求めたことがなかったの。あなたもそうなの？」

「ちがうな。あたしは男が好きだもの」イルクーツクで付き合ったウラジーミル・イリイチを思い出した。ぼんくらだったけど、ベッドでは彼女をいかせてくれた。「すごく好きだった男が一人、二人はいたよ」

「わたしよりよかった？」イェリーナは不安そうだった。

「いいえ」じっくりと口づけた。「あんたほど飛べる男は一人もいなかったもの」

「あなたってそれしか考えないの、ニノチカ？」イェリーナが頬を赤くしたまま笑った。

「飛べるか飛べないかわかるまで、誰も相手にしないってこと？」

「飛ぶことができて、なおかつ勇気があるってわかるまではね」そこまで言って考えた。ほかにまだある？　夢中になるに値する人間の資質。勇気。飛行技術。そのふたつはニーナの膝をガクガクさせる。そのふたつを備えた人に出会えば、いつだって口説きたくなる。これまではそういう相手はすべて男だった。イルクーツクの航空学校の操縦士はほとんどが男だったからだ。ニーナと張り合うほどの気迫と技術と根性を兼ね備えた空の女は、一人もいなかったから、女には見向きもしなかった。

だから、イェリーナに惹かれるのは無理もないことなのだ。彼女は優秀で激しくて鋭敏で、勇気がある、連隊一の飛行家だ。それほどの資質を備えていれば、イェリーナが男だろうが女だろうが、たとえ植物だったとしても夢中になっただろう。ニーナにとって単純明快なことで、それ以上考える必要はなかったが、イェリーナはいまだに不安がる――二人がたがいに惹かれあうのは、なんで、どうして、と。「自然なことじゃないわよね。そんなはずない」人の話や、ニーナが読んだことのない本の一節を引用し、ぐずぐずと思い悩んでいる。『世界中でいちばん自由な国の完全に一人立ちしている市民としての女は、自然から母親になる能力を授けられている。ソ連の英雄たちを生み育てるために、その貴重な能力を生かそうではないか』わたしたちには結婚して母親になり、労働者になることが求められているのよ。何よりも子供を持つことが。だから、わたしたちがしていることは、正しいはずがない。戦争のせい？　戦争で頭の中がぐちゃぐちゃになっているせい？」

「かもね」ニーナはあくびをした。「どうだっていいよ」たしかに戦争のせいかもしれない。昼が夜で、生きることが死ぬことで、悲しみは喜びでもある。だからこそ、いましかない。ほかのことは考えたってしょうがない。

南部の前線にいたころは、整備士が余った工具をしまっておく小屋の奥で逢瀬を重ねた。まだあたたかかったから、肌を合わせたままのんびり過ごす余裕があった。アニソフスカヤにいるいまは、小屋の中にいても吐く息が白くなるほど寒いので、すぐにズボンとコートを着ないといられなかった。「いずれは外で一緒に過ごせなくなるわね」イェリーナはため息をつき、シャツを着ながら顔をしかめた。「あなたったら、ウサギ以上の引っ掻き屋なんだから！　これからは子猫ちゃんて呼ばないと」

「子猫よりもっと危険なものがあるよ」ニーナは言い返した。「もっとあたたかな場所を探してあげるから」二人きりでこっそり会うのは、思ったほど難しくなかった。夜間飛行のあとはみんな疲労困憊で、仲間の操縦士がこっそり出ていこうと誰も気にしなかった。ニーナとイェリーナが滑走路を手をつないで歩いても、イェリーナがニーナのスカーフに刺繍を施しても、ニーナがイェリーナの膝枕でうたたねしても、見咎める者はいなかった。非番のときには、みんなが口づけし合ったり抱き合ったりしている。贈り物を交換し、あだ名で呼び合う。仲間に愛していると言っておかないと、いつ今生の別れが訪れるかもわからないのだ。ほかの操縦士がこっそり抜け出すのを、ニーナは見たことがあった。おそらく仲間の操縦士と二人きりで会っているか、近くの連隊の男の地上支援員と会っているのだろう。

それでも、彼女たちは二人とも用心深かった。

「あんたが先に出て」ニーナはイェリーナに言う。「あたしは三分待ってからあとを追う」

「細かいんだから」イェリーナがからかう。「口うるさい母親みたい」

「あたしはそれ以上だからね。あんたの母親は、いい人を見つけて結婚しろ、戦争に行くな、操縦士になるなって説教したけど、あんたは耳を貸さなかった。でも、あたしはあんたの航法士だからね、同志ヴェツィナ少尉、それに、あんたの母親とちがってあたしの言うことには耳を貸さざるをえない」

イェリーナがふざけて敬礼した。短いカールが揺れ、頰はピンクの蘭の色だ。〝親父〟のまわりに群生する野生の蘭は、雪が融けると唇のような頭をもたげる。彼女を見ていると息ができなくなる。あんたを守りたい、とニーナは思った。〝あんたのためなら世界とだって戦う、イェリーナ・ヴァシロヴナ〟誰かを守りたいとこんなに強く思ったのは初めてだった。いままでに感じたことのないものだ。恐怖にも似た思いに胸が締めつけられた。怖いものがふたつになったのかもしれない。

イェリーナが投げキスをして抜け出した。ニーナは三分待ってからあとを追う。宿舎に戻ってみると、イェリーナはすでに深い眠りに落ちていた。このまま四時間は赤ん坊みたいに眠りつづけるのだろう。ニーナもじきに追いつき、崖から石が落ちるようにストンと眠りに落ちた。

「起きなさい、ウサギたち！　ナチスドイツは自滅してくれないんだからね！」バーシャンスカヤ少佐の声は忌々しいほど元気だった。「起きて、起きて、起きなさい！」

「うるさいなあ」ニーナはぼそぼそ言った。「クソばばあ、死にやがれ」セメントで固められたとしか思えないまぶたを、無理やり開く。「くたばり損ないのクソばばあ」バーシャンスカヤはすでに次の建物に移動したあとだった。いまごろ別の班の操縦士たちを叩き起こしているのだろう。「あのクソ忌々しい元気さのせいで、あたしはそのうち彼女の喉を切り裂き、壁を背に立って撃ち殺されるんだ。それでも後悔はしないと思う」ニーナは毛布を顎まで引きあげた。

「撃ち殺されたりしないで」イェリーナはすでにベッドから出て、航空服に着替え中だった。あくびやガサゴソいう音、寝ぐせのついた髪をくしけずる音で騒々しくなる。「新しい航法士を仕込むなんて嫌だから。わたしの紅茶の好みをあなたが忘れないかぎり」

「冷めきってて、モーターオイルの味がするやつだよね？」

「そのとおり」イェリーナが毛布を力任せに剝いだので、ニーナは悲鳴をあげ、ベッドを飛び出した。「起きて、起きて、起きなさい！」

「あんたの喉も掻き切るからね、イェリナシュカ」ニーナは警告し、シャツを頭からかぶり剃刀の紐を手首に巻きつけた。イェリーナもほかの操縦士たちも操縦席にピストルを持ち込むが、ニーナは剃刀なしで空を飛んだことはなかった。

変わり映えのしない食事が終わるころには、太陽は西に傾いていた。ブリーフィングに向かう途中、装備と燃料缶を積んだトラックが目についた。前線に近い補助飛行場に向か

者の輸送に使っている橋だった。地図が配られる。ニーナの指が線で囲まれた領域をなぞる。
カヤ少佐が伝えるその日の最新情報に耳を傾けた。今夜の標的は、ドイツ軍が食糧や負傷
うのだろう。U－2機が空からあとを追う。588連隊の女たちが集まり、バーシャンス

うのだろう。U－2機が空からあとを追う。588連隊の女たちが集まり、バーシャンスカヤ少佐が伝えるその日の最新情報に耳を傾けた。今夜の標的は、ドイツ軍が食糧や負傷者の輸送に使っている橋だった。地図が配られる。ニーナの指が線で囲まれた領域をなぞる。

「同志少佐」ブリーフィングが終わると、操縦士の一人が声をあげた。「四度目の出撃で失速し、エンジンがかかったときには草を擦っていました。それぐらい低空飛行をしていたので、逃げ惑うドイツ兵たちの怒鳴り声が聞こえました」

「なんて怒鳴っていたの？」バーシャンスカヤにとって重要でないものなどない。彼女の目はいままで以上に鋭くなっていた。ふざけたことを許さぬ指揮官は、マリーナ・ラスコーワの勇壮な輝きはないかもしれないが、バーシャンスカヤのためなら脚の一本や二本失ってもいいと、ニーナは思っていた。毎朝の起床号令が元気すぎて、喉を掻き切りたくなるとしても。「なんて怒鳴っていたの、同志少尉」

「ナハトヘクスン」操縦士は言った。「あとはエンジン音に掻き消されました」

バーシャンスカヤが声に出さずにその言葉を発音した。ニーナもだ。〝ナハトヘクスン〟

戦前に語学教師をしていた操縦士が声をあげた。

「ナイト・ウィッチ」

あたりがしんとなった。〝ナイト・ウィッチ〟どういうわけか、ニーナは父を思った。

凍てつく〝親父〟の湖畔に住む、酒を飲んで荒れ狂う父。

ルサルカって何なの、父さん？　幼いころに父に尋ねた。あの当時は、その名をつけた飛行機で空を飛ぶ日が来るとは夢にも思っていなかった。

〝湖の魔女（レイク・ウィッチ）〟父はそう答えた。

　その後、イルクーツクの街角で再会したとき、父は言った。〝クズリの臭跡は辿れるんだ。湖の魔女の娘の臭跡を、おれが辿れないと思ったのか？〟

〝いまは空の魔女〟ニーナは言い返した。

　そうではないのかもしれない。

　空の魔女ではなく、水から生まれた湖の魔女でもない。何かほかのもの。何か新しいもの。５８８連隊の女たちを見まわす。世界がいまだに見たことのない何かを、みんなで作りあげてきたのだ。唇が動き、歯がキラリと光り、満足の笑みが浮かぶ。〝夜の魔女〟

「そうね」航法士の一人が言った。「気に入ったわ」

　笑いが弾け、バーシャンスカヤ少佐が手を叩いた。「滑走路へ、みんな」

　カブ畑を転用したこれまでの滑走路よりいくらかましな新しい滑走路から、U－2機が次々と暮れなずむ空へ飛び立った。帰還すれば操縦士は飛び降り、兵器係や整備士の出番だ。みんな爪先だって空を見つめる。疲労を忘れ、空腹を忘れ、体の震えも悪い夢も忘れる。月が昇る。前夜よりも少し太くなった三日月だ。ニーナは夜の風を吸い込み、心を浮き立たせる山の香りを吸い込み、ガソリンの川のように血を燃え立たせた。イェリーナは滑走路の向こうのルサルカ号を見つめ、張り詰めた顔で走る体勢だ。

バーシャンスカヤが手を上下に動かして女たちを黙らせた。「みんな、搭乗」いつもならそう言うのだが、その夜は「夜の魔女たち、搭乗」。

するとみんながいっせいに走りだした。自分たちの命である愛機に向かって。笑い声が荒々しい波となって滑走路を洗う。イェリーナが先頭を切り、ニーナは一団の真ん中で息を切らしていた。二十四時間はまたたく間に過ぎて、いままたベルトコンベヤーの上だ。

どこか先のほうでイェリーナが叫んだ。「遅いわよ、ウサギたち！　ルサルカ号が一番！」

数秒後、ニーナは翼につかまり、操縦席に飛び込んだ。

一機、また一機と、夜の魔女たちが飛び立つ。

22　ジョーダン

一九五〇年五月　ボストン

「ジョーったら、これだからな」ギャレットが笑いながら小型複葉機から飛び降りた。「一緒に急上昇を経験するはずだったろ」

「あなたが戦争中、こんな飛行機で訓練を受けていたなんて信じられない。布とベニア板じゃないの！」ジョーダンは操縦席の縁を慎重にまたぎ越した。「まともな写真が撮れてることは思えない。航空眼鏡をしたまま焦点を合わせようとしても、風がすごくて……」

「きみがあんなふうに写真を撮るの、しばらく見てなかったな」ギャレットが翼から彼女を抱きおろした。

「忙しかったから。それに、写真で食べていくわけじゃないし」以前はそう考えると辛くなるばかりだったが、現実の輝きの中ではどんな夢も萎んでいくものだ。どこへ行くにもカメラを持ち歩き、講習を受け、誰も買ってくれないフォトエッセイに心血を注いだところで何になるの？　自分には店という仕事場があり、世話を焼くべき妹がいる。結婚式の計画も立てなくちゃならない。

「教会の花のことで、母さんがきみに相談したいって」彼女の気持ちを読んだように、ギャレットが言い、複葉機に車輪止めをした。「蘭はどうかって言ってる」

「そうね」ジョーダンは蘭について何の考えもなかったが、花嫁なのだから意見のひとつも持つべきだろう。前年のクリスマスに、ギャレットはカレッジリングを女の憧れのダイヤモンドに替えてくれた――金の台に洋梨形の石がはまった上品で美しい指輪だ。ギャレットの卒業を待ち、秋に式を挙げる予定だからまだ余裕があると思っていたのに、婚約指輪がきっかけとなり、目まぐるしい速さですべてが決められていった。九月に挙式、新婚旅行はニューヨーク、フラワーガールのルースは淡いピンクの紗のドレス。ルースは有頂天だ。みんな有頂天だった。

ジョーダンは蘭もセンターピースも脇に追いやり、ライカを構えて機体と並ぶギャレットのスナップを撮った。「そろそろ戻りましょう。一時には店を開けないと」小さな飛行場はボストンの北東部にあった。ギャレットによれば、時代遅れの複葉機を、飛行訓練や農薬散布や遊覧飛行に貸し出す半端仕事で、なんとか経営が成り立っているらしい。ギャレットが整備士と一緒に点検作業をするあいだ、ジョーダンは車に戻りバックミラーで髪を直した。前年の六月に二十一歳になると、女学生のポニーテールは卒業してもっと大人っぽい髪型にしようと決めたものの、美容師任せの髪型がほんとうに似合っているのか心許なかった。「思いきって切ったほうがいいですよ」美容師は熱っぽく言った。「後ろはカールを入れて。『カルメン』のリタ・ヘイワースみたいになりますよ。あの映画、ご覧になったでしょ?」ところが、リタ・ヘイワース効果を生み出すには、多くのピンとカーラーが必要で、毎朝、ジョーダンがいくら髪を丸めたり引っ張ったりしようと、風が吹けば濃いブロンドの髪はごちゃごちゃの塊となり、布巾みたいに垂れさがるばかりだった。

〝思い切り短くして、ゲルダ・タローみたいにベレーをかぶればいいのよ〟長く押さえつけられていたJ・ブライドの声がささやいた――頭のどこかにいまも馬鹿げた夢は残っていた。ピンカールやペチコートとさよならして、艶やかな革のトレンチコートを翻し、ライカを肩にニューヨークへ向かう夢。だが、そんな思いを元あった場所に押しやり、駆けてくるギャレットに顔を向けた。「今度はいつにするの? 楽しかった」

「いつでもきみが好きなときに」ギャレットは運転席のドアを跳び越した。「隔週の土曜日はここで働いてるからね。パット――ミスター・ハッターソン、経営者のね――が、いま苦しくてね。ぼくは月に二日、週末の遊覧飛行を引き受けて、観光客に宙返りやきりもみ降下を体験させ、飛行時間の分だけパットが払ってくれる」ジョーダンのほうをちらっと見る。「きみは心配しないよね、ぼくが飛ぶこと。あなたが飛行機免許を持っていると考えただけで体が震えるって、母さんは言うんだ。前に一度、脚の骨を折ってるんだからって、うるさくてしょうがない。もうじき結婚する男は家族のことを考えないとってね」

「結婚したら、好きなだけ飛べばいい」ジョーダンはいつもなら避ける〝結婚〟の二文字を口にした。「あたしはちっともかまわない」

ギャレットが顔を寄せて長いキスをした。「たいしたもんだよ、きみは。自分でわかってる？」

「わかってるわよ」ジョーダンも顔を寄せ、耳元でささやいた。「トランクに例の毛布、まだ入ってる？」

頰に当たる彼の口元に笑みが浮かぶのがわかった。「もちろん」

「どこかこのへんに、女の子が恋人とわれを忘れられる場所ってある？」

「もちろん」

カレッジリングが〇・五カラットの指輪と入れ替わったあと、ジョーダンも交換に応じるべきだと思った。〝行く先々で恋人を作りながら、ヨーロッパを股にかけて活躍するつもりだったのよね。だったら、シボレー・クーペの後部座席でいちゃつくのはいいかげんに卒業したら〟

クスクス笑いのおまけつきで、車はタイヤをスピンさせて埃を舞いあげ、ボストンに戻る代わりに飛行場からさらに反対方向へ、細い袋小路へと突っ込んでいった。ギャレットがトランクから毛布を取り出し、礼儀正しくお辞儀して木立を指した。「お先にどうぞ」

「あなた、ちゃんと用意してるの――」ジョーダンは必死に世慣れた女を装ったが、高校の女友達が〝あれ〟と呼んでいた物の婉曲表現がいまだに下手だった。「わかるでしょ」

ギャレットが財布を叩いた。「ぼくは、ほらボーイスカウトだったから。準備万端」

「スカウトの手引書に載ってなかったことを祈るわ」

「もし載ってたら、隊長にもっと敬意を払っていただろうな」

車が見えないほど奥の茂みに毛布を広げ、寝転んだ。初めてのときは(四カ月前、ギャレットの友人のアパートで)、服を着たままキスをしてから裸になるまで、実際に何をどうすればいいのか、ジョーダンは真剣に悩んだ。ファッショナブルな女に見せる〝ニュールック〟には、いろんなところに山ほどの留め金が付いているから、とてもじゃないけど優雅にはずしてなんていられない。

「姉さんの『永遠のアンバー』よ」以前、友人のジニーが、繰り返し読んだのがわかる本を渡してくれた。「ベッドのマットレスの下から取ってきた。マサチューセッツ州司法長官によれば、殿方の前で女が服を脱ぐ場面が十回もあるそうよ」

「公序良俗に反すると断定するためには、よほど読み込んでいないとね」ジョーダンは言った。

「彼はさらに、性交渉に言及している部分が七十箇所あると指摘している。あたしは六十二箇所しか見つけられなかったけど、姉がなくなったことに気づく前に慌てて読んだからね」

けっきょく、『永遠のアンバー』はたいして役に立たなかった。服を脱ぐのはたいしたことではなかった。特別な技術が必要なわけではなく、できるだけ早く脱ぎ捨てればそれでいい。やることなすこと無様で、恍惚の波が押し寄せてきたわけでもなかったが、たっぷりの笑いがあったので二人ともリラックスでき、気まずい思いをせずにすんだ。それに、友人の何人かが言っていた、ものすごく痛い、ということもなかった。ことセックスに関しては、本も女友達もあてにしないほうがいいということだ。ジョーダンはそんなことを考えながら、体をねじって毛布越しに背中を刺す小枝をよけ、そのあいだにギャレットはシャツを脱いでいた。女友達というのは、経験豊富な子でも言うことがまちまちだった（「男のほうがあたしたちよりずっとアレが好きなものよ」とか「愛するってそりゃあすてきよ！」とか）。本もたいしたことは言っていないか（さあこれからというところで、ヒーローとヒロインはどうとでも取れる省略法に埋没して消える）、さもなければ陳腐な言葉で恍惚を表現しているだけだ。

それでも、七回、八回と回を重ねてきたので、彼女もギャレットも手慣れたものだった。毛布の上で愉しく転げまわってから、ギャレットが彼女の鎖骨をキスで辿ると、髪が日射しを受けて斑に染まり、つかの間、激しく四肢を絡ませ汗ばみ、喘いでから、ほほえんで体を離した。

　ジョーダンは起きあがってブラウスに手を伸ばした。「ギャレットったら」肩越しに振り返り、笑いだす。「眠らないでよ」

「眠らない」彼は言い、目を閉じて毛布の上に体を伸ばした。

「眠ってるじゃない」彼の耳にキスする。「服を着て！　店を開けなきゃならないのよ」

　彼はあくびをしながら起きあがった。「仰せのとおりに、ミセス・バーン」

「九月まではその言い方しないで、縁起が悪いから」ジョーダンは指輪の位置を直し、木漏れ日に輝くさまを眺めた。とっても品がいいけれど、少しばかり重い。〇・五カラットのダイヤが岩みたいに重いとは、思ってもいなかった。

　ジョーダンが〝開店〟の札を出して十分もしないうちに、店のドアベルが鳴り、慌てた様子の女が額の汗を拭きながら入ってきた。「〈マクブライズ・アンティークス〉へようこそ。冷たいお飲み物をいかがですか？」長い脚（ステム）のムラノのゴブレットに冷水を注ぎ、エドワード七世時代の名刺盆にレモン・ウェハースを盛って出す。冬のあいだは、ペパーミント・ウェハースとミントンの花柄のカップに紅茶だ。〝歓迎されていると思っていただかないとね〟アンネリーゼは言う。彼女の控えめな意見がいつの間にか店に浸透して、よい結果を生み出していた。父がせっせと買い入れて在庫を増やしているのだから、よい結果が出ているのだろう。「ボストンのアンティークを扱うお店でいちばんの繁盛店になれない理由はないのよ」義母はことあるごとに言っていた。

「いままでどおりで充分だよ」父は言うが、アンネリーゼはそれとなく発破をかけつづけ、彼女の些細なことへのこだわりが利益につながっていることを、ジョーダンも父も否定できなかった。彼女が店に出ることはなかった――妻を働かせないことが父の誇りだ――が、彼女なりのやり方で貢献していた。

最初の客は漆器の盆とジョージ王朝時代の置時計を買って帰り、入れ違いにまたベルが鳴った。学生服の背中でブロンドの三つ編みを跳ね返しながらルースが駆け込んでくると、ジョーダンの歓迎の表情が笑顔に変わった。「お帰り、コオロギ」

ルースがハグする――八歳のいまはすっかりおしゃべりになり、大きな目の無口な四歳児の面影はなかった。〝妹〟愛しさに胸が締めつけられる。いまでは本物の妹だった。ルース・ウェーバーはルース・マクブライドになったのだ。「見えまわれる？」店はルースの宝石箱、世界でいちばん好きな場所だった。

「見てまわっていいですか、でしょ」アンネリーゼの声がした。「ええ、いいわよ」

ジョーダンは義母を笑顔で迎えた。二人のあいだで交わされる笑顔はしばらくのあいだぎこちないものだった――修羅場となった感謝祭の一年後の夕食のテーブルは、また張り詰めた雰囲気で、誰もが疑心暗鬼になりながら七面鳥を頰張ったが、ありがたいことにそれも過去の話だ。ジョーダンはいまアンネリーゼにハグして、甘いライラックの香りを吸い込んだ。「どうしていつもそんなに涼しそうで落ち着いていられるの？」ジョーダンは言い、しみひとつない手袋としわひとつないクリーム色のリネンスーツを、まるで〈ヴォーグ〉誌のページから飛び出したみたいだと思った。アンネリーゼがシンガー・ミシンで縫ったとはとても思えない。「あたしなんか、古いモップみたいにくしゃくしゃ」

「若い女の子は少しだらしないぐらいのほうがかわいく見えるけど、わたしみたいな中年の既婚女性は、身ぎれいにしてないと見苦しいでしょ」アンネリーゼがハンドバッグから生地見本を取り出した。「このきれいな黄色のコットンを見て。あなたのサンドレスにどうかと思って――」

「あなたのほうが似合うわ。あたしだと黄色のチーズみたいに見える」

「そんなことないわよ。服の見立てでわたしが間違ったことあった？」アンネリーゼがほほえんだ。三年半前、彼女はジョーダンの顔を真っ赤にした謝罪を受け入れ、彼女自身も泣きながら謝った――二人はたがいの肩で少し泣き、二度と蒸し返さなかった。このごろでは、感謝祭のことを思い出すたび、ジョーダンは自分の愚かさに顔をしかめ、〝あたしはいったい何を考えていたの？〟と思う。

「どういう風の吹きまわし？」ジョーダンは尋ねた。「開店時間中に店を訪ねてきたことなかったでしょ」

「ダンがあすの旅行に持っていくので、オークションのカタログが必要だそうで。ホープの椅子に目をつけていてね――」

「この買いつけを終わらせたら、しばらくはのんびりするみたいね」アンネリーゼが見繕ったバリっとしたヘリンボーンの背広を着て、父は二週間に一度はニューヨークやコネチカットに出かけていた。いまでは長時間店のカウンターに立つこともなく、奥の部屋で修復作業をすることもなかった。いま、奥の部屋には──

「ミスター・コルブはいるの？」アンネリーゼがカタログをハンドバッグにしまった。

「いますよ、フラウ・マクブライド」奥のドアが開き、病弱そうな男が細いグレーの髪を耳の上でふわふわさせて出てきた──ジョーダンが店を開けるずっと前から作業をしている。「ちょうどよかった」ミスター・コルブの英語は訛りがきつく、ジョーダンは理解できるようになるのに数週間かかった。「ワニスを塗る必要のあるヘプルホワイト様式のテーブルが……」ドイツ語と英語をちゃんぽんにして専門的な話をはじめる。強制追放者法の制定でヨーロッパから大挙して押し寄せた難民の一人として、一年ほど前に店に来たころは、安物の背広の中で縮こまり、人に声をかけられるたびにビクッとしていた。

「修復をやらせたら、彼以上の人は見つからないわよ」アンネリーゼは父を説得し、コルブの入国の保証人を引き受けさせた。「古書と古文書。それが彼の専門なの。わたしが子供のころ、ザルツブルクに店を構えていたのよ。彼の力になれてとても嬉しいわ」

「店番はさせられない、あの英語だからね。それにいつもビクビクしているし」

「戦時中、辛い目に遭ったんですもの、ダン。収容所で……」アンネリーゼは声をひそめた。小柄なドイツ人はそれ以来店の奥で修復作業に没頭し、ルースのためにポケットにペパーミントキャンディを忍ばせ、ジョーダンにははにかんだ笑顔を見せる。

しなめた。「あなたが話していたディーラーって、エイムズに定住を決めたっていう……?」

「ええ、フラウ・マクブライド。支払いもすませたそうです」

「よかった。彼はわたしの手紙をザルツブルクに届けてくれたのかしら?」

「ええ、フラウ・マクブライド」

「あっちで親しくしていた女の人なのよ」アンネリーゼはジョーダンに言った。「ボストンに来る気になってくれるといいんだけど。わたしは運よくこっちに来られて、新しい人生をはじめられたわ。ほかの人たちにもそうなってほしいの」彼女の英語はいまでは完璧でドイツ訛りはまったくなかった――〝R〟の発音もボストンっ子顔負けだ。こちらのお生まれですか、と人に言われるととても嬉しそうで、敢えて訂正はしない。アメリカの市民権を獲得したとき、アンネリーゼという名前を切り詰めた。いまではアンナ・マクブライドと名乗っている。

父が不機嫌な顔で店に入ってきた。「ニューヨーカーときたら」ぶつぶつ言う。「交通の妨げになって、駐車の仕方も知らないんだから――」

「まともに駐車できない観光客がみんなニューヨーカーとはかぎらないでしょ?」ジョーダンがからかう。

「ヤンキースのファンは見ればわかる」カウンターに帽子を置いた。午後の汽車に乗るので背広を着ており、颯爽（さっそう）として見える。「アンナ、ジョーダンに話したのか――」

「あなたから話したほうがいいでしょ」アンネリーゼはほほえんだ。「ルース、ミスター・コルブにお話があるから一緒に奥に行きましょ」

ルースは聞こえないふりで、飾り棚の中のブローチに目が釘づけだ――銀細工の小さなヴァイオリンは音楽好きな女性の襟を飾っていたのだろう。「もらえないかな？」ルースがつぶやく。

「だめよ、ルース。とても古くて価値のある物なのよ」

「でも――」

「欲張らないの、子供がしたって宝の持ち腐れよ」アンネリーゼがルースを奥へ引きずっていった。ジョーダンは父に顔を向ける。

「話って、父さん？」

「結婚式のことでね。アンナがおまえをドレス選びに連れていきたいそうだ」

ジョーダンは指のダイヤを直した。ウエディングドレス選び……それがとても大きな一歩に思える。最後の一歩。フーッと息を吐いた。「すべて彼女に任せるわ。仮縫いのとき、写真を撮っておこうかな」

「そのとき彼女の写真も撮るといい。カメラを向けると決まって横を向くからね」

「そうね」ジョーダンは言った。アンネリーゼのベストショットは、いまだに最初の一枚、キッチンで振り向きざまの剃刀のような鋭い目つきの一枚だった。

「結婚のお祝いについても話しておきたいと思ったんだ」父は耳まで赤くなり、ポケットから小さな箱を取り出した。「晴れの日につけるといい――〝何か古いもの〟ってあれだ……」

「まあ、父さん」ジョーダンはイヤリングにそっと触れた。大きなパールが揺れるアールデコの金の翼の形のイヤリングだった。

「ラリックの一九三二年の作品。ローズゴールドの台に淡水パール」父がもぞもぞと手を動かす。「おまえの誕生石だろ。優秀な男を選んで明るい未来が約束された、おまえみたいな優秀な娘――そういう娘には真珠がふさわしい」

ジョーダンは父に抱きつき、喉を詰まらせながらアフターシェーブローションの匂いを吸い込んだ。「ありがとう」

父が抱き返した。「結婚式のことは、花やらドレスやらいろいろ話した――だが、そのあとのことは話し合っていなかったな。肝心なことだ。おまえはギャレットのために家庭に入るつもりなのか、店をつづけるつもりなのか」

結婚式のあとのことまでとても考えられない。丘のてっぺんまでも行っていないのだから、その先まで見通せない。ギャレットの父親は、最初のうちはアパートに住んで、いつか家を持つときには援助してやる、とギャレットに言ったそうだ。父もそういう話には一枚嚙んでいるらしいが、彼女には誰も何も言ってくれなかった。新婚旅行から帰って、ギャレットとの生活がどんなものになるのかまるでわからない。「あたしは働きたい」ジョーダンはきっぱりと言った。

「まあ、新婚旅行から戻ってゆっくり考えればいい。今週中に求人広告を出すつもりだ。店員をもう一人ね。接客を任せられるような人当たりのいい青年か、かわいい女の子。ミスター・コルブは英語があれだからな」父が言い淀み、背広の襟をいじくった。「コルブのことで気づいたことはないか？」

「たとえば？」

「たとえばって言われても。修復作業の具合を見に行くと、いつもこそこそしてるんでね。英語があのとおりたどたどしいから、簡単な質問しかできない。むろん、ややこしい話になると、アンナが通訳してはくれるが」そこでアンネリーゼとルースとミスター・コルブが消えた奥の部屋のドアへと目をやる。「おまえのほうが彼と過ごす時間が長いわけだから、どう思っているのかなと思って」

誰の過去についても、憶測でものを言うのはやめることにしていた。「臆病になってるだけだと思うわよ。戦争のせいで」

「店に人を連れてきたことは？　客じゃなく、奥の部屋に人を連れ込んだことはないか？」

「さあ、あたしは気づかなかった。どうして？」窓から射し込む午後の強い日射しが、父を金色に染めている。ジョーダンはドアの陰にしまってあるカメラを取りに行った。「そのままじっとしてて――」

「前に一度、コルブが別のドイツ人と奥の部屋にいたことがあった。年配のベルリン出身者で英語がひと言もしゃべれなかった。コルブはくどくど言い訳してね。稀覯本の専門家で意見を聞こうと連れてきたとかなんとかね」

「専門家を連れてくることはあるわよ」ジョーダンはフィルムが入っていることを確認し、ライカを構えた。「アンナが許可したみたい」カシャ。

「たしかに彼女はそう言っていた。ただ、ちょっと心配になってね。この商売は詐欺師を引き寄せるから、おまえも注意しなきゃいけないよ」肩をすくめる。「コルブのおかげで楽させてもらっているんだからね。たまにおやっと思うことはあっても。もっとのんびりしないと、心臓発作を起こすぞって言ってやりたい」

「のんびりできないのは父さんのほうじゃない！」ジョーダンはカメラをおろした。「春になったら湖に釣りに行くって言ってたのに、行きやしない」

父が笑った。「近いうちに行くさ。約束する」

奥のドアが開き、アンネリーゼの黒い髪が覗いた。「イヤリングを気に入ったって？」

「ええ」ジョーダンはにやりとした。「あなたが選ぶのを手伝ったんでしょ？」

「いいえ、そんなこと」アンネリーゼはミスター・コルブを置いて部屋を出てきた。奥ではルースが修復中の背表紙が折れた本を覗き込んでいた。「次の土曜日に、ウェディングドレスを見に行かない？　粋なサンドレスなら縫えるけど、ウェディングドレスは手に余るもの。〈プリシラ・オブ・ボストン〉のウィンドウに飾られているドレス、胸のすぐ下に切り替えのあるエンパイアプリンセスラインで、ケシ珠が――」

「その週末は湖に行こうと思ったところだ」父が言った。「春の七面鳥を追いたい気になってきた」

「あなたは七面鳥狩り」アンネリーゼが〝女同士仲良くやりましょ〟の笑みを浮かべてジョーダンを見た。「わたしたち女は、フランスのシャンティイ・レースや花弁形の帽子を追いかけましょ。どっちの狩りが余計に残酷かしらね」

一週間後、ボイルストン・ストリートにある〈プリシラ・オブ・ボストン〉の豪勢な試着室で、ジョーダンは知らせを聞いた。大きく広がったスカートの象牙色のサテンのドレスを試着し、頭を振ってラリックのイヤリングの真珠が揺れる感触を味わっていると、もっとひだを取ったら、と言う店員の意見を、アンネリーゼが手を振って退けた。「わたしの義理の娘はひだ飾りタイプの花嫁じゃないのよ」〝花嫁の母〟にまつわるジョークでアンネリーゼをからかおうと振り返りながら、笑ったりからかったりできる間柄になれてよかったと思った。そのとき、アンネリーゼの視線がドアのほうへ向かった。ダークスーツの男が進み出る。

「ミセス・ダニエル・マクブライド？」アンネリーゼがうなずくのを待って、男はつづけた。「おたくの店の店員から、ここにおられると聞いたので。ご主人のことです」

ジョーダンは足元に渦を作る象牙色のサテンを気にしながら試着台をおりた。目が次々とスナップショットを切り取ってゆく。気まずそうな背広の男――カシャ。シャンティイ・レースのウェディングベールを手から落とし、真っ青な顔で立ち尽くすアンネリーゼ

――カシャ。

男が咳払いした。「お気の毒ですが、事故がありましてね」

23 イアン

一九五〇年五月 SSコンテ・ビアンカマーノ船内

イアンにとっては何年ぶりかののんびりした時間だった。大西洋を渡る大洋航路船の紫煙とジャズが流れるシネマラウンジで、ディナージャケットや煌(きら)びやかなイブニングドレスで着飾った船客をぼんやり眺めていた。〝楽しみなさい〟と船がささやきかける。〝ボストンで追跡をはじめる前のつかの間の逸楽〟

「退屈すぎて手摺りから海に身を投げたくなる」彼は飲み仲間に言った。

女がにやりとする。長身で細身の五十代の女で、ゆったりとしたパンツにイノシシの牙を飾った象牙のブレスレット、軽い吃音があり、グロテスクに歪んだ手が人目をひく。「も、もう一杯いかが？」

イアンは自分のタンブラーに視線を落とした。「いや、やめとく」

「テーブルの下でヘミングウェイと飲んだって話はどうなったの？」

「ずいぶんと古い話を」

「あら、そう。だったら、いまは何を成し遂げようとしてるの？」

「なるべく二日酔いにならないことかな、イヴ。二日酔いにならないこと」

次の戦争を捉えようと世界中を飛びまわる生活のいちばんの利点は、スペインの飛行場やチュニジアのバーやフランス軍の輸送船で別れたままの古い友人と、いつどこで再会するかわからないことだな、とイアンはときどき思う。前にイヴ・ガードナーに会ったのはロンドン大空襲の最中だった。爆撃されたパブの真ん中で、彼女は髪に付いたガラスの破片を払い落していた。警報が鳴ると、誰も彼も防空壕に逃げ込んだが、イヴは残ってロンドンの新聞の至急報を読みつづけていた。「『わたしを驚かせるのは彼らの機嫌のよさだ』空襲のあとでイアンが店に戻ると、彼女は声に出して読みあげた。「『この都市の住人たちは一様に顔に笑みを貼りつけ、ほぼ時間どおりに仕事に取りかかろうとするのだから――』ミス・ルビー・サットンはおもしろいコラムを書く。あんたはそれこそ身を削って仕事をしてるのよね、グレアム。有名な新聞社の期待に応えようと躍起になって、笑いながら仕事に飛び出してゆく、そうなんでしょ？」

そしていま、二人は合衆国に向かう船内でのんびりとスコッチを飲んでいた。センターの仕事を一時中断し、戦争の爪痕がいまも残るウィーンをあとにして。この先には新たな追跡がある。宙ぶらりんの状態にあるいまここで、古い友人と思わぬ再会を果たした。

「あんたと出くわしてよかったよ、グ、グレアム」イヴは酒を飲み干して立ちあがった。

「もっといたいんだけど、長身の大佐があたしの船室にいてね、大洋横断の退屈からあたしを救ってくれてるの」

「船旅を生き抜く秘訣はそれかな？」イアンも立ちあがり、彼女の頰にキスした。「おれも軍人を荷物に詰めてくれればよかった」

「ロシアの無政府主義者（アナーキスト）を詰めてきたんでしょ」イヴがシネマラウンジの向こうを顎でしゃくる。ニーナのブロンドの髪が人込みを掻き分けてやってくるのが見えた。「彼女は、パ、パイロットなの？」

「さあ、どうかな。なぜ？」

「デッキに出てくるなり、そ、空をチェックしたから。飛行家はみんなそうする。自分のつ、つ――自分の妻がパイロットかどうか、なんで知らないの？」

「込み入った話でね。よかったら船室まで送ろうか？　あんたが暗いデッキで酔っ払った客とひと悶着（もんちゃく）起こしたらなんて心配したくないからね」

「あたしはせ、せ、せ――あたしは背中の窪みにルガーのP08を忍ばせてるのよ、グレアム。暗いデッキで酔っ払った客に何かされたら、その場でう、撃ち殺すから大丈夫」

イヴは人込みの中に消えた。「誰なの？」ニーナが言い、さっきまでイヴが座っていた椅子にどさりと座った。

「古い友人だ」イアンは思案げに妻を見つめた。「きみはパイロットだと彼女は言うんだが、マルコワ少尉」

「そうよ」ニーナは眉を吊りあげた。継ぎの当たったズボンにブーツの彼女は、めかし込んだ人たちの中でフジツボみたいに目立つ存在だが、本人は気にしていないようだった。

「どうして彼女にわかったの？」

「彼女はイギリス諜報機関で曖昧模糊とした仕事をやっていたんだが、そういう連中は観察眼に優れている。彼らに〝おはよう〟と言っただけで、こっちの職業や誕生日、好きな小説、紅茶の好みまで当てられてしまう。きみの誕生日は？」

「なんで？」

「きみの職業はわかったからね、同志マルコワ少尉、ジャムを入れた紅茶なんていう代物やヒストリカル・ロマンスが異常に好きなこともわかっている。だが、誕生日はわからない。結婚証明書には適当な日付を書いておいたけど」

「三月二十二日。革命の一年後に生まれた」

それなら三十二歳になったばかりだ。「誕生日プレゼントをあげないとね、同志」

「ディー・イェーガリンの心臓の串刺しとかは？」

「結婚とはたがいに心臓を差し出すことだと聞いたことがある。文字どおりの意味には受け取らないがね。それから、そんなプレゼントはやれない」

ニーナが鼻を鳴らした。「アントチカは顔を見せるの？」

「二日前の晩に知り合ったミラノの離婚婦人と、彼女の船室にこもりっきりだ」おかげで部屋割の問題はすんなり解決した。ニーナはグレアム夫妻に割り当てられた狭い船室を使い、イアンはトニーと相部屋の予定だった。ウィーンで口論になったあとだけに、気まずい雰囲気になるのではとイアンは心配したが、トニーはそのことにいっさい触れず、もとの友人同士に戻ることができた。それでも、トニーがミンクをまとった深紅の爪のイタリアのブロンドと懇ろになってくれたので、イアンはほっとした。イアンの五月分の年金はけっして多くなく、特別二等の船室しか予約できなかった。

「船旅で時間を無駄にしてるのは、あんたのせいだからね」ニーナが文句を言った。「あんたの高所恐怖症さえなけりゃ、同じ距離をもっと短時間で飛べたのよ。あたしは水が怖いけど、この船に文句をつけたりした？」

「ああ」と、イアン。「カンヌを出航してからずっと文句をつけっぱなしじゃないか」

「そりゃつけたくもなる。あんたって飛行機に乗れないぐらい神経質なの？　西欧の腰抜け。ソ連邦には神経質な人間はいない」

「そうだろうとも」イアンはにやりとした。

「メット・ツヴァイヨ・シエレッ・セムヴォロト・ス・プリスヴィストム」

「どういう意味だ？」

「〝七つの門がヒューヒュー鳴ってるあいだ、おまえの母ちゃんとファックしてろ〟」

「なんてこった。きみの口の悪さときたら……」

二人は席を立ち、ぶらぶらとデッキに出た。ひんやりとした夜で、下弦の月が水面にかすかな光を投げかけていた。ニーナは月を睨んだ。「半月って大嫌い」

「そりゃ意外だな」

沈黙。彼女の顔が張り詰める。

「この船の大広間の天井の装飾を見ただろ?」イアンは彼女を見つめながら尋ねた。「金の羊毛を探しに行くイアーソーンとアルゴ船隊員。見つかるあてのないものを探し求めることの語源になったギリシャ神話だ。もっとも彼らは見つけた。おそらくおれたちも金の羊毛を見つけられるだろう」

「おしゃべりしたい気分じゃない」ニーナが唐突に言った。

「わかった」イアンは煙草に火をつけ、手摺りにもたれて水面を眺めた。デッキに出ていた人が船室に戻りはじめた。闇に浮かぶニーナの横顔は美しくさえあった。〝月明かりで眺めるのがふさわしい〟そんな思いがイアンの頭をよぎった。気まぐれな考えはいつもなら払いのけているのだが、豪華客船の手摺りにもたれていると、妻と一度もキスしていないことに気づき、キスしたくて矢も楯もたまらなくなった。人のシャツを勝手に着るし、ブーツを履いた足をデスクに載せるロシアのつむじ風だが、星空の下で見る彼女は銀でできているようだった。

まいった。怒り半分、おもしろさ半分。離婚しようとしている女に惹かれるなんて。それも現実だ。煙草を海に投げ捨てて言った。「きみにキスしようとしたら、おれの喉を掻き切るか?」

月を見ていたニーナの瞳は、辛いことを思い出したのか暗く翳(かげ)っていた。イアンに目の焦点が合うのに一瞬の間があった。「忘れてくれ」彼は静かに言い顔を背けたが、彼女がイアンの顔に手をやって目の高さまで引きずりおろし、唇を押しつけた。キスではない、ハリケーンだ。力強い指をうなじに絡め、足首をイアンの膝に巻きつけたので、気がつくと両手を彼女の髪に埋めて力任せに引き寄せていた。引き締まった体でよじのぼってきて、彼の唇に歯を当てた。イアンも負けじと咬み返し、氷と塩と暴力の味わいを飲み尽くす。妻のキスは、彼の喉を通して心臓を吸いあげようとする激しさだった。

「なんてこった」心臓が激しく打つ。「きみの口ときたら……」

ニーナが冷ややかに彼を見つめる。デッキの手摺りにもたれて唇を奪い合ったことが嘘だったように。「おしゃべりしたくない」

彼女の味がまだ残っていた。まるで喉を痺れさせる火の酒、ウォッカのようだ。「おれもだ」

グレアム夫妻の名義で予約した狭い船室に戻る。イアンが足を踏み入れるのは初めてだった。〝こんなことをしていいのか?〟彼は考えた。

〝よくない〟即座に自答した。〝だが、かまうものか〟ドアがバタンと閉まると、イアンは妻を抱きあげてまたキスした。

「チョルト」彼女がつぶやき、ベッドに倒れ込むと彼のシャツを引っ張った。「何してるの?」

「きみの武器を押収してる」イアンはブーツから剃刀を抜いた。「武装した女とベッドに入る愚は犯さない」

「戦って奪い取りなさいよ」彼女がクズリのようになってみせる。力強い四肢を彼に巻きつけた。笑いながら怒っている。自分になのか、彼になのかわからないが、熱と怒りの火花を散らさんばかりのキスをして、もっと近づこうともがいて爪を立てた。彼自身の埋もれていた怒りや、オフィスで言い争ったときに抑えつけたはずの敵意に火がつき、別種の炎となって燃えあがった。髪に手を埋めて引っ張ると、彼女はイアンの肩に歯形を残して脚を腰に巻きつけた。取りあげる間もなく、剃刀が開いてイアンの腕に刻み目をつけた。

「闘い方ぐらい知ってるんだ、赤い脅威め」イアンは剃刀を船室の隅へ放り、キスを繰り返し、氷と北極の風と血と甘さが混じった、骨の髄まで染みわたる味わいを飲み干した。彼女の爪に背中を抉られ、向かい風に身を投げ出すように彼女の中に沈み込み、混沌に投げ込まれ、なぶられてめまいがした。

　ことが終わって彼女がぽつりと言った。「これでも離婚するよね」

　イアンは噴き出した。どちらも息があがり、汗びっしょりで、シーツも肌も彼の腕の傷から出た血にまみれていた。イアンは少しも痛みを感じなかった。「婚姻が完成していないことを理由にはできなくなったな」

「これは――」ニーナが言葉を探し、ロシア語で何かつぶやいた。身をくねらせて彼のそばを離れ、ベッドの足元の壁に寄りかかって彼を睨んだ。イアンの怒りの炎は消えていたが、彼女はパチパチと火花を散らし、闇の中で油断なく身構えていた。「あたしたちは狩りに出てるの。探して、闘って、血を沸き立たせ、セックスする。それだけのこと」

イアンは身を乗り出して、絡まったままの彼女の脚の滑らかな膨らみからふくらはぎへと手を走らせた。足の裏のタトゥーを見つけ、興味を掻き立てられる。釘のようなキリル文字だ。〝Шестьсот шестнадцать〟デッキで感じた妻への本能的な欲望は消えてはおらず、より深くなっていた。足首を手で包む。「きみがそれでいいのなら、同志」

「いい」彼女が猛々しい表情になり、何を思い出しているのだろう、とイアンは思った。半月から目を無理に逸らし、彼に激しいキスをしたとき、どんなことを思い出していたのだろう。

「おれにキスしたとき、誰のことを思っていたんだ?」彼女の小さな足のキリル文字を親指でなぞりながら、イアンは尋ねた。

彼女が目を合わす。「誰も」

嘘だ。イアンは思った。彼女を引き寄せて歪んだ唇にキスした。〝きみの頭の中はいったいどうなってるんだ、ニーナ? きみは何者なんだ?〟いまだにわからない。答えは複雑さを増すばかりだった。

24　ニーナ

一九四三年一月　北コーカサスの前線

「これで十三回」イェリーナが機体を上昇させながら叫んだ。小さな内部電話でのやり取りにもすっかり慣れてきた。「操縦桿を握って」

ニーナは操縦を代わった。毛皮付きの飛行服にモグラの毛皮の飛行用マスクをしていても、体が震えた。凍てつく月の下、覆いのない操縦席では暖をとる手段がなかった。〝兵器係よりはまし〟ニーナは自分に言い聞かせた。兵器係は真冬でも素手で作業している。かさばる手袋をしていたのでは、爆弾のヒューズを取りつけられない。指先の感覚がなくなっても、手探りで作業を行うストイックな女たちだ。包帯をした手は野生のスミレのように青いが、作業が停滞することはない。六カ月以上も経験を積んできて、連隊の点検整備は芸術の域にまで達していた。U－２機が着陸すると、給油して再武装し、十分以内にまた離陸する。「規則には反するけど」バーシャンスカヤが言ったことがある。「でも、それがわたしたちのやり方で、それでうまくいっている」

前の操縦席で眠りに落ちたイェリーナの頭が垂れる。夜が長くなり、ひと晩の出撃回数は八回から十二回以上に増え、操縦士と航法士は任務中に仮眠するようになった。たいていイェリーナが行きに眠り、ニーナが帰りに眠る。二人一緒に眠ってしまう危険を冒すよりはいい。長い冬の夜には、眠りは敵だ。誘惑に負けてウトウトすれば墜落する。

ニーナがあくびと闘ううち、眼下に目標物が現れた。「起きな、ウサギ」イェリーナに声をかけ、手袋に包まれた関節で彼女の頭を叩いた。「ドゥシアが列を組んだ」本部が爆破を命じる標的はつねに難物だった。サーチライトも対空砲火も威力は以前の倍になっている。

「起きてるわよ」イェリーナが頭をすっきりさせようと振り、ふたたび操縦桿を握るとドゥシアのU-2機の後ろにぴたりとつけた。こういう夜は二機編隊で飛ぶ。ドゥシアが華々しく先陣を切り、旋回して去ったあとには爆弾が空に線を描き……サーチライトと対空砲がそちらに気を取られている隙に、ルサルカ号が音もなく滑空するという段取りだ。イェリーナはドゥシアのU-2機を捉えようと躍起になるサーチライトの下を巧みに潜って、暗闇に突っ込んでゆく。ニーナが爆弾を投下し、イェリーナがすかさず機体を宙返りさせて逃げる。

「おやすみ、ニノチカ」内部電話から声がした。「降下に入ったら起こしてあげ――」

声が途切れ、横揺れする機体を立て直そうと彼女は必死になった。ニーナは悪態をついて操縦席から身を乗り出し、完全に目が覚めた。「戻って！　二十五キロ分が投下器に残ったまま」

イェリーナの声から疲れが跡形もなく消えていた。「見えるの？」

「ああ。最後の爆弾が落ちなかった」

イェリーナはすでに機体を旋回させ、標的から大きくはずれていた。次のU－2機が降下をはじめるのがわかった。操縦士はこちらの機が方角を見失ったかと思っているだろう。ぐずぐずしてはいられない。ニーナは爆弾投下装置を解除したものの、何も起きなかった。

「引っかかってる。水平に保って減速して」

「なぜ？」イェリーナは叫び、左に傾こうとする機体と闘い、反対側の補助翼を使って機体を安定させようとした。ニーナは安全ベルトをはずした。「ニノチカ、何やってるの？」

「押してみる」ニーナは当然のように言って立ちあがった。

「ニーナ・ボリソヴナ、操縦席に戻りなさい！」

「失速ぎりぎりのスピードを保って、水平に」ニーナは機体の縁から脚を出した。

気流は水の流れのように手ごわく冷たく、ニーナの体を切り裂こうとした。片方の足を下翼に乗せ、もう一方の足も乗せた。体を包む風の冷たさに歯がカチカチ鳴った。手袋をした指で操縦席の縁をつかむと、そのまま身動きできなくなった。恐怖ではない、氷に閉じ込められて凍りついただけだ。風は性悪女だ。ニーナを巻きあげ、八百メートル下の地面に叩きつけようとする。雲を突き抜けてクルクルとまわりながら落ちてゆくのを、イェリーナはなす術もなく見つめるばかり……

〝動くんだ、夜の魔女〟父の声が聞こえた。カチカチ鳴る歯を食いしばり、上下の翼をつなぐワイヤーのあいだで体を滑らせた。ルサルカ号が揺れ、ニーナは空中に放り出されるかと思ったが、イェリーナが機体を水平に戻した。プロペラ後流が冷たい手となってニーナの背中を撫でる。手で下を探ったが何も触れない。片方の手袋を咥えて脱ぎ、爆弾投下器を探ると、剝き出しの指が凍った金属に貼りついた。この高度だから、氷に触れているというより皮膚に火がついたみたいだ。指がまったく動かなくなるまで、どれぐらい？ニーナは見えない投下器を引っ張った。手で探るというより頭の中に解除装置を思い浮かべる。体の下で翼が震えていた。片手で翼にしがみついているあいだに山の上昇気流に呑まれたら、体が投げ出され、湖に飛んでゆく釣り糸のように弧を描いて落ちてゆくだろう……。

何かが指を擦ってはずれた。爆弾が闇の中を静かに落ちてゆく。荒れ果てた丘の中腹で無駄に爆発させるのは残念だ。翼の上を滑って戻り、上体を押しあげ、操縦席に頭から落ちた。ニーナを取り逃がした風が恨みがましく吹き荒れる。内部電話からイェリーナの叫び声を聞きながら、ニーナはなんとか操縦席におさまった。

「これで引き返せる」歯をカチカチ鳴らしながら操縦士に伝え、それから、「く、クソッ」

「どうした？」イェリーナが叫ぶ。

「手袋を落とした」

「言うことはそれだけ？　もう一度翼に乗ってごらんなさい、振り落としてやるから、クソッタレのシベリアの変人！」

「あんたが、あ、悪態ついてる」

「それが何？」イェリーナは機体の向きを変えた。

「悪態ついたでしょ、モスクワのお嬢さまが」ニーナは素手を脇の下に挟んだ。歯は鳴りっぱなしだが、なんとかニヤリとした。「イェリーナ・ヴァシロヴナが悪態ついた！」

「地獄に堕ちろ」イェリーナが言う。すぐあとで、内部電話からくぐもった笑い声が聞こえた。

ニーナが操縦席にもたれると、睡魔が耳元で甘くささやき目を閉じろと言った。「いまどこらへん？」

「標的の南」

「よし」空が白みはじめ、じきに夜が明ける。「北北東に進路をとって――」

どこからともなく銃声がし、鋼鉄が情け容赦なくボール紙に穴を穿つような音がして、U－2機の翼が裂けた。イェリーナが「メッサーシュミット――」と叫ぶ間もなく黒い物体が頭上を飛びすぎ、機体が落下をはじめた。ニーナは操縦席で体をよじり、尾翼の先に目を凝らした。口の中が乾いている。ドイツ軍戦闘機とやり合うのは初めてだ。対空放火しか受けたことがなかった。メッサーシュミットは闇に消えたが、高速だから――速すぎてU－2とは合わない。ゆっくりと滑空するU－2機を狙い撃ちしようにも、自機が失速するのが落ちだから機銃掃射するしかない。

またキーンと金属音が通り過ぎ、翼が切り裂かれた。もしまだ翼につかまって投下器をいじくっていたら、背骨に沿っていくつも穴が開いていただろう。

イェリーナの操縦でルサルカ号は急降下をはじめた。隠れようにも雲がない。回避行動を取れば燃料を食う――最後の爆弾を投下するための旋回で燃料を余分に使っていた。〝着陸して逃げろ〟こういう場合のバーシャンスカヤの命令だった。〝着陸して逃げなさい。敵は地上まで追ってこない〟ルサルカ号はすでに高度二百メートルまで降下していた。

撃ち落とされる。ニーナは不思議と冷静に思った。あたしたちは撃ち落とされる。燃料経路に火がつき、空中で焼け死ぬよりはまし――墜落して体のあちこちの骨が折れ、操縦席でじわじわ死んでいくよりはまし。着陸して逃げれば助かる可能性はある。「畑」ニーナは内部電話に向かって叫んでいた。メッサーシュミットはどこ？「畑、右三十度の方角――」

イェリーナが畑を見つけ機首をそちらに向けた。〝撃ち落とされる〟仲間たちはニーナとイェリーナの朝食の皿をいつもの場所に置き、二人の帰りを待つだろう。U－2機が帰還しなかった場合、588連隊の女たちはずっとそうしてきた。二日、あるいは三日、皿が置かれるのはそこまでだ。足を引きずってでも生きて戻ると期待するのはそこまで……。

黒い爪のようにメッサーシュミットが頭上を飛び過ぎ、また機銃掃射した。イェリーナはU－2を高度二百メートルから百メートル、さらに五十メートルまでさげた。彼女がこんなに素早く、荒っぽい着陸をしたのは初めてだった。次の瞬間、凍てつく冬の大地で車輪が飛び跳ねた。

「脱出」ニーナは吠え、安全ベルトをはずした。このフライトで二度目だ。イェリーナは頬を真っ赤にして操縦席から抜け出していた。二人のブーツが同時に土を打った。地面はでこぼこであちこちに灌木の茂みがあった。残酷な速さで空が明るくなり、淡い光が射して前方に二人の影を落とした。小刻みな音がしてメッサーシュミットが戻ってきた。機体に描かれた鉤十字は光る蜘蛛のようだ。

二人は一目散に灌木の陰に隠れた。隠れ場所を探して走るウサギの気持ちが、ニーナには痛いほどわかった。機銃掃射の弾丸が畑に線を刻み、ニーナは気がつくと地べたにうつ伏せになっていた――周囲に土煙があがる中、両腕で頭をかばって伏せていた。自分が撃たれたのかどうかもわからない。血がゴーゴーと流れている以外、何も感じなかった。

メッサーシュミットが頭上を通過すると、ニーナの耳が鳴った。顔をあげたとたん、パニックに襲われた。前方にイェリーナの長い体が横たわっている。そのとき、イェリーナの頭が動いた。「ニノチカ――」彼女が息を呑む。二人とも立ちあがり身を隠せる場所を探した。灌木の茂みに潜り込むと、メッサーシュミットのエンジン音が聞こえ、二人は抱き合って凍りついた。たがいに相手の肩に顔を埋めた。

メッサーシュミットが畑を通過する。

「待つのよ」ニーナはささやいた。

白い息を隠そうと星の刺繍のあるスカーフで口を覆った。またしてもメッサーシュミットが機銃掃射して弾丸が降り注いだ。

「ドイツ軍に捕まったら」イェリーナがささやいた。「わたしを殺すって約束して」

「ドイツ軍はあたしたちを捕まえたりしない」

「もしそうしたら――」

「やめて！」

三度目の機銃掃射。

「女操縦士に彼らが何をするか知ってるでしょ。乱暴して殺すのよ」イェリーナのささやきは屋根に降る雹（ひょう）のように速くなった。「そして、おめおめと敵に捕まったことで、反逆者の烙印（らくいん）を捺される――」

「反逆者なんかじゃない。命令に従っただけ――」

「どんなふうに捕まったか、誰も見てないんだもの」イェリーナの息が喉に引っかかる。

「操縦席にピストルを残してきた」

「シーッ！」

「もし捕まったら、剃刀でわたしの喉を切ってね、ニノチカ。約束よ」

恐怖で霜のように真っ白なイェリーナの顔は、ニーナにとってこの世でいちばん尊いものだ。「愛してる」ニーナはつぶやき、素手と手袋に包まれた手の両方でイェリーナの頬を包んだ。「愛してる、ドイツ兵があんたを捕まえる前に殺してあげる。あんたが望むなら」〝あんたが望むことはなんでもしてあげる。それぐらいあんたを愛してるからね〟

イェリーナは目をきつく閉じて涙をこらえた。ニーナは彼女を抱き寄せた。メッサーシユミットのエンジン音が遠のいてゆく。

　二人は待った。

「あなたの鼓動はドラムみたいに一定なのね」イェリーナがつぶやく。「怖いと思わないの？」

「思わない。あたしたちは安全だから。ルサルカは誰にも捕まらない。番い（つがい）のルサルカならなおのこと。捕まえようとする手を、水のようにすり抜ける」

　イェリーナがニーナの飛行服に顔を埋めた。その髪を撫でてやりながら、ニーナは空を見あげた。明るくなりかけた空に星が冷たく光っていた。〝寒い〟目を閉じると〝親父〟のターコイズブルーの波が迫ってきたので、慌てて目を開けた。

「うとうとしてたわね」イェリーナがささやく。「メッサーシュミットの機銃掃射で死ぬかもしれないってときに、あなたったらうとうとしだすんだもの」

「長い夜だったから」ニーナは遠くの音に耳を傾けた。エンジン音も銃声も聞こえない。

「危険を冒せる？」

「冒さないと。夜が明けるわ」

「あたしたちが出ていくのを、どこかに潜んで待っているかも――」

「どこかに着陸していたら聞こえているはずよ」

　二人は灌木の茂みを出た。地上にいるのが不思議な感じだ。足の下で雪がザクザク音をたて、遠くに見慣れぬ丘やギザギザの木立が見える。空を飛んでばかりだから、地上の景色がどんなものか忘れていた。生活の場は、操縦席と、何度も移った空軍基地と、滑走路だけだったから。

イェリーナが長々と息を吐いた。「ルサルカ号が残骸と化してたら、歩いて戻るしかないわね」

「歩いて戻ればいい。ラリサ・ラドチコーワと相棒の操縦士が先月そうしたみたいに」二人は中立地帯で逃げ出し、戦闘地域を歩いて戻ってきた。榴散弾(りゅうさん)でそれこそ全身傷だらけだった。

畑の真ん中に酔っ払いみたいに傾いて停まっているルサルカ号に戻るまで、二人とも不安で息を詰めていた。翼は網戸みたいに穴だらけだ。イェリーナはエンジンを調べ、ニーナは操縦席を調べようと跳び乗った。

「エンジンは付いてる」ワイヤーの間に頭を突っ込んで調べているイェリーナの声がした。

「それにプロペラ……ほぼ形をとどめている」

ニーナは計器盤があったところに積み重なる木っ端を眺めた。「操縦装置もある。それぐらいしかないけど、操縦桿は一本ずつあるからね」

「U‐2にほんとうに必要なのは、操縦桿とエンジンと操縦士だけよ」イェリーナはピストルを回収し、上体を起こした。「ルサルカ号が基地まで連れ帰ってくれると信じるわ。歩くよりいいもの」ここがドイツの占領地域かどうかわからないから、味方の部隊と出くわすか、ドイツ軍の巣に足を踏み入れるかどちらかだ。

ニーナは彼女と並んでプロペラを眺めた。片側の羽根の三分の一がなくなっていた。「反対側も三分の一を取り除けばバランスがよくなる」ニーナは言った。「どっちみち銃弾を浴びてるし。道具がなくても折れるでしょう」

イェリーナは顔色がよくないものの、うなずいた。

ニーナは彼女の肩を押して目の高さを同じにした。「イェリナシュカ。大丈夫？」

相棒の操縦士がまたうなずいた。ほんとうに大丈夫か疑わしいが、ニーナはうなずき返した。急いで作業した。プロペラの羽根が左右均等になるように先端を折る。イェリーナがエンジンに息を吹き返させるあいだ、ニーナはプロペラを手で押して回転させた。離陸にいつもの倍の時間を費したあと、十五分後にはなんとか空中に浮かんだ。「高度が必要」機体が揺れるので、ニーナは言った。昼間の飛行はまるで裸で飛んでいるみたいだ。それでも真冬なので、夜明けの空は夕暮れと同じ深い青だった。イェリーナがルサルカ号を上昇させた。エンジンが致命傷を負ったようにうめく。〝傷は浅いんだから〟ニーナは機体に言い聞かせた。〝修理に数日かければ、生まれたてみたいに元気になるよ〟

「わたしの言ったこと、本気だったんだから」イェリーナの声が小さく聞こえる。内部電話のせいではなさそうだ。「もし撃墜されたら、敵に捕まるよりあなたに殺してほしい」

「誰も撃墜されない。もうじき基地だもの」二十分もすれば戻れる。

「あいつが戻ってきてたかもしれない。メッサーシュミットが」

「戻ってこなかったじゃない」

「わたしたちが飛び立つまで、どこかに隠れて待ってるのよ――」

「どこにも隠れてないって！」

返事はなかった。イェリーナがなんとか息を吸おうとするたび両肩が動いた。ルサルカ号が大きく揺れ、ニーナは操縦席で前後に揺れた。フライパンで炒められるナッツみたいだ。〝熱い油が入ったフライパン〟少なくとも、ナッツはあたたかい。耳元で睡魔がまたささやく。目を閉じてお眠り、と。〝あっちに行け、のろまな夜のあばずれ〟ニーナは睡魔に話しかけた。〝墜落して火の玉になりかけてるんだから〟

夜の深い霧が晴れてきた。「そろそろ基地が見えるはず」ニーナは言った。「十五度東に変えて――」夜間爆撃はとっくに終わっているのに、女たちはまだそこにいて空を仰いでいる。帰還が遅れた機があれば、みんなで待つ。

赤い着陸用照明弾が明滅する。歓迎するように。〝ここに滑走路があるよ〟と教えてくれる。ニーナが大きく安堵のため息をついたとき、イェリーナが叫んでU‐2を急旋回させた。

ルサルカ号が何かに突き刺されたように金切り声をあげた。揺れの激しさに、翼がもげたのかとニーナは思った。「イェリーナ――」

「あいつが待ち伏せしていて――」イェリーナの声が内部電話から聞こえ、機体はどんどん上昇する。「前方に姿が見えた」

「着陸用照明弾じゃないの」ニーナは安全ベルトをはずした。これで三回目だ。「誰も撃ってこないよ」

「あいつがわたしたちを撃つ――」ルサルカ号は恐ろしいほど揺れ、機首を下げた。「撃たれる――」

「撃たれないってば。あんたの妄想よ」ほかの操縦士にも同じことが起きた。過度の緊張が危険を作り出すのだ。着陸用照明弾を敵の砲火だと思う。ニーナは風防ガラスの破片の上に身を乗り出し、イェリーナの飛行帽からはみ出した髪をつかんだ。イェリーナを操縦装置から引き離して頭を操縦席に叩きつける。「やめろ！」そう叫ぶなり空いている手で自分の操縦桿をつかんだ。素手はかじかんでいて感覚がなかった。かまわずぐいっと引くとエンジンがバタバタいう。傾いて旋回していた機体が水平になり、ニーナの指示にあったけの力で抵抗した。イェリーナの髪をつかむ手を離すわけにはいかない。操縦士が操縦桿を握りもう一度でも旋回させたら、手負いの小鳥は失速するだろう。ニーナは力ずくで機首をあげ、操縦席から身を乗り出した中腰の姿勢のまま、片手で操縦士を押しとどめ、もう一方の手で操縦桿を命がけで握っていた。降下に備えて体を強張らせると肩が悲鳴をあげた。ルサルカ号は地面にぶつかって跳ね、ニーナの歯がガタガタいい、体が前に飛んだ。前腕にすさまじい痛みが走ったが、ニーナは気にしなかった。地上にいて凍てつく大地を進んでいるのだから。それに、イェリーナは無事だった。泣き叫んでいる――ごめんなさい、ごめんなさい――パニックによる幻覚がそう言わせているのかもしれない。

ニーナは操縦席にもたれた。腕に激痛が走り、汗びっしょりだったが、濡れた肌の上で汗は一瞬にして凍りつき、全身が震えだした。操縦桿をつかんだままの右手の感覚がなかったが、気にならなかった。地上にいる。頭はぼんやりしていたが、U-2の壊れた計器盤をやさしく叩いた。「いい子だね」世界が傾いた。

三十秒して、待ち構えていた操縦士たちがルサルカ号に駆け寄ってきたときには、ニーナは意識を失っていた。

「あんたにつく航法士って誰なの？」

「ゾーヤ・ブジーナ」イェリーナが答えた。「彼女の操縦士が膝を撃たれてね。対空砲火で」

「ゾーヤ・ブジーナ？」ニーナはベッドから睨みつける。「キエフ出身の赤毛でそっ歯の？」

「すねないで。彼女は優秀よ！」

「あたしほど優秀じゃない」ニーナは嫉妬で胸が苦しくなった。ベッドに寝たきりの自分を残して、イェリーナは別の誰かと空を飛ぶのだ。風防ガラスの破片が腕に突き刺さったせいで、二週間も地上に縛りつけられるのだ。「彼女があんたを無傷で連れ戻さなかったら、そっ歯を叩き折って喉につっかえさせてやる」

イェリーナが笑った。宿舎に二人きりだった——ニーナは腕を吊ってベッドで悶々としており、イェリーナは毛皮付き飛行服姿で隣のベッドに腰かけていた。ほかの人たちは夕方のブリーフィングに出ている。「腕の穴を冷やさないようにね」ドゥシアがニーナの髪をくしゃくしゃにして言った。「頭に開いてる穴とちょうど釣り合ってるじゃない、イカレたウサギ」みんなが冗談を口にしたが、目には同情の色が浮かんでいた。空を飛べないことがどれほど辛いか、みんなよくわかっている。

イェリーナがため息をついたので、ニーナは身構えた。「わたし、二人とも殺しかけた――」

ニーナは身を乗り出してキスした。寒い部屋であたたかな唇が名残を惜しむ。「やめてよ、イェリーナ・ヴァシロヴナ」

「着陸用照明弾が一瞬、メッサーシュミットのライトに思えたの。いるはずないとわかっていたのに、一瞬、本物に見えた。自分を抑えきれなくなって――」全身を震わせた。

「あともう一度でも旋回していたら――」

「しなかった」

「あなたがわたしの頭を操縦席に叩きつけたから」イェリーナは笑おうとしたが、ほっそりとした顔の中で目がいっそう翳る。〝いつからそんなに細くなったの？〟そう思ったら、ニーナの胃がギュッと縮んだ。

「あんたはパニックになった、イェリナシュカ。幻覚を見たの。みんなそうなる」どんなに優秀な操縦士も航法士も。問題は一瞬のパニックが命取りになるかならないかだ。そのうはそうならなかった。ニーナに言わせれば、それだけのことだ。

わたしも地上に釘づけにされていたわ」

「バーシャンスカヤには言わないでおいてくれた」と、イェリーナ。「彼女に知られたら、わたしも地上に釘づけにされていたわ」

「あんたは空に戻るべきなの」彼女のことならなんでもわかる。どんな疑いを抱いているか、どんな心配をしているかまで。「ひと晩でも地上に釘づけにされたら、落ち込むに決まってる。無事に十回出撃すれば、すっかり元どおりよ。さあ、バーシャンスカヤに気づかれる前にブリーフィングに出なさい」

蝶のように軽くキスして、イェリーナは出ていった。ニーナは枕にドサッと頭を落として天井を見あげた。目を閉じても、脳裏に浮かぶのは、借り物のU-2で夜の空に飛び立つイェリーナの姿ばかりだった。それもニーナ抜きで。

〝彼女はほんとうに飛んでも大丈夫だと思うの？〟ささやく声がした。

夜明けに、ニーナはベッドから抜け出し、滑走路へと向かう途中で掲示板の前を通った。コムソモールの集会の知らせが出ていた（『戦場で助け合うのはコムソモールの会員の掟！』）。U-2機はすでに帰還し、迷彩カバーがかぶせられていた。ニーナは近くにいた地上支援員に尋ねた。「イェリーナ・ヴェトシーナはどこにいる？」

振り返った地上支援員は目を赤くし、唇を震わせていた。滑走路全体がしんと静まり返っていることに、ニーナは不意に気づいた。作業をする地上支援員は一様に肩を落としている。どこからか嗚咽が聞こえた。頭上の半月が美しい夜明けに紛れて消えようとしているのに、世界は悪夢にはまり込んだみたいだった。

ニーナは自分の声を聞いたが、それがわめき声なのかささやきなのか判別がつかなかった。「何があったの？」

25　ジョーダン

一九五〇年五月　ボストン

〝主よ、あなたの僕、ダニエルの御霊を委ねます……〟

ダン・マクブライドの棺はライラックとバラで飾られた。ライラックの強い香りがうららかな春に立ち昇り、まるで香水の瓶をうっかり倒したようだった。ジョーダンは吐き気を覚えた。棺を飾るのに、大きなライラックの花輪を注文したのは誰？　下品な紫のティッシュペーパーみたいじゃないの。

〝この世では彼の命は尽きましたが、あなたの御許ではその命は永遠です……〟

ほんとうにそうだ、とジョーダンは思いながら、花がうずたかく盛られた棺や、墓を取り囲んで黒い帽子をかぶった頭を垂れる人々をぼんやりと見まわした――そもそも、棺の上に花を盛るべきだなんて、誰が決めたの？　父の棺は釣りのルアーやレッドソックスの試合のスコアカード、大好きなスコッチの携帯用酒瓶(フラスク)で飾ってあげるべきなのに。物心ついてからずっと日曜のランチに使ってきたミントンの食器を持ってきて、皿を一枚ずつ棺の蓋にぶつけて粉々にすればよかった。

〝人間の弱さゆえに彼が犯した罪のすべてをお赦(ゆる)しください。その御心により彼に永劫の平和をお与えください……〟

〝平和〟とジョーダンは思う。〝平和〟父だけが平和になってどうするの? わたしも、ルースやアンネリーゼも、心の平和を持てないというのに。父は家族の要(かなめ)、平和をもたらしてくれる人だった。父が立っているべき場所を囲うようにして、三人は立っていた。アンネリーゼは一歩離れた場所、ちょうど父の右側に立っていた。ほっそりとした黒の筒型ドレスをまとい、黒い帽子のへりからさがるベールで顔を隠して。ルースは父を挟んだ左側で、ジョーダンの手を握り震えていた。「もうじき終わるからね、コオロギちゃん」ジョーダンがささやきかけると、司祭が詠唱した。〝われらが主キリストを通してお願いします〟参列者がアーメンとつづけた。棺が土におろされると、またひとしきりアーメンの声がした。

〝いまのは嘘よ、ルース〟ジョーダンは頭の中で妹に語りかけた。〝けっして終わらない。きょうという日は永遠につづくの〟これがすむと墓地でお悔やみの言葉を聞き、厳粛な面持ちで自宅に戻り、ケーキとキャセロール、ウィスキーとコーヒーがふるまわれる。さらにお悔やみの言葉や死者の思い出が語られ、ハンカチで涙をぬぐい、〝何があったのか〟、とみながみな聞きたがるのだ。〝これほどの悲劇〟の詳細を聞きたがる。ジョーダンとアンネリーゼはそれぞれに、いったい何度同じ話を繰り返すことになるのだろう？　〝狩猟中の事故です。いいえ、誰のせいでもありません。ショットガンが暴発して……〟

「お父さんは銃の手入れをしておられましたか？」あの日、病院の廊下で警官がジョーダンに尋ねた――アンネリーゼはひどく取り乱し、とても質問に答えられる状態ではなかった。瀕死の夫のベッド脇で身じろぎもせず、喉につかえる呼吸に耳を澄ましていた。

「はい」一緒に湖に行ったときはいつでも、父はショットガンを拭いてきれいに掃除してから、壁のラックに戻していた。「祖父の形見なんです。父はとても大切にしていました――元の状態に戻さないかぎり壁の置き場所に戻すことはありませんでした。どうして――」

「問題があったのはショットガンではなかったんですよ。弾薬のほう。お父さんは発射薬に無煙火薬を買われたようですね――お父さんが持っておられる古いＬＣスミス十二番径のダマスカス銃身は、無煙火薬で作った発射薬の腔圧には耐えられないんです。そのことを知らない人が多くてね、残念なことに。どれも同じに見えるから気づかないんですな。お父さんは弾薬をご自分で買われてましたか？」

「いつも自分で」ジョーダンはウェストの曲がったフックをいじくりながら答えた。ブティックでアイボリーのウェディングドレスを脱ぎ、慌ててサマードレスに着替えたものだから、留め金がすべて曲がっていた。「あたしは狩りをやらないし、アンナも」

「でしたら、お父さんが間違って別の弾薬を買われたか、新しいものはご自分のショットガンに合わないことをご存じなかったか。前にもこの手の事故はありましたからね」同情の眼差し。「お気の毒です」

誰も彼もが気の毒がる。

〝彼に永遠の眠りをお与えください、主よ〟ハリス神父の祈りがようやく終わった。ジョーダンは会葬者の祈りに声を合わせた。〝彼の魂とすべての忠実な死者たちの魂が、神のお恵みにより安らかに眠れますように〟

アーメン。

「なんてお労しいこと、ジョーダン。お父さまもまだまだこれからだったのにねえ！」

「はい」ジョーダンは殊勝な表情を崩さず、口をつけていないジャーマン・チョコレートケーキの皿を握り締めた。この女性は父の遠い親戚だそうで、葬式というと遠い親戚が群れをなして押しかける。

「いったいぜんたい何があったの？」

「狩猟事故で、誰のせいでもないんです」ジョーダンは言った。「湖に七面鳥を撃ちに行って、ショットガンが暴発したそうです。合わない弾薬を使ったとか」

「わたしもね、弾薬のチェックだけはちゃんとしてねって、主人に口を酸っぱくして言ってるのよ。だけど、男ときたら、こっちの言うことなんか聞きやしない」

居間は喪服の人でいっぱいだった。重さにギシギシいうテーブルからキャセロールやクッキーを勝手に取って、シェリーのグラスやウィスキーのタンブラーを傾けている。暖炉の脇に立つアンネリーゼは、生き写しの蠟人形のようだった。病院のベッドに横たわる夫と対面したとき、彼女が発した声が耳について消えない――包帯を巻かれる前だったので、負傷の痕も生々しく、右手の指は吹き飛び、背中は傷だらけ、顔の右半分は無残に潰れていた。アンネリーゼはその姿を見て、喉を詰まらせて泣いた。さながら罠にかかった獣のように。アンネリーゼの父への愛をわずかでも疑っていたとしても、そんな疑念を吹き飛ばす泣き声だった。銃弾の破片で下顎と歯が著しく損傷し、眼球孔と頬骨弓も破壊されたという医者の説明を聞くあいだ、アンネリーゼの目からは涙が流れつづけた。いまはもう、一滴の涙も残っていないようだ。彼女もジョーダンも涙ひとつ見せず、塩の柱となって居間に立っていた。

「少なくともお父さまは苦しまなかった」善意からだろうが、頓珍漢なことを言う人がいた。

「そうですね」ジョーダンは歯を食いしばって言った。

「どうしてこんなことに？」

「狩猟事故で、誰のせいでもないんです」ジョーダンは繰り返した。そのあいだも叫びたかった。〝苦しんだに決まってるでしょ！　事故のあと、二週間持ちこたえたのよ、苦しまなかったと思う？〟事故の直後に父を発見した狩りの一団が止血処置をしてくれたが、苦しみから救ってはくれなかった。医者は快活な口調で言っていた。「お父さんはタフですね！」病院のベッドで感染症に冒されてどんどん縮んでゆく父の姿を見守る辛さが、それで緩和されると言わんばかりに。

「最期は家族に看取られたんでしょ」

「はい」アンネリーゼとジョーダンは、ベッドの両側で父の手をさすりつづけた。〝あたしたちの声が父は聞こえていますか？〟ジョーダンが医者たちに尋ねると、爆傷で鼓膜がやられていますからね、と言うだけだった。よくわからないときの、医者なりの言い方なのだろう。ときおり父の意識が戻ることがあり――顎の骨が折れ舌がずたずただったから話はできなかったが、動こうとする素振りは見せた。「彼がわたしの手を払いのけたのよ」アンネリーゼが涙声で言い、ジョーダンはベッドに乗って、父が静かになるまで両腕で押さえつづけた。「彼が苦しむのは耐えられない」アンネリーゼが窓ガラスにつく霜みたいに白い顔で言った。「彼を眠らせてあげて。必要なだけ鎮静剤を打って」

終わってみれば、たった二週間のことだった。

玄関のベルが鳴った。ジョーダンが応対に出て、弔問客を迎え入れ、キャセロールをキッチンに運んだ。どこもかしこもキャセロールとポテトサラダに占領されていた。〝みんな帰ってちょうだい、持ってきた料理も一緒に〟でも、この人たちは父のために集まってくれているのだ、とジョーダンは自分に言い聞かせた。稀覯本のディーラーやオークション会社の経営者たち。隣人や教会で顔見知りだった人たち。ニューヨークから訪れたアンティークのディーラー仲間たちは、心のこもった言葉を口にした。「いいやつだった、ダン・マクブライドは。こんなことになるなんてなあ、あんなに用心深い男が……」

ギャレットはハグして耳元でささやいた。「どう、元気？」〝ハグしてほしくない〟ジョーダンは叫びたかった。〝どんな気持ちか尋ねられるのはたくさん。一人にしてほしい〟――だが、そんなことを言うのは失礼だ。だからハグを返し、息苦しさを感じまいとした。

「まあ、かわいそうに」隣人が雌鶏(めんどり)みたいな声で言う。「なんてかわいそうなんでしょ、花嫁の父がいなくなってしまうなんてね――」

ジョーダンは耳元のラリックのパールにこっそり触れた。結婚のお祝いだったのに、お葬式ですることになるなんて。彼女が無言でいると、ギャレットが言った。「結婚式は来年の春に延期しました」

居間の反対側から不意に泣き声が聞こえた。ルースが泣いている。癇癪(かんしゃく)を起こしたことのない子だから、不意を衝かれた。「――タローは入ってきたいのよ！」顔を赤くし涙に暮れながら、奥のベッドルームに通じるドアを開けようとしている。午後いっぱいそこに閉じ込められていたタローが、クンクンいい、ドアを引っ掻いた。「あたしの犬のそばにいてやる――」ルースはいまや泣き叫んでいた。アンネリーゼが人込みを掻き分け、彼女の手首をつかんだ。

「自分の部屋に行ってなさい、ルース」

「犬と一緒じゃないといや」ルースは叫び、手を振りほどこうとした。

ジョーダンはギャレットの腕を払い、妹を抱きあげた。「あたしが寝かせるわ、アンナ」

「ありがとう」アンネリーゼが心のこもったささやき声で言い、隣人たちを出迎えに行った。ジョーダンはルースを抱いて階段をあがった。泣きじゃくるルースは熱気と感情の昂りで顔が真っ赤だ。

「泣いていいのよ、コオロギちゃん。この重たいドレスを脱いでベッドに入ろうね」

「タローも一緒でいい?」

「したいことはなんでもしていいのよ、ルーシー＝パイ」

ルースはタローとじゃれ合ううち眠たくなったのか、腫れたまぶたを閉じた。「フント」肘に鼻を押しつけるタローに、彼女はささやいた。「かわいい犬（フブシャー・フント）……」ジョーダンはカーテンを引く手を止めた。ルースがうっかりドイツ語を口にすることは何年もなかった。

「ありがとう」ジョーダンが居間に戻ると、疲れた顔のアンネリーゼが言った。「あの子が叫びだすと、どうしたらいいのかわからなくなって」

「いまごろはぐっすり眠ってるわ」ジョーダンは目を擦った。「ルースは平穏を手に入れたんだから運がいいわ。これっていつまでつづくのかしらね」

「何時間も」アンネリーゼは額を揉んだ。「しばらく抜け出したら。散歩するとか、ギャレットにドライブに連れ出してもらうとか」

「あなたをここに残してはいけない」

「ジョーダン」アンネリーゼの青い目は揺らがなかった。「あなたがいろいろやってくれたから、この二週間、病院でなんとかやってこれたの。ここはわたしに任せてちょうだい」小さな笑み。「そんなに大変なことじゃないし。ハンカチを手にありがとうを言って、どんな質問にも『狩猟事故です、誰のせいでもありません』って答えればいいだけ」

ジョーダンの目が熱くなった。「アンナ――」

「いいから」小さく手で払う仕草。「ギャレットを探して。うまく言い繕っておくから」

だが、ギャレットを探そうとはしなかった。部屋の奥にギャレットの広い肩が見えたが、申し訳ない思いを抱きつつ居間を抜け出し、ハンドバッグをつかんで玄関のドアを開けた。

「まあ、ジョーダン」いかにも母親という感じのぽっちゃりした隣人が、黒い手袋に包まれた指でベルを押すところだった。「レモン・メレンゲパイを持ってきたのよ、お父さまの好物だったでしょ――」

「ありがとうございます、ミセス・デューン。二階に義母がいますから」

「新聞にお父さまのすばらしい記事が載ってたわね。地域のために尽くしてこられて。日付が間違っていたのがあれだけど――」

「はい、読みました」父の年齢が間違っていたし、アンナ・マクブライドはボストン生まれになっているし、彼女と父がボストンで出会ったとは書いてなかったし――「わたしのせいね」アンネリーゼは言っていた。「いろいろ訊かれたとき、すっかり動転していたから」

「パイを受け取ってちょうだいね。上に行ってご挨拶してくるから！」

ジョーダンはパイを持ったまま玄関にしばらく立っていた。できるものなら暗室に駆け込んで、みんなが引き払うまで隠れていたかったが、ギャレットがきっと探しに来るだろうし、もう一度ハグに耐えられるとは思えなかった。

「乗っていくのかね?」ミセス・デューンを乗せてきたタクシーの運転手が、窓から身を乗り出して言った。

「ええ」ジョーダンは何も考えずに言った。「ええ、乗ります。クラレンドン・ストリートとニューベリー・ストリートの交差点で降ろしてください」

タクシーに乗って店まで行く途中で、ジョーダンははっとわれに返りレモン・メレンゲパイを持ったままなことに気づいた。笑いだしそうになった。というより泣きだしそうになった。〝父さんの好物だった〟ジョーダンは小銭を掻き集めてタクシー代を払い、〈マクブライズ・アンティークス〉の前で降りた。パイの皿を持ったままだった。

店のノッカーには黒いリボンがさがっていた。ジョーダンはリボンを引きちぎってハンドバッグから鍵を取り出した。遅い午後の日射しの中で、店は埃っぽかった。三週間も閉じたままだったのだ。ジョーダンは何も考えずに〝開店〟の札を出し、パイをアンティークの小鳥の水浴び用水盤に置いて、カウンターの奥に入った。埃にまみれた父のイニシャルを指でなぞり、つい言いそうになった——父さん?——そうすれば、奥のドアが開いて、父が笑顔でこう言うだろう、〝どんなものをお望みですか〟声をかけさえすればいい。父は病院のベッドにいたのではない。何かの間違いだ。

しゃくりあげる声は大きく、しんとした店に響きわたった。ジョーダンはカウンターをつかみ、泣けてよかったと思った。「ああ、父さん。どうして合わない弾薬を買ったりしたの？　どうして古い銃を使ったりしたの？　新式の銃を使っていれば、暴発なんてしなかったのに」

　店のドアベルが鳴った。「失礼ですが……」

　ジョーダンはカウンターから顔をあげた。胸の中に硬い板が張っていて、うまく息が吸えない。「なんですか？」涙で霞む目で、戸口にいるポケットに手を突っ込んだ若い男を捉えた。

「ここで働いているの？」男が後ろ手にドアを閉めたので、またベルがやさしく鳴った。父は週に一度、ベルを磨いてピカピカにしていた。「職探しで来たんだけど」

「職探し？」ジョーダンは鸚鵡（おうむ）返しに言った。目の焦点が合わないので、一度、二度と瞬きした。「先週来たときに、ドイツ人の男の人が店に入るのを見て――」

「ミスター・コルブ？」

「そう。でも、彼が言うには、店主に話をしてくれって」

〝求人広告〟父が亡くなった週に、事務員求むの求人広告を出した。〝接客を任せられるような人当たりのいい青年かかわいい女の子〟ジョーダンはもう一度瞬きし、カウンターを挟んで立つ男に目の焦点を合わせた。浅黒い肌に黒い髪、痩せぎすで背はジョーダンと同じぐらい、歳は四つ、五つ上だろう。襟のボタンをはずしているのも、帽子をかぶらず髪がくしゃくしゃなのも、アンネリーゼは気に入らないだろう。ドイツ人っぽく舌打ちして、だらしがない、と言うだろう。

「アントン・ロドモフスキー」男は言い、手を差し出した。「トニーと呼んで」

「ジョーダン・マクブライド」何も考えずに握手していた。

「どんな仕事をすればいいんです？」一瞬の沈黙ののち、男が尋ねた。「ドイツ人の雇い人がいるでしょ。彼はどんな仕事をやってるんですか？」

「ミスター・コルブは修復の仕事。父は――」先がつづかない。

「だったら店員が必要ってことだよね？」トニーがほほえむと、肉のない頰にしわが寄った。「アンティークの売買にはまったくの素人でしてね、ミス・マクブライド、でも、レジ打ちとか、アラスカ人にアイスクリームを売るのなら任せて」

「それがその――雇うかどうかわからなくて。人が亡くなったもので。店主が――」ジョーダンは埃が積もったカウンターに視線を落とした。「来週また来てみてください」

トニーは彼女をしばらく見つめていた。ほほえみが消える。「お父さんが？」

ジョーダンはなんとかうなずいた。

「お気の毒に。ご愁傷さまです」

ジョーダンはまたうなずいた。カウンターの奥で動くに動けず、醜い喪服姿で突っ立っていた。

「小鳥の水浴び用水盤にパイが載ってるけど」彼が言った。

「みんながパイを持ってきてくれるの」ジョーダンは自分の声を聞いた。「父が亡くなってからずっと。レモン・メレンゲさえあれば大丈夫みたいに」

彼はミセス・デューンのパイを水盤からカウンターに移し、キリストと十二使徒をモチーフにした十三本セットのスプーンが扇状に並べてあるディスプレイケースからスプーンを二本取り出し、一本をジョーダンに渡した。

ジョーダンの胸が破裂しそうになる。パイの真ん中にスプーンを突き立てて掬い、口に突っ込んだ。何の味もしない。灰の味。ひげ剃り用石鹼の味。〝父さんは死んだ〟もうひと口食べた。

トニーもスプーンを口に運んだ。嚙んで、呑み込む。「これは――とてもうまい」

「嘘をつく必要ないのよ」ジョーダンは食べつづけた。「ひどい味だわ。ミセス・デューンはいつだって砂糖をけちる」

「だったら、ボストンでうまいパイを食べられる店はどこ？　この町は不案内なんでね」

「〈マイクス・ペストリーズ〉はおいしいパイを出してる。ノースエンドの」

トニーは十二使徒のスプーンをメレンゲに刺した。「〈マイクス・ペストリーズ〉に行って、ちゃんとしたパイを買ってきてあげたほうがよさそうだね」

「そこまでしなくたって――」

「きみのお父さんを生き返らせることはできない。きみを悲しませること以外、何もできない。ただ、きみにこれ以上まずいパイを食べさせないことはできる」

「あたしはこれ以上パイなんて食べたくない」ジョーダンは言い、ワッと泣きだした。ミセス・デューンの出来損ないのパイに顔を埋めるようにしてしゃくりあげた。トニー・ロドモフスキーはポケットを探ってハンカチを取り出し、カウンターにそっと置いてから、店の札を〝開店〟から〝閉店〟へとひっくり返した。ジョーダンは肩を大きく上下させて流れる涙をぬぐった。〝父さんは死んだ〟

「邪魔をして申し訳ない、ミス・マクブライド。きみを一人にしてあげるからね」

「ありがとう」また嗚咽が込みあげ、煉瓦の隙間を縫うようして喉から飛び出そうとした。ただただ泣きたかった。だが、なんとか嗚咽をこらえ、額にかかる汗で濡れた髪を掻きあげ、手を差し伸べてくれた〝よきサマリア人〟をまっすぐに見つめた。

「どうかした？」

「義母はちゃんとした応募書類と推薦状を求めるでしょうけど」ジョーダンは目を擦りながら言った。「あたしとしては、あなたを雇いたいと思う」

26 イアン

一九五〇年五月　ボストン

「大成功！」トニーが借りたばかりのアパートのドアから飛び込んできた。「正攻法で接触を試みた」

イアンがわかったと言う代わりにうなったのは、窓とテーブルのあいだの床で日課の腕立て伏せ百回の真っ最中だったからだ。「どうやって？」数を数えながら腕を伸ばす。九十二回、九十三回……肩が燃えるようだ。

「標的は？」ニーナは四階の部屋の開け放った窓の敷居に座り、足を外に垂らしてブラブラさせながら、サーディンを缶からじかに食べていた。

「〈マクブライズ・アンティークス〉」トニーはドア脇の釘に上着を掛けた。帽子掛けとして使えるのはそれだけだ。「フラウ・フォークトが言ってたでしょ。戦争犯罪人に非合法の書類を斡旋するボストンの店の名前、マコール・アンティークだか、マクベイン・アンティークだか、マクなんとかだって。ここで唯一、それに近いのが〈マクブライズ・アンティークス〉だった。で、ここにいるのがその店の新米店員ってわけ」

イアンが腕を伸ばそうとしたとたん、ニーナが脚を窓の内側に戻し、彼の背中にブーツを落とした。「あと七回」

「うるさい」そうは言ったものの、ふたたび腕を曲げた。九十四回……九十五回……

トニーはテーブルに向かって座り、ニーナが読んでいるペーパーバック『スペインの花嫁』をどかした。「紹介状を提出しなきゃならない。立派なやつを頼みますよ、ボス」

イアンは最後の腕立て伏せを終えると、妻のブーツを背中から振り落として床に仰向けになった。「名前は?」

「本名でいきます。トニー・R、生まれも育ちもクイーンズ、真珠湾攻撃の翌日にグローヴァー・クリーヴランド高校を中退して入隊——これ以上信頼できる人間はいない、でしょ?」トニーは愛国心を売り物にする気だ。「店を見張れるうえに給料までもらえる」

「ああ、そうだな」イアンの年金とトニーの貯金でなんとか借りることができた二部屋のアパートは、ダウンタウンのスコレイ広場に面した最上階で、広場にたむろするのはホットドッグを食べに〈ジョー・アンド・ネモズ〉にやってくる酔っ払いの大学生か、〈ハーフ・ダラー・バー〉でくだを巻く酔っ払いの水兵だった。アパートの部屋は油脂と靴墨の臭いがするが、ドアの鍵が壊れているのと、テーブルの脚が三本しかないので、用をなさない隅のラジエーターを四本目の脚の代わりにすることさえ我慢すれば、ホテルに泊まるより安い。なんであれ収入があるのはありがたい、とイアンは思った。

「先週、マクブライドの店で出くわした、やけに落ち着きのないドイツ人の店員」トニーはメモ用紙に走り書きした。「名前がわかりましたよ。コルブ。何でもかんでもドイツ人のせいにするのは嫌だけど、あのドイツ人はビクビクしすぎ。店で修復の仕事をやっているそうで——」

「どうしてわかったの」ニーナはまた脚を窓の外に出した。彼女が四階の窓からブーツをブラブラさせるのを見ているだけで、イアンは気分が悪くなった。「まだ仕事をはじめてもいないのに」

「店主の娘が教えてくれたんだ。仕事をくれたのもその子。アンティークの修復が得意ってことは、書類の偽造も得意ってことでしょ。このコルブって男が、こっそり内職をして戦争犯罪人から金を巻きあげているのかもしれない。ローレライ・フォークトの母親によれば、彼女の娘みたいな人間はそこで書類を作ってもらうんだって。身分証明書とか新しい名前とかね」

「そもそもどうして彼らは新しい書類が必要なんだ？」イアンは立ちあがり、思いを口にした。この追跡がアメリカ行きへと舵を切ったときから、ずっと引っかかっていたことだった。「合衆国はナチよりも共産主義者を警戒している。戦争犯罪人をただの一人も引き渡したことがないし、四八年以降はヨーロッパからの難民を歓迎してきたじゃないか――」

「ユダヤ人の戦争難民でないかぎりはね」トニーがつぶやいた。「だめだめ、ユダヤ人を迎え入れるわけにはいかない、ユダヤ人だけはだめ、ってね――」

「――つまり、この国に本名でやってきた者たちは、新しい書類なんて必要としない」

「頭のいい連中は必要とするよ」ニーナがこともなげに言った。「本名は伏せるでしょ、記録に残っているから。調べようと思えば調べられるんだから、戦績も含めて。いまは誰も調べようとしないかもしれない。あすは？　どうなるかわからない。来年、五年後、十年後――記録は残っている。調べようと思えば調べられるよ」

「おれの妻は筋金入りの被害妄想だ」イアンは言った。

「ソ連人だから」

「そのうえティーポット冒瀆者」

「名前が載ったリストは引き出しの中に永遠に残りつづける。誰も調べないかもしれない。それとも、リストに意味があると思う人間が現れるかもしれない。そうなったら、黒いヴァンが家の前に横づけされる」ニーナは肩をすくめた。「人に知られたくないことがあって故国をあとにしたとしたら、あたしなら名前も経歴も、何もかも変える。安全のために」

〝きみは人に知られたくないことがあって故国をあとにしたんだろ〟とイアンは思った。大西洋を渡る船の中で、二人は毎晩のようにシーツの上で転げまわったが、だからといって彼女のことがよくわかったわけではない。彼女はイアンの横で眠ろうとしなかったし、ベッド以外で好意を示すとたんに警戒したし、彼が何を尋ねても進んで答えようとしなかった。たとえば、どうして国をあとにしたのか……

「〈マクブライズ・アンティークス〉の奥の部屋で、被害妄想の戦争犯罪人とどんな取引が行われているにしても」トニーが言った。「コルブが取引を行っている張本人だってほうに、来月の給料をそっくり賭けてもいい」

「何が見つかるか、お手並み拝見といこう」イアンは言い、椅子を後ろに倒して二本脚でバランスを取った。「店主のほうも調べてみろよ。共犯かもしれないからな」

「バラ色のすべすべの肌の、共学で育ったボストン娘が、女狩人に新しい身分を与え、どこかに逃がしてやったって？」トニーは頭の後ろで両手を組んだ。「それはないでしょう」

「二十歳そこそこの娘は危険なはずないって思うの？」ニーナがサーディン缶の油を飲み干した。「戦争中、危険な娘は山ほどいた。姉妹と呼び合った。かわいいからって侮らないほうがいい」

「かわいい子だって誰が言った？」トニーが言い返した。「実際、かわいいかどうかわからなかった。父親を亡くして目を泣き腫らしてたからね――ハンカチを貸してやった。街角で女と見たら口説く女たらしじゃないんだから、上から下まで眺めまわしたりしない」

「でも、彼女が関与するはずないってすでに思ってるじゃない。そう思いたいんでしょ」

ニーナはイアンに顔を向けた。「それって彼女はかわいいってことよね、でしょ？」

「だな」イアンは言い、マクブライド一家について調べたメモを取り出した。

「頭にくるな」と、トニー。「形のいい女の脚に目の色を変えて、涎を垂らさんばかりの女に飢えた帰還兵じゃないんだからね。ここでは客観的な判断に努めるつもりなんだから」

「形のいい脚ね」ニーナが言う。

「言えてる」イアンがうなずく。

「二人で勝手にやってりゃいい。ぐるになってぼくを苛めりゃいい。まったく、不公平にもほどがある」トニーはメモ用紙を丸めてイアンに投げつけた。するとニーナがサーディンの缶をトニーの胸めがけて投げた。「わかった。ぼくは娘を監視する」

「母親のほうもな」マクブライドの未亡人に関するイアンのメモは、新聞に載った死亡記事と亡くなったアンティークのディーラーとその家族に関する短い記事から取ったもので、ミセス・アンナ・マクブライドは生まれも育ちもボストンとなっていた。「それと、店のファイル――非合法な書類作りに手を貸していた人物の記録が残っているかもしれない。ディー・イェーガリン以外にも書類作りを頼んだ者がいるはずだ」

「非合法のやり取りを記録に残すような馬鹿な真似、するかな？」トニーは走り書きをつづけた。

「記録は残しているはずよ」ニーナがきっぱり言った。「馬鹿な真似じゃないわよ、身代わりになるものを確保しておくの。警察が来たらそれを渡して自分は罪を免れる。狼が襲ってきたら橇を投げつけて逃げるみたいにね」

「スターリン主義者の被害妄想……」

ふざけ合ってはいても、部屋には活気が漲っていた。追跡がはじまった高揚感だ、とイアンは思った。ここを新しいオフィスに気分一新だ。ウィーンでは仕事と余暇はきっちり分けていた。夕方になるとトニーは借りている部屋に帰り、イアンはベッドとヴァイオリンがある上の階に引き揚げた。ここボストンではそういうふうに分けられない。朝から晩まで顔を突き合わせていなくちゃならない。ヘア・コルブや調査のやり方について話し合うことにうんざりすると、メモ書きは脇にどけて缶詰のスープを温めて肘を突き合わせながら食べる――それでも、部屋に漲る活気は消えない。ローレライ・フォークトは三人のものであり、障害となる海はもうない。〝おれたちは彼女を見つけ出す〟イアンは思いを新たにした。〝おれたち三人でかかれば彼女なんて敵じゃない〟

夜明け前、ニーナは屋根にのぼっていた。

イアンとトニーが、向かい合った壁際にそれぞれベッドが置かれた部屋を共有し、ニーナは自分から言い張り、居間の天窓の下のソファーで寝ている。「隣に人がいたんじゃ眠れない」イアンがベッドルームのもうひとつのベッドを使ったらいい、と言うと、ニーナはそう応えたのだ。イアンとしては、ベッドを並べて一緒に寝たかったのだが。いまは朝の四時で、居間はもぬけの殻、天窓が開けっ放しだった。イアンはソファーの肘掛けにのぼった。ニーナは跳びついたのだろうが、イアンは天窓の枠に手が届くからつかんで上体を引きあげた。

平らな屋根は膝の高さの縁取りがしてある。空はまだ暗く、水平線の縁がわずかにピンクに色づいている。ニーナは縁に仰向けに寝て、薄れゆく星を眺めていた。彼女が身につけているものを目にして、イアンは笑いそうになった。彼女自身の継ぎの当たったズボンにトニーの古いセーター、イアンの靴下。

「洗濯物から勝手に人のものを抜き取るの、やめてくれないか」彼はその場に立ったまま言った。縁に近づく気はなかった。ニーナの向こう側は、足を踏みはずせば地面まで真っ逆さまだと思っただけで胃が捻じれる。

「あんたの靴下のほうがましだもの」

「〈ハロッズ〉で買ったんだからな。人生が投げつけてくるたいていの困難を生き延びる鍵は、足を守ること。一九三〇年代にスペインで泥の中を歩きまわったときの教訓だ。そんなところに寝てると落ちるぞ」そう言い添えたのは、ニーナが片足を上に伸ばしたからだ。鳥が尾を広げるように、彼女の爪先が縮んで伸び広がる。

「落ちるもんか」ニーナは腕を両側に広げ、のんびりと上下に動かした。まるで気流に乗って飛んでいるように。イアンは縁から視線を逸らした。早朝の往来の音が昇ってきた。舗道を擦るタイヤの音、家に帰る酔っ払いの怒鳴り声、職場に向かう真面目な人間が怒鳴り返す。がむしゃらで自信たっぷりな若い都会。嫌いではない、とイアンは思う。

ニーナの視線は星に向けられたままだった。「ああ、クソッ」ため息をつく。「夜の空が恋しい」

「操縦士時代の？」ニーナから情報を聞き出すのはヤマアラシにインタビューするようなものだ。棘に刺され、尻尾で打たれかねないが、それでも探りを入れるのをやめられない。ジャーナリストの尋ねたい衝動は、記事を書きたい衝動と共に消え去りはしなかった。

「戦争中に飛んでいたころの話はしたことないよな」

「航法士だった。588夜間爆撃飛行連隊に所属していた。のちに46親衛夜間爆撃航空連隊と呼ばれるようになった」彼女は起きあがって眉をひそめた。「驚いてるみたいね」

「ああ」正直に言う。

「どうして？　女は空を飛べないと思ってるから？」

「女が空を飛べることはよくわかっている。おれが驚いたのはきみが航法士だったことのほう。服従とチームワークと正確さが求められる仕事だろ。きみを見てすぐに思い浮かぶ資質ではないからな、小さなアナーキスト」

「あたしは優秀な航法士だったんだ！」イアンの読みどおり、彼女は苛立って靴下を脱ぎ捨て、足の裏のタトゥーを見せた――片方の土踏まずには赤い星が、もう片方の土踏まずには刺々した文字が彫ってある。前に尋ねたときには、彼女は肩をすくめただけだった。いま、彼女は左足を伸ばして、近づいていった彼の両手にのせ、そこに彫られたキリル文字の意味を英語で言った。「六百十六。戦争中にあたしがやった爆撃飛行の回数」

「冗談だろ」イギリス軍の爆撃機の操縦士は、二十回の飛行を生き延びられたら運がいいと思われていた。

「六百十六」ニーナがほくそ笑む。「あたしらソ連の女は、あんたらイギリスのへなちょこ飛行士よりずっと働いたんだ」イアンは思わず言い返しそうになった――そのイギリスの飛行士を讃える記事を、おれがどれだけ書いたと思ってるんだ――が、ニーナは彼の両手から足を引き抜き、赤い星が彫られた足を代わりにのせた。「赤星勲章、四三年一月に授けられた」

イアンは妻のタトゥーが彫られた足から、思い知ったか、と言いたげな目に視線を移した。「それはそれは……お見それしました、同志」

「ヒトラーの兵士たちは、夜に襲ってくるU－2飛行隊のことを、箒（ほうき）に乗った魔女みたいに静かだって言った」鋭い歯を見せて笑うと、彼女はイアンの手から足をどけた。「だから、あたしたちのことを〝ナハトヘクスン〟って呼んだ」

「夜の魔女？　実用一点張りのドイツ人の想像力で、よくもそんな大仰な呼び名を思いついたもんだ」

「よっぽど怖かったんじゃないの」彼女は屋根の縁であぐらをかき、膝に肘を突いた。前腕に傷跡がある。何かが貫通したような盛りあがった傷跡だ。そこを唇でなぞると、彼女がエビ反りになることをイアンは知っていた。「それはどうしたんだ？　話をしたついでに教えてくれないか」

「話をした？」

「おれはそう思ってるよ、シエラザード」

「誰、それ？」

「魅惑の物語を聞かせてくれる妻。もっとも夫はどういうことになるか知らないで結婚したんだ」

ニーナは鼻を鳴らしたものの、傷跡をしげしげと見つめた。「飛行中の事故。二週間、飛ぶのを許されなかった。ところが、そのおかげで同志スターリンに会うことができた」

27　ニーナ

一九四三年一月　モスクワ

みんなが泣いた。北コーカサス前線の空軍基地で、肩に顔を埋め合って泣いた。上はバーシャンスカヤ少佐から、下は新米整備士に至るまで、みんなが泣いた。

「マリーナ・ミハーイロヴナ・ラスコーワに」バーシャンスカヤが言った。

彼女が創設した連隊は悲しみに暮れながら献杯した。「マリーナ・ミハーイロヴナ・ラスコーワに」

享年三十三歳、スターリングラード近郊の軍用飛行場に戻る途中、Ｐｅ－２機が墜落して亡くなった。数多の危険を潜り抜けてきたのに、ヴォルガ河畔でありきたりの航空機事故で命を落とすとは。

「二日以内に埋葬されるそうです」バーシャンスカヤがのちに言った。「軍葬の礼をもって赤の広場に埋葬される。モスクワで行われる戦時における最初の国葬です。われらが同志の功績を讃えて」

三人は大きくうなずいた。ニーナとやはり負傷して地上勤務を余儀なくされた操縦士二人が、バーシャンスカヤのオフィスに呼ばれ、そこで彼女が許可証に署名した。〝夜の魔女〟は今夜も爆撃任務を遂行する。創設者が亡くなったからといって任務が延期されることはない。そんなことをすれば、ラスコーワ自身が烈火のごとく怒るだろう。ニーナたちに命令を下すバーシャンスカヤの目に涙はもうなかった。

「通夜のあいだ、儀仗兵が彼女の遺体に付き添う」バーシャンスカヤが言葉をつづけた。「彼女の連隊がその任を担わないなんてことは考えられない。現役の飛行士を任務からはずすことはできないので、優秀な戦歴を誇る負傷兵三人を各連隊の代表として送ることにした。あなたたち三人はあす、出発する」

明け方、ニーナのベッドに新しい礼装が届いた。礼装をベッドに広げ、恐怖に目を見開く。「なんてこった……」なんとか袖を通して硬いボタンを留めたとき、〝夜の魔女〟たちが疲労と霜をまとって戻ってきた。「何なのそれ？」イェリーナがニーナのまわりを歩きながら言った。「ついに女性用の軍服を支給してくれることになったの？」かさばる飛行服に身を包んだ十二人の女たちが、涙の跡のある顔に笑みを浮かべ、スカートにヒールの靴で完成した礼装姿のニーナをしげしげと眺めた。見つめ返すニーナはパニック状態だった。

「生まれてから一度もヒールの靴を履いたことなかった」涙声になっている。「赤の広場の真ん中で顔から突っ伏すんだ、きっと！」

彼女たちに必要だった笑いが起きた。湿っぽい笑いでも笑いだ。「ニノチカにはわたしたちが必要なのよ、ウサギたち」イェリーナが言い、裁縫針を取り出した。「〝夜の魔女〟が魔法をかけるときがきた」

　ドゥシアが長すぎるスカートの裾をあげ、そっ歯のゾーヤがニーナの記章を磨いてダイヤモンドみたいに輝かせ、ノヴゴロドで美容師をしていたひょろっとした航法士が、櫛とタオルを取り出した。「この髪をなんとかしないとね、ニーナ・ボリソヴナ」襟に届くほど伸びた風になびくたてがみを膨らませる。「ドブネズミ色の干し草のままじゃ588連隊の面汚しだからね。イルシャ、あんた漂白剤を隠してるでしょ、出して」

「ちゃんとしてるかぎり、髪なんて誰も気にしないよ」ニーナはヒール靴でよろめきながら言った。だが、女たちはやる気満々だ。何かに集中していなければ、ラスコーワを失った悲嘆の涙に暮れてしまう。「やらせてあげなさい」イェリーナが耳打ちした。「何かしたいのよ、髪ぐらいのことでも」ニーナは折れ、出発の時間になるころには、輝くばかりの姿になっていた。ヒール靴でもよろめかず、ブロンドになった髪はきれいにピンで留められ、唇は航法士の鉛筆で赤く染まっていた。儀仗兵に任命された二人の仲間もやはりパリッとしていた。同じ宿舎の女たちが寄ってたかってきれいにしたのだ。

「あたしたちの誇りとなるのよ」みんなが言った。「マリーナの誇りになるの」彼女たちはニーナとほかの二人にドライフラワーを託した。マリーナ・ラスコーワの墓前には偉大なる母国からたくさんの花輪が捧げられるだろうが、その横に置いてくれ、と。

「モスクワから何か持ち帰ってね」イェリーナが言った。「小石でもなんでも。恋しいな」

出す。「汚い街じゃない」

「どうして？」イルクーツクから初めて出てきたときに垣間見たモスクワの街並みを思い出す。「汚い街じゃない」

「これからどうなるかを想像して見なくちゃ駄目なのよ。いまある姿を見るのじゃなく。栄光へと向かっている都市なんだもの。わたしたちの未来の故郷、戦争が終わってからのね！」

ニーナの胃がでんぐり返る。次の爆撃任務より先のことなんて考えもつかないのに、イエリーナは戦争が終わったあとの計画を立てているのだ。試しに訊いてみる。「戦争が終わったら、あたしたちモスクワに住むの？」

「住むチャンスがあるんだもの、モスクワ以外のどこに住むの？」

「墓穴じゃないどこか？」

イエリーナがニーナを叩いた。汽車の汽笛が鳴った。「今回はモスクワのすばらしさを見ることができるのよ、ラスコーワのおかげね。好きになるって約束して」ニーナは約束すると言えず、そのまま発車時刻がきてしまった。イエリーナは手を握ると去っていった。

途中の景色を車窓から眺めるつもりだったが、疲労には勝てず道中ほとんど眠って過ごした。ほかの二人もそうだった。窓ガラスや木の仕切り板に頬を押し当てて眠った。寝ぼけ眼でモスクワのコムソモール広場に降り立つと、時間が巻き戻った気がした。コーカサスの前線からではなく、シベリアからの汽車から降り立ったような……588飛行連隊はまだ結成されておらず、飛行連隊122があるだけで……マリーナ・ラスコーワはこの先のどこかにいて、元気いっぱいで、ニーナにチャンスを与えるのを待っている。

だが、マリーナ・ラスコーワは骨壺だけとなり、市民航空クラブの丸天井の広いホールに安置されているのだ。ニーナの目には、モスクワはいまも灰色の廃墟のようだった。

「医者がこれをくれた」あくびをするニーナを見て、仲間の一人が錠剤の入った瓶を取り出した。「通夜のあいだしゃきっとしてられるって。粒のコカイン、粒コーク――」アメリカ流のスラングを披露する。

ニーナは二錠呑み下し、それから先、世界は生き生きとしていながら朦朧としていた。葬送の様々な儀式は放り投げられた花吹雪みたいにいっしょくたになった。三人はオフィスのようなところで、大声で指示を出す灰色の顔の職員たちに迎えられた。市民航空クラブの丸天井のホールに案内されるあいだ、ニーナの腕が吊り包帯の中でズキズキ痛んだ。儀仗兵として寝ずの番をすることになるラスコーワの骨壺の前を通ったときには、たくさんの花輪から香るバラのくぐもった匂いを思い切り吸い込んだ。エンゲリスで別れて以来の再会なのに、儀仗兵を務めるほかの女性たちとは、ひと言ふた言ささやき交わす時間しかなかった。「マリーナ」それが挨拶であり、献杯の気持ちだった。

ニーナ自身は長い通夜のあいだ直立不動で、目の前をモスクワの光景がただ通り過ぎていった。肩を落とした女たち、痩せた子供たち、撚り糸でかがったブーツを履いた男たち……それから、職員や背広姿の男たちが混じり合い、気がつくと翌日になっていて、世界は相変わらず活気に溢れ浮遊しており、ニーナは荘重な行列に加わって赤の広場へと向かい、垂れさがる旗布や花輪の前を通り過ぎた。群衆の中ではっきり区別がついたのはラスコーワの顔だけだった。黒髪に満面の笑みの写真が無数に複写され、群衆の上に浮かんでいた。ニーナの父が言っていた、偶像を掲げ持つ農民の姿を彷彿とさせた。

ラスコーワの遺灰が墓におさめられたころには、コカインによる陶酔感も醒めはじめていた。全国放送される同志シチェルバコフ中将の〝母国の名誉となるソ連女性の水準の高さ〟を謳った追悼演説を、ニーナは靴のヒールを軸に揺れながら聞いていた。いったい誰のことを言っているの？　誰の葬式にも当てはまる演説だ。最初の出撃で命を落とした飛行中隊の指揮官を思い出す。星空の下、〝夜の魔女〟たちは彼女の思い出に献杯し、その歌声は軍用飛行場に響きわたった。ラスコーワはそんな風に記憶にとどめられるべきだ。丸暗記の演説やラジオから流れる哀調を帯びた『インターナショナル』によってではなく。ラスコーワについて語るべきなのは、年老いた男たちではなく女だ。

二人死んだ。ニーナは思った。最初が飛行中隊の指揮官、それからラスコーワ。次は誰？　連隊は二人以外にも大勢失っているのだから、そんなことを考えるのは馬鹿げている。でも、その言葉が頭にこびりついて離れなかった。〝次は誰？〟

イエリーナの顔が目の前にちらつき、恐怖に心臓が止まりかけた。

マリーナ・ラスコーワの遺灰はクレムリンの壁に埋葬された。半旗が掲げられ、将校たちが敬礼し、赤の広場の空を一機が低空飛行した。それで終わった。

「ラスコーワの子鷲たち」

ラジオのスピーカーから繰り返し流れた有名な声を間近に耳にして、仲間の女たちはいまにも卒倒しそうだった。対空砲火を受けても冷静さを失わない女たちが、顔を赤らめ、女学生のようにもじもじして、偉大なる同志スターリンの顔をまともに見ることができない。

葬儀のあとのレセプションはいつ果てるともなくつづいた。背広姿の男たち、単調なおしゃべり。ニーナはコカインの粒をさらに三錠呑み、世界はふたたび輝きだした。ニーナたちは何の変哲もない控室で並ばされ、小一時間待たされた――どこか近くで、シャンパンの栓を抜く音がしていた。不意にドアが開いて人々が押し寄せ、フラッシュが焚かれ、ニーナ以外の全員が目をぱちくりさせた。〝あたしは敵のサーチライトに慣れっこになってるから、カメラぐらい屁でもない〟フラッシュの向こうに目を凝らすと、高官の群れから同志スターリンが現れた。茂みから現れる狼のように。煌びやかな軍服に包まれた体はコンクリートのように硬そうだった。

衣擦れの音がして、副官が何か言う。マリーナ・ミハーイロヴナ・ラスコーワの儀仗兵を務めた者たちに、赤星勲章が授けられる、と。ニーナは内心で肩をすくめた。勲章が何になる？　588連隊の女たちはいまも記録を狙って飛んでいる。ニーナが勲章を受け取るのは、ラスコーワが亡くなったときたまたま地上勤務だったからだ。同志スターリンも、授ける勲章のことなどどうでもいいと思っているにちがいない。彼はちびた鉛筆でノートに何か書きなぐっている。レニングラードで最近数十万人が亡くなったことでもメモしているのだろう。見慣れていながらまったくの赤の他人を目の当たりにすることの不思議さ。帝政時代に農民が神を垣間見るようなものだろうか。ただし、同志スターリンのほうが神よりずっと力がある。

九つのフラッシュが焚かれ、カメラのシャッターが切られるなか、にこやかに笑う女たちが前に出て、五つの角のある赤い琺瑯(ほうろう)の星を授けられた。礼服の胸に勲章が留められる瞬間、フラッシュがニーナの目を射た。〝一人ずつ前に出て銃殺されるみたいだ〟この控室で同志スターリンがそうしようと思えば、女たちの胸に勲章の代わりに銃弾を撃ち込めるのだ。止める者はいない。

胸に勲章を留める副官の肩越しに、ニーナは書記長を見た。口ひげは肖像画で見るよりも灰色だ。肉厚の頬にはあばたがあり、歯はパイプの煙で黄ばんでいる。勲章を受ける女たちを眺めるその目は、まぶたが重く垂れて眠そうだ。〝でも、眠たいわけがない〟隣の部屋でまたシャンパンの栓が抜かれた。みんながシャンパンを飲んでいるの、それとも党員だけ？　党員だけなのだろう、とニーナは思った。

同志スターリンは前に進み出て女たち一人一人の肩をつかみ、心のこもった祝辞を述べた。「きみは国の誇りだ」両頬にキスするのは農民のやり方、プロレタリアートのやり方だ。一人一人にキスする。誰も言葉を返さない。頬を真っ赤にして、目を輝かせる。同志スターリンのノートを預かった副官が、腕に抱えたいくつものフォルダーを抱え直そうとしてノートを落とした。すぐに拾いあげたものの、ニーナは見逃さなかった。立派な眉をひそめてノートになにやら書きつける書記長。鉛筆の動きひとつひとつに命がかかっているかのように。狼の絵でも描いているのだろうか。赤と黒の狼がノートの中から涎を垂らす。

　重たい手がニーナの両肩をつかんだ。「きみは国の誇りだ」同志スターリンの硬いひげが頬を擦った。ヒールを履いたニーナと同じ背丈だ。〝肖像画では大男に見えるのに、あたしとあまり変わらないじゃない〟そう思ったらおかしくなり思わずほほえむと、灰色のひげの下から笑みが返ってきた。「なんと」偉大なる男が副官に言った。「この子鷲ときたら、同志スターリンの目をまっすぐに見つめるとは！」

〝同志スターリンは大衆を裏切る、嘘つきで人殺しの豚野郎だ〟頭の中で父が勝手にしゃべりだした。あまりの大声なので、煙草臭い息を吐きかけるこの男に聞こえたのではと心配になった。〝おまえは人殺しのろくでなしだ、と言ってやれ〟父が今度は助言した。

〝そんなの、助言にならないよ、父さん〟ニーナは思った。

　重たい両手は肩に置かれたままだ。「どうして笑ったのか、同志マルコワ少尉？」

　この狼は嘘の臭いがする、とニーナは確信した。「父が同志スターリンのことをよく話してくれたからです。熱を込めて」事実を言う。

　彼は気に入ったようだ。「きみの父親は偉大なる愛国者だったのだな？」

「帝政派の喉をたくさん掻き切りました、同志スターリン」これも事実だ。

「それなら、国のよき奉仕者だな」同志スターリンはほほえんだ。父と同様、白目が黄ばんでいる。溺れさせようとする直前に、父は思案げな表情で彼女を見つめた。同志スターリンの目もまた思案げだった。「これまでに祖国の敵を何人殺した、ニーナ・ボリソヴナ?」

「充分な数ではありません、同志スターリン」

〝グルジア生まれの食わせ者〟と父がいきまく。〝こいつを湖に引きずり込んでやれ、ルサルカの魔女〟母なる祖国でいちばん力のある男を、いまここでいともたやすく殺せる、とニーナは思わずにいられなかった。袖に剃刀を隠している。どこに行くにも持ち歩いているから。するっと手のひらに落として開き、横にひと振りで肉厚な喉を掻き切る。想像したらおかしくて、また笑った。

「優秀なハンターだな、この子鷲は」同志スターリンがもう一度両頬にキスし、一歩退いた。視線が針のように彼女から抜かれ、またフラッシュが焚かれた。そうして、彼は去っていった。

「赤星勲章!」宿舎に歓声が起きた。まるで三人の皇女(ツァレヴナ)が連隊に戻ってきたような歓迎ぶりだった。「あんたのおかげよ」ニーナは騒音に負けじと声を張りあげた。「同志スターリンがあたしに赤星勲章をくれたのは、あたしの新しい髪が気に入ったから」

「わたしもあなたの新しい髪が好きよ」こっそり抜け出し、小屋で二人きりになるとイェリーナが言った。小屋の隅で、イェリーナの背中がニーナの胸に重なるように横向きに寝る。イェリーナの服の襟には、干からびたバラが差してあった。ニーナがマリーナ・ラスコーワの骨壺に供えられた花輪から抜いて持ち帰ったものだ。たったひとつのモスクワのお土産。「あなたにはブロンドが似合うわ、ニノチカ。ひときわ目につく。もっと目立っていい人だもの」

「だったら、あんたのためにだけ、ブロンドのままにしておく」イェリーナの顔を自分のほうに向かせて長々とキスした。凍えるような寒さだから吐く息が白い。「あたしが恋しかった？」

「ちっとも！　ゾーヤが放してくれようとしないんだもの」イェリーナがにやりとし、ニーナは彼女を叩いた。「ほかの連隊の女性たちと一緒だったんでしょ――何か聞いてる？」

「ほかのふたつの連隊は統合されるんだって、知ってた？　男と女が一緒になる。必要に迫られて、だって。女だけなのは588連隊だけ」

「このままがいいわ。男の操縦士はいいかげんだもの」イェリーナが馬鹿にしたように言った。「爆撃任務の合間に食事に行くらしいわよ。あたしたちが操縦席以外で食事することなんてある？　うちのメンバーたちのほうが、ずっといい記録を出すのも無理ないわね」ニーナの勲章に触れようとイェリーナは体の向きを変え、ささやいた。「それで、彼はどんなだった？」

〝彼〟とは誰のことか尋ねる必要はなかった。「チビ。それで、大男みたいに振る舞う！」

「高いのは背じゃなくて、彼の魂なのよ」イェリーナがにっこりした。「わたしがその場にいたら、気絶してるわ」

こうした畏敬の念はほかの女たちも口にするが、イェリーナは党の滑稽さや矛盾をいつも笑い飛ばしていたはずなのに。「彼は神じゃないよ、イェリナシュカ。党の嘘を背広で隠す男の一人にすぎないんだよ」

イェリーナがパッと上体を起こした。「そんなこと言っちゃだめ」

「言わないよ、人前では。馬鹿じゃないもの」ニーナも起きあがる。「戸口に黒いヴァンがやってきちゃ困るからね」

「でも、そういうことを考えてるんでしょ？」イェリーナが震えあがった。「書記長はどうとかこうとか……」

「大衆を踏みにじる豚の血を引く策士？」ニーナは肩をすくめた。「父はいつもあたしにそう言い聞かせてた。むろん、皇帝のこともぼろくそに言ってたけど――」

「たしかにね。あなたも言ってるじゃない。親父はウォッカでおかしくなった豚だって。お父さんの言うことに賛同してるとは思ってなかった」

「頭がおかしいからって間違っているとはかぎらない」そんな言葉がニーナの口からぽろっと出た。「同志スターリンは食わせ者だとあたしも思う」

イェリーナは膝を胸に抱えた。「どういう意味？」

マリーナ・ラスコーワの追悼一色だった都会を思い出す。チャイコフスキーのオペラ

『エフゲーニイ・オネーギン』の農民の合唱を歌う操縦士の甘い歌声に送られたほうが、彼女も幸せだっただろう。エンゲリスに向かう汽車の中で、彼女も一緒に歌っていた。

「パレードも演説もすべて——力を誇示する舞台にすぎない……」ニーナは肩をすくめた。「あたしにはわからないけどね。〝親父〟から来たちっぽけな航法士にすぎないからね。何もわからない」

「そうよ。あなたにはわかっていない」イェリーナが鋭い口調で言った。「湖のまわりは氷とタイガだけで、ずっと何も変わらないんでしょう。でも、わたしは昔のモスクワを憶えている。子供のころのね。それ以前のことも、祖父から聞いたわ。同志スターリンのおかげで、すっかり変わったのよ」

「よいほうに？」ニーナは尋ねた。「靴を買うのに朝の三時から並ぶんでしょ。あんたが小さかったころ、お母さんがそうしてたって言ってたじゃない」

「これからもっとよくなる。同志スターリンには計画があるのよ。わたしたちみんなのための計画が。モスクワはそうなる、彼の計画どおりに。戦争が終わったらそうなるのよ」

ニーナはじっと見つめた。〝彼は人の皮をかぶった黄色い目の狼〟と、彼女に言ってやりたかった。〝狼があたしを食うよりも勲章を与えるほうが得策だと考えたせいで、あんたは夢見る瞳の乙女になってる〟そんなことは言えないから、代わりに言った。「向こうに行ってるあいだじゅう、あんたが恋しかった」口元が強張る。「戻って一時間もしないのに、もう口喧嘩？」

「口喧嘩じゃないわ」イェリーナの口調はきついままだ。「あなたにはわかってない。そう言ってるだけ。あなたには見えない。育った環境があまりにもちがう――」

〝未開の地だもんね。どうせあたしは、何もわからない小さな野蛮人だ〟

沈黙が訪れた。

「あんたと同じ見方ができるような状態じゃなかった」ニーナは言った。「モスクワのことも、同志スターリンのことも……あの薬のおかげで、葬儀のあいだじゅう物が二重に見えてたんだもの」薬の効果がなくなったあと、激しい頭痛に襲われた。「コカイン――アメリカの食堂でそれが出されてるんなら、あいつらがおかしいのも無理ないね」ニーナの狙いどおり、イェリーナの気分が一気にほぐれた。「あなたに噛みつくつもりはなかったのよ」膝を抱えていた腕をほどき、ニーナの手を取った。「すごく疲れているの、それだけ。毎晩、長時間飛んでいたから。十四回、十五回はざらだもの。じきに移動ですって、知ってた？　クラスノダル近郊へ」ため息。「ここよりひどいみたいよ」

彼女はげっそりしていた。目の下には隈ができ、色があるのは襟に挿したバラだけだ。

〝あたしのモスクワのバラ〟ニーナは思った。「ルサルカ号はまた戦えるの？」

「ええ。整備士が元どおりにしてくれたわよ」ルサルカ号や飛ぶことを話題にすれば話ははずむ。二人とも大好きなことだから。〝いままで口喧嘩をしたことがなかったのは、そのせい？　戦争と飛行とたがいのことしか話さなかったから？〟

もう口喧嘩をすることはないだろう。小屋に二人でこもって党の政策について語るなんて、ニーナはごめんだった。抱きしめて笑い合って、愛を交わす、それだけでいい。〝あたしにはイェリーナとルサルカ号があればそれだけでいい。この世で必要なのはそれだけ〟

〝それで、次は誰なんだ？〟同志スターリンの笑いを含んだ声がした。〝イェリーナか？ルサルカ号か？　それともおまえ、子鷲か？〟

ルサルカの水かきのある緑色の手に心臓をつかまれた気がして、ニーナは身震いした。〝あんたには何が見えてるの？〟抱き合って小屋から出てベッドに戻るあいだも、書記長に問いかけていた。〝何が見えてる？〟

きっと何も見えていない。コカインの粒のせいでおどおどしているだけ。

あるいは、彼にはわかっているのかもしれない。彼がイェリーナみたいな娘たちに紡いでやっている駄法螺を、母国は栄光の未来に向かっているというたわ言を、マリーナ・ラスコーワの最後の子鷲は信じていないことが。ニーナはずっと不安だった。彼は何かを感じ取り、ニーナの名前を記憶にとどめた。走りまわる狼たちの絵の横に、彼はそのことをノートに走り書きしていたのだろう。それから一年も経たぬうちに、捜査の手が入ったのだから。

28　ジョーダン

一九五〇年六月　ボストン

ジョーダンの父が紙やすりを手に、肩越しに振り返る。その姿が定着液の中から浮かびあがり、赤いライトを浴びて怪しく光った。あの午後に耳にした父の声が聞こえる。まるで暗室に立っているかのようにはっきりと。〝何を企んでいるんだ？〟

〝あたしはここにいないと思ってちょうだい〟あのとき、ジョーダンはそう答えた。〝仕事場にいる父さんを撮りたいの〟

それが父の最後の写真になってしまった。頬を流れる涙を手でぬぐう。夜の十一時に写真を現像しようと暗室にこもってから一時間になるが、ジョーダンは何度も涙に暮れた。泣いたっていいでしょ。ベッドに横になって天井を見つめているなんて耐えられない。あしたも店に出て新米店員に仕事のやり方を教え、帰宅すると、アンネリーゼが葬式の残りのキャセロールをテーブルに出し、無言のうちに食事を終える。店をまた開けたいまはその繰り返しで、ジョーダンには耐えられなかった。テーブルを囲むのは三人だけ、四人ではない……目をしばたたき、焼き付けた陽画から顔をあげた。

「これ」ローアングルからの一枚で、父は変色した名刺受けを覗き込んでいる。「父さんらしい一枚」働くダニエル・ショーン・マクブライド、素のダニエル・ショーン・マクブライドだ。いかにも父らしい。いい写真。

涙がとめどなく流れる。拭きもせず、ギャレットと一緒に飛んだ小さな飛行場で撮ったフィルムの現像に取りかかる。ギャレットに電話すべきだとわかっていた。彼は伝言を残した。彼の母親も、翌春に延期した結婚式の日程のことで相談があるのよ、と伝言を残していた。結婚式の計画を立て直すと考えただけで、ジョーダンは絶叫したくなる。

「あす、電話する」薬剤とトレイを洗いながら、ため息をつく。

暗室を出て家に戻ると、階段の下の暗がりでほっそりとした青白い影が動いた。「あなたも眠れないの？」

アンネリーゼの声にジョーダンは跳びあがった。「びっくりさせないで！」

「ごめんなさい」アンネリーゼは淡いブルーの化粧着の紐を結び直した。「ココアを作ろうかと思って。あなたもいかが？」

「いただきます。またルースに起こされたの？」

「ますます夜を怖がるようになってるわ」アンネリーゼがいつものように足音をたてずキッチンに向かい、食器棚からマグをふたつ出した。タローがやってきて、床に食べ物が放られないか期待の眼差しを向けてきた。アンネリーゼが愛おしそうに黒い耳を掻いてやる。

「あの子がああなると、どう扱えばいいのかわからなくなるのよ。とっても聞き分けのいい子だから、そうでないときにどう接したらいいのか」

「父さんが恋しいだけよ」ジョーダンはため息をついた。「もう眠ったの?」

「ええ、ようやくね。今度はわたしが寝返りばかり打つ番」キッチンの明るい光の中で、義母は弱々しく見えた。黒髪を垂らし、白粉や口紅をつけない顔は剝き出しな感じだ。

「いいえ、座ってて」ジョーダンが手伝おうとすると、彼女は言った。「疲れているんでしょ。店で働きどおしだもの」

「新しい人にじきに店番を任せられそうなの。楽になるわ」ジョーダンはなんとかほほえみ、テーブルから椅子を引き出した。「アラスカ人にアイスクリームを売ってみせるですって。彼ならやれる」

「名前は、なんだったかしら?」

「トニー・ロドモフスキー」レモン・メレンゲパイを頰張りながら泣くのを見られてしまい、次に顔を合わせたらさぞ気詰まりだろうと思っていたが、そんなことはなかった。次の週、新しい店員は上機嫌でジョーダンからハンカチを受け取っただけで、彼女が泣いたことにはいっさい触れず、店にやってきた女性客に応対するのと同じ態度で接してくれた。つまり、気安く冗談を言って。意味のないじゃれ合いが心を鎮めてくれたのだ。〝なんてきみはかわいいの〟と、彼のほほえみが言う。〝どうか接客はぼくにやらせて。すべてをぼくに任せてくれればいい〟女性客はその笑顔にやられる。アンティークのことは何も知らなくても、自分の無知を心底悔やむ様子がいじらしいので許せる気がするのだ。「あのミセス・ウィルズに物を買わせたんだもの、すごいでしょ。商品を批判するだけして帰っていく人に」

「そういうの、女たらしって言うんでしょ。彼に会ったことがあったかしら」アンネリーゼは額を揉んだ。「目まぐるしく時間が過ぎていって、何も憶えていないのよ」

「まだ会ってないわ。紹介状は非の打ちどころがない。試用期間が終わる前に会ってみたい？」

「そのうちね」アンネリーゼがため息をつく。「店に足を踏み入れる気になれなくて。売上を伸ばす方法をわたしなりに考えてはいたんだけど、お父さまはプライドの高い人で、妻を働かせたくなかったのね……いまになって店に顔を出すのは、彼の意志に反するようで」

「店のことはあたしに任せて。あなたは父の遺品を片付ける仕事があるでしょ」父の服や靴や身のまわりの品をどうするか。バスルームのひげ剃り用ブラシや剃刀を片付けてしまうかどうか。家族が亡くなると、決めるべきことがたくさんある。

「ありがたいことに、彼は整理整頓がきちんとできる人だった」アンネリーゼがミルクをあたためはじめた。「あなたにお金の心配はしてほしくないの。保険金があるから、家計を切り詰める必要はないのよ。遺言のことで弁護士に会うことになっているの」

事務手続きのことは、まだ考える気になれなかった。「あたしにできることがあれば……」

「わたしたち二人でなんとか始末できると思うわ」アンネリーゼがミルクを掻き混ぜながら、肩越しにほほえんだ。「あなたができる女の子でほんとうに助かっているわ、ジョーダン。もう女の子じゃないわね——あなたを女の子だなんて言うべきじゃないわね。そばに大人の女性がいてくれて、こういうときにはどれだけ心強いか」

お世辞でも嬉しかった。アンネリーゼが持たせてくれたココアのマグより、彼女の言葉のほうが心をあたためてくれた。「ありがとう」アンネリーゼは向かいの席に座って髪を肩に掻きあげたので、なかば襟に隠れた首筋の淡いピンクの傷跡が見えた。「痛かった？」ジョーダンは傷を指して言った。前に目にしたことはなかったはずだ。

「子供のころの事故」アンネリーゼは顔をしかめた。「醜い傷跡だとずっと思っていたから、朝起きるとすぐに隠すようにしてるの。アメリカ製の化粧品ってすごいわね！」

「醜くなんてない。ほとんど目立たないし」

「お父さまもそう言ってた」アンネリーゼが自分のマグをジョーダンのマグに軽く当てた。

「ダンに」

「父さんに」ジョーダンはチョコレートの風味を味わった——アンネリーゼのココアは誰にも真似できないおいしさだ。何か特別なものを加えているのだろう——気がつくと、テーブル越しに義母を値踏みするように眺めていた。「どうなの、アンナ？　実際のところどうなの？　近所の人たちとうまくやってるみたいだけど、それでも、夜中の一時にココアを飲んだりしてるから」

アンネリーゼはこめかみを揉んだ。「もう何年も、戦争が終わってからずっと見る夢があったの。この家で暮らすようになって見なくなったんだけど、それがまたぶり返してきてね。お父さまは悪夢をやっつける解毒剤だったの、いちばん――」彼女は言葉を切り、ドイツ語を口にして、英語で同じ意味の言葉を探した。「この世でいちばんよく効く？彼のそばで目覚めると、安心できた。彼はどっしりしていた。彼のそばにいれば、夢から抜け出してわたしを追いかけてくるものはいない」

ジョーダンは喉が詰まるのを感じた。でも、悪い感じではなかった。「わたしが小さいころ、父がベッドの端に腰かけて言ってくれた。おまえの夢からコウモリが出てきて襲ったりしないからね、って」

「そんな夢を見ていたの？」アンネリーゼが髪を後ろに払う。「コウモリはそんなに怖くないでしょう」

「ルースの歳のころだったから、充分に怖かったわよ。あなたの悪夢って？」ジョーダンの問いに、アンネリーゼは答えるのをためらった。「あたしに打ち明けるぐらい平気でしょ」

義母は打ち明けるようには見えなかった。背中に垂れる髪に手を差し込み、うなじを撫でる。言葉が勝手に口から出たような感じだ。「湖のほとりからはじまる夢。女がわたしに向かって走ってくるの。小柄でみすぼらしい格好をした女。暗がりの中で女の髪が光るのが見えて、わたしを殺したがっているのがわかる」

「どうして？」

「どうしてだかわからない。夢だもの、理屈に合わないわ。でも、彼女は憎しみでいっぱいで」アンネリーゼは震えた。「わたしは女を追って湖に向かってゆくの。開けた場所だからどこにも隠れられない……でも、彼女は隠れるの。湖の中に消えてしまうの――湖が彼女を呑み込み、引き込むの。まるで彼女が身を隠すのを助けるように。わたしは湖畔に立って、彼女が襲いかかってくるのを待っている」

ジョーダンも震えた。アンネリーゼの声は低く、ぼんやりしていた。眠りかけているように。

「長いこと待っているうちに、もう大丈夫だってわかるの。彼女はいなくなった。わたしは安全だってね」アンネリーゼは視線をあげた。「そのときよ、彼女が湖から出てくるの、血を滴らせて、水の上を漂うようにこっちにやってくる。歯が鋭くて、爪は剃刀みたいに光って……そこで目が覚める。夜の魔女がわたしの喉を掻き切る前に」

「ぞっとする」ジョーダンは思わず口走っていた。

「そうよ」義母はマグを口に持ってゆき、ほほえもうとした。「夜中の一時にココアを飲みたくなるぐらい」

「悪夢の女って何者？」

「知らない人」タローが長い鼻面を膝に載せると、アンネリーゼはドイツ語でやさしい言葉をかけながら撫でてやった。「子供のころに聞いた恐ろしいおとぎ話から出てくるんだと思うのよ。ルサルカ」

「前にも言ってたわよね」ジョーダンは記憶を手繰った。「セルキー湖に初めて行ったときだった」

「ええ、そうね」アンネリーゼの声が明るくなった。「セルキーも湖から出てくるのよね。でも、彼女はスコットランドのおとぎ話で、それほど恐ろしくはない。ドイツにはローレライの物語があって、水に迫り出した岩の上に座って髪をくしけずるの。でも、もっと東のほうのおとぎ話では、彼女ははるかに危険なの――ルサルカと呼ばれてね」アンネリーゼが青い目をテーブルに落とした。「ルサルカが出てくるのは夜のあいだだけ。湖の中で身支度を整えているの。へたに逆らうと、彼女に殺される」

しばしの沈黙。「なるほど」ジョーダンが先に口を切った。「あたしのは悪夢と言ってもコウモリの夢だから、たいしたことないわね。それとか、ブラジャーだけの姿で学校の廊下を歩いている夢とか。メイデンフォームの下着のコマーシャルみたいに」

「夜の魔女の話をあなたの記憶に植えつけてしまったわね。ごめんなさい、ジョーダン。こういう恐ろしい話はすべきじゃなかった。魔女の刻(とき)にはとくにね」アンネリーゼが憂い顔で時計を見た。「ああいう夢を見たあとは自分が自分でなくなって、すごく怯えておしゃべりになるの。わたしらしくもない」

「少しは気が楽になった？」

「ええ、そうね」アンネリーゼがココアを飲み干した。「これで眠れそうだわ」

「だったら、話してくれてよかった」ジョーダンは立ちあがり、マグを二個ともシンクに置いた。「ちょっといいかな……」

義母が戸口に行く途中で立ち止まった。タローが背後で尻尾をパタパタさせる。「なあに？」

「あなたがいてくれてほんとうによかった」ジョーダンは青い目をまっすぐ見つめた。「あたしたち、はじめはぎくしゃくしたけど、あたしの突拍子もない想像のせいで。でも、あなたがいなかったら、どうしていいかわからなかった」

「わたしがいなくても、あなたはちゃんとやっていけるわよ、ジョーダン」アンネリーゼが彼女の髪に触れた。「あなたは強くて信頼できる人だもの、お父さんと同じように」

二人はきついハグを交わした。〝いまはあたしたちだけ。ルースと犬と店のために、二人で頑張っていくしかない〟そう思っても、ジョーダンは以前ほど怯えなかった。

「来年の春の結婚式、あなたと並んで身廊を歩くのもいいな」ジョーダンは体を離すと言った。「どう思う？　あたしたちで伝統を壊すの」

「いいわね、あなたさえよければ」アンネリーゼがにやりとする。「ただ、ひとつ問題があるわ」

「何？」

「あなたがギャレット・バーンと結婚したいと思っていないこと」アンネリーゼがジョーダンの頬におやすみのキスをした。「さあ、これで、夜の魔女が湖から這い出してくる以外の夢が見られるでしょ」

29　イアン

一九五〇年六月　ボストン

「悪い知らせです、ボス」受話器から聞こえるトニーの声は、クラレンドン・ストリートとニューベリー・ストリートの交差点ではなく、ニーナが生まれ育ったシベリアの湖の底にいるような反響の仕方だった。

イアンは受話器を悪いほうの耳からいいほうの耳に当て直し、シャツの裾から手を入れて、ニーナが背中に残した引っ掻き傷に触れて顔をしかめた。「聞こうじゃないか」

「コルブと友達になる企て、暗礁（あんしょう）に乗りあげてます。話にまったく乗ってこなくて。ウーってうなるだけで、何かと理由をつけちゃいなくなる」

がっかりだな、とイアンは思った。だが、驚いてはいない。容疑者を魅了しようとするトニーの努力は、これまでのところ壁にぶつかっていた。ニーナがイアンのシャツを羽織っただけの姿でベッドルームから出てくると、問いかけるように眉を吊りあげた。

「失敗は認めたくないんだけど」トニーが言う。「餌で釣るやり方は正式に失敗しました」

ニーナが爪先立って受話器に耳を寄せた。「あたしたちの出番?」

「そうだね」と、トニー。「いまのところ、ぼくはとろいヤンキーで、冷たくされていることにも気づかないお調子者だって、コルブは思っているけど、このままつづければ疑いだすだろう。ぼくは三振したから、あなたたちがバッターボックスに立つ番」

イアンはメモするための鉛筆を探した。「それは野球の比喩なのか?」

「あなたは勇者の故郷、自由の地にいるんだから、そろそろクリケットを忘れたらどうですか。ぼくは閉店時間までいます。かわいいミス・マクブライドが義理の母親を連れてきて、正式採用の許可を出してくれることになってます。コルブは午後は休みです。彼を締めあげるまでに、二時間の余裕がある」

「わかった」イアンはニーナを見おろした。「今夜の演奏会のチケットは取ってなかったよな、ダーリン?」

「あんたのダーリンじゃないからね、資本主義者のクソッタレ」

イアンはにやりとした。「コルブの家の住所を教えてくれ」電話を切るころには、ニーナはベッドルームにつづく床に点々と落ちている衣類からズボンを選り分けていた。イアンは継ぎが当たっているのもいないのも、残りの衣類を拾い集めた。「不機嫌な秘書に見えるような服は一枚も持ってないのか?」まるで中国語で話しかけられたように、彼女はきょとんとした。イアンはため息をつく。「既婚者としては避けて通れないだろうな」

ニーナが疑わしげに言った。「何のこと?」

「きみを買い物に連れていく」

「おやまあ」ダウンタウン・クロッシングにあるフィレーン・デパートの大きなダブルドアから中に入ると、ニーナは息を呑んだ。彼女にどう見えるか、想像はしていた――人生の大半を極東の地の果てやソ連空軍や、戦争で疲弊し配給制がつづくイギリスで過ごしたニーナの目に、アメリカの賑やかで豊かな大都会がどれほど不思議なものに映るのか。スコレイ広場の隅っこの安雑貨店でさえ目をまん丸にしたのだ。いま、彼女の目は輝いている。「ここにある物みんな、売り物なの？　誰でも買えるの？」

「そういうことだ」

「ドアの外に行列はなかったし、押し問答も配給もなしで……」彼女は香水売り場に目を向けた。「イギリスだってこんなじゃない。棚は空っぽで、品不足だった。これはまるで……」何かロシア語で言った。

「豊穣の角(つの)？」イアンはあたりをつけた。「気前良さの大盤振る舞い？」

「堕落した産業主義者の汚物(ジルモ)。コムソモールの集会で耳にしたことすべて。西欧は浪費的で腐敗しているって。馬鹿らしい、もっと早く来ればよかった」

「人が聞いているところで、資本主義者や社会主義者のことをあれこれ言うなよ」婦人服売り場の店員に妻を委(ゆだ)ね、腕いっぱいにスカートを抱えた半信半疑のニーナが試着室に消えるのを、イアンはニヤニヤしながら眺めた。「女は試着するのに時間がかかりすぎるって思われてるんでしょうね」時計を見る彼に、店員が目配せして別の服を探しに行った。イアンは気が気ではなかった。ヘア・コルブは二時間もしないで家に戻ってくる。玄関先で彼を待ち伏せできれば、仕事帰りで疲れて不用意になっているだろう……

「秘書が着そうだと思う？」ニーナが広がったスカートの花柄のサマードレス姿で試着室から出てきた。

「思わない。誰にでもなんにでも恨みを持つ人生に疲れ果てた女になってもらいたいんだ。戦績を偽っている不愛想な外国人はとくに許しがたいと思ってる女。そういう女に会ったことあるだろう――」

「イルクーツクのコムソモールのリーダー」ニーナが即答する。

「それがいい。その女に変身しろ」

「わかった」ニーナは試着室に消え、中でブツブツ言っている。「ここが好きなもうひとつの理由――政治集会がないこと」

「言っとくけど、腐敗した西欧人だって集会はやる。退屈極まりないけどな。カナダのオンタリオ州スネルグローヴの奥地を管轄する憲兵が、一帯に広がる根腐れとの闘いについてだらだらと語るのを取材する新米ジャーナリストの気持ち、わかるわけないよな」

店員がブラウスを山ほど抱えて戻ってきた。「きっとお似合いですよ――」

「ピンクはだめ。リボンもなし――」イアンはフリフリのブラウスを選り分けた。「暗褐色のはないのか？」

「奥さまの肌の色に暗褐色は合いませんよ、ミスター・グレアム。暗褐色が似合う女性はまずいないと思いますよ……」店員はかぶりを振りながら去ってゆき、ニーナが地味な茶色のスカートと短い袖のブラウスを着て出てきた。

「どう？」

「もっと袖は長いほうがいい。メッサーシュミットの猛爆撃に晒されてきたんじゃなく、速記のクラスに通ってたと思わせるような服」腕の傷の背後にある歴史が、いまではかなりわかっていた――屋根の上で語った同志スターリンとの出会いの顛末がイアンに大うけだったので、ニーナはすっかり気をよくしていろいろしゃべった。

「男たちが試着室の外で座って待ってるのよ」ニーナはブラウスを頭から脱ぎながら試着室に戻った。「アメリカの男ってそういうものなの？　女が試着するあいだ、いらいらしながら待ってるの？」

「それはアメリカの男がっていうより、結婚した男ってのはそういうもんなんだ」イアンは壁にもたれ、自分が楽しんでいることにはたと気づいた。「ロシアの男は、女房が試着するのを四時間も待ったりしないのか？」

「ロシアの男が四時間待つのは、ウォッカを買う列に並ぶときだけ」鼻を鳴らす音。「ここで待つよりウォッカのほうがましだからね。あんたら西欧人は、酒の飲み方を知らない」

「ウェイマスで部屋にぎっしり詰めかけた従軍記者がポーカーをやってる姿、見たことないだろ」

「うまいウォッカが手に入ったら、あんたを酔いつぶしてみせるよ、ルーチク」

「スコッチでなら、いつだって相手をするぜ、チビのコサック」

ニーナが長袖でハイネックのネイビーブルーのブラウスを着て出てきた。「どう？」彼女は両手を腰に当て、冷たく顔をしかめ目を細めた。「速記ができる死刑執行人みたいだ」たしかに。

店員が明るい色の服を抱えて戻ってきた。「もっとカラフルな服でなくていいんですか、ミセス・グレアム？」ニーナの顔の前にドレスを掲げる。ソ連国旗みたいな赤で、裾から力強く形のいい脚のかなりの部分が露出する服だ。「赤を着るために生まれてきた方なのに」

「たしかに」イアンは真顔で言った。「それをもらう」

ニーナが顔をしかめる。「どうして？」

「妻にドレスを買っちゃいけないのか？」

「離婚するのよ、忘れたの？」

「離婚するための服だ」イアンは言い、金を払った。そんな余裕などないのに、気にならなかった。

偽秘書と一緒にサマー・ストリートを歩き、タクシーを探した。通りは濡れて輝いている。デパートにいるあいだに通り雨が降ったのだろう。ボストンの夏の風物詩だ。ニーナはいつものように空を眺めた。「飛ぶのにもってこいの日か？」

「ひと雨きそうだからもってこいとは言えないけど、雲に隠れてメッサーシュミットをまけるからいい」ニーナはほほえんだ。「こういうの、狩りにもってこいって言うんでしょ」

イアンは腕を差し出した。「それじゃ、狩りに行くとするか」


ドアを開けたヘア・コルブがどんな表情を浮かべるか、イアンには想像がついた。この数年間で、多くの戦争犯罪人が遭遇してきた場面だからだ。長身で鉄色の背広を着た尋問者が、おもしろみのない笑みを浮かべて戸口に立っている。そういう男と出くわしたときのコルブの反応は、ほかの男たちと同じだった。不安げに横に動く。隠れられるものなら隠れたいというように。

そういう態度を見るのが、イアンは好きだった。そう、大好きだ、と思う。

「カン・イヒ――何かご用ですか？」コルブは小柄な男で、ぶかぶかの背広が痩せた肩から惨めに垂れ下がっている。激しく瞬きする。ちょうどいいときに来た。彼は上着を脱ぐ暇もなかったようだ。「サー？」

イアンは沈黙を引き延ばした。相手を不安にさせるためだ。不安が昂じればこっちの身分を尋ねることもしない。何らかの権限を持って訪ねてきたのか、尋ねることもできない。そもそも、何の権利があって訪ねてきたのか、尋ねる余裕はなくなる。

「ユーゲン・コルブ？」イアンはとっておきの傲慢なイギリス英語で尋ねた。父の口調だ。

子供のころ、さんざん耳にした自信たっぷりの大声。世の中は自分の意のままだと思っている男の声。なぜなら自分はいい学校に通い、いい人たちと交わってきたのだから。大英帝国の領土に日が没することはないと思っている男、ドイツ人やイタリア人やスペイン人に、そのことを思い知らせなければならないと思っている男。「イアン・グレアムだ。わたしは――」ヘア・コルブの英語力では理解できないだろうと踏んで、組織の頭字語に聞こえるよう適当にアルファベットを並べて発音し、パスポートをちらりと見せた。印章やスタンプがベタベタ捺してあるから、疚しいところあのある人間を怖気(おじけ)づかせることができるだろう。

コルブはパスポートに手を伸ばした。「よろしいですか――」

イアンは冷ややかに睨みつけた。「その必要はないと思うが」

一瞬、その手が宙に浮いたままになった。コルブはドアを閉めるに閉められない。身分証明書が本物かどうか見せてくれと頼むこともできない。コルブは手を組み、一歩さがった。イアンはゆっくりと玄関を入り、ニーナがあとにつづき、鋼のような一瞥(いちべつ)をくれた。この場でコルブを強制収容所送りにする準備はできているというように。アパートは熱気がこもり、料理油と錆(さび)の臭いがした。家具といっては簡易ベッドとテーブルとアイスボックスがあるだけだった。

「どういうことですか？」コルブは多少の威厳を取り戻した。「何も悪いことはしていません」

「そのことを調べに来た」イアンはポケットに両手を突っ込み、ゆっくりと歩きまわった。テーブルの上にスコッチの瓶とグラスがあった。帰宅するなりグラスに注いだのだろう。上着を脱ぐ間も惜しんで……「いくつか質問がある、フリッツ、おとなしく協力したまえ」

「わたしの名前はフリッツではない。イスト・ユーゲン、ユーゲン・コルブ」

「いや、そうじゃないだろ」イアンは楽しそうに言った。「ちんちくりんのクラウトだ」

「イヒ・フェアシュテティア・ニヒト――」

「いや、わかってるはずだ。身分証明書を見せてもらおうか」

コルブはゆっくりと財布とパスポートと、ほかにもいろいろな書類を取り出した。イアンはそれらをパラパラと見てニーナに渡し、ニーナは国家機密を写し取るようにメモした。

「よくできた偽造品だ」イアンは言い、パスポートを眺めた。「一級品だな」たしかにそうだった。コルブはおそらく本名ではないだろうし、マクブライドの店の店員が書類偽造のプロであることはまず間違いない。

「イヒ・フェアシュテティア・ニヒト」コルブは不機嫌そうに言った。

イアンが訛りはあるが流暢なドイツ語に切り替えると、コルブは哀れっぽくビクリとした。「おまえの書類は偽物だ。おまえは戦争犯罪人。ヨーロッパで罪を犯したことを申告せずに合衆国にやってきた。そのことはおまえの法的立場を危うくする」

コルブは膝に視線を落とした。「いや」

「そうなんだ。おまえは自分と同じ戦争犯罪人を助けている。ニューベリー・ストリートとクラレンドン・ストリートの交差点にあるアンティークの店の奥の部屋で」

コルブはテーブルの上のグラスをちらっと見てから膝に視線を落とした。「どうやっていまの仕事に就いた、フリッツィー？」イアンはグラスを取り、コルブの視線を引きつけようとグラスをまわした。「未亡人になった母親を惑わして、稀覯本の専門家だと信じ込ませたのか？　娘が婚約者といちゃついてる隙にバッグから奥の部屋の鍵を盗み出し、裏取引に励んでナチスの古い友達から金を引っ張り出したのか？」イアンはかぶりを振った。「アメリカ人はおめでたいからな。元ナチのことなんて気にしない、この頃じゃ赤狩りに夢中だ。〝自由の息吹を求める群衆をわたしに与えたまえ〟なんて自由の女神の台座に書いてるくせに、ほんとうのところは難民が好きじゃないんだ。未亡人や父を亡くした娘を騙すような人間はとくにな」そこでひと息入れる。「おまえみたいな」

「そんなんじゃない」コルブはつぶやいた。ニーナがかぶりを振った。そんな嘘は通用しないというように。

「そうなんだよ。問題はわたしがどう判断するかだ」イアンはグラスのスコッチを飲み、顔をしかめた。「ひどい酒だ。書類の偽造ではシングルモルトを買う金も稼げないのか？　誰に手を貸したのか話すんだ。誰のために書類を作ってやったんだ？」

コルブは顎を突き出した。口はきつく結んだままだ。

「自分がきょうはついてるってことに、気づいていないようだな」イアンは瓶を取りあげた。コルブの視線が瓶を追いかける。「ほんとうのところ、おまえには興味がないんだ、フリッツィー。名前を言えば、おまえのことは忘れてやってもいいんだ」

コルブは唇を舐めた。「名前なんて知らない。ここで人生をやり直したいんだ。わたしはナチじゃない――」

「イヒ・ビン・カイン・ナチ、イヒ・ビン・カイン・ナチ」イアンはニーナを見て瓶を置いた。「みんなそう言う、そうじゃないか？」

彼女は不気味にうなずき、鉛筆を走らせた。

「わたしは党員だった」コルブがドイツ語で言う。俄かにおしゃべりになった。「だが、あんたが思っているようなものじゃないんだ。生き延びるためには党員になるしかなかった。わたしは自分の仕事をしていただけだ」

ああ、自己正当化のなんと甘い響きよ。ひとたび自分を正当化しはじめれば、それでなんとかなるものだ。イアンは椅子の背にもたれた。「どんな仕事？」

「査定官。稀覯本や楽譜。助言を求められた」彼はネクタイを直した。「集められてオーストリアに送られるアンティークの査定を行った。個人の収集物としてベルリンに送られる途中で。それだけだ」

「〝集められた〟とはね。〝盗んだ〟の婉曲表現か」

「それはわたしの仕事ではなかった」頑なに言う。「持ち込まれた品を評価していただけだ。破損していれば修復し、よそへ運ぶための梱包の手筈を整えた。没収に関して、わたしに責任はない」

「そっちはほかの人間の仕事だということだな」イアンは同調した。「なるほどね。贋作（がんさく）を見抜ける人間なら、贋作作りもそこそこやれるだろう」

「わたしは生活のために自分の技能を誠実に生かした、それだけだ」

「名前を教えろ。誰を助けてやったのか。そいつらはいまどこにいるのか」例えばローレライ・フォークト。その名前が口から出かかったが呑み込んだ。特定の人物を探しているとコルブに知られてはまずい。彼女に警告する可能性がないこともない。〝戦争犯罪人について嗅ぎまわっている人間がいると、彼女に警告するかもしれない〟だが、それはイアンたちにとってもチャンスだ。コルブ以外に手がかりはないのだから。

コルブはまた唇を舐めた。「誰も助けたことはない。何も隠していない」

「だったら、秘書が探しまわっても文句は言わないだろう」コルブが何か言いかけるのを、イアンは冷ややかな一瞥で黙らせた。「無実の男は躊躇（ちゅうちょ）なく許しを与えるんじゃないのか」

コルブはむっつりと肩をすくめた。「何も見つからない」

「公明正大ってわけか、ええ？」イアンが言うと、ニーナは手帳を置き、遠慮なくベッドルームへ入っていった。コルブは怯えた表情を浮かべたが、イアンが言うところの秘書を目で追うことはしなかった。ニーナが証拠を見つけ出すことを期待していたが、どうやら無理なようだ。

「飲むか」イアンはグラスにスコッチを注いだ。酒飲みというものは、舌を湿らすだけの量を口にしたら最後とめどなく飲みたくなるもので、コルブのグラスをつかむ手を見れば大酒のみだとわかる。「それじゃさっきの話に戻ろうか。まずは本名を教えてもらおう。なぜ隠す？　新しい名前を名乗ることは、ここでは違法ではない。おまえたちのようなドイツ人はスミスとかジョーンズと名乗るのが普通だが、英語がそんなにへたくそだと、ドイツ人でないふりはさすがにできないよな」イアンは声に軽蔑を滲ませた。「それとも、本名を縮めただけか？　コルバウムとかコルブマンとか？　アンティーク業界にはユダヤ人がたくさんいるしな、ユダヤ人なんだろ？　保身のためにナチを助けた――」

「わたしはユダヤ人じゃない」イアンの言葉がコルブのアーリア人の誇りを刺激したのだろう。「オーストリア人だ、生粋の！」

いくら狭いアパートでも、徹底的に調べるとなると時間がかかる。イアンがコルブを詰問するあいだ、ニーナは床板の釘が抜かれていないか、隠し戸棚がないか、ベッドスプリングの一本一本、ディナープレートも服もすべて調べた。コルブのためにスコッチの三杯目を注ぎ、痛烈な皮肉と恫喝のあいだを行ったり来たりしながらコルブを竦みあがらせた。本名はゲルハルト・シュリッターバーンだとわかった。コルブがオーストリアで第三帝国のためにやっていた仕事について、つまらないことがわかった。ユダヤ人家族から没収したブリュートナーのピアノやシラーの初版本の鑑定など。戦争が終わって飢え死にしかけていたところを、彼の専門技術を店のために役立てる見返りに、ダニエル・マクブライドが保証人になってくれたこともわかった——それから先はだんまりを決め込んだ。

逮捕状を持って出直すと脅しても、テーブルに金を置いても、あんたらが保証人になった男はナチだったと雇用主にばらすぞと脅しても無駄だった。コルブは買収にも脅迫にも動じず、口を固く閉じたままだった。汗びっしょりになり、なかば酔っ払い、イアンが近づくと鼻をすすったり身を竦めたりしたが、仲間のナチを助けたこともないし、名前のリストもないの一点張りだった。

ニーナは拳を腰に当てて彼の背後に立ち、かぶりを振った。彼女は秘密警察の強制捜査のような容赦ない周到さでアパートをくまなく探したが、何も見つけられなかった。コルブが証拠となるリストや書類を持っているとしても、ここにはない。失望の苦い味がイアンの口いっぱいに広がった。

コルブは唇を嚙み、スコッチに熱い眼差しを送っていた。〝彼女の居所を知ってるんだろ〟固く閉ざした口の奥に、いろんな情報が隠れているはずだ。

「こっちの我慢にも限界があるんだぞ、フリッツ」イアンは言った。

「話すことは何もない」偉ぶってはいるが、いまにも泣きだしそうだ。こんな扱いをされるいわれはない。不当な扱いだ。そう言いたいのだろう。「何もやっていない、何も——」

イアンには動いたつもりはなかった。気づかぬうちに立ちあがり、スコッチの瓶をグラスもろとも床に叩き落し、スコッチの飛沫を浴びた。コルブの襟をつかんで椅子から引きずりあげ、壁に押しつけ持ちあげた。「おまえが盗んだ本を分類していたころ、持ち主は家畜車に押し込まれ収容所に送られたんだ」イアンは言った。「何もしていないなんてぬかすな。小賢しいナチのクソ野郎」

コルブは目を見開き、ギャーギャー泣いた。足が床から離れるまで持ちあげると、コルブの顔が紫色に変わりはじめた。「いったい誰を助けたんだ」耳の奥を血が流れる音がした。「誰をかばってるんだ」

〝ローレライ・フォークト。彼女をおれに渡すんだ〟

コルブはめそめそ泣きながら彼を見つめるだけだった。生まれてからこれほど人を傷つけたいと思ったことはなかった。床に叩きつけ、血と歯のかけらとともに名前を吐くまで、何度でも顔を踏みつけてやりたい。

〝吐くものか〟頭の中で声がする。どれほど脅したって、コルブにはもっと怖いものがある。〝おそらくディー・イェーガリンを恐れている。もしおれが上におもねり酒に逃げる偽造屋だったら、何をするかわからないような女を恐れるだろう――六人の子供を冷酷に殺した女を〟頭の中で冷たい声が情け容赦なく言った。〝彼女よりおまえを恐れさせるためには、よほど痛めつけなきゃ駄目なんだぞ〟

だが、ここまでくると、たとえ情報を得られても信用に足るものかどうかわからない。苦痛を味わっている人間は、苦痛から逃れるためならなんだって言う。

だが、イアンにはどうでもよかった。もっと痛めつけたかったのだ。この男を叩きのめしたかった。

背後からシャッという音がした。振り向いて見るまでもない。ニーナが袖に隠した折り畳み式剃刀を開いたのだ。彼が何をしようと、妻は彼を止めるつもりはないということだ。大きく息を吸い込み、コルブの足が床につくところまでおろした。一歩さがり、ハンカチを取り出してスコッチで濡れた指を拭いた。コルブは壁にもたれて喘いでいた。

「おまえを信じてやってもいい、フリッツ」イアンは軽い口調に努めた。「たぶんおまえは、戦争で散々な目に遭って、この世界で成功しようとあがいている哀れな男なんだろう。おれの同僚たちが」――手を振って警察や移民局の顔のない仲間を示した――「おまえが握っているのよりもっと興味深い名前を、よそで聞き出していることを願うんだな」イアンは帽子を取り、ニーナは手帳を手にした。剃刀はしまってあった。酒の匂いと足元でザクザクいうグラスの破片、それにドイツの小男の目に浮かぶ恐怖が、起きていたかもしれないことを暗示していた。

〝これからだって起こりうるんだぞ〟イアンは思った。鳩尾に拳を叩き込み、コルブが体をふたつ折りにしたら、膝で蹴りあげて鼻を折る。足元のザクザクいう音が栄光の音になっていただろう。「言っとくがな、ボストンを離れようなんて思うなよ」

「はい」コルブは即答した。

「よし。無実の男は逃げない。おまえが逃げたら追いかけるからな。次はこれほど友好的な対応はできない」イアンはフェドーラ帽をかぶった。怒りは引き、胸のむかつきが残った。〝なんてことだ、グレアム、いったい何をしようとしたんだ?〟

「元気でな」イアンはなんとかそう言うと部屋を出た。

30　ニーナ

一九四三年七月　タマン半島近くのソ連軍前線

「粒コカインを呑んで、ウサギ」ニーナはあくびをしながら翼に乗り、イェリーナに興奮薬の錠剤二錠を渡した。「最低でも八回は行くからね」

ノヴォロシースクからアゾフ海に至るドイツ軍の要塞、ブルー・ラインを爆撃するのは、無数のサーチライト、高射砲陣地、敵の空軍基地、臨戦態勢の戦闘機との戦いで……春にこの地に移動になってから、〝夜の魔女〟はここを繰り返し攻撃してきた。彼女たちが意気軒昂なのは、ドイツ軍を押し戻しつつあるとわかっているからで、新しい任地に意気揚々とやってきたのだった。赤い星の前に鉤十字は撤退を余儀なくされ、588連隊も立派に任務を果たしていた。

ルサルカ号で基地を飛び立つとき、46だからね、とニーナは自分に言い聞かせた。588連隊は二月に46親衛夜間爆撃航空連隊と名称が変わっていた。「今度の師団にはU－2

機の連隊がほかに五つあるけれど」バーシャンスカヤが誇らしげに言った。「親衛と名がつくのはあたしたちの連隊だけ」

「男どもは出撃回数であたしたちに及びもつかない！」女たちの群れの後ろのほうでニーナが叫ぶと、バーシャンスカヤはドッと起きた笑いを制しようと手を振ったものの、顔は笑っていた。それが事実だとみんな知っている。ほかの連隊も頑張ってはいるが、機体と自分たちを限界ぎりぎりまで追い込みはしない。前線で命を張って戦わなければ、〝かわいいプリンセス〟と呼ばれても仕方がない。

いまでは誰も〝夜の魔女〟をかわいいプリンセスなんて呼ばないが、かつてそう揶揄(やゆ)されたことを女たちは忘れてはいなかった。

ふと気づくと、イェリーナが何か言いながら前方に並ぶU－2機を指さしていた。「……彼女のことが心配なのよね」イェリーナが顎をしゃくった先には、操縦席でぼんやりしている操縦士がいた。「ドゥシアが亡くなってから、イリーナは普通じゃなくなった」

「イリーナは自分の操縦士を無事に連れて帰れなかったからね」ニーナは言った。四月に、ドイツ軍戦闘機フォッケウルフに下から攻撃され、操縦席の床を貫通した弾がドゥシアの頭に当たり、即死だった。航法士のイリーナが機体を着陸させたが、ショックで青ざめていた。それでも、翌晩も飛んだ。「操縦士の席に座るぐらいなら、自分も死ねばよかったって彼女は思ってるんだ」

「あなたもそんなふうに思ったら承知しないわよ！」

「思わないよ。でも、彼女は思っている」後ろの操縦席から前の席に移るのは昇格だが、操縦士の死体をまたがねばならない。操縦士が死ねば、別の誰かが空いた席を埋め飛行機を飛ばすだけだ。ニーナはブルっと身震いし、お守りである星の刺繍のスカーフに触れた。

雲ひとつない空へ滑らかに上昇する——今夜はこれで四回目の出撃だった。興奮薬が効いてきて、世界の動きはゆっくりになり、視界が晴れて頭がすっきりしてきた。そのつけはあとからまわってくる。神経が過敏になり瞬きばかりして、眠れない。だが、こんなふうに元気潑剌、不死身になって空を滑空できるのだから、呑む価値はあった。

「サーチライト」標的に近づくと、内部電話でニーナは声をかけた。イェリーナは四基のサーチライトにすでに気づき、降下をはじめていた。交差する光の中に先行機が浮かびあがり、視界から色が消えて真っ白になり——

突如燃えあがる炎で視界が白から赤へと切り替わった。

一瞬、鼓膜が破れたと思った。機銃掃射だ。でも、どこから？　空中で砲弾は破裂していないし、眼下の高射砲はだんまりを決めこんでいるのに、U-2機が輝く赤と金色の破片を振りまきながら墜落してゆく。

「急降下！」イェリーナが背後の機に向かって叫んだが、奇妙な閃光は地上からではなく夜の闇からまっすぐに飛んできた。二機目が爆発しバラバラになって落ちていった。さらに二人が死んだ。ニーナの喉に苦いものが込みあげる。「夜間戦闘機」内部電話に向かって叫んでいた。「あたしたちを並べて夜間戦闘機で狙い撃ちしてる——」夜間戦闘機に狙われたことはなかった。曳光弾がU-2機を乾いた焚きつけみたいに照らしだす。あとに控えていた三機目は横滑りして列からはずれようとしたのだろうが、はずれ損なった。操縦しているのはイリーナだ。ドゥシアの亡骸(なきがら)を地上に運び、それから数時間は凍りついたようになっていたイリーナ。〝いまもまた、ショックで凍りついて何もできないにちがいない〟ニーナは必死に叫んだが無駄だった。メッサーシュミットがいると思い込んで凍りついたイェリーナと同じだ――イリーナは閃光弾を避けようとすらしなかった。そのままゆっくりと突っ込んでいった。川に投げ込まれた小石のように。そうして紙切れみたいに空中で燃え尽きた。

次の戦闘機が狙うのはルサルカ号だ。

イェリーナはすでに垂直降下に入っていた。「閃光弾の下に潜って」ニーナは内部電話を通して叫んだ。機体は地面に向かって落ちてゆき、ニーナは目の端に燃えるイリーナの機体を捉えた――焼け焦げた胴体、半分になった翼、ひときわ明るい炎は死んだ女の髪が燃えているのだろう――地上に落ちて熾(おき)となる。ルサルカ号はどんどん高度を落としてゆく、六百メートル、五百、四百――「標的の真上にいる!」ニーナは叫んだ。「そのまままっすぐ――」いつもならここで爆弾を落としているのだが、あまりにも標的に近い。標高二百メートルからさらに落下していた。振り返ると、背後のU-2機が独自の回避行動をとろうとして失敗し、墜落するのが見えた。火を噴くプロペラが星のように夜空を染め、翼がバラバラになってもなお、航法士は照明弾を落とした。その緑色の光が、ドイツ軍の夜間戦闘機を浮かびあがらせる。

「百メートルを切った」イェリーナは叫び、エンジンが息を吹き返したが、高度計の針はゼロを指していた。イェリーナが地上すれすれで命を吹き込んだので、ルサルカ号はうなって機首を上に向けた。「見えない――」

ニーナはなんとかいまいる位置を確認し、空軍基地に戻る進路を割り出した。ここでの任務は完了。サーチライトが闇を切り裂いていたが、〝夜の魔女〟たちは風に散り、雲に隠れ、ねぐらに戻った。地上では破片が燃えて輝いていた。撃ち落とされたのは四機。ニーナはぼんやりと思った。一度にそれだけ多くを失うのは初めてだった。たいていは一度に一機、多くて二機だった。それが四機いっぺんにとは。

機体は爆弾を投下するのに安全な高度まで戻っていたが、前の操縦席でイェリーナが泣いていた。「どこへ行けばいいのか指示して」嘆き悲しんでいる。「向かう方向を指示して。わたしを連れて帰って」

「ドイツ軍はこっちの爆撃目標をどうして知ったの？」

「たまたま、ついていただけかもよ」

わずか十分。八人が命を落とした。死なないはずの〝夜の魔女〟が、標的に向かって降下し、十分後には蠟燭（ろうそく）みたいに燃えていた。

「あたし、操縦士に昇格した」宿舎として使っている校舎のおもてに立ち、ニーナはイェリーナの髪に顔を埋めてささやいた。「航法士三人と一緒に」イェリーナと引き離されるのだから怒って当然なのに、怒る気力も失っていた。

「当然よ」イェリーナが雄々しく言った。「連隊は操縦士の操縦席に座るあなたを必要としている。わたしに方向を指示するあなたじゃなく」だが、顔はくしゃくしゃだった。ニーナは彼女を抱き寄せ、涙に濡れる目から頰へとキスした。二人きりになれる場所を探す手間もかけず。宿舎に戻って、壁際に畳んで置かれたもう使われることのない八つの簡易ベッドを目にすると、誰彼となく抱き合い、慰め合った。連隊史上最悪の夜が明けると晴れ渡った夏空で、その晩もまた空に飛び立たねばならないことを思い知らされた。ドイツ軍の夜間戦闘機がまた襲いかかってくるかもしれないので、味方の夜間戦闘機が一緒に飛ぶことになったと知らせが入った。

「あなたが乗るU－2機は決まってるの？」イェリーナが涙をぬぐいながら言った。「今夜」

ニーナはうなずいた。「バーシャンスカヤはあんたをゾーヤと組ませることにしたんだ。彼女は優秀な航法士だからね――安心していい。ちゃんと面倒を見てくれるよ」

〝あたしみたいにはできないだろうけど〟そう思っても口には出さなかった。いま肝心なのは、イェリーナに自信を持たせることだ。

「あなたの航法士は誰なの？」

「ガリーナ・ゼレンコ」

「チビのガーリャ？　あんな痩せっぽちのうすのろにあなたの安全が守れるはずない」イエリーナが柄にもなく声を荒らげた。「どう見たって十二歳じゃないの」

「十八歳、それに、あたしを恐れている。あたしってそんなに恐ろしい？」ニーナはおどけてみせたが、うまくいかなかった。ほんとうは叫びたかった。〝あんたから離れたくない。あんた以外の誰とも飛びたくない〟だが、わがままは許されない。人員を失えば、穴埋めをするのが当たり前だ。任務は継続されねばならない。

二人は日射しの中に立ち、抱き合っていた。「この戦争が早く終わってほしい」イェリーナがつぶやいた。「モスクワで川が見えるアパートを借りるのよ、ニノチカ。紅茶を手に窓辺に座って、あなたの手を握って、床で遊ぶ赤ちゃんを眺めるの。毎晩、十時間は眠りたい。蜘蛛だって殺したくない」

平和と紅茶と日射し。ニーナは想像してみようとした。灰色の大河のほとりに立つアパート、子供たちの笑い声、サクランボのジャムで甘くした紅茶。だが、彼女に見えるのは燃える花みたいに闇の中を落ちていく機体だけだった。〝あたしはナチを殺したい。この戦争があす終わろうと、百年つづこうと、ナチを殺したい気持ちが消えることはない〟

「あなた、うんざりしないの、ニーナ？　暗闇、不安感、悪夢、もう嫌にならないの？」

けっしてならない、とニーナは思った。意気消沈し、悲嘆に暮れ、疲れてふらふらだ。飛んだあと頭が痛くなるのはいつものことで、粒コカインの効果が消えればひどい虚脱感に襲われる——それでも、いつだって空に戻りたいと思う。

狩りに戻りたいと。

「どうですか？」ガリーナがおずおずと尋ね、ニーナに紅茶を差し出した。たしかに十二歳にしか見えない。

「どうですかって、どういう意味？　これは空軍基地の紅茶でしょ。思いきり冷めてて、ガソリンの味がする」ニーナは、翼の上に立つ整備士が突き出す書類に署名した。

「彼女に名前をつけないんですか？」ガリーナが機体を軽く叩きながら航法士の席に乗り込んだ。「操縦士のなかにはそうする人がいます」

「彼女はただのU－2。巡航高度飛行に移ったら操縦桿を握って、練習させてあげる――」イェリーナが操縦するルサルカ号につづいて雲に突っ込んでゆく。「軽いタッチで、無理に引かない……」

今月に入ってから半島の爆撃任務がつづき、宿舎はクラスノダル近郊にある。公共施設を転用したのではなく、地下掩蔽壕にマットレスなしの板ベッドを並べただけで、ぬかるむ泥の上だから下着も靴下も乾く間がなかった。ニーナは滑走路の古い機体の下を寝場所にし、腕で目を覆って日射しを避け、イェリーナが来てくれることを願った。日が長く、まともな宿舎もないから、二人きりで会う場所はないに等しかった。

「特別任務に駆り出されることになったわ」八月にイェリーナが沈んだ顔で言った。「黒海艦隊大隊に八人が参加するの」

ニーナは心臓を鷲づかみされた気がした。「いつ戻るの？」

「ノヴォロシースクを取り返したら」イェリーナが安心させるようにやさしくキスしたが、ニーナは安心できなかった。海と山のあいだを飛ぶ危険な任務で、海から強風が吹きつけ……イェリーナをきつく抱きしめ、細い鎖骨に顔を埋めた。〝戻ってくると約束して〟心の中でつぶやいたが、そんなこと誰も約束できない。イェリーナはノヴォロシースクへ向かった。ニーナはタマン半島、クリミア半島、それに波が打ちつけるアゾフ海沿岸を爆撃する任務をつづけた。

「ニーナ・ボリソヴナ、あなたには任務時間外に戦闘訓練の補佐を命じる」バーシャンスカヤはそう告げると分厚い書類に署名した。欠員が生じれば連隊内で補完し、操縦士が航法士を、航法士が整備士を、整備士が兵器係を訓練する。連隊内ですべてを完結するのだ。そのことに誇りを持っていた。「四人が整備士に昇格したので」

ニーナは敬礼した。「少しはお休みください、同志少佐」連隊内では、階級に関係なく言いたいことを言い合う間柄だった。よその連隊から移ってきた将校は衝撃を受けるが、〝夜の魔女〟たちは肩をすくめるだけだ。

バーシャンスカヤはほほえみ、灰皿代わりの潰れた薬莢で煙草の火を消した。「眠るのは死んだときまで取ってあるの」

〝そのときがじきに来る〟ニーナは思った。その晩、危うく死にかけたのだから。

ガリーナが飛行方向を読みあげ、半島の海岸沿いの標的を指示した。飛行方向を指示するのではなく指示されることに、ニーナはいまだに慣れなかった。七回目の出撃までは何事もなくすんでいた。「低空飛行で海から接近」ガリーナの指示で、ニーナは最後の爆撃に向かおうと大きく旋回した。

「見えた」ニーナは機体を急降下させたが、灰色の雲が雪だるま式に大きくなって視界を塞ぎ、風が出てきた。U－2を厚い雲の下に潜らせようと……降下し……

「正しい進路は六十度西です」ガリーナが不安な声で言った。「進路を逸れて――」

「雲の下に潜らなきゃ」急降下するU－2はボールみたいに跳ねた。三百メートル、二百、低く垂れ込める雲の下になんとか出た。〝クソッタレ〟ニーナは内心で毒づきながら俄かにパニックを起こした。海の上だ。必死になって首をめぐらせたが、目に入るのは逆巻く波だけで、垂れ込める雲の向こうに陸は見えなかった。「飛行方向を指示して。陸はどっちよ――」

「東に寄りすぎて、海の上に――」

「海がどこかなんて関係ない、ここから脱出したいの！」

雲が渦巻いてU－2機を揺らし、上から押しつけた。百メートルを切り、五十……魅せられたように高度計を見つめた。〝西へ〟ガリーナが内部電話から叫んでいる。〝進路を西へ〟――だが、西からの風が機体を押し戻し、操縦装置がニーナに歯向かう。U－2機は空中で停止した状態だ。エンジンが機体に前進気勢を与えても風の力で相殺され、高度を保とうとぐらつくだけだった。

〝燃料が尽きたら海に墜落する〟純然たる恐怖のなかでニーナは思った。〝操縦席から脱出する間もなく沈んでしまう〟

〝しっかりしろ、ルサルカの魔女〟父のだみ声が聞こえた。だが、ニーナの頭にあるのは、湖から逃げるために数千キロも西に走ったのに、湖から逃げるために空へと飛びあがったのに、けっきょくのところ溺れ死ぬ運命なんだ、という思いだけだった。

高度計の針がゼロを指す。〝八メートル、いまは高度八メートル〟渦巻く暗い海の上を滑空しながら、渦巻く暗い雲に上から押されて、巨人の両手に挟まれぺちゃんこにされる——

「溺れたりしません」ガリーナが内部電話から叫ぶ。さっきからずっと叫びつづけていたのだと、ニーナは気づいた。「溺れたりしません」

〝どのみち溺れるのよ〟ニーナは思った。高波が両翼にかぶさって濡らすのが見えた。

「溺れません」

〝どのみち溺れるのよ〟操縦桿を握る腕が痺れて痛みが肩へと昇ってゆく。風に抗うのをやめ、方向舵を思いきり引っ張ってプロペラから先に海に突っ込むのは簡単だ。機首から突っ込んだ衝撃で、溺れる前に意識を失う。ニーナは魅入られたように海を見つめた。

「溺れたりしません」ガリーナが繰り返す。一本調子の詠唱だ。〝溺れたりしません〟ガリーナが繰り返すうち、猛烈な疾風がほんの少し弱まった。ニーナは操縦席で凍りついたままだった。風をものともせず、U‐2機の高度をなんとか維持したのはガリーナだった。

「溺れない」と唱えながら。ニーナが正気に戻り、人気のない海岸の最初に目についた着陸できそうな場所に機体を向けたときも、ガリーナは唱えていた。エンジンが止まり、二人とも操縦席でぐったりしたときにようやく、ガリーナは唱えるのをやめた。ニーナは安全ベルトをはずし、航法士のほうを振り返った。真っ青な顔で頭を後ろに倒し、目を閉じている。操縦席には嘔吐物が散らばっていた。「溺れなかった」ニーナは弱々しい声で言った。

〝おまえの手柄じゃないぞ、ルサルカ〟父が言う。侮辱されてもしょうがない。恐怖でいまも全身が震えていた。海を見てなす術もなくなったのは、体の奥底が恐怖に凍りついたせいだが、それが消えていた。イェリーナもメッサーシュミットの幻覚を見たとき、同じように感じていたのだろうか。

〝あんたはパニックになった。みんなそうなる〟イェリーナにそう言ったのはニーナ自身だった。

「イェリーナ・ヴァシロヴナが言ってました。あなたは海の上を飛ぶのが嫌いだって」ガリーナが驚くようなことを言った。「もし海の上でひどい事態になったら、溺れない、溺れないってあなたに言い聞かせて、操縦桿を握る心の準備をしておきなさいって言われました」

「彼女がそう言ったの？」

「あなたのためになることはなんでも聞いておきたかった。あなたはわたしの操縦士ですもの」ガリーナは当然のことだという口調で言った。

ニーナは思わずほほえんでいた。「あんたの怖いものって何、ガーリャ？」航法士を初めてニックネームで呼んだ。

長い沈黙。「黒いヴァン」

ニーナはうなずいた。そういうことはめったに口にしないものだが、人気のない荒れた海岸だから誰かに聞かれて通報される心配はなかった。「七年前に、おじのところにやってきたんです」ガーリャがつづけた。「おじの工場の監督が、おじは扇動者だと告発して。おじはルビャンカに連れていかれ、二度と戻らなかった。おばも自分の夫を告発せざるをえなかった。でないと自分も連れ去られるから。だから、ヴァンが玄関前に停まるのが怖い」

「あんたをヴァンからは守れない」ニーナは言った。些細な理由で、あるいは理由なんてなくても、ヴァンは誰のところにもやってくる。「ヴァンは空にいるあんたのところには来られないよ、ガーリャ。それで、いま怖いのは？」

「ドイツ軍の新しい砲弾、赤と緑と白の曳光弾と一緒に発射される砲弾。暗い空で分裂して無数の弾片を降らして、花が咲いたみたいになる……」ガーリャはブルっと身震いした。

「その花を見てあんたが凍りついたら、あたしが救い出してあげる」ニーナは約束した。

「海の上でまた立ち往生したら、あんたがあたしを救い出してよ。ところで、帰りはあんたが操縦するんだからね」

ガリーナは顔を輝かせた。やっとの思いで帰還してみると、別のU－2機が低く垂れ込める雲にまかれて海に墜落したと聞かされた。

その夏から秋にかけて、十六人の女たちが命を落とした。ドイツ軍からなんとか取り戻したこの地域、海からは見ることのできない土地にそれだけの価値があることをニーナは願った。命を犠牲にして得たものは目に見えない。ただ、血に染まっていることだけはわかる。

「あの子たち、何者なの？」十月にノヴォロシースクから戻ったイェリーナが、宿舎を見まわして尋ねた。「まだ子供じゃないの！」

「新しく来た子たち」前線での任務に志願した娘たちは、だぶだぶの飛行服姿の瘦せた女性操縦士を見て一様に目を丸くした。彼女たちの飛行服を飾るのは赤旗勲章や赤星勲章で、その数は増えるばかりだった。ニーナもイェリーナも、どちらかを授けられており、HSU――国家最高の栄誉称号であるソ連邦英雄の金星章が、連隊の何人かに授けられる予定だという噂が飛び交っていた。

「わたしの操縦士は枕の下に折り畳み式剃刀を忍ばせてて、同志スターリンに会ったことがあるのよ」ガリーナが新入りたちに自慢するのを、ニーナは偶然耳にした。新入りたちはぞっとしながらも感銘を受けた様子で、イェリーナのことが心配で腹が痛くなっていなければ、ニーナは腹を抱えて笑っていただろう。

「ひどい顔してるよ」ニーナは正直に言った。

「女の子に言っていいことと悪いことがあるのよ」イェリーナはわざと顔をしかめた。骨と皮にこけ、顔色も悪い。秋の夜明けは冷え込むが、寒さは味方だった。夜間飛行が終われば、滑走路に人気はなくなる。みんな地下掩蔽壕に引きあげ、ドラム缶で焚いた火に手をかざすのだ。ニーナとイェリーナはルサルカ号の翼の下で体を絡ませた。ニーナの名無しのU-2機ではなく、ルサルカ号の下と決まっていた。名無しのU-2機はタフで頼りになっても、二人の飛行機ではない。

「ノヴォロシースクの任務、そんなに大変だったの？」ニーナは横向きになって顔を見合わせた。イェリーナの手の震えは二カ月前よりひどくなっていた。

「それほどでも。こっちも大変だったんでしょ――」

「そうでもない」ニーナは言った。

ほほえみ合う。どちらも嘘を言っている。〝ほかにどんな嘘をつき合ってる？〟そんな思いを脇に押しやる。

「戦争はもうじき終わる」イェリーナが夏のころより確信を持って言った。「そうしたら、やりたいことがやれるわ」

「やりたいことって？」

「モスクワで一緒に住むこと。しっかりしなきゃって思うときには、そのことを思い浮かべるの。あなたは？」彼女はニーナを肘で突いた。「二人のことを思い浮かべる。昼間じゃなく夜に一緒に寝ることとか、朝食のあとで赤ちゃんを追いかけまわすとか……」

「赤ん坊はどうやって生まれるか、話しといたほうがいいみたいね、モスクワのお嬢さん？　あたしたちがやってることが、そっち方面に役立つだろうと思ってるとしたら――」ニーナはそう言うと、イェリーナの胸の谷間をくすぐった。

イェリーナは笑ってその手を払う。「戦争が終わったら、母親を必要とする孤児はいくらでも見つかるわ。子供を欲しいと思ったことないの？」この世で最も自然なことだと言いたげに、彼女は尋ねた。

「そんなこと思ったことない」ニーナは予防線を張った。「あなたが何を考えてるかぐらいわかる――」

〝それはどうだろう〟

「――現実の暮らしに戻ったら、こういうことは隠し通せないってあなたは思ってる。こういうこと」二人のことを、ルサルカ号の翼の下の二人きりの世界のことを表すように、小さく手を動かした。「それができるのよ、ほんとうだから。男の二人暮らしとちがって、誰も怪しまない。戦争が終わると、多くの未亡人が一緒に暮らすようになるでしょ。食料や年金を節約するために――母国のために子供を育てているかぎり、婚約者を戦争で亡くしたという話をでっちあげておけば、アパートで一緒に暮らしたって誰も詮索しないわ。民間航空の操縦士になるか、航空学校で教えるかすればいい」

彼女の声には熱がこもり、頬はピンクに染まっていた。そういうことをずっと考えていたんだ、と思ったら、ニーナは憂鬱になった。

「わたしたちの子供のころとはちがう世界になるのよ、ニノチカ――物不足や燃料を買うための行列や、靴が手に入らないなんてことはなくなるの。戦後の世界はずっとちがうものになる、モスクワだって変わるわ――」

悪いほうにね、とニーナは思った。〝飢餓と戦争の数年が終わったら、世の中はもっと悪くなる〟

「――それに、わたしたちはもうただの航空学校の飛行士じゃないんだもの。マリーナ・ラスコーワの子鷲たち、勲章を授けられた将校なのよ。あなたは同志スターリンにも会ってるじゃない」イェリーナの口調からまた畏敬の念が伝わってきた。「立派な推薦状をもらえるから、党員にだってなれるのよ。そしたらコネでいいアパートに入れる。ほかにも三家族が同居するアパートなんていうんじゃなく。ジュコーフスキー・アカデミーとかそういったところで働いて、高給取りにだってなれるのよ」

いまや彼女のおしゃべりはとめどがなくなった。すべてが夢にすぎない。平凡な暮らしを願うのは健全なことだ。連隊の女たちの大半が、戦後に同じような夢を抱いているのだろう。

「それほど大それた望みじゃないわよ、ニノチカ。あなたと、わたしと、家庭、子供が一人か二人、爆撃のためではなく民間航路を飛ぶ仕事」イェリーナは身を乗り出し、ブラシで撫でるようなキスをした。「この戦争を生き延びさえすれば、手に入れられるのよ」

「たしかに大それた望みじゃないね」ニーナは言った。「でも、あたしがもっとほかのものを望んだら？」

「どんな？」イェリーナが頬を撫でる。「モスクワに住みたくないの？　だったら、無理に住まなくてもいいのよ。あなたには合わないかも――」

〝あたしはモスクワが好きじゃない、イルクーツクも親父も好きじゃない〟ニーナは思った。〝はるばる何千キロも横断してやってきて、空以外のどこにも好きな場所は見つけられなかった〟空を飛んでいれば幸せなのは、見なくてすむからだ。無慈悲な群衆や垂れさがる旗や、パンを買うための行列や、ラウドスピーカーのブーンとうなる音のする、狼が支配する土地を見なくてすむからだ。

〝戦争が終わったら、何をしたいの？〟イェリーナは答えを待っている。しごく単純な質問、戦う兵士たちにとっては最も単純な質問だ。流血の惨事のあとに来るものを、みんなが夢見ていた。ニーナ以外のみんなが。だが、ニーナは正直に言って、そんなことこれっぽっちも考えたことがなかった。いま現在のこと、空を飛んで過ごす夜とイェリーナとキスして過ごす朝よりも先のことなんて、考えたこともなかった。悲嘆や恐怖に彩られているとしても、連隊で過ごすこの不思議で冒険に満ちた夜の人生を、ほかの何かと取り替えたいなんて思ったこともなかった。

〝あたしの望みは何かって、イェリナシュカ？〟ニーナは恋人の熱心な笑顔を見ながら思った。〝あたしは飛んで任務を遂行したい、ドイツ軍を追いつめたい、あんたを愛したい。あんたのリストにもあたしのリストにも載っている唯一のもの、それはあんた〟

31　ジョーダン

一九五〇年六月　ボストン

〝あなたがギャレット・バーンと結婚したいと思っていないこと〟店で仕事に専念しようとしても、アンネリーゼの皮肉なコメントはジョーダンの脳裏から離れなかった。

〝もちろん、ギャレットと結婚したいわよ〟自分に言い聞かす。〝左手に〇・五カラットのダイヤが光っているのがなによりの証拠〟

近くのディスプレイケースからルースの声がした。「ヴァイオリンを持ってみてもいい？」

「玩具じゃないのよ、コオロギ」ジョーダンはうわの空で言った。「十九世紀後半に作られたマイヤーのレプリカなんだから」

「でも、小さいわ」ルースが懇願する。「あたしにぴったりの大きさよ」

「二分の一サイズのヴァイオリンだって、ミスター・コルブが言ってたわ」

「ようやくお目にかかれて嬉しいです、ミセス・マクブライド」トニー・ロドモフスキーの声が店の前から聞こえた。黒いスーツを着たアンネリーゼと並んで立っている。「ご主人を亡くされたそうで、お悔やみ申しあげます……」

それに応えるアンネリーゼのささやき声を聞きながら、ジョーダンは仕事に意識を戻した。ゆうべ遅くに現像した父の写真の端をトリミングする仕事。とてもよい肖像写真だった。とてもよい写真――自分の仕事をきちんと評価できるほどには仕事に精通している。

〝その写真で何かしてみたらいい〟と頭の中の声がささやく。〝何かプロの仕事を〟

〝たとえばどんな？〟自問自答する。〝あなたはプロじゃないでしょ〟店を守るという立派な仕事と、地下室で楽しむ趣味を持つ娘。春になれば、毎朝仕事に出かけるすてきな夫を持つ妻となり、空いている部屋で趣味を楽しむ。

「ご覧になりたければ週次報告を作ってありますが、ミセス・マクブライド」トニーがアンネリーゼのあとから店に入ってきて、レジの奥に立った。アンネリーゼは黒の上下に小さな黒い帽子という装いで、帽子のベールが粋な感じで目を隠していた。「しばらくお待ちを」

「どう思う？」トニーが奥の部屋に消えたので、ジョーダンは義母に尋ねた。アンネリーゼが訪ねてきたのは、新しい店員を雇うかどうか最終決断を下すためだったと思い出したからだ。

「とても魅力的よね。紹介状に納得がいってるのなら、わたしは異存がないわよ。あなたは人を見る目があるもの」アンネリーゼはルースに急いでハグすると、店の時計を見た。

「遺言のことで弁護士さんと会う約束があるの。閉店までルースを預かってもらえるかしら？　あら、まあ――」ダン・マクブライドの写真に目をやる。「父らしい写真だと思うでしょ？」

　アンネリーゼはうなずき、涙を浮かべた。ジョーダンはカウンター越しに、黒い手袋に包まれた彼女の手をギュッと握った。トニーが週次報告を手に戻ってくると、アンネリーゼは気もそぞろで目を通した。「あなたに来てもらってよかったわ、ミスター・ロドモフスキー――」そう言うと、ライラックの香りを残して去っていった。

「フーッ」トニーが言う。「緊張した」

「そんなふうには見えなかった。あなたの魅力にまいらないレディがこの世にいるなんて、思ってないんでしょ、ミスター・ロドモフスキー」

「トニーと呼んで」いつものように彼が言った。「あなたがミスター・ロドモフスキーって言うたびに、親父の姿を探して、いちばん最近に犯した罪を数えてしまう」

　彼はカウンターにもたれかかってジョーダンを見た。この店に入ってきたときからいままでに、女性という女性に振りまいてきたのと同じ笑みを浮かべて――もっとも、笑みにもいくつかの種類があることに、ジョーダンは気づいていた。六十代の女性には少年っぽい笑顔で応対する。すると相手は彼の頬をつねり何か買って帰る。悪（わる）な感じの笑みを向けるのは四十代の女性に対してで、相手は警戒して目を伏せるが、けっきょく何か買って帰る。目じりにしわを寄せ、頬にもしわができる満面の笑みは二十代の女性向けで、相手は頬を染め、何か買って帰る。アンネリーゼに対してさえ、喪服に敬意を表して思いやりを加味した笑顔を向け、それなりの反応を得ていた。〝トニー・ロドモフスキーは、ほかに何もなかったら、帽子掛けにだって愛想を振りまくのだろう〟そう思うと気持ちが和んだ。アンネリーゼが彼を気に入ってくれてよかった。彼は店の売上に貢献してくれる。

「プリンセス・ルース」トニーはヴァイオリンのディスプレイケースに小さな鼻をくっつけているルースに気づいて言った。「ぼくたちのために、演奏してくれるの？」

ルースは知らない男性には容易に打ち解けないが、トニーは別だった。初めて会ったとき、トニーは片膝を突いて言ったのだ。武者修行中の身にあれば、よほどの武勲を立てないかぎり、ボストンのプリンセス・ルースにお目通りは叶いません。ご愛顧を賜れるものなら、地の果てまでも行く覚悟――これを聞いたルースは、警戒を解いて用心深い笑顔を見せた。いまでは手にキスすることを彼に許し、想像のヴァイオリンを構えて演奏しはじめた。ヴァイオリンの演奏をどこで見たのだろう、とジョーダンは思った。構えのポーズは堂に入っている。

〝彼女の母親だ〟ジョーダンは自分の問いに自分で答えた。〝実の母親〟ルースは母親が弾くのを見ていたのだろう――幼いころのルースがどこでどんな暮らしをしていたのか、誰にもわからない。彼女自身もおそらく忘れていたのだろうが、子供用のヴァイオリンをうっとり眺めているうち記憶が甦ったのだ。彼女が父親と慕ったただ一人の男が亡くなり、そのせいで、音楽を愛した謎の母親が姿を消したことを思い出したのだろうか？

ジョーダンは写真の中の父の目に視線を戻した。〝彼はどっしりしていた〟ゆうべ、アンネリーゼはココアを飲みながら父のことをそう言った。〝夢から抜け出してわたしを追いかけてくるものはいない〟ルースが悪い夢にうなされるのはそのせいなのだ。この数年、彼女をこの世界につなぎ止める錨（いかり）だった、どっしりとした父がいなくなったせいだ。

「なんだかぼんやりしてますね、ミス・マクブライド」トニーが真面目な顔で言った。父が亡くなってからこっち、隣人や知人や友人たちから〝大丈夫？〟という気遣いの言葉をかけられるたび身構えてきて、〝あたしなら元気です！〟と明るく答えるのが習い性になっていた。

「なんなら姿を消しましょうか？」トニーは思いがけないことを言った。「ハンカチも傾ける耳も持ってるけど、あなたを一人にすることもできる。安心して静かに思いきり泣くためにね。必要な順番はわからないけど、一人というのは重要な部分でしょ」

ジョーダンは思わず笑いだし、そんな自分に驚いた。「あたし……静かになりたかった、この数週間」地下の暗室に足しげくおりていったのはそのせいだったのだ。誰もそこまではついてこない。

「よし、だったら」トニーが背筋を伸ばした。「うせても（バガー・オフ）いいですか？」

「バガー・オフ？　あなた、いつからイギリス人になったの？」

「長いこと英国人と一緒に仕事してたんでね」にやりとする。「それとも、どうかな——あなたがうせるってのは、ミス・マクブライド？　プリンセス・ルースを連れて早退して、しばらく一人の時間を過ごす」

ジョーダンが、そんなの無理よ、と言おうとしたとき、ドアのベルが鳴ってギャレットの声が響いた。「ジョー、やっと会えた」彼女のほうに腕をまわして、探るように顔を覗き込んだ。泣いているのか確認するように。「大丈夫――」

「あたしなら元気よ」

「きょうは早引けしたらどうかって、ミス・マクブライドを説得していたところです」トニーが横から言った。「あなたのほうが説得するのに向いているような、ミスター――」

「バーン。ギャレット・バーンです」握手の手を差し伸べる。「きみが新しい店員さん？」

「図星。トニー・ロドモフスキー。あなたは婚約者？」

「図星」

握手が交わされた。相手を値踏みせずに握手を交わせる若者が、はたしてこの世にいるのだろうか、とジョーダンは思った。どっちが腕力が強いか、どっちが背が高いか。ギャレットは百八十七センチの長身をすっと伸ばしている。トニーは興味津々の顔で、カウンターにだらんともたれかかっていた。

「早引けなんてできないわ、ギャレット」男らしさを誇示する儀式の第二段階、戦争に行ったかどうかの確認に移る前に、ジョーダンは言った。「アンナは弁護士に会いに行ってるし、あたしは閉店までいなきゃならない」

「ぼくが代わりに店仕舞いしますよ」トニーが言ったが、ジョーダンは決心がつかない。

「いいだろ？」ギャレットがルースの髪をくしゃくしゃにした。ルースは想像のヴァイオリンを弾くのに一所懸命で相手をしなかった。「映画に行くなんてどうかな、ルースを連れて。ずっと会いたかった」

「あたしもよ」〝そうよ〟とジョーダンは思った。〝あたしだって〟

「ミスター・コルブはとっくに帰ったし」と、トニー。「ここにいてもやることはあまりないでしょ」

　ジョーダンはためらった。父だったら、新米の店員を一人だけ店に残すなんてことはけっしてしないだろう。一カ月ほど仕事ぶりをじっくり見極め、盗人を雇ったのではないと確信するまでは。だが、トニーのこの三週間の仕事ぶりは文句のつけようがなかったし、アンネリーゼもお墨付きを与えた。「店仕舞いのやり方、わかるわよね」ジョーダンはトニーに鍵を渡した。「さあ、ルーシー。映画を観に行きたいでしょ？」

　ルースの想像の弓がぴたりと止まった。その年のはじめに観た『シンデレラ』にすっかり魅了され、ペットのネズミを飼いたいと言ってアンネリーゼを悩ませた。「シンデレラ？」

「さあ、ガラスの靴を履いて、プリンセス」トニーが彼女の想像のヴァイオリンを細心の注意を払ってケースに戻した。「ぼくが預かっておくからね、ヴァイオリンのレッスンの日まで大事に保管しておく……」

　ギャレットがドアを押さえ、ほほえんでいるのに、ジョーダンは不意にアイディアが浮かび、足を止めた。

「これを忘れちゃいけない、ミス・マクブライド」カウンターに置きっぱなしの父の写真を、トニーが差し出した。トリミングして額におさめるだけになっている。トニーは手に持った写真に目をやった。「お父さん？」

「ええ」ジョーダンの喉に涙が込みあげた。彼に気安く返事をすることなら百回でもできる。でも、百一回目でどういうわけか喉が詰まった。どうしてなのか知りたい。彼は無害だと思って気を許しているから。はたしてそうだろうか。

「いい写真だ」トニーが写真を手渡す。「ここに飾るべきだよ」

「どうして？」

「ここはお父さんの店だった」写真を顎でしゃくる。「そこに映っているのは、これこそがアンティーク・ディーラーという人が仕事をしている姿」

「父はそうだった」ジョーダンは言い、カシャリ、別のアイディアが浮かんだ。ゆっくりと笑みを浮かべる。

「ジョー？」ギャレットが怪訝な声を出す。

「ミス・マクブライド？」トニーは首を傾げる。「ぼくは女の子を笑わせるのが好きで、女の子が笑うのにはちゃんと理由があるのが普通なんだけどな」

二人を隔てるカウンターがなかったら、ジョーダンは彼にハグしていただろう。ハグできないからにっこり笑い、帽子掛けから黒い麦わら帽を取って頭に載せた。「トニー」ミスター・ロドモフスキーと言うのを忘れた。「ありがとう。ふたつ分のありがとう！」

「アンナ、すごくいいことを思いついた――」ジョーダンは言いかけて途中でやめた。小さなバルコニーに出たらそこに、義母がいて通りを眺めていた。「煙草を吸うなんて知らなかった」

「夕食の前の一服が好きだったわ」アンネリーゼは深々と煙を吸い込み、長い夏の夕暮れに顔を向けた。弁護士に会いに行くための喪服をまだ脱いでいないが、脱いだパンプスがハンドバッグと並んでいた。「お父さまが煙草を吸う女をどう思っているかわかって、やめたの。一本いかが？」

「ええ」

アンネリーゼは銀のケースを取り出し、自分の吸いさしの火を移した。「ルースは？」

「二階でタローと遊んでる。ギャレットが送ってくれて――あたしたちを映画に連れていくつもりで店に寄ってくれたんだけど、観たい映画が上映されてなくて」ジョーダンは煙を吸い込み、バルコニーの手摺りにもたれた。「いいこと考えついたの、トニーの言ったことがヒントになってね。ルースにヴァイオリンを習わせましょうよ」

一瞬、アンネリーゼはショックを受けたようだ。「なぜ？」

「ヴァイオリンというと目がないみたいで、夢中で眺めてるから。きっと幸せな気持ちになるのね」

「夜中に大声で叫んだり、ひどいことを言う子供をこれ以上甘やかすのはどうなのかしら。

あの子に必要なのは厳しいしつけよ。わたしたち、ルースに甘すぎたわ」

「彼女は甘やかされてないわよ」ジョーダンは抗議の声をあげた。「彼女は悲しくて、怒っているの、それに、父さんを恋しがっている。ちがうやり方をしてどこが悪いの？　幸せになっていいんだって、彼女が思えるようなやり方」

「でも、ヴァイオリンじゃなくたって」アンネリーゼがもう一服する。「実の母親の記憶は、なんであっても楽しいものじゃないはずよ。あの子をこれ以上混乱させたくない。ヴァイオリンのことも何もかも、忘れるほうがいいのよ」

「彼女の気に入らなかったら、レッスンをやめさせればいい。でも――」

「いいえ、ジョーダン。あの子にこれ以上思い出させたくないの」アンネリーゼは、ジョーダンの提案を断ったことを詫びるようにほほえんだ。「それに、なんだかユダヤ人的じゃないかしら、音楽の虜（とりこ）になるのは。もちろんそれは彼らの優れた資質のひとつだけど、優れた音楽家が輩出しているもの。でも、ルースにそういう資質があると思われたくない。ルース・ウェーバーという名前からして間違いなくユダヤ人でしょ。ありがたいことに、外見からはわからないけど」

「アンナ、頼むから！」ジョーダンは大声になった。「ボストンの女の子たちはみんなピアノのレッスンを受けているわよ。音楽はユダヤ人の専売特許じゃない。たとえそうだとしても――」

「戦後、誰も彼もがユダヤ人に同情を示したけれど、だからといって隣に住みたいとは思っていない。ルースをそういう目に遭わせたくないの」アンネリーゼの口調から、この話題を打ち切りたいと思っているのがわかった。「あなたに話さなきゃいけないことがあるのよ。きょう、弁護士さんに会ってきたでしょ、お父さまの遺言の件で。すべてきちんとしている——店はわたしが継ぐことになるそうよ。死ぬまで、あるいは再婚するまではね。それから、あなたとルースが継ぐの」

「そう」父の声が聞こえる。〝おまえのためにもっと特別な店にしたかった。おまえが将来を託せるような……〟「それで、あたしに話さなきゃいけないことって？」

「あなたはそのとおりにする必要ないのよ」

ジョーダンは驚いて顔をあげた。「何のこと？」

「父親というのは、子供たちに遺せる物を作りあげようとする。作りあげたその何かが、はたして子供たちが背負い込みたいと思うものかどうか、父親は往々にして立ち止まって考えようとしない」アンネリーゼの青い目は揺るぎなく、同情の色を湛えていた。「あなたはとても親思いの娘だから、店を守っている——でも、ほんとうはそんなこと望んでいないんでしょ、わたしにはわかる。あなたは店を継ぐよりも大学に行くべきだった。わたしから言ってみたけれど、お父さまはそういう考えを受け入れようとしなかったのよね。夫に楯突くのはよくないから、そのことを持ち出さないようにしたの。でも、彼は間違っていると思った。いまもそう思うわ」

「父は間違っていない」ジョーダンは父をかばいたかった。「大学に行く必要なかったもの。あたしには未来があったし、ギャレットがいたし、あたしには……」

自分が持っているものをすべて並べるのを、アンネリーゼはじっと待っていた。ジョーダンがそれ以上つづけられなくなると、彼女は話をつづけた。「わたしが店を守っていくわ、お父さまが望んだような形でね。だから心配しないで。わたしには収入の道があり、財産はいつかあなたとルースのものになる」別の煙草に火をつけた。「だからと言って、いま、あなたが背負い込む必要はないのよ、ジョーダン。カウンターの奥に立って、十二使徒のスプーンを老女に売るなんてしたくないんでしょ——わたしにはわかってる。あなたはほんとうは何がしたいの？」

「春になったらギャレットと結婚する」言葉が自然と口をついて出た。

アンネリーゼはほほえんだ。ジョーダンは顔が赤らむのがわかった。

「大学は？」アンネリーゼは結婚もギャレットも無視してつづけた。「あなたならラドクリフかボストン大学に入れたんでしょ。でも、家から離れることで得ることは多いのよ、若い女性には。カリフォルニアに行くのもいいし、夢をつかむために。新しい学校、新しい州で」

大学。十七歳のときには、ほんとうに進学したかった。「あたし、もう……進学したいと思わない」ゆっくり言う。「二十二だもの。十八歳の女の子たちと一緒に一からはじめるなんて、しかもその子たちの半分は結婚相手を見つけるために来ている……」

アンネリーゼは驚いた顔をしなかった。「だったら、ニューヨークはどうかしら。楽しめる仕事に就くの。楽しまなきゃいけないと思う仕事じゃなくね」

　バルコニーの手摺りを握る手に力が入った。実現可能な話なの？　ほんとうにできることなの？

「わたしがあなたを追い出そうとしてるなんて考えないでね」アンネリーゼがほほえむ。「ここはあなたのうちよ。でも、店やお父さまの遺言があるからって、ここに縛りつけられる必要はないのよ。あなたには幸せになってほしいの。海外に行くことで幸せになれるんじゃなかったの？　カメラマンの仕事を見つけることで？」

「自分がそこまで優秀かどうかわからない」ジョーダンは思わず言っていた。

「やってみなきゃわからないじゃないの」アンネリーゼは黒い袖に包まれた腕を灰皿の隣にのせた。「あなたのカメラを抱えて、ヨーロッパで撮りたいものを探したらどう。大学の授業以外にも、学ぶ道はあるのよ」

「ここを離れられない」ジョーダンは何も考えずに言った。

「何から？　店から？」アンネリーゼが手を振った。「ほんとうはそこからはじめたくないんでしょ。あなたがいなくても、店は潰れたりしないわよ。ギャレットと離れたくない？　彼があなたをほんとうに愛しているなら、待ってくれるはず。ルースと離れたくない？　春にあなたが結婚したら、あの子はあなたがいない生活に慣れなきゃいけないのよ、どっちにしたって」

「でも、あたしはボストンにいるんだから、いつだって会える。別の州に行くわけじゃない」あるいは海を渡るわけじゃない。「ルースはこれまでに多くの人を失ってきた」

「ルースは順応するわ。子供ってそうでしょ。あの子はあなたの妹なの、娘じゃない――

あの子を中心にして人生を作りあげることはないのよ」言葉が途切れた。「お父さまの望みどおりではない別の何かを求めたとしても、裏切りだなんて思う必要はないの」

〝思うわよ〟と言いたかった。〝父さんがあんなことを言ったから、あたしは自分の望みを諦めてほかの道を選んだんじゃないの〟でも、想像の翼はすでに広がっていた。ライカを肩にかけ、ニューヨーク行きのバスに飛び乗る。〈ライフ〉の大きなオフィスを訪ね、雑用係でも暗室の助手でも、このオフィスに通うことのできる仕事ならなんでもやらせてくださいと言うのだ。スペインを旅して、ロバート・キャパが有名な『崩れ落ちる兵士』に写し出した場所をこの目で見るのだ。トニーが父の写真を見て何気なく口にした言葉がきっかけで思いついたプロジェクトに思いをめぐらす。ふたつ分のありがとうの意味はこれだ。そのプロジェクトが早く取りかかってくれと、頭の中で誘いかける。写真がただの趣味だとしたら、そんな野心的なフォトエッセイを作りあげる時間なんてあるわけない、と自分を納得させたりせずに、そのために時間をかけるのだ。

もう二度と〝ただの趣味〟なんて思わない。

「わたしが言いたいのは、あなたの助けになれるってこと」アンネリーゼの声がやさしくなった。「あなたが受け取る遺産なのよ、ジョーダン。あなたには使う権利がある。旅に出たいんでしょ？　費用を出してあげられるのよ。ニューヨークでアパートを借りて、カ

メラマンとして仕事をしたいんでしょ？　暮らしていけるだけの給料をもらえるようにな
るまで、生活費の面倒は見てあげる。二十二歳の女の子なら誰にでもそうしなさいと言え
るわけじゃない。でも、あなたは大人だもの、それに、肩の上に載ってるのは優秀な頭で
しょ。店はわたしに任せて、ルースもわたしに任せて、ボストンもわたしに任せなさい
――あなたにここは狭すぎる」義母はほほえんでジョーダンをまっすぐに見た。「あなた
は何が欲しいの？」
ジョーダンは答えを言おうと口を開き、代わりにわっと泣きだした。アンネリーゼが煙
草を揉み消して近づいてくるのが気配でわかった。細い腕が体にまわされた。その小さな
肩に顔を埋めて泣いているうちに、空はすっかり暗くなり、半月が昇りはじめた。ひとつ
だけ悔いが残った。十七歳のときに出会ったアンネリーゼが、これほど自分のことをわか
っているのに、生まれたときから彼女を知っている父は、わかってくれなかった。
〝あなたは何が欲しいの？〟
ほんとうに久しぶりにジョーダンは思った。〝あたしは世界が欲しい〟

32 イアン

一九五〇年六月 ボストン

「コルブから何か聞き出せましたか？」公衆電話からなので、トニーの声は聞き取りにくかった。

「何も」イアンは昇る半月を眺めながら、にべもなく言った。彼がニーナとコルブのアパートにいたあいだに、外はすっかり暗くなっていた。「マクブライドの未亡人にようやく会ったんだろ、何か気づいたことは？」店のオーナーがコルブの裏の活動に関与していた可能性を、完全に排除したわけではない。

「感じのいい女性でしたよ、青い瞳、黒い髪、切り詰めた〝R〟の発音は、古くからのボストン訛りだしね。首筋に傷跡もなかった――悪い人間には見えなかった。ちょっと気になるのは、店員や客とおしゃべりしようとしないことかな。よく見張っておきますよ。コルブが彼女に話しかけたり、何か渡そうとしないかどうか。でも、店のことには干渉しないつもりみたいだし、ぼくの第一印象としては、彼が裏の商売をやっているとしても、彼女はそのことを知らないようです」

「彼はやってるんだ」イアンはぶっきらぼうに言った。「まだ証明できないだけで」

　イアンは電話を切り、角の食堂に戻った。ニーナはコカ・コーラを手にテーブルにつき、窓から監視をつづけていた。食堂と名乗るのもおこがましい店で、くたびれたウェイトレスが一人いるきり、しかもそいつが吸う煙草の灰が、イアンの五セントのコーヒーに落ちそうになった。だが、窓際の隅のテーブルから、コルブのアパートをこっそり見張ることができる。

「きみはアパートに戻ってろ」イアンはニーナに言った。心のどこかで残念に――とても残念に――思っている自分がいた。コルブを血と骨の塊になるまで、叩きのめさなかったことを悔やむ自分が。ここに座ってまずいコーヒーを飲みながら、そういった部分を完全に抹殺したかった。「今夜はよくやった」そう言い添える。彼女の混沌を嗜好する傾向が仕事に影響をおよぼすことを、イアンは警戒していた。だが、彼女はこの計画を遂行し、手がかりを探し、役に立とうと頑張っている。

「それはどうも（スパシーボ）」ニーナはヘアピンを抜いて頭を振り、きつく団子に結っていた髪をほどいた。「コルブが逃げ出したらどうする？」

「あとを追って、誰と会うか見極める。おれたちを何か新しい情報に、新しい人物に導いてくれるまで、見張りをつづける」

　ニーナはメニューを取りあげた。「そうならなかったら？」

「これまでの案件では、ある時点で見切りをつけて次に進んだ」

彼女が目を細めた。「ここではそうはいかない」

「そうだな」帰るにしても途中に海がある。この一件に取り憑かれていることは言うまでもなく。イアンはコーヒーを口にし、顔をしかめた。「このブースで長い時間を潰すことになるだろう」

「ハンバーガーもあるしね。ありがたいじゃないの」ニーナはウェイトレスに合図を送った。彼女はハンバーガーをアメリカ風生活様式が生んだ奇跡で、言論の自由よりもはるかに魅力的だと思っている。「コルブは逃げるとなったら、とことん逃げるよね」注文を聞いたウェイトレスが充分に離れるのを確認してから、ニーナは言った。「新しい都市、新しい名前。偽造者だから、自分の書類は自分で偽造するんだろうな」

イアンはうなずいた。これまでに尻尾をつかみ損ねた容疑者たちのことが頭をよぎった。少ない人員では広範囲にわたる監視を行うのは容易ではない。

「あたしたち三人きりだからね」ニーナは彼の思いを読み取ったようだ。「四六時中見張ってるわけにいかない」

「試してみることはできる。おれが夜明けから職場に到着するまで見張って」どうせ夜は満足に眠れないのだ。朝の四時にこの店に来て、アパートのドアを見ているほうがましだ。「トニーが仕事場の彼を見張る。そしてきみは――」

「夜を受け持つ」

「そうだな、〝夜の魔女〟だものな」怒りが抜けてゆき、羞恥心が居座る。〝おまえはわれを忘れた。目撃者を壁に押しつけ、喉を締めあげた〟どんなに挑発されても、あんなことはしたことがなかった。

最悪なことだが、いい気分だった。

イアンは妻を見た。「きみに謝らなきゃならない」

彼女は眉を吊りあげた。

「ウィーンでオフィスからきみを叩き出した。法律を守るより暴力をとるときみが言った

から。それなのに、おれは頭にきたというだけで、男を壁に叩きつけた。自分の中にもあ

る衝動を認めたくないから、きみのそういう部分をあげつらって非難した。イギリス人が

言うところの〝ポットがヤカンを黒いと責める〟だ。それで気が晴れるものでもない」

「ヤカン？　コルブの部屋にヤカンはなかった」

「忘れてくれ」

ニーナが頼んだハンバーガーがきた。彼女がかぶりつくのを、イアンは眺めた。コルブ

のアパートのドアは閉まったままだ。罪を犯した人間がそのことを責められたあとにとる

行動はふたつにひとつ。すぐに逃亡するか、そのままとどまって何も隠していないふりを

するか。コルブは逃亡するほうだと思っていたのだが……

イアンはため息をついた。長い夜になりそうだ。眠れない夜には、肩先でパラシュート

がゆらゆら揺れる。

「あたしは湖の夢を見る」ニーナが言った。

イアンは目をしばたたいた。「何のことだ?」

「湖。溺れそうになる夢。父親があたしを水に沈めようとすることもあるけど、それがディー・イェーガリンのこともある。場所は決まって湖」そこで肩をすくめる。「あんたの湖って何なの?」

「湖はないな。ヤカンがないのと同じだ。きみの英語はとても変わってるな、同志」

ニーナはまたハンバーガーにかぶりついた。「パラシュートでしょ?」口いっぱいに頬張りながら尋ねる。

彼の血が氷のように冷たくなった。

「アントチカが言ってる。あんたは眠りながらつぶやくって。パラシュートがどうしたこうしたって」

「別になんでもない」自分でも意外なほどきつい口調だった。

「意味のあることでしょ。そうじゃなきゃ、なぜそれがあんたの湖なの?」

イアンは何も言わなかった。ニーナも黙って彼を見つめるだけだ。

「彼の名前はドナルド・ランシー」どうして彼女に話しているのだろう。いままで誰にも話したことはなかった。「サンフランシスコ出身のアメリカ軍兵士(GI)で、十八歳だった。おれのことを〝じじい〟と呼んだ。彼から見たら、おれは年寄りだったんだろう。本人は十二歳にしか見えなかったけどな」

「あたしが操縦士に昇進してから、あたしの航法士になった子もそうだった」ニーナがほほえんだ。「かわいいガーリャは、黒海上空へ向けて出撃するというより、ヤング・パイオニア・ツアーに出かけるみたいな気楽さだった」

「彼女はどうなった？」

ニーナの顔から笑みが消えた。「死んだ」

「ドナルド・ランシーもだ。四五年三月、アメリカ軍の部隊はパラシュートでドイツに降りた。おれは無理に頼んで一緒に飛ばせてもらった」

「どうして？」

「優秀な従軍記者ならそうしたいと思うだろう」イアンは説明を試みた。「前線ではジャーナリストは嫌われ者なんだ。見てほしくないものを見るんじゃないかと、将校たちは警戒し、ジャーナリストが兵士たちから馬鹿にされるよう仕向ける。哀れな一兵卒にとって、ジャーナリストは悪鬼だ。おもしろいネタはないかって人の鼻先にノートを突きつけておいて、自分たちはなんとか生き残ろうとする悪鬼。兵士に憎まれない唯一の方法は、自分を危険の真っただ中に置くことだ。一緒に雑魚寝して、一緒に飲んで、一緒に飛行機から飛び降り、一緒に火に飛び込む――危険をともにすれば、話を聞かせてくれる。仕事をうまくやるためにはそれしかないんだ」

パラシュート降下の列に並んでいるあいだ、イアンはランシー一等兵とおしゃべりした。細い顔の両側に耳がドアノブみたいに突き出して、飛びきりの笑顔を見せる若者。「おれたちは飛んだ」イアンはつづけた。「ほかのみんなは安全に降りて任務を遂行した。だが、ドナルド・ランシーとおれはコースをはずれた。ドイツの森で装具が木に引っかかった」

女ならここで手を握ってくれるだろう。イアンの妻はまっすぐ見つめるだけだった。

パラシュートがオークの巨木の枝に引っかかり、イアンは地上十二メートルで宙吊りになった。ナイフを持っていたので吊索を切ろうとしたが、刃が滑ってうまく切れず、宙ぶらりんのままクルクルまわるばかりだった。体に装着しているストラップをはずそうにも、もつれてはずせない。だが、ランシー一等兵と比べればまだしもだった。彼の体のあちこちに枝が突き刺さり、砕けた肋骨が肺を直撃した。イアンの見立てはそうだ。ゆっくりと七時間かけて彼は死んでいった。肺はズタズタで、彼は宙吊りのまま叫びつづけた。イアンはそのあいだの一分一秒に至るまで、はっきりと憶えている。最初のうちは、傷を悪化させるからじっとしてろ、と彼に声をかけつづけた。そのうち若者の声がどんどん弱くなるのを聞きながら、ただぶらさがるだけになった。最初は絶叫だったのが、たまに抑揚のない声で〝じじい〟とつぶやくだけになり……

「彼が死んでゆくそばで、おれは幻覚症状を起こしていた」イアンはぼそりと言った。「脱水とショックで――ドナルド・ランシーが弟になっていた――弟のセブに。そうじゃないとわかってはいるんだ。セブはポーランドの捕虜収容所にいたんだから。それでも弟に見えた。そばかすのひとつひとつまで。おれの隣で弟が宙吊りのまま死んでゆくんだ」

一日近く宙吊りになっていたので、口の中はカラカラに乾き、恐怖で汗びっしょりになり、死体を見つめながら震えていた。下の地面を見ようとしても、揺れるブーツの下の十二メートルの空間が倍にも感じられて、闇の中に落ちてゆくのは不可能に思われた。

「ああ」ニーナが言う。「それでなんだね。高いところが怖いのは」

「馬鹿な話だ。おれは落ちてさえいないんだ。味方がじきに見つけてくれて、そっと降ろしてくれた。運がよかった」運はよかったが、正気ではいられなかった、とイアンはときどき思う。戦争が終わって五年経つのに、いまも夢に見る。夢の中ではいつもセブだ。最初から最後まで。ドナルド・ランシーは出てこない。最初から最後まで、彼が助けられなかったのは弟なのだ。

「くよくよしないで、ルーチク」ニーナはハンバーガーの上でケチャップの容器を逆さにした。ハンバーガーが血の海で溺れる。「くよくよしたっていいことないよ」

「きみはくよくよしないものな」いわゆる乱世を生きてきたのに、ニーナはつねに悠然としている――ある意味すごいことだ、とイアンは思った。空の戦いで叩き込まれたのだろうか。もともとある資質なのか――彼女の中に、仲間の〝夜の魔女〟たちの中に。「前線に女の居場所はないとたいていの人間は思っているが、きみの連隊の仲間たちの話を聞くと――」

「女は戦いに向いてるの」ニーナがこともなげに言った。「あたしたちは男同士みたいに張り合わないからね。任務を果たすだけ、馬鹿げた曲乗飛行をやってどっちがうまいか実証しようとしない」

「夜に高度数百メートルで、機体から這い出した話をしてくれたよな、チビのコサック。

曲乗飛行をしてみたかったんじゃないのか」

「必要に迫られてやったの！」彼女はほほえんだが、翳のあるほほえみだった。「操縦士もおんなじようなこと叫んでた」

「彼女、よく言ったな」イアンが見ているうちに、生き生きとしたニーナの顔から表情が消えた。「彼女たちが恋しいんだろ、見ればわかる。仲間が」

「セストラ」彼女がやさしく言う。

〝シスター〟の意味だろう。「みんなきみみたいだった？」彼女が肩をすくめたので、数百人のニーナたちが、総統(フューラー)の東部前線に空から爆弾を落とすのを、イアンは想像した。いやはや。ヒトラーが戦争に負けるわけだ。

「あたしたちがしたことは、誰にも真似できない」ニーナはケチャップが滴るハンバーガーをつかんだ。「代償は払わされたけどね。悪夢、体の震え、頭痛……」

「言いたいこと、わかるよ」イアンは左耳に指を触れた。「スペインで爆撃機に同乗したあと、耳が聞こえなくなりかけて、いまだに完治しない」

「あたしの耳も、昔ほどよくなくなった。U－2機の操縦席は騒々しいからね。それに、あのころは夜どおし起きてた。それも毎晩――いまだに朝までぐっすり眠れない」

「そのことを恥に思うなよ。きみは兵士だったんだ」要領を得ない悪夢を見るおれとはちがう。イアンは顔をしかめた。

彼の内心の思いをニーナは察したようだ。「あんただって戦争に行ったんだよ、ルーチク。戦争に行って、そのあと湖を、あるいはパラシュートを持つようになった。みんなそう」

「兵士はそうだろう。当然だ。おれは兵士じゃなかった。悪夢は戦った者たちのものだ、駄文を書き散らした者のものじゃなく。おれは前線にいたことはいたが、いつでも好きなときに離れられた。兵士はそれができない」

「だから？　兵士もハンターも危険なことは同じだよ」

「ハンター？」

「ハンター」と、ニーナ。「あんた。それにあたし——まあ、あたしは兵士でハンターだけどね、でも、肝心な部分はハンターだよ。兵士とはまったくちがう」

「話についていけない」

「兵士は戦争で戦う。悪夢を見るようになる——湖の、パラシュートの。もうやめて、うちに帰りたいと思うようになる」ニーナはハンバーガーを平らげると、ケチャップをスプーンですくって、スープみたいに飲んだ。「戦場のハンターは同じ危険に直面し、同じように戦う。だから、湖やパラシュートを背負い込む。だけど、兵士が持っているものをあたしたちは持っていない。ほかの人たちが持っているもの——〝やめろ〟と言ってくれるもの。あたしたちも悪夢を見るし、見ることにうんざりしてるけど、戦争が終われば兵士はうちに帰る。でもあたしたちは次の獲物を必要とする」

イアンは彼女を見つめた。「筋が通らないだろう」

「通ってる」あくまでも冷静だ。「兵士は作られる。ハンターは生まれつき。あんたは危険を追いかけずにいられない、そうでしょ」

「おれは危険を追いかけずにいられるぞ、ニーナ。イギリスの男がみんな野原をうろついて、ショットガンをぶっ放しているわけじゃない」

ニーナはもどかしそうにため息をついた。「あんたが記事に書いた坊やたち、米軍兵士、空の男たち──彼らは何を望んでいた？」

「故郷のことを話してたな、兵士はみなそうだ。映画、裏庭でやるバーベキュー、女の子とデート──」

「だったら、戦争が終わればそっちに戻る、でしょ？」

「運のいいやつはな」運が悪ければランシー一等兵みたいな最期を遂げる。セブみたいな。

「でも、そうじゃない人間もいる。トニーみたいな。彼はうちに戻らない、結婚しない、仕事を探さない。とどまって、狩りを見つける。あんたもうちに戻らなかった。あんたたちの戦争が終わると、ヒトラー主義者たちを追いかけはじめた」ニーナは親指についたケチャップを舐めた。「あたしが一緒に飛んでた女たちは、ほとんどがあんたのGIと同じ。平和と赤ん坊とボルシチを腹いっぱい食べることを夢見てた。戦争が終わり、彼女たちは平和を手に入れ幸せになった。でも、あたしは？」しかめ面。「戦争中、あたしは悪い夢を見た、湖の夢、でも、だからってボルシチや赤ん坊が欲しいとは思わなかった。あたしの戦争が終わり、あんたがイギリスに連れてってくれて、マンチェスターの飛行場で働くことになった。古い複葉機で宙返りして、標的がなくて、頭がおかしくなった。ディー・イェーガリンのことで伝言を受け取るまではね。嬉しかった。標的が見つかったんだもん」ニーナはイアンを指さし、それからコルブのアパートのドアを指さした。「あんたはどうなの――戦争中は記事を追いかけ、平和になると彼みたいな男を追いかける」自分を指さし、それからコルブのアパートのドアを指さす。「あたしはどうかって言うと――戦争中はナチを追いかけて爆弾を落とし、平和になったらナチを追いかけて賞金を稼ぐ」

イアンはかぶりを振った。「きみとおれがハンターなら、おれたちには獲物を追いかけて仕留めたいという抗いがたい衝動があるとしたら、ディー・イェーガリンと同じじゃないか。もしそのとおりだとしたら、おれはうちに帰って脳みそに銃弾を撃ち込む」

「ニェット」ニーナは自信たっぷりだ。「ディー・イェーガリンは別種のハンター。好きだから狩りをする殺し屋。彼女にも言い分はあるんだろうけど――彼女の帝国の命令だったとか、クソッタレの愛人がそうしろと言ったからとか――でも、そんなの言い訳にすぎない。彼女は好きだから殺し、楽に狙える獲物だと思ったから狩った――子供や逃亡者、彼女に歯向かえない相手だからね。あんたはそういうことしたい？」

「冗談じゃない、ニーナ、したいものか！」

「あたしもよ。あたしたちは無力な人間を狩らないでしょ、ルーチク。あたしたちは殺人者を狩る。あたしが住んでた村の人たちは凶暴になった狼を狩っていた。狼を仕留めたらうちに戻り、次の凶暴な狼を探す。なぜならやりつづけられるから。そうじゃない連中もいて、彼らは――」彼女はものが破裂する仕草をした。「そういうことに耐えられず、バラバラになる。あたしたちはちがう。ハンターでも別の種類のハンター。あたしたちはやめられない。悪い夢を見ようが、パラシュートの夢を見ようが、それより平和や赤ん坊を望むべきだと人に言われようがね。世の中には凶暴な狼が溢れているから、あたしたちは死ぬまで狩りをしつづけるんだ」

彼女の口からこれほど思索に富んだ考えが出てくるとは思っていなかった。イアンは椅子の背にもたれてしみじみと彼女を見つめた。「妻が哲学者だとは思ってもみなかった」

「ロシア人だもの」じっくり腰を据えて、浴びるように飲んで、死について話す」彼女は空の皿を横にどけた。「そうすると元気になる」

「ハンターたちはハントレスを追う……」イアンは冷えたコーヒーのカップをまわした。「今回はきみの最初の追跡だ、ニーナ――その場合、もっとずっとおもしろみのない相手を追ってもらうのが普通だ。酷いことをしてきてはいても、実際に会うと言い訳ばかり並べる哀れな連中だ。あそこに住むコルブに似ていなくもない連中。ディー・イェーガリンはちがう。アルタウスゼーのごく普通の家に隠れ住む度胸が彼女にはある。ナチスの残党狩りが行われていたあいだもだ。別人になりすましてアメリカにやってきた。足跡を消した」

「いまは彼女が標的になってる」ニーナが言う。

「とても賢い標的だ」イアンはぶっきらぼうに言った。「彼女を捕まえるのは容易じゃない」

「ハンターたちがハントレスを追いつめる?」ニーナはテーブル越しに手を伸ばし、きき手の人差し指を彼のそれに絡めた。「やる気が湧いてくるじゃないの」

ベッドルーム以外で彼女がイアンに触れたのは初めてだった――好意を示すことも、示されることも、彼女は刺々しい態度で拒否するのが普通だった。イアンはにやりとした。指を絡めたまま黙り込み、ヘア・コルブの動かないドアを見つめた。月が空高く昇っていた。この食堂にずいぶん長いこと居つづけたものだ。

「コルブは今夜は動きそうにないね」ニーナもドアを見つめながら言った。

イアンはうなずいた。「帰ろうか。二人してここで退屈してても意味がない」

「退屈じゃないよ」

「ドアを見つめることが? 爆撃任務に出ることとナチを追いつめること、それ以外にも諸々きみが好きなことに比べると、この種の狩りは書類作りと待つことばかりなんだぜ。きみが退屈しないなんて驚きだ。それとも」――ふと思いついた――「ふたたびチームを組めるのがいいのか? セストラの連隊とはちがうがね、むろん。でも、きみにはトニーとおれがいて、同じ標的を追っている。そういうことが――」

彼女が絡めていた指をグイっと引き抜いた。彼女の瞳に黒い稲妻が光った気がしたが、一瞬のことでよくわからない。「この狩りだけだからね、一度きり。標的がディー・イェーガリンだから。彼女を見つけたらそこでおしまい。あたしたちは離婚して、あたしはうちに帰る。それまで」

「そうはいかない」イアンは思わず口走っていた。「おれたちが離婚したあとも、きみはセンターに居つづけることができるんだ、ニーナ。トニーやおれといいチームになる。おれにはわかるんだ。残ったらどうだ？」そう強く望んでいる自分がいた。一見、向こう見ずだが、彼女の中には航法士としての規律と無私の献身がある。チームに女がいれば、男には入れない場所での見張りを任せられるし——「ローレライ・フォークトを捕まえたあとも残ってくれ」イアンは言葉に込められるだけの熱意を込めた。「残ってくれ、ニーナ」

「チームはいらない」彼女は無表情な目で言い、食堂を出ていった。

33　ジョーダン

一九五〇年六月　ボストン

暗室のテーブルに並べられた二枚の写真を、ギャレットはひたすら見比べた。「二枚の写真のためだけに、この一週間を潰したってこと？」

「ようやく納得のいくものができた」一週間、暗室にこもりっきりだった。現像し、引き伸ばし、トリミングして、また一からやり直し。そうやってたった二枚。でも、誇れる二枚だ。

「フーッ」ギャレットはまた二枚を見比べた。職場から直行したので、パリッとした夏のスーツ姿だった。それに比べて自分はひどい格好だということを、ジョーダンは自覚していた。髪を撚り糸で縛って、着古したショートパンツは現像液のしみだらけだ。「いい写真だね」ギャレットは言った。当たり障りのないことを言ったのは、どう言ったらいいのかわからないからだろう。

一枚目は、作業場で銀の名刺受けを掲げる父の姿を捉えたものだ。露出を工夫し、トリミングするうちに手元が中心の写真になった。集中しているせいでしわが寄った額、名刺受けの裏の渦巻飾り、父の笑顔のほんの一部。ジョーダンはこの写真に『働くアンティーク・ディーラー』とタイトルを鉛筆で走り書きした。「これこそが働く父という写真だけど、働くアンティーク・ディーラーってみんなこういうものだと思うの。トリミングして父の顔のごく一部しか写っていないのはそのせい。父に限りたくない。働く人の真髄を捉えたかった」

二枚目は、ボストン郊外の飛行場で複葉機を背にポーズをとるギャレットの写真だ。この写真にも真髄が写っている。婚約者のハンサムに見える一瞬を捉えたのではない。これこそ操縦士という写真にしたかった。画面を区切るのはギャレットの伸ばした腕と長く伸びる翼で、ギャレットが浮かべる笑みは、空を飛びたくてたまらない男と飛行機両方の思いを表している。『働く操縦士』

「とてもいい写真だ」ギャレットはまごついた表情で繰り返した。

ジョーダンは二枚の写真を見ながら、時間を無駄にしたのではないかと一瞬だが思った。〝あんたはそこにないものを見ようとするのよ〟昔の批判的な声が馬鹿にしたように言った。突拍子もない夢を見るな、と諫めたあの声だ。だが、もっと冷静で分析的な声が言った。〝いい写真よ〟

「フォトエッセイのタイトルは『働くボストン』にするつもり」バルコニーでアンネリーゼと話をした夜以来、この一週間、練りに練ってきたアイディアだ。〝あなたはほんとうは何がしたいの？〟「夏のあいだずっと、これに費やすつもりなの」

ギャレットは顎を撫でた。「店はどうする？」

「前に店に勤めていたミセス・ウィアがお葬式のあとで、人手が足りないようなら店に戻ってもいいって言ってくれてて――わたしの代わりに彼女にフルタイムで働いてもらうってことで、アンネリーゼの了解も取った」ジョーダンにはすでに心づもりがあった。ボストンには働く人たちが大勢いて、写真に撮られるのを待っている――ノースエンドの〈マイクス・ペストリーズ〉のパン職人だったら、小麦粉とそれを捏ねる指先を捉えれば絵になる。ミサを執り行うハリス神父の、聖体を取りあげるときの椀状にした両手……

ギャレットは自分の写真に写る複葉機に愛おしそうに触れた。「何のために？」

「あたしの作品集。あたしには仕事の経験がないでしょ、だから、これですって見せるための具体的な作品が必要なの。この夏は、行けるところはどこへでも行って写真を撮ることに費やすつもり」ジョーダンは深呼吸した。「秋になったらニューヨークに行くの。カメラマンとしての仕事に就くために」

「この秋に？」ギャレットは怪訝な顔をした。「でも、結婚式は来年の春だよ」

ジョーダンは視線をあげ、彼と目を合わせた。「結婚式は先に延ばしたいの」

彼女は身構えたが、意外にもギャレットは晴れやかな表情になった。「そりゃ不安になるよな」ジョーダンを安心させるように言う。「花嫁が不安になるのは当たり前だって、母さんも言ってる。花を選ぶ相談をしたいから、訪ねてきてくれって。ペチュニアがどうのとか、それともフロックスだったかな――」

「フロックスのこと、考えるつもりないから、ギャレット。日取りを決めるつもりもない。心の準備ができていないのよ」口に出してほっとした。これで本心を無理に抑えつけて悶々とせずにすむ。「まだ結婚したくないの。仕事をしたい。カメラマンになりたい。自分が向いているのかどうか見極めたい――」

自分が心底やりたいと思っていることのすべてを言う前に、息がつづかなくなった。もっとも、本心に気づいたのはほんの数日前のことだった。たとえ陳腐だと言われようと、フランスに行ってエッフェル塔を写真に撮りたい。編集者から八時きっかりと言われた締め切りに間に合わせようと、寝不足で目を充血させ、冷めたコーヒーで眠気を吹っ飛ばしながら働くのがどういうものか、身をもって知りたかった。暗室で煙草とアイディアを分け合い、肩寄せ合って仕事をする仲間が欲しい。雑誌の記事の筆者名に自分の名前を記したかった。J・ブライド。

ギャレットは戸惑っている。「いろいろ計画を立てなきゃ……」

「計画は変えられるわ。一緒に行きましょう」そう言って彼と指を絡めた。「ニューヨークに行って、冒険するの。トランスワールド航空で働くのはどう――」

「冗談はよしてくれよ」

「冗談じゃないわ。お父さまと同じオフィスで働きたいと、ほんとうに思ってるの？ 死ぬほど退屈するわよ」

ギャレットは指をほどいて、腕を組んだ。「婚約を破棄するつもり？」

「いいえ。延期すべきって言ってるの――」

「五年も付き合ってきたんだぞ。また延期だなんて言ったら、母さんはどれだけがっかりするか」

ジョーダンは申し訳ないと思った。ほんとうに申し訳ない、でも、いまは心を鬼にしてそういう気持ちに蓋をしないと。罪悪感に負けて身廊を歩かされるなんて嫌だ。「結婚するのはあたしたちなのよ。〝誓います〟って言う前に、自分の気持ちを見極めるべきでしょ？」

「ぼくは見極めてる」

「ほんとうに？」そこで言葉を切る。「愛してるって言ったことないくせに」

彼は困惑の体だ。「言ったさ」

「あたしの目をまっすぐに見て、愛してるってあなたが最後に言ったのいつだった？　ベッドの中とかアレの最中とかじゃなくて――」

「声が大きいよ！」

「あたしたちは半地下にいるの。アンナに聞かれる心配はないわよ」

「彼女はこのことについてなんて言うかな？」しかめ面。

「なんにも言わないわよ」なんとも晴れやかな気分だった。自分のことは自分で決められるのだ。自分の人生なのに、訳知り顔の大人たちにあれこれ指図される、そんなことはもうない。「生活費を出してもらうことになってるの。大学に進学していたらかかっただろう費用と同額のね。それに貯金もあるし。アパートを借りて――」先をつづけられなかった。ジョーダンが細かいことを言いすぎたのだろう。ギャレットは明らかに怒っていた。

「きみはわかっているのか？」彼が指を突きつける。「きみだって、愛してるって言ったことないんだぜ」

　ジョーダンは暗室の作業台にもたれ、縁を指でなぞった。目障りなライトの下で、西洋梨形のダイヤが光る。「あなたは貞節を守ったの、ギャレット？　戦争に行くことになったとき、あたしにハイスクールリングをくれて、誰とも出歩いたりしないって約束した。実際はどうだったの？」

　彼は何か言おうとした。ジョーダンが眉を吊りあげると、彼は咳払いした。

「ほかの誰ともデートしていない」もごもごと言う。

ジョーダンは先を待った。

「でも、友達が、その、高校を出てそのまま戦争に行くぼくたちみたいなのは、いい思いをする権利があるって言ったんだ。だって、ぼくたち……」

〝船に乗せられて、何も知らないまま死ぬなんて〟でしょ。「そういうことだろうと思ってたわ」

「たった一回のことだよ……わかった、二回。でも、きみが怒ると思ったから、それで――」

「怒ったりしないわよ」ジョーダンはため息をついた。

彼がほっとした顔をする。「ほんとう？」

「ギャレット」ジョーダンはやさしく言った。「あたしが気にしないってことが問題なんじゃないの？　あなたのことをほんとうに愛していたら、ちょっとは傷ついたり嫉妬したりするものなんじゃない？」

沈黙がつづいた。

「あなたはあたしのことが好きなんでしょ」ジョーダンはつづけた。「あたしは野球が好きだし、あなたの車の後部座席で楽しいことをやったし、指輪が欲しいって騒がなかったし、飛ぶのをやめてとも言わなかった。そういうところがよかったんでしょ」この数日、暗室の安全灯の下で作業するうち、いろんなことが明らかになった。いろんなことが。

「あなたが好きよ、ギャレット。ほんとうに。あなたは親切でやさしくて、あたしを笑わせてくれて、写真を撮るのをやめろと言ったこともなかったし……後部座席で転げまわることが、あなたに負けず劣らず好きなあたしのことを、身持ちが悪い女だと思わなかった。でも――」

「何が言いたいんだ？」

「あたしたちはうまくいってる」言う勇気を失う前に先をつづけた。「でも、それって愛なの、それとも習慣？」

長い沈黙。ジョーダンは彼をじっと見つめた。ギャレットは組んだ腕に視線を落としていた。ようやく顔をあげる。

「指輪を返してくれないか」

〝いいでしょう。それが答えってわけね〟ジョーダンはダイヤモンドの指輪を抜きながら、喉が塞がるのを感じた。「ごめんなさい」言いかけたところで、彼はくるっと向きを変えて階段に向かった。まっすぐな背中が怒っている。

彼は階段をあがり、ドアの前で振り返った。「きみが家族に打ち明けるなら、ぼくも家族に打ち明ける」

「あたしが謝っていたって、お母さまに伝えて。とてもよくしてくださったから、あたし――」罪悪感に苛まれる前に言葉を切った。顔を背け、『働く操縦士』に目を落とした。

「ギャレット……」

「なんだ？」彼の声は背中と同じぐらい強張っていた。

「あたしを飛行機に乗せてくれたとき、あなた、とても幸せそうだったわよ」彼の写真を指さす。「これが本物のギャレット・バーン。飛行服を着ているあなた、いま、背広姿であたしの前に立っているあなたじゃなく。あなたは飛ぶことに戻るべきよ――」

「誰がきみの助言なんか聞くもんか」ギャレットは言い、暗室のドアを力任せに閉めた。

ジョーダンは長々と息を吐き、指輪のなくなった指を見つめた。目がチクチクする。このまま泣いてしまうのだろうか。〝五年〟と思った。〝五年〟

「仕事に戻りなさい、J・ブライド」声に出して言い、目を擦った。「ぐずぐずしてたら何もはじまらない」

34 ニーナ

一九四四年七月　ポーランド前線

「ドイツ軍は退却した！　ポーランドまで――」だが、徹底抗戦の構えだった。

夜間任務で、モグラの毛皮の飛行用マスクの中で歯をカタカタ鳴らした凍てつく冬は去った。ニーナの航法士のガーリャは凍傷で足指一本を失ったが、笑い飛ばそうとした。

「これじゃ、爪先の出るダンスサンダルは履けないですね」イェリーナは新年早々、対空砲火でふくらはぎを撃ち抜かれた。航法士のゾーヤに抱きかかえられ、片足を引きずりながら滑走路をやってくる姿を見たとたん、ニーナの心臓が喉元までせりあがってきた。

「なんでもないわよ」ニーナが足元にしゃがんで剝き出しの傷口に触れようとすると、イェリーナは言った。せいいっぱいの彼女の気遣いだ。「弾は筋肉を貫通して出たから、騒がないで！」


季節が夏へと移ると、出撃回数は減って睡眠時間が増えたが、誰もがつづけて数時間以上は眠れない体になっていた。「頭痛がひどくて」ゾーヤが泣き言を言う。イェリーナが彼女を抱きしめて耳元でやさしい言葉をかけるのを見て、ニーナは必死に嫉妬を抑えようとした。操縦士が航法士と仲良くするのは当たり前だ。航法士を愛するのは当たり前。

〝あたし以上に彼女を愛さないでね、イェリナシュカ〟赤毛のゾーヤはスターリングラードの戦いで夫を失い、二人の子をモスクワの母親のもとに残してきた――子供たちの写真を見て、イェリーナは羨ましそうに感嘆の声をあげ……

〝彼女があんた以上にほかの誰かを愛するわけないよ〟ニーナは自分に言い聞かせた。二人はいまもルサルカ号の下で横になり、キスしたりくだらないおしゃべりをしたりしていた。何も変わっていなかった。

〝二人の関係を危うくするような話題を、あんたが持ち出していないからでしょ〟

夏になるころには、ポーランド上空で爆撃を行うようになっていた。煙と瓦礫と泥ばかりの大地。凌辱（りょうじょく）された大地だ、とニーナは思った。夏の雨が泥を掻きまわし膠（にかわ）のような有害な物へと変え、U－2の車輪にへばりつき、燃料トラックを立ち往生させる。寝泊まりする粗末な退避壕の壁には雨水が伝い、彼女たちは脛まで泥に浸かった。「でも、これを見て――」イェリーナが儚げな赤い花を掲げた。「ヒナゲシよ。飛行場の奥の野原に咲いているのよ」

ニーナは涙ぐみそうになりながら、萎れたヒナゲシを見つめた。〝すごく疲れた〟〝おまえの心配なんて誰がする、ルサルカ？〟父があざ笑う。だから、イェリーナにキスして、ヒナゲシを彼女の飛行服の胸に挿してやり、粒コカインをもう一錠呑んで飛びつづけた。

「クリスタルのグラスで飲まなきゃ、石鹼の缶じゃなくて――」

「クリスタルのグラスがどこにあるのよ。バーシャンスカヤからウォッカをもらえただけでもありがたい」

〝夜の魔女〟たちは声をあげて笑った。疲労の色が濃い油まみれの顔に、晴れやかな笑みが浮かぶ。知らせがもたらされたのは、明け方に帰還した連隊が食堂に集まったときだった。ニーナ・マルコワと四人の操縦士にソ連邦英雄が授けられた。

正式発表は授賞式まで待たねばならないが、伝統的な乾杯をして悪いわけはない。イェリーナとほかに四人の操縦士は、数カ月前にすでに受賞していた。いま、彼女たち五人が前に進み出てそれぞれの星形勲章をはずした。イェリーナが自分の勲章をニーナが持つ小さな空の石鹸の缶にコトンと音をさせて落とし、ニーナの四人の仲間たちも勲章を一時借用するために石鹸の缶を掲げ持っていた。連隊のみんながにこやかに笑い、ブリキのカップを掲げ持つ。操縦士たちに日々配給される二百グラムのウォッカが入っている。バーシャンスカヤの命令で酒は男性隊員にまわすことになっているが、今夜ばかりは、なりたての英雄たちの石鹸の缶に、〝夜の魔女〟たちがこぞってウォッカを注いだ。金の星がかぶるまで。

「飲んで、飲んで！」はやし立てる声に急かされ、ニーナはウォッカをひと口で飲み干した。イェリーナの金の星が歯に当たった。くらくらしながら息を吐きだすと、ニーナとほかの英雄たちが缶を掲げて叫んだ。「ようこそ、セストラ！」そう言うと同じようにウォッカを飲み干す。不満を持つ者はいなかった。みんなが五人を囲んで喝采した――たくさんのキスを受けてニーナの頬が火照った。ウォッカと愛で酔っ払う。〝ただの勲章じゃないの〟そんなことを思ってイェリーナの手に星形勲章を押しつけたが、イェリーナはそれをニーナの飛行服の胸に斜めに留め、笑った。〝きょう一日それをつけて、重さに慣れなさいな！〟イェリーナは頬をヒナゲシ色に染めてそれは美しく――「あなたも美しいわよ」イェリーナがささやき返した。声に出して言ったのだと、ニーナはそこで気づいた。

警報が鳴り響いたとき、ニーナは寝ぼけ眼で見あげた。あたたかくて満足しきっていたので、びっくりもしなかった。だが、食堂のドアがバタンと開き、息せききった三人の地上支援員が叫んだ。「戦闘機がやってきます。U-2機に迷彩カバーをまだかぶせてないので、すぐに離陸させて――」操縦士も航法士も食堂を飛び出し、夜明けの曙光を浴びて走る。ニーナは石鹸の缶を捨て、彼女の操縦士のなびく黒髪を目印に闇雲に走った。イェリーナが操縦席に座り、ルサルカ号のエンジンがうなる。ニーナはやっと追いつき、後ろの操縦席に顔から突っ込んだ。誰かが叫び、最初のメッサーシュミットが蜘蛛のような姿を現した。左側にいたU-2が飛び立って近くの樹幹をかすめてゆく。それにつづいてU-2が次々と飛び立った。隊列を組まず、なんとか逃げようとそれぞれが勝手な方向に飛んでゆく。ルサルカ号は鳥のように飛び立つと、昇る太陽に向かっていった。

「夜間飛行用の座標は？」ニーナはいつもの癖でそう言い、目をしばたたいた。何かがおかしい。内部電話に手を伸ばす。

「なあに？」イェリーナの声が妙に間延びしていた。メッサーシュミットが軍用飛行場の上空に差しかかり、機銃掃射の音がつづいた。イェリーナがルサルカ号の機首を上に向けた。「何なの？」

「そうか」やっと合点がいった。「間違って乗ったんだ」ガーリャは二人のU-2機に向かって走ったのに、ニーナはイェリーナとルサルカ号しか目に入らなかった。それがおかしくてクスクス笑った。

「ニーナ？」

耳鳴りがする。機体が揺れてる？「まいった」ニーナは叫んだ。「あたし、酔っ払ってる」シベリア生まれらしく、あるいは、マルコフ一家の名に恥じず、ウォッカで酔っ払うことなんてなかった。ただし、もう何カ月も一滴も飲んでいなかった。全世界がずるずると滑り落ちてゆく。「あんたは酔ってないの？」

「ないわよ」イェリーナが返事をする。

ルサルカ号はたしかに揺れていた。軍用飛行場が急速に離れてゆき、機体はピンク色の切れぎれの雲に突っ込んでいった。空の彼方に消えたから、もうメッサーシュミットに攻撃される心配はない。燃料も充分にあるので待機していられる。追撃されることはないのだ。軍用飛行場が見えなくなると、安全なんだ、とニーナは思った。「どこに向かうつもり？」

沈黙。「わからないわよ」

「磁石は——」

「磁石はぼやけてよく見えない」また沈黙。「酔ってるみたい」イェリーナが言い、二人はそれぞれの操縦席で笑いの発作に襲われた。夜間の長時間飛行のあと、一睡もせずにすきっ腹にウォッカを缶一杯分飲んだ……。〝ケナガイタチみたいに酔っ払っている〟そう思ったら余計におかしくなった。ガーリャではなくイェリーナと飛んでいる。夜間ではなく昼間に飛んでいる。すべてがひっくり返っているのだ。そこで気づいた。実際にひっくり返っていることに。イェリーナが宙返り飛行をやっていた。「できた！」歓声をあげる。

いまや雲の絨毯の上にいて、バラ色の朝の中を飛んでいた。操縦席の縁から目を細めて見渡しながら、メッサーシュミットはいつになったら爆撃をやめるだろうと思った。「下のほうにU－2機が見える」

イェリーナが翼端を揺らすと、相手も揺らして挨拶を返した。ニーナも操縦桿を握り――いいじゃない、危険な下降に入るまで時間を潰さなきゃならないんだもの――しばらくもう一機のU－2と遊んだ。その機はつねに下方にとどまり、雲の絨毯を切り裂いて飛び……「やだ」ニーナは気づいた。「別の機体じゃないよ。あたしたちの影だ」

またしても笑いの発作に襲われ、ニーナは安全ベルトと格闘してはずすと操縦席で腰を浮かせ、堅い気流に身を乗り出した。「また翼に乗るつもりじゃないわよね」イェリーナが叫んだが、ニーナは中腰になってイェリーナの髪を手繰り寄せ、キスした。朝の風に吹かれ、酔っ払っていい気分だった。「帰ろう」ニーナは叫び返した。「こんなに酔ってたんじゃベルリンまで飛んでいっちまう」

イェリーナは機体を着陸させた。ぬかるむ滑走路を傾いて跳ねながら、ようやく停止した。「これが着陸？」ニーナは操縦席から這い出す。「それとも、ドイツ軍に撃ち落とされた？」

「お黙り」イェリーナはクスクス笑いながら操縦席から滑り出た。ニーナが腰をつかんでいなければ、そのまま水たまりに突っ伏していただろう。

「起きなよ、ウサギ！」ニーナがイェリーナを引きずって滑走路を行くと、地上支援員が迷彩カバーを引っ張ってルサルカ号へ向かった。「こんな有様じゃ食堂に戻れない。とてもじゃないけど、バーシャンスカヤと目を合わせられないよ！」必要な書類になんとか署名すると、クスクス笑いながら軍用飛行場の奥のほうへ逃げた。

「ヒナゲシ！」イェリーナがはっとする。軍用飛行場の奥の野原は雑草だらけだが、その隙間を縫うように赤い花が咲いていた。ひと群れの赤い花に屈み込もうとして、ニーナを道連れに顔からヒナゲシに埋まった。起きあがる理由が見つからないので、そのままライ麦が自生する野原に寝転んで体を絡め、キスした。ニーナは仰向けになって空を眺めた。ポーランドで目にしたものはすべて、泥と煙と瓦礫に覆われ醜い姿を晒していたが、ここから見あげる眺めは美しかった。真っ青な空、視界の両端にはライ麦と揺れるヒナゲシ、胸にかかるイェリーナの頭の重み。

「戻らないと」やがてイェリーナがささやいた。

「戻りたくない」ニーナは指をイェリーナの髪に絡めた。

「戻らないとだめよ、ウサギ」

二人は絡めた体をほどいて軍用飛行場に戻った。ウォッカの酔いはほとんど醒めていた。

「一週間ぶっとおしで眠れる」ニーナはあくびしながら言ったが、宿舎に向かう前に名前を呼ばれた。「同志マルコワ少尉！」

振り向くと、連隊の副指揮官が近づいてくるのが見えたので、笑顔で敬礼した。向こうはにこりともしない。どんなに機嫌がよいときでも深刻な表情の人だ――副指揮官をはじめ人を指揮する責任のある立場にはなりたくないものだ、とニーナは思う――が、いまはまるで冬のような表情を浮かべている。ウォッカがもたらした浮かれ気分がこれできれいさっぱり消えてゆき、絶望が血と一緒に体じゅうをめぐった。

「いますぐ同志バーシャンスカヤ少佐のところへ行きなさい」

「何かあったんですか?」ニーナは一歩前に出た。こんな表情を浮かべるということは、きっと誰かが死んだのだ。U-2が墜落したか、行方不明になったか。「帰還していない者がいるんですか? もしかしてガーリャ――」

「同志バーシャンスカヤ少佐に報告しなさい」命令が繰り返された。まわりの視線が自分に向けられていることに、ニーナは不意に気づいた。鼓動が速くなり、キョトンとするイェリーナの腕をつかんでいた手を離し、バーシャンスカヤの臨時オフィスへと向かった。そこで飛行服に借り物の金星章をつけ、潰れたヒナギクを髪に絡めたまま気をつけの姿勢を取り、自分の世界が終わりを迎えたことを知らされた。


最初は何が起きているのかわからなかった。バーシャンスカヤが視線をデスクに落とし、まわりくどい話をするあいだ、ニーナは途方に暮れて立っていた。

「あなたもわかっているとおり、戦時においてはいっそうの用心が必要だ、ニーナ・ボリソヴナ。国家の敵が日々摘発されている」

ニーナはうなずいた。反応を示すことが求められていると思ったからだ。

「母国の敵は辺境の地にもいる。距離が離れているからといって安心はできない。われわれはひきつづき警戒を強めていかねばならない」――誰かの受け売りなのはたしかだが、その誰かがニーナにはわからない――「そういった敵やスパイに関わる者たちが、わが陣営にも入り込んでいる」

沈黙。ニーナはまたうなずいた。ますますわけがわからない。

「ごく最近、極東のバイカルで告発がなされた。一人の男が国家の敵であると告発された」相変わらずバーシャンスカヤはニーナの目を見ようとしない。「リストヴャンカからそう遠くない小さな村で」

ニーナの頭の中で警報が鳴りだした。「ええ?」

「おそらくあなたは彼を知っていた」バーシャンスカヤがようやく顔をあげた。ニーナを睨みつける。「知っているにちがいない。そんなに小さな村に家族がいる者はめったにいない」

彼女は〝家族〟という言葉を強調するのに、目をギラリと光らせた。ニーナはアザラシの毛皮の帽子を握り締めて立っていた。言外の意味が爆弾ほどの威力で迫ってくる。「〝親父〟のあたりに親戚がいる人間はめったにいません」ニーナはなんとかそう言った。「けれども、大きな湖です。村もたくさんあります。その男には妻や子供がいたんですか?」

「成人した子供たちがいる、と聞いている」ふたたび目で強調する。「だが、子供たちは、反共産主義を唱え、同志スターリンのことで扇動的な意見を述べる父親とは距離を置く賢明さを備えているようだ」

〝あんたの父親は告発された〟忌まわしい言葉が目の前にぶらさがっている。父さん。ニーナの頭の中でいつもわめいている父、うなったり唾を吐き散らしたりする父が、いまは黙り込んでいた。〝どんなことをしゃべったの？　わめき散らしているところを、まずい人に聞かれてしまったんじゃないの？〟いままで捕まらなかったんだから、運がよかったんだ、とニーナは冷ややかに思った。

「その男を逮捕するよう命令書が発行された」バーシャンスカヤが咳払いした。「国家の敵は厳罰に処される」

「それで――その男を誰が告発したのかわかってるんですか？」

「いや」

〝あたしのせい？〟マリーナ・ラスコーワの葬式で、ニーナは同志スターリンと目を合わせ、彼の喉を切り裂いてやろうと思い、彼はためらった。ほんの一瞬――だが、たしかにためらった。彼の手帳の走りまわる狼たちの絵の横に、ついでに彼女の名前をメモしたのだろうか？　金星章受賞者の名前を見て思い出した？　それとも、ラスコーワの子鷲たちのなかでもいちばんのチビが怯まず目を見つめたことが、気に入らなかっただけなのか？　彼はもっと些細な理由で死刑を命じて……

そんな考えを追い払う。〝どうしてそんなことになったのか詮索してもはじまらない。起きてしまったのだから〟上からの介入だろうが、隣人からの訴えだろうが、父は告発された。その言葉が耳の中でうるさく鳴り響く。まるで曳光弾で耳が聞こえなくなったときみたいだ。バーシャンスカヤの声が近くなり、遠くなる。

「……むろん、無実なら恐れることは何もない……」

ニーナは噴き出しそうになった。無実だから安全とは言えない。そんなの常識だ。父は不運だった。バーシャンスカヤもわかっている。しかも、ニーナの父は無実ではない。父が長きにわたってわめき散らした独り言だけで、銃弾を浴びるに充分だ。

〝父さん――〟

「彼はいまどこに？」言葉が喉を擦って出て、バーシャンスカヤの話を遮った。「あたしの――その国家の敵は」名前は出さない。一般的なこととして曖昧にぼやかす。こういうことを話すときのやり方だ。言葉がやり取りされたが、何も語っていないのと同じ。

バーシャンスカヤはためらった。「こういうことには困難がつきまとうもので、国家の敵は逮捕や罰をなんとか逃れようとする」

ニーナは笑った。たったひと声だが喉が痛くなった。つまり、当局は彼女の狼である父を掬いあげることができなかった。捕まえに来るとわかったとたん、父はタイガに溶け込んで消えた。青い帽子をかぶって果てしもなく書類仕事に精を出す、大量生産された男たちに、父を見つけ出せると思う？　〝逃げろ、父さん。風のように走れ〟

耳鳴りはつづいたが、雨漏りのする屋根から滴る水の音は聞こえた。ポトリ、ポトリ。「つまりどういうことですか？」なんとか言葉を絞り出した。「その――関係する者たちは？」

「そういう場合、国家の敵の家族に対して逮捕状が発行されるのが普通だ」バーシャンスカヤが瞬きひとつせずにニーナを見据えた。「反ソ連的態度は家族に根を張っていることが懸念されるから」

「それは――この場合にも当てはまる？」

「そう。そういうこと」

ポトリ、ポトリ、ポトリ雨漏りの音がゆっくりになる。ニーナは直立不動だった。一瞬前には父の幸運を願った――いまは、思っていた。〝家を出る前にあんたの喉を掻き切るべきだった〟父が逮捕を逃れたものだから、家族が代わりに逮捕される。ほんとうに久しぶりに兄姉たちのことを思った。あちこちに散らばって、いまごろは捕まって刑務所に入っているだろう。マルコフのガキどもを、〝三人組〟が憐れんでくれるとは思えない。国家の敵を自認する男の凶暴な子供たちだ。ならず者。その範疇に入れられる者ばかり。ならず者はいないほうが国のためだ。

「子供たちがみんな父親のようだとはかぎらない」ニーナは苦し紛れに言った。「戦歴が何よりの証拠です」N・B・マルコワ少尉、赤旗勲章、赤星勲章、出撃回数六百十五回を誇り、じきにソ連邦英雄に列せられる。「軍隊における実績は――」

だが、バーシャンスカヤはかぶりを振った。「国家は何事も成り行き任せにはしない」

だったら、とニーナは思った。

睨み合いがつづき、少佐がため息をついてデスクの上で手を組んだ。「逮捕されると思えば、善良なソ連市民でさえ恐怖を覚えるものよ」くだけた口調で言った。「でも、善良ている」

なソ連市民なら、刑罰の意義を心に刻み、進んで父を告発すれば自らを救えることを知っ

「何のために？」ニーナは尋ねた。銃殺は免れたとしても、ノリリスクかコリマの強制労働収容所で十年とか二十年を過ごすために？

バーシャンスカヤは話題を変えた。「われわれの連隊は幸運なことに輝かしい戦歴を誇ってきた。操縦士のなかに法を犯す者がいても、わたしにはかばうことはできない」ニーナの凝視にもたじろがない。「そのことでどれほど心を痛めようとも」

ニーナは思わずうなずいた。連隊が何より優先される。将校ならそうすべきだ。バーシャンスカヤは連隊の将来についてずっと悩んできた。当初から、46連隊の女たちは、出撃のたび自分たちの存在意義を明確にし、完璧であることを求められてきた――そしていま、連隊の中に腐ったリンゴが、国家の敵の汚れた娘が混じっていることがわかった。連隊はどうなる？　同志スターリンのお気に入りの女性飛行士、マリーナ・ラスコーワに弁護してもらうことはできないのだ。ニーナは素直にうなずいた。バーシャンスカヤは彼女を弁護できない。ひと言だって。

「むろん、無罪放免になることもありうる。あなたは悪くないのだから、輝かしい戦績が有利に働く可能性はある」

〝どうだっていい〟とニーナは思った。無罪放免になったところで、46連隊には戻れない――反逆者と結びつけられたことで、彼女は汚れてしまった。ガーリャと一緒に飛ぶこと

は二度とない。出撃と出撃のあいだに、操縦席で油臭い紅茶を飲むこともない。イエリーナのルサルカ号のあとに控えて標的を爆撃することも……

そこで初めて苦悶に襲われた。先の尖った氷柱で腹をひと突きされたようだ。イエリーナ。黒いヴァンがニーナのところにやってきたら、彼女はどうする？　逮捕の事前通告をバーシャンスカヤが嗅ぎつけたぐらいだから、じきにやってくるにちがいない。国家の敵を片付けるのは真夜中と決まっている――車のエンジン音が途絶え、さりげなくドアが叩かれる。ニーナが護衛兵に両側を固められ連れ去られるとき、イエリーナと〝夜の魔女〟たちは任務の中盤に差しかかっているだろう。

どうしてこんなことに、とぼんやり思った。ピンク色の夜明けにウォッカと笑いとキスではじまったきょうという日が、恐怖と非難のまわりくどい詳述で締め括られるとは。

「連隊のために」バーシャンスカヤは用心深い口調で言った。「物事は、内密に……あくまでも内密に進めなければならない。面倒を起こしてはならない」

その言葉にニーナは反応した。全身の筋肉が張り詰め、髪の毛の一本一本が熱い鉄線と化す。歯を食いしばって野生のうなりを閉じ込めた。同志スターリンの〝一歩たりとも引いてはならない〟を思い出す。袖の中の父の折り畳み式剃刀の重みを感じる――手首のひとひねりで手に落ちてくる。ニーナの顔に何を見たのかわからないが、バーシャンスカヤは体を強張らせた。

食いしばった歯のあいだから言葉を押し出した。「あたしは内密にやるのが得意じゃなくて、同志少佐」

〝だが、面倒を起こすのは得意だよな〟父が嬉しそうに毒を吐いた。おしゃべりを再開することに決めたようだ。〝おまえはマルコフだ。面倒に見込まれたら、そのときはそのとき、おれたちは面倒を丸ごと食っちまう〟告訴人が連行しに来るまで、空を飛ぶこともできずに、おとなしく座って待っているつもりはなかった。青い帽子のごろつきがやってきて、彼女を東へ連れていこうとしたときが剃刀の出番だ。部屋を赤く染めてやる。けっきょくは捕まるとしても――父のように逃げ込む場所がどこにもない――簡単に捕まってたまるか。おとなしく言いなりにはならない。内密に事を運ぼうったってそうはさせない。

バーシャンスカヤは察したらしく、デスクの向こうで大きく息を吐いた。

ニーナは震えながら立っていた。口の中で怒りが赤黒く燃えていた。だったら、と彼女は思う。〝あたしが思い切って変えてやろうじゃないの〟46連隊のぬくもりや連帯感も、イェリーナの愛のやさしさも……逃げ出すと決めたマルコフの娘にとって、どれほどのものでもない。湖水と狂気から生まれたルサルカの魔女にとって、物の数ではないのだ。

膝がガクッとなり、バーシャンスカヤのデスクと向かい合う椅子に座り込んだ。壁の時計を見て午後も遅い時間だと知り、愕然とした。夜間任務のためのブリーフィングがもうじきはじまる。

震える息を吐き出した。「たいへんためになる話し合いでした、同志少佐。破壊行為をする人間や国家の敵に立ち向かう警戒心を鼓舞するため、操縦士全員と話し合ったんですよね」

「もちろん」バーシャンスカヤは警戒している。「全員と」

「あたしの航法士はめまいがすると言ってます」ニーナは言った。「同志ゼレンコ少尉は調子がよくないので、今夜は休ませるべきだと思います」ニーナは顎を突き出し、バーシャンスカヤの目をまっすぐ見つめた。「あたしは元航法士ですから、今夜の爆撃任務は一人でやり遂げられます」

沈黙がニーナの言葉を追い払う。口が乾き、不意に動悸が激しくなった。

「今夜は一人で飛びなさい、同志マルコワ少尉。あなたの航法士には診療を受けるよう告げなさい」

「ありがとうございます、同志バーシャンスカヤ少佐」ニーナは麻痺した唇を動かして言った。これをかぎりに敬礼した。

重々しくゆっくりと、バーシャンスカヤが敬礼を返した。

ニーナはその場を辞した。


すでに噂は広まっていた。

バーシャンスカヤのオフィスを出て、ポーランドの泥を踏んでいる感触もないまま歩くニーナに、近づいてくる者はいなかった。深刻な顔で黙り込み、目だけで訴えていた。誰も手を差し伸べず、誰も話しかけない——宿舎に転用された納屋の廃屋に足を踏み入れると、泣き腫らした目をしたイェリーナがニーナのベッドから起きあがった。

「ああ、ニノチカ――」

力強い腕に荒々しくつかまれると、ニーナは壊れた。イェリーナにつかまれたままへなへなとなり、嗚咽を呑み込む。イェリーナが髪を撫でてくれた。

「ガーリャが地上勤務にまわったって噂でもちきりよ」イェリーナにはそれが何を意味するかわかっているらしい。その声から絶望が感じ取れた。「あなた――一人で行くつもり？」

うなずくだけにした。口を開けば何を言い出すかわからなかった。

「行かないで」イェリーナがささやく。「嫌疑を晴らすのよ。間違いに決まってるもの。ソ連邦英雄を有罪にできはしない！　あなたが控訴すれば――」

むろんイェリーナのことだから無邪気に信じているのだろう。この国のシステムは、明らかに無実の人間に無罪を言い渡すに決まっていると。ニーナはかぶりを振った。「だめよ」

「どうして――」

「あたしは今夜飛ぶつもり、イェリナシュカ」六百十六回目の出撃だ、とニーナは思った。そして最後の出撃。

イェリーナが体を離した。目に涙が浮かんでいる。「どうか墜落しないで」懇願する。「ドイツ軍の砲弾に自分から飛び込んでいかないで。あなたの機体の残骸から立ち昇る炎を見るなんて嫌だから――」喉が詰まる。

「墜落したりしない」

イェリーナの腕から自由になる。無駄にしている時間はなかった。頭の中は混乱していたが、とりあえずベッドの下からわずかばかりの持ち物を取り出した。戦う操縦士に必要なのものはわずかだ――拳銃、墜落に備える非常用品の袋。青い星が刺繍された古い白のスカーフ……すべてをナップサックに詰め、宿舎にあるかぎりの食料を漁った。バーシャンスカヤのオフィスにいたあいだは、呆然としていて計画を立てられなかった。一人で飛ぶことをどう申し出ようか考えるのがせいいっぱいだった。〝地上から消えろ〟本能が命じたのはそれだけだった――ならず者がやってくる前に空へ飛び立つんだ。

〝これからどうする？〟

意外にも脳裏に浮かんだのは、高射砲に向かっていく機体だった。太陽のように白く燃えるサーチライトを浴びて、今度ばかりは逃げるのではなく突っ込んでゆく。映像がささやきかける。炎と栄光に向かって突っ込め、そうすれば眠れる。

〝とっても疲れた〟

だが、ニーナはそんな映像を脳裏から追い出した。飛行服に身を包み、涙をこらえているイェリーナに向かって言おうとした。だが、誰が聞いているかわからないと思い直し、警告するように指を唇に当てた。ナップサックを担いでイェリーナの腕をつかみ、無言で宿舎を出ると野原を越えて滑走路の真ん中まで行った。弱くなった午後の日が射し、虫が鳴き、周囲五十メートルには人っ子一人いない。ここなら誰にも聞かれない。

「あたしは機体を壊すつもりはない」ニーナは振り返り、イェリーナと顔を合わせた。

「逃げるつもり。西へ飛ぶ」

それがいい、という思いが身内をどよもした。これで大丈夫だ。西へ、東へではなく。それは〝親父〟のほとりで育った少女の夢だった。

イェリーナの見開かれた目を見つめ、愛くるしい顔を両手で挟んだ。「一緒に来て」気づいたら言っていた。心臓が喉のあたりで脈を打つ。計画にないことだが、胸の中で荒れ狂う感情の大波――逮捕の衝撃、父への怒り、連隊を失う大きなうねりのような悲しみ――にもっと軽やかな何かが付け加えられた。やさしい手触りの希望。

「一緒に来て」そう繰り返す。ぶっきらぼうな言葉には熱い思いがこもっていた。漠然とした一般論ではない――広い空の下では、党の婉曲（えんきょく）話法など通用しない。「ぎりぎりのところで航法士の操縦席めがけて走って。誰もあたしたちを止められない。あたしの逮捕状が届くころには、どっちも死んだと報告がなされているはず。連隊の名を傷つけることなく、あたしたちは小鳥みたいに自由になれるんだよ。あたしたち二人で、燃料が満タンのU‐2機で、どこまで西へ行けると思う？」

「ポーランド？」イェリーナは、周囲の踏みつけられた醜い大地や、煙で汚れた西の地平線を指した。「ドイツ人がうようよしてる――」

「ほかにどこに行ける？」国境の向こうのどこか、きっと探し出す。あたしにとっては西だ。さもなければ、いちばん手近な高射砲に突っ込む。

イェリーナは顔をしかめ、ニーナの両手から顔をはずした。「そんなことする必要ないのよ。あなたは無罪になる――」

「いいえ」ニーナは遮った。「いま逃げるか、あとで死ぬか――数日後か数週間後、あるいは数年後になるかもしれないけど、あたしは死ぬんだ。ポーランドを抜けてもっと遠くまで行けるかもしれない。新しい世界に」戦争で荒れ果てたポーランドに降り立ってからどうするか、何も考えていなかったが、イェリーナと二人なら生き延びられる。「一緒に来て」もう一度言い、イェリーナの両手をつかんだ。「西へ行こう、イェリナシュカ。隣人があんたのアパートを欲しがった、ただそれだけのせいで真夜中に黒いヴァンがやってこないところへ」

「そんなこと言わないで！」立ち聞きされる恐怖に襲われたのか、イェリーナは泣きだした。ニーナは反抗的に空を見あげた。

「どうしてだめなの？　やつらはすでにあたしを告発したんだよ。二度はできない」そう思ったら強烈な満足感を覚えた。〝あたしの連隊、あたしの飛行機、あたしの友達から引き離すって？〟自分を産んだ広大な荒野を思った。〝あたしはあんたに背を向けてやる。けっして振り返らないからね、凍りついた無慈悲な大地。それに、あんたの最高の英雄を道連れにしてやる〟イェリーナと一緒ならうまくやっていけるだろう。母国から逃れ出て、戦争が終わるのを待つだけでいいのだ。党の政策や同志スターリンのことで口論すること

もないし、二人を切り離すものは何もない。〝外から眺めて初めて、ここがどういう場所

かがわかるだろう。彼女が望むものはなんでも与えてやるんだ――川を望むアパート、床

で遊ぶ赤ん坊たち〟まだ見ぬ資本家の世界で、そういったものを手づかみで奪い取る覚悟

はできていた。力ずくでもぎ取ってイェリーナの足元に並べてやる。今夜、彼女が一緒に

西へ向かってくれさえすれば。

だが、イェリーナの頭が前後に揺れるのを見て、ニーナの心臓はギュッと縮んだ。

「母がモスクワにいるのよ」イェリーナは言う。「おばさんやおじさんがウクライナにい

る。あの人たちを置き去りにはできないわ――あたしが逃亡したという噂がたっただけで、

代わりにあの人たちが告発され、逮捕される」

「バーシャンスカヤは撃ち落されたと報告する。戦闘中に死んだ英雄として――」

「つまり、家族にわたしは死んだと思わせるってこと？　あの人たちを悲しませるってこ

とよね？　母にとってわたしはただ一人生き残った子なのよ」

〝あんたの家族のことなんてどうだっていい〟と、ニーナは思った。〝大事なのはあんた

だけ〟だが、そんなことは言えなかった。

「家族のことだけじゃない」イェリーナがつづけた。「連隊を離れるなんてできないわ」

「あたしは連隊を離れるんだよ！」つい声が荒くなった。「あたしが平気だとでも思う

の？」

「いいえ、思わない――ただ――」イェリーナは顔を歪めた。黒いまつげに涙が光る。

「ニノチカ、あなたのために彼女たちを置き去りにはできない。彼女たちを裏切ることはできない。彼女たちにわたしは必要なの」

「あたしにはあんたが必要だ」ほんとうは叫びたかったが、出てきたのはささやきだった。手があまりにも冷たいので、日射しを受けているイェリーナの手を握った。「連隊はあんたがいなくたって飛べる。あたしたち二人とも、取り換えがきくんだよ。別のセストラを操縦席に乗せて飛びつづける。それが連隊のやり方でしょ。でも、あんたはあたしにとって、かけがえのない存在なんだよ」

イェリーナは手を振りほどいた。「あなたは多くを求めすぎる」彼女が叫んだ。「家族を捨てろ、連隊を捨てろ、誓いを破れ、祖国まで――」

「あんたの祖国はあたしを見捨てようとしてる」ニーナも叫び返した。「出撃回数六百十五回のあたしの頭に銃弾を撃ち込むか、強制労働収容所で死ぬまで働かせる気なんだ。それもこれも、あたしの父親が口の悪い酔っ払いだから。あたしには家族も連隊も誓いもなくなった。この国のおかげでね。あたしがあとに残していくのはあんただけ」

イェリーナはただもう頑固にかぶりを振りつづけた。「あなたは撃たれないわ。すべて間違いなんだもの」

「目を覚ましなよ！　この国は腐ってる――」

「どうしてそんなふうに考えるの？　二年以上も母国のために戦ってきたじゃない――」

「それは、あたしみたいな人間に得意なことはそれだけだから」気がつくと怒鳴っていたが、自分では止められなかった。「飛ぶのが得意だし、狩るのも得意だから、そのすべてをこの連隊に注ぎ込んだ。女たちの連隊だから。誰のためだって、あたしは心臓を切り取って捧げる。だけど、いまあたしにできるのはここを去ること、そうすれば、あたしは死んだと公表できるからね。母国なんて屁とも思ってないよ、イェリーナ。凍った泥の塊じゃないの。あたしがここに来る前からずっとここにあって、あたしが去ったあともありつづける。あたしは国のために二年間兵役に就いたけど、あたしの生き死にまで国の思いどおりにはさせない。母国も同志スターリンもほかの連中も、地獄の門を潜って朽ち果てればいい」

ニーナのモスクワのバラが竦みあがった。その顔を両手でつかんでぐいっと引き下げ、むさぼるようなキスをした。

「一緒に来て」イェリーナの震える唇に向かってもう一度言った。「すべてを置き去りにしてあたしと一緒に来るか、ここで死んでゆくか」

心のすべてを、持っているものすべてを、自分が自分であることのすべてをその言葉に込めた。心臓が鼓動する。空に向かって放たれる瞬間のルサルカ号の小さなエンジンのように。イェリーナはワッと泣きだすだろう。ニーナの腕の中で泣きたいだけ泣けば、あとはけろっとするのだろう。時間はある。二人で飛び立てる。

イェリーナの長いまつげは濡れてはいたが、涙はこぼれ落ちなかった。「たぶんすべてが腐ってるのよ」イェリーナが聞こえないぐらい小さな声で言った。「でも、もし善良な人間たちがここを離れてしまったら、戦争が終わったあと、誰がここをもっとよい場所にするの？」

ニーナの胸の中でエンジンが止まった。

イェリーナがうつむいて、ニーナの額に額を当てた。「あなたが出ていかなきゃならないのはわかるわ、ニノチカ。出ていくしかないんだもの。でも、わたしは母国も、愛すると誓ったこともないがしろにはできない」潤んだ瞳でなんとか笑って見せた。「そんなことをすれば、やっぱり前線にはかわいいプリンセスの居場所はなかったんだ、と男たちは言うに決まっている」

二人のあいだに、〝親父〟のように広くて冷たい沈黙がわだかまった。ニーナは口を開いたが言葉は出てこなかった。〝あたしを捨てないで〟も〝地獄に堕ちろ〟も〝愛してる〟も。何も言えなかった。よろけながら一歩さがったら土くれにつまずいた。

イェリーナが腕を伸ばして支えてくれて、そのまま引き寄せようとした。「ニノチカ――」

ニーナは手を振りほどいた。もう一度キスをしたら、胸を覆い尽くす嗚咽が迸り出るだろう。もう一度キスしたら、今度は自分がイェリーナの腕の中で胸が張り裂けるほど泣いて、ここに残ると誓ってしまうだろう。父を告発し、イェリーナが待っていてくれるなら、十年でも二十年でも強制労働収容所で働くと誓ってしまうだろう。もう一度キスしたら、それで終わりだ。昔話の中では、ルサルカは命に限りある人間をひざまずかせ、一度かぎりの氷のキスで心を麻痺させ、恍惚のうちに朽ち果てさせるのだ。

最初からずっと、イェリーナこそがルサルカだったのかもしれない。

震えながら死ぬかもしれないと思っている、チビのニーナ・マルコワではなく。

「ニーナ」イェリーナがやさしく言った。ニーナは振り返らなかった。よろよろと滑走路の端まで行くと、涙で目を曇らせ、口を引き結んで哀願の言葉を封じ込めたままうつむいて立ち尽くした。金星章――イェリーナのソ連邦英雄の金星章――が胸に斜めに留められたままなのに気づき、闇雲に引きちぎって泥に投げ捨てた。ブリーフィングの合図の警報が鳴った。操縦士たちは食堂や宿舎を出て、今夜の任務の説明を受ける。ニーナは目をぎゅっと閉じ、その場から一歩も動かなかった。イェリーナが分厚いブーツなのに軽い足取りでかたわらを過ぎていったとき、ニーナは絶望の中で思った。〝あたしに触らないで。あんたに触られたら、粉々に砕けてしまう〟

イェリーナはハッと息を呑み、屈み込んで金星章を拾いあげ、去っていった。建物の中のどこかで、バーシャンスカヤがブリーフィングを行うあいだ、ニーナは滑走路の端に立ったまま、太陽が沈み半月が昇るのを眺めていた。〝あたしは粉々に砕けてしまう〟その思いがU－2機のプロペラみたいにぐるぐるまわりつづけた。だが、ニーナは粉々に砕けなかった。ぼんやりとその場に立ち、胸が張り裂けるまで、憎たらしい半月が昇りきるまで待った。〝夜の魔女〟として最後の出撃命令が下るのを待った。

35

イアン

一九五〇年七月　ボストン

〈マクブライズ・アンティークス〉での仕事を終えて戻ったトニーの得意げな表情ときたら、いまにも舌なめずりしそうだった。「いい知らせ」

「コルブがずらかろうとしたのか？」イアンは書類が散らかるテーブルから、期待を込めて顔をあげた。この一週間、食堂のコーヒーを飲みつづけてうんざりしていた。

「そこまでじゃない。コルブはいつもどおり帰宅し、ニーナがこっそりあとをつけていった。あなたのソ連のかわい子ちゃんは、生まれつき尾行がうまい」

〝おれのソ連のかわい子ちゃんは、少なくとも口はきいてくれてる〟と、イアンは思った。ニーナの気分は火口金(ほくちがね)みたいで、パッと燃えたかと思うとパッと消える——怒って食堂を出ていった翌朝、いつもどおり快活に挨拶をし、トニーが出かけると、当たり前のようにイアンをソファーに押し倒した。自分の妻と浮気しているみたいで、なんとも複雑な気分だった。

イアンはそんな思いを脇にどけて、トニーに顔を向けた。「何がわかったんだ？」

「タトゥーマシン。コルブの仕事場にそれはそれは用心深くしまってあった」トニーは交代制の勤務時間を利用し、コルブが何か隠していないかこっそり店内を探しまわっていた。以前の顧客の情報を残しているとしても、用心深いから自宅には置いていない。だとしたら、情報を隠すのに店以上に適した場所はない。「この数週間で、アンティーク商売についてかなり詳しくなったけど、仕事場にタトゥーマシンが必要な理由がわからない」

「血液型を記したタトゥーをごまかすのに、別のタトゥーを入れてやってるんじゃないのか」新しい名前や履歴に金を払うような猜疑心の強い連中なら、タトゥーを隠そうとするだろう。「もう一度脅しをかけるにしても、じかに手を下すのはまずいからな」

「それで、いつやるんです？」

「そのうち。仲間に警告するほどビビらせたくはない。不安がらせるぐらいでちょうどいいんだ」不安になると人は間違いを犯す。

「待ってるあいだに、こいつを片付けてください」トニーがポケットから紙を取り出した。

「なんてこった、最初の分もまだ終わってないのに――」

「アクセルを踏んでくださいよ、ボス」トニーが店のファイルをこっそり調べているのは、リストを手に入れるためだった。〝戦争犯罪人の居場所と身元に関する情報を店に隠すとしたら、おれならバイヤーや顧客やディーラーとして名前を書き込むだろう。本物の名前の中に偽の名前を紛れ込ませる〟ローレライ・フォークトの新しい名前と住所が、ごく普通の体裁をまとって店の引き出しのどこかに入っている可能性は充分にある。

トニーが下手な字で書き写したリストの束をテーブルにドンと置いた。原本を持ち出すことはけっしてしない——万が一警察沙汰になった場合、せっかくの証拠が窃盗の証拠といっしょくたにされてはかなわない。トニーはファイルキャビネットを開けるたびに許可をもらい、取り出したものは必ずもとに戻していた。合法と非合法のあいだの灰色の領域で、彼らは綱渡りをしながら仕事をしてきた。「もっとも」トニーが前に言っていた。「情報収集を合法的にやるつもりなら、マクブライドの家族を訪ねてすべてを並べて見せ、犯人逮捕に協力するのは市民の務めだと訴え、集めた情報をもとに行動する全面的な許可を得ないと。ぼくの説得力とあなたの厳粛さ——このふたつがあれば、いつだってうまくいく」

新しいリストにざっと目を通しながら、イアンは電話に手を伸ばした。アンティークの売り手の顧客の名前。リストに書いてあるとおりかどうか、照合確認をするのだ。いまのところ、すべての名前の裏はとれたが、まだ照合確認をはじめて一週間しか経っていない。電話代がかさむ一方だ。〝ゆっくり着実に〟イアンは自分に言い聞かせた。数カ月かかるのが普通なのだから。

「店のファイルはまだ去年の分までしか目を通してないんですよ」遺跡発掘現場並みに地図やメモが積み重なった作業用のテーブルを、トニーは片付けにかかった。「コルブは強制追放者法による難民流入の第一陣としてボストンにやってきてます。ミス・マクブライドから聞き出したんですけどね。つまり、われらがハントレスを彼が助けたとしても、四九年以降ってことです」

「フラウ・フォークトによると、娘がヨーロッパを離れたのは四五年だ」イアンはダッチェス郡のオークション・ハウスの名前を斜線で消した。「だが、ディー・イェーガリンが強制追放者法より前にボストンに到着していたとすると――」

「――イタリアを経由する闇ルートか、教会ルート」トニーがあとを引き受けた。「こっちに保証人も家族もいなかったとなると、身を立てるのに大変な苦労をしただろうな」

「大金を持ち出していないかぎりはな。まずないだろうが」なんとか国を出て、別の土地で贅沢な暮らしをしていた戦争犯罪人に、イアンはお目にかかったことがなかった。「つまり、ローレライ・フォークトは数年のあいだ苦労を重ねた。コルブがやってきたのが四八年の後半か四九年のはじめ頃。彼女はコルブと出会い、手を貸してもらえると知り……」

「そのころになって、こっちで一緒に暮らそうと母親に手紙を書いた。そういうことか――ちょっと、やめてくださいよ」トニーが出し抜けに言い、イアンを指さした。「それはまずいですよ」

イアンは最新のリストを壁にピンで留めようとして、手を止めた。「じきに張り出す場所がなくなる」

「お次は写真を貼り付けて、いろんな説を色付きの紐でつないでゆくんでしょ。そうやっていつの間にかおぞましい映画の一場面みたいになっている。どこかの将軍が地図を突いて言うんです。『ヤンキーはここ、イギリスがここで、それからドイツはこっち』そんな映画、あったでしょ。やめてくださいよ」トニーは繰り返し、イアンはにやりとした。

「だったら電話で確認する作業を代わってくれ」いつ頃からだろうか、ヴァイオリンを弾くことで、頭の中のごちゃごちゃな考えがすっきりまとまるようになったのは。イアンはもの思わしげにヴァイオリンを取り出し、トニーはダイアルをまわしてお手のものの相手の警戒心を解くおしゃべりをはじめた。ダッチェス郡のアンティーク・ディーラーやマサチューセッツ州ベケットの陶器販売人といった分類の下に、いかにも害がなさそうな感じで並んでいる名前のひとつが元戦争犯罪人かもしれない、とイアンは当たりをつけていた。伝説のベルゲン・ベルゼン強制収容所の看守、あるいはベルリンの社会主義者一斉検挙の証拠を提供した事務屋……あるいは、ディー・イェーガリン。確認作業は退屈だし徒労に終わることが多いが、コルブが新しい手がかりに導いてくれるのを待つあいだ、追跡は一時棚あげにし、地道に調べ物をして違和感を感じるものを見つけ出し、それを追いかけるというのが彼らの仕事のやり方だった。

次から次へと電話をかけるトニーを尻目に、イアンはヴァイオリンを弾きだした。二日前の夜、屋根でニーナが歌っていた歌を思い出してみる。あのときは、立てた肘にもたれるように座って、チームワークが好きなはずの彼女がセンターに残るのを断ったわけをあれこれ考えていた。そばで歌う彼女に尋ねるわけにもいかなかった。そんなことを尋ねれば、彼女はまた怒りだしただろう。食堂とはちがい、屋根から飛び出すことはできないにしても。彼女のことだから、試してみるぐらいのことはしそうだ。

それ以上考えないようにして、サン＝サーンスを弾きはじめた。ヴァイオリンの音色とトニーの電話のおしゃべりのせいで、ドアが開いた音が聞こえなかった。イアンが最後の一音を弾いて振り返ると、戸口に小さな女の子が立っていた。小鳥のように華奢で大きな目の少女だ。

彼がきょとんとして弓を下げるのと、トニーが電話の途中で振り返るのが同時だった。ブロンドの少女はヴァイオリンを見つめたまま、部屋に入ってきた。まるで消えた音楽を追いかけるように。「ルース！」名前を呼ぶ女の声が階段から聞こえたが、少女はかまわずイアンを見つめた。イアンも見つめ返した。耳にした名前は〝ルース〟だったが、彼の脳裏には〝セブ〟と刻まれた。

「それはなあに？」少女が言う。七、八歳だろう、ぱりっとしたブラウスにブロンドの髪を垂らし——黒い目に黒髪の弟とは似ても似つかないのに、どうして懐かしさに胸が痛くなるのだろう。

そこで思い出した。ある年のクリスマス、セバスチャンは父から、一年早く学校にやることにした、と告げられ、打ちひしがれて立っていた。〝ありがたいと思わないか？〟と父は言った。あのときのセブに似ているのだ。弟もこの少女もきちんとした身なりで、ピカピカの靴を履いているのに、目には寄る辺ない当惑の表情を浮かべている。ナポリやロンドンで目にした戦争孤児みたいな——激しい衝撃に見舞われ、病院のベッドや爆撃で破壊された建物の中で丸くなり、目は必死でわが家を探している。セバスチャンは父を見あげ、叫んだ。〝それより兄さんと一緒に暮らしちゃいけないの？〟セバスチャンはそのせいで耳を叩かれ、そんな女々しいことを言ってわたしを失望させるな、と説教を食らった。

〝おれもおまえと一緒に暮らしたいよ、セブ〟イアンは言った。〝だけど、彼はおれたちの父親だ。おまえが一人立ちするまで、ここで世話になるしかないんだ〟

〝でも、ここは家庭じゃない〟セブはつぶやいた。

目の前にいる少女は、これこそが家庭だと言いたげにヴァイオリンを見つめていた。

「なんという曲なの？」少女がささやいた。

「サン＝サーンス作曲でね」イアンはつい返事をしていた。「『動物の謝肉祭』の第十三曲『白鳥』。ト長調、四分の六拍子。きみは誰かな？」

〝短い人生ですでに失望を経験した誰か〟少女のことは何も知らないのに、イアンはそう思わずにいられなかった。あとから思うと、ルース・マクブライドがどんな頼み事をしても、イエスと言う気になっていたのだ。

36　ジョーダン

一九五〇年七月　ボストン

かすかな音色が聞こえたとたん、ルースはトニー・ロドモフスキーのアパートの階段を駆けあがった。ジョーダンが最上階に辿り着くと、トニーが戸口に立って愉快そうに少女を見おろしていた。彼の背後には、見知らぬ男性がヴァイオリンを顎に当てて立っていた。ジョーダンは邪魔したことを詫びる笑みを浮かべ、トニーに顔を向けた。「突然訪ねてきたりして、ごめんなさい――」

「かまわないよ。ドアの鍵がまたちゃちでね、ちょっとした揺れで開いちゃう」彼はきょとんとして笑みを浮かべた。

「店のマネージャーに仕事を引き継ぐので忙しくて、あなたがお給料を受け取らずに帰ったことにあとで気づいて」ジョーダンが言う。「ファイルにあなたの住所を書きとめてあってよかった。たいしてまわり道にならないし、帰る途中で寄ってみたの」給料支払小切手を差し出し、ルースを呼び戻そうと顔を向けた。気持ちはすでに明るい午後の日射しの中に駆け出していた。有能なミセス・ウィアが店に戻ってくれたので、きょうだけでなく夏じゅうずっと仕事を任せられるから、ようやく暗室にこもれる。〈マイクス・ペストリーズ〉のパン職人たちを写したネガが早く現像してと待ち構えている。白いエプロン姿の職人たちの、パン種を捏ねる手元……そこで初めてルースの顔を見てハッとなった。

〝あなたがそんなふうに笑うのを見るの、いつ以来かしら?〟

年長の男はヴァイオリンをさげ、ルースの質問に答えていた。声は低く厳めしく、歯切れのよいイギリス英語だ。ルースが顔を輝かせてさらに質問を繰り出した。楽しそうなおしゃべりルースだ、とジョーダンは思った。父が亡くなってからずっと、惨めな顔で黙り込んでいたルースとは別人だった。浅い眠りの中で、毎晩のように切れぎれにドイツ語で寝言を言い、しくしく泣きながら目覚めてからも、あやされるのを嫌がった。「秋に家を出られるかどうか」二日前の夜、ジョーダンはアンネリーゼにこぼした。「ルースにはひどい痛手になるんじゃないかな」それに対しアンネリーゼは珍しく苛立たしげに声を張りあげた。「ルースなら大丈夫だってば。自分の計画を立てて出かけなさい、ジョーダン、どちらにとってもそのほうがいいの」

それはジョーダンの日々膨らむ望みでもあるから返す言葉がなかったが、惨めなルースを残していくのは……

見知らぬ人に質問を連発するルースは、惨めには見えなかった。

ジョーダンは妹の手をつかみ、そこでいつもの礼儀正しい自分に戻った。「申し訳ありません、妹がご迷惑をおかけしたようで、ミスター――？」

「イアン・グレアムです――トニーのウィーン時代の友人です。親切にも妻とわたしを招待してくれてね。妻を紹介したいんですが、あいにく外出しています」イギリス人が握手の手を差し伸べてきた。鋭い目、黒い髪、鞭のような引き締まった体、四十歳まではいっていないだろう。名前に聞き覚えがあるような気がした。思い出す前に、ルースが手を伸ばし――人見知りの激しい子が――ミスター・グレアムのもう一方の手の中の弓を指さした。

「お願い？」

トニーがにっこりした。「プリンセス・ルースが一曲ご所望だ」

「きみのためなら」と、ミスター・グレアム。「言っとくが、それほどうまくないからね」

ヴァイオリンを顎にあて、ゆったりとしたメロディーを奏でる。ルースは音楽に引っ張られるように足を前に出す。指板の上の彼の長い指をひたと見つめて。ジョーダンは胸が詰まった。背後でトニーがテーブルの上の書類を動かしていたが、ジョーダンはガサガサいう音を無視してライカを構えた。カシャッ。妹のうっとりする顔……

「ラジオで聞いたことある」最後の一音が消えると、ルースがすかさず言った。「前のとちがう。ええと――もっと暗い？」

「そのとおり。サン＝サーンスがチェロのために作った曲なんだよ」

「それってヴァイオリンより大きいのでしょ？」

「言ってみれば親戚みたいなものだな。顎の下じゃなく、膝のあいだに挟んで弾くんだ」

イギリス人が弾く真似をする。

ルースがそれを真似し、さらに質問を繰り出した。ジョーダンはわくわくしてもう一枚撮った。そのうちルースがミスター・グレアムの大きな楽器を小さな両手で持ち、顎の下に当てて肩で支えるやり方を教えてもらった。ルースがよろけないよう、彼が支えてくれた。「きみが弾くならハーフサイズのヴァイオリンだけど、試しに弾いてごらん。全音のラからシ、そうその調子――」

ルースは集中して体を強張らせながら弾いてみた。「ちゃんとした音が出ない！」

彼が弓の握り方を直した。「これでいい。人差し指で押さえてシ、中指でA線を押さえるとシのシャープ……」彼が名前の意味を説明し、ささやかなヴァイオリンのレッスンは五分ほどつづいた――ルースは一心不乱で瞬きひとつしなかった。ジョーダンはそれを楽しく眺める。

「ルーシー」ヴァイオリンがようやく彼の手に戻ると、ジョーダンは言った。「あなたに先生を見つけてあげる」

ルースの目が輝き、イギリス人を見あげた。「この人？」

「いいえ、コオロギ。とてもご親切に弾き方を教えてくださったけど、先生じゃないのよ」

「この人がいい」ルースが言う。

「ルース、そんなこと言ったら失礼よ。ミスター・グレアムのこと、よく知らないでしょ――」

「あなたさえよければ、彼女にレッスンしてもいいですよ」考える前に言葉が口をついて出たという感じだ。ジョーダンよりも彼のほうが驚いていた。

「ご厚意に甘えるわけにはいきません。あなたはわたしや妹のことをご存じじゃないわけだし」

「音階や基本的なことを教えるぶんにはかまいませんよ。プロじゃないけど」イギリス人は物欲しそうに楽器を見つめるルースを見おろし、にっこりした。特別な笑み、厳めしい顔に陽光が射してパッと明るくなったような笑みだった。「若い人を文化に触れさせるのは大人の役目だから」

アンネリーゼやジョーダンの父親なら、見ず知らずの他人の厚意に甘えるような真似はしないだろう。ジョーダンは気にしなかった。ルースが初めて会う人にこんなに打ち解けたことはなかった――イギリス人の袖口を引っ張って質問を浴びせるなんて考えられない。理由はどうあれ、ルースはこの男性が好きだ。「ありがとうございます、ミスター・グレアム」輝く笑顔。「むろんお時間をいただくのですから、お礼はさせていただきます」

「それには及びませんよ。彼女にハーフサイズのヴァイオリンを手に入れられますか？」

「ええ」店の楽器を思い浮かべる。十九世紀に作られたマイヤーのレプリカ。「店の外に持ち出すのはほんとうはいけないんですけど、保険をかけてありますし」アンネリーゼが知ったらルースをきつく叱るだろうが、知らせなければいいだけの話だ。

「マイヤー」ルースが興奮してささやいた。ミスター・グレアムが眉を吊りあげて言う。

「知ってるかな、モーツァルトはマイヤーを弾いてたんだよ」ジョーダンがレッスンの日取りを決め、イギリス人にさよならを言うころには、ルースはすっかり舞いあがっていた。

「そこまで送りますよ、ミス・マクブライド」トニーがあとから部屋を出てドアを閉めた。ドアの向こうからまたヴァイオリンの音色が聞こえ、ルースはそっちを向いて耳を傾けたが、ジョーダンが「火曜日の夕方、あなたのレッスンの日よ」と言うが早いか、ルースは階段を踊りながらおりていった。

ジョーダンがその手をつかむ。「お母さんに言っちゃだめよ、ルーシー」アンネリーゼに悪気はないのだろうが、この件に関しては間違っている。「二人だけの秘密、いいわね？」ルースは笑顔を浮かべうなずいた。

「彼女の笑顔を見るのが好きだな」トニーが言った。「あなたの笑顔もね、ミス・マクブライド」

「ジョーダンでいいわよ」咄嗟に言った。「あなたにお礼を言わないと。お友達を紹介してくださって。あなたたち、どうやって出会ったの？」

「聞いてもおもしろくないですよ……」二人がウィーンのオフィスや退屈な書類仕事の話をする横で、ルースはスキップしながらサン＝サーンスのメロディーを正確な音程でハミングしていた。

「除隊してからヨーロッパに残ったのはどうして？」ジョーダンは尋ねた。

「いい子を見つけて所帯を持てって、母親に言われる覚悟ができてなかったから。ぼくのやってることってそれだけどね――ふらふらしてる。人生の目的がないんだな。ぼくのそういうところが、おばたちや、高校のフットボール部のコーチから見ると物足りないらしくて。たいした目的もなく軍隊をふらっと出て、ウィーンでふらふらしながらイアンの仕事を手伝って、それからふらっと故郷に戻ってきた」

「それでアンティークの商売にもふらっと入ってきたわけ？」

「そういうこと。いつまであなたのあとについてふらふらしてるか、誰にもわからない」ジョーダンは顔をしかめた。「あたしは動くのが速すぎるから、ふらふらしてる人は追いつけないかも」

「欲しいものを手に入れるためなら、驚くほどのスピードが出せるんだな、これが」ジョーダンはにやりとして、それから声をあげて笑っているうち、人通りの多いスコレイ広場に出た。ジョーダンがタクシーが拾えるトレモント・ストリートに向かうと、トニーがぶらぶらとついてくる。二人のあいだでルースは相変わらずスキップしていた。「うちまで送ってくれなくていいのよ、トニー」

「ぼくにだって騎士道精神はあるからね。いちおう口説いてるつもりなんだけどな、気づいてなかった？」

「気づいてたわよ」この五年で初めて婚約者のいない身になったのだから、後ろめたいことは何もない――その気になれば口説かれてもいいのだ。そういう気分を楽しんでみる。

「店に入ってくる女性はすべて、口説く対象なんでしょ」

「それは明朝時代の骨壺を売りつけたいから。きみを口説くのは、今夜、ディナーに連れ出したいからだ」

　残念だけれど、ジョーダンはかぶりを振るしかなかった。「今夜はやらなきゃいけないことがあるの」

「相手はクラーク・ケントみたいなボーイフレンドじゃないよね」

「彼はクラーク・ケントみたいじゃないわよ」

「四角い顎、父親にもらった腕時計、まさに国の屋台骨。そういう連中と戦争に行ったからね」

「それってあんまりじゃない。ギャレットはあなたに対してとっても感じがよかったでしょ」

「感じのいい若者ほど退屈なものはない。ぼくに付き合えよ」

彼女は眉根を寄せた。「あたしは雇用主なのよ、わかってると思うけど」

「でもきみは、ぼくに恩があるって言っただろ……」

「それでミスター・グレアムにヴァイオリンを弾かせたのね、ルースを惹きつけるために。そうすればあたしをデートに誘えるから?」ジョーダンはそうであってほしいと思った。

「ぼくがきみをデートに誘おうと思ったのは、きょうが金曜日だから。皮肉屋のイギリス人がアメリカのビールを冷たすぎるって文句を言うのに付き合うぐらいなら、きみと過ごしたほうがましだから」トニーが不意にジョーダンの左手を取り、その薬指に親指で触れた。「それに、一週間前のきみよりいまのきみのほうが、半カラット分輝いてるって気づいたから」

「気づいてたの?」重ねられた彼の手は力強くあたたかかった。緊張して汗をかいてはいなかった。彼の親指がジョーダンの薬指を擦る。

「正直に言うと、次の日に気づいた」トニーのほうが先に手を離し、手をあげて近づいてきたタクシーを停めようとした。「それで、ディナーは？」

「長い婚約期間から抜け出したばかりなのよ、トニー」

「だからディナーを食べられない？」

タクシーは停まらずに通り過ぎた。「デートする覚悟がまだできてないってこと」

「デートって決めつけなくたって」彼の視線はまっすぐだった。「ただのディナー」

ジョーダンは思案げに彼を見た。「その前にひとつだけ教えて」

「どうぞ」

「ヤンキースを応援する？」

「最高のチームだからね」

ジョーダンはにっこりした。「ヤンキースのファンとはディナーに行けない」

彼が心臓に手を当てた。「やられた」

「十月には、こてんぱんにやっつけてやるから、見てなさい」

「よし、フェンウェイ・パークで決着をつけようぜ」

じゃれ合いはここまで。「ディナーにも野球場にも行けないの。仕事をしなきゃ。ネガフィルムが三本。今夜は徹夜になりそう」彼と冗談を言い合うのが好きだ。それに、最上階のアパートの部屋に女気がなくてほっとした……でも、仕事をほっぽり出してディナーに行くほどではない。フォトエッセイを仕上げないと。やるべきことは山ほどあり、夏は瞬く間に過ぎてゆく。

彼は言い返さなかった。「あすはどう？」

「土曜の夜はアンナやここにいるコオロギと映画に行くの。それから、日曜のランチは一緒にって決まっているの。毎週の決まり事」日曜はダン・マクブライドの不在を痛感する日だった。

「月曜は？」

「やっぱり仕事、ごめんなさい。バレエスタジオに出かけてって、踊り子たちの写真を撮るつもりなの」『働くボストン』の概略を話した。「あなたの言葉がヒントになったのよ――父の写真を見て言ってくれたでしょ、これこそがアンティーク・ディーラーって」

「まさにそのとおりだったからね」トニーが言う。「きみがこれ以上ないってぐらいの笑顔を見せてくれたのは、そのせいだったのか。ぼくの人生で、まだベッドに横たわっていない女の子から見せられた中では最高の笑顔だった。そのあと、きみはクラーク・ケントと踊りながら店を出ていったけどね。ずっと不思議に思ってたんだ。ぼくが何をしたんだろうって」

「ミスター・ロドモフスキー！」ジョーダンはショックを受けたふりで言った。「そういうくだらないことを考えるのはやめてもらえません？」厳めしい表情を崩すまいとしたものの、トニーが眉を吊りあげたので、ジョーダンはプッと噴き出した。

彼がにやりとする。「月曜日に、バレエスタジオに連れてってくれないかな。鞄持ちでもフィルムを手渡すのでもなんでもやる。使い走りが必要じゃない？　カメラマンには助手がついてるもんだろ」

「有名なカメラマンにはね」

「きみの作品は見てきた。いずれそうなる」

お世辞だと、ジョーダンにもわかっていたが、褒められてお腹のあたりがあたたかくなった。

タクシーがようやく停まった。トニーがドアを開け、大げさな身振りでルースの手を取って乗り込ませた。ジョーダンは誘惑に負けた。「スタジオで会いましょ」そう言うと、彼に住所を教えた。

「必ず行く」彼はジョーダンの手を握ろうとも、腕に触れようともせず、ポケットに両手を突っ込んでほほえんでいた。いつもの〝きみはかわいいよ〟の笑みよりちょっとだけ上まわった、ほんの少し悪っぽい笑みだった。それに反応して胸がざわつくのを、おもしろく感じる自分がいた。〝別に深い意味があるわけじゃないのよ。スロットマシンからコインがジャラジャラ出てくるみたいに魅力を振りまく彼の写真を撮って、『働く女たらし』とタイトルをつけてやればいい〟

それで、どうするの？　夏は半分残っているし、自由の身なんだから〝女たらし〟と楽しんだって悪いことはない。「月曜に会いましょ」ジョーダンはつぶやき、動きだしたタクシーの中で、振り返らないことと自分に言い聞かせた。

「今夜は心ここにあらずね」その晩、夕食のあとでアンネリーゼが言った。

「布巾を取ってって言うの、これが二度目よ」

「ごめんなさい」ジョーダンは布巾を手渡し、洗剤の入ったお湯を張ったシンクに手を入れて、次の皿を取り出した。

アンネリーゼがこっちを見ている。「男の人のことを考えてるみたいね」

ジョーダンは笑みをこらえた。

「図星ね！」アンネリーゼが笑った。キッチンの窓から射し込む夕日が、彼女の黒髪とネイビーブルーのドレスを輝かせる。「デートに誘われたの？」

「ええ」ジョーダンは皿を手にためらった。「早すぎると思わない？　ギャレットとのことが終わったばっかりで、別の人のことを思うなんて……」

「誰が終わらせたんだったかしら？」と、アンネリーゼ。「別れを切り出したのはどっちだった？」

「それは、彼のほうだった」ジョーダンは義母にただ終わったと言っただけで、細かな話はしていなかった。「あたしが、おたがいにほんとうに愛しているのかしらって言ったら、ギャレットが指輪を返してくれって」

「つまり、彼が終わらせたのね。あなたの心が粉々に砕けていないのなら――そうじゃなくてよかったとわたしは思うけど――新しい人と付き合ってどこが悪いのかしら？」

「婚約解消したばかりの女の子が遊びまわると、まわりはあれこれ言うものでしょ」〝あれこれ〟が具体的に何なのか、ジョーダンはよく知っていた。その日の午後、トニーと別れたあとで、自分のことをそういうふうに考えずにいられなかった。自由の身なのだから誰と会おうとあたしの勝手、と自分に言い聞かせながらも。自立した女になりたいと思っているくせに、いい娘の殻をなかなか破れない。「人からそんなふうに思われたくない――」

「もしもギャレット・バーンが、あなたを見返すために、ボストンじゅうの女の子と片っ端からデートしたとしても、誰もそんなふうに思わないでしょ」アンネリーゼが指摘する。「男と女はちがうもの、そうでしょ」ジョーダンはシンクに洗剤を注ぎ足した。「あなたがいたころのオーストリアも同じだったんじゃない」

「ええ」アンネリーゼはシンクにもたれて考え込んだ。「五年間の婚約期間のあと別れてそれほど経たないうちに、あなたがまた男性とお付き合いをはじめたら、お父さまはいい顔をしなかったでしょうね、でも……」

「あなたはどうなの？　どう考えるの？」〝だめと言わないで〟アンネリーゼの意見をこれほど高く評価していたことに、初めて気づいた。

アンネリーゼはほほえんだ。いたずらっぽい笑みだった。「五年間の婚約を解消したとき以上に、浮ついた夏の恋にもってこいの時期ってあるかしら？」

ジョーダンは笑った。安堵と喜びに頰が火照る。「あなたってときどきいたずらっ子になるのね、アンナ」

「それで、あなたは二十二歳の大人の女でしょ。自由を楽しむべきよ。ただし、分別は忘れずに」アンネリーゼはシンクから濯ぎ終わった受け皿を取り出した。「わたしはこれでも母親ですからね、浮ついた夏の恋をするにしても、無防備になってはだめと釘を刺しておかないとね」

アンネリーゼがここで性にまつわる心得を言い出したらどうしよう、とジョーダンは思った。どんなに理解があって、ちょっといたずらな義母であろうと、そういう話はしたくない。だが、アンネリーゼは受け皿を拭きながらこう言っただけだった。「その新しい若者は、あなたにデートを申し込んだわけね。映画スターみたいなハンサム？」

トニーの引き締まった愉快な顔を思い出す。「そんなんじゃないわね」

「背は高い？」

「ううん、あたしと同じぐらい」

「あなたが車に撥ねられたり、ドラゴンに食われそうになったら、勇ましく立ちはだかってくれそう？」

「無理ね、出会ったのがパイをあいだに挟んでだったから」

アンネリーゼが笑う。「彼には何か特別なものがあるにちがいない。パイだけじゃあなたの心はつかめないはずよ」

ジョーダンは考え込んだ。「彼はものの見方がわかってる。女性が話しているあいだ、じっと見ている」

「なるほど」義母がため息をついた。「色目を使う男がいれば、じっと見る男がいる。前者は女をゾクッとさせ、後者は女をメロメロにする。その違いがわからないから、男は途方に暮れる。でも、わたしたち女にはわかる。ひとめでね」

「そうね」ジョーダンは皿を拭いてもらうため彼女に手渡した。「父さんはものの見方がわかっていた？」

「最初に気づいたのがそこだったわ。彼は美しい磁器の壺を愛でるように女性を愛でることができる人。値札をつけようとしていると女に感じさせることなく」

「すてきね」アンネリーゼは以前の生活については口をつぐんだままだが、ジョーダンの父のことはよくしゃべる。夫を失った心の痛みがやわらぐからだろう。

「それで、お相手は店の新しい店員なのかしら、黒い瞳で、あなたをうっとりさせている。だったら、パイをあいだに挟んで出会ったわけじゃないわね」アンネリーゼがグレービーボート（舟形の肉汁ソース入れ）をしまおうと背を向けたので、ジョーダンは忍び笑いを見られずにすんだ。「それはそうと――新米店員はポーランド人じゃなかった？　ポーランド人ってよく働くけど、感情的で信用できないところがあるのよね」

〝この人、ときどき世慣れた女みたいになる〟とジョーダンは思った。〝街角で知り合いと出会うと、イタリア人はあてにならないとか、アイルランド人は怠け者だとか決めつけて吹聴する女みたいに〟アンネリーゼからそういう思い込みを聞かされるたび、ジョーダンは言葉をぐっと呑み込む。父から諭されていたからだ。〝義理の母親に言い返すのは無作法だからな、たとえ納得がいかなくても〟だが、父はもういないから、ジョーダンは辛辣に言い放った。「アンナ、そういう考えっておかしいわよ」

だが、アンネリーゼはさっさと話題を変え、もの思わしげに洗剤に手を伸ばした。「謎の崇拝者はイギリス人じゃないわよね？　ミスター・コルブから電話があって、イギリス人にいろいろ質問されたって……そういう人が店のまわりをうろついているのを、見たことないかしら」

おそらくイアン・グレアムがトニーの職場を訪ねてきたのだろう――ルースのレッスンがあるので、彼に店までの道順を教えたら、以前に訪ねたことがあると言っていたから。「イギリス人男性とデートするつもりはないわ。あたしにかぎって、それはないと思うな！」冗談を言ったのは、アンネリーゼに内緒でミスター・グレアムを雇った後ろめたさがあるので、彼の話題はこれきりにしたかったからだ。

「ミスター・コルブの心配しすぎなのかもね。あるいは」アンネリーゼが冷ややかに言った。「また酔っ払っていたか」

「彼は毎朝、お酒臭い息をして出てくるわよ」ジョーダンは言った。「そういうことは言いたくなかったんだけど、仕事に支障をきたさないかぎりは」

「戦争でひどい目に遭ったから。そのせいでお酒に走る人もいれば、なんでもないことを大げさに考える人もいる」アンネリーゼはエプロンで手を拭いた。相変わらずもの思わしげな表情で。「でも、いろいろ尋ねてくる人がいたら、わたしに知らせてね。ミスター・コルブがなんらかの面倒に巻き込まれているなら、知っておきたいので」

ジョーダンはきょとんとした。「どんな面倒に巻き込まれるっていうの？」

「お酒を飲む人は巻き込まれやすいものでしょ」

アンネリーゼは考え込んでいた。キッチンのあたたかな光が黒髪とネイビブルーの服を照らし出す。その光景がジョーダンの心を捉えた。「そのままでいて、一枚撮らせて」

「写真は大嫌いだって知ってるでしょ！」

「あたしのシリーズのために、あなたを写させてちょうだい。これこそ働くあなたの姿ってやつ――」

「それってどんな仕事かしら？」

ジョーダンは言葉に詰まった。彼女の真髄といえるものは、いったい何で出来あがっているのだろう？　料理、こってりしておいしいリンツァートルテを作る姿？　裁縫、レースの襟を縫いつける素早い動きの指先？　どうもしっくりこない。珍しく撮ることを許してくれた写真の彼女はどれも同じだった。フラッシュを浴びた顔はどこにでもいる美人で、仮面のようだ。アンネリーゼの真髄ってなんなの？　〝いつか見つけ出してやる〟ジョーダンは心に誓った。

アンネリーゼはつかの間おもしろそうな表情を浮かべたが、すぐに真顔になった。「ジョーダン、わたしが買いつけの旅に出ているあいだ、ルースの面倒を見てくれるって話だけど……」

ジョーダンはエプロンをはずした。「買いつけをしてくれる人を雇うんじゃなかったの？」

「お父さまと四年も一緒に暮らせば、陶器の良しあしはわかるようになるわ。ニューヨークでオークションをいくつか覗いてみたいの」

「ルースの面倒なら見るわよ。店のほうはミセス・ウィアに任せられるし。長いこと父さんの下で店の切り盛りをしてくれていたから、きちんとやってくれる。ニューヨークに行ってらっしゃいよ、アンナ」アンネリーゼが店の経営に乗り出してくれるなら、ジョーダンに異存はなかった。きっと義母も思いきり羽根を伸ばしたいのだ。もっぱら裁縫室で過ごす主婦だけじゃつまらない。〝あなたが羽ばたく姿を見たいわ〟ジョーダンは思ったが、父に申し訳ないという思いがないわけではない。父の愛情はすべてを包み込むものだったが、それはまた……閉じ込めるものでもあった。そういうことは口が裂けても言うつもりはないが、考えずにはいられなかった。

「だったら、一週間ほどニューヨークに行ってくるわね」アンネリーゼが言う。いま決めたようだ。「それから、あなたがルースを見てくれるなら、そのあとで二週間ほどコンコードに行ってこようと思うの」

ジョーダンはエプロンをかける手を止めた。「どうしてコンコードなの？」

「お父さまと新婚旅行に出かけた場所だもの」アンネリーゼはカウンターを指先でなぞっ

た。「わたし……あの思い出にさよならを言いたいの」

「まあ、アンナ」ジョーダンは彼女の手に触れた。そう、アンネリーゼの青い瞳にも罪悪感が宿っている。彼女もまた、ダン・マクブライドの好ましいけれど有無を言わさぬ手によって、閉じ込められていると感じていたのだろう。

アンネリーゼがジョーダンの指を握り締め、うつむいた。「あなたがいなくなったら、ルースのために強い人間にならなくちゃね。このところ、あの子についカッとなってばかりで、いけない母親だった。できれば……気持ちの整理をする時間が欲しい、覚悟を決める時間が」

「好きなだけそうして」手の中のアンネリーゼの手はひどく冷たかった。〝よく言うわよ、J・ブライド。デートだってすっかり舞いあがって、哀れな義母が疲れきっていることに気づかなかったくせに〟悔いる気持ちでアンネリーゼの頰にキスし、座ってシェリーでも飲んだら、と言い、ルースとタローを連れて夕方の散歩に出かけた。夕風に吹かれながら、ルースに話して聞かせる。ええ、お母さんは数週間留守にするけど、あたしがいるから心配しないで。それに、ええ、来週のレッスンは予定どおり受けられるわよ、ミスター・グレアムが忘れるわけないし。

怪しんで嗅ぎまわるアンネリーゼがいないのだから、ルースを音楽レッスンに連れ出すのに何の問題もない。

37　イアン

一九五〇年七月　ボストン

「今朝起きたときには思ってもいなかった。あなたが音楽の弟子をとるようになるなんてね。それに、ぼくがレッドソックスのファンとデートするなんて」ジョーダン・マクブライドと妹をタクシーに乗せ、トニーはアパートに戻った。

イアンはヴァイオリンをケースにしまった。「この追跡で最初に出くわしたかわいい子に、きみが猛アタックをかけないわけがないものな。迂闊だったよ」

「ぼくは彼女に、月曜の朝にキスを盗まれるかもってワクワクしながら帰ってほしかっただけですよ。店の店員が胡散臭いイギリス人と同居してるのはどうしてだろうなんて、余計な詮索をされないためにね。しかも、テーブルには胡散臭い書類が山積みで、よく見れば、それらはすべて彼女の店の書類を写し取ったものなんだから」トニーは椅子にドサッと座り、使えないラジエーターに足を載せた。

「たしかに、おれがヴァイオリンを弾いてるあいだに、彼女の後ろでこっそり書類を見えない場所に移していたな」イアンが演奏を申し出た理由がそれだった――まあ、半分はそうだ。ケースの蓋を閉じながらも、ルース・マクブライドがヴァイオリンを目にしたときの一心不乱さに打たれたという部分もある。ルース以外で彼の演奏に涙する人がいるとしたら、それは彼が音楽をめちゃめちゃにしたからだ。「あの子を生徒にとれってきみが目顔で合図をよこしたのはそういう理由からか？　彼女の姉がおしゃべりを中断して、あちこち見てまわらないように？」

「それもある」トニーは頭の後ろで手を組み、イアンをじっと見つめた。「でも、あなたのほうが先に申し出るんだもの、驚いた。どうしてあんなこと？」

「自分でもよくわからない」彼女が傷ついたような目でこっちを見あげたとき、咄嗟にセブを思い出し……思わず言ってしまった。「セブがあの年頃のときにヴァイオリンを教えようとしたことがあって、だが、弟は本や列車の模型に興味があった」イアンが思い出し笑いをすると、トニーもほほえんだ。

「おかげであなたはあの子をとても幸せにした」

〝その同じ歌がルツの悲しい心にも沁みいり〟イアンの脳裏にキーツの『ナイチンゲールに寄す』の一節が浮かんだ。〝故郷を恋焦がれ、異郷の麦畑で涙する……〟第一印象が頭から離れない。〝故郷を恋焦がれ〟あの瞳を輝かせるために時間を費やしたことを、イアンは後悔していなかった。女殺人者を追跡する途中であっても、子供にやさしくする時間ぐらいはある。そうでなきゃ、こういう仕事をする意味がない、そうだろう？

「ぼくはルーシーが好きだ」トニーが言った。「悲しそうな女の子だよね。だからって、ジョーダンがレッスン料を払うって申し出たとき、なんで断ったかなあ。電話代がすごいことになってるっていうのに」

イアンは眉を吊りあげた。「いつからミス・マクブライドじゃなくジョーダンって呼ぶようになったんだ？」トニーがにやりとする。「そりゃあ彼女を連れ出せば、コルブについて何か聞き出せるかもしれない。情報収集のためだからって、人の心を踏みにじるのはどうかな」もっとも、トニーはそのへんの綱渡りが上手だった。女とはあくまでも軽く付き合うから、心移りをしてもそれほど相手を傷つけない。

「人の心を傷つけないプロってわけですか？」トニーが受話器を取った。「だったら、仕事で出会った女の子といちゃついてみたらどうです」

「誰がそんなこと」イアンは紙をめくって次の住所を調べる。「おれは既婚者だからな」

「離婚したとばかり」

「するさ。そのときが来たら」

トニーは手を止め、皮肉な笑みを浮かべて受話器を置いた。「イアン、女房に首ったけだってこと、忘れてはいませんか？」

イアンは顔をあげた。「なに馬鹿なこと言うんだ」

「だって、二人が名前だけでなくほかの部分も共有しはじめたとき、ぼくは嬉しかった。あなたの人生には戦争犯罪人やヴァイオリン以外にも何かが必要なんだ。自分で認めるかどうかは別にして、あなたはとんでもなく孤独だもの。それに、ニーナはまさに理想的じゃありませんか。あなたは糊のきいた襟で隠してはいるけど、危険な生き方が好きだ。そしてあなたの女房は、あなたやぼくがこれまで出会ったなかで、クソ忌々しいぐらい危険な女だ。だけどいまは、おもしろいからってだけじゃないんでしょ?」そこでひと呼吸置く。「だって、五年間も妻がいることを忘れていた人が、突然、おれは既婚者だ、なんて言い出すんだもの」

イアンは腕を組んだ。頭の中でいくつかの返事が争っている。「それがきみとどんな関係があるのか、おれにはわからない」けっきょくそう言った。

「だって、あなたは友達だからね、このイギリスのトンチキ。ここでの仕事が終わって、あなたの女房がまた羽ばたいて雲の向こうに消えたら、残されたあなたはズタボロになってるんじゃないですか?」

38　ニーナ

一九四四年八月　ポーランド前線

ひとつの声が空に昇っていった。掠れて震える声だ。操縦士の一団の中からイェリーナの声がした。〝親父〟の浜から聞こえる古い子守唄、飛行場で過ごした最初の晩に、ニーナが歌った子守唄だった。ほかの操縦士たちもやさしく声を合わせる。ニーナは涙で曇る目をぎゅっと閉じた。彼女たちは知っているのだ。噂話でか、共有する無線の周波数帯のような、みなを結びつける通信手段によってか、みんなが知っていた。

補助滑走路の上に半月は昇り、操縦士たちは出撃命令が下るのを待っていた。ニーナはポーランドのぬかるむ泥に足を浸し、片手にアザラシの毛皮の帽子、もう一方の手にナップサックを持ち、喉を詰まらせていた。

〝こんなことになるなんて〟ニーナは思った。

子守唄が余韻を残して消えた。

ニーナはなんとか顔をあげた。逃れられない運命を受け入れたくなくて、ニーナがうつむいて立っているあいだに、仲間の操縦士たちは歌いながらそばまで来ていた。彼女たちがまわりを囲んだ。連隊の苦境を、もしかして見ているかもしれない外部の目から隠すために。女たちの大半が声を出さずに泣いていた。彼女たちの顔が花のようにニーナに向けられた。黒い瞳、青い瞳、赤毛、茶色の髪、ブロンドの髪。ニーナは震えながらエンジンオイルと清潔な汗と、泥と航法士の鉛筆の匂いを吸い込んだ。空に生きる女たちの香水だ。イェリーナの顔は見えなかったが、心の中で彼女の声を聞いていた。一時間前、〝あなたは多くを求めすぎる！〟と叫んだ無慈悲な声ではない。三年前、ニーナの腕をつかんで〝ようこそ、セストラ！〟と言ったときの笑いを含んだ声だ。

バーシャンスカヤの「それぞれの飛行機へ、みんな」と言う静かな声に、思い出はかき消された。

ニーナは意を決して一歩、二歩と歩きだした。言葉にならないざわめきが起こり、〝夜の魔女〟たちの輪がさらに縮まった。肩や背や髪に指が触れるのを感じながら、姉妹たちを縫って進んだ。誰かが手をぎゅっと握った――誰だかわからなかったが。

「ガーリャに伝えて。操縦桿は軽く握るようにって」ニーナは誰にともなく言い、滑走路を横切って自機に向かい、途中で走りだした。目の端でイェリーナの姿を捉えた。顔をくしゃくしゃにして、赤毛のゾーヤの腕の中で体をふたつ折りにしている。悲しむ姿を見られたらまずい人間に見られないように、連隊のみんなで彼女を取り囲み、ブーツと飛行服の塊になり、ずらっと並ぶU‐2機に向かって走った。胸が締めつけられたが、ニーナは振り返らなかった。けっして振り返らない、東は見ない、〝親父〟の方角へはけっして顔を向けない。振り返れば溺れる。まっすぐ前を向けば飛び立てる。

気がつくとルサルカ号の翼に足をかけていた。馴染んだ機体に乗っていくと決めていたわけではないが、いまの自分の機体は航法士に残しておかないと――ガーリャはいずれ操縦士になるのだから、馴染んだ機体のほうが操縦しやすいに決まっている。イェリーナなら勝手がわからない新しい機体でもうろたえたりしない。イェリーナはなんでも乗りこなせる……背後から抗議の声は聞こえなかったので、ニーナはルサルカ号の操縦席におさまった。イェリーナのやわらかな髪の匂いがする。きつく唇を嚙んだので血の味がした。エンジンをかけると、聞きなれた音に苦痛が少しやわらいだ。

まわりでほかのU－2機が息を吹き返した。いつもの手順どおりでないことは、外部の人間にはわからないだろう。滑走路で歌うことも、自分の飛行機に向かって走るのもいつものことだし、飛行前のチェックもいつもどおり行われていたのだから。涙や悲しそうな顔について質問する者がいたら、バーシャンスカヤがもっともらしい話をでっちあげるにちがいない。オストロウェンカ郊外で仲間を失ったばかりで、連隊一同沈み込んでいたとかなんとか。〝夜の魔女〟たちは秘密を守る。

地上支援員が走ってきて滑走路に明かりをつけた。離陸ポイントを示す一瞬の揺らめく炎だ。前の月にイェリーナが愚痴をこぼしたことを、ニーナは思い出した。〝そのうち、バーシャンスカヤの煙草の火を頼りに離陸しろって言われるわよ〟

〝それで充分でしょ〟ニーナは思った。ルサルカ号がうなずく。〝それで充分〟

操縦桿を押す。車輪の下でスピードがあがってゆく。ニーナは飛び立った。両腕は翼になり、血が燃料管に注ぎ込まれる。〝夜の魔女〟たちがあとについてくる。昇る月に向かってまっすぐに。イェリーナがすぐ後ろについていることが、ニーナにはわかっていた。

六百十六回目の出撃。最後の出撃。

飛行場を飛び立つのはこれが最後だ。水平飛行に移り、銀色の雲を縫ってゆくのもこれが最後だ。標的に向かって下降するのも。エンジンを切り、音もたてずに滑空するのも最後だ。ニーナは深く息を吸い込んで止めた。エンジンをかけると機首があがるのを感じた。サーチライトの白い指が空を突き刺すとき、爆弾を投下し、急旋回して標的の上を通過した。対空砲火をおびき寄せ、サーチライトにあとを追わせる。地上が真っ暗になったところに、イェリーナがこっそり忍び寄って爆弾を落とす作戦だ。光がニーナの乗る機体を射抜いて夜空を染め、地上では立てつづけに爆発が起き、榴散弾が破裂して赤と緑と白の花を咲かせる。見慣れた感覚、見慣れた景色だった。

ニーナは長々と息を吐き、どんどん、どんどん沈んでいった。背後の操縦士たちの目に映るのは、先頭の操縦士が上昇に失敗し、機体が降下して消えてゆく姿だ。振り向くと、イェリーナがサーチライトの光から抜け出して戻ってゆくのが見えた。ニーナはルサルカ号を水平にし、低空飛行で闇に突っ込んでいった。〝西には何があるの？〟広大な湖の凍った岸に立って、少女は思いをめぐらせた。〝西にずっと行ったら何があるの？〟

けっきょくのところ、自分はいまそれを見つけに行こうとしているのだ。

ふたたび上昇して雲の上に出ると、おぼろな月光が操縦席を満たし、計器盤に飾られたバラが目に入った。マリーナ・ラスコーワの葬式の花輪から抜いて、イェリーナへのお土産に持ち帰ったバラが、きれいなドライフラワーになり高度計の横に挿してあった。〝あたしのモスクワのバラ〟

嗚咽が漏れた。バラを抜いて握り潰し、手をあげて広げると、粉々の花びらを気流がさらっていった。六百十六回目の出撃を操縦席で泣きながら終えると、上昇気流に乗って西へと滑空した。一度も振り返らずに。

夜が明ければ、この空域はメッサーシュミットやフォッケウルフから成る狼の群れに席巻される。それまでは、ニーナのほうが有利だ。〝あたしはいまも夜の魔女だ〟闇がつづくかぎり、全世界から身を隠すことができる。

ポーランド上空を抜けるのにどれぐらいかかる？　その先はドイツ、獣の腹――チェコスロバキアを目指して南下したほうが安全だろうか？　どこに着陸しようと、ロシア語しか話せなくて現金も持っていないのに、どうやって安全な場所を見つけるの？　血と有刺鉄線ばかりの戦禍の世界を抜け、燃料が尽きたところで着陸するしかなく、その先に待つのはおそらく死だろう。仲間の操縦士たちの目が涙で潤んでいたのも、彼女の行く末がわかっていたからだ。頭のおかしなチビのシベリア娘も、今度ばかりは面倒から逃れられない。

操縦装置にのしかかるようにして、暗い雲の中を進んでゆく。西へ、西へ、西へ。眼下のどこかに死に瀕したワルシャワがある――そうして、ワルシャワを過ぎ、それとも過ぎたと思い込んでいるだけか。意地悪な向かい風が強くなってルサルカ号を苦しめた。燃料計に目をやる。この高度とスピードのせいで燃料を余計に食っていた。風がますます強くなり、気持ちが沈んでいった。飛行環境が良好なら、U‐2機は満タンで六百キロ以上飛べるが、これほどひどい向かい風では四百キロも飛べないだろう。

「クソッタレ」そうつぶやいたものの、怒りは西へ行く原動力にはならない。必要なのは燃料だけで、それが尽きかけていた。ニーナがルサルカ号を雲間から降下させたとき、燃料計の針はほぼゼロを指していた。眼下の都市か町に明かりは灯っておらず、点在するはずの農家すらなかった。ニーナの夜間飛行で鍛えた視力をもってしても、見えるのは真っ暗な森ばかりだった。樹冠ぎりぎりを低空飛行し、空き地を探した。U－2機はディナープレートの上にでも着陸できると言われるが、つまりディナープレートは必要だということだ。もし見つけられなければ、松の木立に突っ込んで枝で串刺しになるか、操縦席で焼け死ぬかどちらかだろう、とぼんやり思った。

エンジンが止まった。燃料計がゼロを指す。U－2機は落下しはじめた。

ニーナは最後の出撃で静かに滑空していた。ただし、今回は落とす爆弾はなく、エンジンが息を吹き返して雲間へと運んではくれない。樹冠のあいだをただひたすら落ちてゆくだけだ。

あそこ――空き地だ。心のどこかでがっかりしていた。魅惑的な忘却の繭にまだ包まれていて、海の精、セイレーンのささやきが聞こえた。だが、目の前に滑走路があるのだから、臆病風に吹かれているわけにはいかない。機体の体勢を立て直して完璧な三点着陸へと入る。枝をバキバキ折りながら、翼が木々の壁をすり抜ける。双翼をつなぐワイヤーが切れた。背骨が軋むような音がしてほかにも何かが壊れた。そしてついに動かなくなった。ニーナは操縦席に座ったまま切れぎれに息を吸い込んだ。葉擦れの音、腐った葉と樹皮の匂い。ガソリンやエンジンオイルのようなきつい臭いに慣れた鼻に、木の香りのする夜気を吸い込むと、〝親父〟を取り囲む広大な森に戻った気がした。タイガで獲物を追う方法を父に教わった日々に。

強張る体で操縦席から出て、地面に飛び降りた。かすかな月明かりでも、プロペラの羽根がなくなっているのがわかった。「これまでってことね」声に出して言った。どこかでガソリンを盗み出し、ルサルカ号に給油してふたたび飛ぶ夢は、儚く散った。半分になったプロペラを修理してくれる店もない。十九歳で初めて操縦席におさまってからずっと、起きている時間のほとんどを空で過ごしてきたが、いまは弱い人間の体とおぼつかない足に頼るしかなかった。ルサルカ号は二度と飛べないのだから。

〝出よう〟ニーナは思った。〝ここから出ないと〟誰か——ドイツの偵察兵、敵を探すポーランド人、旅行者を狙って嗅ぎまわる逃亡者——がU‐2の着陸音を聞いているかもしれない。それで調べに来るかもしれない。出会う人間はすべて敵と思って対処しなければならないのだ。〝人に見つかる前に、ここから出ないと〟だが、動けなかった。すべてを置いてきたつもりでいた——連隊も姉妹たちも恋人も——でも、もうひとつあった。胴体に名を記した、頼りになる小さなエンジンを持つ勇敢なルサルカ号、その翼でニーナを数多くの任務に運んでくれて、長い夏の日々には草の上に影を落として、ニーナとイェリーナを包み込んでくれた。ニーナが触れると元気よく歌ったルサルカ号。今夜はもうこれ以上の痛みは感じないだろうと思っていたのに、ニーナはいま腕を思いきり広げて機体を抱きしめ、悲嘆の涙を流した。

それから泣き腫らした目を擦り、素手でU‐2を解体しはじめた。骨から肉を剝ぐように、操縦席と胴体を引き剝がし、役に立ちそうなものはすべて奪い取った。それらをナップサックに詰め込めるだけ詰め、次に落ち葉や小枝を搔き集めた。最近降った雨で森は湿っぽくぬかるんでいたが、そうでなくても木々を燃やす危険を冒していただろう。悲しみは流れ出し、代わりに居座ったのはマルコフの白熱する怒りだった。分別も生存本能もなんのその、それはすべてを破壊せずにいられぬ父の怒りだった。ポーランドの半分を焼き尽くしたって、自らの肉体を灰にしたってかまわない。ルサルカ号を朽ちるがままにするわけにはいかない。操縦席に小枝を詰め込み、持ってきたマッチを擦って小枝に火をつけた。炎が燃えあがる。一歩さがり、煙が渦巻くのを眺めた。ルサルカ号が炎に包まれ、硬い布がめくれあがって木の骨組みが見えてようやく、ニーナは背を向けた。ナップサックを肩にかけ、長く伸びる自分の影をたよりに西へと向かった。ルサルカ号は火葬されて身悶えし、息絶えた。

磁石。弾を装塡した拳銃。マッチ。非常用品の袋――砂糖入りミルク、チョコレートバー、宿舎から失敬した余分な食料。青い星が刺繡されたスカーフ。ルサルカ号から剝ぎ取ったゴワゴワの布、支柱、ワイヤー。剃刀。

それで全部だった。

ニーナはフーッと息を吐いた。「それだけじゃない」声に出して言った。頑丈なブーツに重たい飛行服、アザラシの毛皮の帽子もある。夏だからあたたかい。それに、〝親父〟

の岸辺で育つあいだに身につけた生き延びるための術。

ひたすら歩くと川のせせらぎが聞こえたので、両手で掬って飲み、チョコレートバーを半分食べ、ルサルカ号から剝ぎ取った布と支柱で寝場所を作った。剃刀を片手に握り、ストンと眠りに落ち、じっとりと汗をかいて目を覚ますと夜になっていた。脚が痙攣(けいれん)する痛みに七転八倒し、真冬のように歯がガチガチ鳴った。生まれてからいままで病気とは無縁だったのに、いまは病気のようだ。鼻水と涙が止まらず、火を熾そうとすると両手が激しく震えた。寝場所で丸くなり、痙攣する腿をさすった。汗の臭いがひどい。見あげると、黄色く濁った目で父が見おろしていた。

「あんたはここにはいないはず」ガチガチ鳴る歯の隙間から声を出した。「これは夢だ」

父がしゃがんだ。「粒コカインを呑んでからどれぐらい経つんだ、チビの女狩人？」

二日――もっと？　どういうわけかもう一日経過していたようだ。夜に震えながら目を覚ましてから一時間ほどのはずなのに、震えの発作が起きて、次の発作が起きるまでに一日が過ぎていたのか。だとすると、一錠呑んで血管を水銀が流れてから三日は経っている――だが、もう何カ月も、呑まなかった日は一日もなかった。

父が嘲(あざけ)るように鼻を鳴らした。

「あっちに行って」よりによって父の幻覚を見るなんて。「あんたに用はないんだから。必要なのはイエリーナ」イエリーナを激しく求めていた。輝く瞳と激しいキスを。

「おれから離れられないんだよ、ルサルカ」父が言った。「あの臆病女はおまえを必要としなかった」

「あっち行って」ニーナは叫び、筋肉が痙攣する痛みでまた叫んだ。ほんのひととき目を瞑り、次に目を開けると真っ昼間だった。これほどの空腹を感じたことはなかった。砂糖入りミルクをすべて飲み、食料があらかたなくなっているのを知り体が震えた。なんとか寝場所を出て風下へと向かい、罠をいくつか仕掛けた。手の震えがひどくて、飛行機のワイヤーでごく簡単な罠しか作れなかった。

　時間が折れ曲がって混ざり合う。起きているあいだは筋肉の痙攣と下痢に悩まされ、小川に行って水を飲むと寝場所に戻り、震えながら丸くなった。眠っているあいだは悪い夢ばかり見た。湖上でルサルカ号が制御不能になり、青緑色の水に沈んで肺が破裂する夢だ。寝場所の外で足音がしたと思い込み、悲鳴をあげ、暗闇を狙って何度も拳銃の引き金を引いた。誰もいないと気づいたときはあとの祭りで、銃弾をすっかり無駄にしていた。泣けるものなら泣きたかったが、涙は何の足しにもならない。這いずって寝場所に戻り、イェリーナが炎の花の中に落下して死ぬ夢を見た。〝たとえ彼女が死んでも知る術はない〟イェリーナはもういない。彼女が生きていようと死んでしまおうと、ほかの人と恋に落ちようと、ニーナにはわからない。そう思ったら涙に負け、亡霊がうごめく闇の中でむせび泣いた。

　具合が悪くなってからどれぐらい経ったのかわからなかった――昼も夜も一瞬のうちにめぐってゆく。いつの間にか父は消え去り、だるさがやわらいだところで汚れた飛行服を脱いで洗った。服が乾くまで川のほとりに裸で座り、日射しに手をかざして握ったり開いたりを繰り返した。指は細くなっていたがもう震えない。粒コカインのくそったれめ。夢は相変わらず酷いもので、背後から誰かが忍び寄ってくると本気で信じてぎょっとなったりもしたが、筋肉はめったに引き攣らなくなり、火を熾せるまでに体力が戻り、罠にかかっていたウサギを焼いて食べた。

「そろそろ移動しないと」声に出して言った。ニーナ・マルコワはたとえ死にたいと思っても。ポーランドの森で餓死するには頑固すぎた。生乾きの飛行服を着て、寝場所を畳むと西へ向かって歩きだした。

そんなふうにして二週間が過ぎ、セバスチャンに出会った。

39　ジョーダン

一九五〇年七月　ボストン

ダンサーたちが鏡の前でバーを握り、繰り返しポーズをとる——カシャ。箱に入った松脂(まつやに)にトウシューズの先を浸す——カシャ。ジョーダンは〈コプリー・ダンス・アカデミー〉の上級クラスのレッスンで、邪魔にならないよう教室の端を歩きまわっていた。きつく結ったお団子がプリエの最中にほどけ、弓なりの足に額がうんざりと押しつけられる。カシャ、カシャ。

「思いどおりの写真が撮れた？」スタジオを出たところでトニーが尋ねた。

「たぶんね。ネガを見てみないとはっきりは言えないけど」ジョーダンはライカのストラップを肩にかけた。「あなたがいてくれて助かったわ」

彼がこれほど助けになるなんて驚きだ。ギャレットはただ邪魔くさかった。こっそりキスしようとしたり、カメラに集中しようとしている彼女を尻目に余計なおしゃべりをしたり。トニーはちがった。もっぱらじゃれついていた。ダンサーたちとではなく、八十歳のバレエ教師マダム・タマラと。マダムは彼をロシア語で、いけない子、と呼び、ジョーダンをほんの十分で追い出したりせず、クラスの最後まで残って写真を撮るのを許してくれた。ダンサーたちがプリエをやりはじめたとたん、トニーが大真面目に真似したものだから、ダンサーたちは笑いころげ、ジョーダンがいることを忘れた。おかげで被写体がリラックスするまで待つ必要がなく、すぐに撮りはじめることができた。トニーはそれからずっと壁際にさがり、ジョーダンが頼む前にフィルムを手渡してくれた。「すばらしい助手ぶりだった」ジョーダンは言い、角を曲がってコプリー広場に出た。

彼がほほえむ。夏の日射しに帽子もかぶらずぶらぶら歩く。歩道が熱せられて陽炎が立ち、広場にいる女たちは手袋をした手にじっとりと汗をかき、男たちは糊が融けてへたった襟をぐいっと引っ張る。「午前中の仕事の報酬について話し合いたいんだけど」

「ああ、報酬ね、いま渡しましょうか?」ジョーダンは広いつばの麦わら帽子を直した。

「それでいくらお払いしたらいいの?」

「スワンボート一回分」

「ボストンっ子はね、スワンボートに乗ってるところを見られるぐらいなら、死んだほうがましって思ってるのよ。幼い妹に無理やり引っ張られていったんじゃないかぎり。あれは観光客が乗るもの」

「ぼくは観光客だよ。それに、きみのバッグを手繰り寄せ、ボルシェヴィキから逃れてきた白系ロシアの伯爵夫人だと言い張る老淑女におべっかを使う労働に対する報酬が、スワンボート一回分なら安いもんでしょ」

ジョーダンは彼の腕を取り、数ブロック先のパブリック・ガーデンへと向かった。「白系ロシアの伯爵夫人?」

「彼女の訛りからするとウクライナ人だけど、ぼくはこう見えても紳士だから、彼女を嘘つき呼ばわりしない」

「つまり、あなたはマダム・タマラとロシア語で話をして、三週間前に店にやってきたフランス人観光客とはフランス語で話してたってわけね」ジョーダンは首を傾げた。「ミスター・コルブとはドイツ語で話してたわよね……」

「彼は嫌だったみたいだけどね。おかしなやつだよ。きみのお父さんはどこでどうして彼と出会ったの?」

「彼は海を渡ってやってきて保証人を必要としていたの。やけにびくびくした人よね」ジョーダンは言った。「でも、戦争でひどい目に遭ってるから。アンナがそう言ってた」

「きみの意地悪な継母だよね、ミセス・アンナって。きみに毒リンゴを食べさせたり、灰の中で寝かせたりしない？」

ジョーダンはにっこりした。「いいえ、彼女はとてもいい人よ」

「そりゃ残念だ。意地悪な継母の話ってぼくの好物なのに。ハンガリー人のぼくの祖母が、おどろおどろしい話をいっぱい聞かせてくれたな。最後に勝つのはシンデレラじゃなくて、意地悪な継母のほうって話。ライン川から東に行けば行くほど、おとぎ話は暗くなる」

「ハンガリー語もできるってこと――いったい何か国語を話せるの？」

「六つか七つ。八つかな」トニーは肩をすくめた。「母の両親はハンガリー人とポーランド人で、父の両親はルーマニア人とドイツ人だった。全員がアメリカンドリームをつかむためにクイーンズにやってきたんだ。子供のころの夕食のテーブルでは、いろんな言葉が飛び交ってた」

「あなたはそれを全部拾いあげた？」

「言語を早く習得する方法はふたつ。ひとつ目は十歳以下で、まだ脳みそがやわらかいこと」

「もうひとつは？」

彼がにやりとした。「ピロートーク」

ジョーダンが睨むと、彼はかぶっていない帽子を脱ぐふりをした。「ごめん。エス・トゥットミア・ライト。ジュ・スイ・デソレ。シャイナロム。ウミ・パレ・ラウ。プシェプラッシャム――」

ジョーダンはきょとんとして足を止め、彼をしげしげと見つめた。

彼は様々な言語で謝罪するのを途中でやめた。「女の子に唇を見つめられたら、いつもならキスをしたいんだなって思うところだけどね。きみの場合はカメラを構えたいと思っているんだよね？」

ジョーダンはライカを構えた。『働く通訳』。話す途中で笑いだす口元、それを縁取る口ほどにものを言う手……

トニーはうなり、彼女を引っ張ってパブリック・ガーデンに入っていった。交差する小道に木々が枝を張り出し影を落としている。「人の気も知らないで、キスする代わりにぼくを撮るとは……」

「動きのあるショットが欲しいの、さあ、話して！」ジョーダンは公園の入口に近いベンチを選んだ。観光客でいっぱいのスワンボートからだいぶ離れている。「あなたのことを話してちょうだい。なんでもいいから」

「それよりきみの話をしたい」彼はベンチの背に肘を休めた。「初めてカメラを手にしたのはいつだった？」

「九つのとき、冬の木立と小さなコダックカメラに夢中になった」彼がほほえんだので、ジョーダンはつづけざまに三度シャッターを押した。いい写真が撮れると確信していた。トニー・ロドモフスキーはハンサムではないが、写真映えのする顔だ。浅黒い肌、立派な鼻、無駄に長い漆黒のまつげ。マスカラを塗ったらさぞ映えるだろうに、もったいない。

「軍隊に入ったのはいつ?」

「真珠湾攻撃の翌日。絵に描いたような十七歳でね、新兵募集の係官にウィンクして言った。〝はい、サー、成年に達してます!〟実際に戦争に行ってみると、高校と同じぐらい退屈だってわかった。通訳の仕事ばかりやらされてるとってことだけどね。きみの戦争は?」

「屑鉄拾いと、日本軍が攻めてきたときに備えて避難訓練。日本人がまるでボストンを侵略するみたいな雰囲気だった」耳を傾けるトニー、カシャ。彼は指の背でジョーダンの腕をときおり撫でながら、熱心に耳を傾けていた。「あたしの戦争は白昼夢みたいなもの。あたしはもっぱら海外で活躍する女性ジャーナリストや女性カメラマンの話をむさぼり読んでいた――マーガレット・バーク＝ホワイトは乗っていた船が魚雷で沈められ、救命ボートで逃げたの。羨ましくってたまらなかった。魚雷で沈められたいって心底願ったわ」

「そのときの模様をおさめたフィルムを持って逃げられるかぎりは、だろ?」

「そしたら〈ライフ〉の表紙を飾れるもの。あたしの空想はそこまで膨らんでいたの。それから、アーネスト・ヘミングウェイと結婚して、華々しい生活を送る」先がつづかなかった。ふと気づいたからだ。憧れのジャーナリストやカメラマン、華々しさ、危険、戦闘地帯、友達が映画スターに夢中になったように、彼女も夢中になった人たちの名前。キャパとタロー、マーサ・ゲルホーンとスリム・アーロンズ、それに……「グレアム。あなたのイギリス人の友達ってあのイアン・グレアムなの？」

トニーは楽しそうな顔をした。「そのものずばり」

「その人があたしの妹にヴァイオリンの手ほどきをしてくれるの？」感無量だ。「戦争中に彼のコラムをよく読んだわ、記事が配信されるようになってから」

「きみがボスのことをこれ以上しゃべりつづけたら、嫉妬しそうだ」

「若い子が年上の男性に夢中になってどこが悪いの？」ジョーダンはからかった。「それも、あんなすてきなイギリス英語を話す背が高くてハンサムな人なのよ、こっちがずっと行きたかった場所のすべてに行っているし」

「ところで、彼は結婚してるからね。ぼくに夢中になるほうがいいと思うよ」

「だったら、あたしをその気にさせてみて。難民情報管理センターの通訳ってどういうものか、話してちょうだい」ライカをまた構えた。

「あちこち飛びまわらないし、派手さもない。ウィーンには難民がどっと流れ込んできてね——その人たちがイアンに語る物語を、ぼくが通訳する」

「彼は記事を書いてたんでしょ、それとも——」

「いまは、書くのはやめたって言ってる。目の前にいる難民を助けるために書くことは諦め、ニュルンベルク裁判以来、一行も書いてないんだ」

「きっと魂がすり減る仕事なんでしょうね」ジョーダンは考えながら言った。「くる年もくる年も人間が苦しむ姿を見つづけ、それを新聞の記事にするのは。あなたはどうだったの、通訳の仕事は？　くる日もくる日も、戦時中の悲惨な話に耳を傾けるのは。世界中の人たちが、戦争を過去のこととしたがっているときに」

「いや」トニーは膝のあいだで両手を組み、笑顔は消えてもの悲しい表情になった。「通訳は一歩さがったところにいるからね。その場にはいないと言ってもいい。通話装置みたいなもんなんだ。ぼくを挟んで両側にいる二人の人間に、相手の言ってることが聞こえるようにしてあげるのが仕事だからね。それだけのこと、とどのつまりはね。ただし、ぼくを通さずに、二人がじかに向き合ったら――」

トニーは途中で言葉を切った。「どうなるの？」ジョーダンは静かに尋ねた。

彼は皮肉な笑みを浮かべた。「その場で派手に殺し合うかもね」

カシャ。〝これだ〟とジョーダンは思った。よく動く口から発せられる辛辣な皮肉。同じ口に笑みが浮かぶとそこには希望が見え隠れする。たとえ何を傍観してきたにせよ。

「カメラマンっていうのも、似たようなものかもしれない」思わず口にしていた。「あたしはまだプロじゃないけど、あなたが話してくれたのと同じような感じを抱いてきたわ。自分がいま記録している場面からレンズによって切り離されている感じ。目撃者ではあっても、当事者ではない」

「それは心をなくすことだと人は思うんだろうけど、そうじゃない」ビーグル犬を連れた少年が通りかかった。トニーが手を伸ばすと、犬は嬉しそうに彼の指を舐めてから歩み去った。「自分の感情を挟まないほうが、よい通話装置になれるってだけのこと」

「あるいは、よいレンズに」ジョーダンはトニーのほうに首を傾げた。魅力的な店員が口にした、思いがけない深い話――想像もしていなかった。「真珠湾攻撃以来ずっと戦場にいて、そのあともとどまって難民救済の仕事をしてきた。ほかのみんなは故郷に戻ったのに。どうしてとどまったの？」

「ぼくの戦争がどういうものだったか、きみにわかるかな？」トニーはかすかにほほえんだ。「何もなかった。四年ものあいだ。怒りに任せて発砲したことは一度もなかった。ブーツを濡らしたことだってない。ぼくの戦争は、いろんなテントやいろんなオフィスで、いろんな軍隊の高級将校たちのあいだに立って、略語の通訳をするだけだった。たがいに相手の隠語がわからない連中のね」

「もっといろいろやるチャンスを求めて、そのままとどまったってわけね」と、ジョーダン。「いまごろ戻ってきたのはどうして？　別に退屈だったからとも思わないんだけど」

彼が答えるまでに長い間があった。何を言おうかあれこれ分析しているのだろうか。

「退屈ではない」ようやく彼が言った。「だけど、ほかのことをやるのもいいかと思って――まったく別のことを。イアンは復讐者だ。片手に正義の秤を持ち、もう一歩の手に剣を持っている。ぼくはもっといろいろやりたい」

「たとえば？」買い物袋を抱えた主婦の一団がけたたましくおしゃべりしながら通り過ぎ

た。ジョーダンは無視した。

「そうだな」トニーは手で髪を梳いた。「いままで聞いたたくさんの物語の保管場所を作るとかね。そうすれば、忘れられないしなくならない。戦いが終わると、人は戦争のことを語りたがらなくなる。忘れたいんだ。それで、彼らが死んだらどうなる？　記憶もすべて葬り去られる。ぼくらはすべてを失ってしまう。そうなってはならないんだ」

〝あたしの義母に言ってやって〟とジョーダンは言いそうになった。〝過去を忘れたがる難民がここにもいるわ〟でも、忘れることはアンネリーゼの権利でもある、そうでしょ？　彼女の物語は苦痛と喪失だけでなく、恥の物語でもある――SSとつながりがあったことを恥じ、父親がしたことを恥じている。「わたしはもうアメリカ人です」過去のことを問われると、彼女はいつもきっぱり言った。

「どうしてあたしが言葉より写真に惹かれるかわかる？」ジョーダンはそう言って話を逸らした。「写真は無視できないから。たいていの人にとって、見たことよりも読んだことのほうが忘れやすい。フィルムに捉えられたものはそこにある。厳然とそこにありつづける。写真のすばらしさはそこなのよ。破壊的なのもそこ。人でも物でも絶好の瞬間を捉えれば、そこからすべてがわかる。あたしが目で見ているすべてを記録したいと思うのは、だからなの。美しいものも、醜いものも。恐怖も夢も。レンズをその前に据えることさえできれば、すべてを写し出せる」

「自分が何をしたいかわかったのは、いつ頃のこと？」トニーが尋ねた。「ぼくが思うに、コダックの小さなカメラがカシャというのを初めて耳にしたときじゃないかな」

ジョーダンはにっこりした。「どうしてわかったの?」

「駆り立てるもの——きみを写真に駆り立てるものが確実にある」彼が見つめる。「自分にはそれがないから、人の中にあるとすぐに気づく」

ジョーダンは見つめ返した。まっすぐに彼を見つめた。「ふざけてるときのあなたって、おもしろいわ、トニー」ぼそりと言った。「でも、真面目なあなたってとっても魅力的」

「そりゃあ残念だ。ぼくの真面目さは十分とつづかないからね」

「つづける練習をしたみたら。十五分ぐらいはもつように」

「いちばん長くて十二分だった。誰が誰にキスするつもりだって?」彼が尋ねた。

「キスするつもりだなんて、誰が言ったの?」

「きみは考えている。ぼくも考えてる」彼の黒い瞳が躍った。「どっちが最初にやる? 鼻と鼻がぶつかるなんて最低だからね」

「どうしてあなたとキスしなきゃいけないの? フィルムの半分を使ってあなたの口元ばかり撮ったから、画像のトリミングとフィルタリングをやれば、そこにあるすべてがわかるのよ、わざわざキスしなくたって」

「でも、それって時間の無駄じゃないかな」

「暗室にいる時間はけっして無駄じゃないわ」

「そこできみが何をしているかによるけどね」

「作業してるのよ。仕事ばかりで遊ばないと、ジョーダンは退屈な女になるなんて言わせないから。そういうの大嫌いなの。そういうことを言う人ってたいてい、自分のためにあたしに何かをやらせたがっているのよ。だから、あたしが自分のために何かやるのを嫌うの」

「たしかにそういうことを言うやつらは間違っている。仕事はきみを退屈な女にしない。仕事はきみをすばらしく魅力的な女にする」彼はカメラをつかむジョーダンの手を取り、人差し指の先にキスした。ライカのシャッターを押しつづけてきた指だ。

カシャ、ジョーダンの体の中の何かが音をたてた。

「スワンボートは？」彼が言った。「それとも、池をただ漕いでまわるのはきみにとって退屈すぎるかな、ジョーダン・マクブライド？　なんなら報酬を放棄してもいいけど」

〝あなたは長くつづいた婚約を破棄したばかりでしょ〟心の声がつぶやく。〝すぐさま次に移るなんていけないわ！〟だが、彼女はその声にお黙りと言い、人差し指をトニーのシャツの襟に引っかけ、自分のほうに引き寄せた。「別の形の報酬とかは？」

強い日射しの下の、長く気怠いキス。人差し指は彼のあたたかな喉で憩い、彼の親指が頬骨の線をなぞっていた。ゆっくりで、驚くほど念入りなキス、一日じゅうやっていても少しも疲れないと言いたげなキス、彼女が望むなら一年だってやりつづけるだろう。そしていま、それを望んでいた。

「どこかに行く用事があるの？」トニーが顎から耳へとキスしながら言った。「夜までずっとこうしていようか？」

〝ええ、もちろん、そうして〟ジョーダンは咳払いして腕時計に目をやり、かろうじて息を整えた。ああ、アンネリーゼはいまごろ、コンコードとニューヨーク行きの荷造りでてんてこ舞いしているだろう。「うちの手伝いをするって約束してるの。それから、暗室が待ってるし――仕事が」

トニーは耳の下に最後のキスをすると上体を起こした。「わかった」仕事なんてあとまわしにしろ、とは言わない。承諾し、揺るぎない黒い瞳で見つめるだけ。「あした会おう、ルースのレッスンで。そのあとで映画に行ってもいいね」

「ええ」ジョーダンはためらうことなく言った。両親や隣人たちの期待の重みを感じることなく男性と一緒にいて、注目されてキスされるってなんて楽しいんだろう。〝いつになったら身を固めるつもりなの、ジョーダン？　あなたたち二人、いつ頃婚約を発表するの、ジョーダン？〟

まわりからやいのやいの言われずに、男性と楽しく過ごせるって最高だ。

40　イアン

一九五〇年七月　ボストン

二分の一サイズのヴァイオリンの扱い方をルースに教えるのがこんなに楽しいとは、イアンは自分でも意外だった。彼女がやる気満々で、彼の指示を必死に憶え込もうとするからだろう。人形と遊ぶのに夢中な年頃の女の子は、音階を弾いてみせてくれなんて普通は言わないだろう。ヴァイオリンの構え方とか指の位置といった基本を示すと、彼女はうっとりするのだ。「チューニングはラの音が基本なんだよ」イアンが言うと、ルースは自分から完璧なラの音を声に出した。「すばらしい。おれが弾いたサン＝サーンスの出だし、憶えているかい？」彼女はト長調で出だしを歌った。紅茶のカップを片手に、店のカウンターの奥に座るジョーダン・マクブライドを、イアンはちらっと見た。「彼女が絶対音感の持ち主だからって、驚きはしないがね、ミス・マクブライド」

ルースの姉は顔を輝かせた。イアンがアンティークの傘立てに古びたヴァイオリンを置き、トニーが表の看板を〝閉店〟へとひっくり返したところに、ジョーダンが妹を連れてやってきた。ただでさえ忙しいのにこんなことまで引き受けた自分に、イアンはやや苛立っていたのだが、ヴァイオリンを見つめるルースの熱心な表情と、その様子を見守るジョーダンの嬉しそうな表情にはついほだされてしまう。「さあ、楽器を手に取って、おっと、落とすなよ。たとえレプリカでもマイヤーを壊したりしたら、芸術に対する犯罪だから」ジョーダンはのんびりミントンのカップに紅茶を注ぎ、トニーはカウンターにもたれて彼女を眺めていた。

「きょうはここまでにしよう」生徒がどうにかこうにか一オクターブの音階を弾けるようになったところで、イアンは言った。ルースが「もう少し、お願い！」と懇願したが、ジョーダンはカウンター越しに手を伸ばしてヴァイオリンを取りあげた。

「ひと晩じゅうここにいるわけにいかないのよ、コオロギ。ミスター・グレアムにはお仕事がおありなんだから。あしたまた練習に連れてきてあげる」

ルースはため息をつき、楽器がガラスの向こうに戻されるのを眺めた。「ミスター・グレアムになんて言うんだっけ？」と、姉に促されると、ルースはイアンをひたと見つめて言った。「いつだったらもっといっぱい教えてくれるの？」

「そうじゃないでしょ」と、ジョーダン。

「いつだったらもっといっぱい教えていただけますか？」ルースが言い直した。

イアンは声をあげて笑った。

「ご無理なようならおっしゃってくださいね」ジョーダンが彼に言う。

その申し出を、イアンは受けるつもりになった。「かまいませんよ」思いとは裏腹な言葉が口をついた。ルースに顔を向ける。「木曜日はどうかな、コオロギ？」

マクブライド姉妹が輝く笑顔を浮かべた。まるで小さな太陽だ。まいった。二人を好ましく思っているので、なんだか騙しているようで気がひけた。

「こんなことお聞きして、厚かましいと思わないでくださいね」まるでダムが決壊したみたいに、ジョーダンが一気にしゃべりだした。「ゲルダ・タローと一緒にスペインにいらしたんでしょ、ミスター・グレアム——じつは彼女はわたしの憧れなんです。どんな人でした？」

「ゲルダ？」イアンは記憶を手繰った。「みんな彼女のことを〝ラ・ペケニャ・ルベナ〟と呼んでたな——小さな赤い狐という意味。いつも威張っていたけど、じつは神経質だった」ジョーダンは目をキラキラさせ、背後でトニーがニヤニヤしている。彼女はあなたのことを知ってますよ、と彼に釘を刺されていた。ルースの音階に寄せる情熱もだが、そのこともイアンを驚かせた。若い娘が夢中になるのは映画スターだろ、ジャーナリストじゃなく。

「パリ解放も取材されてますよね」ジョーダンが言う。「あなたのコラム、憶えてます」

「ああ、最初の記事を書いたのはオテル・スクリーブでだった。〈ニューヨーカー〉誌のために記事を書いていた女性——たしかジャネット・フラナー——と、ジョンのあいだに挟まれてね。ジョンときたら、おれほどひどい二日酔いはフランスじゅう探したっていないって顔をしてたな」

「ジョンって？」ジョーダンが尋ねる。

「スタインベック」ジョーダンの感無量な表情を見て、イアンは慌てて言い添えた。「けっして華々しいもんじゃない。部屋にぎゅうぎゅう詰めの記者たちは、悪態を吐き散らしながら締切に遅れまいと必死だからね」

彼女は納得していない。「それからどうなったんですか？」

イアンはカウンターにもたれ、自分でも意外なことに思い出に浸った。「パリを出るトラックの荷台でポーカーをやったな……」ジョーダンが矢継ぎ早に質問しながら手渡してくれた二杯目の紅茶を飲みながら、次から次へと逸話を披露した。

「あなたが語る物語、臨場感があって自分もその場にいたみたいです」彼女が感心して言った。「それなのに、書くのをやめられたんですよね、トニーから聞きました」

イアンは肩をすくめた。「恐ろしいものを見すぎて、言葉が涸れてしまったんだ」

いまにも彼の手にペンを握らせそうな勢いのジョーダンを、トニーが制して言った。

「プリンセス・ルースがそわそわしてる」靴の踵（かかと）をカタカタいわせるルースを目顔で示す。

「それに、ぼくたちはデートするんだよね、マクブライド」

イアンにとっては初耳だった。「彼女はコルブについて何も知らないって、言ってなかったか」ジョーダンが紅茶のカップをさげて奥の部屋に消えると、イアンは言った。

「仕事じゃないから」トニーは肩をすくめた。「コルブの尾行はニーナが明け方までやってくれるし、電話をかけるにはもう遅い時間でしょ。ぼくがやれることはいまのところ何もないから、かわい子ちゃんを映画に連れていこうと思って」

「かわい子ちゃんを連れ出したいのなら、おれたちの仕事に関わりのない子にしたほうが気が楽なんじゃないのか」イアンはさりげなく言った。「嘘をつかずにすむ相手のほうが」

「彼女が好きなんです、それだけ」トニーは柄にもなく思案げな顔をした。「彼女には夢がある、でっかい夢がね。そこがいい。彼女といると、自分も何かでっかいことをやりたくなる。あなたの汽車に乗ってただ進んでいくんじゃなく」

イアンはからかいたくなる気持ちを抑えることができなかった。「目撃者に惚れるのはご法度だって、忘れたのか？」そう言って真顔になった。

トニーがじろっと睨む。「住み込みのソ連人暗殺者にうつつを抜かすのとはちがう――」

「馬鹿言うな、よりによって――」

「――ジョーダンはぼくを笑わせてくれる、それだけ。ぼくも彼女を笑わす。どっちも愉快になる。そのどこがいけないんです？」

「そもそも彼女をデートに誘ったのは、秘めた動機があったのだと知っても、彼女は笑っていられるかな？」イアンは片方の眉を吊りあげた。「女のことはなんでも知ってるわけじゃないが、騙されるのは嫌いだってことぐらいはわかる」

ジョーダンが奥の部屋から出てきた。「ルースも一緒に映画に行ってもかまわないかしら、トニー？　義母が旅行に行ってるので」

「チケット三枚ぐらいなら買える」トニーがほほえみかけると、黄色のサマードレスを着た長身のブロンド娘もほほえみ返す。たがいに惹かれ合っているのは一目瞭然だ。

〝今度ばかりは、おれたちみんな情緒不安定になっている〟イアンは思った。不安を抱えながら部屋に戻り、明け方にコルブの見張りをニーナから引き継ぎ、昼間は電話をかけて過ごした。だが、その日の午後、トニーがアンティークショップの仕事から戻るころには、不安は消えていた。

「乾杯しよう」イアンはチームの二人に言った。「最初の糸がほぐれた」

三人はリストが置かれたテーブルを囲んでいた。

「ここに記された店名のうち七つが偽だった」イアンは言った。「そこに法則はなく、実在する店に紛れて入っていた。だが、ピッツバーグの〈ライリー・アンティーク〉、ウーンソケットの〈フート・アンド・サンズ〉、ロードアイランドの……」彼は早口でつづけた。「どれも実在しない」

「その番号にかけてみたんでしょ、誰か出たんですか？」トニーが尋ねた。

「すべて個人の住宅だった」電話口に女が出るときも、男が出るときもあった。一度など金切り声の子供が出た。だが、イアンがリストに記された店名について尋ねると、電話口の相手は一様に当惑していた。「少なくとも三人にはドイツ語訛りがあった。電話番号案内にかけたら、ロードアイランドのウーンソケットには、〈フート・アンド・サンズ〉という店はないって言われた。ロードアイランドのほかの場所にもその名前の店は見当たらないそうだ。ほかのも同じ。そういう店はどこにも存在しない」鼓動が速くなる。喜びのスタッカートだ。退屈な取材調査がついに手がかりにつながった。

トニーが親指の爪を噛む。「電話の相手に怪しまれなかった？」

「慌てた声を出したのがいたな。向こうから電話を切ったのが一人。ほかは番号を間違えました、と言っておれのほうからすぐに切った」

　ニーナはずっと無言だったが、目を輝かせている。イアンは彼女からトニーへと視線を移し、二人から自分と同じ興奮を感じ取った。

　七つの住所。そのうちのひとつにディー・イェーガリンが住んでいるかもしれない。

「車、それとも汽車？」イアンは尋ねた。「日帰りを何度か繰り返すことになるな」

「何なんだよ、これは……」イアンは見慣れぬ道路標識に戸惑うばかりで、信用のおけないブレーキをキーキーいわせて車を路肩に寄せた。トニーが汽車でクイーンズのいとこに会いにゆき、錆の浮いたフォードを借りてきたのだった。「地図を渡してくれ、ニーナ」

　ニーナは鋭い白い歯でビーツにかぶりつきながら、地図をごそごそ探した。生のビーツをリンゴみたいに食べるものだから、歯がピンクに染まっている。どうしても道路の正しい側（つまりイギリスの左側通行）の車線に入りそうになるので、警官に見咎められたらとひやひやのしっぱなしだった。なにせ助手席に座る女は、小柄なブロンドの人食いにしか見えない。「地図が上下逆だぜ、同志。それでよく航法士が務まったな」

「あたしが誘導したのは星がいっぱいの空だったからね」ニーナがむっとして言った。

「ウーンソケットなんて名前の場所じゃなく」

「きみと一緒に飛行機に乗るつもりはないから、三次元じゃなく二次元で誘導する術を身につけてくれ」

「メット・ツヴァイヨ・シェレッツ・セムヴォロト・ス・プリスヴィストム」

「その悪態からおれの母親ははずしてくれよ」

ボストンから最初の目的地まで二時間のドライブだった。トニーはコルブを監視するためボストンに残った。道中、ニーナは、逮捕状が出される前にソ連を離れ、ポーランドに飛んでセバスチャンに出会うまでのいきさつを語った。アメリカの道路地図は謎だが、妻という地雷原を無事に通過するこつはつかんだ気がしていた。ルサルカ湖のことや、ディー・イェーガリンとのあいだで何があったかを尋ねたり、少しでも好意を示したりすると、彼女は刺々しい沈黙に沈むか感情を爆発させるかどちらかだった。だが、セブのことは屈託なく語るので、彼女の愛情のこもった話をイアンはコインみたいに貯め込んだ。弟の新たな記憶はすべてかけがえのないもの……だが、いまは仕事をすべきときだ。

緑の芝生、私道には自転車が横たわる静かな郊外の住宅地をフォードで流す。十二番地にたつのは、丹精込めた慎ましやかな庭のある小さな黄色の家だった。〈フート・アンド・サンズ〉という名のアンティークショップでないのはたしかだ。店ではなく明らかに個人住宅のその家を見ているうち、動悸が高まった。ここにリストとは異なる何者かが住んでいるのだ。

ニーナも黙り込み、切れた電線みたいに不穏な感じだ。イアンは十二番地を通り過ぎ角を曲がったところで車を駐めた。ニーナが先に車を降りる。コルブを尋問したとき着ていたハイネックのブラウスにつばの広い夏の帽子で顔を隠したニーナは、近寄りがたい威厳を身にまとっていた。彼女がイアンの腕を取り、作法をわきまえたカップルという感じで歩いてゆく。打合せどおりにニーナは手を離してそのまま歩いてゆき、イアンはふと思いついたように十二番地に入って玄関ポーチへと階段をあがった。

ドアをノックして応答がなければ車に戻って待つつもりだったが、ドアが開いた。がっしりした体つきの中年男で、プロイセンの軍人かと思いたくなるような厳格さで髪をきっちり横分けにしている。「こんにちは」イアンは物憂げなパブリックスクール訛りを最大限発揮して言い、尊大な笑みを浮かべてフェドーラ帽を脱いだ。「突然押しかけて大変申し訳ないのだが、このあたりに引っ越してこようかと妻と話し合っておりましてね」そう言ってニーナに手を振った。彼女は近視の人がやるように地図を鼻にくっつくほど掲げ、近くの家の前に立っている。彼女を少し離れた場所に置いたのは、ディー・イェーガリンが応対に出てきた場合の用心だった。ニーナが彼女を憶えているように、彼女もニーナを憶えていないともかぎらない。イアンの妻はおざなりに手を振り返す。地図の縁と大きな帽子のつばに隠れて顔は見えないが、顔を隠すための小細工とは受け取れない。〝なんとまあ、きみはこういうことが達者なんだから〟イアンは感心して思った。

「一ブロック先の家はどうかと思ってるんですよ。グレアムといいます」イアンは手を差し出した。狙いはふたつ。握手を拒む人はまずいないし、上流階級風のゆったりとしたイギリス英語を頭から信用する人は多い。いつもながらこの作戦は功を奏した。中年男はためらうことなく、しっかりとイアンの手を握り返した。

「ヴァーノン・ワゴナーです。妻と二人でここに住んで一年ほどですか」

〝間違いなくドイツ人〟と、イアンは思った。〝W〟を〝V〟のように発音し、〝V〟の発音は〝F〟になるのが特徴だ。隣人たちは親切ですかとか、いもしない娘たちにふさわしい学校は近くにあるかとか、当たり障りのない話をした。お子さんは？　いません、妻と二人です。ワゴナーは礼儀正しく、あくまで他人行儀だった。

「奥さんはどうでしょう、ここを気に入られていますか？」イアンは尋ねた。「妻は友達ができるかどうかをとても不安がっていましてね」ディー・イェーガリンが新しい夫と家庭を作っていることは充分に考えられる。難民が就ける職はごくかぎられているからだ。この家に住む女をちゃんと見てみたかったが、玄関先でいつまでも世間話はできない。

「ヴァーノン？」奥から声がして、布巾で手を拭きながら女が現れた。「お客さまなの？」女のドイツ語訛りは夫のよりひどい。お邪魔しましたと言いながら、イアンは女の顔をじっくり眺めた。よく太って、ブロンドで、青い目。ディー・イェーガリンと同じ年頃――古い写真の若い女が、体重を増やし髪を染めることはありえる。イアンは女と握手しながら体の向きを変え、うまく女をポーチへと誘導した。ニーナからよく見える位置へと。心臓が早鐘を打った。

　だが、ニーナは地図を脇に抱えると、芝生を横切って階段をあがり手袋をした手を差し伸べた。イアンの希望が無残に砕けた。彼女が距離を取ったまま、〝そう、その女〟の合図をよこしてくれるのを期待していたのに。

「ご出身はオーストリア、それともドイツですか、奥さん？」イアンは失望を隠して尋ねた。「わたしは若いころウィーンにいましてね、数年ほど。懐かしく思い出しますよ」

「ワイマールの出身です」ミセス・ワゴナーが笑みを浮かべた。ドイツ語訛りに悪意ある反応が返ってこなくてほっとしたのだろう。

「ワイマールには親しい友人がいました……ローレライ・フォークトという名に聞き覚えはありませんか？」

夫婦はどちらも無表情で、何の反応も示さなかった。別に期待はしていなかった。たとえ彼女が二人に会っていたとしても、その名前を名乗っていたかどうかわからないのだから。

「これ以上お時間をいただくわけにはいきませんね」イアンは言い、ニーナの腕を取った。彼女は二人に聞こえないような小声で挨拶した。あくまでも礼儀正しく。「ご親切にどうも」

「どういたしまして」ワゴナーは快活に言ったが、イアンにはひっかかるものが残った。人を疲れさせるほど愛想のいいこの国に住んでいて、彼はイアンたちを家の中に招じ入れなかった。戸口ででんと構えて、感じのいい笑みを浮かべながら、目から何の感情も読み取れない。〝あんたたち、何者なんだ。こっちに来てロードアイランドはウーンソケットのヴァーノン・ワゴナーになる前は何をしてたんだ？〟

「ありがとうございました」イアンは言い、ポーチの階段をおりた。肘をつかむニーナの手は固く握り締められていた。

「彼女はちがう」ニーナがつぶやく。

「わかってる」角を曲がり、イアンは彼女のために車のドアを開けた。「だが、男のほうは何かある。身を隠さないと不安でたまらない何か、コルブに金を払って新しい名前を手に入れなきゃならない何かが」イアンは彼女が乗り込むとドアを閉め、運転席側にまわった。「強制収容所の事務員？　ゲシュタポにいた看守？　支配者民族であるアーリア人の純度を保つため劣性人種を取りのけた第三帝国の医者か？」

思わず声が大きくなり、イアンは自分を抑えた。ローレライ・フォークトであってほしいとあれほど願っていたのに。ドアが開くとそこに弟を殺した女が現れることを。

「このクソ野郎（ムダク）は次の機会にまわそう」ニーナは言い、ヒールのパンプスを蹴って脱いだ。「居所はわかっているし、顔もわかってる。あとで、ディー・イェーガリンのあとで仕留めてやる。何者であっても」

「彼はぜったいにナチだ。だが、おれたちが探している相手じゃない」ハンドルを思いきり叩いてようやく、拳を握っていたことに気づいた。

「リストに名前は七つでしょ」ニーナが言った。「あと六回もチャンスはある」

イアンがジンジンする指を伸ばすと、ニーナが食堂でやった仕草をここでもやった。人差し指を彼の人差し指に絡めたのだ。ハンターが必ず引き金を引くという誓い。ニーナ・マルコワ、小柄な女の体をしたハリケーン、驚くほど静まり返った目のまわりで混沌が渦巻いている。食堂のテーブルで向かい合わせに座り、無言の誓いを交わしたとき、彼が最初に感じたのはその静けさだった。狩りは思いどおりにならないことだらけだが、いま、その静けさが身内をどよもすのをイアンは感じていた。彼が指に力を込めると、ニーナも握り返してから指を離し、地図に手を伸ばした。さあ、仕事だ。

〝ああ、おれは妻に首ったけだ、悪いか、トニー……〟

そんな降って湧いた思いをなんとか脇に置く。やるべき仕事があるのだから。「リストをよこしてくれ、同志。住所があと六つ、チャンスがあと六つ」

だが、ローレライ・フォークトはメイン州の住所にもいなかった。ニューヨークにもコネチカットにもニュー・ハンプシャーにもいなかった。収穫がないまま二週間を費やし、手元資金は底を尽きかけていた。イアンとニーナは、悪態を吐き散らしながらボストンに戻るしかなかった。

41　ニーナ

一九四四年九月　ポーランド西部

注意を怠ると、時間は勝手に入れ替わったり溶け合ったりしがちだったから、初めてドイツ人の姿を見たのが十日後だったか二週間後だったか、ニーナにはわからなかった。

森を抜けて開けた田園地帯を歩きまわり、町があることを示す看板に背を向け、一軒家の家庭菜園からニンジンやカブを盗み、罠にかかった小動物の炙り肉のつけ合わせにした緊張の日々のあと、また森に入った。ポーランドの田舎家のドアをそっとノックして、獲物とパンを交換してくれと頼むことも考えたが、自分の姿――汚れた飛行服に乾いた血で縁取られた折れた爪――を顧みて思いとどまった。玄関口に立つニーナの姿をひと目見たら、ポーランドの主婦は誰でも悲鳴をあげるだろう。そしたら奥から誰が走り出てくる？　ピッチフォークを持った逞しい農夫、それともドイツ兵？　耕された畑が途切れてまた森が現れたので、ほっとした。〝人間とは距離を置くこと〟と肝に銘じた――案の定、その日に五人と出くわした。

ノイバラが生い茂る傾斜地をようやくのぼりきると、鋭い悲鳴が聞こえ、その場に凍りついた。肉食獣の顎に捉えられた動物の悲鳴ではない。人間の喉から出る音だ。

別の悲鳴、つづけざまに怒鳴り声、それから別の慌てふためく若い男の声がした。ニヒト・シーセン、ニヒト・シーセン――

「撃たないで」それぐらいのドイツ語はニーナでも知っている。同盟国側の陣地になんとか逃げ込めなかったら、あるいは捕まる前に自殺できなかったら、両手を挙げて〝ニヒト・シーセン〟と言う。それで事態がよくなるわけではない。ドイツ軍が捕虜に何をするか、誰でも知っていたからだ。

人の声を聞いて、ニーナは咄嗟に引き返そうとしたが、銃を持ったドイツ兵が前方のどこかにいるとわかった以上、こっそり前進するしかなかった。爆撃任務を何度こなそうと、爆弾を何発落とそうと、ドイツ兵に一対一で会ったことはただの一度もなかった。彼らは有象無象にすぎなかった。メッサーシュミットの操縦席に座る顔のない操縦士、曳光弾を空に向かって放つ目に見えない指。

前方から銃声が聞こえた。叫び声。死体が地面を打つドサッという音。

ニーナはナップサックをさげ、走った。片手に剃刀、もう一方の手に拳銃を握り、熱に浮かされた夢を吹き払うために弾を無駄にした自分を呪いながら、灌木の陰を進んだ。息を詰めて覗き込む。

空き地に四人の男たちがいた。五人目は細い腕を広げ、眉間に銃痕を穿たれ地べたに横たわっていた。その仲間二人が両手を挙げて死体の背後に立っている。柵の横木みたいに痩せ細り、見たことのない軍服姿だ。二人のドイツ兵が彼らをその場に釘づけにしていた。きちんと整髪し、きれいな軍服を着て。ニーナに近いほうの兵士は死体から銃口をあげるところで、もう一人は捕虜たちを狙って銃を構えていた。ドイツ語やニーナの知らない言葉で怒鳴り合っている。黒髪の若いほうの捕虜は懇願しようとしており、体の大きな亜麻色の髪のほうは襲いかかるつもりかじりじりと前に出て、ドイツ兵たちはさがっていろと怒鳴っているようだ。みんなが大声で怒鳴り合うので、ニーナが灌木から出た音も聞こえなかったようだ。

動こうと思うまもなく足が動いていた。近いほうのドイツ兵、横たわる男を撃ったやつへ、ニーナはまっすぐに向かっていった。若いほうの捕虜が、ドイツ兵の肩越しにニーナを見て驚きに目を瞠るまで、ドイツ兵は気づかなかった。さっと振り返ったドイツ兵の顔を、ニーナは写真のように鮮明に捉えた。若い、黒髪、高い襟からはみ出すよく肥えた首。さっと後退して銃を構えたが遅すぎた。狼のようにニーナが襲いかかった。彼女にとってこの兵士は、〝夜の魔女〟たちが目にしたヒトラー主義者すべてを具現化したものだった。八人の女たちを撃墜した夜間戦闘機の操縦士、ルサルカ号を追いつめて翼をズタズタにしたメッサーシュミットの操縦士——腕に鉤十字を蜘蛛さながらくっつけている、この得意げなドイツの若者は、彼ら全員をひとつに合わせたものだった。腹の底からせりあがる咆(ほう)哮(こう)を喉から迸らせ、剃刀を払ってその頬をざっくりと切った。血が噴き出してあたりを深紅に染めた。ドイツ兵は悲鳴をあげ、銃声が轟(とどろ)いた。もう一人のドイツ兵が銃を突き出し、年嵩(としかさ)の捕虜が落ちた銃に飛びつくのが、目の前の敵の向こうにちらっと見えた。敵は膝を突いて林床を這いまわったが、ニーナは剃刀を横に払う動きを止めなかった。ようやく顔をあげたときには、敵は松葉の上で血まみれの塊になっており、あたりは静まり返っていた。

ニーナはゆっくりと目をしばたたいて、まつげから血を振り落とした。喉が痛い。二人目のドイツ兵も死んでいた。亜麻色の髪で痩せた年嵩の捕虜が銃を構えている。若いほうの黒髪の捕虜は両手で脚の下のほうを押さえていた。二人とも目を剝いて彼女を見つめており、血を滴らせる剃刀が感覚を失った手からぶらさがっていることに、ニーナはそのとき気づいた。剃刀の刃を袖で拭こうとして、飛行服がじっとり血を吸っていることを知った。屈み込んでドイツ兵の死体を漁り、驚くほど清潔なハンカチを見つけた。剃刀と顔を拭いて血まみれになったハンカチを、死体の喉と思しきあたりに落としてようやく、どこか遠くをさまよっていた魂が体内に戻ってきた気がした。「46親衛夜間爆撃航空連隊所属、N・B・マルコワ少尉」そう言う自分の声を遠くに聞いた。「ソ連邦英雄、赤旗勲章、赤星勲章」

二人の男に見つめられて絶望の波に呑まれ、名乗っても無意味だと悟った。相手はイギリス人かフランス人か、オランダ人かアメリカ人かわからないが、どっちにせよ彼女の言うことはまったく理解できないのだ――この血に染まった空き地で何を話そうと、物言わぬ岩に向かってしゃべっているのと同じだ。この先、人間とふたたび言葉を交わすことがあるのだろうか、と暗澹たる気分になった――次にドイツ人と遭遇して命を落としたら、ぬかるんだ軍用飛行場でイェリーナの言葉に胸が張り裂けたあの晩に、絶望の中で交わしたのが最後の言葉だったということになる。

と、若いほうの捕虜が脚を押さえたまま進み出た――黒髪で、線路の大釘みたいに痩せて、生真面目な長い顔。「第六大隊ロイヤル・ウェスト・ケント連隊所属砲手セバスチャン・グレアム、最近までポーゼンの下士官兵用捕虜収容所XXI-Dにいました」彼はゆっくりと、明瞭なロシア語で言った。「あの……あなたに会えて嬉しい」

「ビルとサムとぼくが脱走したのは今朝。荷車に乗せられて労働に駆り出されたんだ、道路の補修工事——それで逃げて森に隠れた。線路を探して何時間も同じところをぐるぐるまわってね、列車に忍び込めば逃げられると思ったから。でも、ドイツの番兵に足跡を見つけられた」セバスチャン・グレアムはかぶりを振った。「ビルとぼくは運がよかった、あなたに出会えたから」

ビル——ウィリアム・ディグビーの所属連隊も階級もニーナは聞き取れなかった——が、英語で何かつぶやき、おそらく〝サムはそれほど運がよくなかった〟と言ったのだろうとニーナはあたりをつけた。ニーナたち三人は惨劇が繰り広げられた空き地に長居はしなかった——二人目のドイツ兵が狙いをはずした弾がかすった脚に、セバスチャンがぼろきれ巻きつけるあいだ、ニーナと亜麻色の髪のビルは二人の死体から服や武器や役に立ちそうなものをすべて剝ぎ取った。セバスチャンはビルの肩に腕をまわしてなんとか歩き、ニーナは荷物をぎゅうぎゅうに詰めたナップサックを担ぎ、二人を案内して静かな森の中の空き地へと向かった。今朝がた通りかかったとき小川が流れているのを確認していた。三人とも息を切らして倒れ込み、腹いっぱい水を飲んだ。ビルは二人目のドイツ兵から奪ったチョコレートバーにかぶりつき、セバスチャンはズボンの裾をめくりあげて傷の具合を確かめ、ニーナは略奪品を選り分けた。今朝、彼女は一人だったのに、いまは三人だ。頭がくらくらする。

「ここはどこなの？」ぜひとも知りたかった。長いこと地図と座標を駆使して航路を定めてきたのに——磁石以外にこの世界で頼りになるのは、木々とポーランド語の道路標識だけとは。「まだポーランドにいるのか、それとも——」

「ポーゼン郊外。以前はポズナニと呼ばれていたのに、ドイツ野郎どもが勝手に変えたんだ。捕虜収容所XXI-Dは十九世紀の砦に造られた——ベルリンから三百キロと離れていない」セバスチャンは身を乗り出し、熱心に語った。脚が痛むだろうに、自由の身になれた興奮で痛みを感じないのだろう。「赤軍は近くまで来てるの？　収容所の無線で東部前線の情報は入手してたんだけど、先遣隊が思ってたより近くまで来ているとしたら——」

「いいえ。あたし一人だけ」ニーナは手元の略奪品に視線を落とし——紙マッチ、ペンナイフ、銃弾——自分がここにいるいきさつをどの程度話したものか迷った。「航路を逸れて墜落した」そこまで端折った。「乗ってきた飛行機は捨てざるをえなかった」

セバスチャンは血に染まった脚に目をやる。「ソ連軍の病院テントに案内されて、ウォッカをしこたま差し入れてもらうのが夢だったんだ」

「そりゃよかった。ソ連の医者はあんたにウォッカを飲ませてから、脚を切り落としてくれるよ」声が嗄れているのは、ドイツ兵に切りかかったとき叫んだせいだが、何週間も人としゃべっていなかったせいでもあった。中途半端なロシア語を操るイギリス人青年に出くわして初めて、自分がどれほどおしゃべりに飢えていたかわかった。「脚の具合はどう？」もっとよく見ようと覗き込むと、ビルに睨まれ追い払われた。自分が見るから引っ込んでろと言いたいのだろう。「あんたの友達はあたしのこと好きじゃないみたい」ニーナは言った。ビルは長いこと友人の亡骸の横にうずくまっていたが、墓を掘ってやる時間がないことにさんざん文句を言ってようやく腰をあげた。ニーナは、なんであと数秒早く茂みから飛び出してこなかったんだ、と文句を言われている気がした。〝あんたたち二人の命は救ったじゃない〟睨みつけるビルの視線に、ニーナは頭の中で反論した。〝あたしがそのまま歩み去ってたら、三人とも撃ち殺されてたじゃないの〟

「彼のこと悪く思わないで」セバスチャンが言う。「ぼくらがいた収容所では、意見が真っぷたつに分かれていてね。スターリンの軍隊が丘を越えてきて収容所を解放してくれるのを願う者たちと、スターリンの軍隊は野蛮人の集まりだと思ってる者たちにね」

「あたしたちは野蛮人だよ」ニーナは心底おかしくて笑った。「だからこそドイツ軍を打ち負かせるんだ」

セバスチャンが笑い返した。せいぜい十六歳か十七歳だろう、痩せこけて目ばかり大きくて、ひげも満足に生えていない。イギリスは前線に赤ん坊を送り込むほど切羽詰まっているのだろう。彼のロシア語はたどたどしく、随所にわけのわからない英語のスラングが挟まれるが、発音は驚くほどよかった。「ロシア語はどこで習ったの？」

「ポーゼンの捕虜収容所に来る前にいた別の収容所で、隣の棟にソ連の捕虜がいてね。そこに長いこと入れられてて、やることっていえばトランプか、お腹がグーグー鳴る音を聞くぐらい。それで、キエフ出身のピョートル・イワノビッチに煙草をやって、言葉を教えてもらったらどうだろうってね。ぼくは昔から耳がすごくいいんだ」

「ピョートル・イワノビッチはどうなったの？」

「盗みを働いて縛り首になった」セバスチャンが顔をしかめたのは、ビルが傷口に水をかけて洗ったせいではなかった。「彼の死体は吊るされたまま腐るに任せられた。やつらはいつもそうした、ソ連兵に対してはね」そこで息を詰まらせた。「ドイツ軍の手に落ちたイギリス兵はとてもピクニック気分ではいられない。でも、きみたちロシア人よりはましだ。かわいそうに」

「46連隊ではね、捕虜になる前に頭をぶち抜こうって誓い合ったんだ」ニーナはセバスチャンの脚の傷口を覗き込んだ。銃弾はふくらはぎを切り裂いていた。こういう傷は清潔にして包帯を巻いて、感染が広がらないことを祈るしかない。亜麻色の髪のビルが、ドイツ兵の下着を引き裂いて細長い布切れにして脚に巻きつけると、セバスチャンの顔から血の気が引いた。ニーナが手伝おうとすると、ビルがその手を払いのけてぼそぼそ言った。

「何なのよ」ニーナもつい喧嘩腰になる。

「あなたが操縦士だって信じてないんだ。いくら赤軍だって、女を爆撃機に乗せるほど馬鹿じゃないって言ってる」

ニーナは眉を吊りあげた。右足のブーツを脱いで踵に隠しておいた身分証と勲章を取り出した。「そんなに疑うなら言ってやって。赤星勲章を喉にぐいぐい押し込んで、赤い琺瑯のクソをひり出させてやるって」

投げた。セバスチャンはさすがにそれは通訳しなかった。ビルは身分証を摘まんでうなり、放りみたい。間違いを指摘されるのが嫌いなんだ。だから、代わりにぼくが謝る。あなたの介入によってぼくらは命を救われました、マルコワ少尉、心からお礼を言います」ニーナは噴き出しそうになった。イギリス人ってちがう種族だ。いちいち礼儀作法にこだわっていたら、勝てる戦も勝てるわけがない。「あんたたちがいてもいなくても、ドイツ兵の喉を掻っ切ってたけどね。でも、どういたしまして」セバスチャンはぎょっとしながらも、仲間とまた英語で話し合いを行った。「ビルとぼくはここで野宿するつもり」結論が出たらしく、そう言った。「ぼくたちと一緒に野宿するか、それとも、このまま東に向かって進むつもり？」ニーナは所属連隊と合流するつもりだと、彼は思っているのだろう。「今夜はここに残るよ」おしゃべりできる相手をこんなところに残していくのは忍びなかった。〝居残ってよかった〟数時間後、彼女は思い知った。〝この二人、まったくの役立たずだ〟煙が立ったらやさしく息を吹きかけて火を熾す方法をニーナが伝授しなかったら、マッチを使い切っていただろう。樺の木の樹皮を剝いだものをしゃぶって栄養分を摂取する方法を教えると、二人とも困惑の表情を浮かべた。さらに、ニーナがドイツ兵の銃を持って出かけ、痩せた若い雌鹿を引きずって戻り、腹を裂いて内臓を取り出したときには、セブは真っ青になった。「腹の中をきれいにして、臓物は埋める」彼女は粘々の青と赤の腸を引っ張り出した。「それから、食える肉を切り分ける。猟をしたことないの？」

「ビルはチープサイド（ロンドンのシティーを貫く大通り）の出身だし、ぼくはハローに行ったからね」

「それってどこ？」

「まあ、いいから」セバスチャンはつるつるの内臓の山に目をやった。「この四年間、食べ物のことばかり考えてたけど、なんだか急に食欲がうせた」

「調理の匂いを嗅ぐまでのことよ」ニーナは正座して剃刀を拭いた。「あんた、四年間も捕虜だったの？　入隊したのはいくつのとき、十二歳？」

「十七だよ」さすがにむっとしたようだ。「ほんの数カ月で所属部隊がデュロンスで敵に捕まってね」

「降伏したの？」ニーナは言わずにいられなかった。同志スターリンの言葉〝一歩たりとも引いてはならない〟と、後退を余儀なくされたら、降伏するより上官が部下を撃ち殺す、という噂を思い出したからだ。

　そのときから四年経っているのに、セバスチャンの顔を羞恥心の影がよぎった。「ぼくが決めることじゃないから」表情が硬くなる。「ぼくはただの砲手だからね。ぼくのいた部隊は後方警戒をすることになっていた。デュロンスとアラスを結ぶ道路をドイツ軍から守るのが任務だった。ぼくらに与えられたのは一人ライフル一丁に銃弾五十発、ほかにはブレン軽機関銃が十八丁だけだった。弾が尽きて、戦車がやってきたらなす術はなかったんだ」彼は高い木が茂る暗い森を見まわした。そろそろ日が暮れる。「四年間、有刺鉄線の中にいて……ようやく外に出られた」

骨の浮いた顔に夢見るようなやさしい表情が浮かび、ニーナの胸がどういうわけか締めつけられた。恐怖と不安と飢餓に苛まれる単調な日々が四年もつづいたというのに、彼はまだ夢見ることができる。馬鹿と言うべきか、あっぱれと言うべきか、ニーナには決められなかった。

あたりは暗くなり、ニーナが食事の支度をする横で、二人のイギリス人は森がたてる物音ひとつひとつにびくついていた。ニーナに指図されると、ビルは相変わらずむっとしていた――イギリス兵は女性の少尉に慣れていないのだろう、とニーナはおかしくなった――が、気づかれていないと思うと、ニーナをじっと見つめる。それはセバスチャンも同じだった。「ごめん」信じられないという顔で眺めているのをニーナに見つかると、セバスチャンは謝った。「無礼を働くつもりはないんだけど。男ばかりの中で四十八カ月暮らしたあとで、女の人の顔を見るのがどんなに不思議な感じのするものか、あなたにはわからないだろうな」

焚火で炙る鹿肉をまわしながら、ニーナは考え込んだ。「あんたたちのどっちかと、あたしが面倒を起こしそうだから?」ぶしつけな質問だ。

セバスチャンの肩が震えだした。ニーナは身構え、それから肩を震わせて笑っているのだと気づいた。「マルコワ少尉」楽しそうに笑いながら言う。「ぼくは紳士として育てられた。父が考える紳士とは、女性のために椅子を引いてやるけど、女性なんて取るに足らない存在だと思っている。ぼくの兄が考える紳士とは、椅子を引いてやって、女性の意見を聞く。決めつけたりしないでね。それから、誘われないかぎり手は出さない。ぼくは紳士じゃないかもしれないけど、馬鹿じゃないからね。それでもって、地上でいちばんの馬鹿じゃないかぎり、急に茂みから飛び出してきて、武装した男を剃刀でズタズタにするような女性に無理強いはしない」

彼の笑いには伝染性があり、ニーナもつい笑顔になった。

三人とも鹿肉をむさぼり食った。まわりは焦げていて中は半生の肉を、顎が脂でベトベトになるまで食べ尽くした。「いま捕まって連れ戻されたとしてもかまわない」セバスチャンが鹿の軟骨をしゃぶりながら言った。「この四年間に口にした捕虜用の食事とは比べ物にならないうまさだ。ところで、ワルシャワで武装蜂起が起きたってほんとうなの？」

「そうみたいね。パリが解放されたっていうのはほんと？」

二カ国語で戦況に関する熱心な情報交換が行われた。食べ物がなくなると、セバスチャンは試しに焚火のまわりを歩いてみようとしたが、ほんの数歩で断念した。「くすぐったくて駄目だ」冗談を言ったものの、痛みに口元が歪んでいた。ビルがじっと見つめる。セバスチャンが見つめ返し、二人のあいだで声に出さないやり取りがはじまった。何を話し合っているのか、ニーナにはわかる気がしたので立ちあがり、飛行服の乾き具合を見に行った。ドイツ兵の血を洗い流して近くの枝に掛けておいたのだ。血がついていないズボンとシャツの上から飛行服を着て焚火のそばへと戻ると、ビルは略奪品をごそごそやっていた。

「あんたを置いていくつもりなんだ」ニーナはセバスチャンのかたわらに腰をおろした。

「そうなんでしょ？」

「足を引きずって歩くぼくを担いでいくより、一人のほうが自由になれる確率は高いって、ぼくが彼に言ったんだ。ドイツの軍服――血まみれじゃないやつ――を着て、最寄りの駅まで行ければ、ドイツ兵の身分証ではったりをかまして汽車に乗って、解放されたフランスに向かうんだ」セバスチャンは焚火に小枝を放り込んだ。「ぼくが彼の立場でもそうしてる」

「あんたにできるの？」負傷したセストラを残していくという考え方が、ニーナには理解できなかった。

「逃亡を図る者はみんなそうする。ゲートの外に出たら別行動をとる。どちらか一方は逃げ延びられるかもしれないからね」セバスチャンはなんでもないふりをしていたが、英語に比べてロシア語では感情をうまく隠せなかった。ビルがドイツの軍服を着るのを、二人で眺めた。痩せているから軍服が肩から浮いていたが、目も当てられないほどではない。ビルが初めて笑顔を見せ、ドイツ兵の艶を失っていないブーツに足を入れた。

「一日も経たずに捕まるわよ」ニーナは言った。

「たぶんね。そうなるだろうって、逃げ出したときからわかってた――見つかって、捕まって、一日、二日のうちに収容所に逆戻りだって。でも、なかには逃げおおせる者もいる。

ぼくの部隊のウォルフってやつ、アラン・ウォルフ――彼は三回目で成功したんだ。それ以来姿を見てないからね」

「もうこの世にいないからかも」

「あるいは、イギリスに戻ったか。小鳥のように自由に。運がいいやつがいなきゃ」セバスチャンは小枝を骨の浮いた両手でまわした。「アラン・ウォルフにできたのなら、ビル・ディグビーにだってできる」

「あんたを置いてくべきじゃない」ドイツ兵の身分証を探す男を眺めながら、ニーナは言った。

セバスチャンが黙り込む。「そもそもぼくは、脱走仲間に入ってなかったんだ」しばらくして、ぽつりと言った。興味深い会話は支度に夢中のビルの前で繰り広げられていたが、言葉の壁があるので二人きりで話しているのと同じことだった。「ビルとサム、二人はダンケルクの戦いのときからの親友だったんだ。最後の最後でぼくが加わることになった。道路補修の作業を三人ひと組でやれってことでね。それでぼくを連れていくか、計画を反故にするかってことになって。ぼくは使い物にならないって、二人とも思ってたから」

――肩をすくめる――「たしかに、ぼくが怪我したとき、ビルはドイツ兵の一人を殺して、あなたがもう一人を殺した。だから、二人がそう思ったのも無理ないんだ、そうでしょ？いずれにしたって、ビルはぼくに責任を感じる必要はないんだ」

〝ビルが責任逃れできるのは、あたしが登場したからでしょ〟ニーナは苦々しく思った。

まったく西欧人ってのは——胸にずらっと勲章をさげて、六百十六回の爆撃任務をこなした武器を持った女のことを、こいつらはどう思う？　〝助かった、看護婦の登場だ！〟怪我した男を女に預けて、疚しさを微塵も覚えず去っていくのだ。怪我の手当は女がするのが当たり前だから。

おあいにくさま、N・B・マルコワは自分以外の誰の面倒も見ない。西に行くんだから、看護婦の真似事をしている暇はない。

「少し眠るといい」セバスチャンに言い、ニーナは焚火の反対側へと引き揚げた。焚火の向こうから聞こえる苦しそうな寝息に耳を塞ぐ。西へ。

夜明けとともにビルは出発した。セバスチャンは彼と握手し、ニーナは方向を指示し、彼の物欲しげな視線を感じて、磁石をシャツの中にしまった。イギリスを夢見て木々のあいだを抜けてゆくビルを、二人して見送った。セバスチャンは達観した風情でニーナに顔を向けた。

「できるだけ早く所属連隊と合流するつもりですよね、少尉」彼が他人行儀に言った。「ワルシャワを目指すあなたを引きとめるつもりはありません。ぼくはすぐに捕まる、わかってるんです。代用コーヒーと乾燥カブのスープの、ちゃんとした夕食に間に合う時間に戻れるといいんだけど」なんとか笑おうとする。「鹿肉を腹いっぱい食べて、星の下で眠れたんだから、脱走した甲斐があった」

彼は首を傾げ、平気な顔をしようとした。傷が痛むだろうに。〝ああ、もう、いやになる〟「ニーナ・ボリソヴナ」

「なんだって？」

「あたしはあんたの少尉じゃないから、ニーナ・ボリソヴナって呼んで。しばらく一緒にいるよ」目を怒らせ、両手をポケットに突っ込んだ。「あんたの脚がよくなるまで。それから西を目指す」

「西？」彼が怪訝な顔をする。「どうして所属連隊に合流――」

「所属連隊に合流できないのよ。逮捕されるから。あたしは脱走兵じゃない」彼がちらっとこっちを見るので、むかっ腹が立った。「臆病者でもない。あたしの父が同志スターリンを悪く言ったもんだから、家族全員が告発されたの」

彼が疑っているのがわかった。誰だって疑うだろう。彼が慎重になって、自分のことはほっといてくれと言うのを期待した。そうすれば、脚を怪我した青臭い坊やの世話を焼かずにすむ。逃げ出したくてうずうずしてるのだから。

「信じるよ」

ニーナはうめきそうになった。「なぜ？」

「あなたはドイツ兵を殺し、ぼくの命を救ってくれた」こともなげに言う。「あなたは臆病者じゃない。ぼくみたいな見知らぬ他人を置き去りにできないのなら、よほどのことがないかぎり所属連隊を見捨てたりしないはずだ」

ニーナはまたうめいた。「あたしはあんたみたいに人を簡単に信じないから、この歳まで生きてこれたんだよ、イングリッシュマン！」
彼はほほえんだ。「友達はセブと呼ぶよ」

42 ジョーダン

一九五〇年八月　ボストン

〝それにしても、気まずいわ〟ジョーダンは思った。だったら、滑走路に立つ人たちのスナップを撮って、こんなキャプションを付ける。〝元婚約者たち：気まずさを考察する〟「お久しぶり」努めて普通に言った。ギャレットに会うのはダイヤモンドの婚約指輪を返して以来で、あのとき彼は、誰がきみの助言なんか聞くもんか、と言った。それなのに、ギャレットが初めて飛行機に乗せてくれたその小さな飛行場で出くわすとは。ジョーダン一人ならまだしも、かたわらにはトニーがいるのだ。二人の無言のやり取りを、彼は愉快そうに見守っていた。口にされる言葉を長いこと通訳してきた人だから、口にされない言葉を通訳することにも驚くほど長けているにちがいない。「まさかあなたがいるとは思わなかったわ、ギャレット」

元婚約者は父親のかたわらで仕事をするときに着ているサマースーツとは打って変わっ

て、油が染みたつなぎを着ていた。「ここでフルタイムで働いてるんだ。格納庫で手伝いをしたり、遊覧飛行のパイロットをしたり。いまではここの共同経営者だ」得意げに言う。「ここででかいことをやるんだ、いずれはミスター・ハッターソンの株を買い取るつもり。最初は父もいい顔しなかったけど、いまはたまに訪ねてくるようになった」

〝つまりあたしの助言を聞いたってことね〟つなぎを着たギャレットは、スーツを着ていたときよりずっとのびのびしている。〝だから言ったじゃない！〟と言いたくなるのを、ジョーダンはなんとかこらえたが、言わなくても彼には充分わかっているだろう。

「ここで何してるの？」ギャレットは腕を組み、ジョーダンの腰に腕をまわしたトニーをちらっと見た。「会ったことなかったっけ？　ティミーだった？」

「トニー。ロドモフスキー。また会えて嬉しいよ、ギャリー」

「ギャレット。バーン」

「そうだった」

ジョーダンはトニーの腕を振りほどいた。まったく、男ってのは。「整備士の写真を撮りたいと思ったの、よろしければ」『働く整備士』――クランシー一家が経営する修理工場で働く地元の男たちを撮った写真は期待はずれだった。車のエンジンではいまいち視覚に訴えるものがない。「格納庫にお邪魔してスナップ写真を撮ったらまずいかしら」

ここでもまた、喧嘩腰の男にノーと言われるかもしれないと身構えたが、ギャレットはぎこちなくうなずいただけで、視線をトニーの背後で落ち着きなくうろついている人物に向けた。「きみのもう一人の友人を紹介してくれないか?」

ジョーダンが口を開きかける間もなく、ニーナ・グレアムが駆け寄ってきた。「あんた、飛行機を持ってるの?」彼女は妙な訛りの英語で尋ね、ブーツをカチャカチャいわせて前に出た。「見せて」

迎えに来てくれたトニーのフォードの後部座席から、ブロンドの頭が覗いているのを見て、ジョーダンはあっけにとられた。「悪いね、もう一人おまけがついてきた」トニーが背後を見て言った。「ジョーダン・マクブライド、ニーナ・グレアムを紹介します、イアンの奥さん。今朝、きみを飛行場まで乗せていくってぼくが言うのを耳にして、彼女が勝手についてきたんだ」

「お会いできて嬉しいです、ミセス・グレアム――」ジョーダンが言いかけると、相手は面倒くさそうに手を振って言葉を遮った。

「ニーナって呼んで。アントチカが好きな女の子ってあんたか」彼女は値踏みするようにジョーダンを眺めた。ジョーダンのほうも〝クソッタレ〟と内心で思いながら、礼儀正しく挨拶した。後部座席におまけがいたのでは、飛行場に向かう途中で車を駐めてキスするわけにもいかなかった。アンネリーゼはまだコンコードに滞在中、ルースは学校から戻ると近所の家に遊びに行くし、店はミセス・ウィアがちゃんと守ってくれているし、この数週間、イアン・グレアムと妻は毎日のように車で遠出していたので、ジョーダンとトニーはキス三昧で自由を謳歌してきた。きょうも楽しみにしていたのは、トニーがキスを心から楽しんでいるからだ。たいていの男はキスを五分間の序奏とみなし、なんとか早く切りあげて女の子のブラウスのボタンをはずしたがる。ところが後部座席には会うのが初めての女がいる。もっとも、彼女のことはいろいろ聞いていて興味を覚えていた。

「イアンの赤の戦争花嫁」トニーはそう言った。「あれこれ訊くなよ」

黒貂の毛皮をまとったエキゾチックな美女を想像していたのに。みすぼらしいブーツを履いた、小型爆弾みたいな女ではなく。いま、ニーナ・グレアムはギャレットと型どおりの握手をしながら、質問を連発していた。「あんたが所有してるのは、あそこのトラベルエアー4000だけ？　ほかには？　ステアマン、エアロンカ、ワコー――」

「ほとんどがアメリカ製の機体なんだ」ギャレットは背筋を伸ばして飛行機の名前を挙げた。彼がとっておきの魅力的な笑みを浮かべて顔を輝かせるのを、ジョーダンは笑いをこらえて眺めた。「飛行機の通なんだね、ミセス・グレアム？」

ニーナは慎ましくほほえんだ。「飛んでたもんだから、ちょっとばかり」

「だったら、ジョーダンとそこのティミーがぶらついてるあいだ、いろいろ見せてあげましょうか……」

「おやおや」トニーがジョーダンに耳打ちした。ギャレットはニーナと並んでゆっくり歩きながら、熱心に説明をはじめた。「彼女といちゃついてる」

「あたしにやきもちを焼かせたいのよ」ジョーダンはにっこりし、バッグからフィルムを取り出しながら、嫉妬していない自分にほっとした。結婚するのをやめて正解だったことが、これではっきりした。前々からわかってはいたことだけれど。

ギャレットの声が聞こえてくる。「……これがトラベルエアーで、ニックネームは〝オリーヴ〟。操縦士って自分の機体に名前をつけるのが好きなんだ。知ってた？　あなたを乗せて急旋回してもいいんだけど、手加減するからさ――」

トニーが笑いだす。「あんなこと言ってると、彼女に食われるぞ」

「どうぞ、見物してて」ジョーダンも笑った。「あたしは写真を撮ってくる」

トニーは彼女のバッグを格納庫まで運び、整備士たちの様子を窺ってから、農薬散布用の飛行機の陰に彼女を引っ張っていくと長いキスをした。「あとでもっとゆっくりとね」彼がささやく。「おまけがギャリーのブーツから骨からつなぎまで、いっさいがっさい平らげたあとで、ちゃんと送り届けたあとで」

次のキスはさらに長かった。ジョーダンは体を引き、ここに何しに来たのか思い出そうとした。『働く整備士』そう、そうだった。

整備士を見つけて自己紹介し、軽くおしゃべりし、お世辞を言って喜ばせ、笑わせる――トニーに教わった相手をリラックスさせるコツだ。手振りで仕事に戻ってくれと指示し、相手を喜ばせるような質問をし、カメラのほうを見たら叱りつけ、相手が仕事に没頭したところでシャッターを押した。フィルムを二本使い切ったけど、それがなに。〝どんどんうまくなっている〟と思い、被写体に感謝する。フォトエッセイは形になりつつあった。ニューヨークで職探しをはじめたら、これを目玉にする。もうじきアパートを探して、面接を受けて……

　ルースにも打ち明けなければ。ええ、あなたの姉さんは家を離れることになるの。でも、月に一度は戻ってくるからね。ジョーダンは顔をしかめた。ルースはニューヨーク行きのことを知ってはいるが、どういうことなのか理解していない――このところ彼女は音楽に夢中で、ヴァイオリンの形をしていないものには見向きもしないのだ。アンネリーゼの留守をいいことに、毎日夕方になると、ルースを練習のため閉店後の店に連れていく。引きずってでも連れて帰らなければ、食事も忘れて弾きつづけるだろう。「ルースはいい子にしてるわよ」コンコードから電話してきたアンネリーゼに、ジョーダンは言った。

「悪い夢は見ていない？」

「このところ見てないわ」日々の練習と、ミスター・グレアムが時間を捻出してレッスンしてくれるおかげで、ルースは花開きつつあった。「じきにちゃんとした先生をつけたほうがよくなる」車で遠出して戻ったミスター・グレアムが、このあいだのレッスンのあとで言った。「音階や簡単なメロディーならおれにも教えられるが、彼女は小さな海綿みたいにどんどん吸収する。おれが弾くのを聞いたり、ラジオから流れてくるのを聞いて空で覚えた曲を、自分で弾いてみようとするんだ」

〝ルースに音楽があるかぎり、秋にあたしが家を出ても、彼女はきっとうまくやっていく〟ジョーダンは思った。それはつまり、アンネリーゼに打ち明けなければならないということだ。そのうち。でも、いまはまだいい。

「あなたはどうなの、アンナ、楽しんでる？」義母の声から張り詰めたものを聞き取り、ジョーダンは受話器越しに尋ねた。

「計画を立てないとね」アンネリーゼがため息をついた。「夏のあいだにゆっくり考えるつもりだったのにね」

その夏はまたたく間に過ぎてゆく。そんなことを考えながら、ジョーダンは滑走路に出た。じきに秋の気配が漂いはじめる。ニューヨーク行きのための荷造りをしなければならない。夕方、店に行って、高名な従軍記者が妹にヴァイオリンを教えるのを見守ることもなくなる。ニーナ・グレアムが生まれ育ったシベリアの、単調だけれど心を捉える子守唄を、妹が弾くのを見守ることもなくなるのだ。レッスンのあと、ミスター・グレアムが淹れてくれた紅茶を飲みながら、イギリス人特有の低くてよく響く声で淡々と語るマギー・バーク＝ホワイトの逸話に耳を傾けることもなくなるのだ。彼女が写真を撮ることに夢中で、ホルターネックのシャツの紐がほどけて、胸が丸見えになっていても気づかなかった話とか。それに、トニーとも会えなくなる……。

彼は肩越しに振り返り、ブルーとクリーム色の〝オリーヴ〟という名の機体を指さした。いま、機体は滑走路を飛び立ち、飛行場の上をゆっくりと旋回している。彼の笑顔を見て胃がギュッと縮むのを止める術はない。〝いまを楽しみなさい、思う存分。夏が終わる前に〟

「ギャリーがニーナを乗せてきりもみ降下するらしい」トニーが笑った。「なんなら試しにやってみるかい、練習生用の操縦装置を使って、と彼は言ってた。こりゃ見物だ」

　頭上では、オリーヴが地味な宙返りを終えたかと思うと、突然急降下をはじめ、飛行場をすごい速度でまわってからひっくり返り、そのまま急上昇をはじめた。機体がどこへともなく消えたかと思った矢先、轟音もろとも戻ってきて、格納庫の屋根すれすれをかすめて飛んでいったので、ペイントを施された機体の腹が、手を伸ばせば触れそうなほど近くに見えた。最後に垂直上昇から垂直下降のアクロバット飛行を終えると、ニーナはオリーヴを、ギャレットが離陸に使った距離の半分で着陸させた。

　ジョーダンはトニーを見つめ、二人一緒に噴き出した。ギャレットが心なしか青ざめた顔で教官用の操縦席から降りてきたときも、ジョーダンは笑いを止めることができなかった。ニーナは猫が屋根から飛び降りるように、いとも易々と操縦席から飛び降り、飛行帽を脱いだ。「……操縦装置がいくぶん重めね」そう話すニーナに、二人は近づいていった。「でも、いい小型機だね。いい」しれっとした顔で翼を軽く叩く。「もっと速いのはないの？」

「ああ。それは、いまはまだね、運営規模が小さいから――」ギャレットは気を取り直したようで、口惜しさ半分、感嘆半分の表情を浮かべた。感嘆が勝ちをおさめたらしく、彼は尋ねた。「ちょっと教えてもらえないかな、ミセス・グレアム？」

「彼女はソ連空軍の操縦士だったんだって」ニーナをスコレイ広場のアパートに降ろした

あと、トニーがこっそり教えてくれた。

「そう。大っぴらに言うわけにはいかない。ここの連中は共産主義者を目の敵にしてるからね」ジョーダンの家の前に車を停めると、トニーは車から降りた。「さあ、着いた。きみは暗室にこもって、そのフィルムすべてを今夜のうちに現像したいんだろ?」

「どうしてわかったの?」でも、とジョーダンは思った。ルースはお隣で遊んでいて、迎えに行くまで数時間ある。数時間、そう思ってトニーを見る。

彼はジョーダンの手を取って車から降ろし、彼女の物思わしげな視線を受けて眉を吊りあげた。「何を考えてるの?」

〝とくに何も。でも、いちいち考えなくたっていいじゃない〟いちいち手順を踏むことにうんざりだった。デートして玄関先でキスして別れて、白い手袋をはめて相手の両親に会いに行く。女子青年同盟お墨付きの望ましいお付き合いの仕方のせいで、ギャレットと一緒に籠の鳥になった気がしていた。こっそりといけないことをしてみたかった。自分だけのために、何かものすごく望ましからざることを。大きく息を吸う。「あたしの暗室、見たくない?」

彼がゆっくりとほほえんだ。目元にしわが寄るほほえみだ。「そりゃ光栄だな」

家族以外の誰かと一緒に、玄関ポーチの下の急な階段をおりるのは、これが初めてだった。彼女だけの領域、暗室の明かりをつけ、壁から見おろすゲルダとマーガレットを指さし、現像機材を指さす。トニーはそのすべてを見てまわった。「きみが最高の時間を過ごしている場所なんだね」
「最悪の時間ってこともあるわ。父を思い出して泣くときは、いつもここなの」いまでは
そう頻繁ではなくなった――傷口を守るように、悲しみにも薄い膜が張り、経過する時間
に封じ込められる。その膜はどんどん厚くなるのだろう。なんだか申し訳ない気もする。
悲しみを切り離すなんて。でも、それは思い出すことでもあった。「いいにしろ悪いにし
ろ、大事なことはすべてここで起きるの」彼女は言い、馴染んだ匂いを吸い込んだ。
　トニーが長いテーブルに触れ、ライトを見あげた。「気に入った」
「この倍の広さがあったらいいんだけど。助手が欲しいし、一緒に作業する同業者がいた
らもっといい」ジョーダンは靴を脱いだ。「欲しいものは限りなくある」
「ぼくが与えてあげると言いたいところだけど、きみは自分の力で手に入れたいんだよ
な」そう言って壁に寄りかかった。「さあ、仕事に取りかかって」
「一度取りかかると、あたし、時間を忘れるわよ」警告のつもりで言う。
「時間はある。ニーナがイアンの仕事を引き継いでくれるし、使える電話は一台しかなく
て、イアンがそれを使うしね。きみを眺めること以外、ぼくにはやることがない」トニー
は頭の後ろで両手を組んだ。「仕事に夢中になっているきみは、信じられないぐらい魅力
的だ」
「だったら、取りかかろうっと」ジョーダンは顔にかかる髪を縛る毛糸に手を伸ばした。
髪をひとつにまとめると、剝き出しになったうなじに彼の視線を感じ、振り返ってほほえ

んだ。「ネガを現像するのを眺めてたってつまらないわよ。退屈であくびが止まらなくなるから」

「きみは集中すると下唇を舐めるね」と、トニー。「きみがそうするのを眺めているだけで、ぼくは楽しい」

「あなたって魅力的な嘘をつくのね、トニー・ロドモフスキー」

彼の笑みが消えた。「そうしないように努力する」

いますぐ彼のところに行って顔を引き寄せたいと思う自分がいる一方、期待が高まってゆくのをもう少し楽しみたい自分もいた。「そう、だったら、よからぬことを考えてる人に眺められながら、ちゃんと仕事ができるか試してみるわ」

彼がにやりとする。「とってもよからぬことをね」

赤い安全灯をつけ、カメラからフィルムを抜き出し、彼の視線を意識しながら作業に取りかかった。現像し終えた印画紙を一枚ずつ洗濯ばさみで留め、一歩さがる。

「出来はどう？」トニーが背後から尋ねる。

「あれかな。たぶんあれね」指さす。「引き伸ばして、プロペラの羽根をバックに両手だけに焦点を当てる」

彼が両腕をジョーダンの腰にまわし、彼女の肩越しに印画紙を眺めた。「どうしてわかるの？」

「何をすべきか、どうしたらわかるようになるかって？」顎で首筋を擦られ、ハッと息を呑む。「講座を受ける。練習する。何年も必死に頑張る」

彼が耳たぶを噛んだ。「なるほど」

頭をのけぞらせた。「あなたの秘密を教えて」

「どうして?」

「だって、あたしたち闇の中にいて、人が秘密をやり取りするのは暗いところって決まってるでしょ」

「きみが最初だ」

「あたし、ときどき自分をJ・ブライドって呼ぶの。署名入りの記事を書くとき使うつもりの名前なんだけど、現実に彼女がそこにいるように話しかけるのよ、ときどき。カメラとリボルバーを手に世界を飛びまわる、有名なJ・ブライド、男もピュリッツァー賞も勝手についてくる」

「ぼくはピュリッツァーじゃないけど、きみについていく」

彼が反対側の首筋にキスしたので、ジョーダンは彼のやわらかな髪に手を滑り込ませた。

「あなたの番。どんな秘密を持ってるの?」

顎をジョーダンの肩に休ませ、腕を腰にまわしたまま、彼はしばらくじっとしていた。

「きみに話したいことがひとつある」彼がゆっくり言った。「でも、話せない」

「どうして話せないの?」

「ぼくの秘密じゃないから。いまはまだ話せない」

「クイーンズに妻と子供が六人いるとか？」

「妻はいない。恋人もいない。子供もいない。それはほんとうだ」

「犯罪歴があるの？　逮捕状が出ている？」

「それもない」

「わかった、だったら」好奇心は旺盛なほうだが、赤いライトに照らされた部屋のぼうっとなるあたたかさに包まれていると、どうでもよくなる。信用証明書をずらっと並べ、未来の夫としてふさわしいかどうか、トニーを家族に見てもらうつもりはなかった。彼がそうしたいのなら、秘密をいくつ持っていようとかまわない。ジョーダンにだって秘密のひとつやふたつはある。「だったら、ひとつだけ教えて。口にできない秘密じゃないのを」

「ぼくはユダヤ人だ」

「ほんとに？」

「ああ。いますぐ出ていってほしい？」

手を後ろに伸ばして彼を叩いた。「まさか！」

彼が警戒するような口調で言った。「そういうことを聞かされたくない人間もいるからね」

「そういうことを聞かされたくなかった女性がいたのね？」

「イギリスで会った子。本気で付き合ってた。ぼくの祖母はクラクフから逃げてきたユダヤ人だ、と話したとたん、電話をしても出なくなった」肩をすくめる。「ぼくはカトリックとして育てられたけど、四分の一はユダヤ人だというだけでそれ以上近づきたくないと思う人間もいる」

ジョーダンは彼に寄りかかった。腰にまわされた腕のぬくもりにもたれかかる。「あなたはトニー・ロドモフスキー。あたしはあなたのすべてが好き……そのことを卑猥な冗談にしないわよね」

「するわけないだろ」しばらく絡まり合い、黙って立っていた。やがてジョーダンの肩にキスして彼が体を引いた。「フィルムをもう一本、現像しなきゃならないんだろ」

「ええ」声が出づらかった。

空気が濃密になる。ジョーダンはネガフィルムの焼き付けにかかった。いつものように念入りな作業ができていないことに気づいたが、気にならなかった。印画紙を吊るし、使った薬剤を捨てるあいだも、彼の視線を感じていた。

「終わった?」背後からトニーの声がした。

トレイの最後の一枚を脇に置いて振り返り、視線を合わせると一気に気持ちが傾いていく。〝こんなことしていいの、と立ち止まって考えず、チャンスをつかめばいいじゃない〟

「こっちに来て」

「よかった。もう一本あったなんて言われたら、どうしようかと思った」赤い光の中、彼は近づいてきて髪を結んだ毛糸の先を摘まみ、ゆっくりとほどいた。リタ・ヘイワース風のピンカールはとっくにやめていた。髪がまっすぐに彼の手に流れ落ちてゆく。

「秋にはニューヨークに行くつもりなの」唇が塞がれる前に思いきって言った。「それまで、この暗室でしゃかりきに働いて、妹の世話をして——それから、できればあなたと思いきり羽目をはずしたい」トニーの首に腕を巻きつけ、目を見つめた。吸い込まれそうな瞳を。「どう思う?」

彼の声は掠れていた。「すばらしい」

安全灯の赤い光の中で唇がぶつかり、手がボタンにかかり、シャツの裾を引っ張り出す。ジョーダンは背後に手を伸ばし、作業台に腰をのせて彼を引き寄せた。トニーのシャツが床に落ち、ジョーダンのブラウスがそれにつづいた。「遅くまで作業して疲れたときのために、ここにソファーを置こうと思ってたんだけど……」ジョーダンはキスの合間にささやいた。「そこまで手がまわらなかった」

「そりゃ迂闊だったな」彼が言い、ブラジャーをはずして放り、彼女を寝かせた。

「あなた——」ジョーダンは喘いだ。彼のキスが脇腹をゆっくりとおりてゆくところで、話すこともままならない。脇腹の皮膚がこんなに感じやすいなんて知らなかった。そういえばギャレットを含め、いままで誰も脇腹にここまでの注意を払ってくれたことはなかったのだ。「持ってるの、その——」

「ポケットの中」おへそに向かってトニーがにやりとしている。「まだパパになるつもりはないからね」

「よかった。急いで——」彼をさらに引き寄せた。

「だめ」彼が手首をつかんでテーブルに押しつけ、にやりとした。例の胃がでんぐり返る笑みだ。「きみはたっぷり仕事をしたんだから、J・ブライド。今度はぼくの番だ」

43　イアン

一九五〇年八月　ボストン

「五軒訪ねて収穫なしだって？」受話器の向こうでフリッツ・バウアーが煙草で嗄(か)れた声でうなる。

「ディー・イエーガリンは見つかってないってことだ」ノックに応えて玄関に出てきて、イアンの〝近所に越してこようかと思っている〟話に耳を傾けた五人の男たち全員に、隠すべき戦歴があると彼は睨んでいた。「ニーナがちっぽけなコダックで写真を撮った、近所の様子を撮るふりをして。五人とも端っこに写っている。比較的鮮明な写真だ――あんたのファイルと照合してくれないか。顔と一致する名前が見つかるかもしれん。彼らが戦争犯罪人だと確認できれば――」

「合衆国で逃亡犯罪人の引渡しを求めて裁判で争うことの大変さは、前に話したよな、グレアム？」

「それだって、誰かがやらなきゃな」イアンは苦笑いを浮かべた。「写真を送るよ。あしたはペンシルヴェニアまで足を延ばすつもりだ」

リストの六番目の住所、これまでいなかったら、いちばん長いドライブ、六時間以上かかるだろう。ディー・イエーガリンがそこにいなかったら、最後の住所はフロリダだ。〝どうかペンシルヴェニアにいてくれ〟イアンは祈った。経費がかさみすぎて、これ以上旅費を賄えそうになかった。八月になっても――八月！――調べるべき住所がふたつ残ったのは、電話代と家賃と最初の五軒を訪ねる旅費で金が底を尽き、イアンの年金の次の支給日まで待たねばならなかったからだ。女殺人者の追跡が頓挫したのは、銀行口座に必要な十ドルが残っていなかったからだ。

「おれの錯覚かもしれんが」州境を越えてペンシルヴェニア州に入るころ、彼はニーナに言った。「きょう、おれたちが旅立つのを、トニーのやつ、やけに熱心に見送ってた気がする」

「早くあれをしたくてたまらないから」ニーナがこともなげに言う。

「なんてこった」相棒とジョーダン・マクブライドがそういうことになっているとは。

「ショックを受けた？」ニーナはおもしろがっている。「すぐに結婚すべきだと思う？」

「いや、おれだって五十歩百歩だから、人のことをとやかく言えない」長く戦闘地帯にいると、その日を生き延びるとあとは何を飲むか、誰をベッドに誘い込むかしか考えなくなり、世間体だの結婚だのなんてことは端から頭にない。「だが、トニーにはあの子の心を傷つけてほしくない」むっつりと言った。

「彼女が好きなのね」

「マクブライド姉妹はどっちも好きだ」ルースのレッスンのあと、アンティークショップで過ごす三十分ほどの時間をとても楽しみにしていることに気づいたときは、われながら驚いた。彼が紅茶を淹れ、ジョーダンは戦争の話をしてくれとせっつき、トニーは冗談を飛ばす。金が入ってリストの残りの住所を訪れるときを待つあいだのただの暇つぶしのはずが、それ以上のものになっていたのだ。

「あんたが子供を教えるなんて、いまだに想像がつかない、ルーチク」ニーナは言い、猫みたいに脚を畳んだ。彼女はルースのレッスンに同席したことはない。夜はいつもコルブの見張りについているからだ。「なんだかとっても——なんていうの？　覇気がない？　飼いならされた？」

「ルースはいい子だ。あの子みたいな子供を見ていると、未来に思いを馳せたくなる」ニーナが首を傾げる。イアンは荒れ果てた郊外の道にフォードを進めながら、なんと説明しようか考えあぐねた。「彼女は戦時中に生まれた。幸いなことに、ローレライ・フォークトが湖畔で撃ち殺した子供たちよりはるかに運がよかった。生きて音楽を奏でて、健やかに成長していける。ルースと同じころに生まれた子供たちは、成長してまた別の戦争をはじめるかもしれない。人類の歴史がそれを物語っている。だが、ルースはその一人にはならない。彼女は世界に音楽をもたらすだろう。彼女は少なくともひとつ、前に進むためによいものを持っている。ひとつの世代を作るのは、壁を築くのに似ている――よくできた煉瓦を一度にひとつ、よくできた子供を一度に一人。よい煉瓦が充分にあれば、よい壁ができる。よい子供たちがたくさんいれば、世界中を巻き込む戦争なんてはじめない世代ができる」

「ほんの少し音階が弾ける子供から、ずいぶんいろんなことを考えるもんだ」ニーナは横目で彼を見る。「あんたが欲しいものってそれ？　子供？」

「よしてくれよ。子供なんて煩わしいだけだ」ふと思いついた。「まさか、言いたいことがあるんじゃないのか？」

「よしてよ」ニーナは手を振り、イアンはフーッと息を吐いた。どんなに用心しても、事故は起こる。「赤ん坊なんて欲しくない」ニーナが当たり前のように言った。「欲しいと思ったことない。おかしいかな？　うちの連隊のセストラはみんな欲しがってたみたいだけど」

「おれたちみたいな人間は、いい父親や母親にはなれない。つねに狩りをしてるんだから――」

「それに、あたしたちは赤ん坊より狩りのほうが好きだしね」

いま〝あたしたち〟って言ったぞ。イアンはにやりとした。

長い運転でくたびれたうえに、目当ての家の玄関をノックしても応答はなく、ペンシルヴェニアの田舎を走りまわって時間を潰し、住人が戻るのを待ち……戻ってきたのは禿げた肥満体の男と白髪頭の女房で、ニーナはかぶりを振った。二人とも帽子をかぶり、身なりもきちんとして、手ごわそうな相手だったが、イアンが探している類の手ごわさではない。それでも叩けば埃が出そうだから、ニーナは二人の写真を撮った。遠征は空振りに終わった。車に戻っても、イアンがハンドルを叩くことはなかったが、疲労困憊で運転席にもたれ目を閉じた。「次はフロリダか」力なく言う。「いつまで生きるか知らないが、おれのリストにその場所が出てくるとは、思ってもいなかった」

「ツヴァイヨ・メット」ニーナがため息をつく。

「まったくだ」イアンは言い、ボストンへの帰路についた。夏は日が長いとはいえ、帰り着く前に日はすっかり傾いていた。一日休んで長い運転の疲れをとり、フロリダまで車で行くのと汽車を使うのとどっちが安上がりか考えることにしよう。「飛行機って手もあるよ」ニーナがなだめるように言った。「ギャレット・バーンの小さな飛行場から一機借りたら、ひとっ飛びだよ」

「飛行機を借りるのは、砂糖を借りるのとはちがうんだぞ！」

「彼をクロゼットに閉じ込める」ニーナがこともなげに言った。「そうすれば、彼だっていやとは言えない」

「冗談も休み休み言えよ」イアンは言い、つい笑いだした。「だめだ」

面倒が起きたのは、食事をとろうと車を駐めたときだった。夕暮れが紫色の長い影を落としていた。ボストンまであと数時間のうらぶれた工場のある町を通りかかったところ、ニーナが車を停めろとせっついたのだ。「何か腹に入れないと、ハンドルを食っちまうからね」

　イアンは最寄りのレストランに車を乗り入れた。〈ビルズ〉という店で、ここと比べるとコルブのアパートを見張るため長時間を過ごしているボストンの食堂が、高級フランス料理のレストランに思える。「長居は無用だ」イアンは客に目をやってつぶやいた。ビールを前にした男の客ばかりが大勢いて、イアンたちにお世辞にも友好的とは言えない視線を投げてよこした。

　注文を取りに来たウェイトレスは素気なく二人を眺め、ニーナの発音に眉を吊りあげた。

「どこから来たの?」

「ボストン」イアンが言うのと同時に、ニーナが言う。「ポーランド」ウェイトレスが素気なくさらに眺める。イアンも冷ややかに見つめ返した。「ハンバーガーふたつ、ケチャップ多めで」イアンが注文を繰り返すと、ウェイトレスは横目で見るだけで聞こえないふりを決め込んだ。ニーナは明らかにおもしろがっていた。イアンのほうに身を乗り出し、眼（がん）を飛ばしてくる太ったウェイトレスを正面から睨んだ。

「手を洗ってくる」彼女は立ちあがり、汚れたブースのあいだを悠然と歩いていった。製鋼工場用のブーツを履いた男二人が彼女に声をかけたが、イアンには聞こえなかった。もっとも想像はつく。ニーナが笑い、手振りも交えて機関銃みたいに言葉を吐くと、男たちは気色（けしき）ばんだ。ニーナはそのままぶらぶらとトイレに入っていった。男の一人が立ちあがり、ニーナが座っていた席の横にやってきた。イアンはふんぞり返り、両腕をブースの背もたれの縁に広げた。

「あんたの女房、おかしなしゃべり方するな」男が挨拶抜きで言った。

「ポーランド人だからな」

「戦争中、ポーランド人にはいやというほど会った」男もしつこい。「あんなしゃべり方はしなかったぜ」

「ポーランドをくまなくまわったのか？　おれの経験から言うと、ポズナニからワルシャワに行くあいだだけでも、いろんな方言を耳にした」思いきり相手を見下す口調で言った。「うせろ（ピス・オフ）」

　男が眉根を寄せる。「このおれにうせろなんてよく言える」

　イアンは目を細めて睨んだ。「だったら消えろ（バガー・オフ）」

　背後からニーナの声がした。「どうかした、ルーチク？」

「いや」イアンは視線を動かさずに言った。「どうもしないぜ、ダーリン」

　彼女は肥満体の男の前をすり抜けて席に座った。すっかりリラックスしている。ヨシフ・スターリンの目を見て話したことのある人間にとって、マサチューセッツ州西部の喧嘩腰の酔っ払いなど屁でもないのだろう。「今日じゅうにボストンに着けるかな？」ニーナは男など目に入らぬかのように尋ねた。「車での移動は遅くてかなわない。やっぱり飛行機を借りたほうがいいよ」

「彼女のしゃべり方はポーランド人らしくない」肥満体がぶつぶつ言い、不機嫌な顔で自分の席に戻った。ハンバーガーが運ばれてくると、イアンはフーッと息を吐いたが、いちゃもん野郎と仲間が店を出ていってからも、警戒をゆるめなかった。ニーナは相変わらず好奇の視線に晒されていた――きちんとしたブラウスとスカート姿でも、観光客には見えない。盗み見する連中をじっと見返すせいかもしれないし、ハンバーガーの食べ方のせいかもしれない。それを見ていると、イアンは、フィジー諸島の人食い人種を描いた映画を思い出さずにいられない。

ウェイトレスは釣りをごまかしたが、イアンは文句を言わずに帽子をつかみ、ニーナの腕を取った。外に出るとすっかり暗くなっており、暗がりから男が三人出てきても、イアンには意外ではなかった。

イアンは体を強張らせ、前のめりになった。かたわらで妻は見事にリラックスしており、体が流れるように動いて静止した。見ればほほえんでいる。

「なんか用か?」男三人に向かって冷ややかに言った。

「戦争でロシア人にも会ってるんだよ」肥満体が言い、ビール臭い息を吐く。「彼女のしゃべり方はロシア人のそれだ、ポーランド人なんかじゃねえ。おまえの女房はアカなんだろ?」

「そうだよ、同志」ニーナが言い、すべてが一度に起きた。肥満体が彼女に向かっていく。イアンが彼女の前に立ちふさがって肥満体の顎に右フックを繰り出す。肥満体は叫び、背後の友人も同時に叫んでイアンに突進してきた。ニーナの折り畳み式剃刀が開くシャッという音がした。

「誰も殺すな――」そう言うのがやっとで、脇腹を強打されて息が止まった。肥満体が闇雲に繰り出したパンチがイアンの耳をかすめる。三人目の男に抱きつかれ宙吊りにされてもがくニーナの姿が、ちらっと見えた。冷たい恐怖と熱い怒りに呑み込まれそうになりながら、イアンにはニーナが相手の鼻に頭突きを食らわすのが見えた。怒声が闇を切り裂く。イアンは肥満体の脛を蹴ってパンチを見舞い、胴体に抱きつく男の脇腹に肘を埋めた。イアンがようやく自由になったとき、ニーナの剃刀が弧を描いて、彼女を宙吊りにしている男のシャツと腕の皮膚を切り裂いた。悲鳴とともに男の肘が突きあがり、ニーナは地べたに落ちた。体勢を立て直し起きようとするニーナの顔を、男が手の甲でひっぱたく。

イアンは男に飛びつき、喉仏めがけて右ストレートを繰り出しながら、足を払って倒し、脇腹を二度、思いきり蹴った。ニーナが立ちあがるのを見て、イアンは叫んだ。「車へ！」

彼女はすっとんでいくと助手席に飛び込み、イアンは鍵を手探りし、エンジン始動ダイヤルをもたもたといじくった。怒鳴り声が聞こえ、バンパーを蹴る音がして車体が揺れた。そこでエンジンがかかり、車はタイヤを軋らせて発進した。ニーナの馬鹿笑いが響き渡った。

「きみは常軌を逸してる」イアンは叫んだ。「クソッ、帽子をなくした――」

「闘えるんじゃない！」ニーナはにやにやしている。「そう言ってたけど、あたしは信じてなかった――」

「ロンドン大空襲の前から愛用してたのに」イアンは文句を言いながらにやけていた。道徳的に芳しくない小さな集落から闇の中へと、二人は疾走している。パンチを繰り出すのに使った手はズキズキ痛む。顔の片側を血が垂れ落ちている――それでもニヤニヤ笑いを止められない。妻に目をやる。「怪我したのか？」

「たぶん鼻の骨を折られたと思う」どうでもいいという口調だ。

「なんてこった」笑みが消えた。「車を停める」

「初めてじゃないし。十二のときに、父親に鼻の骨を折られた。ウォッカをこぼしたせいで」

「たしかにきみは岩みたいに頑丈だし、狼たちに育てられたんだろう。でも、おれに見せてごらん」

車を停めた道端は真っ暗で、フォードのヘッドライトと、トランクから取ってきた懐中電灯がその闇を切り裂いた。ニーナが車から降りると足元の小石がゴロゴロいった。イアンは車の横で彼女の戦傷を確かめた。小さな鼻はみるみる腫れあがり血を垂らしていたが、イアンが鼻骨を摘まんで動かしてもどこも動かなかった。ニーナは盛大に悪態を吐き散らしたが。「折れてはいない。次に酔っ払いに絡まれても挑発するなよ」

「そんなのおもしろくないじゃない」彼女は手の縁で血をぬぐった。「ところで、あんたみたいなうすのろが、どこで格闘術を習ったの？」イアンが二人目の男に食わした肘鉄砲を、彼女が真似してみせた。

「パブリックスクールの生徒はボクシングをやらされるんだ。肘鉄砲と脇腹を狙うのは、スペインでゲリラから習った」イアンの心臓はいつもの倍の速さで血液を送りつづけていたが、興奮は徐々におさまりつつあった。「自分から喧嘩を仕掛けることはないが、やられたらやり返す、当たり前だ」

「あんたのそういうところ好きだよ、ルーチク」ニーナが言い、闇の中で青い目が光った。レストランの外で男に顔を叩かれたときのブロンドの髪の煌めきが目に浮かんだ。イアンは不意に彼女を引き寄せ、きつく抱きしめた。できるものなら引き返して、あの野郎をぶちのめしてやりたい。

「やめてよ（ヌー・ラドノ）──」ニーナは苛立たしげに体をよじった。「よかった、誰も怪我しなかった、車を出そう」

　そういうことだ、とイアンは思った。心の動揺は抑え、運転席に乗り込む。〝きみをどこにも行かせない。どうすればきみに残ってもらえるかわからないが、ニーナ・マルコワ、説得の仕方をきっと見つける〟

44 ニーナ

一九四四年九月　ポズナニ郊外

ニーナは腕を組んだ。「二週間になるんだよ。傷はきれいに治ってるじゃない」

セバスチャンは怪我した脚に体重をかけ、顔をしかめた。「痛くて歩けない」

「仮病じゃないの」

イギリスの少年はため息をつく。歳は五つしかちがわない。彼が二十一で、ニーナは二十六だけれど、子供に見える。無邪気で人をたやすく信用する性格は、長い捕虜生活でも損なわれなかったようだ。「座って休もうよ。いいでしょ」

ニーナはぶつぶつ言いながら腰をおろした。セブの怪我が治るのを待つあいだ二週間も過ごしてきた野営地は、すっかり所帯じみていた。川で洗った洗濯物が干してあるし、焚火をするために掘った穴は石で囲み、まがりなりにも焼き串が備わっている。ニーナは先を急ぎたくてうずうずしていた。「あたしは西を目指したいんだからね」

「無謀すぎるよ、ニーナ」彼が言いにくそうにもじもじする。「行き先も決まってない無計画な——」

「ポーランドを出たいの」

「ドイツのほうがましだと思う？　身分証もまともな服もないんだよ」彼は自分の汚れた戦闘服を見おろす。「捕まるのがおちだよ。ぼくと一緒に連合軍捕虜の扱いを受ける。ただし、男ばかりの収容所であなたは一人きりの女ってことになる。みながみな紳士ってわけじゃないからね」

「だったら森を通って西に行けばいい」

「人跡未踏の深い森の獣道ばかり選んでドイツを横断するつもり？　地図もないのに。寒くなってきたらどうするの？」

ニーナは笑った。「あたし、シベリア生まれなんだよ、坊や（マリシュ）。寒さなんてへっちゃらさ」

「ぼくのこと〝坊や〟って呼ばないで。ぼくは捕まりたくないだけ、あなたにも捕まってほしくないだけだ」長いまつげに縁取られた目でニーナをじっと見つめる。「あなたには命を救ってもらった、ニーナ。あなたがいなかったらドイツ兵に撃ち殺されてた。たとえ逃げおおせたとしても、森の中をうろつきまわっているうちに脱水状態で死んでたか、別のドイツ兵に捕まってただろう。あなたには恩がある。二人とも捕まったら恩返しもできない」

ニーナは口を開きかけた。〝のろくさいイギリス小僧にも一理あるぞ〟父が言った。〝おまえは無謀すぎる〟

「ここに隠れていよう」セブは自説を曲げない。「森の中で、もうちょっとましな野営地を見つけて。ポズナニに近いここで、情報に聞き耳立ててさ。先に進む必要がどこにある？　戦争が終わるのを待つのに、ここ以上にいい場所は見つからないよ」

「終わるのを待つって――！」

「そう長くはつづかないさ」セブが畳みかけた。「数カ月、今年じゅうには終わるよ、きっと。そうなれば、この国には連合軍が入ってくる、ドイツ軍の歩哨じゃなく――」

「ソ連軍が入ってくるかもしれないじゃない。そんなの待ってられない」

「そのときはポーランド人って言えばいいよ。身分証をなくしたって。赤十字が助けてくれるさ、いざとなったら」

「それまで何して過ごす？　刺繍でもする？」そう言ったとたんイェリーナを思い出して胸が痛んだ。支給品の男物の下着から青い糸を抜いて、スカーフに星を刺繍してくれたイェリーナ。

「ぼくは四年間、何もせずに時間を潰してきたんだよ。ぼくたち、あたたかくして、ひっそり隠れて、食料を手に入れて――」

「ぼくたちね」ニーナは彼を睨みつけた。「つまりあたしがってことでしょ」この二週間を森で過ごしてきたが、この都会っ子は大量の焚きつけを無駄にしないと火も熾せない。「戦争が終わるまで、ぼくにはあなたが必要だ。戦争が終わったら、あなたにはぼくが必要になる」

ニーナは眉を吊りあげた。

「ぼくはイギリス国民だよ。ドイツ軍が負けたら、ぼくはイギリスに戻れる。あなたを連れてね」

　ニーナは目をぱちくりさせた。「どうやって?」

　彼は肩をすくめた。「兄はいろんなところに顔がきくからね。身元引受人になってくれるよ。そうしたらイギリスの市民権を獲得できる。いろんな人と知り合いになるんだよ、いいかい、ぼくたちグレアム一族は顔が広いんだからね。戦争が終わるまでぼくを生かしておかないと」セバスチャン・グレアムが念を押した。「あなたをイギリスに連れ帰って、落ち着くまで見守ってあげる。約束するよ」

　ニーナはためらった。イギリスのことで知っているのは、霧と資本主義者の国ってことぐらいだ。

「イギリス」セバスチャンはなんとか取り入ろうとしている。「ヨーロッパの西の端。ピカデリーは言うに及ばず、大英博物館のエジプト展示室でしょ、フィッシュ・アンド・チップスでしょ――フィッシュ・アンド・チップスを食べなきゃ、イギリスに住んでるとはいえないよ、ニーナ。コムソモールはない、強制労働収容所もない、共同住宅もない。吃音はあるけど、大量処刑なんて好まないすてきな国王はいる。ソ連に比べたらずっと発展しているんだ、そこを故郷と呼べるんだよ。そのためにはじっと身を潜めていなくちゃ、二人仲良くね」

　フィッシュ・アンド・チップスが何なのか、ピカデリーが何なのか、ニーナには見当もつかなかった。ただ、〝ヨーロッパの西の端〟という言葉は気になる。

「いまは生き延びること、市民権はその次だ」セバスチャンが言う。「それでいいよね？」

この世界で自分にあるのは相棒一人だけというのは考えてみれば不思議だ、とニーナは思った。長いこと数百人の女たちに囲まれて暮らし、それから、幻覚だけを道連れに森の中で一人きりになった。いまはセバスチャン・グレアムがいるけど、これ以上おかしな組み合わせってある？

「ぼく、英国空軍に入りたかったんだ」セブが言う。「スピットファイア、かっこいいもんね。でも、徴募係のクソッタレがぼくの顔を見て笑ったんだ」

「爆撃機を飛ばすのは、かっこよくないよ」ニーナは二人のあいだの平石の上に葉っぱを置いた。セブはポーカーを教えてくれて、葉っぱを何種類か集め、焦げた枝でしるしを描いてカードを作った。「オークの葉はハートだった、それともスペード？」

「スペード」彼は首を傾げて耳を澄ました。「ゴジュウカラだ」

「なんだって？」

彼は小鳥の啼き声を真似た。

「森のことはなんにも知らないくせに、小鳥には詳しいの？」ニーナはスペードのクイーンの葉を置いた。

「小鳥が好きなんだ」彼は両手を組み合わせて、小鳥の飛翔を真似たおかしな仕草をした。

「兄のイアンが鳥の本をくれたんだ。ぼくが手にした初めての鳥の本。女々しいってまわりの男の子たちが言ったから、殴ってやった。兄はその本をぼくにくれたその日に、殴り方を教えてくれたんだ。自分の思うように生きればいいって、兄は言った。ただし、ひどい目に遭わされたら、やり返せる力はつけておけって」セブは木々から聞こえる小鳥たちのさえずりに耳を傾けた。「ここにはいろんな鳥がいる――ゴジュウカラ、ムクドリ、サンカノゴイ……捕虜収容所とはえらい違いだ。あそこには惨めで無様なカラスしかいなかった」

二人は同じ野営地で過ごしてきた。そのうち雨露がしのげるちゃんとした隠れ場が必要になるだろうが、いまはまだあたたかな日和（ひより）がつづいていた。セブには罠を仕掛けたり、獲物を追ったりする技術はないが、脚が治って体力が戻ると食料を探して何時間でも歩きまわったし、森を出て村に行き、獲物とパンを交換するのに彼のポーランド語が役立った。ニーナが干してある洗濯物からズボンと帽子を失敬してきたので、セブは逃亡兵よりもみすぼらしい旅人に見えた。「そう何度も危険は冒せないよ」森から出たとたんにドイツ軍の歩哨と出くわしたことがあり、ニーナは警告を発した。「同じ村に二度と行かないこと、大きな町には近づかないこと。ドイツ兵がうろついてるし、怪しい旅人を見たと村人が密告しないともかぎらないからね」

「人を頭から信用していないんだね、ニーナ」

「あんたは信用してるの？」ニーナは驚いて尋ねた。小川で洗濯していたときのことだ。

セブは嫌な顔ひとつせず、濡れた靴下を岩に張りつけて乾かした。ロシアの男ならこんなの女の仕事だと文句を言うだろう。イギリスの男はみんなそうなのか、獲物の内臓を取り出してくれる女に依存しているのだから、女の仕事だのなんだの言っていられないと思っているのか。

「ぼくは人間というものを信頼しているよ」セブは濡れた靴下を絞った。「収容所にいた連中――みながみな聖人じゃなかったけど、決まりは守っていた。盗まないこと。食べ物が手に入ったら分け合うこと。ドイツ兵だって残忍なやつらばかりじゃなかった。彼らなりの決まりがあって、公平であろうと努めていた」セブは日向の岩に靴下を並べた。「塀の中の連中は寛大だった。パブリックスクールよりずっとましだった」

「パブリックスクールって何なの？　学校はみな公立じゃないの？」

「集団主義教育ではない、それはたしかだ」セブは鼻を鳴らした。「グレアム家の人間が学校で農民と付き合ってるなんて知ったら、父は屈辱のあまり死ぬだろうな」

「いまは農民と付き合ってるじゃないの」ニーナが指摘した。

「父がまだ生きていたら、お茶の時間にあなたを家に呼びたい。父がどんな顔をするか見物だったのにね」セブはにやりとした。「イアンなら、サンドイッチを前にあなたが剃刀をちらつかせても瞬きひとつしないだろうな。兄は何があっても驚かない。でも、父は叫びだす。あなたを見たとたん、スコーンを喉に詰まらすよ」めったに笑わないセブの笑顔はとてもかわいらしかった。彼の故郷の霧に包まれた小さな島なら、伸びてぼさぼさの黒髪と長いまつげに胸をときめかす女の子はたくさんいるだろう。ニーナの胸はまったくときめかないが。彼はハンサムだが、イェリーナを彷彿とさせるところがあった。〝飛ぶことを夢見る、やさしい心と長いまつげの理想主義者を愛するのは一度でたくさん〟と、ニーナは思い、自分の靴下を力任せに絞った。〝そういう人間は人の心を抉り出して、飛び去るときに一緒に持っていってしまうから〟類は友を呼ぶって言うし。セブもイェリーナも、いつか似合いの人を見つけるのだろう。丸ごと受け入れる勇気があって、やさしい人を。恋愛はもうこりごり、とニーナは思っていた。一人寝をつづけるか、ダイヤモンドみたいな心の、澄んだ目のハンターを見つけるか。人の心を抉り出し、空っぽにしておいて、去っていったりしない人を。

「恋人を置き去りにしてきたの?」ニーナは侘しさを振り払ってセブに尋ねた。「入隊する前に」

　彼が目を逸らした。「いや」

「相手は男の子?」ニーナがこともなげに言うと、彼の顔から血の気が引いた。「どうでもいいことだけど、ちょっと気になってね」女に興味がないことがわかり、ニーナは正直ほっとした。

　彼はそれから一時間ほど何も言わなかった。沈黙を破ったのはニーナだった。「あたしには好きな人がいたんだ。女の子。だから……」

「ああ」と、セブ。

「イギリスでは普通なんでしょ、男の子同士って。そういうふうに聞いてたから。イギリス人が戦えないのは、みんな男色だからだって」

「まさか」セブの顔色はもとに戻っていた。もともと血色がいいほうではない。「学校には女子生徒がいないから、そういうこともあるってだけ。大人になれば変わる」

「あんたは変わらなかった？」

「そう。ぼくは女の人を好きにならないだろうって、自分でもわかったんだ……」声が尻つぼみになった。「女性を知ったら変わるかもしれないって思ってはいたんだけどね。父と兄だけの家庭で育って、男子ばかりの学校に通って、それから軍隊、連合軍捕虜として四年……」

「女と寝たいかどうかを見極めるために、無理に女と付き合うこともないよ」ニーナはおもしろがっていた。

「そうだね」セブは赤くなった。「あなたの恋人だけど、いつごろわかったの……」

「彼女のことは話したくない」ニーナは言い、その話題は打ち切りになった。

九月が終わり十月に入ると、日は短くなり、秋の気配が漂いはじめた。罠を仕掛けて獲物を解体し、靴下やシャツや汚れた体を小川で洗う。ニーナはいまだに体が震えることがあり、粒コカインを呑みたくてたまらなくなる。眠りは浅く、一度に数時間以上は眠れなかったが、それよりも退屈しきっていた。セブは時間をつぶす方法をいくらでも知っていた。葉っぱのカードでやるポーカー、小鳥の啼き真似の練習、ニーナに英語を教えること。

「イギリスで暮らすつもりなら英語を習わなくちゃ」

「英語って馬鹿みたいな言葉だね」

「ゆっくり言ってごらん。ゴッド――セイヴ――ザ――キング」

　ニーナはオウム返しに言いながら、濃霧に包まれた生活を想像してみた。セブが言うところのプディングやスコーンといった変な食べ物を食べて、サモワールじゃなくポットに入った紅茶を飲む生活を。飛行場で仕事ができるかも？　たとえできるとしても、〝夜の魔女〟みたいな女たちはいないのだ。歌いながらレンチを受け渡しする整備士も、凍えた指先に息を吹きかけながら作業する兵器係も、先頭を飛ぶ栄光に浴すため飛行機に向かって全力疾走する操縦士もいない。

　イェリーナのたなびく黒髪も、やわらかな唇もない。

　ニーナは不意に立ちあがった。「食糧調達に行くよ」

　往来の多い道路や町を避け、近づいていけそうな難民や籠を抱えた農婦が一人きりになるまで、森に隠れ、あるいは茂みに隠れて待つ。ワルシャワから逃げてその日暮らしをするようになったいきさつを、セブはうまくでっちあげていた。そういう話はどこにでも転がっていた。辻という辻には、安全な場所を求める難民たちが捨てていったがらくたが落ちていた。さかさまになった旅行鞄、空の荷車、漁られてぼろしか残っていない包み、どれも標識を目安に町へ向かった旅人たちが捨てたものだ。ニーナたちは町には用がなかった。物々交換を頼むセブとニーナを訝しげに見る者もいた。交渉するのはもっぱらセブで、ニーナは面倒に巻き込まれないよう周囲に目を配った。

セブがその日の収穫を掲げてみせる。干からびたジャガイモ数個が入った袋だ。「今夜は御馳走だよ。ベルリンにこっそり近づくよりずっとましでしょ?」

〝それはどうかな〟ニーナはかぶりを振って胸騒ぎを鎮めた。荒れ果てたこの国は呪われている気がしてならなかった。戦争が鋭い爪痕を残していった荒涼としたこの大地に居つづける理由が、ニーナには見つけられない。野営地に戻る途中、風の匂いを嗅いでみる。

「冬が近い」


十一月がきて寒くなると、セバスチャンは元気をなくしていった。木々は葉を落とし、地面の窪みには氷が張り、土が硬くなってゆく。冬はまだほんのとば口だというのに。

「こんなの序の口だよ」ニーナはなんとか彼を元気づけようとした。「〝親父〟を渡って吹き寄せる風ときたら」

セブは持っている服をすべて着込んでうずくまっていた。痩せて目が落ち窪んでいた。

「焚火を熾しちゃいけない?」

「凍えるほどじゃないでしょ。夜になって温度がさがるまで薪を取っておかないとね」彼は文句を言わなかった――言ったことがない。彼のそういうところが気に入っていたが、きつく結んだ口元から苛立ちが伝わってきた。「収容所にいたんだから、寒さには慣れっこなんじゃないの?」ニーナも苛立ちを募らせていた。

「ひとつの小屋に男が四十人いたからね、吐く息で部屋があたたまるんだ。壁に囲まれていたし」セブは隠れ場を手振りで示した。前にいた野営地を離れ、冬に備えて風が避けられる場所を探していまの場所に落ち着いたのだった。どうせならポズナニに行ったらどうかな、とセブは提案した。文明世界にありながら、都市を貫いて広がる森――いくつかの静かな湖に深い森――が野生の趣を添えている。〝ドイツ軍に近づくことになる〟とニーナは言い返した。〝都市に近ければ食糧調達が楽になるよ〟と、彼が言った。ニーナはしぶしぶ折れ、人造湖の北西湖畔の岩がごろごろしている場所に頃合いの岩穴を見つけた。松木立に囲まれ、三方は岩棚になっている。焚火の穴を掘り、干してあったのをくすねた毛布も何枚かあり、濡れないし風も避けられる。ただ、寒さはしのげない。「収容所の簡易ベッドが恋しいとは口が裂けても言わないけど」セブが冗談めかして言った。「屋根はあったからね！」

ニーナは込みあげる怒りをなんとか抑えた。非常用品だけしかなくて、タイガで十日間を生き延びたマリーナ・ラスコーワのことを考える。モスクワ生まれのイェリーナは、エンゲリスの寒さをものともせず、霜がまつげに降りて長く見える、と冗談を飛ばした。だが、都会っ子のセバスチャンが、本物の寒さがどんなものか知らないのを責めるのは酷だ。彼はここにいる。そばにいてくれる。げっそりしたその顔を見ていると、この子をほんとうに好きなんだなあと思う。

「マリシュ」ニーナはやさしく言い、布を巻いた手を取った。「ますます寒くなるんだよ。

そのうち雪も降るだろう。野菜や果物が充分に手に入らなくなれば、歯が抜け落ちるかもしれない。一日の大半を薪集めに費やしたとしても暖はとれない。いっそ死にたいと思うときが来るんだ。でも、あんたを死なせない。未開の地で冬を越す方法を、あたしは身につけている——それに、ここは未開の地じゃないもんね、セブ。あたしたちがいるのはポズナニの人の手が入った森だし、森を出た数キロ先には文明世界がある。あたしたちは生き延びられる、楽しめはしないだろうけどね。あたしの言いたいこと、わかる?」

「うん」彼はほほえもうとした。「西を目指さず、野宿して冬を越そうって言ったのはぼくだからね。気をしっかりもって、頑張り抜くよ」

だが、彼の笑顔はすぐに消え、あとはずっとだんまりを決め込んだ。ニーナの胸騒ぎは消えなかった。

翌日の午後、食糧調達のため人造湖のほとりを歩いていたときのことだ。細長い湖には食べられる葦(あし)が茂り、釣り針と釣り糸さえあれば釣りもでき——「あれ、なんだろう?」セブが指さしたのはずっと先の入り江だった。こんなに遠くまで食糧調達に来たのは初めてだ。「何か黄色いもの」

ニーナは目を凝らした。尖り屋根とガラス窓。家、農家とはちがう。「ドイツ人の湖畔の別荘じゃないの」この頃では、ポズナニの優雅で広々したものはすべてドイツ人の所有だ。それもいまのうちだ。ドイツ軍がベルリンへと撤退するという噂は、よく耳にするようになっていた（ニーナもセブも、情報を教えてくれそうな難民には片っ端から声をかけた）。

「ああいった大きな家には、食糧貯蔵室や地下食料庫が必ずあるから押し入ってみよう」

「危険すぎる」ニーナは言った。

「人が大勢いたら引き返す」セブが言いくるめようとする。「約束する」

ニーナは飛行服のポケットの剃刀を指でなぞった。拳銃は腰に差してある。弾は入っていない。とっくに使い果たした。でも、セブの言うとおりだ。実際に撃つことはない。見せて相手をびびらせる。

湖畔に沿って歩いてゆくと、ニーナのお腹がグーグー鳴った。浜辺にはゴミが散らかっていた。夏のあいだは水遊びの客が押しかけたのだろうが、いまは人っ子一人おらず、聞こえるのは小鳥のさえずりだけだ。セブがいちいち啼き声を真似る。そうしているうち頬に血の気が差した。ニーナはそれを見て嬉しくなる。黄土色の壁の家に辿り着いたのは、午後も遅いころだった。日射しを浴びて、細長く美しい家だった。家の窓から湖や木々を見晴らせ、専用の桟橋が広々とした湖に長く伸びている。ニーナは目を逸らした。青く静かな湖でも——凪に波立ち氷を浜に打ちあげる〝親父〟とは似ても似つかない——見ていると体が震えた。

家の中には動きまわる人間はいないようだ。鎧戸は閉まっているが、高い煙突から煙が立ち昇っていた。セブとニーナは家の裏手にまわった。木々は伐り払われ、家を囲んで黒い腕のような庭があった。家畜はおらず、鶏小屋も物干しもない。簡単に盗めるものは何もなかった。無言のまま視線を交わす。ニーナはかぶりを振った。うずくまっていたセブが立ちあがり、ニーナのあとから森に入ろうとしたとき、背後から女の咳払いが聞こえた。

〝足音もたてず、どうやってこんなに近くまで来たの？〟その思いが弾丸となって体を貫き、ニーナはクルッと振り返った。地面に散り敷く枯葉はまったく音をたてなかったのに、女がそこに立っていた。ほっそりとして黒髪で青い目、ニーナと同じ年頃で、青いコートにチェックのスカーフ、大丈夫だというように手を広げている。女は笑みを浮かべているが、ニーナの指は剃刀へと伸びていた。〝どうやってこんなに近くまで来たの？〟

女はポーランド語で話しかけてきた。低く感じのよい声だ。セブが警戒しながら応えた。ポーランド語を喉につかえさせながら。女は顔をしかめ、言葉を切り替えた。英語？　ニーナも片言の英語は話せるようになっていたが、流暢と言うには程遠かった。セブはびくっとしたものの、英語に切り替えた。あまりの早口で、ニーナは聞き取れない。青いコートの女を油断なく見張る。上等な革靴に包まれた音をたてない足、穏やかな眼差し。

「ルサルカ湖だって、彼女が言ってる」セブがロシア語で言った。

〝ルサルカ〟その言葉がネズミのようにニーナの皮膚の上を這いまわった。一歩さがる。女もほほえみながら一歩さがり、両手を挙げた。何か言う。セブが通訳をする。用心しながらも期待する表情で。

「お腹すいてないかって」

「どうして？」ニーナは総毛立っていた。

「助けたいんだって」セブの内心の思いが顔に出ていた。警戒心と希望が争い、希望が勝利をおさめた。「何も恐れることはないって、彼女が言ってる」

45　ジョーダン

一九五〇年八月　ボストン

「アンナ！」ジョーダンは暗室のドアを開け、叫んだ。「あと一週間は戻らないと思ってた」

「娘たちが恋しくなったの」ハグするアンネリーゼは全身黒ずくめだった。麦わら帽子もハーフベールも長いコートもすべて。「ルースはデューンさんちで遊んでいるの？」

「ええ」ジョーダンは義母から目を離さず、暗室から聞こえるガサゴソいう音を咳払いでごまかした。「買いつけの旅はどうだった？」

「上にあがってらっしゃい。アイスティーを淹れるわ。話しておくこともあるし」アンネリーゼが眉を吊りあげる。「あなたの仕事の邪魔じゃなければ」

「とんでもない」ジョーダンは言い、トニーがシャツのボタンをとめながら階段の下に隠れるのを、気配で感じた。「十分ほどで行くから」

アンネリーゼのヒールの音が遠ざかると、ジョーダンはドアを閉め鍵をかけた。「危ないところだった」笑いながら言う。「人前に出られそう？」

「無理だよ」トニーがサスペンダーを肩にかけながら現れた。ニヤニヤしている。「アイスティーを飲みに上に行くんでしょ？」

「ええ。よくできた娘としては行くしかない」階段をおりてゆくと、トニーが腰に腕をまわしてきたので、その首に腕を巻きつける。「何週間も遊び惚けちゃったから」

「呼んでくれればいつでも相手をするよ」彼は首筋にキスしてから、靴を探した。「帽子を手に持って、礼儀正しく挨拶したほうがいいかな？」

「だめよ」トニーの靴の片方を作業台の下で見つけた――その日の午後は、簡易ベッドに毛布まで用意してあるのに、二人とも性急すぎた。「ぜったいにだめ」

「母親には好かれる質なんだ、ぼくは。クイーンズ生まれの感じのいい青年に見せるのはお手の物だから。間違っても暗室の階段の下に隠れる、恥知らずの誘惑者には見えない」

いつものからかうような口調だったが、そこには警戒心が見え隠れしていた。初めてここに来た晩、彼がユダヤ人だと知って電話に出なくなった彼女のことを打ち明けてくれたときも、やはりそうだった。

ジョーダンは彼の指に指を絡めた。「あなたを上に連れていって、母に紹介したくない理由、わかるでしょ？　アンナがあなたを気に入らないだろうからじゃないの。あなたがどこに出しても恥ずかしくない、とっても魅力的な紳士じゃないから、紹介したくないのでもない。ルースのせい」

「プリンセス・ルースはぼくのこと大好きだよ」

「だからなのよ。あなたはあの子をプリンセス・ルースと呼んで、あの子が新しい音階をマスターするたびに褒めちぎるでしょ。あなたが上に来て、アイスティーを飲みながら母に魅力を振りまいたら、あの子はきっと、あたしに新しい恋人ができたって大喜びするわ。ルースにまたあんな思いはさせたくないの。ギャレットをとても慕っててね。だから、彼があなたのお兄さんになることはなくなったのよ、って告げたら、あの子、そりゃもうがっかりしてた。この人とはずっと一緒にいられるって確信が持てた相手じゃないかぎり、あの子に新しい家族として紹介できないと思ってるの」ジョーダンは彼の指を握り締めた。「あなたを上に連れていって一緒にアイスティーを飲めない理由はそれなのよ」

　彼の表情から警戒心が消えた。「ぼくはアイスティーが大好きなんだ。充分にうまいアイスティーが飲めるなら、ずっと一緒にいるのもいいかも」

「あたしたちのこれって、暑い夏の戯れ（たわむ）だと思ってた」

「契約書だって修正はきくんだからね。暑い夏の戯れが延長されるってこともある。双方が合意すれば」

「秋になってもあたしと付き合ったら、退屈するかもよ」ジョーダンは軽く受け流した。

「それはないな、J・ブライド」

「あるいは、あたしがあなたに退屈するかも。ニューヨークに行ったら、いろんなタイプの魅力的な男性に出会うもの」

「そういえば、ぼくにはニューヨークに親戚がいるんだ。きみを訪ねる口実ならいくらでも作れる……それに、いままでぼくに退屈した人間はいなかった」

「九月が過ぎてもヤンキースのファンと寝るかどうかわからない。十月にレッドソックスがヤンキースをこてんぱんにやっつけたら、あたしと口をきいてくれなくなるんじゃない？」

「ぼくはとても寛大な勝者だからね。きみの涙を拭いてあげる。きみが自分の過ちを思い知るオフシーズンになるさ」

「それはないわよ、ロドモフスキー」慌ただしくさよならのキスをすると、彼がそれに応えて一度が二度、三度、四度、そばの壁に押しつけてキスは激しさを増してゆき、ジョーダンも彼の髪に両手を埋め、そうすると彼の指が服のボタンをはずしにかかった。アンネリーゼのノックを聞いて大急ぎで留めたボタンだったのに。「時間がないわ」そう言いながら上にあがっていったのは二十分も経ってからだった。キッチンで髪を梳き、正面の窓から覗いてトニーが暗室を出るのを確認した。

〝あなたを夏の恋人から秋の恋人に昇格させてあげてもいいわよ〟通りを走ってゆく彼を見送りながら、そんなことを思った。背後でアンネリーゼがアイスティーをカップに注いでいる。ギャレットのときはこんなふうに感じなかった。楽しかったけれど、いつもちょっとぎこちなくて、キスするたび否応なく祭壇へと押し出されてゆく感じがしていた。いまのこれはもっと自由で、ぴったりくる感じだ。決まった相手ではなく、束縛し合うこともなく、正式のお付き合いにする必要もない。ただの恋人同士。仕事と遊びと情熱と友情が混ざり合った、とても気楽な関係とでも言えばいいのか。

「目がキラキラしてる」女主人の帰宅を喜び尻尾を振りまくるタローをうまくかわしながら、アンネリーゼが冷たいグラスを差し出した。「頬の輝きは誰のせいなの？」

〝あたしの爪先をキュッと丸くさせる男性〟ジョーダンは思った。〝あたしを笑わせてくれる人、仕事を手伝ってくれる人。ひと夏の戯れで終わるかもしれないし、離れてしまえばあたしへの興味を失うかもしれないし、あたしのほうでほかの人に気持ちを移すかもしれない。でもいまは……〟ジョーダンはほほえみをアイスティーで隠した。おせっかいな隣人が、地下室から若い男が出てくるのを見たと、アンネリーゼに告げ口するかもしれない。でも、義母は余計な詮索をする人ではない。「オークションで何を買ったの？」

「何も」アンネリーゼが悲しそうに言った。「ただのひとつも。お父さまはいとも簡単にやっていたのに。クイーン・アン・スタイルの脚付き箪笥をひと目見ただけで、複製品か本物かわかったし、修復作業がちゃんとされているか、お粗末なものか見分けられた。彼と同じようにできると思ったんだから、わたしも馬鹿だったわ。もっと知識のある人に任せるべきね」

「でも、休暇を楽しめたんだから」ジョーダンはグラスを両手で握った。「コンコードで過ごした一週間はどうだったの？」

アンネリーゼの表情がやさしくなった。「ずっと彼と一緒にいるような気がしたわ。新婚旅行で泊まった同じ部屋に泊まることができてね。あなたとルースはどうだったの？」ジョーダンはどんなふうに過ごしたか、彼女に語った。ただし、暗室の恋人と音楽レッスンは省いて。「あたしのフォトエッセイは完成間近よ。十四枚仕上げたわ。十五枚にするつもりなの」

「だったら、ニューヨークでどこに住むか考えないとね。あっちにいるあいだに、アパートを見てまわったのよ。トイレが廊下の先にあって、ベッドにノミがたかっているような部屋で眠らせるわけにはいかないもの」

「アパート探しはまだ早いんじゃない」

「どうして？　あなたのプロジェクトは完成間近なんだから、職探しをはじめないと。それに、秋には引っ越したいって言ってたじゃない。面接用にシックなスーツも用意しないとね――バタリックの型紙でぴったりなのを見つけたわ……」

「ルースが学校に慣れるまで待つつもりなの。あの子に辛い思いをさせることになるもの」

「何言ってるの。あの子にはわたしがいるし、友達も犬もいるわ。あなたが後ろ髪引かれる思いをしなくていいのよ。それとも」――じろっと睨むアンネリーゼの目が笑っていた――「ほかに理由があるのかしら？」

ジョーダンは噴き出した。「あなたの第六感もはずれることがあるのね」頰の赤みと目の輝きからほんとうの理由を言い当てるアンネリーゼの鋭さを、ジョーダンは甘く見ていた。

「よっぽど大事な人なのね」アンネリーゼがグラスを指で撫でた。「どれほど特別な人だとしても、男のために計画を変更するなんてしてほしくないわ」

「彼はあたしを引きとめたりしない」トニーと過ごす時間がどんなにすてきでも、そのために仕事の、本物の仕事のチャンスを先延ばしにはしない。誰のためでも、そんなことはしない……ただし、例外が一人いる。「あたしがいなくなることをルースが納得するまでは、ここを離れられない。とにかく無理なの」

「だったら、わたしが無理を通す」アンネリーゼが叱咤した。「日程を決めなさい、ジョーダン。新しい人生をはじめる日を。ここを出る門出の日を決めるの。なんであれあなたの邪魔はさせない」

「あたしの、それともあなたの？」ジョーダンは冗談のつもりで言った。「あなたのことはよくわかってるからいいけど、それじゃまるであたしを邪魔者扱いしてるみたいじゃない！」

アンネリーゼの顔から笑みが消え、ほんの一瞬だが別の表情が浮かんだ。ジョーダンの膝に置いた指がムズムズした。シャッターを押す指が。カシャ。

「そんな」アンネリーゼがしんみりする。「そんなつもりはないのよ」

「アンナ、ごめんなさい」手を伸ばして義母の手に触れた。「あたしだってそんなつもりで言ったわけじゃないから」

「わかってるわよ」アンネリーゼは立ちあがり、グラスを持ってキッチンに立った。「アイスティー、もう一杯いかが?」

「ええ」ジョーダンはほほえもうとした。「アパートのリストを見せてもらおうかな。せっかくのニューヨークだったのに、あたしのためにそこまでしなくてもよかったのよ」

アンネリーゼが振り返っていつものあたたかな笑みを見せた。「わたしがそうしたかったの」

〝一刻も早くあたしを追い出したいのなら、そうするわよね〟そんな思いが頭をよぎった。それを追い払ったのは、戻ってきたアンネリーゼが、いつものにこやかさで尋ねたからだった。「フォトエッセイの最後の写真、どんなものにするつもり?」

まだ決めていなかった——ヴァイオリンを弾くルース、弦を押さえる小さな指、ロシアの単調な子守唄を精魂込めて弾くとき眉間に現れる縦じわ? だが、そんなことをアンネリーゼには言えないから、近くの消防署で働く消防士を撮ろうかと思っている、と言ってごまかすと、あなたの頬を輝かせたのはハンサムな消防士なんじゃないの、とアンネリーゼが茶化した。ジョーダンも笑って冗談を返したが、頭の中にさっきの思いが浮かんで消すに消せなかった。まるで揺れる現像液の中から浮かびあがる翳りのある顔のように。いったいいつから、アンネリーゼに言えない秘密を抱えるようになったのだろう?

そんなことを忘れかけていたところ、四日後に店に出ると、アンネリーゼとミスター・コルブがドイツ語で怒鳴り合っていた。

というより、コルブが怒鳴っていた――うろうろしながらドイツ語とブランデー臭い息を吐き散らしていた。〝完全に酔っ払ってる〟いつもは柔和な顔に浮かぶ怒りの表情に、ジョーダンは腰が引けた。アンネリーゼは平然とドイツ語で言い返していた。ドアベルの音に二人とも黙り込み、アンネリーゼが縫った黄色のサマードレス姿で立ち尽くすジョーダンをじっと見つめる。

「ジョーダン」アンネリーゼが口を開き、英語に切り替えた。「あなたが来るとは思ってなかった」

トニーに会いに寄ったのだが、昼休みで出ているのだろう。義母のそばまで行ってミスター・コルブに顔を向けた。「何か問題でも」

彼はジョーダンを見ようとしない。アンネリーゼを睨みつけたままだった。「大金を稼がせてやったじゃないか、いい仕事を――」

「あなたがどんなにいい仕事をしてくれていようと、酔っ払って職場に来るのはどうかと思うわよ」アンネリーゼが冷ややかに言った。「うちに帰って、酔いをさましなさい。冷静になりなさい」

彼が恨みがましいことをドイツ語で言うと、アンネリーゼはきついい言葉でそれを遮った。

目が怒りに燃えている。彼は口を閉じて床に視線を落とした。顔をあげたときには、すっかりしょぼんとしていた。

「コートを取ってきなさい」アンネリーゼが言う。

「あたしが取ってきてあげる」ジョーダンが先手を打ったのは、壊れやすい物でいっぱいの奥の部屋を、酔っ払いにうろつかれて、何かを倒されたらたまったものではないと思ったからだ。コルブのコートは椅子の背もたれに掛けてあった。ポケットの中で瓶が鳴るような音がしたので、鼻にしわを寄せて振り返ると、彼が揺れながら背後に立っていた。驚いて飛びあがる。

「すごい大金を」彼が言った。「あのビッチに――」

ジョーダンは怯んだ。「ミセス・マクブライドのことをそんなふうに言うもんじゃ――」

彼はかまわず悪態をつきまくる。〝フーレ、シャイスコプフ、イェーガリン〟足元をふらつかせ、ジョーダンのことなどおかまいなしだ。

アンネリーゼの声が背後から聞こえた。まるで鞭のような声。「ヘア・コルブ」

彼が縮みあがった。ジョーダンの舌も縮んだ。男がこれほど恐れおののくのは見たことがない。

「娘を怖がらせないでちょうだい」アンネリーゼが冷静につづけた。「帰りなさい」

コルブはコートをつかんでよろよろと出ていった。アンネリーゼがドアを開けてやり、それから閉めた。不意に訪れた沈黙の中で、店のドアベルが鳴り響いた。

「彼をクビにして」ジョーダンは舌が動くようになると言った。

「彼をクビにはできないわ」辛辣な笑み。「彼は大金を稼いでくれたんですもの、ジョーダン。その点は彼の言ったとおりよ。仕事はできる」

「代わりの人を探せばいい。あんなこと言われて、父だったらぜったいに許さないと思う」

「彼だってお父さまにはあんな口はきかなかったでしょう。女が店をやるというのはこういうことなの」アンネリーゼが肩をすくめる。「あすになれば、彼も小さくなって謝罪するわよ。酔っ払いってそういうものでしょ」

「だからって、あの言い草はない」〝フーレ〟がどういう意味か見当がつく。〝シャイスコプフ〟や〝イェーガリン〟となるとお手あげだ。〝ビッチ〟は通訳を必要としない。

「そりゃもちろん、店員に侮辱されたらおもしろくないわよ」アンネリーゼがため息をついた。「いまのところ、彼は無害だから大丈夫」

「たしかなの？」

　またしても辛辣な笑み。「ヘア・コルブみたいな男を怖がるもんですか」

　そうよね、とジョーダンは思った。〝彼のほうがあなたを怖がっている〟彼の顔を間近で見たからわかる。玉の汗が浮く顔を。

　アンネリーゼが手袋を手にした。「さあ、帰りましょう」

何かが引っかかっていた。頭の後ろ側をピンで突かれている感じだ。それが何なのかわからない。コルブが言ったこと、父が前に言ったこと……？　その何かが気になって、夕食のアンネリーゼ特製ミートローフも喉を通らなかった。

「出かけてきたら」アンネリーゼが言った。「彼にどこかに連れていってもらったら？」言葉が耳の奥でワンワンと鳴り響いていた。それもアンネリーゼの声で。

〝出かけてきたら〟

〝彼をクビにはできないわ〟

〝新しい人生をはじめる日を……ここを出る門出の日を決めるの！〟

〝出る〟

でも、理屈に合わない。アンネリーゼはあたしを追い出そうとしてはいない、ぜったいに。

何かがまだ引っかかっていた。義母の率直な青い目を見ても、気になって仕方がなかった。現像作業があるから、と口実をつけて暗室におりていった。トニーのアフターシェーブローションのかすかな匂いがして、彼がここにいてくれたらと思わずにいられなかった。彼は質問の仕方を心得ている。濁った頭の中から正しい答えを釣りあげてくれるような質問の仕方を。

ゆっくりとフォトエッセイをめくってゆく。飛行場の整備士、ダンサー。〝何を探しているの？〟銀行家、操縦士。〝何を？〟そうやって一枚目の写真に行き着いた。ダン・マクブライド、名刺受けをつかむ両手。仕事をおもしろがっている目の一部。

思いきり長いシャッター音とともに、それが頭に滴り落ちた。重たいドアがぎーぎーいいながらゆっくりと開き、だんだんに光が射し込むように。

〝コルブのことで気づいたことはないか？〟

〝たとえば？〟

〝たとえばって言われても。修復作業の具合を見に行くと、いつもこそこそしてるんでね。英語があのとおりたどたどしいから、簡単な質問しかできない。むろん、ややこしい話になると、アンナが通訳してはくれるが〟

あれは父が結婚の祝いに真珠のイヤリングをくれた日だ。結婚は幻に終わったけれど。

〝店に人を連れてきたことは？　客じゃなく、奥の部屋に人を連れ込んだことはないか？〟

〝さあ、あたしは気づかなかった〟そう答えたことを思い出す。〝どうして？〟

〝前に一度、コルブが別のドイツ人と奥の部屋にいたことがあった……コルブはくどくど言い訳してね〟

〝専門家を連れてくることはあるわよ〟ジョーダンはそう言った。〝アンナが許可したみたい〟

〝たしかに彼女はそう言っていた〟

ジョーダンは父の写真を見つめながら、その場に立ち尽くした。あの日のやり取りを、いままで思い出しもしなかった。まるで機関車みたいに迫ってくる結婚式のことにばかり気を取られていたからだ。父は別に心配そうにしていなかったし、警戒する口ぶりでもなかった。

〝たとえ心配していたとして、それを娘に伝える？〟疑問の答えはすぐに出た。冷ややかに言う声が聞こえた。〝いいえ、父は自分に言い聞かせたのだ。娘に余計な心配をさせてはいけない、と〟

ほんとうに疑っていたのだろうか？　アンネリーゼがコルブの通訳を務め、保存状態がひどく悪い本や角が破損したテーブルの修復作業を手伝ってくれる人を店に入れただけでしょ？

きょうのコルブは怒っていた。〝稼がせてやったじゃないか、いい仕事を……すごい大金を。あのビッチに――〟

「彼はあたしたちのために稼いでくれた」ジョーダンは声に出して言った。「完全に合法的に」コルブが修復の仕事をはじめるようになり、店は繁盛した。彼の身元引受人になってくれと頼んだのはアンネリーゼで、ザルツブルクの彼の古い店のことや、いまルースにそうしているように、彼がペパーミント・キャンディをくれたことを懐かしそうに話した。それなのに、アンネリーゼから酔いをさませ、冷静になれと言われたとき、彼はなぜあんなに怯えたのだろう？

〝彼は戦争で辛い目に遭ったから〟と、アンネリーゼは言うだろう。辛い目に遭うと、他人を怖がりちょっとのことで竦みあがるようになる。もっともらしい話だ。

ただ、ジョーダンはどうしても信じられなかった。

翌日、小切手帳を確認して、ジョーダンの不安はやわらいだ。家族の銀行口座の管理はずっと彼女がしてきた。口座にいくら残っているか、一セントの単位まで把握している。通帳にあるべきはずのない金額が記載されてはいない。順調に売りあげを伸ばしている、堅実経営の店の口座だ。怪しい点はどこにもなかった。それでもほっとできなくて、気がつくと帽子とバッグを手にし、父がずっと取引してきた銀行に向かっていた。

「ジョーダン・マクブライド！」店員が声をあげた。アイスクリーム入りのシュークリームみたいな髪のおばあちゃんタイプの人だ。ジョーダンは列の先頭に来るまでおとなしく待った。窓口にいるのがミス・フェントンでよかった。ちっちゃいころから父のお供でよく来ており、父が仕事の話をしているあいだ、ジョーダンが質問攻めにしたのが当時新人だったミス・フェントンだ。ジョーダンはデスク越しに少しおしゃべりした――あなたの姪ごさん、もう六歳なの、ミス・フェントン？　さぞかわいいんでしょうね？――それから、入念に考えてきた作り話をした。うちの小切手帳に預金額を書き込むのを忘れたもので、最近、大きな額の預け入れはあったかしら……当座預金にも普通預金にもありません？　まあ、よかった。「父は亡くなったとはいえ、不注意な娘だって父をがっかりさせたくないなんて、つい思ってしまうんです」ジョーダンは悲しそうに言った。

「彼の霊を休ましたまえ。ほんとうに型破りな人でしたものねえ」

「そうですね……義母の口座ですけど、新しい入金はありましたか？　あたしが書き込むのを忘れたのは、その口座の入金だったかも」ジョーダンは息を詰めた。アンネリーゼは自分の口座を持っていない。父は彼女に生活費を現金で渡しており、口座は父名義のものだけだ。

「その口座でしたら全額引き出されていますよ」

「あら」ジョーダンはなんとか言った。「いつですか？」

ミス・フェントンが目を細めた。「一カ月ほど前です」

アンネリーゼがニューヨークとコンコードに行く前。「金額はどれぐらい？」さりげない口調に努めた。店員には答える義務はない。ジョーダン名義の口座ではないのだから。だが、ミス・フェントンはためらうことなく金額を口にし、ジョーダンは息を呑んだ。ひと財産というほどではないが、いざというときの備えにはなる。

「ミセス・マクブライドがおっしゃるには、お父さまが別個にかけていた保険金だそうですよ」ミス・フェントンはわれを忘れてしゃべりまくった。「ほんとうにすてきな方ですよね、あなたの義理のお母さま！　お近づきになりたいって、ずっと思ってました」

ミセス・デューンが同じようなことを言っていた。ジョーダンがルースを送っていったときのことだ。〝義理のお母さんのためなら喜んで！　あたしが入ってるお裁縫の会に入ってくださったらいいのに、お友達はみんなもっとお近づきになりたいって……〟アンネリーゼがこの界隈の一員になってずいぶん経つのに、ほとんどの人が彼女のことをよく知らないってどういうこと？

あたしはよく知ってるわよ、とジョーダンは思った。ダン・マクブライドが入院中は寝ずの看病をして、夜にココアを飲みながらルサルカ湖の夢にうなされると打ち明けた人だ。ジョーダンのために寝る間も惜しんでスカートやサンドレスを縫ってくれて、ボールを追いかけるタローを見て笑い転げる人だ。ジョーダンに煙草と自立を勧め、愛情と自由を与えてくれた人だ。彼女を知っている。何がなんでもそう思いたかった。〝彼女を知っているし、愛している〟

それでも。コルブの顔に浮かんだ恐怖の表情。このお金。別個の保険金である可能性は充分にある――ただ、ジョーダンには信じられなかった。

ミス・フェントンにさよならを言って帰宅し、アンネリーゼが買い物に行って留守なことを確かめてから、ごく当然のことのようにコンコードのホテルに電話を入れた。アンネリーゼがニューヨークでの買いつけ旅行からそのまま行って泊まったはずのホテルだ。「いいえ、ミセス・マクブライドはこの一カ月、お泊まりになってませんよ」ジョーダンは彼女の特徴を告げた。〝黒髪、青い目、三十代前半、とてもシックで美しい女性〟「いいえ、そういう方はいらしてません」

父の型押しの革の住所録を詳しく調べて、ようやくニューヨークの同業者の電話番号を見つけた。アンティークショップやアンティーク・ディーラー、製本屋といった父の仲間たちだ。父の葬儀に駆けつけてくれた人たち、アンネリーゼがつい最近出かけていったオークションの常連で、父と値をつけ合った人たちだ。ところが、電話で連絡がとれた人の中に、彼女をオークション会場で見た人は一人もいなかった。「いたら気づいていたはずだよ」〈チャドウィック・アンド・ブラック〉の共同経営者は言った。ランチにマティーニを飲んだのだろう、一杯機嫌だった。「きみの義理のお母さんは目立つからね。お父さんはまったくうまいことやったよ。彼の霊を休ましたまえ」

「休ましたまえ」ジョーダンは繰り返し、受話器を置いた。つまり、アンネリーゼはコンコードにもニューヨークにも行っていなかった。

〝何をしていたの、アンネリーゼ？　どこに行ってたの？　何を企んでるの？〟そんなことは考えたくないのに、考えずにいられなかった。キッチンのシンクで洗剤のついた皿を手に、父に「狩りをなさるの？」と彼女が尋ねて振り向いたその瞬間を写真におさめたあの日から、自分が抱いてきた数々の疑いが息を吹き返す。名前や日付の謎、ブーケに隠されていた鉤十字。

〝こら、こら〟父の叱る声が聞こえるようだ。〝突拍子もないお話はそれぐらいにしとけよ！〟だが、父は亡くなり、アンネリーゼが旅行のことで嘘をついていたという事実や、彼女とコルブの怪しい関係や、彼女が説明のつかない大金を持っていることは、突拍子もない作り話でもなんでもない。

鉤十字。そのことを考えずにいられない。そのほかのことも。

〝あなたは何をしていたの、アンネリーゼ？〟

〝あなたは何者なの、アンネリーゼ？〟

〝何者？〟

46 イアン

一九五〇年九月 フロリダ海岸

「きのう、コルブが酔っ払って帰宅させられたそうですよ、ジョーダン情報」トニーが雑音の向こうから言った。「ボロを出しつつある」

「よし」イアンは公衆電話ボックスのドアに肘をつき、通りの向こうに目をやった。いましも、ニーナが海辺の雑貨屋に消えていった。日が短くなってきた。「フロリダの手がかりは五十二歳の男で、収容所の事務員かナチ党の職員だったと思われるが、ローレライ・フォークトでないことはたしかだ」トニーが悪態をついたが、イアンは悟りの境地だった。

「それでも手がかりではある。いずれ追いつめてやるさ」

彼とニーナはバスに長時間揺られ、最後の手がかりが住むフロリダ州ココア・ビーチ近くの小さな町にやっとの思いで辿り着いた。がたのきたフォードを運転していくより、バスのほうがいくらか安くつくからそうしたのだが、すでに六件あたって収穫なしだったたから今度もだめだろうと、イアンは端から諦めていた。「一時間前にノックに応えて出てきたのは、ベルリン訛りのおどおどした中年男だったが、そいつの逮捕にいつか手を貸す日が来ないともかぎらないだろ」相棒の悪態がやむのを待って、イアンは言った。

沈黙。ややあってトニーの思案げな声がした。「逮捕することより、センターでの仕事の比重を増やしたいと思ったことないんですか、ボス？」

「たとえばどんな仕事だ？」

「資料の保管庫を作るとか。博物館とか。そういう名称でいいのかどうかわからないけど。でも、考えてることがあるんです」

「ジョーダン・マクブライドの入れ知恵なんだろ？」イアンは顔をしかめた。

「彼女は考えるヒントをくれるんです。おかげでいろいろ考えるようになってね」トニーが大きく息を継いだ。「彼女にも加わってもらったらどうでしょう？　この追跡に」

「なんだって？」

「ぼくたちには隠すべきことは何もない。疚しいことは何もしていない。彼女は戦力になりますよ。なんといってもコルブと店のことをよく知ってますからね。ぼくたちが考えつかないような角度から見られるだろうし」

「嘘をついていたことを理由に、きみをクビにするかもしれないぞ。そうなったら、コルブの仕事場に入れなくなる」イアンが言う。

トニーが張り詰めた声で言った。「彼女に嘘をつくのが嫌なんです」

「だったら話し合おう」イアンは髪を手で梳いた。「ニーナとおれがあす戻り次第話し合うことにしよう」このフロリダの町は住む人も少なく、朝にならないとバスの便はなかった。

イアンが電話を切るのと、ニーナが小さな包みを手に雑貨屋から出てくるのが同時だった。日は沈み、すっかり暗くなっていた。「ホテルを探さないとな。ホテルがあるとしてだが」この小さな集落にあるのは、粘つく熱気と波の音だけだ。

「ホテルに泊まることないじゃない」ニーナが暗くなりつつある空を見あげた。「気持ちのいい夜だもの」

ほかの女なら、気持ちのいい夜とは、美しい夕日や満月、ロマンティックな夜を意味するだろう。ニーナにとってそれは、雲ひとつなく月が輝いているという意味だ――言い換えれば、何かを吹き飛ばすのにもってこいの天気。「浜辺で夜明かししたいのか?」

「お金の節約になるし、狩りのあとはどのみち眠れない。神経が昂ってて」

「たしかにな」ニーナと自分以上の不眠症の二人がこの世にいるだろうか、とイアンは思った。旅に出ると経済的理由から同じ部屋に泊まるしかないのだが、不眠症の人間にとってそれが好都合だとわかってイアンは驚いたものだ。パラシュートの夢を見て午前一時に目が覚めると、動悸を鎮めるため、ライトをつけ、妻のジョージェット・ヘイヤーのペーパーバックを（こっそり）読む。まどろむ彼女の剝き出しの肩が格好の本台になる。そのうち眠気に襲われ、彼女に腕を巻きつけて眠りに落ちる。うつらうつらしていると、一時間ほどして彼女が目覚めた気配がする。彼女はベッドを抜け出し窓辺に座り、夜気を吸い込む。ベッドに戻ってくると彼の耳を嚙みはじめる――「眠れないよ、ルーチク、あたしを疲れさせて」――彼が要望に応え、明け方近くなってようやく二人ともまどろむ。脚を絡ませ合い、ニーナの腕はイアンの脇腹に、イアンの顔は彼女の髪に埋まった状態で。

〝そいつを諦めるつもりはない〟と、イアンは思った。〝きみにとどまりたいと思わせる方法を見つけられたら〟何事にも動じない女を、どうやってその気にさせるつもりだ？

いまにも倒れそうな浜辺の食堂でホットドッグを食べたあと、ニーナは公衆便所を見つけると雑貨屋で買った包みとともに中に消えた。なくしたフェドーラ帽の代わりに買ったパナマ帽で顔を扇ぎながら、イアンは外で待った。帽子は、握り潰したり叩いたりして使用感を出し、しっくり頭におさまるようになった。ようやく出てきたときには、ニーナの髪は濡れたまま肩にかかり、漂白剤の臭いをさせていた。「よくなった」彼女は満足そうに言い、ブロンドに染まった髪を指で梳いた。それから並んで浜におりていった。

「どうして髪を染めたんだ？」イアンは興味を引かれていた。「気を悪くしないでほしい、おれはそのほうが好きだし。ただ、きみが身につけている装飾といったら、足の裏の飛行記録のタトゥーだけだから……」

ニーナは肩をすくめた。これもまた、彼女が答えを拒否する類の質問だった――それならそれでいい。人気のない長い浜辺をそぞろ歩くと、たまに肩が触れ合った。すっかり暗くなり、頭上で星がかすかに瞬き、足元では砂がかすかに光っている。波打ち際でニーナは立ち止まり、サンダルを脱いだ。闇の中で彼女の横顔がぼうっと白い。豪華客船のデッキでの夜を思い出した。「ニーナ、きみがイギリスで過ごした五年のあいだに……誰かいたのか？　いたとしてもきみを責めるつもりはない」そうは言ったが、まったくの本心ではなかった。妻に惚れたせいで、自分の中に所有欲が芽生えたことに気づいていたが、囚われたりしない。「本物の結婚じゃないからな」

「何人かいたよ」ニーナがこともなげに言った。「五年だもの。あんたは？」

「何人かいた。どれも長つづきしなかった。きみのその相手は、きみのことを待っているのか？」尋ねずにいられなかった。答えがイエスなら、次の言葉は言わずにすます。

「ううん。ピーターは曲芸飛行のチームに入るって言って去ってった。シモーヌは、結婚してるし――」

イアンは砂でつまずいた。「シモーヌ？」

「マンチェスター飛行場であたしのボスだった人が、戦争から帰ってくるときフランス人の女房を連れてきたの。でも、彼は毎晩町に出かけて愛人と過ごしてたから、シモーヌはひとりぼっちだった。ところがびっくり、彼女とやったらトラだってくたびれ果てる。一睡もさせてもらえないよ、スミレの香りの香水をつけた四十五歳のフランス女ときたら、長らくご無沙汰だったから余計にもう」

イアンはなんとか理解しようとした。「なんてこと言うんだ、ニーナ――」

彼女はくすくす笑った。「ショックを受けた？」

「少しね」女同士で愛し合うことに、まったく疎(うと)いわけではない。だが、妻が両刀使いだったとは、思いがけないこともあるものだ。

「つまり、あたしはあんたを好きじゃないんだろうって、思ってるんでしょ?」ニーナはにやにやして彼の顔を引き寄せ、いつものむさぼるようなキスをした。「好きだよ」

「きみがおれを好きなことは、いまのでよくわかったよ、同志」イアンはキスを返し、濡れた髪に指を滑り込ませ、上着を脱いで砂の上に広げて彼女を寝かせた。マンチェスターで付き合った相手、イギリスの飛行機乗りだろうとスミレの香りのするフランス女だろうと、彼女は別れを悲しんではいない。それがわかってほっとすると同時に欲望がむらむらと湧きあがった。ニーナの喉に唇を押しつけ、ゆっくりと下へとキスで辿る。〝さあ来い、同志。星明かりに砂に潮の匂い、それにおれがいて、きみと愛し合っている。なんともまあロマンチックじゃないか、心を動かされるだろ? 動かされてくれよ、ニーナ。おれにチャンスをくれ〟

「そばにいてくれ」単刀直入に言った。散らかった服のあいだで体を絡ませ合い、息をまだ切らしていた。妻がさっと体をほどこうとする。「離婚したくないんだ、ニーナ。そばにいてくれ」

ニーナが見つめる。流れるような動きで彼女が体を離そうとしている。

「一年の猶予をくれないか」彼女の鋭い頬骨を親指でなぞる。「きみはこの仕事が好きだ、追跡が好きだ、おれが好きだ。だから、いいだろ? 一年、試してみてくれ。名前だけじゃない、おれの妻として。普通の結婚みたいにはならない。子供を作って、日曜に外食して、平和に暮らすような結婚とはちがう。そんなのきみには退屈なだけだ。おれも退屈する。おれたちには代わりにこれがある。旅に狩りに、それが終わったあとのベッド。そういうふうに一年を過ごしてみないか」イアンはすべてを言葉に込めた。「一年くれ。一年経って、きみが別れたいと思えば、離婚しよう。だが、試してみるぐらいいいだろ？」

ニーナは起きあがり、膝を抱えた。その顔は冷酷な盾だ。「あたしは愛さない。あたしがするのは愛じゃない」

〝やさしくすれば、彼女は逃げてゆく〟イアンは思った。「愛とはちがうな。おれにとってきみがどういう存在なのかを表す言葉が、はたしてあるのかどうか。〝同志〟がいちばんぴったりくる。夫と妻である同志――つづけていく価値があるんじゃないか？」

彼女は鋭くかぶりを振った。

「どうしてだめなんだ？」イアンも起きあがり、声に怒りが出ないよう努めた。「言ってくれ。なんでもいいから言ってくれ。睨んだり、刺々しくなるだけじゃわからない」

ニーナは睨み、刺々しくなった。闇の中で見つめると、彼女は顔を背け、夜空の下でゆっくりと寄せては引く大西洋の波に目をやり、濡れた髪をグイっと引っ張った。「どうして染めたかわかる？」氷の塊のような言葉を彼に向かって放った。「イェリーナ・ヴァシロヴナ・きだったから――あたしの操縦士。彼女のために染めたの。イエリーナ・ヴァシロヴナ・ヴェトシーナ、46連隊の上級少尉。三年近くずっと一緒だった。死ぬまで彼女を愛しつづける」

月明かりの下でも、妻の目に涙が光るのが見えた。〝無情な心ではなかったのだ〟気が滅入る。〝傷ついた心〟「イェリーナ」落ち着いた声で言った。「英語だと〝ヘレン〟だよな？　どんな人だった？」

「黒髪。長身。このぐらい長いまつげ。それに、ツヴァイヨ・メット、彼女は飛べる。空であれほど美しいものはほかにない」

「何があったんだ？」

ニーナはあらましを語った。タフで威張り屋のニーナが、恋に破れ操縦席ですすり泣くなんて、イアンには想像できなかった。抱きしめてやりたいが、彼女は嫌がるだろう。

「彼女がどうなったか知ってるのか？」イアンは波の音に負けじと声を張りあげた。「きみのトロイのヘレンは」

「うん」と、ニーナ。

イアンは話のつづきを待った。ニーナは黒い波を見つめていた。「戦争が終わってしばらくは、母国に手紙を出せた。ヨーロッパが分断される前にはね。瓶に手紙を入れて流すみたいにして、人探しをしようとした。イェリナシュカがどこで何をしているのかわからなかったけど、昔の指揮官を探し当てたんだ」

「バーシャンスカ？」

「バーシャンスカヤ。彼女が生きていると知ってほっとしたよ。連隊はベルリンまで攻め込んだんだよ！」ニーナはそのときばかりは誇らしげに言った。「戦後に解隊となった、当然だよね。戦時中だったから必要とされたけど、戦争が終われば空のリトル・プリンセスなんていらないもの」

「そう決めたのが誰であれ」イアンは、彼女の石のような顔も、自身の鉛のような心も軽くしたかった。「七つの門がヒューヒュー鳴ってるあいだ、自分とファックしてろってんだ」

ニーナの笑みは一瞬で消えた。「自分の名前でバーシャンスカヤに手紙は出せない。N・B・マルコワ少尉はポーランドで戦死したことになってるから。キエフ出身でいまはイギリスに住んでいる彼女のいとことして手紙を書いた。架空の人物だけどね。細かいことまで書いたから、バーシャンスカヤはあたしだとわかった。セストラたちの近況を知らせてくれと頼んだ」フーッと息を吐く。「一通だけ返事がきた」

波がゆっくり砕ける音、ひとつ、ふたつ、三つ。頭上から香りのいい木々の葉擦れの音が聞こえる。マングローブだろうか。胃がずしんと重かった。

「バーシャンスカヤは、あたしにつづいて死んだ者たちの名前を教えてくれた」言い間違いではないとイアンは思う。N・B・マルコワ少尉は、ポーランドの湿気の多い森で、機体を燃やした火葬用の炎に巻かれて死んだのだ。「あたしの航法士、かわいそうなガーリャは終戦まで生き延びたのに、ベルリン郊外で飛行機が墜落して死んだ。ほかにも大勢が——運が悪かったんだよね」

イアンは気を引き締めた。「きみのイェリーナも……？」

「いや。彼女は生きていた」

驚いた。ニーナの声に滲む悲しみから、恋人は死んだにちがいないと思っていた。

「ソ連邦英雄だからね、四五年六月の空軍記念日にモスクワで行われた戦勝パレードで、十人の乗組員の一人として行進したんだって。赤の広場を行進する彼女の姿が目に浮かぶよ。花びらが舞って髪に絡みつく」また長い沈黙があった。ニーナは氷と化してしまったようだ。「バーシャンスカヤによれば、彼女はモスクワに住んで、民間飛行場の教官になって操縦士を訓練している。あたしの後釜になったゾーヤという航法士と一緒に住んでいる。いつも思うんだ、彼女はゾーヤと恋に落ちたんだろうかってね。そっ歯のおかちめんこは赤毛の未亡人で、二人の子持ちなんだよ。イェリーナは子供を欲しがってたからね。彼女は航法士と一度恋に落ちたんだから、二度目があってもおかしくないよね？」ため息。「それとも一緒に住んでるだけかもしれない」

「彼女はきみのことを思ってるさ」イアンは言った。「きみのことを思わない人間はいないもの」妻がそばにいてくれたらという望みは断たれた。それがこれほど辛いものだとは。

「バーシャンスカヤは一度だけ手紙をくれた。手紙の結びに、二度と手紙をよこさないで、と書いてあった。危険すぎるからね。そのあとすぐに、西から東に手紙を送れなくなった。だから、どのみち手紙は出せなかったんだけどね」長い間。「イェリナシュカは生きていて、坊やたちに飛び方を教え、ゾーヤの子供たちと遊んでいる。幸せに暮らしている。たぶんそうなんだろうけど、知ることはできない」

「きみはどうする」思わず尋ねていた。「彼女がこの浜をきみのほうに向かって歩いてくるのが見えたら」

「息ができなくなるまでキスしつづけて、そばにいてと頼む。でも、彼女はいてくれないだろう」

「どうして？」

「彼女は自分の国を愛しているから、あたしよりもずっと。あたしの話はこれで全部」ニーナはイアンを見た。「あたしは彼女を愛している、でも、彼女を失った。ほかの誰も愛さない。そのほうがいいもの」

〝誰にとって？〟イアンは言い返したかった。怒りを抑えると、その下から苦しみが浮びあがる。鉄のカーテンの向こうのどこかに、教官用の操縦席に座る黒い目のモスクワのバラがいて、イアンにはとても太刀打ちできないのだ。

「知っていたらあんなこと頼まなかった」彼は最後に言った。「申し訳なかった」

ニーナはわかったというようにうなずいた。

「離婚手続きをはじめるよ」イアンは感情を交えずにつづけた。「この追跡が終わるのを待っていてもしょうがない。まだ数カ月はかかるだろうから」

ニーナがまたうなずいた。「それがいいね」

イアンは立ちあがり、服を着た。ニーナもそれに倣い、二人は黙々と身支度を整えた。

47 ジョーダン

一九五〇年九月　ボストン

スコレイ広場のアパートに行くつもりはまったくなかった。ジョーダンは放心状態で、午前中ずっとボストン・コモンの散歩道を歩きまわっていた。手に持ったライカを命綱のように握り締め、かぶっていた帽子はどこかのベンチに置き忘れた。ハンドバッグも握り締めていたが、中には長いこと隠し持っていたアンネリーゼの写真が入っていた。キッチンのアンネリーゼ、鉤十字が仕込んであったアンネリーゼのブーケ、アンネリーゼと彼女が父親だと言った男が並ぶ写真。暗室に置いておくのが不安だから持ってきたのだった。アンネリーゼは暗室におりていったことはない、本人はそう言っているが、いまとなっては何も信じられなかった。日中、アンネリーゼは家で何をしているのだろう？　頭の中に疑惑が渦巻き、いてもたってもいられなかった。

この数夜、仕事を口実に、夕食のテーブルで義母と顔を合わせないようにしてきた。「ニューヨーク行きが迫ってるから、いろいろと準備しなきゃ――」アンネリーゼは、その計画を進めるためならなんでもあたたかくあと押ししてくれる。「ココアを淹れて持っていってあげるわね」アンネリーゼがココアを持ってきてくれたあとは、仕事がまったく手につかず、ジョーダンが好きだからと少量のシナモンを振りかけたココアのマグカップを見つめながら、頭の中を整理しようとした。

「論理的に考えるのよ、J・ブライド」静かな暗室で声に出して言ってみる。「ひとつずつ。今度こそちゃんとそうするのよ」すでに一度、疑惑の道に逸れたことがあり、けっきょくのところ疑惑は目の前で吹き飛んだ。〝二度と同じ轍は踏まない〟

だから。説明のつかない不在、コンコードにもニューヨークにも行っていなかった期間、いったいどこにいたのか。〝男に会いに行ってたのかもしれない。新しい恋人ができたとして、父さんが死んで間もないから、あたしに秘密にするのはもっともだ〟だが、新しい恋人の存在と、コルブとの気まずい場面とがしっくりこない。〝店でなんらかの不法行為がなされているの？〟アンティークの売買にはありとあらゆる詐欺行為がつきものだ。コルブが彼女をよくない仕事に引きずり込んだのかもしれない。〝でも、彼の顔に浮かんだあの表情。彼女に怯えていた。彼女がその気にならないかぎり、何かに引きずり込むなんてことは彼にできるわけがない〟店を舞台にした詐欺行為の首謀者はアンネリーゼで、コルブをそれに引きずり込んだのだろうか？　〝彼女は財政困難に陥っていて、危険を冒してでも現金を手に入れる必要があった？〟店の評判を落とす危険、訴えられる危険、ジョーダンの父に見つかる危険？

〝父さんは疑っていた〟冷ややかな声がささやいた。〝コルブが疑わしいと、あなたに言ってたじゃないの、そのすぐあとで――〟

だが、そこで行き詰まって暗室を出て、コモンを歩きまわって午前中を過ごしたのだった。〝父さんが狩りをすると言って出かけたとき、アンネリーゼはあたしと一緒にいた〟行く当てもなく彷徨ってコモンの野外音楽堂まで来ていた。〝あたしがウェディングドレスの試着をするのに、彼女はずっと付き添ってくれた〟

そこで冷ややかな声は黙り込んだ。疑惑が恐ろしいのは、手綱をゆるめた瞬間に制御不能になることだ。この野獣を二度と手の内におさめることはできないし、この先ずっとアンネリーゼを避けつづけることもできない。夕食の時間をずらしたり、朝食のあいだずっと朝刊で顔を隠しつづけることはできない。いずれ、アンネリーゼは何か変だと気づくだろう。

〝そうしたらあんたはどうするの、J・ブライド？　疑惑を父親にぶつけることはもうできないのよ。いったい誰に話すつもり？　自分以外に誰もいないじゃないの〟

気がつくと大理石の円柱のある野外音楽堂の前に立っていた。三度目のデートのとき、トニーがここでキスをした。大理石の円柱を撫でながら、痛切に彼を求めた――キスしたいからでも、抱きつきたいからでもない。耳を傾けてほしいから。彼ほどの聞き上手はいない。にやりとしたり冗談を飛ばしたりしながら、彼は何も聞き逃さない。

〝トニーに話すのよ〟

家族のよからぬ商売を他人に話すことはためらわれる――信頼している恋人であっても。

だが、躊躇したのも一瞬で、足は彼のアパートに向かっていた。

汚い階段に座り込んで瓶をやり取りしている若者二人をすり抜け、最上階につづく階段をのぼりきり、ドアをノックした。応答はない。ドアノブをいじくるとドアが開いた。ドアの鍵があてにならなくて、とトニーが言っていた。どうしようか。留守のうちに勝手に入るような躾は受けていないが、グレアム夫妻は町を離れているとトニーから聞いていた――それに、階段に座って大声でおしゃべりしながら瓶をやり取りしている若者は、見るからに素行が悪そうだ。ジョーダンは中に入ってドアを閉めた。トニーは怒ったりしないだろう。

室内は暑かった。壊れたテーブルの上には、紙や紅茶のマグカップが散らかっている。手近の紙を取ってそれで扇いだ。〝早く帰ってきて〟頭の中でトニーに話しかけ、時計を見た。何がなんでも彼に話したい。

汗ばんだ指から紙が滑り落ちた。拾いあげてみると、トニーのだとわかる荒っぽい文字で何かのリストが書かれている――〈チャドウィック・アンド・ブラック〉の文字が目に飛び込んできた。数日前、ここに電話したばかりだ。トニーが書いたアンティーク・ディーラーのリストだ。

当惑してテーブルの上の山積みの紙に目をやった。大半はトニーが書いたリストだ。アメリカとヨーロッパの地図。トニーの筆跡のリストは、急いで書き写したらしく字が乱れている――ジョーダンがよく知っている人と店の名前が店の便箋に書いてある。店で書き写したのだ。

紙の山を掻きまわしていると、底のほうから新聞の切り抜きが出てきた。ダン・マクブライドの死亡記事に丸がついている。

動悸がひどくなる。腰をおろして紙を一枚一枚調べてみた。ドイツ語とポーランド語らしい殴り書きのメモ。イアン・グレアムが書いたと思われる文字があちこちに記された地図。ルースにこれぐらいは聴いておけと曲名を書いたメモを渡してくれたことがあるので、筆跡はわかる。〝ディー・イェーガリン／ローレライ・フォークト〟とタイトルが記された分厚いファイル。

ジョーダンはそれを開いた。教会の階段に並ぶ家族の写真があり、端っこに立つ人物に赤い丸がついている。

じっくり見る。手袋をした手を組み、口元に笑みを浮かべ、落ち着き払った目をした若い女。その目に見おぼえがある。耳鳴りがして、ジョーダンは目を閉じた。それから目を開き、写真をじっくり見た。

アンネリーゼだ。いまのジョーダンよりも若いころだ。ぽっちゃりした頬と若い娘にありがちなぼんやりした表情からは、アンネリーゼだとは想像もつかないだろうが、ジョーダンは彼女をよく知っているからわかる。アンネリーゼだ。

長期間の張り込みによって集めた証拠が山積みになったテーブルを、ジョーダンは見つめた。「これは何なの？」静かな部屋のかび臭い空気に向かってつぶやいた。トニー・ロドモフスキーは、仕事を探して店にやってきた。イアン・グレアムは、ルースに音階を教える以外にボストンで何をしているのか、一度も話してくれたことがなかった。見るからに危険そうなソ連人の妻。別の女の名前がついたファイルの中にアンネリーゼの写真……。

震える指で写真を戻してから、ジョーダンはファイルの中身に目を通した。

48　イアン

一九五〇年九月　ボストン

「くたびれ果てた顔しちゃって」ガタのきたフォードでバス停までイアンとニーナを迎えに来て、トニーが言った。「くたびれてるのはぼくのほうですよ。三時間睡眠でコルブの見張りを一人でやったんだから」

「クソッタレが（ポショル・ナクイ）」ニーナががなる。「あたしは三時間睡眠を二年間つづけたんだからね、つべこべ言うんじゃないよ」

「苦労話をさせたら、ロシア人の右に出る者はいない」トニーはぶつぶつ言いながら、車の列にフォードを滑り込ませた。「してきた苦労の量で負ける。氷点下二十度の気候にも、強制収容所のひどさにも、とてもじゃないけど太刀打ちできない」後部座席の二人をちらっと見る。イアンは一方の窓を外を眺め、ニーナはもう一方の窓の外を眺めている。「何かあったんですか、ぼくが知っておくべき――」

「いや」イアンは喉を詰まらせた。それからアパートの部屋に戻るまで沈黙がつづいた。いつもならニーナは後ろ向きで階段を駆けあがり、目障りだからどけ、とイアンに言われるまでやめないのだが、きょうは柄にもなく黙り込み、振り向きもせず階段を一段とばしで駆けあがっていった。〝これでいいんだ〟イアンは思った。照合確認や電話での問い合わせや、食堂に陣取ってやる見張りといった、辛気臭い仕事にすぐにも取りかかりたかった。行き詰まった追跡につきものの単調な仕事をやっているほうが、苦痛と怒りがない交ぜになった自分の感情に向き合うよりましだ。

階段をあがりきると、部屋のドアが少し開いていることに気づいた。手を伸ばし、ドアを大きく開いたとたん、ニーナのことも、彼女のモスクワの恋人のことも、うらぶれたフロリダの海岸で希望を失ったこともすべて消え去った。

作業台代わりのテーブルの上は空っぽで、書類も地図も鉛筆も床に散らかっている。何者かが力任せにすべてを薙ぎ払ったかのようだ。地図の裏表紙にくっきりと残る女の足跡がドアに向かっている。空っぽのテーブルには破った紙と写真が二枚。

「ジルモ」ニーナが悪態をつき、三人揃って部屋に駆けこんだ。

若いローレライ・フォークトの写真は、イアンのファイルからぐいっと引き抜いたらしく、角が破れていた。もう一枚は、シンクの前で布巾を持った女が、顔だけ振り向いている写真だ。目がぎらついている。

ニーナが息を喉に詰まらせた。彼女の顔を見て、イアンの口が不意に乾いた。「これは――」

彼の妻は二枚目の写真に指を伸ばした。目が不意に光る。「彼女だ」その声は確信に満ちていた。

イアンは写真のそばの紙を取りあげた。ジョーダン・マクブライドの筆跡だ。店の書類を見ているからわかる。鉛筆で走り書きした文字は、紙を突き破らんばかりだった。

〝ローレライ・フォークトはアンナ・マクブライド〟

第三部

49　ジョーダン

一九五〇年九月　ボストン

「もっと早く走れないの？」

タクシーの運転手がむっとして言う。「渋滞してるからね」

心臓はバクバクいい、足はタクシーの床を踏みしめていた。まるでタクシーを押して速く動かそうとするように。胃の中には、恐怖が石となって冷たく重く居座っていた。

ジョーダンはスコレイ広場のアパートでむせび泣いた。流血の惨事を記した紙に囲まれ、アンネリーゼが犯した過去に囲まれて泣いた。だが、それもいっときのことだった。泣いている場合ではない。叫んでいる場合でも、ここでトニーを待ち、バレエのスタジオに同行してくれたり、暗室でキスしてくれたのはどうしてなの、と詰問している場合でもない。二人がそんなことをしていたあいだも、やさしい口調の殺人者はミシンに向かって鼻歌を歌っていたのだ。ジョーダンは涙をこらえ、腕のひと振りでテーブルの上のものをどかし、暗室に置いてはおけない写真をテーブルに叩きつけ、メモを書いて、階段を駆けおりた。

アンネリーゼの正体をチームの誰も知らないのは、ファイルを見れば明らかだが、彼らの帰りを待ってそのことを告げる気がジョーダンにはなかった。ほんとうはそうしたかった。アパートにとどまって彼らの釈明を聞きたかった。できることならいまからでも戻ってそうしたいけれど、トニーと仲間たちがいつごろ戻るかわからない――それに、ルースはいまうちで殺人者と一緒にいる、家に巣食う毒グモのような殺人者と一緒に。ルースがアンネリーゼと何年も一緒にいながら無事だったことは、何の気休めにもならなかった。冷酷にも六人の子供たちを殺した女の魔手から、一刻も早く妹を救い出さねばならない。

吐く息が喉につかえてしゃがれ声になる。運転手が振り返ったが、ジョーダンは顔を窓のほうに向けた。穏やかな夏の日が窓外を過ぎてゆく。そぞろ歩く大勢の人たち――腕を組むカップル、意味もなくクスクス笑い合う女の子たち、レッドソックスのことで言い争うチェックのシャツの男たち。彼らが誇りに思うこのアメリカの楽園に、怪物が潜んでいるなんて夢にも思っていないのだろう。日射しが降り注ぐ道を眺めていながら、ジョーダンの目に映るのはポーランド西部の優美な人造湖だった。イアン・グレアムのアパートにあった、真実を伝えるジャーナリストが記したメモから、ジョーダンの目の前にその光景が広がった。湖畔に立つアンネリーゼは、いまのジョーダンと同じ年頃だ。縮こまる子供たち……。

ジョーダンは義母が犯した別の犯罪にも目を通した。彼女に殺されたイアンの弟、戦争捕虜だった弟。パーティーの余興として、森の中で狩られた名もわからぬポーランド人たち。だが、ジョーダンの心を捉えて放さなかったのは子供たちのことだった。ルースと同じような子供たち。

〝彼女はどうしてあなたを殺さなかったの？〟ジョーダンは感覚を麻痺させる恐怖の中で思った。〝彼女はあなたの母親を殺した。それなのにどうしてあなたを殺さなかったの？〟アルタウスゼー時代のアンネリーゼ、本名ローレライについては、トニーの筆跡のメモでよくわかった。読んでいると彼の声が聞こえる気がした。〝ぼくらの女は、戦争が終わるとフラウ・アイヒマンと一緒に住んでいた。愛人に死なれ、金もなく行くあてもなかった。フラウ・アイヒマンは彼女を好きではなく、四五年の秋には彼女に出ていけと言った。名前から身元がばれるのを恐れ、見つかって逮捕されるのを恐れたため、ビザの申請ができなかったはずだ。彼女はどうやってアルタウスゼーからアメリカに渡ったのか？〟

〝どうやったのか、あたしには説明がつくわよ〟ジョーダンは思った。アルタウスゼー時代について、アンネリーゼはふたつの異なる話をした。感謝祭のあと、ルースの実の母親でないことを言い逃れできないとわかると、湖畔に置き去りにされたルースを見殺しにできなかったという話をでっちあげた……だが、最初にルースの悪夢のわけを説明したときには、湖畔で難民の女が襲ってきてルースを怯えさせたという話だったのでは？　もっともらしく聞こえるように、アンネリーゼは巧みに事実を混ぜた。なんとも巧妙なやり方だ。

〝襲われたのは彼女ではなかったのだ〟と、ジョーダンは思った。〝彼女が襲ったのだ〟なんとしても出国したかった。なんとしても捕まりたくなかった。逃げ出すことに必死だったときに、湖畔で女と出会った——アンネリーゼ・ウェーバーという女で、書類もアメリカに渡る船のチケットも難民としての身分も揃っている女、それに小さな女の子もいる。願ったりかなったりだ。〝女を殺せばすべてが手に入る〟ルース――すべてを見透かすような眼差し、音楽の才能、笑いから恐怖へと激しく揺れ動く不安定な情緒、それらが相まってルースはアンネリーゼに引き寄せられ、そのせいで母親から引き離された――母親が女に殺されるのをその目で見たばかりか、その女が自分の母親になったのだ。

「どうして彼女はあなたを連れてきたの？」ジョーダンは声に出してつぶやいた。足手まといの子供がいないほうが楽に旅ができただろうに。〝それに、彼女は何のためらいもなく子供を殺していたのに〟

ジョーダンは呆然としてかぶりを振った。ずっと昔に言われた警告が頭の中で鳴り響いた。〝ジョーダンと彼女の突拍子もないお話！〟朝のほんの数時間のあいだに、この世界は、彼女の想像力が生み出すよりももっと突拍子もなく、さらに恐ろしい場所へと変わっていた。

「さあ、着いたよ」

ジョーダンは料金を払い、タクシーを降りた。車があった。アンネリーゼは家にいる。むろんいるだろう。ジョーダンは震えながら息を吸い込んだ。〝何事もなかったように振る舞うのよ〟自分に言い聞かす。〝うまく話をでっちあげてルースを家から連れ出す。それだけでいい〟

そうして、女狩人と向き合う覚悟を決めた。

「泣かないで、ジョーダン」アンネリーゼが眉根を寄せ、腕を開いた。「それだけの男だったのよ」

アンネリーゼのなんでもお見通しの視線から泣き腫らした目を隠すのは無理だし、隠そうともしなかった。彼女が尻尾を振るタローを従えて裁縫室から出てきたとたん、ジョーダンは喉の奥に控えていた嗚咽を解放して泣きだし、彼のせいで心が張り裂けたというようなことを支離滅裂に訴えた。

「あなたの彼にがっかりさせられたのね？」アンネリーゼの抱擁はやさしく、ライラックの香りがした。ジョーダンはなんとか体の震えを抑えた。「彼は誰とも真剣に付き合わないタイプなのよ」

「自分で思っていた以上に彼を好きだった」ジョーダンは喉を詰まらせながら、それが本心だと気づいた。憎悪と恐怖にのたうちまわりながら、トニーの裏切りに心を切り裂かれていた。暗室でのトニー、あなたの秘密を教えてと頼んだとき、彼女の腰に逞しい腕をまわしながら、言葉を濁した。〝きみに話したいことがひとつある。でも、話せない〟妻も子供もいなくて、逮捕状も出ていないのなら、それでかまわない、とジョーダンは思った。そのあいだもずっと、彼と仲間たちは、彼女の店と家族と生活ぶりを見張っていたのだ。

〝それを利用しなさい、J・ブライド〟義母の腕の中で泣きながら、ジョーダンは思った。〝涙を、怒りを、すべてを利用するの〟ようやく体を離し、涙をぬぐい、紛いものでない弱々しい笑みを浮かべた。「泣いたりしてごめんなさい、アンナ。あなたの言うとおり、彼はそれだけの男だった」

「ニューヨークで新しい出会いがあるわよ。あなたにバラを贈ってくれるような、かっこいい若者」アンネリーゼが心配そうに眉をひそめる。〝冷酷にも六人の子供たちを撃ち殺したくせに〟ジョーダンは思った。〝いまは、あたしの恋愛問題で嘆いてみせてる〟そんな思いを頭から締め出す。

「アイスクリームでも買いに行こうかな。ルースを連れて。甘いものが無性に食べたい」

「傷んだ心はアイスクリームを求めるものよ。ルースはお風呂に入ってるけど、急いで出るよう言ってくるわね」アンネリーゼは腕をジョーダンの肩にのせたまま、ほほえんだ。ジョーダンの決心が揺らいだ。そのほほえみのやさしさ、あたたかさに、ふっと彼女を信じたくなった。アンネリーゼのさげた手に愛おしげに黒い鼻を寄せるタローに倣って。義母のやわらかくも凶悪な指で髪を撫でてもらいたい、慰めてほしいと不意に思った。

最初は憎悪が、次にルースの身を案じる思いが、ジョーダンをショックから立ち直らせた。いま、三つ目の反応が起きていた。それは最初のふたつよりもっと恐ろしいもの、羞恥だ。アンネリーゼに触れられると、反射的に愛着が湧きおこる。〝彼女は殺人鬼なのよ。ナチの殺人鬼〟――それでも、人の心を鎮めてくれるその手に寄りかかりたい、あれだけの証拠を目にしても嘘だと思いたい気持ちがあった。ギャレット・バーンや彼がくれた西洋梨形のダイヤモンドを越えた先に夢を持ちなさい、とジョーダンを勇気づけてくれたのはアンネリーゼだったからだ。自らの恐怖を打ち明け、ジョーダンが語る恐怖に耳を傾けてくれた。家族の犬をかわいがり、ボストン一のココアを作ってくれる。

〝犬には悪人と善人の区別がつくものじゃないの〟ジョーダンは思った。〝義理の娘というのは、義母の邪な心を見抜けるものじゃないの〟

たしかに、頭の奥では最初から疑ってかかっていた。〝父さんを説得できてさえいれば――〟

だが、そんな考えも頭から締め出した。

「ああ、アンナ」彼女のやわらかな手を握り締める。「あなたがいなかったら、どうかなってたわ、きっと。ニューヨークに行ったら、きっとあなたが恋しくなる」

「わたしたちはずっとここにいるわよ、ルースもタローもわたしも。ニューヨークはそれほど遠くないし」

〝刑務所ははるかに遠いわよ〟イアンとトニーとニーナが何者であれ、アンネリーゼを訴える準備を着々と進めていたことはたしかだ。不意にいてもたってもいられなくなり、トニーに嘘をつかれた事実を脇に押しやった。彼がアンネリーゼを刑務所に送ろうとしているなら、協力しなきゃならない。

「ルース」アンネリーゼが階段の下から声をかけた。「お風呂からすぐに出なさい。お姉ちゃんがアイスクリームを食べに連れていってくれるって」

〝愛してるわ、アンネリーゼ〟穏やかな横顔を見ながら、ジョーダンは思った。〝それでも、あなたの正体を暴いてみせる〟

50 イアン

一九五〇年九月 ボストン

「ぼくたちは馬鹿だったってこと、認めよう」トニーが沈黙を破った。「彼女はずっと目と鼻の先にいたんだ。ぼくは彼女と会っているし、話もしたのに――」

「いまの彼女はあの写真のころとまるで別人だからな」イアンがぼそっと言う。「古すぎて使い物にならなかった。彼女をよく知っている人間にしか――クソっ、もっとスピード出せないのか？」

トニーはフォードのアクセルを踏み込んだが、ランチタイムの車の流れはゆっくり滴る蜂蜜のようだった。「初めて会った日に、彼女の首筋を見たのに。傷跡はなかった！」そう言ってハンドルを握り締めた。

「隠してるのよ」ニーナが後部座席から声をあげた。「化粧で、たぶん。ブリャーチ、マクブライドの家ってそんなに遠いの――」

遠くはないが、ジョーダンがスコレイ広場のアパートを出てからどれぐらい経っているかなんて、誰にわかる？〝義母が殺人者だとわかったら、おれならそうする〟

「彼女と話をしたときに気づくべきだった」トニーがつぶやく。「英語が母国語じゃないってこと、リズムとか――」

「彼女には訛りがないって言ってたじゃないか。Rの発音もボストンっ子のそれだって」

「それでも、あたしを店に連れてってくれたら確認できたのに」ニーナがぴしゃりと言った。「あたしは彼女を知ってるんだからね、あんたたちは古い写真を見ただけだけど――」

イアンは彼女の言葉を遮った。「おれたちみんな、へまをやったってことだ、ああ。だが、ローレライ・フォークトがボストンにとどまる理由が見当たらなかった。ほかの連中にとってボストンは通過点にすぎなかったのに。ジョーダンの義母がヨーロッパ出身だと考える理由もなかった――名前はアンナ・マクブライドだし、ボストン生まれとなっていたし、疑いを抱かせるような訛りもない。彼女には疑わしいところがまったくなかったし、目の前にコルブがいたしな。腐った魚みたいに臭うやつが」

「それに、彼女は店と距離を置いていたからね」と、トニー。「妻を働かせずにすむことが、父親の自慢だったってジョーダンから聞いて、そういうものかと思った。でも、彼女は店に近づかないようにしてて、いかがわしい商売をしてるんじゃないかと誰かが疑いを持ったとしても、調べるならコルブだ。ぼくたちもそうしたわけだから――」

「もういい。もうやめとけ」イアンがきっぱりとした口調で言い、愚痴の言い合いに終止符を打った。「彼女が誰でどこに住んでいるのかわかったんだからな。いまはそこに集中し、誰の責任かという話はあとにしよう」

「それにしても、ジョーダンがルーシーを連れて家を出てくれていればいいんだけど」トニーがつぶやく。「彼女が待ってくれさえすれば――」

「なんでそんなことするの？」ニーナが口を挟んだ。「あたしたちを信用する理由がないし、あたしたちが何をやってるか知りようがない」

「彼女を仲間に引き入れておくべきだった。もっと前に打ち明けて」

「そうする理由がなかった。部外者を引き入れたことは一度もなかったからな。もうやめよう、もしもああしていれば、だの、ああすればよかった、だの言うのは」チームにとって非難の応酬だけは避けねばならない。だが、イアンは両手を強く握り締めすぎて、パナマ帽のつばがしわくちゃだ。誰も口には出さないが、張り詰めた恐怖が車内の空気を震わせていた。

このことが原因でジョーダンと妹の身に何かあったら、チームの活動はそこで終わる。

トニーはタイヤを軋らせ、マクブライドの家のある通りに車を入れた。「ローレライ・フォークトが家にいたら」イアンは言った。「対決し、その場で取り押さえる」

「どんな権限で？　逮捕状はないんですよ！」

はったりをきかせられると、イアンは思っていた。そういうことは得意だ。普通ならこんなやり方はしない。慎重に計画を練り、当局の支援を受けてから踏み込むのが常だった。

いまはそんなことをしている時間がない。相棒と妻に目をやると、血が沸き立った。「一秒たりとも油断するなよ。これほどの相手と対決するのは初めてだからな。これまで正体を突き止めた男たちは、第三帝国の後ろ盾がなければ、野ネズミよりも害のない連中だった。もし彼女が自分自身に、あるいはほかの誰かに危害を加えようとしたら、阻止しろ。何がなんでも」

ニーナが折り畳み式剃刀を振った。イアンはそれを見て初めて心強いと思った。

褐色砂岩の家の前に車が完全に停止するのも待たず、三人は車外に飛び出した——目に入ったのは開いたままのドアと、もぬけの殻の家だった。

51　ジョーダン

一九五〇年九月　ボストン

〝急いで、ルース〟ジョーダンは祈るような気持ちだった。

ようやく妹が風呂から出て、上から「ストロベリーのアイスクリーム、食べてもいい？」の声が聞こえた。バスタオルを引きずって自分の部屋に入ってゆく。疑われると困るので急かすわけにもいかない。これ以上アンネリーゼを見張ってもいられないので、タローにリードをつけ――妹もだが、愛犬をこの家に残していくわけにはいかない――暗室に忘れ物があると言った。「あなたが撮った彼氏の写真、破ってらっしゃいな」アンネリーゼが言う。「気分がよくなるわよ！」

暗室に入るとドアにぐったりともたれかかり、全力疾走したあとみたいに汗びっしょりなことに気づいた。「慌てないで、J・ブライド。落ち着きなさい――」自分に言い聞かせ、汗をぬぐうぼろきれを探した。〝どこに行くつもり？〟愕然とする。〝ルースを連れてどこに行くつもりなの？〟

トニーのアパートに戻って、なんらかの答えを探す。それが最初だ。

振り返って飛びあがりそうになった。暗室の階段の上にアンネリーゼが立ち、あたたかな笑みを浮かべて見おろしていた。足音ひとつたてずに。

「アンナ、驚かせないでよ！」ジョーダンはほほえんだが、心臓がいまにも飛び出しそうだった。「ルースは支度できた？」

「靴を履いてる」

「あなたが最後にここにおりてきたの、いつだったかしら」

「ここはあなたの聖域ですものね」アンネリーゼが機材から壁、ライトへと視線をめぐらせた。腕にハンドバッグをかけている。「あなたたちと一緒に行こうと思ったの。コーンのアイスクリームを長いこと食べてなかったから」

「スカートを急いで縫いあげなきゃいけないんじゃないの」ジョーダンは顔に笑みを貼り

つけたままだ。

「ふち縫いなんてあとでもいいのよ」

「そうなの？　コーンのアイスクリームならお土産に買ってきても――」そこで言葉を切った。反対ばかりしたら疑われる。「でも、やっぱり、いまのは忘れて。帰り着くまでにアイスクリームが融けちゃうものね。一緒に行きましょう」上に戻ってから、ルースをこっそり連れ出せばいい。

「帽子を取ってくるわ」だが、アンネリーゼはその場を動かず、思案げな様子で立っていた。「今朝、銀行に行ったのよ。ミス・フェントンから聞いたわ。普通口座のことを、あなたが尋ねていたって」

ジョーダンはいつものくつろいだ調子を保とうとした。「お金の心配はする必要ないってあなたは言うだろうけど、それでも心配なの。別にかけていた保険金が入ったって知って、ほっとしたわ」

「あなたは動揺していたって、ミス・フェントンは言ってたわよ」

「父さんのアフターシェーブローションの匂いがふっとして――出納係の一人が同じ銘柄のをつけていたみたい。あなたにもわかるでしょ……それで、泣きだしてしまわないうちに席を立ったの」

「へえ。まあ納得はいくわね」アンネリーゼは手摺りに目を落とした。「背の高いイギリス人男性に心当たりはないの、ジョーダン？　いろいろ聞きまわってるらしいじゃない？」

に」
「何のこと？　いいえ、そのことなら前に話したわよね」鼓動が速くなる。「何週間も前
「そうだったわね」弁解するように言った。「でも、そういう人がいるんでしょ？　コル
ブには確信があったみたいよ。それに、尾行されていると思っているみたい。飲みすぎる
からそんな妄想を抱くんだろうって、わたしは思っていたけど、そうじゃないかもしれな
い。そんなところに、あなたが銀行に現れてわたしの普通預金のことを尋ねたって聞いて
ね。それに、恋人のことであなたがすっかり取り乱して、とても見事な言い訳だったわよ、
ジョーダン、でも、わたしは不安になるの。すごくね」
「どうして？」ジョーダンは顔をあげ、当惑の笑みを浮かべた。
「戦争を生き抜くとね」アンネリーゼが言う。「狩られる立場になるとね、どんな些細な
ことでも、普通とちがうことには注意を払うようになるものなのよ。どんなにうまく釈明
されてもね、それでも……ピンとくるものなのよ」
沈黙が湖水のように暗く重たく二人のあいだで居座りを決め込んだ。ジョーダンは立ち
あがり、背中にまわした両手で作業台の縁をつかんだ。アンネリーゼはパリッとした黒い
ドレス、黒髪をシニョンに結い、きれいに口紅を塗った姿で立っている。ジョーダンは困
惑と無邪気さを装うことしか考えつかない。心臓が早鐘を打っている。
「困ったもんだ」アンネリーゼはため息をつき、ハンドバッグを下に置いて中から慣れた
手つきで拳銃を取り出した。銃声が轟き、ジョーダンの頭が恐怖で真っ白になった。

ジョーダンの右手にあった金属トレイが回転して作業台から落ちた。縮みあがり、悲鳴が喉につかえる。どこもなんともないことに気づくのに一瞬の間があった。「それじゃ、心を割って話しましょ」アンネリーゼがこともなげに言った。

膝から力が抜けた。アンネリーゼが拳銃を構えてそこにいる。叫びたかったが、分厚い壁に囲まれた地下室でいくら叫んだところで、通りまで聞こえない。銃声を耳にした人がいるとも思えなかった。口を開く。

「何を言うつもりにしても、嘘はやめといたほうがいいわ」と、アンネリーゼ。「あなたを撃ちたくはないのよ、ジョーダン、でも、やむをえない場合もある」

「でしょうね」ジョーダンは細い声で言った。「あなたはパスポート欲しさに、ルースの母親を平気で殺した。湖畔でイギリス人の若い脱走兵を殺した。ポーランド人の子供六人に食事を与えてから殺した。だから、ええ、あなたはためらうことなくあたしを殺すでしょうね」

アンネリーゼが否定するのを期待した――泣きながら無実を訴え、やさしく感情に身を任せることを。感謝祭の日、親衛隊だった愛人の写真を突きつけられると、彼女はそうやってダン・マクブライドとジョーダンをまんまと丸め込み、愛人ではなく父親だと信じ込ませた。だがいま、アンネリーゼはため息をついて階段をおりてきただけだった。「あなたに知られてしまったようね」

ジョーダンは震えていることに気づいた。「あなたは何者なの？」尋ねずにいられなかった。真実を知ったとき、深い嘆きが心に根をおろし……それでも、原初の嘆きとは別に、頭は冷静に仮説を立てていた。〝彼女の気を逸らすことができれば、逃げ出せるかもしれない。あるいは、誰かが訪ねてくるかもしれない〟儚い望みではあるが、銃身を見ていると、わずかなチャンスでもないよりはましだと思えてくる。「どうしてあんなことをしたの？」

アンネリーゼは答えなかった。ふたたびため息をついた。精も根も尽き果てたというようなため息だった。彼女は乱れたままの簡易ベッドの端に腰をおろした。「逃げることに疲れた……」唇を震わせ、ジョーダンを見つめる。「どうしてそっとしといてくれなかったの？」

「どうしてって――」ジョーダンはもたれていた作業台から離れようとして、銃身が持ちあがるのを見て凍りついた。

「床に座りなさい。両手の上に腰をおろすの。そうすれば震えがおさまる」アンネリーゼは疲れた声でそう言いながらも、拳銃を握る手は微動だにしない。

ジョーダンは床に座り、両手を尻の下に入れた。冷気が肌に染み込んでくる。アンネリーゼは立ちあがって拳銃を構えるものと思ったが、簡易ベッドに座ったままで、動くのも億劫（おっくう）そうだった。もう逃げるつもりはないのかもしれない。警察に出頭する覚悟を決めたのかもしれない。さすがにそれはないだろうが、別の方向から説得を試みることにした。

「あたしに何をしようとかまわないけど、ルースを傷つけるのはやめて」

アンネリーゼが驚いた顔をした。「どうしてそんなことしなきゃならないの？」

「あの子はあなたの娘じゃないもの。ほんとうに愛しているの？」

「わたしの哀れな小ネズミ(モイスヒエン)」アンネリーゼはベッドの毛布を指でなぞった。「あの子を好きになるとは思ってなかった。ユダヤ人の子供なのよ……あの子を連れてきたのは、かわいい女の子を連れた母親のことは誰も怪しまないから。それに、あの子はとても美しかった。ブロンドの髪だし、ユダヤ人の特徴である鼻も下劣さも持ち合わせていない。そういうこととは関係なくあの子を育てられたらと思った。一種の償いね」

「償い。母親を殺したことの償い」

「仕方なかったのよ」

「本気でそう思ってるのね」呆れた話だ。「女からすべてを奪い、殺して湖に放り込むしかなかった？　仕方なかったですって？」

「あなたにはわからないでしょうね。追いつめられた獲物が必死になったら何をするか」

アンネリーゼは首元のグレーパールに触れた。「残念だけどほかにどうしようもなかった。ただ、彼女は苦しまなかったわよ。彼女の真珠をしているのは、忘れないため」

ほんの一瞬、ジョーダンは吐き気を覚えた。「何も否定しないのね」ささやき声しか出なかった。

「してもしょうがない。あなたはいろいろ知ってるんだし」アンネリーゼは背筋を伸ばした。「どうしてわかったの？　わたしのこと、誰から聞いたの？」膝の上の拳銃がピクッと動いた。「誰か来ることになってるの？」

「ええ。オーストリアからずっとあなたを追ってきたナチハンターのチームが」ジョーダンはためらうことなく芝居がかった言い方をした。アンネリーゼを怯ませることができるなら、なんだって言う。「彼らから逃げることはけっしてできないわよ」

「何者なの？　警察も連れてくるの？　嘘はだめ」ジョーダンがためらうのを見て彼女は言った。「あなたのことはよくわかってるわよ、ジョーダン。嘘をついてもだめ」

「イギリス人ジャーナリストとその仲間たち」嫌になる。声が震えている。「あなたを捕まえにやってくる」

「それからどうするの。わたしを陪審員の前に引っ張り出す？　送還する？」ジョーダンが答える前に、彼女はかぶりを振った。「どうだっていい。どうなるにしたって、気持ちのいいものじゃないわね。特定の犯罪を犯した者は、とくに厳しく糾弾される」

「子供や戦争捕虜を殺すことでしょ？」ジョーダンは言い返した。声が震えようがかまっていられない。

「わたしは三十二で、わたしの人生はいろんな瞬間が集まったもの。どの瞬間がより重くて、どの瞬間がよりよいものだなんてどうして言えるの？　逃げまわること、罰せられることに終わりがあるの？」

「自分は罰せられてきたと思ってるの？」煮えたぎる怒りに喉が詰まりそうになる。「ほかの人の名前と人生と子供を盗んで、それからあたしの家庭に巣を作って、気楽で快適な毎日を送ってきたくせに、罰せられたですって？」

「わたしがどれほど多くを失ってきたか、知りもしないくせに」アンネリーゼが言い返す。「愛した人生も愛した男も失った。細心の注意を払って書く手紙以外に母と連絡も取れず、たまに出すその手紙だって自分でポストに入れられない。不安の連続で、毎晩夢を見る」ぶるっと体を震わせた。「安全だとわかっているこの家で、どれだけの悪夢にうなされてきたことか。ポズナニの湖のほとりの家、人気のない場所にひっそりとたつ家……四四年の終わりには使用人もいなくなって、すべてを失ってしまって、マンフレートは何日も戻らないときがあったけど、それでもぐっすり眠れたわ。とても美しかった。二度と戻れない」ジョーダンに顔を向けた。「そういうのを罰って言うんじゃないの？」

〝そんなものじゃ足りないわよ〟「だったら警察に出頭して、法廷で争ったらいい」ジョーダンは別方向から攻めた。「自分で弁護すれば。あなたを臆病だと思ったことは一度もないもの」

痛いところを突いたと思ったが、アンネリーゼはかすかにほほえんだだけだった。「臆病なんてものは存在しないのよ。勇敢さもね。本能があるだけ。ハンターはこっそり近づき、獲物は逃げる。わたしはきわめて現実的だから、戦争が終わったときに自分が獲物になったと気づいた。勝者がわたしを怪物と決めつけた」

「あなたは怪物よ」ジョーダンは言った。

「あの子供たちのことがあるから?」アンネリーゼはかぶりを振った。「あれは慈悲深い行為よ。彼らはポーランド人、おそらくユダヤ人で、ポズナニにはまずユダヤ人を抹殺し、次にポーランド人を抹殺しろという指示が出ていた」

「戦争は終わり、あなたたちは負けた。すべてがばらばらになったのに、どうして指示どおりにしたの?」

「なぜなら、処刑も移送もつづけられていたから。あの子供たちは、わたしの手にかかってはるかに安らかに死んだのよ。満腹で、痛みも感じず一瞬にして死んだの。あばら家で飢え死にするより、ぎゅうぎゅう詰めの汽車の中で、脱水状態で死ぬよりずっとましじゃないの。わたしは人を苦しめて喜ぶような人間じゃないわ。死ななきゃならないものは、きれいに死なせる」

こんなたわ言をこれ以上聞かされたら絶叫する、とジョーダンは思ったが、黙って聞くことにした。〝彼女に話しつづけさせなさい〟「若い捕虜を殺したのはどうして?」セバスチャン・グレアム、イアンの弟、今朝、その名前をファイルで見た。「戦争捕虜の扱いについては条約があるでしょ。生きたまま収容所に返さなければならないという決まりが。どうして殺したの?」

「捕虜が脱走することを、看守は好まない。はるかにおぞましい死から彼を救ってあげたのよ」アンネリーゼはさっと立ちあがった。〝彼女を引きとめなさい〟

「あなたを愛していたのよ」ジョーダンは言葉を挑戦状のように叩きつけた。「ほんとうよ。あなたも愛してくれていると思ってた。すべてが嘘だったのね？」

驚いた表情。「どうしてそんなふうに思うの？」

「父さんが亡くなったあと、あたしを追い出そうとしたじゃない。大学でも仕事でもニューヨークでも、家から追い出せるならどこでもよかった」

「四六時中、あなたを警戒してなきゃならないからよ。あなたが別の町にいれば、もっと楽になると思ったの。だからって、あなたを好きじゃないってことにはならない」いつもの笑み、女が女を安心させるために浮かべる笑み、支え合って暮らしたこの数カ月、二人が交わした笑みだ。「あなたは賢くて冷静で才能がある。自分だけのものを欲しがる。夢を見る。わたしも、あなたの歳のころはそうだった。母がなんと言おうと、オーストリアの弁護士の夫では飽き足らなかった。お父さんがなんと言おうと、あなたがギャレット・バーンみたいなとろい坊やでは飽き足らなかったのと一緒。あなたにもっと高いところを目指せと発破をかけたのは、あなたに空高く飛んでほしかったから。そういう人を眺めるのは楽しいもの」

「あなたの言うことなんて信じられない、アンナ」ジョーダンはふてぶてしく言ったが、内心は縮みあがっていた。「アンナ、アンネリーゼ、ローレライ、自分のことをどう呼んでるのか知らないけど」

「あの名前が大嫌いだった」ぶるっと震える。「ローレライ。ルサルカと同じ。水の魔女」

「湖から出てきて、あなたにルサルカの悪夢を見させたのは、ほんとうは誰だったの？」

ジョーダンは次なる手に打って出た。「あなたの慈悲の定義に異議を唱えた誰かなんでしょ?」

「あの夢の話、あなたにしたかしらね?」目をしばたたく。「誰でもない。ポズナニにいたただの難民の女」

「その女はあなたを傷つけたんでしょ? その逆じゃなく」〝怪物が何を怖がってるの?〟

「だから彼女はあなたを怖がらせるのよね? どうして彼女の夢を見るの?」

「怖くなんかない。どうして怖がる必要があるの?」アンネリーゼは無意識のうちに首筋に手をやった。〝古い傷だ〟と、ジョーダンは思った。化粧で隠している傷。「とっくに死んでるわよ」

それでも彼女の表情が揺らいだ。恐怖だと、ジョーダンにはわかった。〝あたしだってあなたの心を読めるのよ〟そもそも、アンネリーゼはルサルカの悪夢の話をどうしてしたのだろう?

〝なぜなら、夜中だったから、怯えていたから、あたしがそこにいたから。怪物だってときには話をしたくなるから〟

ジョーダンは脚を体に引き寄せ、やさしい声で言った。「アンナ、どうか――」

拳銃があがる。「座ってなさい」ジョーダンは座り直した。「わたしの気を逸らそうとしているんでしょ、わかってるわよ」と、アンネリーゼ。「あなたの友達がやってくるのを、ここに座って待っていたいと思わないでもない。逃げることにほんとうに疲れてるんだもの。でも、それは諦めること。マンフレートと最後に約束したのよ、諦めないって。アルタウスゼーで、彼は銃弾を浴びて死んだ。逮捕されるぐらいならって。わたしは逃げることしかできない」彼女がまっすぐジョーダンを見つめた。「わたしを探さないで。あなたに見つかりゃしない。今度だって。それに、わたしがあなたに何をしたって言うの？　誰も傷つけたくないのよ。静かに暮らしたいだけ」

「あなたはそう言うけど、自分の身が危うくなれば、平気で人を傷つけるんでしょ。父は何か怪しいと思っていたのよね。あなたがコルブと何か企んでいる証拠を見つけた。父は詐欺行為だと思っていた。戦争犯罪人に関わることだとは思わなかった。でも、それを探り出す前に死んでしまった。どうやってやったの、アンナ？」ジョーダンは視線で義母を射抜いた。「父を殺したんでしょ？」

それは、頭の奥のほうで、化け物じみた花が開くように大きく膨らんだ疑惑だった。ルースを救い出そうとタクシーを急がせたとき、頭の一部では冷静に思い出していたのだ。アンナ・マクブライドは銃のことを何も知らなくても、女狩人とあだ名された女なら、やわらかなダマスカス銃身の十二番径ショットガンを爆発させるのに、どんな弾薬を使えばいいか知っているにちがいない。湖畔の山小屋に出かけてゆき、死を招く弾薬をいくつか無害の弾薬に混ぜ込んでおき、何食わぬ顔で義理の娘を連れてウェディングドレスを見に行く。夫が次に七面鳥狩りに出かけたときには……「父を殺したんでしょ？」声が掠れた。

「そうなんでしょ？」

アンネリーゼは無表情なままだった。瞬きひとつしない。

〝ああ、父さん〟氷に包まれた恐怖の中で言葉が途切れる。〝父さん――〟

「彼のことはとても好きだったのよ」ようやくアンネリーゼが言った。「あなたがあんなことを言いださなければ――あの感謝祭のあと、彼はわたしを信用しなくなった。心の奥底では疑っていた。ベッドで、わたしをじっと見つめているのよ、わたしは眠ったと思ってね……疑心暗鬼になってコルブを疑いだし、あれこれ尋ねるようになった」アンネリーゼはかぶりを振った。「あなたにどうしてばれたのか、いまだにわからない。いろいろ考え合わせて、たった十七歳なのに……そうね、あなたは賢いって自分で言ったばかりだったわね。あのあと、家には何も置かないようにしたわ。あなたに嗅ぎまわられるのが怖くて」

「父の死はわたしのせいだなんて、よくも言えるわね」ジョーダンは歯噛みした。

「そんなこと言ってないわよ。あなたは自分の人生を生きればいい。わたしのことはほっておいて。ルースと姿を消すつもりよ」

恐怖の波がまたしても襲ってきた。「ルースを連れていかせない！」

「連れていくに決まってるでしょ。彼女を育てるのはわたしの責任だもの――それに彼女は人質だものね、ジョーダン。ふたたび追われていると気づいたときには、彼女を撃ってから、自分を撃つつもりよ」アンネリーゼの視線が本気だと言っていた。ジョーダンは射すくめられ、口の中がカラカラになった。

「お願い――」言いかけたが、アンネリーゼに無視された。

「三度も逃げるつもりはない。もう耐えられないもの。楽な道を選ぶわよ。ルースを道連れにしてね。子供を置き去りにはできない。そんなの残酷すぎるわ。だから、わたしを探そうとしないこと、あなたも、あなたの友達も。あなたたちがそうしないことが、ルースのためになるんだから」アンネリーゼは拳銃をぎらりと光らせ、階段をのぼっていった。のぼりきると顔だけ振り返った。「あなたを恋しく思うでしょうね。とっても。あなたがほっといてくれたらどんなによかったか」

ドアがバタンと閉まり、表側のかんぬきがギギーっと音をたて、足音が遠ざかっていった。ジョーダンは階段を駆けあがってドアに体当たりし、叫びだした。

52　イアン

一九五〇年九月　ボストン

「何も持ち出していないわ」ジョーダンは義母のクロゼットを覗き込んでいた。花の香りのする女性らしいベッドルームで、アルプスの風景画やドライフラワーが飾ってある。〝遅すぎた〟という思いがイアンの頭から離れない。〝とり逃がした〟「なくなっているのは父の車だけ。旅行鞄も服も下着も残っているし、小切手帳も運転免許証さえ――」

〝なぜなら、新しく出直すつもりだからだ〟と、イアンは思った。ローレライ・フォークトはアンナ・マクブライドの殻を脱ぎ捨て、着の身着のまま、別人となってここを出ていったのだ。怒りが冷たい波となって彼を洗った。〝ゼロからまたスタートするために、こんな遠くまでやってきたわけじゃない〟

「何も持ち出さなかった」ジョーダンがまた言った。アメリカ娘らしい溌剌とした美しさはショックで影を潜め、顔は蒼白でぐったりしていた。暗室の入口のかんぬきをはずしてドアを開け、彼女が転がり出てくるのを目にしたときは、心底ほっとした。あんなに嬉しかったことはない――着古した赤いチェックのシャツ姿で、顔には涙が筋を引き、ブロンドの髪はくしゃくしゃで手は震えていたが、生きていた。トニーの安堵はイアンの比ではなかった。ドアを開けたとき、トニーの顔に血の気はなかった。ジョーダンは彼を押しのけて階段を駆けあがり、妹の名を呼んだ。ローレライ・フォークトが身ひとつで出ていったのでないことに、彼らが気づいたのはそのときだった。

ルース。

「クソ女（スーカ）」ニーナがつぶやいた。剃刀を開いたり閉じたりしているのは、掻き切る喉を求めているからだろう。タローがクークーいいながら彼女のあとをついてまわる。イアンは歩きまわるな、落ち着け、と自分に言い聞かせていたが、きつく握り締めた手の手のひらには爪の跡がくっきり残っていた。

「彼女の行き先を知る手がかりが何かあるはずだわ。何か——」ジョーダンは義母のハンカチを一枚ずつめくりながら、イアンとトニーにきつい一瞥をくれた。「あなたたちがもっと前に話してくれてさえいれば——」

「打ち明けたかった」トニーは彼女と並んで引き出しの中を調べていたが、いま、手を伸ばして彼女の肩に触れた。「きみを仲間に入れたいと思ってた。でも、もしかしたらお父さんも関わっていたかもしれないから——」

彼女がパッと身を引いた。「父はけっして——」声が掠れた。「アンナはなぜコルブと結託して、戦争犯罪人を助ける闇取引をはじめたりしたのかしら。それさえなければ、あなたたちは疑いを持たなかっただろうから、ボストンまでやってこなかったでしょ。彼女はどうして危険を冒したの？」

「きっとその連中は彼女の友達だったんだ」トニーが言う。「彼女は母親をこっちに呼びたがっていた」

「合法的に呼び寄せることはできたはずよ。難民として受け入れて、身元引受人になればいいんだもの。誰も咎めたりしない」

「金だな」イアンがそっけなく言い、歩きまわりはじめた。「ふたたび逃げ出さなきゃいけなくなったときのために、金が欲しかったんだ」〝そしていま、金を手に入れた〟またしても冷たい怒りの波に洗われた。遥か遠くまで逃げるのに充分な金を。

「父のことを、彼女に夢中になるなんて馬鹿な男だって思わないでほしい」ベッドの下を探そうと移動するジョーダンの口から、言葉が迸りでた。「彼女は訛りを直そうと一所懸命だったし、父と教会にも通って、きちんとしたアメリカの主婦になろうとしていた。ボストンのスラングを覚えたことを自慢して、市民権を取ると名前をアンネリーゼからアンナに変えたの。みんなを騙していたのよ」

「きみは騙されなかった」トニーはリネン類を掻きまわしている。「弱冠十七歳で、彼女に会ったその日に怪しいと思った。ぼくら三人のプロにもできない芸当だよ。まったくきみは天才だ、J・ブライド」

「父が亡くなったことに変わりはないわ。父を説得しきれなかったんだもの――」

「やめとけ」ベッドの下を覗いていた彼女が起きあがると、イアンはその肩に両手を置いてじっと目を見つめた。「そういうことを考え出すと頭がおかしくなるからな。責めるべきなのは――彼女だ」〝おまえはどこに行ったんだ、どこに……〟

「彼女は父のために泣いていたわ、病院で。打ちひしがれていた。もし父が持ち直していたら、彼女は何をやっていたかと思うと――」

「その場合もちゃんと計画を練っていたよ」ニーナがきっぱりと言いきった。

ルースの部屋からもなくなったものはなかった。ジョーダンは力なくジーンズに両手を擦りつけた。「ルースのものは履き替え用の靴一足持っていかなかった」

「どこかに隠れ家を持っているってことだな」トニーが居心地のよい小部屋を探しまわる。

「服や普通口座から引き出した金や、コルブが用意してくれた新しい身分証明書を隠しておく場所をね」

「そうね」ジョーダンは手で顔を擦った。「何年も前にあたしが彼女の部屋を探してから、家には何も置かないようにしたって、暗室で彼女は言ってた」

「だったら、どこに隠し場所を用意してたんだ?」と、イアン。

　四人は顔を見合わせた。

「彼女は一カ月ほど留守にしたの。コンコードとニューヨークに行くって言ってね」ジョーダンが言う。「そのあいだに準備してたのね。逃げる準備、そうしなきゃならなくなった場合に備えて」

「どこかこの近くだね」ニーナが言う。「誰にも怪しまれずに行ける場所。そこで彼女を捕まえないと——」

「行方をくらます」ジョーダンがあとを引き受けて言った。「彼女はルースを連れて、誰にも知られない場所へ逃げてしまう。この国にとどまるつもりはないかも」ジョーダンは顔をくしゃくしゃにした。トニーが胸に抱き寄せる。ニーナとイアンは顔を見合わせた。不甲斐なくて苛々しながら。ルースのことが、イアンの頭から離れない。異郷の麦畑をとぼとぼと歩く哀れで小さな巡礼者。永遠に消えてしまう、いま何か手を打たなければ——

「彼女の隠れ家はここからそう遠くないけれど、人里離れている」イアンはルースのベッドの柱を指で叩きながら言った。「隠れられる場所で、外見を変えられる場所。誰にも見られずに出入りできて、彼女がそこにいても誰にも怪しまれない場所。そういう場所に心当たりが――」

「たぶんセルキー湖畔の山小屋だわ。ボストンから車で三時間ほどで、人里離れていて、遊べる浜辺もプロムナードもない。森の中に小さな湖があるだけ。父が亡くなってから行ってない。閉めっぱなしにしている。大きくて頑丈な鍵で……」ジョーダンは階段を駆けおり、父の書斎に飛び込んでデスクの引き出しを開けた。ほかの三人もそれにつづいた。湖畔の山小屋、森に囲まれた――もしかしたら、ローレライ・フォークトにルサルカ湖畔の大切な家を思い出させたかもしれない。セブが命を落とした家だ。

ジョーダンは引き出しを次々に引っ掻きまわし、ようやく顔をあげたときは頬が深紅に燃えていた。「鍵がなくなってる。彼女は山小屋に行ったのよ」唇が震えた。「でも、長居はしない。あたしが思い出すだろうと、彼女も予想してるはず。それに、彼女は一時間半前に出かけている」

〝とても追いつけない〟チーム全員がそう思っていることが、イアンにはわかった。心の声が聞こえる気がした。

トニーがフォードの鍵を取り出す。「やってみないと」

「車じゃ無理だ。もっと速く動ける手段を考えないと」イアンにはどうすればいいのかわかっていたが、考えるだけで全身が氷と化した。「それは道々話す。その前にジョーダン――きみの義母が見ていたというルサルカの夢について話してくれ。できるだけ詳しく」

四人は玄関に向かった。ディー・イェーガリンを悩ませた湖から生まれた悪夢を、ジョーダンは驚くほど詳細に語った。〝女狩人は満足に眠れないのか〟イアンは意地の悪い満足を覚えた。〝ざまあみろだ〟

ジョーダンが語り終えると、玄関前の階段をおりたところでイアンは妻を見た。「ローレライ・フォークトはルサルカを恐れている」静かに言う。「きみのことなんだろ?」

ニーナは車に向かいながら小さくうなずいた。トニーとジョーダンは視線を交わした。

「それを使える」イアンが言う。「彼女が恐れているものが何かわかれば」

ニーナはドアのハンドルに手を伸ばした。彼女が全身の毛を逆立てているのがイアンにはわかったが、このときばかりはあとに引かなかった。

「話してしまえ、ニーナ」イアンはドアハンドルをつかむ彼女の手に手を重ねた。「湖で何があったのか話したくない気持ちはわかるが、もう時間がないんだ。話してくれ」

53　ニーナ

一九四四年十一月　ルサルカ湖

じゃがいもとクリームのスープは濃厚だった。キッチンにどうぞと誘われたのにニーナが断ると、青いコートの女が、湯気のたつふたつの碗を黄土色の家から持ってきてくれたのだ。セバスチャンは碗に飛びついたが、ニーナは腕を組んで立ったままだった。

「失礼じゃないか」セブが口いっぱいにスープを含んだままロシア語でささやいた。口の中に唾が湧いていたが、ニーナはそれでも碗に手を伸ばさなかった。「彼女は湖畔に別荘を持っていて、シチューに本物のクリームを使えるんだよ」青い目のほっそりした女に目をやる。「つまり、ドイツ軍の仲間ってこと」

「いいかい、彼女は未亡人なんだ。夫はドイツ人で戦争がはじまる前に亡くなったので、ポーゼンの行政部は彼女をほっておいてくれてるんだって」セブと女は長いこと英語で話していた。女は英語が堪能らしい。「大学で英語を学んだそうで、第三帝国を支持したことはないって」

「彼女がそう言ってるだけでしょ」女は物腰がやわらかで、笑顔はとてもあたたかい。ニーナの疑惑を読み取ったように、彼女は鍋に残ったスープを口に含んで飲み下し、〝これでどう？　毒は入ってないわよ〟と言うように空になった鍋を掲げてみせた。

ニーナはしぶしぶ碗を取った。最初のひと口で香味が爆発し、熱が腹の中で渦巻いた。残りは掻き込む勢いだった。女はほほえみ、セブに何か言った。また熱心な言葉のやり取りが行われた。

「なんだって？」ニーナは碗の最後の一滴を飲み込んで尋ねた。「食事の礼を言って先を急ごう」

「ひと晩泊まっていったらどうかって」セブは顔を輝かせた。「キッチンで寝たらいい、あたたかいから、寝具を用意するから――」

　ニーナはセブの腕をつかんで女から引き離した。「だめ」

「どうして？　屋根のあるところで着替えて、清潔な毛布をかぶって――」

「セブ、一人暮らしの女が、普通はあたしたちみたいな人間を家に入れたりしないよ！」自分たちの汚れた服を指す。「つまり、彼女は一人じゃないか、ドイツ兵に電話してあたしたちを引き渡すつもりか――」

「ぼくたちを憐れんでくれる人がいたって不思議じゃないでしょ？　親切心から助けてくれようとしてるんだよ」

「いいえ、不思議だよ、ありえない。それに、彼女の助けを必要としてない」

「きみは人を信用しないんだね。そこがきみの困ったところだ」セブが痩せて突き出した頬骨のあたりを紅潮させて言った。「ぼくたちには助けが必要だよ。いつも腹をすかせて、狩った獲物と木の根っこばかり食べてるから、年じゅう腹を下してるじゃないか。助けてあげようとしてくれる人の好意を受け入れて何が悪いの？」

「彼女が好意からそう言ってくれるなら、あたたかな場所でひと晩過ごすだけですむけど、そうじゃなけりゃ、ドイツ兵にひっ捕まるんだよ」

「ひと晩だけにかぎらないかも。ぼくらをしばらく匿ってくれるかもしれない」セブの顔に頑なな表情が浮かんだ。彼はなんとしても信じたいのだ。人を信用したがっている。

「この戦争で誰も彼もがおかしくなってるわけじゃない。一度ぐらい、人の善性を信じたらどうかな」

「信じない」ニーナは言った。

彼が攻め方を変えた。「彼女に何ができる？　女一人に対してぼくらは二人だよ」

ニーナは彼を睨んだ。「あたしのこと、知ってるくせに。それでも、女一人に何ができるなんて言うわけ？」

「それとこれとはちがう」

〝あたしは野蛮人だからね〟と、ニーナは思った。セバスチャン・グレアムみたいに学があって善良で、女のことはなんにも知らないお坊ちゃんにとって、小柄でつややかな髪で、爪の手入れも怠らない女は、もうそれだけで危険人物の範疇からはずれるのだろう。ニーナは彼の肩越しに青いコートの女を見やった。小さな笑みを浮かべ、二人の小声のやり取りをおもしろそうに眺めている。

「あたしは野営地に戻るよ」ニーナはセブに言った。「あたしは一か八かの賭けはしない」

彼は腕を組んだ。「ぼくはする」

ニーナは彼から一歩離れた。意外にも心が傷ついていた。〝あんたを養ってやったのに。あんたのために狩りをして、そばについててやったのに、この仕打ち？〟

彼がまた顔を赤らめた。「ニーナ――」

「あした、野営地で会おう」彼の言葉を遮った。「あんたが戻ってこなかったら、捕まって護送されてるんだと思うことにする」

「それとも、地下貯蔵室に匿ってもらうお礼に、すてきなフラウを手伝って庭の手入れをしているかね」彼が静かに言った。「世の中にはいい人もいるんだよ、ニーナ。ぼくはあなたを信用したじゃない。あのときわかっていたのは、あなたが連隊に戻ったら撃ち殺されるってことだけだったけど、それでもあなたを信用した」

ニーナは剃刀を掲げた。「あたしが信用するのはこれだけ」

「きみを見てると兄を思い出すんだ、不思議だよね」と、セブ。「氷みたいに冷たくて、同じように人を信用しない」

「賢いんだよ」

「幸せではない」

「幸せなんてどうでもいい。生きていられさえすればね」そこでためらう。「一緒に帰ろうよ、セブ」

だが、彼はそうしなかった。ニーナは森に入り、ひどく憤慨していたから、彼が黄土色の家に消えるのを振り返って見もしなかった。

湖に沿って半キロほど怒りに任せてずんずん進むと、ニーナの足取りは重くなった。夕暮れが近い。新月だからあたりは真っ暗になる。〝飛ぶのにもってこいの夜だ。狩りにも適している〟散り積もった枯葉にブーツを埋めて立ち止まった。何かがおかしい、まずいことが起こりそうだ。それが何なのか、まったくわからなかったが。

〝いや、わかってる。あの女はいまごろドイツ兵に電話をして、家のキッチンに脱走した捕虜がいると通報しているにちがいない〟

いや。もっとまずいことだ。彼を家の中に入れないまま引き渡すこともありうる。どうしてそんなことをするのか？

空を見あげる。青い夕暮れ、青い目……あの女の目、戸口に立つぼろをまとった難民二人を見たとき、あの目に恐怖の表情は微塵も浮かんでいなかった。ニーナの絡み合った髪、セブの無精ひげ、二人の汚い爪――不安に思って当然なのに、穏やかな佇まいから恐怖は感じられなかった。数でまさる汚らしいよそ者の集団に囲まれてもまったく動じないのは、馬鹿か聖人か、危険人物以外に考えられない。あの女は馬鹿には見えなかった。残るは聖人か危険人物。セブがどっちを選んだのかわかる。〝自分がどっちを選ぶかもわかっている〟

家に引き返したころにはすっかり暗くなっていた。鎧戸をおろしていないいくつかの窓から漏れた明かりが、背後の森をやわらかく照らしている。イギリス人捕虜を再逮捕して連行するための車が駐まっていて、ドイツの歩哨が見張りに立っているものとなかば覚悟していたが、あたりはしんと静まり返っていた。

だからといって、家の中に罠が仕掛けられていないということにはならない。セブはすでに捕まっているのかもしれない。青い目の女は、女が逃げていると当局に通報しているかもしれない。ニーナは開いた剃刀を手に、革紐を手首に巻きつけ、浜に打ち寄せる波の音を聴きながら一時間ほど時間をつぶした。〝セブ、どこにいるの?〟

暖炉の前でキルトにくるまっているのかもしれない。ニーナのことなど思い出しもしないで。

それでもニーナは動かなかった。月は出ていないが、かすかな星明かりが湖面を銀色に染めていた。〝狩りにもってこいだ〟その思いが頭の中に響き渡る。〝狩りにもってこい……〟

ドアが開いた。揺れる光がワインのように闇にこぼれ出て、ふたつの人影が出てきた。ニーナは目をしばたたいた。夜間視力は多少衰えていても、歩き方と額にかかる髪でセブだとわかった。かたわらの女はコートのポケットに両手を突っ込み、足取りも軽い。彼女が何か取り出したので、うずくまっていたニーナはさっと立ちあがったが、マッチを擦る音がして、セブが紳士ぶりを発揮して炎を手で覆い、煙草の先に火がついた。女は煙草をセブに差し出し、ささやき交わしながら湖のほうへ二人並んで歩いてゆく。ニーナは不安を抱えたまま見送った。湖の深いあたりまで伸びる長い桟橋が二人の重みでギシギシ鳴った。松材の板だろうが数メートルの厚さで張った氷だろうが、湖の上にあるものをニーナは信用しないが、セブはためらうことなく桟橋を歩いてゆく。満腹であとは眠るだけ、夕食後の一服を楽しみ、穏やかな湖面に射す星明かりを愛で、かたわらの女は親切で、ブーツを汚したとか、どっちが北かわかったためしがないとか文句を言わない。

〝あそこまで歩いていくんだよ〟桟橋のはずれに立つ二人を眺めながら、ニーナは自分を説得した。〝二人のそばまで行くんだ〟女はほんとうに親切なのかもしれない。ニーナは松の木陰から出て桟橋に向かったが、桟橋に足をかけることができなかった。ためらい、尻込みし、世の中にはもっと恐ろしいことがいくらでもあるのに、こんなことで尻込みするなんてだらしない、と自分を叱りつけ……桟橋のはずれではセブが顔を仰向けて夜空を眺め、女が煙草を湖に投げ捨て、ポケットから何か取り出した。星明かりに金属がギラリと光る。

ニーナが桟橋に足を踏み出したとき、女の腕がまっすぐに伸びた。間に合わない。銃声が湖に響き渡った。

セバスチャンが倒れた。

ニーナの悲鳴が頭蓋骨を震わせる。

雪の上だろうが剝き出しの地面だろうが、ニーナはU－2を音もなく飛びあがらせることができた。背後から気づかれないように近づき、青い目の女の喉を掻き切ることなどわけもない。だが、走るニーナの足元で桟橋はギシギシいい、硝煙が消えるよりも早く女は振り返った。ニーナの夜に慣れた目が彼女を捉えた。真昼に見るようにはっきりと。よそよそしく穏やかで無慈悲な視線が、ニーナの再登場に驚いてわずかに揺らいだ。腕がもう一度、ためらいなくまっすぐに伸び、銃口がニーナの目を覗き込んだ。銃声。同時にニーナは対空砲火を避けるように横に飛び、剃刀をさっと横に払った。女が身をかわしたので、剃刀の刃が切り裂いたのは喉ではなく、首の横から襟足にかけてだった。ニーナはここぞとばかり大声で叫び、女の無慈悲な青い目が驚きに見開かれるのを見た。女が首に手をやると、指のあいだから血が溢れたが、拳銃をまた構えたため、ニーナはセブの体をまたいで飛びのき、剃刀の刃が届かなくなった。この距離なら女が撃ち損なうことはなく、こちらは避けられない。冷えびえとした恐怖の中で決定は下された。走りだして二歩目で、三発目の銃声が轟き、ニーナは湖の抱擁に身を任せた。

冷気が千本の小さな銀のナイフとなって突き刺さった。金臭い湖水が目に、耳に、鼻に侵入してきた。髪をなぶる水の感覚にパニックを起こし、目がほとんど見えない。十六歳になった年、父が呂律のまわらぬ口で〝おまえはルサルカだ、湖はおまえを傷つけやしない〟と言うのを聞きながら、〝親父〟で溺れかけ、凍った湖面に横たわって以来、風呂ですら全身を沈めたことはなかった。ニーナが叫ぼうと口を開けると――そうせざるをえなかった――湖水が氷の鉤爪となって喉を掻きむしった。

〝パニックがおまえを溺れさせるんだ、ルサルカの魔女〟父がうなり、それでどうにか四肢を制御できるようになった。頭は恐怖に融けたままだったが。ニーナは泳げる――〝親父〟のほとりで育った子供で泳げない者はいない――だから、アザラシのように体をくねらせて湖面へと向かった。顔を出すと、火のように熱い空気がなだれ込んで肺が破裂しそうになった。

恐ろしい銃声がまた轟いた。

銃弾が当たったかどうかわからないまままた潜る——恐怖に感電していたから、新たな傷みが入り込む余地はなかった。銃弾が体をかすめたにせよ、恐怖の真っただ中にいるいま、選択肢はひとつしかなかった。銃弾が届かぬ湖の中ほどまで泳ぎ、そのうち手足が麻痺して疲労と寒さで沈むのを待つしかない。それほど時間はかからないだろう……サーチライトに射すくめられ飛べなくなったU－2みたいに、パニックで動くに動けず、湖面に浮かびあがるたびに撃たれるか、あるいは——

水中で体をふたつ折りにすると、猛然と水を蹴って桟橋に向かって泳いだ。肺がまた破裂しそうになり、杭のあいだに滑り込んでやわらかな泥を蹴り、湖面に顔を出して空気を吸い込んだ。桟橋は水面ぎりぎりに立っているので、桟橋の横板と水面とのあいだには十センチほどの隙間しかない。杭にしがみつくと、ささくれが針のように手に刺さった。顔を仰向けて湖面に出したままにした。四肢はすでに麻痺しかかっている。頭上で松材の板が軋み、金属同士が擦れ合う音がした。

〝彼女は真上にいて、弾を装塡し直している〟いま彼女が足元に向けて発砲すれば、銃弾はニーナの目を突き抜けるだろう。

恐怖が新たな氷となって彼女を粉々にした。

〝行きなさい〟湖がささやいた。〝青い水の底に沈みなさい。ルサルカが抱きとめてくれる〟

断片的な映像が出来の悪い映画さながら明滅する。イェリーナの笑顔。恐れをなして独り言をつぶやくかわいいガーリャ。〝あたしたちは墜落しません〟黄色い歯を剝き出す父。ひげの同志スターリンと凶暴な臭い……ニーナは冷たい湖面に顔を出しておくため水を掻き、目の上すぐにある青い目の女狩人の足音に耳を傾けていた。そのあいだも湖はささやきつづけた。

〝行きなさい、ニノチカ〟

脚を動かしつづけていたが、感覚はなかった。

〝行きなさい。ルサルカに抱きとめてもらいなさい。彼女こそ最初の夜の魔女、湖から現れ氷のように冷たい腕とキスで殺す〟

〝いいえ、ルサルカはあたし。湖から生まれ、空に故郷を見つけ、また湖に戻ってきた。そしてここで、あなたの湖で死ぬ。彼女の手にかかるより、ここで死ぬほうがいい〟

〝いいえ〟とニーナは思った。〝水を恐れはしても、闇夜にナチと戦って恐怖にとらわれたことはなかった〟

湖の透明な水の中で、あとどれぐらい持ちこたえられるか自分でもわからなかった。仰向いて顔を湖面に出し、ぬるぬるする支柱で指を滑らせ、麻痺した足で水を蹴りながら。青い目の女狩人が上で見張っている。たぶんあと数分。それが数時間にも思える。

支柱を叩く水音の向こうから、女がドイツ語で言うのが聞こえた。必死なその言葉の意味はニーナにもわかった。

「どこにいるの？」

歯がカチカチいう。

女の靴が板を擦る。呼吸が乱れる。痛みをこらえて息が荒くなっている。〝彼女に切りつけた〟うなじを横切る赤い線、剃刀のキス。女狩人は出血している。手で首筋を押さえている。

「どうか死んで」上から祈りのような声が聞こえる。恐怖に張り詰めた声。「どうか死んで……」

ルサルカは死なない。寒さで思考が途切れとぎれになる。〝おまえはルサルカにキスされたんだ。つまりおまえは未来永劫あたしのものだよ、青い目のクソ女〟

女の長く途切れがちな息遣いが聞こえる。痛みをこらえている。それから、不安定な足音が浜のほうに遠ざかっていった。女狩人は失血したせいでふらふらしている、とニーナは思った。家に戻って傷口に絆創膏を張るつもりだろう。ニーナは桟橋の下に浮かんだまま動かなかった。桟橋の上にいた女は失血し、恐れてはいても冷静だ。浜の暗がりに潜んで待っているかもしれない。湖から何が現れるか見張っているかもしれない。ニーナがいままでやってきたのがそれだ。

湖の闇の中に息もせずに潜んでいた。

〝動くならいまだ〟父がようやく言った。〝さもないと凍えて溺れるぞ〟

〝彼女はまだそこにいるかもしれない。待っているかもしれない〟

〝動くならいまだ〟

湖から桟橋に体を引きあげるのもやっとだった。しばらく寝転んだまま、かじかんで動かない手足の指を曲げ伸ばしした。こうやっていつまでも寝転んでいたかったが、なんとか膝立ちになってあたりを見まわした。待っている女の人影はなく、見つめている青い目もなかった。黄土色の家は闇に沈んでいる。真っ暗なままのはずはない。女狩人には友達がいるにちがいない。助けにやってくるだろう。

〝動け〟

だが、ニーナは動けなかった。セバスチャン・グレアムの遺体は桟橋の上に静かに横たわっていた。まだあたたかい。

見込みがないのはわかっていたが、震えながらかたわらに寄り添った。銃弾は至近距離から後頭部を貫通し、顔は吹き飛んであらかたなくなっていた。ハンサムで男気があって、長いまつげと秀でた額の青年が赤い残骸になってしまった。〝かわいそうなマリシュ〟かじかむ唇からささやき声を押し出した。「あんたと一緒にいればよかった。あんたを一人で行かせて、あんたを失ってしまった」罪悪感が魂に真っ赤な爪痕を残したが、星空の下で咆哮することはやりたくてもできない。彼の胸に顔を埋めて泣くこともできない。彼を埋葬することすらできない。時間がこぼれ落ちてゆく。女殺人者が血を流す首の手当てをして助けを呼ぶまでに、どれぐらいの時間を費やすのか見当もつかない。水に潜っていたのはせいぜい十分足らず、あるいは五分そこそこだったかもしれないが、真っ暗な秋の夜に濡れ鼠で、四肢は氷でできているみたいだ。まだ剃刀を持っていることに驚く。手首に巻いた紐の先で剃刀が揺れている――剃刀とブーツとズボンはそのままで、セブのだらんとした腕から上着とシャツを脱がせ、飛行服を湖に投げ込み、セブの血が飛び散っていても乾いた服を着込んだ。彼を半裸の状態で残していくのは気が咎めたが、乾いた服で体を包まないと自分が死んでしまうだろう。気を引き締めて彼の捕虜認識票と指輪を取りあげた。兄が欲しがるだろうから。〝氷みたいに冷たい〟とセブは兄を評した。〝同じように人を信用しない〟

「あんたは英雄として死んだ、と伝えるからね」生きることに必死だった数カ月間、友達でいてくれた若者に語りかける。「あたしの命を救ってくれたって言うよ。ナチの女殺人者と戦って血を流させたってね」ほんとうは人間の善性を信じたばかりに命を落とした、心のあたたかな青年だけど、立派に見えるように話してやる。

〝そうじゃない。彼が死んだのは運悪くあんたに出会ったからだ、ニーナ・マルコワ。あんたはチームに加わるたび仲間を裏切り、仲間を失ってきた。二百人のセストラからなる連隊を失い、それからセブに出会い、彼も失ってしまったから、あんたのチームはあんた一人きりになった〟

泣きながらセブの血まみれの髪にキスし、振り返らずに桟橋を戻った。黄土色の家に目をやると、忍び込んで首に傷を負った青い目のドイツ女を追いつめ、とどめを刺したい衝動に駆られた。だが、そんなことをしたら生きて野営地に戻れなくなる。

〝あたしは世界の東端にある世界一深い湖のルサルカだ〟そう自分に言い聞かせ、朦朧とした頭でよろけながら闇夜を歩いた。〝あたしは46親衛夜間爆撃航空連隊の夜の魔女だ。ドイツ軍も夜も恐れない、世界中のどんな湖だって恐れはしない〟溺死を恐れることは二度とないだろう。

いまや恐ろしいことはほかにあるのだから。

冬が終わるまでに、自分の肺の中で溺れ死にしそうになった。肺炎に冒され、激しい発作に全身を震わせた。だが、ニーナ・マルコワは生き抜いた。咳き込み衰弱し、汚い体で飢えに苦しむうち、年明けの一月にはドイツ軍がポズナニから撤退した――めまいをこらえよろよろと森を出ると、解放された強制収容所や捕虜収容所の生存者を収容するためにやってきたポーランド赤十字の、清潔な白い腕に抱きとめられた。体温計と薬に囲まれて数カ月、こっちの病院からあっちの病院へとたらいまわしにされて数カ月、ベッドの上でのたうち回りながら青い目の女殺人者の夢を見つづけ、その顔を自分の顔以上にはっきりと脳裏に刻みつけた。病院のベッドで枕にもたれて座り、その顔を思い浮かべながら、足の裏に航法士が使う赤鉛筆で星を描き、いつかタトゥーインクでちゃんと彫ると心に誓っていると、絶望の色を目に宿し、鞭みたいに引き締まった体のイギリス人が現れ、矢継ぎ早に質問を浴びせてきた。だから、用意してあった架空の物語を語った。〝あたしが裏切ったせいであんたの弟は死んだ〟ではなく〝あんたの弟は英雄として死んだ〟のほうを。

54　イアン

一九五〇年九月　ボストン

ニーナはイアンと目を合わせなかった。同志スターリンを見つめ返した女が、イアンの視線を避け、組んだ両手を見つめている。フォードはボストンを出ると、北東に向かってスピードをあげた。

「あんたに嘘をついた」前部座席に座るジョーダンとトニーを無視し、ニーナはイアンだけに向かって話した。ロシア訛りがきつくなっている。「セブが死んだのはあたしのせい」

イアンは返事をしない。ジョーダンとトニーは視線を交わしただけで、やはり何も言わなかった。

「彼のそばにいるべきだった。ディー・イェーガリンだって、あたしの不意は衝けなかっただろう。それとも、もっと早く桟橋にいる彼のもとに行けばよかった。あたしがためらってるあいだに、あんなことになった」ニーナはため息をついた。イアンはそのため息から罪悪感と苦悩を聞き取った。戦争が終わってからずっと、彼女は夜になるとそのことを考えたのだろう。

「きみは最善を尽くした」ようやく言った。

「充分じゃなかった。セブは生きていたはずだ」ニーナはそこで彼を見た。瞬きもせずに。

「あんたはそう思ってる」

たしかに頭の一部ではそう思っている。喪失感に押しつぶされて公平になれず、無分別な怒りを覚えていた。〝弟が人を信用しやすいことは知っていたくせに、置き去りにしたから弟は殺されたんだ〟次に、愛する人の裏切りに怒りが湧いた。〝おれはきみのかたわらで眠り、きみを信頼し、パラシュートのことも話した。それなのに、きみはこのことをずっと秘密にしていた〟

「あたしは彼を失望させた」ニーナは低い声で言った。「仲間を失望させてばかりだ。連隊を失望させ、仲間を失った。セブを失望させ、失った。だから、二度とチームの一員にはならない。こっちに来なければよかった、あんたたちの仲間に加わらなければ……」トニーからイアンへと視線を移した。「だけど、女狩人を見つけたい。湖では彼女から逃げ出すしかなかったけど、もう一度彼女を見つけ出したい。それで自分勝手だけどあんたの仲間になった。そんなことすべきじゃなかった」

〝それがきみのただひとつの恐れなんだな〟イアンは思った。恐れているのは湖ではない。溺死することではない。別のセストラを、別のチームメイトを、別の同志を失望させることだ。

イアンは大きく息を吸い込んで、人差し指をニーナの人差し指に絡ませ、妻の青い瞳を見つめた。不透明な膜の奥に絶望的な悲しみを湛える瞳を。

「きみは弟を失望させていないよ、ニーナ。それに、きみはおれたちを失望させることもない。信じるんだ。このチームは、きみ抜きでルースを救い出すことはできない。このチームは、きみ抜きでディー・イェーガリンを捕まえることはできない。きみが恐れているのがまたチームを失うことなら、彼女が恐れているのはきみだ。それを利用する」ニーナの瞳が燃えあがった。

「まずは向こうまで行き着かないと。少なくとも一時間半の遅れをとってる」運転席のトニーが厳しい口調で言った。

イアンは絡めた指にぎゅっと力を込めてから離した。「遅れを取り戻せる」

フォードが砂利を跳ね飛ばして停止した。イアンには初めて場所だったが、トニーから聞いて知っていた。ニーナが遊覧飛行をした、いまにも潰れそうな小さな飛行場。頭上でブルーとクリーム色の複葉機がのんびり着陸態勢に入るのを見て、恐怖の波に呑まれた。それをぐっとこらえる。「ジョーダン、きみの元婚約者をなんとか説得して、どでかい頼み事を聞き入れてもらってくれないか」

ギャレット・バーンは呆れ顔で彼らを見つめた。「飛行機を借りたいって？」

「オリーヴ」と、ニーナ。「あたしはオリーヴが好き」

「ルースが危険なのよ、ギャレット」ジョーダンが言った。「ルースのためなの――」

「彼女が危険なら、警察に通報して――」

「さすがだね、ギャリー」トニーがぴしゃりと言った。「警察に通報して、子供が母親と一緒にいますって言う。そんなことしてるあいだに逃げられる。いいね、上等だよ」

「無免許の操縦士にぼくの飛行機を任せるなんてできない――」

「トニー、そっちの腕をつかめ」イアンがデスクをまわり込んでギャレット・バーンの肘をつかんだ。「彼をクロゼットに閉じ込める」〝越えてはいけない一線なんてくそくらえだ〟イアンは思った。一線を越えるだけじゃない。軽々と飛び越え、ルースのためなら、ギャレット・バーンをクリーニング用品と一緒にクロゼットに閉じ込めるのも厭わないだろう。ギャレットはそのことに気づいたようだ。

「くそったれ――」ギャレットはイアンの手を振りほどいた。「ジョーダン、ほんとうなのか？　きみが考えていたとおりだった。きみの義母は……」

ジョーダンは真っ青な顔でうなずいた。

「くそ」彼は途中で悪態を呑み込み、ニーナを見た。彼女は目を細めて見返す。「ミセス・グレアム、オリーヴを無傷で戻してくれないと――」だが、ジョーダンが両腕を彼に回して乱暴に感謝の気持ちを示したので、ニーナは地図を見せてくれと頼み、ギャレットは体を振りほどき、トラベルエア4000に給油するため走って出た。

トニーがイアンに言う。「ほんとうにうまくいきますかね？　複葉機に乗って助けに行くって、線路に縛りつけられた乙女を救出する冒険活劇みたい」

「うまくいくさ」イアンはありったけの自信を込めて言った。

「山小屋に向かう車を追い抜く唯一の方法だからね」ニーナが地図をめくりながら静かに言った。疑念も罪悪感も消えたようだ。イアンはほっとした——彼女には飛ぶという任務があり、彼女の中の航法士が前面に出て感情が混ざり込む隙間はなかった。「着陸できるかどうか。ジョーダン、近くに木が生えてない平らな土地があるって言ったよね？　どこらへんか教えて——」

じきに四人は滑走路へと走った。ブルーとクリーム色に塗り分けられたオリーヴが誇らしげに待機していた。ニーナは飛行眼鏡をつけた。飛行眼鏡にブーツ、フィレーンで買ったサマードレスというなんともちぐはぐな格好だが、冷静で頼もしい。「これなら四人乗れる。前後の操縦席に二人ずつ」

「安全面で……」ギャレットが言いかける。

ニーナは無視した。「窮屈だけど大丈夫」肩越しにイアンを見る。「ジョーダンはトニーと前の席、あたしはあんたと飛ぶよ」

彼女がそういうことを言いだすのではないかと、イアンはひやひやしていたのだ。「きみがトニーとこれに乗って、ジョーダンとおれは車で追いかけるほうが安全じゃないか——」

「後ろにいたU－２が追撃されてエンジンに穴をあけられたんで、タマンから四人で飛んだことがあった。ガーリヤとあたしで操縦士と航法士を運ばなきゃならなくなった。まるで煉瓦を飛ばしてるみたいだったけど、持ちこたえたよ、なんとかね」トニーはすでに前の旅客用操縦席におさまり、ジョーダンがあとにつづいた。ニーナは指を曲げ、イアンにおいでのサインを出した。人生で最大級のパニックを、イアンはなんとか抑えようと必死だった。

〝ルサルカ湖に飛び込んだとき、ニーナも同じパニックに襲われたにちがいない〟と、イアンは思った。〝彼女がパニックに身を任せて沈んでいたら、セブ殺しを証言できる人間は一人もいなくなっていたのだ〟

バクバクいう心臓がひとまず喉の奥へとおさまったので、イアンは翼に足を乗せた。

「おれを失望させるなよ、同志」食いしばった歯のあいだから言葉を押し出し、操縦席に乗り込むというより落ちた。

オリーヴの車輪が地面から離れ、地球が落ちてゆくのを垣間見た瞬間、イアンは目を閉じて妻の髪に顔を埋めたいと思った。風と金属と布と空の小さな世界にあるのは、香りと手触りと騒音だけだ。それが耳を蹂躙する。

操縦席はあまりに狭く、細い筒に無理やり押し込まれた気分だ。イアンは操縦席で体を折り畳み、ニーナは彼の上で体を折り畳んで背中をイアンの胸に密着させて、イアンは腕を彼女のウエストにまわしているから、四肢がすべて密着し、筋肉の引き攣りまで共有する格好だ。〝愛を交わすときだってここまで密着したことはない〟と、イアンは思った。

ニーナは操縦装置にのしかかったままだ。どうやって操縦するのだろうとイアンは心配になったが、彼女は自信満々だった。恐ろしい空より彼女を見ているほうがいい。まるでピアニストみたいに奇妙なダイヤルやレバーの上を動きまわる彼女の手を見ていたら、イアンは誇らしさでいっぱいになった。

彼女が何か叫んだが、聞こえない。どれぐらい飛べば目的地に着くのか、見当もつかなかった。永遠につづくように思えたが、エンジンがパタッと止まると、永遠が別の意味を持った。

〝彼女は意図してやっている。自分が何をしているのかちゃんとわかっている〟エンジンを切ったままセルキー湖畔に着陸するつもりなのだ。飛行機が近づいていることを、気づかれないように。だが、彼の本能は、エンジンが止まれば石のように空から落ちると思っている。不意に世界は恐ろしい静寂に覆われた。風の音の向こうから、ジョーダンの喘ぎ声とトニーの悪態が聞こえ……それなのに、ニーナは笑っていた。

〝おれは常軌を逸した女と結婚したんだ〟と、イアンは思った。まるで思いが聞こえたかのように、ニーナは自分の頭越しに手を伸ばし、彼の頬に触れた。今度は彼女の言うことが聞こえた。「墜落しやしないよ」

「墜落してたまるか」イアンは彼女の髪に向かってつぶやいた。ニーナが風に両腕を伸ばし、背中をのけぞらせた。まるで飛行機の翼に自分の翼を付け加えるように。イアンはその手をつかんで引き戻した。オリーヴは落ちつづけている。「両手は操縦装置にのせておけ、頼むから！」

彼女がまた笑った。松木立が迫ってきた。銀色に光ったのはセルキー湖にちがいない。ニーナが操縦桿を握り、ほんの一瞬、妻の体と体が結び合い、彼女の感じていることがわかった。〝彼女の体がどこまでで、機体がどこからはじまるのか境目がないんだ。女と機体、空の支配者〟そして恐怖に慄(おのの)く男は彼女たちの尻尾にしがみつくしかない。

「あそこ」ニーナが水のように穏やかに言う。「木のない空き地。長さは充分だ」

彼女の手が動くのを感じたが、イアンには落ちてゆく先を見る余裕はなく、エンジンオイルと北風の香りのする彼女の髪に顔を埋めるだけで、複葉機は空から落ちつづけた。イアンは体を投げ出すしかなく、チームは宙ぶらりんだ。妻がみんなを無事に地上におろしてくれることを、信じるだけだった。

〝おれを失望させるなよ、同志〟

機体が最後に傾き、車輪が地面の上で跳ねた。歯という歯がガタガタ鳴る。〝助かった、生きてる〟その言葉を呪文のように唱え、それから別の呪文を唱えた。〝ディー・イェーガリンがここにいますように〟

55 ジョーダン

一九五〇年九月　セルキー湖

ゆるやかに傾斜した屋根の山小屋を最初に目にしたのはニーナで、静かにという彼女の合図でみんなが黙り込んだ。ジョーダンの鼓動が速くなる。乾いた枯葉を慎重に踏みながら、忍び足で近づいた。木立の向こうに銀色の湖面が広がり、ボートをつなぐ短い桟橋が伸び……

その先端に座っているのは、ルースだ。

小さな姿を目にして、安堵の波がジョーダンの全身を洗った。ブロンドの頭をうつむけて、ルースは自分の膝を見おろしている。〝踏ん張れ、コオロギ。いま行くからね〟

ジョーダンの横でトニーが指さした。父の愛車だった古いフォードが山小屋の横に駐めてあり、トランクが開いたままだ。山小屋のドアが開いて、アンネリーゼが旅行鞄をふたつ持って出てきた。古びたコート、ペティコートで膨らませたスカートの代わりにズボンを履き、髪はブロンドに染めてくたっと肩まで垂れ、〈ヴォーグ〉誌のファッションページから出てきたようだった以前の彼女とはまるで別人だ。その姿を見て、チームのほかの三人は身じろぎひとつしない――トニーは瞬きもせず指だけ曲げ、イアンは石と化した。ただし、この石は凶暴さを発散している。ニーナは口角を吊りあげ、不思議とリラックスしていた。三人の横顔がひとつに重なり、追いつづけてきた女の生身の姿をむさぼるように見つめている。

「ルース」アンネリーゼが声をかけ、旅行鞄を積み込んでトランクを閉め、鍵を運転席に放った。「出かけるわよ」

〝危なかった〟ジョーダンは思った。空を飛んできても、なんとか間に合ったぐらいだ。車だったら捕まえ損なっていた。早口のささやき声で作戦が練られた。第一にルースを確保すること。ルースをどかさないと何もできないし、アンネリーゼが彼女を殺すかもしれない。

ニーナが山小屋から離れ、桟橋へと向かった。トニーは山小屋の裏手にまわる。ジョーダンの指示で裏手の窓から入る作戦だ。イアンとジョーダンはそのまま進み、木の陰に隠れ、イアンが口のまわりを両手で囲い、口笛を吹いた。ニーナに教えてもらった単調なシベリアの子守唄の最初の四音で、ヴァイオリンのレッスンでルースに教えた曲だ。

車のドアを閉めるところだったアンネリーゼには聞こえていない。桟橋の突端でルースが顔をあげた。

イアンはもう一度口笛を吹いた。最初の調べを低く呼びかけるように。ルースが音を目で追うのを見て、ジョーダンは唇を噛んだ。アンネリーゼが当惑の面持ちで手を止めたが、彼女はヴァイオリンを弾けないし、ルースがそれは美しく奏でる古い子守唄など知らない。アンネリーゼは桟橋に足を踏み出し、山小屋を背に湖のほうへ歩きだした。「ルース、車に乗りなさい。いつまでもすねてないで」

桟橋の突端でルースが立ちあがった。遠く離れていても、ルースの弱々しい顎が頑固に引き締まるのが、ジョーダンには見えた。アンネリーゼが手を差し伸べたが、ルースは横をすり抜けて走りだした。〝それでいい、コオロギ〟ジョーダンは拍手したくなった。イアンがもう一度口笛を吹き、ルースは桟橋から駆けおりた。

その瞬間、トニーが山小屋から飛び出し、ドアがバタンと開く。何か長いものを手に握っている。ルースをフットボールのように拾いあげて肩に抱え、車に走った。アンネリーゼがコートのポケットを探ったが、拳銃はなかなか出てこず、トニーの動きのほうが速かった。車のドアを開けて飛び込み、ルースを視界から隠した。床にうずくまっていろ、とルースに言い聞かせる声が、ジョーダンには聞こえるような気がした。彼自身は運転席の開いた窓の枠に長く光るものを載せた。ダン・マクブライドの予備のショットガンを山小屋から持ち出し、アンネリーゼを狙って構えたのだ。

ルースが車内に消えるのを見ながら、ジョーダンは体の芯がかき鳴らされるヴァイオリンの弦のように震えるのを感じた。作戦が失敗したら、トニーはルースを連れて車で去る手筈になっていた。彼女の安全が最優先だ。いちばん大事なポーンは盤の外へ。

さあ、チェスの盤上に残るのはクイーンだけだ。

アンネリーゼはようやく拳銃を手にし、桟橋の真ん中で凍りついていた。浜へ走るか、いま立っている場所から発砲するか決めかねている。彼女が森に背中を向けたまま車に顔を向けたので、ジョーダンは隠れ場所から浜へと出ていった。

イアンがかたわらに並んだ。「さがってろ」とても低い声で言う。「今度は、きみを撃つだろう」

「彼女を油断させるいい方法がある」ジョーダンも小声で言い返し、首からさげているライカに触れた。家を出るとき、カメラを咄嗟につかんでいたのだ――イアンのタイプライター、ニーナの飛行機、トニーのよくまわる舌と同じ、いざというときの頼みの綱だ。敵に狙いをつけるなら、最高の武器を用意すること。「アンネリーゼはほんとうはあたしを殺したくないし、隠れ住んでいた年月のあいだにカメラを怖がるようになった。あたしはそのふたつを利用する。そうしなきゃ、彼女はあなたを撃つわ――あなたは他人だから、躊躇せずにあなたの頭を狙う」

イアンは歩調をゆるめなかった。桟橋に向かう彼の髪が日射しに輝く。ジョーダンも立ち止まらなかった。

トニーは車の中から、ドイツ語と英語でアンネリーゼに叫んでいた。じっとしてないと撃つぞ、と警告し、彼女の注意を自分に引きつけている。ジョーダンは目の端で彼を捉えた。顔をそちらに向けはしない。イアンも同じだ。世界が狭まって二人だけになる。それとアンネリーゼ。〝やるとしたらあたしたちだ。彼女に歯向かう者たち、何かを失った者たち――父を失ったあたしと、弟を失ったイアン。あたしたち〟ルースまで失うなんてあってはならないと思っている者たち。

栈橋にあがる二人にアンネリーゼが気づき、混じりけのないショックで体を強張らせた。彼女がゆっくりと振り返る。それとも構えたライカのレンズ越しに見ているから、ゆっくりに思えるだけなのか――風になびく髪、見開かれる瞳のブルー、拳銃を握る手の白く浮きあがる関節。ジョーダンの中の何かが映像を順に切り取り、圧縮し、分離する。彼女の一部が恐怖に引き攣る、人間らしい部分が――レンズが狭まって焦点がぴたりと合い、その非情な目が乱れて渦巻く感情に蓋をし、茂みから追い出された臆病な動物さながらにもがくアンネリーゼをただ眺めている。冷静な内心のレンズが望むのは、ここで起きることを記録すること、それを世界に見せること、ただそれだけだ。

「カメラに向かってほほえむのよ、ローレライ」シャッターが切られたときほほえんだのは、ジョーダンのほうだった。

そのとき、銃声が轟いた。

56 ニーナ

一九五〇年九月　セルキー湖

　山小屋から八百メートルと離れていない湖畔に、ニーナはうずくまってブーツを脱いだ。トニーが子供を抱きあげるのが見えた。ジョーダンとイアンが森から出てくるのが見えた。ほっそりした女が桟橋で凍りついている。〝いたいた〟ニーナはサマードレスを頭から脱いだ。青い目の女狩人には、ワルサーPPKと傷跡がある。五年の年月と地球半周の旅を必要としたが、狩りはつづいている。ただし、いまはどっちが女狩人で、どっちが獲物？

　イアンが桟橋を歩いてゆく。花崗岩（かこう）のように手ごわい。横に並ぶアメリカ娘も落ち着いたものだ。トニーはショットガンのボルトを引いてその音を湖に響き渡らせ、ローレライ・フォークトに逃げても無駄だと警告した。〝逃亡生活はおしまいだ〟

　ニーナはスリップ一枚の姿でまっすぐに立った。セルキー湖の水が爪先を洗う。安全剃刀を開いてそっと口の中に入れ、頬の内側を切った。血を吐き捨てる。

　桟橋から声がして、カメラのフラッシュが焚かれる。女狩人は凍りつきながらも飛びかかろうと身構えた。〝まだ誰も殺すな〟ニーナは敵とチームの両方に向かって言う。〝あたしの出番を待て〟水に入る。ルサルカ湖より、〝親父〟よりはるかにあたたかい。女狩人の傷跡が、彼女を呼んでいる。ルサルカにキスしてと呼んでいる。〝あんたはいまも、あたしのものだからね〟

　完璧な夏空に銃声が響き、ニーナの全身を純粋で貪欲な怒りが駆けめぐった。それは何がなんでも守らなきゃ、という思いでもあった。〝おい、青い目のクソ女、あたしの夫を殺したら承知しない――〟

それから、湖の腕の中に飛び込んだ。

57　イアン

一九五〇年九月　セルキー湖

撃ったのはトニーだった。相棒が空に向かって発砲するのを、イアンは目の端で捉えた。平板な銃声に、青い目の女は竦みあがり、くるっと振り返った。ジョーダンのカメラのフラッシュにたじろぐ彼女にとっては、それが駄目押しだった。「笑って、アンナ」ジョーダンがまた叫んだ。カシャ、カシャ、カシャ。義母が何よりも嫌うのは写真を撮られることだ、と彼女は言ったが、そのとおりだった――フラッシュが光るたび、女は身を竦めた。

イアンは深く息を吸い、有無を言わさぬ歯切れのよい口調で言った。「ローレライ・フォークト、そこを動くな」

名前を呼ばれ、彼女が背筋を伸ばした。闇雲に突進してくれれば、その手から拳銃をもぎ取れる。だが、彼女は桟橋のはずれに向かって後退しはじめた。ショックで表情を失いながら、驚くほどの速さで。あれほどうろたえていた人間が、こんなに素早く態勢を整えるとは。拳銃は脇におろしたままだったが、イアンとジョーダンが桟橋の途中で立ち尽くすあいだに、彼女は拳銃を構えていた。銃声が消えた静寂の瞬間、彼らは睨み合った。イアンは弟を殺した女と初めて目を合わせ、世界中の音という音が――車から聞こえるルースのくぐもったすすり泣きも、彼女をなだめるトニーの声も、桟橋の杭を打つ単調な波の音も――消えて無になった。

〝やっと見つけたぞ〟イアンは青い目を見つめ、驚きを禁じ得なかった。〝やっと見つけた〟この五年、来る日も来る日も考えつづけた女が、いまここにいる。イアンは彼女を飲み干す。美しい女だ。汚れた女だ。そいつを見つけた。「やっと見つけたぞ」イアンは声に出して言い、ほほえんだ。

「あなた、誰?」彼女が尋ねる。紛れもなく当惑している。イアンはまたほほえんだ。この女は巨岩のようにおれの人生に立ちはだかり、太陽を遮ってきた。それなのに、イアンが何者かまったくわからないのだ。当然のことではあるが。

イアンは答えなかった。代わりに、何年も口にすることを夢見てきた言葉を発した。

「ローレライ・フォークト、あんたは戦争犯罪で告発される」

言い訳を聞かされるものと思っていた。責任転嫁の言葉を、〝ずっと昔のことだ〟とか〝命令に従っただけだ〟という泣き言ではじまる弁解を……。だが、ローレライ・フォークトはそういったことをしなかった。彼の横でカメラのレンズを覗くジョーダンに視線を移しただけだった。「ここまでどうやってきたの?」まったくの好奇心から出た言葉だ。

「暗室をすぐに抜け出せたとしても、とてもここまで――」

「魔法だよ」イアンは言った。ニーナのことを説明するのにいちばんふさわしい言葉だ。

〝ニーナ、どこにいるんだ?〟イアンは一歩前に出た。ジョーダンもつづいた。

ディー・イエーガリンの拳銃が持ちあがる。「それ以上近づかないで」

ジョーダンがまたシャッターを切った。被写体が顔をしかめる。「写真を撮られるのがほんとうに嫌なんだな?」イアンは言った。「おれも自分の写真は見たくないだろう、あんたがしでかしたようなことをやっていれば」カシャ。

また顔をしかめる。「ジョーダン、やめて」

「やめない」ジョーダンはライカの何かを調整した。「おたがいに言うべきことはすべて言ったもの、アンナ。あたしは自分の仕事をするだけ。この瞬間を記録する」カシャ。

「女狩人が自分の犯した罪は償わなきゃならないと気づいた瞬間をね」

女の声は穏やかだった。「あなたには逮捕できない」

「いや、それができるんだ」イアンが言う。「ダニエル・マクブライド殺害の罪で。数時間前に、暗室でジョーダンに告白したじゃないか。私人としてあんたを逮捕し、警察に突き出すことができるんだ。マサチューセッツ州の法律では、殺人犯は電気椅子によって処刑される」イアンは彼女の視線が揺らぐのを待った。「むろん別の選択肢もある」

「ここでわたしを殺して、湖に沈める?」拳銃がふたたび持ちあがった。

「おれを同類扱いしないでくれないか。あんたを傷つけるつもりは毛頭ないんでね」イアンはまったく怖くなかった。ただ緊張が電流となって体内を流れる感じだ。爆撃任務に出てエンジンを切ったとき、ニーナはこんなふうに感じていたのだろうか？　彼はいま滑空しながら、標的に向かって素早く確実に降下しているのだ。「拳銃をさげろよ、ローレライ・フォークト。この距離からなら、おれか義理の娘の眉間を撃ち抜くことができるとあんたにはわかっているが、もうひとつわかっていることがある。あんたが引き金を引いた瞬間、おれの相棒が車からあんたを狙い撃ちするってこと。たとえ彼の機先を制したとしても」――どっちが得策か考えているのが、彼女の目からわかった――「もうこれ以上は逃げられない。あんたの正体を暴くおれの記事が、あす、〈ボストン・グローブ〉紙に掲載されるからな。写真付きで一面にでかでかと」イアンは何年も記事を書いていないが、自信たっぷりに鎌をかけた。「今週末には、東海岸の新聞読者にあんたの顔が知れ渡っているだろう。どこにも隠れるところはないんだよ。この広大な国のどこにも、あんたの顔を見て嫌悪を覚えない人間はいなくなるんだ。それだけは約束する」

カシャ。義母の顔に恐怖の表情が浮かんだ瞬間を、ジョーダンはカメラにおさめた。拳銃が反射的に動いた。イアンに向けてではなく、彼女に向けて。「やめて」

ジョーダンはブロンドの髪を風になびかせ、一歩前に出た。「やめない」カシャ。

耳をつんざく銃声が湖面に轟き渡った。イアンは咄嗟にジョーダンをかばい、心臓をバクバクいわせたが、銃弾は大きくそれて水を打った。警告だ。ジョーダンは顔色ひとつ変えず、ポケットから新しいフィルムを取り出し、カメラに入れ替えた。連合軍が北フランスに侵攻を開始した日、カメラマンたちが砲火に晒されながら同じことをするのを、イアンはいまと同じ硝煙の向こうに見た。世界は狭まってレンズの中だけになり、カメラマンはレンズを盾のように感じているのだ。

「ルースはあなたにあげるわよ」フォークトの声がする。「すべてあなたにあげる。だから、わたしを逃がして――」

「いや。あんたの前にそんな選択肢はない」イアンの声が鞭となって空を裂く。「あんたに残された選択肢は、ジョーダンの父親を殺した罪でマサチューセッツ州で裁かれるか、戦争犯罪人としてオーストリアで裁かれるか。二者択一なんだよ、ローレライ・フォークト。この世であんたに残された唯一の選択肢」

カシャ、カシャ、カシャ。

彼女が壊れる瞬間がついに来た――穏やかな顔が、もっと穏やかな視線が揺らぐ。覚悟が氷となって彼女を貫き、顎があがり、拳銃が頭のほうに持ちあがる。彼女は逃げようとしている。正義から、法廷から、全世界が彼女に向ける憎悪から、銃弾によって逃げ出そうとしている。イアンは言葉にならぬ叫びをあげた。彼女に死なれたのでは元も子もない。だが、彼が走って距離を詰めるあいだに、銃口は彼女の顎の下に到達していた。

そのとき、絶叫が空気を切り裂き、栈橋のはずれで湖から這い出してきたものを、全員が目にした。

彼女は湖水を体から滴らせ、巨大な蜘蛛のようにうずくまっていた。彼女が誰なのか、イアンにはわかりすぎるぐらいわかっている――ニーナ・マルコワ、愛する人、ともに闘う同志、五年間名義上は妻だった女――彼女が体を伸ばしていくのを見たら、イアンでさえ恐怖を覚えた。そこに立つのはリラックスした爬虫類、口の両端から血が赤い筋を引いて首筋を流れ、ずぶ濡れのスリップを染め、腕を伝い、手の中の開いた剃刀の刃先から滴り落ちる。彼女が目を冬の氷のように輝かせてほほえむと、真っ赤に染まった歯が覗いた。まるで人の肉を引き裂いてきたといわんばかりに。

〝彼女が湖から出てくるの、血を滴らせて、水の上を漂うようにこっちにやってくる〟ジョーダンが義母の悪夢を、本人が語った言葉どおり語ってくれた。〝そこで目が覚める。夜の魔女がわたしの喉を掻き切る前に〟

いま見ている夢は覚めることがない。ニーナが桟橋をやってくる。

ディー・イエーガリンは動かない。真っ青な顔で震えていた。ヘビに睨まれたカエル、ドイツ軍のサーチライトで空に釘づけにされたソ連軍複葉機だ。冷酷無比なニーナが、剃刀を手に近づいてくる。「あたしのもの」歌うように言った。「あたしの――」イアンの弟を殺し、ほかにも大勢を殺した女は、恐怖に駆られて顔を背け、じりじりと後ずさる。今度ばかりは自制がきかず、拳銃をまた自分の頭に向ける。ただ恐ろしくて――だが、イアンのいる場所からでは、銃弾による逃亡を止められない。

だが、ニーナにはできる。

彼女が流れ星のように煌めく。剃刀がシュッと音をたてて弧を描く。ローレライ・フォークトが悲鳴をあげ、よろっとなり、今度は首筋ではなく腕から血が溢れた。桟橋に血が飛び散る。ニーナは彼女を突き倒して蔑んだ。竦みあがる女のかたわらに、ニーナは悠然としゃがみ込み、顔を近づけてゆく。いまにも唇が触れるほど近くまで。麻痺した指からワルサーPPKをむしり取る。「死んでもらっちゃ困る」地球を半周した先にある湖で自分を撃った女に、ニーナはささやきかけ、拳銃を湖に落とした。

ディー・イエーガリンの顔が砕け散った。血を流す腕を抱え、這いずって逃れようとし、イアンの横を抜け、ジョーダンと並んだところで動きを止めた。義理の娘にすがりつく。ニーナから逃れたい一心で、すがりついて泣いた。

ジョーダンはゆっくりと屈んで彼女を抱いた。

静止した活人画を静寂が包んだ。ニーナがイアンのかたわらにやってきたが、視線はディー・イエーガリンに当てたままだ。トニーが車から出てきた。ショットガンを抱え、真っ青な顔で彼にしがみつくルースに腕をまわした。聞こえるのはジョーダンの腕の中の女が漏らすぐもった泣き声だけだった。彼女が撃った子供たちも、恐怖に引き裂かれ、こんなふうにメソメソ泣いたのだろうか、とイアンは思った。胸の中に鼓動が響きわたる。

ウィーンで大観覧車に乗ったとき、ニーナが言った。人は恐怖を殺すことができる、と。彼女はきょう、湖に身を投げ、女狩人の悪夢となってチームを守った。イアンは飛行機に身を投げ出した。どうやらローレライ・フォークトは、自分の悪夢から抜け出した恐怖と間近で見つめ合ったとき、それを殺すことができなかったようだ。

〝いまのところは、だな〟イアンは思った。〝だから、彼女が冷静さを取り戻す前に、叩きのめしておかないと〟

彼がそうする前に、ジョーダンが言った。「アンナ」声はやさしいが、顔には冷ややかな表情を浮かべたままだ。ジョーダンがレンズを通して世界を見ている人の表情だ。体は嫌悪感で強張ったままなのに、彼女の手は義母の震える背中をやさしくさすっていた。「さあ、どっちを選ぶか決めてちょうだい」

58　ジョーダン

一九五〇年九月　セルキー湖

「彼女は行くかな？」

「行くでしょ」ジョーダンはトニーと並んで桟橋の階段に座った。彼は袖をまくりあげ、ショットガンをかたわらに置いたままだ。アンネリーゼは山小屋の入口近くに座っていた。腕に包帯を巻かれ、両手と足首は縛られ身動きできない姿で。ジョーダンは彼女から視線を逸らした。「ルースはどこ？」

「ショックを起こしている。車の後部座席に寝かせて毛布でくるんでやった。そっとしておいてやろう。泣きながら眠るだろう」

〝あの子はたくさんの疑問を抱くだろう〟ジョーダンは思った。〝どんなふうに話せばいい？〟

いまのところは、〝あたしがそばにいる、けっしてあなたを置き去りにしないからね〟で充分だろう。「イアンとニーナはどこ？」

「浜を歩いてニーナが脱いだ服を取りに行った。われらがソ連のかわい子ちゃんは、悪夢を見事に体現してみせたよね」山小屋の戸口に見えるアンネリーゼの縮こまった姿に、トニーは視線を向けた。彼女の肩が震えている。「彼女はニーナのことがそんなに怖かったのかな？」

「逃げのびたのはニーナだけだもの。彼女に取り憑いて離れなかったのよ」彼女をどれだけ悩ましていたか気づいていたのは、ジョーダンだけだ。だから、ためらうことなく利用した。義母にそっと告げたのだ。オーストリアに戻って戦争犯罪人として裁判を受けるか、こっちに残って夫殺しの罪で裁判を受けるか――でも、どちらかの道を選ぶことを拒否すれば、ニーナに頼みを聞いてもらうことになるけど、それでいいの？「彼女はオーストリアを選んだ」

「どうして？」

「ニーナはヨーロッパで暮らすつもりはないそうよ、ヨーロッパはうんざりなんですって、って彼女に言ったから。アンネリーゼはどっちの大陸を選ぶにしても、自分とニーナのあだ。

いだに海を挟んでおきたかったのよ」女狩人はそれほどルサルカを恐れているということ

トニーはフーッと息を吐いた。「彼女にそっちを選ばせることで、きみはお父さんの仇を討つ機会を失ったんだよ。オーストリアで裁判が終わったら、彼女の引き渡しを求める面倒な闘いをするっていうなら別だけど」

「彼女がこっちで裁判を受けることになったら——父を殺したんでしょって責めたとき否定しなかったというあたしの証言以外に、確たる証拠はないわけだけど——イアンの弟とポーランドの子供たちの無念を晴らせない。そんなの正しくないもの」ジョーダンはいまだに、どこか静かな場所に浮かんでいるような感じがしていた。「あたしたちはすべきことをやったのよ」

しばらく黙って座っていた。ジョーダンの心にはぽっかり穴があいていた。

「彼女をオーストリアに船で護送することになる」トニーが顎を擦った。「逃げようと思っても、大西洋の真ん中じゃ難しいからね。あすかあさってにボストン港を出る船を探さないと。豪華客船でも手漕ぎボートでもぼくはかまわないけどね」

「船賃はあたしが出すわ」ジョーダンが言った。「費用がいくらかかろうと、できるだけ早い船にしてね。父の保険金があるの。このために使わなかったら——」

「そいつは助かる」

「四六時中彼女を見張ってないとね」ジョーダンは警告した。「彼女を縛ったのは、ニーナを近寄らせないという条件で彼女が同意したからでしょ。でも、手足を縛ったまま彼女を船に乗せることはできない。オーストリアに着くまでは令状を取れないから、拘束するのは法律で許されない。彼女が逮捕されるまでは、けっして油断しちゃだめよ」逮捕状を手に入れることさえできれば……だが、ぐずぐず考えてもしょうがない。自分の手に余ることなのだから。イアンと向こうにいる彼の同僚たちを信じて任せるしかない。「アンナは逃げ出そうとしないと思うわ。ニーナが見張ってるかぎり。それでも……」拳銃を手に桟橋に立っていた女を思い出し、ぶるっと身震いした。追いつめられた動物は何をするかわからない。

だが、世界をその手につかめと励ましてくれた人でもあり、父の死を嘆き涙に暮れたとき慰めてくれた人でもある……その人が父を殺したのだけれど。彼女のどの姿も、いま、山小屋の戸口で縮こまり、包帯を巻いた腕にタオルを押しあてて震えている女とどうしても結びつかなかった。

「彼女がかわいそう」ジョーダンは言った。「そんなふうに考えたくない。彼女を憎んでいる、それでも、彼女のことが好きなの。そういう気持ちを葬り去れないのはどうして？」

トニーが手を伸ばし、ジョーダンを肩に引き寄せた。「どうしてかな」

「イアンには言わないでね……彼にとって事は単純明快だもの」アンネリーゼが降伏した瞬間、イアンの中で何かがほどけた。「あたしと一緒に中に入りますか？」縛られて震えるアンネリーゼを山小屋へと引っ張っていったあとで、ジョーダンはイアンに尋ねた。

「どうしてあんなことをしたのか、彼女に尋ねたいんでしょ?」

「おれにはわかっている」イアンは言った。「彼女はしたかったからやったんだ。できるからやった。ほかにどんな言い訳を並べようとね。それに、そんな言い訳は聞きたくない」

あたしは聞きたい。ジョーダンは山小屋を見ながら思った。聞かなくてすむものなら、でも、聞かずにいられなかった。トニーがうなじを揉んでくれた。苦痛を揉み出そうとしてくれているのだ。込みあげる涙を払う。「ありがとう、トニー」

「ぼくに礼を言う必要はないよ。きみには借りがある」

「どんな?」ジョーダンは少しほほえんだ。「父のお葬式のあとで泣き崩れるあたしを慰めて、お店に入り込んだこと、それとも、あたしと寝たこと?」

トニーは黙り込んだ。

「あなたたちは殺人者を追っていたんだもの」彼に抱いていた怒りは、ショッキングな出来事がつづいたせいで消え去っていた。彼が最初に嘘をついたことも、いまとなってはたいしたことじゃないと思える。「店員として店に潜り込むことは、あなたたちの作戦上どうしても必要だった。でも、あたしは人を見る目があるのよ。バレエのクラスや飛行場までついてきたのは、あたしから情報を引き出すためだけじゃなかったんでしょ。あたしから引き出せる情報なんて、あのときはまだ追跡の役には立たなかっただろうし。それ以外にあなたが得たものというと、デートする相手だけ。もしあなたが軽い女の子を望んでいたのなら、あなたをカメラマン助手としてこき使うような女は、最初から相手にしなかったでしょ」

「きみのあとをついてまわったのは、そうしたかったから。ほかに理由はない」黒い目は真剣だった。「嘘をついて申し訳なかった。口で言う何倍も申し訳なく思ってる」

「あたしはいまもあなたを引っぱたきたいと思ってる」冗談のつもりだった。「でも、もう終わったこと」

「引っぱたいていいよ、J・ブライド」トニーが彼女の手を取り、人差し指にキスした。ライカのシャッターを押す指だ。「桟橋でのきみはすごかった。生まれてからずっと、ライカを手に戦闘地域を飛びまわってきた人みたいだった」

「目に乗っ取られてたの」なんて奇妙な感覚だったろう。正しい感覚ではないのかも――正しいはずがない。完璧なショットを撮ることに取り憑かれた目に、桟橋でのあの瞬間を支配され、もっと自然なもの、もっと大事なもの、つまり恐怖や愛、ルースを気遣う気持ちがないがしろにされるというのは。たぶん正しいことではないが、その感覚はいまもジョーダンの中に残っていた。〝それに、もう一度感じたいと思う〟

イアンとニーナが波打ち際を戻ってくる。ニーナは服を着ており、髪が少しでも乾くよう頭を振っている。両手をポケットに突っ込んだイアンがかたわらを歩いてくる。〝彼らはあすか明後日にはいなくなる〟そう思ったら鳩尾のあたりがざわめいた。彼らはいままではジョーダンの人生の一部だ。アンネリーゼを追いつめることで一致団結していただけじゃない。それ以外のことでも。お茶の時間、冗談、回想、ルースのヴァイオリンのやさしい調べ。短くても完璧な友情。むろん彼らは次の仕事に向かってゆく。〝新たな狩り、新たな追跡〟トニーはと見やると、またアンネリーゼを見つめていた。〝新たな恋人〟

〝あたしはずっとここにいるのだ〟アンネリーゼの正体を暴こうと奮闘するあいだは、考えずにいられたことだ。ニューヨークも一人で住むアパートも、『働くボストン』の写真を売り込むための面接もなくなった。当面は考えられない。ルースは彼女を必要としている。スキャンダルが暴かれ、彼女の母親の正体が周知の事実となる。すべてが自分の肩にかかってくるのだ。隣人たちの相手をすること、請求書の支払い、店の経営、ルース……

〝父さんが亡くなったときには、アンネリーゼがいてくれた〟ジョーダンはそんなことを考えていた。ぞっとする考え、恐ろしい考え、それでも本心だ。いつも後ろで支えてくれたアンネリーゼという静かな防波堤に、つい頼りたくなるこの感覚はいつになったら消えるのだろう？

〝いまはあなたしかいないのよ〟店と家と八歳になる子供のいる二十二歳。ライカを見て思う。近い将来、カメラに費やせる時間は持てるのだろうか。

「次の質問」ニーナが桟橋にあがってくると、立ち止まって湖に血を吐いた。「ツヴァイヨ・メット、ほんのちょっと切っただけなのに、血が止まりやしない」

「おれは吸血鬼を恋しく思うようになるのか」イアンが妻の真っ赤な口を見て感慨にふける。「質問とは、同志？」

「あたしはオリーヴを操縦して戻る。人が二人増えて、とても乗りきれない」車に顎をしゃくる。「誰が運転して、誰が飛ぶの?」

「運転する」トニーとイアンが声を揃えた。「アンネリーゼを乗せていく」トニーが言う。

「道中はぼくがショットガンを構えて彼女を見張る」

「飛ぶ」ジョーダンが言った。「ルースはあたしと一緒」不安はあるが、ルースをアンネリーゼと一緒に車の後部座席には乗せられない。

「決まりだね」ニーナがかすかに赤い歯を見せてにやりとした。「セストラだけで飛ぶのは久しぶりだ」ニーナにとって単純明快なことなのだ、とジョーダンは思った。自分を殺そうとした女を捕らえた。いまはそれを祝うときだ。

「ただし……今度は空中でオリーヴのエンジンを切らないでね」ジョーダンが言った。

「あなたさえかまわなければ」

「つまんない」ニーナがこぼすので、ジョーダンは思わず笑った。弱々しくても笑いは笑いだ。

　この先、笑えることはそんなに多くないだろう。

　ボストンの家で一夜を過ごし、翌日、ジョーダンはアンネリーゼと一度だけ言葉を交わした。アンネリーゼはその日の客船でヨーロッパに連れ戻されることになっていた。鍵のかかった部屋の外で寝ずの番をするニーナに、アンネリーゼは何も言わなかった。食事の盆を運んだトニーにも、無言をとおした。イアンとは顔を合わせもしなかった。彼のほうが着想をえてタイプライターに向かい、猛然とキーを叩いて記事を書きあげるのに必死だったからだ。

番をするニーナに見守られ、ジョーダンが旅行のための着替えを持ってベッドルームに入ってゆくと、ベッドの端に腰かけていたアンネリーゼが顔をあげた。ジョーダンは下着やドレスを胸に抱え、立ち止まった。鼓動が速くなる。

「ルースにさよならを言えないかしら？」アンネリーゼが言った。

「だめよ」

アンネリーゼはうなずいた。優雅に立ちあがり、平然と両手を前で組む。もっとも、以前ほどの落ち着きはみられない——ニーナを警戒して視線を走らせるから、内心の動揺が露呈してしまう。ニーナの歯が光ると身を竦め、ジョーダンに視線を戻した。「わたしの裁判がはじまったら——」そこで言葉を切る。喉に筋が浮き、ドイツ語訛りが戻っていた。

「わたしの裁判がはじまったら、あなたは傍聴するつもり？」

「ええ」咄嗟にそう言っていた。なぜ？　でも——「ええ」もう一度言った。

「ありがとう」アンネリーゼが手を伸ばし、ジョーダンの手に触れようとした。ジョーダンは後ずさった。アンネリーゼはため息をつき、服を受け取り、ジョーダンとニーナが見ている前で着替えをはじめた。服の中に何も隠していないことを示すために。手は縛られていないが、トニーとイアンとニーナ、三人の看守に囲まれて階段をおり、家の外に出た。

通りの向こうに見物人が集まり、ささやき交わしていた。マクブライドの家でいったい何が起きたのかしらね？〝新聞の一面に記事が載るから待ってて〟ルースに二階の部屋から出るなと言っておいてよかった、とジョーダンは思った。

タクシーが待っていた。イアンが礼儀正しい付添人のように、アンネリーゼのためにドアを開けた。アンネリーゼは習い性で帽子を直し、ジョーダンに顔を向けた。口が開く。〝言いなさいよ〟ジョーダンは頭の中で話しかけた。〝あなたの話を聞かせて。どうしてあんなことをやったのか、語ったらどう。なんでもいいから……話して〟

アンネリーゼのやわらかな唇が閉じた。タクシーに乗り込み、手袋をした手でドアを閉めた。

そうして、彼らは去った。

ずっと昔、母が死にかけていたとき、おばは〝おまえのお母さんは出かけたのよ〟と言うだけで、事実を教えてくれなかった。そんな過ちをジョーダンは犯さない。「何年か前に、あなたのおかあさんは酷いことをしたの」ジョーダンは簡潔に告げた。「そのことで質問に答えるために、オーストリアに戻ることになったの」

「いつ戻ってくるの？」ルースはささやき声で尋ねた。

「戻ってこないわ、ルース」

ジョーダンは気を引き締めたが、ルースはそれ以上のことを知りたがらなかった。

「あたしたち、湖に戻らなきゃいけないの?」タローの首輪に指を絡めて、彼女は尋ねた。

「二度と行かないわよ。山小屋は売るつもり」売り払うか、森の中でニーナがU－2にしたように燃やすか。あそこで起きた悲惨な出来事を火葬に付すのだ。

ルースはそれ以上何も言わず、殻に閉じこもってしまった。いまはそっとしておこう、とジョーダンは思い、ベッドに入れてココアを飲ませ、眠りにつくまでブロンドの髪を撫でてやった。〝眠っても夢を見るよね〟妹の寝顔を見ながら思った。かわいそうなルース、切れぎれの記憶が夢に現れ混乱するばかりだ。アンネリーゼから逃げる夢、アンネリーゼに引き寄せられる夢。〝この子が目にしたことが記憶に残りませんように。心からそう願う〟

それでも、いずれは話してやらねばならない。知っておくべきことはすべて、ルースに話さなければならない。できるだけやさしく誠実に、話してやらなければ。「おやすみ、コオロギ」ジョーダンはささやき、そっと部屋を出た。

アンネリーゼに閉じ込められて以来、暗室におりてゆくのは初めてだった。階段の上で立ち止まり、義母のライラックの残り香を嗅ぎ、それからライトをつけて階段をおりたが、途中で男の腕にウエストをつかまれ、聞きなれた声を耳元で聞いた。「おいで、J・ブライド」

ジョーダンは悲鳴をあげ、振り向きざまに彼を叩いた。「トニー・ロドモフスキー、殺してやる――」階段の下に立つ彼を何度も叩いた。

「ごめん」彼は叩かれるがまま、抵抗しなかった。「ごめん。エス・トゥットミア・ライト。ジュ・スイ・デソレ。シャイナロム。ウミ・パレ・ラウ。プシェプラッシャム」

「お黙り」また叩いた。「どうして玄関をノックしなかったの――」

「いま戻ってきたところなんだ。船を見送って、スコレイ広場の部屋を片付けて、いまごろルースを寝かしつけてるころだなって思ったから、それで、ここで待つことにした」

ジョーダンは体を引いた。手がジンジンしていた。「船に乗らなかったのね」もごもごと言う。

「見事な推理だ、ホームズ。どうしてぼくが船に乗ると思ったのかな？」

「何も言わなかったじゃない……」ジョーダンはどぎまぎしていた。「ここでの仕事は終わったわけだし。やることがなくなったんだから、次の追跡、次の狩り――」

彼が眉を吊りあげる。「次の女？」

感情を排除して言った。「ひと夏の戯れだって、おたがいに納得してたでしょ」

「契約の変更について話し合ったんじゃなかったかな。とりあえず三カ月延長して秋の戯れにもっていくって、双方の合意により――」

「からかわないで」ジョーダンは言った。「義母が去ってゆくのを見送ったのよ。手錠をされてるのと変わらない状況で。じきに新聞の一面を飾る――」

「ぼくが残った理由のひとつがそれ。しばらくのあいだはね。ぼくがいなくたって、オーストリア当局との交渉はニーナとイアンだけでできる。でも、イアンが記事を仕上げてこのことが公になったら、こっちにいて質問に答える人間が必要になる」トニーの視線は揺るがなかった。「そっちはぼくが引き受けるって言ったんだ」

それを聞いてほっとし、張り詰めていた気持ちがゆるんだ。そんな心の揺れを隠そうとしたが、彼が手を伸ばしてジョーダンの髪を掻きあげ、きついライトの下でとっておきのやさしい笑みを浮かべ、ゆっくりとあたたかなキスを一度ならず、二度したものだから、ジョーダンは体からふっと力が抜けるのを感じた。「ああ、まったく、トニーったら。戻ってきてくれて、すごく嬉しいわ」

言わなきゃよかったと思った――彼は友人であり恋人ではあっても、しがみつける岩ではない。知り合ってまだひと夏しか経っていない。でも、彼の腕はまるで岩みたいに頼りになるから、ほんの一瞬、しがみつくのを自分に許した。

「よくやったって抱きしめてくれてるの?」彼が体を引き、熱を測るみたいに彼女の額に手を当てた。「そんなことしたことない人が。きみが達成感を感じるのは、フィルムを六本現像したあとでしょ」

笑い声が涙声になっていたけれど、笑いにはちがいない。

「さあ、そっちのほうがいい」彼が鼻の先っぽにキスして、わざとらしい軽さで言った。「トレイのまわりを飛びまわって。横で頑張れって応援する」

二人とも無言だった。赤いライトの下でジョーダンは最新のフィルムを現像した。手慣れた作業をするあいだに、気持ちがだんだんにほぐれていった。印画紙を一枚ずつ洗濯ばさみで留め、乾くのを待つあいだに後片付けをした。物干し綱の前に戻ってジョーダンが覚悟を決めると、トニーがかたわらに並んだ。一枚一枚、黙って見てゆく。

「いい出来だ」彼が静かに言った。

すべてがそうではない。被写体の動きが速すぎてぼやけた写真もあった。だが、これと……この一枚は……「ええ」ジョーダンは言った。「あたしが撮った最高の写真」

アンネリーゼがカメラのレンズに向けて拳銃を構えている一枚をはずす。ニーナの想像を絶する故郷の湖の氷みたいな目。フォトエッセイの写真をおさめたフォルダーを持ってきて、作業台の上に写真を一列に並べた。最初が父の写真で、最後が追いつめられたアンネリーゼの非情な眼差しを捉えた写真だ。「最後を飾る一枚のイメージがどうしてもつかめなかった」ジョーダンが言った。『働く殺人者』」

トニーが並べられた写真を一枚一枚見ていった。「売れるよ。自分でもそう思ってるんでしょ？」

「そうね」アンネリーゼに的を絞った別のフォトエッセイの最初の一枚にしてもいいかも。控えめな花嫁から氷の目の殺人者、そして裁判を受ける囚人に至るまでの変遷の記録。〝女殺人者の闇。女狩人の肖像〟そういうものがあれば、ルースの理解の助けになるだろう。自分を奪い、育て、世話してくれた女のいろんな顔を理解する助けに。ジョーダンはそこで作業台に背を向け、こめかみを揉んだ。「いまは、ルースのことをいちばんに考えないと。これをまとめるのに、どれぐらいの時間を割けるかわからないもの。予定どおりに仕事を進められない」

「どうしてできないの？」

「だって、ルースにはあたししかいないのよ」そう考えたらパニックに陥った。妹を失望させたらと思うと怖かった。「いまはそっちに専念しないと」

「ぼくがボストンにいるあいだは手助けするよ。きみとぼくだけの問題じゃなく、チームがきみに迷惑をかけたんだからね、ジョーダン。この追跡のせいで、きみの世界は粉々になった」

「あなたたちのせいじゃない」ジョーダンは言った。「父が亡くなったのはあなたたちがこっちに来る前のことだし、あなたたちがアンナを見つけ出していたら、別の結果になっていただろうけど、いずれにしても、ルースの人生から彼女がいなくなるのなら、あたしは喜んでその結果を受け入れていたわ」

「だからって、ばらばらになった人生のかけらを拾い集めるきみを残して、ぼくは暢気に旅に出ていいってことにはならない。それはイアンとニーナも同じことだ」

「あたしたちを助けてくれるの？」彼らを結びつけていたのはアンネリーゼだった――それがなくなったあとには何が残るの？

ルース？

トニーがジョーダンのウエストに腕をまわした。「頼りにしてくれよ、J・ブライド」

赤いライトに照らされたまま、二人は長いこと黙って立っていた。疲労と安堵と控えめな希望がごたまぜになり、ジョーダンの気持ちは千々に乱れていた。ルースを抱え、スキャンダルに一人で立ち向かうことを考えたら、ニーナがエンジンを切って飛行機が落下しはじめた瞬間と同じで身の毛がよだった。それがいまは、トニーと相棒たちが手を伸ばして、エンジンのスイッチを入れてくれたような感じ。機体は水平に戻った。

ジョーダンは振り向いてトニーに軽くキスした。「上に行きましょ。今夜は泊まっていってね」

「いいの？ 夜の訪問者が朝になって帰っていったら、お節介なお隣さんが何を言うかわからない」

「どっちにしたって、うちの一家はボストン中に悪名を轟かすことになるのよ」ジョーダンはライカの紐を肩にかけ、彼を引っ張って階段をあがり、明かりを消した。「お隣さんにふしだらな女って思われたってかまわない」

「ジョーダン？」

振り向いた。カシャ。二段下で、トニーがポケットから取り出した小型のコダックをさげて、にっこりした。「恋人の写真が欲しかったんだ」

すばらしい写真を撮るには技術がいる。だが、稀に偶然の産物ということもある。ジョーダンはあとになってそんなことを思った。安物のコダックが捉えた一枚は、ジョーダン・マクブライドを写した最高傑作だった。あくまで被写体の意見だが。ブルージーンズにポニーテール、ライカを肩からさげて階段をのぼる途中、何気なく振り向いた一瞬を切り取った写真だ。動いている女、その目をレンズみたいに輝かせて。

J・ブライドは自身の署名記事に、もっぱらこの写真を使うことになる。

59　イアン

一九五〇年十月　ウィーン

記事は印刷物の形をとった剃刀だ。

二度と書くことはない、戦争で言葉を使い果たしたから。イアンはそう思ってきた。いま、ローレライ・フォークトが大西洋を渡りきるのを待つ、鍵のかかった三等客室の外に据えたデッキチェアに座り、ジョーダンのタイプライターに向かってボストンで書きはじめた捕縛の顚末を記事にまとめていた。ノートに手書きしたメモをもとに推敲を重ねて形にする。完成した記事は、ディー・イェーガリンを有名にするだろう。

ルサルカ湖：夜に蠢（うごめ）くものの名を取ったポーランドの湖、戦時の最も暗かった年月、湖の底から這い出してくるどんな魔女よりもはるかに恐ろしい女が、その湖畔に住み着いた。

これが彼の記事の前置き部分で、それにつづく段落で描き出すのは、ローレライ・フォークトとして生を受けた女が、アンネリーゼ・ウェーバーという殺人者に生まれ変わり、手練手管を弄してアンナ・マクブライドとなり、女狩人としての本性――歯と爪を赤く染めずにいられぬ原初の本能――ゆえに正体を暴かれるまでの半生だ。読者の感情を揺さぶる勘所は心得ている。この記事を読んで、女たちは涙を流し、男たちはかぶりを振るだろう。新聞の編集者たちは、これは売れる、と思うだろう。イアンは完成稿を手に思った。〝インクで作られたダイナマイト〟

いい気分だ。言葉を使い果たしていなかったことがわかったから。

船はニューヨークに寄ってから大西洋へと漕ぎだした。だから、ニューヨークに停泊中に原稿をトニー宛てに電送し、ボストンの大新聞すべてに送るよう指示し、すぐに追いかけ記事に取りかかった。弟とポーランドの子供たち、それに哀れなダニエル・マクブライドを追悼する記事だ。どちらかがローレライ・フォークトの見張りに立たねばならないから、イアンもニーナもほとんど眠っていない。

カンヌの港で船を降り、汽車を乗り継いでウィーンに到着して初めて、女狩人が彼に口を開いた。逃亡される心配のない船旅が終わると、ローレライ・フォークトが隙を見て逃亡を図るのではないかと、イアンは神経を尖らせていたから、話をすることもメモを取ることもままならなかった――だが、汽車の旅のあいだ、彼女は蠟人形のように無抵抗で沈黙をつづけた。ウィーンに近づいて汽車がスピードをゆるめたとき、移動という中途半端なときが終わることに気づいたのか、彼女が不意にイアンを見つめた。「あなたが何者かいまだにわからないのよ、ミスター・グレアム」

　イアンは片方の眉を吊りあげた。

「あなたを知らないから、どうしてわたしを追いかけてきたのかわからない」戸惑いの口調だった。「あなたは地球を半周してわたしを捕まえに来た。いったいわたしがあなたに何をしたっていうの？」

　この女と向かい合い、辛辣な言葉を並べて彼から何を奪い取ったか話す場面を、何度思い描いてきただろう？　人を疑うことを知らず、空を飛ぶのを夢見ていた弟のことを、彼女に話す場面を。どんなにそうしたかったことか。ほかにも切望してきたことがある──彼女の中にあるセブの記憶を知りたい。黄土色の家に招き入れたとき、弟はどんなふうにシチューに飛びついたか。あたたかなキッチンで弟はどんな話をしたのか。引き金を引く寸前、弟はどんな表情を浮かべたか……

　だが、セブが最期にどんな表情を浮かべたか、ニーナが痛切な思いで語ってくれた。満腹感とぬくもりに満たされ、月明かりを浴びて立ち、自分が死ぬとは夢にも思わず夜空を見あげていた姿を。〝その思い出を、おまえの記憶で汚されたくないんだ〟ディー・イエーガリンの当惑する青い目を見ながら、イアンは思った。〝おまえの目ではなくニーナの目を通した弟の姿を記憶にとどめておきたいんだ。獲物を見る殺人者の目ではなく、友達を求めた女の目を通した姿を〟

だから、イアンは妻の剃刀みたいな笑顔を浮かべただけだった。「裁判でわかる。おれが証人として呼ばれることになれば」

「わたしを死なせてくれればよかったのに」ハントレスが低い声で言った。「自分を撃たせてくれればよかった」

「あんたを死なせない」イアンは言った。「そこまで慈悲深くないんでね」

ローレライ・フォークトはうつむいた。オーストリアに着いてからの騒動と事務手続きのあいだじゅう、彼女はうつむいたままだった。フリッツ・バウアーが逮捕に立ち会うため、背広や制服姿の一団とともにブラウンシュヴァイクから来ていた。バウアーの挨拶は、いつもどおり巻き煙草を咥えた口元に浮かぶ物恐ろしい笑みだけだった。同僚たちからは好奇心と恨みがない交ぜになった視線を向けられたが、イアンは驚きもしなかった。

「みんな不愉快そう」ニーナが困惑して言った。

「誰もうナチを逮捕したくないんだ」きつい視線にまったく動じず、バウアーが言った。「何もかも絨毯の下に隠して、たがいに干渉せずに暮らしたい。あんたの女は数年服役して終わりだろうな」彼がイアンに言った。「訴えを棄却されるかもしれない。裁判官は美しくて若い未亡人を監禁したがらないからな」

「おれが彼女を有名にしたら、そんなわけにいかなくなるさ」イアンが最後に電話で話したとき、最初の記事がボストンでV-2ロケット弾みたいに爆発した、とトニーが言っていた。イアンはすでに第二、第三弾の記事を書きあげていた。ボクサーが繰り出す連続パンチだ。全国紙が記事を掲載してくれれば、スキャンダルを嫌う偏屈なオーストリア人だって、安閑とはしていられない。

ディー・イエーガリンがホンブルグ帽と制帽に囲まれて歩み去るのを、イアンは見送った。これでようやく彼の手から離れた。次に彼女の姿を見るのは法廷だろう。かたわらにはジョーダン・マクブライドがいて、レンズの目でカメラのレンズを覗き込んでいるだろう。〝彼女はおれ以上に答えを必要としている〟たとえ彼女が必要としなくても、ルースがいつか大きくなり、自分を育ててくれた女について難しい質問を発するだろう。

「きみに質問があるんだ、同志」イアンは並んで歩くニーナに言った。グラーベンのホテルをとってあったが、まだ戻りたくなかった。フロリダのあの晩以来、妻とろくに話をしていなかった。あのあと、事態は急展開し、獲物を見張るのにずっと緊張を強いられた。「セルキー湖でローレライ・フォークトを殺すこともできたのに。彼女は拳銃を持っていたし、それを使おうとしていた。きみは彼女を切り殺さず、武器を取りあげただけだった。なんでだ?」あのときのニーナの自制は驚きだった。いつからあんなに自分を抑えられるようになったんだ? 復讐より捕らえることを優先したのはなぜなんだ?

「死んだほうが彼女は楽だった。彼女はそれを望んだ。裁きを受けるほうがきつい。だから、切り殺さなかった。自分を抑えるのは大変だったけどね」ニーナは青い目に凶暴な光を宿し、言った。「あのとき、湖に飛び込んだとき銃声がした。あんたが撃たれたと思った」

イアンは立ち止まった。「つまり、きみはおれの仇を討つために、彼女をめった切りにしたかったのか?」ニーナが言うと、愛の告白になる。

「でも、やらなかった」ニーナが鷹揚に言う。「武器を奪うだけ。あんたの言うとおりなんだ、ルーチク。正義は復讐にまさる」

「こりゃ驚いた、おれがきみを変えたってことか?」

彼女がイアンの脇腹にジャブを食わせた。「あたしだってあんたを変えるよ」

〝そうだな。しかも、それだけじゃなく、きみが読んでる摂政時代の三文小説にはまってしまった〟彼女の腕を取って絡ませても、振りほどこうとしない。大気は秋の気配で、焼栗売りがちらほら店を出しているが、街はくたびれて灰色だ。ボストンの活気が恋しい。がさつさや訛りすら恋しかった。

「じきにボストンに戻るんだよね?」ニーナが彼の心を見透かしたように尋ねた。

「ああ」ウィーンではこの先しばらく、何をしても冷たい反応が返ってくるだろう。ローレライ・フォークト逮捕を確実にするため義理を欠き、これまで培った人間関係を台無しにした――何年か留守にし、アメリカで戦争犯罪人を追いかけるのも悪くない。ジョーダンと最後に電話で話したとき、アンティークショップの二階を仕事場に提供してもいい、ルースのレッスンをつづけてくれるなら、賃貸料はただで、と言ってくれた。想像して、イアンは静かに胸躍らせた。ニューベリー・ストリートに面した窓から日が射し込む明るい部屋、下の作業部屋から漂う蜜蠟と銀磨きの匂い。もっともミスター・コルブはもうそこにはいない。毎日半時間ほど、背中の凝りをほぐすついでに、学校から戻ったルースに新しい曲を教え、音階の音に邪魔されながら、トニーやジョーダンとお茶におしゃべりを楽しみ、それから仕事に戻る。ロードアイランドのウーンソケットに住む、ヴァーノン・ワゴナーの戦争犯罪を立件する仕事。浅く掘った墓に死体のいくつかを埋めていそうだ。

「ああ、戻るつもりだ」イアンは横を見た。「きみは？」

「いいところだよ、堕落した西欧って」ニーナが曖昧な返事をする。「堕落したい」

「戻ってこい、ニーナ。チームと一緒にいろ」ニーナが怒りだす前に手をあげて制した。「おれとの結婚をつづけてくれと頼んでるんじゃない。センターにとどまってくれと頼んでるんだ。きみはチームの一員だ。わかってるんだろ」

「あたしが欲しいの？」彼女が隙だらけに見えた。無関心か刺々しさの盾の向こうから世界を眺め、ときおり野蛮な顔も見せるニーナが、自信を失っている。「セブをあんなふうに置き去りにしたんだよ、そのあたしと一緒にいたがるなんて思ってなかった。女狩人を捕まえれば、それで終わりだって」

弟の思い出に胸が痛くなるのはたしかだが、すべてをニーナのせいにするのは酷だ。

「弟は大人の男だった。彼が決めたことで、きみには止めることはできなかった。そういうことだ」

ニーナがうなずいた。彼女の中の罪悪感はおそらく消えないだろう。だが、生まれ持ったロシア流の宿命論がそれを覆い隠してくれる。〝戦争の残骸からやっと抜け出した、おれたちみたいなズタズタの魂は、罪悪感を内に抱え込んでいる。幽霊。湖にパラシュート〟二人ともその重みに耐えながら生きていくんだ。「このチームにはきみが必要だ、ニーナ。どこへ向かうにせよ、狩りにはきみが必要なんだ。おれと一緒であろうとなかろうと、狩りにはきみが必要だ」

彼女は考え込んだ。「だったら、ボストンに戻る」

顔いっぱいに広がる笑みを、イアンは隠しきれなかった。ニーナは笑い返そうとして、顔をしかめた。「離婚はするからね」

「わかってる」

「イエリーナのあと、あたしには――」

「おれを愛してくれって誰が頼んだ?」イアンは軽く言った。「おれが言いたいのはそういうことじゃない、赤の脅威」

「だったら何が言いたいの?」

フロリダの海岸で何を言い、何がまずかったのか、記憶を辿ってみる。だが、ディー・イエーガリンを捕まえて以来、緊張と嫉妬にがんじがらめになり、大西洋横断の船の上で波を見つめながら、いっこうに考えがまとまらなかった。

「おれが言いたいのは、きみは狩りとなるとイカレた狼になるってことだ」イアンは言った。「それから、おれはけっしてきみの心を傷つけない」その心の一部にはぜったいに手が届かなくても、それはかまわない。華麗だがくたびれていて、〝夜の魔女〟みたいに高く飛ぶ鷹に心を奪われたなら、相手の心をそっくり自分のものにしようと思うな。ニーナは心の奥底で、満月の夜に黒い目のモスクワのバラと一緒に飛翔したいと、これからもずっと切望しつづけるだろう。でも、多少刺々しくても、彼女の心の残りの部分はそのうち打ち解けてくれるのではと、イアンは望みを抱いている。

〝それともおれの勘違いだろうか〟いずれ離婚ということになるかもしれない。だったら、〝夜の魔女〟をせめてチームに残しておきたいし、この世界から戦争犯罪人がいなくなることはまずない。

ニーナが心を決めるまで、喜んで待つつもりだ。

妻が空を見あげてほほえんだ。その視線の先には、遊園地の大観覧車があった。「乗りたくない？」彼女が挑んできた。

地上六十五メートル。前回乗ったときには、体がバラバラになりそうだった。だが、あれからソ連邦英雄と一緒に、六十五メートル以上の高さを飛んだ。〝しかも、エンジンを切ってだぞ〟イアンはほほえみながらかぶりを振った。

「なんで？」ニーナが食いさがる。「恐怖を殺さなきゃ、ルーチク」

イアンは彼女の〝引き金を引く指〟に指を絡め、ホテルのほうへと引っ張っていった。

「もう殺したよ、同志」

エピローグ　ニーナ

一九五一年四月　フェンウェイ・パーク、ボストン

ニーナには野球が理解できない。「なんで言い争うの？」

「バッターがアンパイアの判定に不服だから」ジョーダンがポニーテールを揺らして言った。「ストライクゾーンが広すぎるのよ」

「ストライクゾーン？　殴りかかってるじゃない」退屈なゲームだ、とニーナは結論づけた。人を殴らなきゃ活気づかないんだから。

「いや、ちがう。彼は自分の考えを理解させようとしてるだけ」

「バットで殴ればいいじゃない」ニーナが言う。「人を殴らないなら、なんでバットを持ってるの？」

「速球を内角に投げるのをいいかげんやめないと、ぼくがキンダーをバットで殴ってやる。リズートに当たるじゃないか」ジョーダンの向こうで、トニーがレッドソックスのピッチャーを睨みつける。トニーはイアンの手伝いをしながら、ジョーダンに頼まれれば店番もし、なおかつボストン大学で講義を受けていた。〝センターには法律の専門家が必要でし

ょ。ちょうど復員兵援護法にもとづく教育手当てがもらえるんだ〟クリスマスに彼は目を輝かせて言った。〝犯人の本国送還ってことになったとき、いちいち電話でバウアーの助言を求めてたら、金がいくらあったって足りゃしない〟

〝あんたが、弁護士に？〟ニーナは鼻を鳴らした。

〝ぼくはアラスカ人にアイスクリームを売りつけられるし、小鳥を木から誘い出せる。そういう人間は、弁護士か靴のセールスマンになるしかないでしょ〟

「勝手に泣きごと言ってなさい」トニーがストライクゾーンのことでぶつくさ言うので、ジョーダンが笑った。「あなたの大事なヤンキースは五点負けてるのよ」

「いまに見てろよ、J・ブライド……」

「このゲーム、ばかばかしい」ニーナは夫に言った。

「まったくだ」イアンは長い手足を伸ばし、帽子をあみだにかぶり、襟のボタンをはずしていた。グラウンドから刈られた芝と白墨の匂いが立ち昇ってきて、観衆は歓声をあげヤジを飛ばし、ピーナッツの殻を割り、スコアカードに鉛筆で何か書き込んでいる。みんなにとって久しぶりの休みだった。チームはロードアイランドのウーンソケットに住むヴァーノン・ワゴナーのファイルを作成し、ベルゲン・ベルゼン強制収容所の事務官だったかどうかの身元照合を行っており、ジョーダンは（チームのカメラマンを務めないときには）観光局に頼まれて写真を撮っていた。「簡単な仕事でけっこう稼げる」彼女は言い、ボストンじゅうをまわって昔ながらの風景写真を撮っていた。「『働くボストン』が売れるまでは、パンフレット用の写真で食いつなぐわ」関心は持たれていた。ローレライ・フォークトまたの名をアンナ・マクブライド捕縛の瞬間をとらえた彼女の写真は、イアンの記事とともにかなりの注目を集めたのだから、彼女のフォトエッセイが売れる可能性はあった。

フライがあがり、ニーナから見ると、ユニフォーム姿の男たち全員が理解に苦しむやり方で走りまわり、ルースが興奮してぴょんぴょん跳ねた。ニーナはグラウンドに目を凝らす。「あんたは理解してるの、マリシュカ?」

ルースは、英語とイディッシュ語のちゃんぽんでトニーとおしゃべりしていた。この冬に、彼は日常会話をルースに教えはじめていたのだ。〝実の母親はユダヤ人だったんだからね――ルースは憶えていないだろうけど、ユダヤ人について多少は知っておいたほうがいいでしょ〟ルースが英語だけに戻してニーナに言った。「インフィールド・フライ・ルールというのがあってね」それから、ニーナが知りたくもない詳しい説明をはじめた。子供って退屈だ、とニーナは思った。たとえその子供が好きであっても。ルースは日射しを浴びて頬をバラ色に染めている。主婦がシチューに入れるのもためらうような、痩せこけたガキとはまるでちがう。秋のあいだずっと、ルースは、クロゼットに女が隠れていて夜になると彼女を連れ去ろうとする怖い夢を見つづけ、ジョーダンが必要以上に大騒ぎした。そこでニーナは剃刀片手にクロゼットに入り、バーバ・ヤーガみたいな金切り声をあげてドタンバタン音をたて、指先を切って剃刀の刃に血をつけ、クロゼットから出ると剃刀をルースに見せ、言った。「もう死んだよ」それ以来、悪夢はあまり見ないようになった。

「なんてこった、ニーナ、おれのピーナッツ、全部食っちまったのか」イアンが空の袋を振ってみせる。

「あたしのものはあんたのもの、あんたのものはあたしのもの」

「おれたち離婚するんだぞ。だから、それは適用できない」

「買ってこよっと」彼女はシートから離れ、階段をのぼり、スナック売りを追いかけた。食べ物の豊富さにはいまだに目を瞠る。

〝資本主義の強欲さに屈服したのか〟父が嘲笑しても、ニーナは無視した。欲しければふた袋目のピーナッツを買うことができる。樺の樹皮や大量生産の安物の革以外のサンダルが手に入る。誰かのおさがりではない、新品のドレスも持っている。ルサルカ号の星みたいに真っ赤で光沢のあるコットンのドレスだ。前の年にイアンがフィレーンで買ってくれたドレス、イェリーナが見たらいたずらっぽく目を躍らせそうなドレス。それが資本主義の貪欲さなら、ニーナは喜んで身につける。

〝西欧の売春婦〟父がうなったが、その声は以前よりずっとか細くなっていた。ピーナッツを食べながらうららかな四月を楽しんでいるいまは、狼の毛皮をまとった父を思い浮かべるのは難しい。左翼側の高いフェンスまで広がる青々とした外野を眺めながら、〝親父〟の四月を想像してみる。湖は凍ったままで、緑の髪のルサルカはまだ氷の下で眠っているのだろうが、空気は爽（さわ）やかになり、六月になれば氷が融けはじめて七色の針となり、青緑色の氷の塊は喉を掻き切れるほど尖ってギザギザだ。アザラシの皮のブーツを履いて凍った浜に立ち、湖を憎みながら、あまりにも冷たく閉ざされているように見える世界に、矢継ぎ早に質問を繰り出したことを思い出す。

〝湖の対岸には何があるの？　溺れ死ぬことの反対は何？　ひたすら西へと向かったら、そこには何が待っている？〟

イエリーナと〝夜の魔女〟たちに囲まれ、最初のふたつの問いの答えは見つけた。三つ目の問いは、セブの死から、トニーの女狩人を狩ろうという呼びかけまでの最悪の年月のあいだ、ニーナを苦しめつづけた。荒れ果てて疲弊したイギリスで生きるためにもがき、イエリーナを恋しがり、二度と誰にも心を許すなと自分に言い聞かせた。手入れの行き届かぬ飛行場を雨に濡れとぼとぼ歩きながら、連隊とセブを失望させた自分にはこれが似合いだと思った。一人のほうがよほどいい。あんなに恋焦がれた遥か西の世界は、逃げ出してきた世界と同様に冷たく閉ざされたものだったけれど、それでいいんだと思った。

いま、グラウンドを眺め、緑の芝生や意味もなく走りまわる男たちを眺めながら思う。〝ここが遥か西の世界なんだ〟ずらっと並ぶシートを見おろすと、トニーがルースに話しかけている。ルースはガムの包みを開きながら耳を傾けている。ジョーダンはグラウンドにカメラを向け……イアンは傷んだパナマ帽でのんびり自分を扇いでいた。

「今年はおれたちの年だ」ニーナにピーナッツを売った売り子が予言した。「今年は優勝する、おれにはわかるんだ。これがおれたちのチームさ」

「そうだね」ニーナは下に見えるふたつのブロンドの頭と、黒い頭、白髪交じりの濃い茶色の頭に向かってほほえんだ。彼らは〝夜の魔女〟たちではないし、連隊でもないけど――「あたしたちのチームだ」

ピーナッツの袋を破り、のんびり席に戻った。グラウンドの男たちはまた駆けまわり、人々は爪先だって叫んでいる。わけがわからない。「バットで殴ってやれ！」ニーナも声を張りあげた。イアンの横に体を滑り込ませる。彼は帽子を置いて、ニーナのバッグからペーパーバックを取り出していた。ジョージェット・ヘイヤー作『素晴らしきソフィー』。

「あたしの本をまた盗んだね、ワーニャ」ニーナは文句をつけた。

「ソフィア・スタントン゠レイシーは、性悪なミス・ラクストンにいまは虐(いじ)められてるけど、どうせ勝つんだから安心して読んでられる」イアンが栞(しおり)を動かした。「ところで、おれはいつからワーニャになったんだ？　かわいい太陽光線(ルーチク)から格上げか？」

「イアンはロシア語だとイワン。それで、イワンの正当なニックネームはワーニャなの」

「ニックネームって短く縮めるものだろ。イワンがワーニャじゃ、縮めたことにならないじゃないか」

「ロシア語ではそうなるの」ニーナはすまして言う。

イアンが片方の眉を吊りあげ、じっと見つめた。「何を考えてるんだ、同志？」

「離婚を一年延ばしてもいいかなって考えてる」しばらく前から考えていたことだが、確信が持てなかった。にやりとしてつづけた。「一年だけだからね。その先はたぶん……」

「そう、たぶんな」彼が無頓着を装って言う。イギリス男は無頓着になりきれない。それとも、ニーナのイギリス男だけなのか。口元を引き攣らせる笑みを押し殺そうとしている。その笑みが、ニーナは最初から好きだった。彼が何を言っているのかまったく理解できなかったころから。イェリーナの鼻にしわを寄せるかわいらしい笑みとはまるでちがうけれど、同じように感じさせる何かがある。ニーナの胃袋に同じ効果をもたらす何かが。

「一年」その響きが好きだというように、彼が言った。ニーナも好きだ。一年なら、閉じ込められる感じはしない。それぐらいなら、怒って毛を逆立てたり、内にこもったりせずにすむ。下弦の月を眺め、戻ってきてとイェリーナを恋しがるのをやめずにすむ――きっとずっと恋しいと思いつづけるのだろう。でも、それに耐えられるようになってきた。

イアンのパナマ帽を頭に載せ、太陽を仰ぎ見る。日射しがあたたかだ。「ツヴァイヨ・メット」空の青さに目をしばたたく。「飛ぶのにもってこいの日だ」

『ナチの殺人者に実刑判決』

イアン・グレアム
一九五九年十月九日

ナチの戦争犯罪人ローレライ・フォークトの裁判は、ついに大詰めを迎えた。ディー・イェーガリンとして知られる女が、きのう、オーストリアの法廷で判決を言い渡された。彼女が逮捕されたのは一九五〇年のことだったが、裁判がはじまったのは一九五三年で、審理は延々六年におよんだ。裁判所前には、到着する被告の姿をひと目見ようと群衆が詰めかけた。被告が悪名を轟かせたのは、賞を取ったフォトエッセイ『悪の肖像』（J・ブライド）が一九五六年十月号の〈ライフ〉誌に掲載されたからである。終身刑の判決文が読みあげられるあいだ、ローレライ・フォークトは顔色ひとつ変えなかった。正義の輪がここにまわった。

彼女の表情から答えを読み取れると期待した者たちは、失望したにちがいない。悪の顔は不可知なまま、疑問は残ったままだ。彼女は何者なのか？　どんな人間なのか？　どうしてあんなことができたのか？　彼女の犠牲者たちは、ロドモフスキー情報管理センター（センター長は人権弁護士、アントン・ロドモフスキー）に資料が保存されており、センターのドアにはこんな文字が記されている。〝生者は忘却する。死者は記憶する〟

死者はもう闘えないのだから、われわれ生者が彼らのために闘わねばならない。記憶にとどめねばならない。なぜなら、正義の輪のかたわらで別の輪がまわっているからだ。時は大きな無関心の輪であり、時が経てば人間は忘れ、逆行の危険に直面する。われわれが惰眠をむさぼるあいだに、古い憎悪の種は芽を吹き、忘却という水を撒かれて新たな戦争という花を咲かせる。新たな大量虐殺が起きる。ディー・イェーガリンのような怪物がまた生まれる。

この輪を止めよう。

今度ばかりは、忘れてはならない。

記憶にとどめようではないか。

著者あとがき

「移民帰化局は、現時点で合衆国に住むナチの戦争犯罪人を把握しているのですか？」

「はい。五十三人います」

この質問は、一九七三年に民主党下院議員エリザベス・ホルツマンがある小委員会の公聴会で繰り出したもので、答えに驚いたのは彼女ばかりではない。本書を書くための調査を行っていたわたしもびっくりした。第二次世界大戦後にアメリカに移住した戦争犯罪人について、政府はほんとうに把握しているのか？

答えはイエスだ。ただ、彼らを取り調べるための基金も機関も存在しない。のちにホルツマンは司法省特別捜査局（OSI）の設置に尽力したが、それ以前には、合衆国に逃げてきたナチの戦争犯罪人は、安穏と暮らすことができていた……そのうちの一人の女性をモデルにして、わたしはディー・イェーガリンを創造した。

ヘルミーネ・ブラウンシュタイナーは、ラーフェンスブリュック女子強制収容所とマイダネク（正式名称ルブリン強制収容所）の情け容赦のない女看守で、戦後ヨーロッパで短期間服役したのち、アメリカ人と結婚して市民権を得、ニューヨーク州クイーンズで暮らしていた。一九六四年に戦争犯罪人として告発されると、隣人たちは仰天し、寝耳に水の夫は「妻はハエ一匹殺せない」と抗議した。ブラウンシュタイナーは合衆国から強制送還された最初のナチ戦争犯罪人である。アンネリーゼ・ウェーバー／ローレライ・フォークトは、ヘルミーネ・ブラウンシュタイナーともう一人の女、エルナ・ペトリを混ぜ合わせた想像の産物だ。ペトリはナチ親衛隊将校の妻で、ウクライナの自宅近くで逃げてきた六人のユダヤ人の子供を見つけ、連れ帰って食事を与えてから射殺した。一九六二年に裁判にかけられ終身刑となった。

この女たちはなぜこんな酷いことをしたのだろう？　答えは見つからない。ペトリは自己弁護に終始し、ナチの人種差別法は身近なものであり、処刑を日常的に行っていたSSの男たちの中で暮らすうち鍛えられ、男のように振る舞えることを見せつけたかった、と告白している。ブラウンシュタイナーは自分を憐れみ、泣きながら語った。「もう充分に罰を受けた」二人とも裁かれたが、法律に照らした事務手続きの煩雑さゆえ、ブラウンシュタイナーが強制送還され、裁判にかけられ、終身刑を言い渡されるまでに十七年の歳月がかかっている。本書『亡国のハントレス』には、何十年もかかる法廷闘争ではなく、迅速なクライマックスを迎えさせたかったので、実在のジャーナリストや、ペトリとブラウンシュタイナーを法廷に送った捜査官たちは登場させられない。そのために、二人の女の記録から女戦争犯罪人を創り出した。

〝ナチハンター〟と人前で呼ばれると、本物のナチハンターたちは決まって顔をしかめる。

この呼び名はハリウッド生まれの手に汗握る冒険活劇を彷彿とさせるからだが、現実はまるでちがう。初期の戦争犯罪捜査チームは、ヨーロッパ戦勝記念日にシャンパンの栓が抜かれる前から懸命に働いていた。強制収容所の生存者や解放者たちの話を聞き取り、捕虜収容所や隠れ場所に逃げ込んだ犯罪人を追いつめ、撃墜された連合軍航空兵や脱走した捕虜たちを殺害した民間人や、〝ユダヤ人問題の最終的解決〟の実行犯を炙り出した。ダッハウ裁判で米軍主任検事を務めたウィリアム・デンソンや、行動部隊（アインザッツグルッペン）の移動殺戮部隊の裁判で主任検事を務めたベンジャミン・フェレンツは、何百人もの起訴を指揮した働きすぎの英雄だ。だが、ニュルンベルク裁判が終了すると、ナチ戦争犯罪人に関するかぎり、世論は「さあ、これで片がついた」とする方向に傾いていった。犯罪人のごく一部が起訴されたにすぎず、さらなる戦争犯罪裁判は世間の関心を引かなくなった――恐ろしい敵は消滅した第三帝国ではなく、ソ連邦になったからだ。ところが七〇年代、八〇年代に入って冷戦も下火になり、第二次大戦の退役軍人も証人たちも歳をとると、残された時間は少ないと人々は気づきはじめた。ナチの残党を処罰することに新たな関心が向けられるようになったものの、ニュルンベルク裁判後の捜査チームは、不利な闘いを強いられていた。

そういう捜査チームには、国の財政支援によって活動する、たとえばウィーンでトゥビア・フリードマンが、リンツでサイモン・ヴィーゼンタールがはじめた難民情報管理センターがあるが、個人で活動している人たちもいる。グループ間で共通の戦略や戦術上の同意があるわけではなく、往々にして意見が合わない（争いになることさえある！）。つねに資金不足と人手不足に悩まされながら、退屈きわまる情報の照合確認、協力する法的義務のない容疑者の隣人や家族の聞き取り調査、長時間におよぶ容疑者の友人知人の尾行、古い写真や昔の証言を頼りに行う身元の特定など、地道な活動によって戦争犯罪人を追いつめているのだ。賄賂や甘言や奸智を頼みとするし、追跡は数カ月、数年におよぶこともあるので、忍耐力も必要とされる。

戦争犯罪人の逮捕は始まりにすぎない。逮捕したからといって裁判にかけられるとはかぎらない。ヨーロッパでは、多くの元ナチが権力の中枢におり、戦争犯罪裁判は消極的抵抗からあからさまな脅迫まで様々な妨害を受ける。海外で戦争犯罪人を追いかけるのはまさに悪夢で、非合法的手段に訴えるチームもなかにはある。たとえば、本国送還を見込めない容疑者の誘拐（イスラエル諜報特務庁モサドは、アドルフ・アイヒマンをアルゼンチンで拉致してイスラエルへ連行、そこで裁判にかけ処刑した）や、暗殺（〝ラトビアのアイヒマン〟と呼ばれたヘルベルトス・ツクルスを南米で殺した）などがある。

イアンとニーナ・グレアムは架空のナチハンターだが、有名な夫婦チーム、セルジュとベアテ・クラルスフェルトから着想を得た。夫婦の戦後ロマンスは感動的であり、人道正義への貢献は人の心を鼓舞するものである――夫婦を有名にしたのは、〝リヨンの虐殺者〟と呼ばれたクラウス・バルビーの逮捕で、八十代になったいまも精力的にファシズムと闘っている。

トニー・ロドモフスキーも架空の人物で、彼のボストンのセンターも、イアンのウィーンを拠点とするセンターも実在しないが、そのようなセンターは戦争犯罪人を追うだけでなく、ホロコーストを生き延びた人々の証言を記録することでも重要な役割を果たしている。証言と収容所の証拠を保存する彼らの働きなくしては、ナチの残虐行為に関する情報の多くが雲散霧消(うんさんむしょう)していただろう。一方、フリッツ・バウアーは実在の人物である。ユダヤ人難民だった彼は戦後に祖国に戻り、過去の犯罪を忘れたい西ドイツ政府に睨まれながら、戦争犯罪人を根気強く起訴しつづけた。あれから時代は変わり、いまのドイツは忌むべき歴史の責任をとり、フリッツ・バウアーを最初のナチハンターの一人として高く評価している。

本書を書くにあたり、ナチハンターのチームと逃げ足の速い獲物をつなぐ懸け橋が必要だと気づいた——そんなとき〝夜の魔女〟のことを読み、懸け橋が見つかったと膝を打った。第二次大戦中に、戦闘機や爆撃機の操縦士として女性を登用した唯一の国、それがソ連邦だった。その女性たちときたら！　一九三〇年代、目覚ましい発展を遂げたソ連邦の飛行術を支えた若き女性飛行士たち、その先陣を切ったのが〝ソ連のアメリア・エアハート〟マリーナ・ラスコーワである。日中に飛ぶ爆撃機と戦闘機の操縦士たち（後者の一人、リディア・リトヴァクは、エンゲリスの訓練飛行場の場面でカメオ出演しているが、史上二人しかいない女性エースパイロットの一人で、残念ながら空中戦で命を落とした）は、やがて男性の飛行連隊に併合された……だが、夜間爆撃航空連隊は女性だけで終戦まで任務を遂行し、彼女たちはその事実を大いに誇った。

46親衛夜間爆撃航空連隊は、時代遅れのポリカールポフU－2、操縦席に覆いのない木製骨組に帆布張りの複葉機で、悲しいほど遅く可燃性が高く、無線もパラシュートもブレーキもない代物で果敢に戦った（一九四三年以降は呼称がPo－2に変わっているが、それがどの時点からか日付が特定できないので、読者の誤解を避けるためU－2をそのまま使った）。女性たちは冬も夏も、ひと晩に五回から十八回も飛んだが、興奮剤に頼ったため非番の日にゆっくり休むことができなくなった。それを補う浅い眠りと同志愛に支えられ、過酷な状況で三年間飛びつづけ、着陸－給油の連携プレーを確立し、ほかの夜間爆撃航空連隊を凌駕する記録を打ち立てた。女性たちの情け容赦ない効率的攻撃に晒されたドイツ軍は、音もたてずに滑空するさまを箒にまたがる魔女になぞらえ、〝ディー・ナハトヘクスン（夜の魔女）〟と呼んで恐れた。だが、彼女たちの献身には犠牲が伴った。連隊の飛行人員の二十七パーセントが、墜落や敵の対空砲火で命を落とした。その一方で、〝夜の魔女〟たちは驚くほど高い確率でソ連邦英雄――ソ連邦最高の栄誉称号――を授けられている。

ニーナ・マルコワは架空の人物だが、彼女の偉業は本物だ。セラフィマ・アマソーワ＝タラネンコ少尉はシベリアの僻地に生まれ、不時着するPe－5を見て、操縦士になることを誓った。エフゲニア・ジクレンコ中尉は航空学校にこっそり入り込み、どんなにうるさがられようが、そばを通る大尉に片っ端から頼み込んでようやく話を聞いてもらい、ラスコーワに会わせてもらえるまで居座った。航法士のイリーナ・カシリナは、片手で操縦桿を握り、負傷した操縦士が操縦席から落ちないようもう一方の手で押さえながら、片翼着陸を成し遂げた。ラリサ・リトヴィノワ＝ロザノワ大尉は、爆撃目標までの行き帰りに、操縦士と航法士が交代で眠ったことや、前を行く二機と後ろの一機を敵の夜間戦闘機に撃墜されたときの恐怖を語っている（連隊がひと晩で払った最大の犠牲だった）。マリヤ・スミルノワ少佐は、低く垂れ込める雲のせいで機体から投げ出され、アゾフ海に落ちて溺れかけた。〝夜の魔女〟たちは、ほかにもいろいろな経験を語っている。敵の戦闘機に追いかけられながら、翼におりて、爆弾投下器からはずれない爆弾を叩き落としたり、滑走路で待つあいだ歌ったり踊ったり刺繍をしたりしたこと、男性操縦士にいじめられたこと、それに――これが最悪！――支給されたのが大量生産の男性用下着という屈辱を味わわされたこと。

イエリーナも想像の産物だ。46連隊の女性たちがロマンティックな関係を築いたかどうかわからない。ソ連邦の重苦しい空気の中では、そんな事実があったことなど口外するわけがない。操縦士の回想録でも、面接調査でも、政権を批判する言葉はいっさい口にされていない――ソ連邦が崩壊したあとも、スターリンを表立って批判した〝夜の魔女〟はただ一人きりだ。祖国を守るために闘った者たちなのだから、熱烈な共産主義者がいても不思議はないが、ニーナのように、秘密警察を恐れて口を閉ざした者たちはいたはずだ。46連隊の女たちの中に、出撃したと見せかけて亡命した者がいたという記録はないが、ソ連空軍が亡命を恐れていたことはたしかで、死体が回収されなかった操縦士に余栄を与えなかったことがその可能性を示唆している。ソ連邦の上層部は、優秀な操縦士が西側で新しい人生を送ろうと機体を逆方向に向けることを、懸念していたにちがいない。

ニーナが墜落した一九四四年八月のポーランドは、生き残るのに最悪の場所だった。ワルシャワ蜂起は最高潮に達し、ソ連赤軍が東から進軍してナチは西へ敗走をはじめていた。ドイツ軍によってポーゼンと改名させられたポズナニは、まさに悲劇に見舞われていた。ドイツ人入植者が押し寄せてアーリア人のための新たな居住地としたため、多くのポーランド市民は、立ち退かされるか逮捕されるか処刑されたのである。ポーランド人の強制労働によってルサルカ湖が作られ、その湖畔に〝女狩人〟が住む黄土色の壁の邸宅はなかったものの、幾度かの虐殺の舞台となった。木々に囲まれた美しい湖畔の片隅に、死者を追悼する記念碑がひっそりと立っている。ポズナニには下士官兵用捕虜収容所があり、多くの連合軍捕虜が無聊（ぶりょう）をかこった。彼らの大半がドイツ軍に包囲されダンケルクへ追いつめられた部隊の兵士たちで、架空の人物セバスチャン・グレアムが所属していた第六大隊ロイヤル・ウエスト・ケント連隊もそこに含まれる。捕虜収容所からの脱走は頻繁に起きた。逃亡兵の多くは捕まるか殺されるかしたが、なかには——セバスチャンが言及しているアラン・ウォルフ——チェコスロバキアまで歩き、戦争が終わるまで田園地方に潜んで生き延びた者もいるので、原野で生き抜くことは困難ではあっても可能である。

アルタウスゼーの美しい温泉街は、戦争直後、アドルフ・アイヒマンをはじめとするナチ高官の隠れ場所となった。夫が国外に逃れたあとも、アイヒマン夫人は息子たちとフィッシャーンドルフ八番地に住みつづけた——一九五二年、本書でイアンと彼のチームが彼女に話を聞きに行ってから数年後、ヴェラ・アイヒマンは子供たちを連れ、亡命生活を送る夫のもとへ旅立った。彼女を監視する者がいれば、アイヒマンは実際に捕まった一九六〇年よりも前に逮捕されていただろう。

いつものことだが、わたしは物語をおもしろくするために、歴史資料に多少の変更を加えている。イルクーツクに航空学校があったかどうか確認はとれていないが、ニーナが飛行技術を習得した時期には、ソ連国内に数百の航空学校が存在していた。赤の広場で執り行われたマリーナ・ラスコーワの葬儀に、女性航空連隊の代表やスターリン本人が列席したかどうか定かではないが、ラスコーワが育てた女性操縦士たちが〝ボス〟を心から慕っていたことを考えれば、列席していてもおかしくない（それに、スターリンを登場させ、書類に狼の絵をいたずら書きする彼の癖を書かずにいられなかったのです！）。〝夜の魔女〟たちが、さあ、朝食を食べようというときに警報が鳴り、慌てて滑走路に駆け出して愛機を飛ばしたという話は、（本作の）ポーランドではなくクリミアで実際にあったことで、それにポリーナ・ゲルマン少尉が語った逸話を混ぜて話を膨らませた。休日の夕食の席で慣れない酒を飲んですぐだったから、完全に酔っ払い運転だったそうだ。

イアン・グレアムも、彼がオマハ・ビーチやニュルンベルクの処刑に従軍記者として立ち会ったことも、わたしの創作だ。アーニー・パイル（ピュリッツァー賞受賞のアメリカのジャーナリスト）やリチャード・ディンブルビー（BBCが派遣した最初の従軍記者）、それにニュースを探して危険な戦闘地域の前線を飛びまわった戦場カメラマンのロバート・キャパなど何人かのジャーナリストをつなぎ合わせ、彼のキャラクターを創りあげた。彼らは兵士ではなかったが、爆撃機からパラシュート降下したり、ゲリラ部隊とともに逃げまわったり、ノートとカメラを武器にノルマンディーの海岸で水に浸かったりと、命を懸けたことに変わりはない。彼らの勇気は驚嘆に値し、戦後に兵士たちと同様、心的外傷後ストレス障害(PTSD)に苦しめられた。男性従軍記者やカメラマンに混じって、真に英雄的な活躍をした女性たちもいた。ジョーダン・マクブライドの憧れのマーガレット・バーク＝ホワイト〈ライフ〉誌のスター・カメラマン)や、ゲルダ・タロー(戦闘地域を取材した最初の女性カメラマン)がそうだ。ジョーダンは架空の人物だが、彼女のヒロインたちは実在するし、記憶にとどめられてしかるべきである。イアンと彼のチームをアメリカに運んだSSコンテ・ビアンカマーノ号も、ジェノバ＝ナポリ＝カンヌ＝ニューヨークのルートを実際に航行している豪華客船だが、航行の日程は物語に合わせて変えてある。船上でイアンが酒を酌み交わすイギリスの諜報部員、イヴ・ガードナーは、『戦場のアリス』の読者にはお馴染みのあのイヴだ。イヴがロンドン大空襲のときに読んでいたというルビー・サットンの新聞コラムは、ジェニファー・ロブソン著『Goodnight from London』から著者の承諾を得て引用させてもらった。本書を執筆中、ちょうど彼女と〝書店めぐりツアー〟の真っ最中だったので。

最後に湖と湖の精についてひと言。マサチューセッツ州にセルキー湖は存在しないが、アルタウスゼーも、ルサルカ湖も、バイカル湖ももちろん本物だ。この物語は、湖とそこに棲むという水の精（民話によって親切だったり、邪悪だったりいろいろ）から生まれた。まったく個性のちがう三人の女性が、どこまでもつづく湖のほとりにたたずむところから物語ははじまる。話の骨子は戦争の悲惨さと、決然たるイギリス男性とユダヤ人の相棒が、三人の女性につながりを見出し、実在のナチハンターたちよりもずっとハラハラドキドキの冒険をするというものだが、わたしにこの物語を授けてくれたのはミューズだし、わたしはミューズに歯向かったりしない（いつだって負けるもの！）。

本書の執筆中も、そのまえの下調べでも、たくさんの人が手を貸してくれました。心からお礼を言います。いつも最初の読者であり、チアリーダーである母と夫にありがとう。大切な批評仲間たち、ステファニー・ドレイ、アンナローリ・フェレル、ソフィー・ペリノット、エイミー・ランヤン、ステファニー・ソーントンにもお礼を言います。あなたたちの見識のある赤鉛筆のおかげで、本書はただのゴミにならずにすみました。わたしのエージェント、ケヴィン・ライアン、編集者のテッサ・ウッドワード――締切を一カ月延ばしてくれてありがとう。あなたたちは聖人並みの忍耐力の持ち主です。ブライアン・スウィフトは銃の暴発について、アーロン・オルキンは銃の暴発による怪我の種類について、専門的な助言をくれました――何度もメールでやり取りしたせいで、ＦＢＩの監視リストに名前が載らないことを願っています。ジェニファー・ロブソンは、ジャーナリズムの裏表について質問に答えてくれました。彼女の父のスチュワート・ロブソンは、第二次大戦時の軍隊の階級と戦争捕虜についてのわたしの面倒な質問に、辛抱強くつきあってくれました。アン・フーパーはヴァイオリンを習う子供たちについて、識見を披露してくれ、ジュリー・アレグザンダーとシェルビー・ミクシュ、スヴェトラーナ・リーベンソンは、ロシア語のスラング（とくに悪態！）を教えてくれました。ありがとう。ダニエル・ジボルトと、サン・ディエゴの遊覧飛行会社ファン・フライツのジェニーンとブライアン・〝ビグルス（イギリスのW・E・ジョンズ作の航空冒険物語の主人公）〟・シェパードには特大の感謝を。飛行技術に関してファクトチェックを行ってくれたうえに、飛行に関する数えきれないほどの質問にも答えてくれました。最後に、〝オリーヴ〟にもありがとう――本書に〝オリーヴ〟の愛称で登場する、第二次大戦中に使われたトラベルエアー4000に乗って、わたしはサン・ディエゴ上空の雲の中を飛びました。操縦桿を握ってくれたのはビグルス。地上にへばりついている作家に、空を飛ぶのがどれほどスリリングか、〝オリーヴ〟が教えてくれました！

訳者あとがき

著者のケイト・クインは人物造形に長けている。前作『戦場のアリス』のヒロイン、イヴや、彼女が慕いつづけたリリーを見れば明らかだ。本作でもニーナというとんでもなく魅力的なロシア女性が登場する。シベリアの真珠と称されるバイカル湖の畔で生まれ育ち、飲んだくれの父親から狩りとサバイバル術を叩きこまれた野生児の存在が、本書をひときわ輝かせている。それはそうなのだが、本書で訳者が舌を巻いたのは、著者の物語を構成する力、章と章のつなぎの見事さだった。

本書の主人公は前作より一人増えて三人、戦場カメラマンを夢見るアメリカ娘のジョーダン、第二次大戦後に従軍記者からナチハンターへと転身したイギリス人のイアン、それにロシア女性のニーナで、それぞれの名前を冠した章が順繰りに並ぶ構成だ。時間軸としては、イアンがウィーンを拠点に戦争犯罪人を追う一九五〇年が作品の中の〝現代〟であり、ジョーダンの物語は戦後すぐの一九四六年から、ニーナの章は一九二〇年代から始まり、この三本の糸が最後にひとつとなりクライマックスを迎える。文庫で七百七十ページを超える大作だから、書店でその分厚さを見てたじろぐ読者もいるかもしれない。だが、ひとたび物語世界に入り込んでしまえば、長さを感じている暇はないだろう。各章が〝クリフハンガー〟的な、「なんでここで終わるの」と読者を身悶えさせる終わり方をしているので、つぎを読まざるをえなくなるから。それに、前作を読んだ読者へのさりげないボーナスも用意されている。訳者も、この見事な展開にやられた口で、夢中で訳しているうちに終わりがきて、そのあいだ長さはまったく感じなかった。

作品の時代背景や史実については、著者あとがきで語り尽くされているが、補足（蛇足？）として、戦場カメラマン、ロバート・キャパの恋人で、女性初の戦場カメラマンとなったゲルダ・タローについてかんたんに記しておく。なにしろゲルダ・タローは本書のヒロインの一人、ジョーダンの憧れの人なのだから。

ゲルダ・タロー（本名ゲルタ・ポホリレ）は、ポーランド出身のユダヤ人の両親のもと、ドイツのシュトゥットガルトで育った。家は裕福で、スイスの寄宿学校にも留学している。その後一家はライプツィヒに移り、ゲルタは政治に目覚めて社会労働党に入党、反ナチス運動に加わって二週間拘留される。留置場を出ると、ドイツにはいられないと危機感を覚えパリへ逃げた。そこで、ハンガリーから逃げてきた三つ年下のやはりユダヤ人の若者、ロバート・キャパ（本名アンドレ・フリードマン）と出会い恋に落ちる。ゲルタはアンドレの写真の才能を見抜き、雑誌社に写真を売り込めるよう後押しした。つまり彼女はロバート・キャパという稀代の戦場カメラマンをプロデュースしたのであり、そのお返しでもないのだろうが、アンドレはゲルタに写真術を教え込んだ。

ハンガリーの無名のカメラマンの写真では雑誌社から買い叩かれるので、アメリカの著名な写真家ロバート・キャパという架空の人物を創り出したのもゲルタのアイディアだった。アンドレがロバート・キャパになったころ、ゲルタもゲルダ・タローへと生まれ変わった。タローという苗字(みょうじ)は、キャパが親交のあった画家岡本太郎からとったそうだ。

一九三六年七月、スペインで内戦が勃発すると、キャパはゲルダを伴い戦場を求めてスペインに向かった。ユダヤ人であるキャパとゲルダが、フランコ将軍率いるファシストの反乱軍に対抗する共和国軍側についたのは当然だろう。キャパの有名な(のちに真偽が問われることになる)『崩れ落ちる兵士』はこの時期に撮られた。このスペイン取材でゲルダはカメラマンとしての腕を着実に磨いていった。それがゲルダにキャパからの自立を促し、一九三七年には、彼女が撮った写真に、それまでの〝フォト/キャパ&タロー〟ではなく〝フォト/タロー〟のクレジットがつくようになる。ゲルダは美しく勇敢で恐れ知らずだった。感情のままに行動するキャパとちがい、現実的で冷静だった。

運命の一九三七年七月、撮り終えたフィルムを持ってパリに戻るキャパと別れ、ゲルダはスペインに留まった。七月二十五日、戦闘場面を撮影するためブルネテにいたときドイツ軍の爆撃を受け、撤退する共和国軍の車に同乗中、味方の戦車が突っ込んできて車から振り落とされ、その戦車の下敷きとなり野戦病院に運ばれたが手の施しようがなく、翌日亡くなった。二十七歳の誕生日まであと一週間、この取材を最後にスペインを離れ、秋にはキャパと一緒に中国に行く約束をしていた。そのキャパもまた戦場で命を落とす。一九五四年五月二十五日、インドシナ戦争を取材中、ヴェトナム北部で地雷を踏み死亡。享年四十歳だった。

著者あとがきに、「……戦場カメラマンのロバート・キャパなど何人かのジャーナリストをつなぎ合わせ、彼（イアン・グレアム）のキャラクターを創りあげた」とあるが、キャパの物語を読むと、手にしたのがペンとカメラの違いはあっても、イアンにはキャパを彷彿（ほうふつ）とさせるものがたしかにある。

あとがきを書くにあたりつぎの二冊を参照した。

『キャパの十字架』沢木耕太郎著、文春文庫

『キャパとゲルダ』マーク・アロンソン＆マリナ・ブドーズ著、原田勝訳、あすなろ書房

また、本書をよりよく理解する助けになったのが、つぎの書物と映画だった。

『エルサレムのアイヒマン』ハンナ・アーレント著、大久保和郎訳、みすず書房

『アイヒマンを追え！　ナチスがもっとも畏れた男』

『検事フリッツ・バウアー　ナチスを追い詰めた男』

『ハンナ・アーレント』

二〇二一年八月

加藤洋子

訳者紹介　加藤洋子

文芸翻訳家。主な訳書にクイン『戦場のアリス』(ハーパーBOOKS)、ミラー『砂漠の空から冷凍チキン』(集英社)、ボーム『きみがぼくを見つける』(ポプラ社)、共訳にラッカム『夜ふけに読みたい数奇なアイルランドのおとぎ話』(平凡社)などがある。

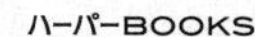

亡国（ぼうこく）のハントレス

2021年9月20日発行　第1刷

著　者　ケイト・クイン
訳　者　加藤洋子（かとうようこ）
発行人　鈴木幸辰
発行所　株式会社ハーパーコリンズ・ジャパン
東京都千代田区大手町1-5-1
03-6269-2883(営業)
0570-008091(読者サービス係)
印刷・製本　中央精版印刷株式会社

ISBN978-4-596-01312-5